KB237947

거울로 드나드는 여자 4
에코의 폭풍

La Passe-miroir, Livre 4
La Tempête des échos by Christelle Dabos

크리스텔 다보스 지음 | 이진희 옮김

에코의 폭풍

거울로 드나드는 여자 4

레모

8,700킬로미터.

지금 이 글을 쓰는 제 작은 나라 벨기에와 여러분 사이의 거리가 대략 그쯤 되겠군요. 여러분에겐 아득히 멀게만 느껴질, 지구 반대편으로 가는 길목 어디쯤일 테니까요. 하지만 지금 이 순간, 여러분이 손에 쥐고 있는 이 책은 저의 일부입니다. 자신만의 폭풍을 뚫고 여러분에게 가닿은 하나의 '에코'이지요. 사실, 이 마지막 권을 쓰는 과정은 결코 순탄치 않았습니다. 오펠리가 이 안에서 자신의 세계가 무너지는 것, 마지막 환상이 깨지는 것, 자아를 찾아가는 여정의 결말과 마주하는 동안, 저 또한 오랫동안 그림자 속에 숨어 있던, 그래서 외면하고 싶었던, 제 안의 무언가와 마주해야 했습니다. "나는 단 한 권의 책만을 위한 작가인가?" 하고 스스로에게 물었습니다. "이 책을 다 쓰고 나면, 나에게 대체 무엇이 남을까?" 하고요. 저는《거울로 드나드는 여자》와 저 자신을 너무도 깊이 일치시킨 나머지, 이 이야기가 끝나면 저 또한 살아남지 못할 거라고, 이야기의 끝에서 제 안의 무언가가 죽어버릴 거라고 스스로를 설득해 버렸습니다. 그래서 저는 모든 페이지를 마치 마지막인 것처럼 써 내려갔습니다. 격렬하게, 두려움에 떨며, 그리고 다정하게.

그리고 오늘, 저는 여기 살아 있고, 잘 지내고 있습니다. 우리 사이를 가로막았던 그 8,700킬로미터라는 거리가 무색할 만큼 가깝게 느껴지네요.

《거울로 드나드는 여자》의 마침표를 찍으며, 저는 두 가지 큰 깨달음을 얻었습니다. 첫 번째는, 제게 아직 들려드릴 다른 이야기들이 남아 있다는 것. 두 번째는, 이 이야기가 사실은 정말로 끝난 게 아니라는 사실입니다.

어딘가에는 언제나, 통과해야 할 거울이 있을 테니까요.

저의 거울을 함께 통과해 주셔서 감사합니다.

크리스텔 다보스

차례

거울로 드나드는 여자 3권 (바벨의 기억) 줄거리

거의 3년을 속태우며 지낸 끝에, 오펠리는 현대성의 보석 같은 다민족 아슈 바벨에서 토른의 흔적을 다시 찾아낸다. 그녀는 바람 장미를 이용해 몇 달째 아르캉테르를 추적해 온 가엘과 르나르, 아르쉬발드의 도움을 받아 그곳으로 향한나.
쌍둥이 가문 정령 폴리데우케스와 헬레네의 아슈에 도착하자마자, 오펠리는 신의 진짜 정체를 밝히기 위해 가명으로 본 파미유 아카데미에 들어간다. 그곳에서 그녀는 절대 권력을 쥔 룍스 귀족들과, 정보의 성지인 이곳을 역설적으로 지배하는 듯한 침묵의 법과 마주한다. 그런데 조사가 진행되는 동안 기이한 죽음들이 잇따른다. 순수한 공포가 얼굴에 그대로 얼어붙은 사람들….
끈질긴 조사 끝에 오펠리는 '세계의 기억'을 자처하는 거대한 도서관, 바벨의 메모리알 한가운데서 마침내 토른과 재회한다. 토른은 신의 흔적을 다시 찾기 위해 메모리알에 몸을 숨긴 채 애쓰고 있었다. 그러나 모든 예상을 뒤엎고, 신의 정체는 동화책들 속에 숨어 있었다. 그의 정체는 윌랄리 딜뢰라는 작가였다. 그 이름이 조금씩 왜곡되면서, 그녀는 점차 신의 반열에 오르게 된 것이었다.
하지만 신이 윌랄리라면, 오펠리가 거울 속에서 감지한 '타자', 곧 아슈들의 완전한 붕괴를 불러올 또 다른 자아는 누구일까? 그리고 신의 동맹 가운데 하나인 라자뤼스가 '모든 것의 열쇠'라고 여긴 '에코'란 대체 무엇일까?

등장인물

오펠리

　아니마에서 태어난 오펠리는 두 번의 청혼을 거절한 끝에, 폴 출신의 토른과 원치 않는 결혼을 하게 된다. 그녀는 사물의 과거를 읽고 거울을 통과해 이동할 수 있는 가문의 능력을 타고났다. 어린 시절 겪은 거울 사고의 후유증으로 남다르게 덤벙거리고, 목소리는 가늘고 작으며, 속수무책으로 문제를 불러들이는 성향을 갖게 되었다. 체구가 작은 그녀는 기분에 따라 색이 변하는 직사각형 안경, 그리고 자신의 아니마 기운이 스며들어 한시도 몸에서 떼어놓지 않는 낡은 삼색 목도리 뒤에 수줍음을 숨기곤 한다. 가족들은 그녀의 수수하고 유행 지난 옷차림을 보며 한숨짓는다. 또한 그녀가 끔찍이 아끼는 '읽기'용 장갑은 불안할 때마다 물어뜯는 버릇 탓에 늘 실밥이 터져 있다. 하지만 바벨로 온 뒤로는 눈에 띄지 않기 위해 풍성한 갈색 곱슬머리를 짧게 잘라버리는데(물론 이 머리는 도무지 말을 듣지 않는다), 낡은 외투와 목도리 대신 선각자단의 짙은 남색 제복을 입고 지낸다.

　오펠리는 눈에 띄지 않는 겉모습 뒤에 그 어떤 시련에도 굴하지 않는 결단력과 내면의 힘을 감추고 있다. 처음에는 폴의 냉혹함 앞에서 당황하기도 하지만, 투철한 정의감과 진실을 향한 열망을 잃지 않으며 자신의 신념에 반하는 타인의 의지에는 결코 굽히지 않는다. 고집 세고 주관이 뚜렷한 그녀는 실종된 남편 토른의 희미한 흔적을 쫓아 2년 넘게 여러 아슈를 누비고 다 녔다. 마침내 그에게 자신의 마음을 고백하고 그를 가장 든든한 조력자로 만든다. '신'의 정체, 그리고 옛 세계를 여러 아슈로 쪼 개버린 대재앙의 기원을 밝혀내는 여정 속에서, 그녀는 갈수록 대담하고 기지 넘치는 면모를 드러낸다.

토른

폴의 감독관인 토른은 겉보기에 그저 무뚝뚝하고 침울한 회계원일 뿐이며, 작고 상냥한 오펠리와 대조적으로 키가 크고 날카롭다. 드래건 클랜의 사생아로 고모 베르닐드의 보호 아래 자랐으며, 지금은 몰락했지만 엄청난 기억력을 지닌 '크로니쾨르' 클랜 출신의 어머니에게서도 능력을 물려받았다. 토른의 외모는 그의 성격을 그대로 보여준다. 고향 아슈를 뒤덮은 얼음처럼 내성적이고 차갑다. 뼛속 깊이 인간을 혐오하는 그는 오직 숫자만을 존중하며 무질서를 참지 못한다. 그의 모든 행동은 늘 몸에 지니고 다니는 회중시계 바늘에 맞춰져 있으며, 불우했던 어린 시절의 무게가 그의 미소마저 짓누르는 듯하다. 그러나 그는 폭력에 대한 강한 반발과 소중한 사람들을 지키고자 하는 강력한 의지, 그리고 흔들리지 않는 사명감을 조금씩 드러낸다. 실추된 가문의 명예를 회복하겠다는 집념에 사로잡힌 그는 오펠리가 지닌 읽는 능력에 의지해 폴의 가문 정령인 파루크의 책에 담긴 비밀을 찾고자 한다. 하지만 안타깝게도 모든 것이 그의 통제를 벗어나고 만다. 그는 약혼녀와 고모, 지인들을 끔찍한 음모에 휘말리게 하고, 모두를 여러 차례 절체절명의 위기에 빠뜨린다.

오펠리를 더 이상 본인의 의사에 반해 끌어들이지 않기로 다짐한 토른은, '신'의 정체와 아슈들의 삶을 은밀히 지배하는 듯한 무자비한 힘을 조사하기 위해 스스로 사라지기로 결심한다. 그러나 토른과 오펠리는 함께할 때 비로소 각자의 최선을 이끌어낸다. 마치 서로의 눈을 통해 각자의 결핍과 불안을 치유받기라도 하듯이. 상처투성이에 이제는 불구가 되어버린 토른의 육체는 그의 명석한 두뇌와 대비를 이룬다. 하지만 그 망가진 몸이야말로 자기 사람들과 세상을 위해 선普, 즉 최선을 행하겠다는 그의 마지막 소망을 증명하는 것이기도 하다.

아르쉬발드

투알 클랜의 일원인 아르쉬발드는 폴 가문 능력의 한 갈래인 텔레파시 계열의 힘을 지니고 있다. 폴의 공식 대사이지만 그의 직무가 정확히 무엇인지는 알 수 없다. 대사라면 으레 어떤… 외교적 감각을 기대하기 마련인데, 그는 정반대로 행동하는 데 몸과 마음을 바치기 때문이다. 옷차림은 늘 흐트러져 있고 태도는 경박하며 여자 꽁무니를 쫓아다닌다. 또한 절대로 거짓말은 하지 않지만 대화 상대의 감정을 늘 배려하는 것은 아니다. 이런 기행 덕에 그는 역설적이게도 존경받는 동시에 멸시당한다. 사람들이 그의 엉뚱한 행태를 쉽게 용서하는 것은 어쩌면 그의 천사 같은 아름다움 때문일지도 모른다. 혹은, 본인은 애써 깎아먹으려 기를 쓰고 있음에도, 궁정 내 지위와 그의 가문이 주는 경외심이 그에게 일종의 위신을 부여하는 것일지도 모른다. 하지만 아르쉬발드는 불경한 행동 뒤에 번뜩이는 지성과 깊은 우울을 감추고 있다. 겉으로는 무사태평해 보이지만 무시무시한 정치적 책략가다. 그는 자기 이익만 챙기는 척하는 데 능하지만, 실상 그가 벌인 행동 대부분은 오펠리와 베르닐드, 심지어 토른마저도 적들로부터 살아남게 만들었다. 시타시엘에서 가장 안전한 장소로 꼽히던 자신의 영지 클레르드륀 한복판에서 납치된 이후, 투알 클랜은 그와의 연결을 끊었다. 자신의 기준점이던 모든 것에서 분리된 아르쉬발드는, 이제 세상의 끝과 끝을 여행할 수 있는 문인 바람 장미사이의 통로를 찾아내는 자유로운 영혼이 되었다.

로즐린

로즐린 이모가 오펠리의 샤프롱이 되어 폴에 보내졌을 때, 그것은 그녀가 딱히 자청한 일이 아니었다. 기름칠이 잘 안 된 경첩처럼 뻣뻣하고 투덜대기 일쑤지만, 흔들림 없는 현실 감각이야말로 그녀의 특종이다.

빈틈없이 틀어 올린 머리 아래에는 강인한 보호 본능과 적대적인 상황에서도 타협하지 않는 대쪽 같은 도덕성이 숨겨져 있다. 그녀의 가문 능력은 특히 종이와 남다른 친화력이 있어, 심심하거나 긴장될 때면 손에 잡히는 대로 책이나 타피스리를 고치는 로즐린 이모의 모습을 심심치 않게 볼 수 있다. 폴의 혹한은 몹시 싫어하지만 대녀인 오펠리를 진심으로 사랑하며, 베르닐드와도 진실한 우정을 쌓아 그녀를 깊이 아낀다. 샤프롱으로서의 의무를 다하고 어쩔 수 없이 아니마로 돌아가야 했을 때, 로즐린 이모는 폴과 베르닐드를 사무치게 그리워했다. 물론 그 사실을 인정하느니 차라리 소중한 종이를 씹어 삼키는 쪽을 택하겠지만. 그리하여 기회가 생기자마자, 로즐린은 일말의 망설임도 없이 눈에 띄는 첫 번째 바람 장미로 뛰어 들었다. 역경에 처한 새로운 가족 곁으로 가 힘이 되어주기 위해서.

베르닐드와 빅투아르*

아름다움과 냉혹함. 눈부신 베르닐드를 묘사할 때 가장 먼저 떠오르는 단어들이다. 베르닐드는 드래건 클랜의 유일한 생존자이자 토른의 고모다. 파루크의 총희인 그녀는 그 눈부신 미모로 추앙받지만, 동시에 시타시엘 내부에서 벌이는 온갖 권모술수 때문에 공포의 대상이기도 하다. 클랜 간의 알력 다툼과 궁정의 음모는 남편 니콜라와 세 아이 토마, 마리옹, 피에르의 목숨을 앗아갔다. 분노와 고통, 그리고 다시 엄마가 되고 싶은 갈망에 사로잡힌 베르닐드는 궁정 내 입지를 굳히기 위해서라면 그 무엇도 서슴지 않는다. 그녀의 변덕스러운 성미 탓에 오펠리는 종종 곤란한 처지에 놓인다. 하지만 때때로 보이는 거친 태도 이면에는 오펠리를 향한 깊은 애정이 숨어 있다.

* victoire는 '승리'를 의미한다.

그녀는 임신을 통해 아주 특별한 위치에 서게 된다. 수 세기 만에 처음으로 가문 정령의 직계 후손을 낳게 되기 때문이다. 겉으로는 아르쉬발드를 경멸하는 척하지만, 그녀는 그의 충성심과 선량함에 맹목적인 신뢰를 보내며 그를 딸 빅투아르의 대부로 삼는다. 베르닐드와 빅투아르는 파루크가 진심으로 신경 쓰는 유일한 두 사람이라고들 한다. 천만다행인 일이다. 빅투아르가 새로 발현한 능력은 자아를 분열시켜 영체 분신을 떠돌게 하는 것인데, 오직 '신'과 파루크만이 이를 감지할 수 있는 듯하니 말이다. 하지만 자신에게 남은 이 마지막 아이를 구하기 위해서라면, 베르닐드는 주저 없이 발톱을 드러낼 것이다.

가엘과 르나르

르나르의 진짜 이름은 르놀드다. 르나르는 클레르드륀에서 아르쉬발드의 할머니인 클로틸드 부인을 모시는 하인이었다. 빨간 머리 거구로 머리색만큼이나 성미가 불같다. 오펠리가 베르닐드의 하인 밈이라는 가짜 신분으로 클레르드륀에 도착했을 때, 르나르는 그녀를 보호했다. 오펠리가 처음 받게 될 초록 모래시계 열 개를 대가로 궁정 생활의 은밀한 내막을 가르쳐주기로 한다. 클로틸드 부인이 사망한 뒤 르나르가 절차상의 문제로 쫓겨날 위치에 처하자, 오펠리는 그를 조수 겸 조언자로 고용한다. 르나르는 충직한 친구이자 믿음직한 길잡이이며 기댈 수 있는 든든한 버팀목이다. 클레르드륀의 기술자 가엘에게 몇 년째 존경 섞인 연정을 품고 있다.

메르 일드가르드의 비호를 받는 가엘은 타인의 능력을 무효화하는 힘을 지닌 니힐리스트 클랜의 마지막 생존자다. 자신의 혈통을 감추기 위해 짧은 머리를 밤처럼 검게 물들이고, 스스로 '나쁜 눈'이라고 부르는 눈에는 검은 외알 안경을 끼고 다닌다. 르나르보다 과묵한 그녀는 그에게 결코 속마음을 제대로 털어놓지 않지만, 내심 그와 같은 마음을 품고 있다. 천성이 정직한 가엘은 궁정의 암투를 혐오하며, 오펠리에게 변함없는 지지를 보낸다.

엘리자베스와 옥타비오

엘리자베스는 비르투오소 후보로, 바벨에서 오펠리가 속하게 되는 선각자단 분과의 책임자다. 키가 크고 늘씬하며 얼굴은 적갈색 주근깨투성이다. 유머 감각은 형편없지만 정보에 대해서는 빠삭하다. 실제로 데이터베이스 분야의 전문가다. 헬레네의 피후견인이자 무능력자 출신이지만, 선각자단에서 오펠리의 편이 되어주는 몇 안 되는 조력자 중 하나다.

반면 옥타비오는 폴리데우케스의 후손이다. 초시각자 가문의 일원. 본파미유 교수인 어머니 레이디 셉티마처럼 타의 추종을 불허하는 시력을 지녔다. 선각자단에서 비르투오소 후보가 되기 위해 학업에 정진한다. 레이디 셉티마는 아들을 선각자단 분과 최고의 엘리트로 만들려 작정했지만, 그는 오로지 자기 실력으로 그 자격을 얻어내고자 한다. 레이디 셉티마의 계략에 대해서는 까맣게 모르는 그는 오펠리에게 우정을 느낀다. 그래서 자신이 '괜찮은 사람'이라는 걸 증명하려 애쓰는데, 그 때문에 제 역량을 넘어서는 위험한 상황에 휘말리는 것조차 마다하지 않는다.

앙브루아즈와 라자뤼스

라자뤼스는 명성 높은 탐험가답게 아슈와 아슈 사이를 여행한다. 언젠가 잠수복을 입고 세상의 끝에서 뛰어내리려 했지만 구름 말고는 아무것도 보지 못한 채 도로 끌어 올려졌다고 한다. 세상을 누비지 않을 때면 발명에 매진한다. '인간이 인간을 사육하는 행태'에 대항하기 위해 바벨이 수많은 오토마톤*을 갖추게 된 것도 라자뤼스 덕분이다. 하지만 유감스럽게도 명랑하고 친근한 겉모습 뒤에는 '신'을 향한 충성심이 숨겨져 있다. 그의 의도는 겉으로 내세우는 것만큼 순수하지 않을지 모른다.

이와 대조적으로 그의 아들 앙브루아즈는 순수함과 선량함 그 자체다. 선천적 장애 탓에 오른팔과 왼팔, 오른 다리와 왼 다리가 뒤바뀌어 있다. 그래서 휠체어를 타고, 바벨 곳곳으로 사람들을 태워다 주는 택시 기사를 꿈꾼다. 앙브루아즈는 오펠리가 낯선 아슈에 도착했을 때 처음으로 그녀를 맞이하고 도와준

---

* 스스로 움직이다'라는 뜻의 고대 그리스어에서 유래한 말로, 태엽이나 톱니바퀴 장치로 움직이는 정교한 자동 기계 인형을 뜻한다. 이 작품에서는 전자 회로로 작동하는 현대의 로봇과 구별되는, 아날로그적이고 마법적인 기계 장치를 일컫는다.

인물이다. 그러나 그는 '신'의 존재와 세계 질서를 좌우하는 이 거대한 음모에 아버지가 가담하고 있다는 사실을 알고 있다. 오펠리가 본파미유에 들어가 그에게 절박한 전보를 보내지만, 답장은 점점 뜸해지고 내용도 짧아진다. 오펠리는 그가 자신을 버렸다고 생각하게 되지만, 사실 앙브루아즈는 아버지에게 포섭되어 오펠리야말로 '타자', 즉 아슈 붕괴의 원인인 미지의 존재라고 믿게 된 것이다.

가문 정령

가문 정령들이 어떻게 태어났는지, 어떤 재앙이 그들의 기억을 앗아갔는지 정확히 알려진 바가 없다. 그들은 수 세기 전부터 불멸의 존재이자 전능한 지배자로 군림해 왔다. 그들에게 남은 유일한 길잡이는 인간의 피부와 흡사한 재질로 만들어진 오래된 '책'뿐이다. 불길하면서도 신비롭고, 이제는 아무도 이해할 수 없는 언어로 쓰인 이 책들은 아니마 최고의 읽는 자들조차 풀지 못한 비밀을 품고 있다. 가문 정령들은 인간 후손들에게 능력을 물려주었고, 각자 고유의 방식으로 자신의 아슈를 다스리며 절대 그곳을 떠나지 않는다.

아르테미스는 아니마를 지키는 붉은 머리의 거인으로, 별들에 매료되어 그 세계로 도피해 연구에만 몰두한다. 후손들과 거의 교류하지 않지만 스스로를 그들의 자애로운 수호신으로 내세운다. 그녀는 과거와 관련된 모든 일에는 철저히 무관심한 듯 보인다.

파루크는 폴의 정령으로 어린아이처럼 변덕이 심하고 쉽사리 화를 낸다. 기억력이 너무나 형편없어 자신의 모든 생각과 결정을 '기억 도우미'가 들고 다니는 수첩에 적어두게 해야 할 정도다. 하지만 그가 지닌 정신 감응 능력의 위력은 어마어마하다. 그 능력을 통제하려는 노력조차 하지 않는 탓에, 그가 내뿜는 정신 파동으로 주위 사람들은 종종 극심한 편두통에 시달린다. 다른 가문 정령들처럼 파루크 역시 놀랍도록 아름답지만, 대리석을 깎아 만든 조각상처럼 차가운 아름다움이다. 그는 종종 만사에 무관심한 태도로 무기력하게 늘어져 있다. 그가 집착하는 생각은 단 하나, 자신의 책과 과거에 얽힌 비밀을 밝히는 것뿐이다.

바벨에서는 쌍둥이 정령인 폴리데우케스와 헬레네가 상호 보완적인 한 쌍을 이룬다. 폴리데우케스는 아름다움을, 헬레네는 지성을 상징한다. 다른 가문 정령들과 달리 헬레네는 외모가 볼품없고 비례가 맞지 않으며, 바퀴 달린 크리놀린과 기계 팔다리에 의지해 움직인다. 후손을 가질 수 없기에 헬레네의 피후견인이라 불리는 무능력자들을 보호하는데 헌신한다. 반면 폴리데우케스는 폴리데우케스의 자손이라 불리는 자신의 후손들에게 부성애에 가까운 관심을 보인다. 지식을 사랑하는 두 정령은 아슈의 엘리트 양성 기관인 본파미유를 이끌며, 세계의 파열 이후 축적된 모든 책과 지식을 망라한 거대 도서관 메모리알의 운영을 감독한다. 이들이 지배하는 바벨은 오펠리가 탐험한 곳 중 가장 국제적인 동시에 가장 군국주의적인 아슈이기도 하다.

아니마의 삶이 평온하고 폴의 삶이 음모와 방탕으로 점철되어 있다면, 바벨의 삶은 가혹할 만큼 엄격한 준법정신과 지식 탐구에 종속되어 있다. 하지만 그 그림자 속에서 실을 조종하는 건 뢱스의 귀족들인 듯하다. 그러니 그 일에 너무 깊이 파고드는 자들은 조심하는 게 좋을 것이다!

신

가까이 다가간 인간이라면 누구든, 그 외모와 능력을 그대로 복제할 수 있다.

그는 자신에게 결여된 마지막 능력, 즉 아르캉테르인들의 공간 지배력을 손에 넣고자 한다.

그의 정체는 본래 바벨의 보잘것없는 소설가였다.

본명은 윌랄리 딜뢰.

거울은 그의 모습을 비추지 못한다.

그는 타자를 찾고 있다.

타자

신을 제외하면 아무도 그가 누구인지, 어떤 모습을 하고 있는지 알지 못한다.

오펠리가 처음 거울을 통과했을 때 그를 해방시켰다.

그는 옛 세계를 거의 멸망시켰다.

그리고 오늘, 그는 다시 시작하려 한다.

엄마에게.

엄마의 용기가 저를 용기 있게 해요.

C. D.

“말도 안 돼.”

“말이 안 된다고?”

“희박하다고 해두지, 네가 원한다면.”

“….”

“거기 아직 있어?”

“아직 있어.”

“다행이야. 나 좀 외롭거든.”

“좀?”

“많이, 실은. 내 상것들… 아니, 상관들은 자주 내려와 보지 않아. 아직 네 이야기는 안 했어.”

“네 이야기?”

“아니, 내 이야기가 아니라 네 이야기.”

“내 이야기.”

“그래. 상관들이 너를 분해… 아니, 이해할지 모르겠어. 나조차도 내가 너를 이해하는지 확신이 안 서거든. 나 자신을 이해하는 것만도 이미 벅차니까.”

"…."

"아직 이름을 말해주지 않았어."

"아직."

"어쨌든 서로를 제법 잘 알아가기 지적… 아니, 시작하는 참이라고. 나는 윌랄리야."

"나는 나야."

"흥미로운 답이네. 너는 어디서 목소리를 보내는 거야?"

"…."

"그래. 내 질문이 조금 어려웠지. 지금 네가 있는 곳은 어디야?"

"여기."

"여기가 어디야?"

"뒤."

"뒤? 무엇의 뒤?"

"뒤의 뒤."

표면

무대 뒤

그는 거울을 들여다본다. 상은 맺히지 않는다. 상관없다. 중요한 것은 거울뿐이니까. 벽에 삐딱하게 걸린 작고 소박한 거울. 오펠리를 닮았다.

손가락이 거울 표면을 미끄러지듯 훑지만 아무런 흔적도 남지 않는다. 이곳이 모든 것의 시작, 혹은 관점에 따라서는 모든 것의 끝이다. 어쨌든, 상황이 실로 흥미로워진 것은 바로 여기부터였다. 그는 오펠리가 처음으로 거울을 통과했던, 잊을 수 없는 그날 밤을 어제 일처럼 생생히 기억한다.

그는 방 안을 서성이다 선반 위에서 달그락거리는 낡은 장난감들을 익숙하게 곁눈질한다. 그러고는 이층 침대 앞에 멈춰 선다. 오펠리가 처음에는 언니와, 나중에는 아니마를 급히 떠나기 전까지 남동생과 함께 썼던 침대다. 그가 모를 리 없다. 지난 수년간 무대 뒤에서 그녀를 주시해 왔으니까. 오펠리는 늘 아래층을 좋아했다. 가족들은 금방이라도 그녀가 돌아올 것처럼, 헝클어진 이불과 머리 자국이 남은 베개를 그대로 두었다.

그는 몸을 숙여 위층 침대 바닥면에 압정으로 고정된 스물한

개 주요 아슈 지도를 흥미롭게 뜯어본다. 두아옌들 탓에 이곳에 갇혀 지내는 동안, 오펠리는 이 지도 속에서 하염없이 사라진 남편을 찾았더랬다.

계단을 내려와 접시들이 차갑게 식어가는 식당을 가로지른다. 아무도 없다. 다들 저녁을 먹다 말고 나갔다. 그놈의 구멍 때문이겠지, 뻔하다. 텅 빈 방들을 지나며 그는 자신이 존재하는 듯한, 진짜로 그곳에 실재하는 듯한 기분에 젖는다. 집조차 그의 침입을 감지한 듯하다. 그가 지나가자 샹들리에가 몸을 떨고, 가구가 삐걱거리고, 괘종시계가 의문 부호를 찍듯 쿵 하고 종을 울린다. 그가 아니마인들에게서 흥미를 느끼는 지점이 바로 이것이다. 사물이 주인에게 속한 것인지, 주인이 사물에게 속한 것인지 도통 분간할 수 없게 되니까.

밖으로 나와 느긋하게 거리를 거슬러 오른다. 서두를 것 없다. 호기심은 일지만, 결코 서두르는 법은 없다. 하지만 이제 시간이 얼마 남지 않았다. 모두에게, 그리고 자신에게도.

그는 이웃들 틈으로 끼어든다. 사람들은 '구멍'이라 불리는 것 주위에 모여 불안한 눈길을 주고받는다. 랜턴을 비춰봐도 빛이 닿지 않는다는 점만 빼면, 인도 한가운데 뚫린 하수구 구멍처럼 보인다. 누군가 구멍의 깊이를 재보겠다며 실패를 풀어 내리지만, 실은 금세 동나버린다. 낮까지만 해도 없던 구멍이었다. 두아옌 하나가 거기에 빠질 뻔한 뒤에야 소동이 벌어졌다.

그는 새어 나오는 미소를 참지 못한다. 부인, 이건 시작에 불과한걸요.

그는 인파 속에서 오펠리의 엄마와 아빠를 알아본다. 여느 때처럼 그들은 그를 알아보지 못한다. 크게 뜬 부부의 눈에는 입 밖으로 내지 못한 똑같은 질문이 번들거린다. 그들은 딸이 어디로 숨었는지—인도에 뚫린 이 깊은 구멍에 오펠리의 책임도 어느 정도 있다는 사실도—알지 못한다. 그렇지만 오늘 저녁 그들이 그 어느 때보다 딸을 간절히 생각하고 있음은 쉽게 짐작할 수 있다. 오펠리의 부모는 아이들의 질문에 답해주는 대신, 딸을 생각하는 그 간절한 힘으로 남은 아이들을 으스러져라 끌어안을 뿐이다. 예쁘고 키도 훤칠한, 건강하기 짝이 없는 아이들. 아이들의 금빛 머리칼이 가로등 빛을 받아 일제히 반짝인다.

오펠리가 그들과 얼마나 다른지 확인하는 일은 결코 질리지 않는다. 그럴 만한 이유가 있으니까.

그는 산책을 이어간다. 두어 걸음 만에 그는 세상 반대편, 폴에 당도한다. 시타시엘의 상층부와 하층부 사이 어딘가, 베르닐드의 저택 현관 문턱이다. 영원한 가을에 잠긴 이 영지 또한 아니마의 집만큼이나 그에게 익숙하다. 오펠리가 가는 곳이면 그도 갔다. 그녀가 베르닐드의 시종 노릇을 할 때, 그도 거기 있었다. 그녀가 파루크의 부스토리텔러가 되었을 때, 그도 거기 있었다. 그녀가 클레르드륀의 실종자들을 조사했을 때도, 그도 거기 있었다. 그는 그녀의 불운이 펼치는 구경거리를 호기심 어린 눈으로 지켜보았지만, 결코 무대 뒤를 벗어나지는 않았다.

그는 역사적인 현장들, 위대한 역사, 그리고 그들 모두의 역사가 깃든 장소를 주기적으로 다시 찾는 일을 즐긴다. 만약 베르닐드가 아니마의 수많은 읽는 사람 중에서 오펠리를 골라 조카와 약혼시키지 않았다면 그녀는 어떻게 되었을까? 그들이 '신'이라 부르는 존재와 마주칠 일도 없었을까? 천만에. 역사는 그저 다른 길을 택했을 뿐이다. 누구나 자신의 역할을 해야 하듯, 그 역시 자신의 역할을 할 것이다.

현관 홀을 거니는데 붉은 응접실에서 목소리가 들려온다. 그는 살짝 열린 양쪽 문틈으로 안을 엿본다. 그 좁은 시야 속에 오펠리의 이모가 보인다. 수렵도나 도자기 화병만큼이나 비현실적으로 보이는 그녀는 이국적인 카펫 위를 오락가락하고 있다. 그녀는 팔짱을 꼈다 풀었다 하며 자신의 아니마 기운으로 빳빳해진 전보를 흔들어 댄다. 말라버린 호수를 비데에 빗대고, 파루크를 '빨래 통', 아르쉬발드를 '비누', 오펠리를 '뻐꾸기시계'라 부르며, 의료진 전체를 싸잡아 '공중변소' 취급을 하고 있다. 푹신한 의자에 앉은 베르닐드는 그 말을 듣는 둥 마는 둥 한다. 그녀는 콧노래를 흥얼거리며 제 딸의 길고 하얀 머리카락을 빗는데, 아이의 작은 몸은 그녀의 몸에 힘없이 축 늘어져 있다. 그녀의 귀에는 양손 사이에 놓인 그 가느다란 숨소리 외에는 아무것도 존재하지 않는 듯하다.

그는 곧바로 눈을 돌린다. 상황이 너무 사적으로 흐른다 싶으면 언제나 그랬다. 호기심은 많지만, 훔쳐보는 취미는 없으니까. 그제야 곁에 있는 남자가 눈에 들어온다. 남자는 어둑한 복도 맨바닥에 벽을 등지고 앉아, 사냥총의 총신을 분풀이하듯 벅벅 닦아대고 있다. 이 부인네들이 경호원을 구한 모양이다.

다시 발걸음을 옮긴다. 단 한 걸음에 현관을, 저택을, 시타시엘을, 폴을 벗어나 세상의 또 다른 끝으로 향한다. 이제 바벨이다. 아, 바벨! 그가 가장 좋아하는 연구 대상. 역사와 시간이 종말을 맞이할 아슈, 모든 것이 하나로 수렴하는 지점.

아니마는 저녁이었지만 여긴 아침이다. 굵은 빗줄기가 지붕을 때린다.

그는 오펠리가 선각자 수습 시절 누비고 다녔던 본파미유의 산책로를 성큼성큼 걷는다. 오펠리는 간발의 차이로 날개를 얻어 바벨 시민이 될 뻔했다. 그랬다면 다음 조사를 위한 문들이 활짝 열렸을 테지. 하지만 실패했다. 그로서는 천만다행이었다. 덕분에 무대 뒤에서 지켜보는 재미가 훨씬 쏠쏠해졌으니까.

망루의 나선형 계단을 오른다. 빗속에서도 저 멀리 작은 이웃 아슈들의 윤곽이 보인다. 정면엔 메모리알이, 배후엔 이탈 연구소가 있다. 두 곳 모두 앞으로의 이야기에서 핵심적인 역할을 하게 될 터다.

이 시각이면 본파미유의 비르투오소 수습생들이 제복을 갖춰 입고, 무선 통신 수업용 헤드폰을 쓴 채 앉아 있어야 할 때다. 한쪽에는 폴리데우케스의 후손들, 다른 한쪽에는 헬레네의 피후견인들이 제자리를 지키고 있어야 한다. 하지만 그들은 수업 대신 작은 아슈의 성벽 위에 뒤섞여 있다. 비에 흠뻑 젖은 잠옷 차림이다. 그들은 겁에 질려 비명을 지르며 구름바다 너머 도시를 손가락질한다. 본파미유의 원장이자 자손을 단 한 번도 둔 적 없는 유일한 가문 정령, 헬레네까지 커다란 우산을 쓰고 합류했다. 그녀는 예리한 눈으로 이 기이한 현상을 주시한다.

이 특등석에서 그는 그들 모두를 바라본다. 아니, 그보다는 그들의 공포에 질린 눈을 통해 보려 한다. 오늘 또다시 영역을 넓힌 저 허공을 그들과 똑같이 느껴보려는 것이다.

또다시 미소가 새어 나온다. 무대 뒤는 즐길 만큼 즐겼다. 이제 무대에 오를 시간이다.

허공

오펠리에게 폴리데우케스 식물원의 기억은 여전히 강렬했다. 바벨에서 처음으로 방문했던 곳이었다. 웅장한 층계형 테라스, 그리고 정글을 벗어나기 위해 올라야만 했던 그 무수한 계단들이 눈에 선했다.

오펠리는 기억하고 있었다. 그 냄새를. 그 색깔들을. 그 소리들을. 하지만 이제는 아무것도 남지 않았다.

땅이 무너지면서 마지막 풀 한 포기마저 모조리 허공으로 쓸어가 버렸다. 다리 하나를 통째로 삼켰고, 인근 시장의 절반과 몇몇 작은 아슈들까지 집어삼켰다. 그곳에 있던 모든 목숨까지도.

응당 공포를 느껴야 했지만, 오펠리는 그저 멍할 뿐이었다. 그녀는 땅과 하늘의 새로운 경계선에 급하게 세운 철책 너머로 심연을 응시했다. 적어도 그러려고 노력은 했다. 비는 그쳤지만, 구름바다가 도시 전체로 범람하기 시작한 탓이었다. 들끓는 구름 파도가 시야를 가린 데다 안경에 김까지 잔뜩 서렸다.

"타자는 분명히 존재해." 오펠리가 나직이 내뱉었다. "지금까진 추상적인 개념일 뿐이었어. 내가 타자를 풀어주는 멍청한 짓을 했다고, 나 때문에 타자가 아슈들을 무너뜨릴 거라고, 원하든 원치 않든 내가 놈과 얽혀 있다고 아무리 들어도… 정말 남의 일 같았거든. 어떻게 내 방 거울에서 세상을 멸망시킬 괴물을 꺼내놓고도 기억조차 못 할 수가 있어? 난 놈이 어떻게 생겼는지도, 어떤 수작을 부리는지도, 대체 왜 이러는지도 모르잖아.”

주위에 안개가 너무 짙어, 오펠리는 자신이 텅빈 허공 속에 둥둥 뜬, 육체 없는 목소리가 된 기분이었다. 구름 사이가 걷히며 하늘 조각이 드러나자 그녀는 철책을 꽉 움켜쥐었다. 그곳은 원래 도시 북서 구역이 있던 자리였다.

“이제 아무것도 없어. 만약 아니마가… 어쩌면 폴마저도…”

오펠리는 말끝을 흐렸다. 수많은 남녀와 아이들이 눈앞의 허공으로 추락했지만, 그녀의 생각은 자기 가족에게 먼저 향하고 있었다.

길 잃은 새 떼가 빙빙 돌며 사라진 나무를 찾고 있었다. 가장자리 너머로 떨어진 것들은 어디로 가는 걸까? 크고 작은 모든 아슈들은, 어떤 생명체도 감히 발 들이지 못하는 거대한 구름바다 주위를 공전하고 있었다. 세상의 핵은 영원한 폭풍으로만 이루어져 있다고들 했다. 그 유명한 탐험가 라자뤼스조차 그곳까진 닿지 못했다.

오펠리는 부디 아무도 고통받지 않았기를 바랐다.

불과 어제까지만 해도 그녀는 참으로 평온했다. 참으로 충만했다. 자신들의 삶을 조종해 온, 천의 얼굴을 가진 신의 정체를 밝혀냈으니까. 윌랄리 딜뢰. 마침내 그녀의 이름을 알게 되었고,

신이 본래 이상을 꿈꾸던 일개 소설가였음을 알게 되었고, 그 여자가 선과 악을 재단할 정당성 따위는 애초에 가진 적도 없었다는 사실을 깨닫게 되었다. 그 모든 진실이 오펠리를 짓누르던 짐을 덜어주었다! 단 하나, 가장 무서운 적은 자신이 생각했던 그자가 아닐지도 모른다는 사실만 빼고.

'너는 나를 그에게 이끌 거야.'

"타자는 윌랄리 딜뢰의 통제에서 벗어나려고 나를 이용했고, 이제 윌랄리 딜뢰는 타자를 다시 찾아내려고 나를 이용하고 있어. 그 둘이 자신들이 저지른 죄에 나를 끌어들이니 이건 내 개인적인 일이야."

"우리 일이야."

오펠리는 토른쪽으로 고개를 돌렸지만 모습은 보이지 않았다. 안개 속에서 토른은 멀리서 들려오는, 다소 음산한 속삭임에 불과했다. 하지만 그의 목소리만큼은 오펠리가 밟고 선 땅보다 더 실체감 있게 다가왔다. 그 단 한마디에 오펠리의 마음이 놓였다.

"만약 타자가 옛 세계의 파열과 아슈의 붕괴 그리고 한 평범한 인간이 전능한 존재로 변모한 사건 모두와 연관되어 있다는 것이 밝혀진다면," 토른이 장부를 읽듯 건조한 어조로 말을 이었다. "그 존재는 내가 수년째 씨름해 온 방정식의 핵심 변수가 되겠군."

금속이 딸깍거리는 소리가 났다. 회중시계가 시간을 알리려고 스스로 뚜껑을 여닫을 때 나는 특유의 소리였다. 생명이 깃든 뒤로 시계는 주인의 강박적인 버릇을 닮아가고 있었다.

"카운트다운이 계속되고 있어." 토른이 말했다. "보통 사람들은 이 정도 붕괴를 자연재해로 여기겠지. 하지만 우린 알잖아. 그게 사실이 아닐뿐더러, 앞으로도 계속되리라는 걸. 누구를 믿어야 할지, 어떤 증거에 의지해야 할지 모르는 이상 아무에게도 말할 수 없어. 그러니 우리가 할 일은 윌랄리 딜뢰와 타자를 잇는 관계의 정확한 성격을 규명하는 거야. 그들이 무엇을 원하는지, 정체가 뭔지, 어디에 있는지, 어떻게 그리고 왜 이런 짓을 하는지 이해한 다음, 그 모든 지식을 무기 삼아 놈들을 쳐야 해. 되도록 빨리."

오펠리는 눈을 가늘게 떴다. 바람이 불어와 주위의 구름 파도가 흩어지더니, 예고도 없이 뜨거운 폭포 같은 빛줄기가 그들 위로 쏟아져 내렸다.

이제 토른의 모습이 아주 또렷했다. 그 역시 철책을 마주하고 회중시계를 손에 쥔 채, 끝없는 하늘에 시선을 던지고 있었다. 꼿꼿하기 짝이 없는 자세에, 지나치게 큰 키였다. 제복의 금장은 햇빛을 받아 눈이 멀 것처럼 번쩍였지만, 그렇다고 오펠리가 눈을 돌리지는 않았다. 오히려 그녀는 눈을 더 크게 뜨고 그 찬란한 빛을 자신 안으로 받아들였다. 토른에게서 뿜어져 나오는 결연함은 전류처럼 짜릿하게 전해져 왔다.

오펠리는 그가 자신에게 어떤 존재가 되었는지, 그리고 자신이 그에게 어떤 존재가 되었는지를 온몸으로 실감했다. 그녀에게 세상 그 무엇도 그보다 견고해 보이지 않았다.

하지만 그녀는 그에게 다가가지 않도록 조심했다. 당국이 사람들을 대피시킨 탓에 주변에는 아무도 없었지만, 두 사람은 공공장소에서 늘 지키던 의례적인 거리를 유지했다. 그들은 사회 계급의 양극단에 서 있었다. 본파미유 고등교육원에서 실패한 뒤로 바벨에서 오펠리의 가치는 땅에 떨어졌다. 반면 토른은 '앙리 경'이자, 룍스의 존경받는 귀족이었다.

"윌랄리 딜뢰는 수천 개의 서로 다른 얼굴을 가졌지만, 타자는 아무것도 없어." 그가 덧붙였다. "막상 마주쳤을 때 놈들이 어떤 모습일지 우린 짐작도 못 하겠지만, 우리가 그들을 찾아내든 그들에게 발각되든, 그 전에 맞설 준비를 끝내야 해."

토른은 문득 자기를 뚫어지게 바라보는 오펠리의 시선을 느꼈다. 그는 헛기침하며 목을 가다듬었다.

"나로선 그들에게서 널 떼어놓을 순 없지만, 네게서 그들을 떼어낼 순 있어."

메모리알의 스크레타리움에서 했던 말과 거의 토씨 하나 다르지 않았다. 그때는 서로를 '당신'이라 부르긴 했지만. 오펠리가 걱정하는 건, 자신이 그 말을 곧이곧대로 믿는다는 사실이었다. 토른은 그녀가 그토록 벗어나기 힘들었던, 그리고 한 번만 잘못 디뎌도 다시 빠질 수 있는 이 감시로부터 그녀를 영구히 해방시키기 위해 자신의 이름과 자유의지를 희생했다. 그렇다. 그녀는 오직 이 단 하나의 목적에 도달할 수만 있다면, 토른이 모든 것을 포기할 수 있음을 알았다. 심지어 그는 그것이 그녀의 선택인 이상, 오펠리가 자신의 곁에서 위험을 무릅쓸 수 있다는 생각조차 받아들였다.

"우리만 있는 건 아냐, 토른. 그러니까 그들을 상대하는 일 말이야. 지금 이 순간에도 아르쉬발드, 가엘, 르나르가 아르캉테르를 찾고 있거든. 어쩌면 이미 찾았을지도 모르지. 아르캉테르인들을 설득해 우리 편으로 만든다면 판도는 완전히 달라질 수도 있어."

토른은 회의적인 표정으로 눈썹을 찌푸렸다. 오펠리와 그는 전날에도 경보가 울려 침대에서 끌려 나오기 전까지 이 주제로 이야기를 나눴지만, 아르쉬발드의 이름만 나오면 반응은 늘 똑같았다.

"그자는 세상에서 내가 가장 신뢰하지 않는 인간이야."

잠시 열렸던 햇빛의 틈이 닫히고 구름 파도가 다시 두 사람을 삼켰다.

"먼저 갈게." 회중시계가 참을성 없이 찰칵대는 가운데 토른이 말했다. "계보학자들과 새로 면담이 잡혔어. 그들을 아니까 하는 말인데, 그들이 내게 맡길 다음 임무는 분명 우리 일과 직접 관련이 있을 거야. 오늘 밤에 봐."

기계가 삐걱거리는 소리에 오펠리는 토른이 움직이기 시작했음을 알았다. 외골격 덕분에 절뚝이지 않게 되었지만, 그것 말고 계보학자들이 그의 삶에 가져다준 혜택이라곤 없었다. 토른은 그들을 통해 윌랄리 딜뢰의 비밀에 다가가길 바랐다. 그들도 마찬가지로 그녀의 지배를 끝내고 싶다는 바람을 갖고 있었으니까. 하지만 그들 밑에서 일한다는 것은 다이너마이트로 저

글링을 하는 격이었다. 그들은 토른에게 가짜 신분을 주었지만 언제든 도로 뺏을 수 있었고, '앙리 경'이라는 가면 없이는 토른은 다시 도망자 신세가 될 뿐이었다.

"조심해."

토른의 발걸음이 멈칫했고, 오펠리는 그의 각진 실루엣을 짐작할 수 있었다.

"너도 조심해. 아니, 그보다 조금 더."

그는 점점 멀어지더니 이내 안개가 그를 완전히 삼켜 버렸다. 오펠리는 그가 무슨 말을 하려 했는지 잘 알았다. 그녀는 토가 주머니를 뒤적였다. 안에는 앙브루아즈가 맡긴 라자뤼스의 집 열쇠와 수습 시절 그녀를 지도했던 헬레네가 건넨 작은 쪽지가 있었다. '나를 한번 찾아와요, 그대의 손과 함께.'

오펠리는 마침내 찾던 물건을 손에 쥐었다. 알루미늄 판이었다. 알루미늄 판에는 가문 정령들의 책에 있는 것과 똑같은 아라베스크 문양이 새겨져 있었다. 윌랄리 딜뢰가 고안한 암호이자, 오늘날까지 아무도 해독하지 못한 문자였다. 총알이 정중앙을 뚫고 지나간 이 금속 판은 메모리알의 늙은 청소부가 남은 유일한 잔해였다. 오펠리는 그를 떠올리는 것만으로도 구역질이 치밀었다. 알고 보니 그는 윌랄리 딜뢰의 과거를 지키는 파수꾼이자 완전히 이질적인 가문 정령이었다. 그는 오펠리를 공포에 질려 죽기 직전까지 몰아넣었었다. 하지만 상쾨르에프레스크상르프로슈*의 아들이 아버지의 복수를 하려다 그녀의 목숨을 구한 것이었다. 그녀에게는 천만다행으로, 그 아이는 판이

나사로 고정된 머리를 겨눴었다. 암호가 부서지자마자 늙은 청소부는 악몽처럼 흩어져 사라졌다. 고작 몇 줄의 글귀에 달려 있던 삶…. 오펠리가 이 이야기를 털어놓았을 때 토른은 솔직히 달가워하지 않았다.

오펠리는 알루미늄 판을 철책 사이로 던져 버렸다. 금속 조각은 마지막으로 한 번 반짝이더니 구름 속으로 사라져, 허공으로 떨어진 불행한 이들의 뒤를 따랐다.

위조 신분증을 떠올리자 가슴이 타들어 갔다. 욀랄리. 가명을 정할 때 무심결에 적의 이름을 택했던 것이다. 문제는 거기서 그치지 않았다. 낯선 기억들이 때때로 그녀를 덮쳐왔다. 어디부터가 욀랄리의 기억이고 어디까지가 자신의 기억일까? 과거가 조각난 퍼즐인데 어떻게 지금 스스로를 바로 세울 수 있을까? 세상이 무너져 내리는데 어떻게 미래를 꿈꿀 수 있을까? 결국엔 타자를 다시 만날 운명이라면 어떻게 자유롭다고 느낄 수 있을까? 오펠리는 자신이 타자를 해방시켰으니 그 책임을 져야 한다고 느꼈다. 하지만 욀랄리 딜뢰와 타자 모두를 원망했다. 그들이 아니었다면 누렸을 온전한 삶을 박탈해 갔기에.

오펠리는 입김을 불어 안개를 밀어냈다. 두 번째 기억이 건네주는 모든 단서를 쥐어짜 내 그들의 약점을 찾아낼 생각이었다. 욀랄리와 타자, 가문 정령들, 그리고 새 세계의 역사는 바로 이곳 바벨에서 시작되었다. 붕괴하든 말든, 오펠리는 바벨이 품은

* Sans-Peur-Et-Presque-Sans-Reproche. '겁 없고 거의 흠 없는 자'라는 뜻이다.

마지막 비밀까지 낱낱이 파헤치기 전에는 이 아슈를 절대 떠나지 않을 것이다.

오펠리는 허공을 등지고 몸을 돌렸다.

바로 옆에 누군가 서 있었다. 안개 때문에 형체를 알 수 없는 그림자였다.

이 구역은 일반인 출입이 금지였다. 저 사람은 언제부터 여기 있었을까? 조금 전 토른과 나눈 이야기를 엿들었을까? 아니면 순수하게 참사 현장에서 애도하는 중이었을까?

"거기 누구세요?"

그림자는 대답 없이 안개 속으로 느릿느릿 멀어져 갔다. 오펠리는 잠시 거리를 두었다가, 버려진 천막들의 실루엣 사이로 그 뒤를 밟았다. 과민 반응일지도 모른다. 하지만 이 수상한 남자, 혹은 여자가 일부러 엿들은 것이라면 적어도 얼굴 정도는 확인해 둬야 했다.

붕괴로 인해 둘로 갈라지고 안개 낀 시장에는 종말의 기운이 감돌았다. 태엽이 감기지 않은 신문 배달 오토마톤은 전날 자 신문 한 부를 공중으로 치켜든 채 광장 한가운데서 조각상처럼 멈춰 있었다. 이 침묵 속에서 불안하게 만든 건 평소라면 눈치채지도 못했을 미세한 소리들이었다. 배수로를 따라 꿀럭대는 물 소리. 버려진 상품 주위를 윙윙대는 파리 떼. 자신의 숨소리. 반면 시야에서 사라져 가는 그 그림자에게선 아무 소리도 들리지 않았다.

오펠리는 걸음을 재촉했다.

한 줄기 바람이 안개를 걷어냈을 때, 오펠리는 무언가에 비친 자기 모습을 보고 소스라치게 놀랐다. 한 걸음만 더 내디뎠다면 가게 쇼윈도에 부딪혀 기절할 뻔했다.

유리·거울 공방

안경 너머로 사방을 둘러봐도 주변에는 아무도 없었다. 그림자는 이미 오펠리를 따돌렸다. 어쩔 수 없었다.

오펠리는 가게 입구로 다가갔다. 주인은 붕괴에 겁을 먹고 문도 닫지 않은 채 달아난 모양이었다. 가게 안쪽에서 여전히 켜져 있는 라디오 방송 소리가 희미하게 흘러나왔다.

"…지금 **주르날 오피시엘**[*] 스튜디오에 나와 계십니다. 시민 여러분, 이분은 어제 아침 바벨을 비탄에 잠기게 한 그 비극… 비극을 직접 목격한 몇 안 되는 생존자 중 한 분이십니다. 말씀해 주시죠."

"아직도 믿기질 않아요. 하지만 제가 리얼리 봤거든요. 아니, 아니지, 못 봤어요. 말하자면 복잡해요."

"그냥 무슨 일이 있었는지만 말씀해 주시죠, 시민님."

"전 제 자리에 있었어요. 천막을 쳐놓고. 비가 억수같이 왔죠. 하늘… 하늘에서 물폭탄이 쏟아지는 줄 알았어요. 짐을 싸야 하나 말아야 하나 고민하고 있었죠. 그때 뭔가 덜컹, 하는 걸

---

[*] Journal officiel. 관보를 신문 형태로 배포하고 동명의 정책 방송을 보도하는 바벨의 언론사.

느꼈어요."

"덜컹했다니요?"

"아주 미세한 울림이요. 보지도 않았고 듣지도 못했지만, 그게. 맞아요, 분명 느꼈어요."

"그다음엔요, 시민님?"

"그러고 나선 남들도 똑같이 느꼈다는 걸 알게 됐죠. 그 덜컹거림을요. 다들 천막… 천막에서 뛰쳐나왔어요. 얼마나 충격적이었는지! 바로 옆 노점이 흔적도 없이 사라져 버렸더라고요. 그 자리엔 아무것도 남지 않았고, 그저 구름뿐이었어요. 그게 저였을 수도 있었던 거죠."

"고맙습니다, 시민님. 청취자 여러분… 여러분은 지금 주르날 오피시엘을 듣고 계십니다. 뢱스 귀족들은 여러분의 안전을 위해 북서 구역의 통행을 전면 금지했습니다. 아울러 공공질서를 어지럽히는 불법 전단을 절대 읽지 마시길 강력히 권고합니다. 또한 현재 메모리알에서 조사… 인구조사가 진행 중임을 다시 한번 알려드립니다."

오펠리는 그만 듣기로 했다. 에코가 거슬렸다. 이 에코라는 현상은 전에는 드물었다가 이틀 전까지만 해도 간헐적이더니, 이제는 모든 통신 활동을 방해하고 있었다. 라자뢰스는 다시 여행을 떠나기 전, 에코가 '모든 것의 열쇠'라고 단언했다. 그러면서 오펠리에게 그녀가 역전자*이며 자신도 그렇다고, 자신은 신을 대신해 아슈들을 탐험하고 있으며, 신의 세계를 더 완벽하게 만들기 위해 오토마톤을 창조했다고 떠들어 댔다. 요컨대 라자뤼스는 아무 말이나 늘어놓는 사람이었지만, 시내 중심에 근사한 저택을 가지고 있었고 오펠리와 토른은 그곳을 거처로 삼고 있었다.

오펠리는 진열장 거울에 비친 자기 모습에 시선을 고정했다. 마지막으로 거울을 통과했을 때 그녀는 공간을 단숨에 크게 뛰어넘었다. 마치 가문 능력이 자신과 함께 성장한 것 같았다. 거울로 드나드는 능력 덕분에 수많은 막다른 길에서 벗어날 수 있었지만, 애초에 첫 번째 거울을 통과하지 않고 가만히 있었더라면 세상은 더 평온했을지도 모른다. 어린 시절 자기 방 거울 속에서 정확히 무슨 일이 일어났는지 기억해 낼 수만 있다면! 타자와 만난 순간에 대해서는 오직 부스러기 같은 기억만 남아 있었다. 거울에 비친 자신의 모습 밑에 도사린 어떤 존재. 한밤중에 자신을 깨웠던 부름.

나를 풀어줘.

그래, 그를 풀어준 건 맞다. 하지만 그가 어디로 빠져나갔고 어떤 형상을 하고 있었단 말인가? 그녀가 아는 한 아니마에서도, 다른 어느 곳에서도 종말을 몰고 올 괴물이 나타났다는 보고는 없었다.

오펠리는 눈을 부릅떴다. 진열장 거울 속에 뭔가 이상한 점이 있었다. 분명 라자뤼스의 집에 목도리를 두고 왔는데도 거울에

---

* inversé. 역위증은 몸속 장기가 거울에 비친 듯 반대로 위치하는 선천적 질환이다. 이 작품에서는 앙브루아즈처럼 손발의 좌우가 바뀐 경우도 역위증에 포함된다. 역위증을 가진 사람들을 '역전자(逆轉者)', 해당 증상은 '역전'으로 칭하기로 한다.

는 목도리를 두른 모습이 비쳤다. 바벨의 복장 규정은 공공장소에서 색깔 있는 옷을 입는 것을 금지했기에 눈에 띄고 싶지 않아서였다. 이내 그녀는 거울의 이상한 점이 그뿐만이 아님을 알아차렸다. 토가는 피투성이였고 안경은 박살 나 있었다. 거울 속 자신은 죽어가고 있었다. 형태가 뚜렷하지는 않았지만 월랄리 딜뢰와 타자도 거울 속에 있었다. 그런데 사방이, 그들 주변으로는 사방이 허공뿐이었다.

"신분증을 제시하세요. 플리즈."

오펠리는 환영에서 눈을 돌렸다. 심장이 불에 덴 듯 화끈거렸다. 경비대원이 그녀를 향해 권위적인 손짓을 하고 있었다.

"여기는 일반인 출입 금지 구역입니다."

경비대원이 위조 신분증을 검사하는 동안 오펠리는 가게 진열장의 거울을 다시 한번 힐끗 보았다. 거울 속 자신의 모습은 정상으로 돌아와 있었다. 목도리도, 피도, 허공도 없었다. 폴에 살던 시절에도 이미 환영에 속은 적이 있었다. 처음에는 그림자에, 그다음에는 거울 속의 자신에게. 그렇다면 방금 본 것은 환각이었을까? 아니면 더 나쁘게, 누군가의 조작이었을까?

"8등급 아니마인." 경비대원이 서류를 돌려주며 말했다. "시테 태생은 아니군요, 미스 윌랄리."

붕괴 현장 가까이서 순찰하는 것이 영 불편한 기색이었다. 그의 길쭉한 귀가 예민해진 고양이 귀처럼 끊임없이 이리저리 돌아갔다. 바벨의 가문 정령 폴리데우케스의 후손들은 감각이 극도로 발달했다. 이 경비대원은 초청각자였다.

"그렇지만 여기에 거처가 있어요." 오펠리가 답했다. "그리로 가도 되나요?"

경비대원은 오펠리의 이마를 뚫어져라 살폈다. 이마에 있어야 할 무언가를 찾는 듯했다.

"아뇨, 안 됩니다. 규정 위반이에요. 공지 못 들었습니까? 지금 당장 메모리알로 가서 인구조사에 응하세요. 나우."

서명

　버드트램은 만원이었다. 오펠리는 문이 닫히기 직전 경비대원에게 떠밀려 억지로 열차에 태워졌다. 자세를 바꾸면 누군가의 발을 밟을 수밖에 없었다. 공기는 푹푹 쪘고, 땀 냄새는 열차 위 거대한 새들이 내뿜는 강렬한 냄새보다 심했다. 어디선가 아기가 울부짖고 있었다. 주변 모두가 자신처럼 혼란스러워하는 눈치였다. 왜 이 사람들을 메모리알로 데려가는 걸까? 갑자기 인구조사라니? 땅 꺼짐과 연관된 걸까? 불안함해 하면서도 감히 목소리를 높이는 사람은 아무도 없었다. 복장 규정에 따라 판단해 보건대, 열차 안에는 토템인, 식물술사, 예지자[*], 헬리오폴리스인, 변신술사[**], 네크로맨서, 유령[***] 등 다양한 아슈 곳곳에서 온 남녀가 빽빽이 모여 있었다. 바벨에서 흔히 볼 수 있는 사람들이었다. 버드트램을 비롯해 바벨의 온갖 발명품들

[*] 세레니심인은 앞을 내다보는 능력이 있어 예지자로 불린다. 본파미유 선각자단에서 오펠리와 수습 생활을 함께 했던 메디아나와 사촌들이 세레니심 출신이다.
[**] 코르폴리스 출신으로 어떤 모습으로든 변신할 수 있다. 서커스단 카니발 카라반의 단원 중 '천의 얼굴'이 대표적인 변신술사다.
[***] 비라코차 출신으로 고체를 기체로 변환하는 '유령화' 능력을 지녔다.

은 다양한 가문의 노하우가 합쳐진 산물이었다. 숨이 막혀 죽을 것 같았지만 열차는 좀처럼 떠오를 기미가 없었다.

사람들도 긴장한 기색이었지만, 오펠리의 불안은 그보다 훨씬 컸다. 주머니 속에는 위조 신분증이 들어 있었고, 세상의 종말을 막아야 하는 판국에 인구조사 따위를 받고 싶은 마음은 추호도 없었다. 상상이든 아니든, 아까 공방 거울에 비친 모습은 그녀를 몹시 뒤흔들어 놓았다.

오펠리는 차창에 바짝 붙어 창문 너머 인파를 바라보았다. 한 상인은 수레에 카펫을 묶고 있었고, 한 노파는 아이들을 태운 작은 밴을 몰고 있었으며, 혹소 한 마리가 길 한복판에 서서 통행을 가로막고 있었다. 사람들은 붕괴가 일어난 구역에서만 도망치는 게 아니었다. 그들은 '가장자리'로부터, 저 '허공'으로부터 도망치고 있었다. 사람들은 공포에 질려 있었다. 오펠리는 그들을 탓할 수 없었다. 타자는 저들 중 그 누구라도 될 수 있었으니까…. 소위 자신이 그와 연결되어 있다지만, 정작 길거리에서 마주친다 한들 그녀는 그를 알아보지 못했을 것이다.

벨로시페드*를 탄 오토마톤이 갑자기 나타났다. 배에서는 축음기 소리 같은 갈라지는 목소리가 쏟아져 나오고 있었다. 눈, 코, 입이 없는 마네킹 같은 오토마톤이 눈앞에서 페달을 굴리는 모습은 기묘한 광경이었다.

"잡초 뽑아 드립니다. 놋쇠 광택 냅니다. 바부슈 수선해 드립니다.

---

*19세기 앞바퀴에 페달을 달아 만든 최초의 페달식 자전거.

… 수선해 드립니다. 저는 절대 지치지 않습니다. 저를 고용하시고 인간에 의한 인간의 사육을 끝내십시오!"

오펠리는 유리창 너머의 남자와 눈이 마주쳤다. 그는 혼자 감당하기에는 너무 무거워 보이는 큰 트렁크 위에 앉아 있었다. 당장 오늘 밤을 어디서 보내야 할지 모르는 사람처럼 혼이 나간 표정이었다. 그는 오펠리와 열차 안 다른 승객들에게 소리쳤다.

"다른 아슈나 알아보라고! 바벨은 진짜 바벨 시민들의 것이야!"

마침내 버드트램이 승강장을 벗어났다. 오펠리는 속이 울렁거렸다. 단지 열차의 흔들림 때문만은 아니었다. 이동하는 내내 오펠리는 구름바다 아래로 펼쳐진 허공을 쳐다보지 않으려 애썼다. 메모리알 광장에서 열차의 문이 열리자 그제야 숨통이 좀 트였다.

오펠리는 안경을 쓴 고개를 한껏 젖혀, 등대이자 도서관인 이 기이한 건축물을 한눈에 담았다. 미모사 몇 그루만 빼고 이 작은 아슈를 통째로 집어삼킬 듯 거대한 곳이었다. 오펠리는 이 안에서 목록을 작성하고, 책을 감정하고, 분류하고, 카드에 구멍을 뚫으면서 며칠 낮을, 때로는 밤을 보냈다.

여기는 그녀에게 집이나 다름없는 곳이었다.

폴리데우케스의 가문 경비대가 명령을 퍼부었다. "내리세요, 플리즈! 앞으로 가세요, 플리즈! 기다리세요, 플리즈!" 승객들이 내리기 무섭게 이미 조사를 마친 민간인들의 물결이 도시로 돌아가기 위해 버드트램 안으로 들이닥쳤다. 그들은 이마에는 하나같이 기이한 자국이 남아 있었다.

오펠리는 땡볕 아래 끝도 없이 늘어진 줄에 갇혀 버렸다. 그녀는 머리 위에 작은 비구름을 띄우고 다니는 뒷줄의 늙은 온천술사*가 부러울 지경이었다.

오펠리는 머리 없는 군인 동상 앞에 오랫동안 대기했다. 이곳의 다른 모든 것들과 마찬가지로 아주 오래된 동상이었다. 메모리알은 옛 세계 시절부터 이미 존재했던 곳이다. 바로 여기서 윌랄리 딜뢰가 가문 정령들을 길러냈다. 그렇다면 윌랄리 딜뢰가 타자를 만난 곳도 여기였을까? 둘이서 함께 파열을 일으킨 곳도? 메모리알에는 그 상흔은 간직하고 있었다. 건물의 절반이 무너져 허공으로 떨어져 나갔고, 그 후에 구름바다 위에 야심 차게 재건되었다. 오펠리는 메모리알을 올려다볼 때마다 대체 어떻게 기울어지지 않고 버티는지 궁금했다.

갑자기 눈앞이 캄캄해졌다. 돌풍이 불어와 오렌지색 전단지가 오펠리의 안경에 달라붙은 것이었다.

우리는 술을 마시고, 담배를 피우고,

모든 금기를 어기리라.

당신은 세상의 종말을 어떻게 축하할 것인가?

오펠리는 전단지를 뒤집었다. 뒷면에는 한 구절만 인쇄되어

---

* 열한 번째 아슈 데제르 주민들의 별칭. 데제르인의 가문 능력은 온천수를 다루는 기술이다.

있었다.

바벨의 망나니들과 함께하라!

상퇴르에프레스크상르프로슈는 죽었지만 그의 추종자들은 제대로 한판 벌이고 있었다.

경비대원이 오펠리의 손에서 전단지를 획 낚아챘다.

"들어가세요, 플리즈!"

마침내 메모리알의 문을 통과했다. 늘 그랬듯, 처음에는 이곳의 거대함에 압도되어 자신이 한없이 작게만 느껴졌다. 거대한 아트리움, 위층으로 둥글게 이어지는 회랑들, 수직 통로인 트랜센디움, 천장에 마련된 열람실들, 돔 지붕 아래 떠 있는 스크레타리움의 구체. 어쩌면 그 무엇보다 오펠리를 주눅 들게 한 것은 지식으로 넘쳐나는 수많은 서가일지도 몰랐다. 하지만 그 짓눌리는 듯한 첫인상이 지나가자, 오펠리는 이 모든 페이지들의 조화 속에서 자신의 존재가 확장되는 것을 느꼈다. 그 수많은 침묵의 목소리들이, 너 또한 네 목소리를 낼 권리가 있다고 속삭여 주는 것만 같았다.

대기 줄이 여러 갈래로 나뉘어 아트리움 안쪽까지 이어졌다. 위층에서 간혹 오펠리의 눈에 띄는 사서들은 은밀한 발걸음으로, 시선을 피한 채 걷고 있었다. 자신들의 공간에서 이뤄지는 이번 인구조사 때문에 곤란한 기색이었다. 그녀는 그들 사이에서 블라시우스의 익숙한 얼굴을 찾으려고 했지만 그가 없다는 것을 금세 깨달았다. 그 가엾은 보조 사서는 절대로 남의 눈에 안 띄고는 못 배기는 지독한 불운을 타고났으니까. 대신 휴대용 타자기를 들고 오가는 오토마톤들만 가득했다.

끝없는 기다림 끝에 자신이 선 줄의 창구가 눈에 들어오자, 오펠리의 입에서 "아, 안 돼" 하는 탄식이 새어 나왔다. 창구를 지키고 있는 건 키가 크고 깡마른 여자 선각자였다. 황갈색 머리를 대충 묶어 말총머리를 하고 있는.

엘리자베스.

이 젊은 여자는 오펠리가 속했던 분과의 책임자였다. 오펠리는 엘리자베스의 독특한 개성을 좋아했고 지성을 높이 샀지만, 바벨의 지도층을 향한 맹목적인 충성심에는 진절머리가 났다. 위조 신분증이 실제로 문제가 된다면 엘리자베스는 사적인 감정 따위는 조금도 섞지 않을 것이다.

"또 너야?"

오펠리의 차례가 되자 엘리자베스가 인사 대신 내뱉었다.

"외지인 창구에 온 걸 환영해."

엘리자베스는 평소처럼 전혀 웃지 않았다. 두껍고 회색빛이 도는 눈꺼풀이 전등갓처럼 눈동자를 반쯤 덮고 있었다. 적갈색 주근깨도 창백한 얼굴에 생기를 불어넣지 못했다. 햇볕에 그을린 오펠리가 오히려 그녀보다 더 바벨 사람처럼 보일 지경이었다.

"꼴이 말이 아니네."

엘리자베스가 땀이 줄줄 흐르는 오펠리의 콧등을 만년필 끝으로 가리키며 말했다.

"너도 안색이 별로 안 좋은걸." 오펠리가 쏘아붙였다.

하나 마나 한 소리였다. 엘리자베스는 원래 안색이 나빴으니까. 그녀는 반말을 듣고 놀란 듯 눈썹을 슬쩍 치켜올렸지만, 자신이 더 이상 오펠리의 상급자가 아니라는 사실을 상기했는지 이내 표정을 풀었다.

"화장은 금지니까. 임무 수행 중에는 완벽한 투명성을 보여 줄 의무가 있거든. 그러니 네 투명성도 확인해 보게 신분증 좀 줘봐, 윌랄리."

"도대체 무슨 일이야? 왜 우리를 전부 소집한 거지?"

"흠?" 엘리자베스는 검토하던 서류에서 눈을 떼지 않은 채 대꾸했다. "룀스 귀족들이 최근 10년 이내에 바벨에 들어온 사람들을 대상으로 의무 인구조사를 시행하기로 결정하셨어. 믿기 힘들겠지만, 정말이지 엄청난 숫자야." 엘리자베스는 끝이 보이지도 않는 대기 줄을 향해 태연하게 손짓하며 덧붙였다. "난 자원해서 도우러 왔어. 물론 임시직이고, 곧 다음 발령지를 알게 될 거야. 이미 몇 군데서 제안을 받기도 했고."

이 순간 오펠리는 엘리자베스의 미래가 아니라 자신의 미래가 더 걱정되었다. 위조 신분증은 아르쉬발드가 날림으로 만든 것이었다. 도장 하나만 잘못 찍혀 있어도 가짜라는 게 들통날 판이었다.

"그런데 왜? 룀스가 왜 우리를 조사하지?" 오펠리가 집요하게 물었다.

"하면 안 되는 이유라도 있나?"

오펠리의 짐작대로였다. 엘리자베스는 가장 높은 등급까지 올랐는데도 내부자와는 거리가 멀었다. 그녀 역시 여느 바벨인들처럼 뤽스 귀족들이 윌랄리 딜뢰를 위해 비밀리에 복무한다는 사실을 까맣게 모르고 있었다. 붕괴가 일어난 바로 다음 날 이런 대규모 조사를 벌이다니, 우연일 리가 없었다. 분명 무슨 꿍꿍이가 있었다.

"엘리자베스," 오펠리가 카운터에 기대어 속삭였다. "바벨 말고 다른 데서도 땅 꺼짐이 일어났다는 거 알아?"

"음? 내가 왜 그런 것까지 알아야 하지?"

"선각자니까."

엘리자베스의 무심한 표정에 오펠리는 답답해졌다. 더 알 만한 사람을 찾아야 했다. 오펠리는 고개를 돌려 옆 카운터들을 살폈다.

"옥타비오도 여기 있어?"

오펠리가 그를 찾는 건 그가 뤽스 귀족인 레이디 셉티마의 아들이라서가 아니었다. 무엇보다 그가 신뢰할 수 있는 사람이기 때문이었다. 본파미유 수습 시절, 서로 깍듯하게 예의를 차려가며 경계하던 사이였다는 걸 생각하면 참으로 아이러니한 일이었다.

"주르날 오피시엘에서 시간제 근무를 시작했대." 엘리자베스가 대답했다. "그리고 정보를 제공하는 건 우리 소관이 아니야. 네 서류를 작성해야 하니까 몇 가지 질문을 할 거야. 최대한 짧게 대답해."

오펠리는 난생처음 겪는 심문을 견뎌야 했다. 바벨에는 언제 도착했나? 정착한 이유는? 어느 아슈 출신인가? 가문 능력은? 현재 고용 상태인가? 전과 기록은? 가족 중 신체나 정신 장애가 있는 자가 있는가? 도시에 대한 애착도를 1에서 10으로 점수를 매긴다면? 가장 선호하는 간식 브랜드는 무엇인가?

오펠리는 언젠가 자신의 가짜 신분에 대해 심문받을 날이 오리라고 마음의 준비는 하고 있었지만, 막상 닥치자 대답을 하려면 온 신경을 집중해야 했다. 그러나 한 쌍의 남녀가 다가오는 것을 본 순간, 그 냉정을 유지하기란 불가능에 가까웠다. 그들의 등장만으로도 대기 줄에 늘어선 사람들은 모두 침묵했다. 속삭임, 기다림에 지친 짜증 섞인 목소리, 하품, 기침, 모든 소리가 일순간 멈추었다. 오펠리는 이곳 메모리알에서 열렸던 진급식에서 멀찍이 본 게 전부였지만, 단번에 알아볼 수 있었다. 그들은 머리부터 발끝까지 온통 금색이었다. 옷은 물론이고 머리카락과 얼굴까지 금박을 입힌 상태였다. 그들은 서로에게 몸을 기대고 손가락을 깍지 낀 채, 마치 공원이라도 거니는 양 행정 업무가 한창인 이 아수라장 한복판을 미소 지으며 느긋하게 산책하고 있었다.

토른은 그들과 면담이 잡혀 있다고 했지만, 그들 곁에 보이지 않았다. 오펠리는 불안해졌다. 약속대로 라자뤼스의 저택에서 기다리고 있을까? 부디 그가 자신보다 덜 곤란한 상황이었기를 바랄 뿐이었다. 계보학자들은 젊은 파로스인이 수행하고 있었는데, 그 여자는 그들 중 하나가 팔을 스치거나 자신에게 귓속 말을 할 때마다 겁먹은 듯 소스라치게 놀랐다.

계보학자들이 오펠리가 있는 쪽으로 다가오자 그녀의 몸이 굳어졌다. 메모리알의 그 많은 창구 중에서, 왜 하필 그녀가 서 있는 곳에 관심을 보이는 걸까?

계보학자들은 엘리자베스를 사이에 두고 양쪽에서 몸을 숙였다.

"우수상 수상자가 이런 격에 맞지 않는 자리에서 뭘 하고 있나요?" 남자가 안타까워하며 말했다.

"혼자 힘으로 메모리알 데이터베이스에 혁명을 일으킨 분이잖아요." 여자가 말을 받았다. "당신의 재능이 여기서 썩고 있다니!"

평소 감정이 없던 엘리자베스조차 갑작스러운 관심에 당황한 기색이 역력했다. 그녀는 벌떡 일어나 차려자세를 취하고 '지식이 평화를 지킵니다!'라고 의무적인 경례 구호를 외치려 했지만, 그들은 그녀의 양 어깨를 눌러 다시 자리에 앉혔다.

"우리는 신경 쓰지 마세요, 젊은 레이디. 그저 우리의 제안을 생각해 봤는지만 알려줘요."

"그게, 생각할 겨를이 없어서….'

"그냥 '네'라고 대답하면 돼요." 여자가 말했다.

"당신 능력에 딱 맞는 일이에요." 남자가 말했다.

"게다가 이 도시에 아주 큰 공헌을 하게 될 겁니다!" 두 사람이 입을 모아 덧붙였다.

오펠리는 그들이 무슨 소리를 하는지는 몰랐지만, 적어도 자신이 엘리자베스의 입장이 아니라서 천만다행이라 생각했다.

엘리자베스의 두 뺨은 어느새 붉게 달아올라 있었다. 이제야 계보학자들을 가까이서 관찰할 수 있게 된 오펠리는, 금가루로 덮인 그들의 피부 아래 기이한 질감을 발견했다. 마치 영구적으로 닭살이 돋아 있는 것 같았다. 초촉각자. 그녀는 폴리데우케스 가문 능력의 이 변종에 대해서는 아는 바가 전혀 없었다.

"인 팩트, 제 1지망은 레이디 헬레네의 개인 보좌관직이었어요." 엘리자베스가 공손하게 말했다. "그분이 아니었다면 전 길거리에 나앉았을 테니까요. 제 계급장도 모두 부인께서 달아주신 것이나 다름없죠."

두 계보학자는 은밀한 눈빛을 교환했다.

"베리 감동적인 이야기네요. 그렇지만 연구소에서 하는 업무 역시 레이디 헬레네와 관련된 것이랍니다. 우리의 제안을 받아들이는 게 그분께 가장 큰 도움이 되는 길이죠!"

엘리자베스의 침착했던 가면에 금이 갔다. 오펠리는 바부슈에 시선을 고정한 채 대화에 끼지 않으려 애쓰는 젊은 파로스 여인을 안경 너머로 훑어보았다. 이 갑작스러운 면담에서 이 여자가 어떤 역할을 맡았는지는 뻔했다. 파로스인의 매력은 타인의 감정을 부드럽게 조율해서 무장 해제시키는 힘이 있었다. 보통은 의료 현장에서 환자를 진정시키는 데 쓰이지만, 지금 이 상황은 분명 의료 행위가 아니었다.

"지금 결정하면 안 돼."

엘리자베스가 갈피를 못 잡고 흔들리는 모습을 보자, 오펠리는 참지 못하고 경고를 던졌다. 하지만 내뱉자마자 후회했다.

그때까지 오펠리에게 눈길 한 번 주지 않던 계보학자들이, 마치 짠 듯이 동시에 유연한 동작으로 그녀를 향해 몸을 돌렸다. 그들은 속눈썹까지도 금빛으로 물들어 있었다.

"하실 말씀이라도, 미스?" 남자가 오펠리의 위조 신분증을 들여다보며 물었다.

"서류에 수정할 부분이라도 있나요?" 여자가 서류를 손끝으로 부드럽게 만지며 거들었다.

계보학자들이 불러일으키는 본능적인 혐오감에 오펠리는 뒷걸음질 쳤다. 토른과의 결혼식을 치르며 서로의 가문 능력을 공유하게 된 이후, 그녀는 드래건의 할퀴기 능력을 물려받았다. 오펠리의 발톱은 위험한 수준은 아니었지만 화가 날 때면 제멋대로 튀어나와 말썽을 부리곤 했다. 계보학자들은 자신을 몰랐지만, 그녀는 그들을 알았다. 계보학자들이 원하는 것은 바벨의 안녕이 아니라 윌랄리 딜뢰와 같은 존재가 되는 것이었다. 그들 눈에 자신은 별 볼 일 없는 작은 이방인으로 남아야 했다. 그래야 자신은 물론 토른도 화를 피할 수 있었다.

오펠리는 침을 꿀꺽 삼키며 자존심을, 그리고 발톱을 억눌러 삼켰다.

"아니요."

"그래서요?" 계보학자들은 다시 엘리자베스를 돌아보며 재촉했다. "우리 제안을 받아들이시겠습니까?"

"밀레이디, 밀로드,* 저… 저는 영광으로 받아들이겠습니다."

여자는 가슴이 깊게 파인 옷깃 사이에서 계약서를 꺼내 카운터 위에 펼쳤다. 남자는 엘리자베스에게 만년필을 내밀었다.

엘리자베스는 서명했다.

"굿 걸."

계보학자들은 엘리자베스의 양쪽 귀에 각각 그렇게 속삭이고서는 손을 맞잡은 채 멀어져 갔다. 금빛 망토가 그들 뒤에서 펄럭였고 젊은 파로스 여자가 적당한 거리를 두고 그 뒤를 따랐다. 오펠리는 그들이 머무는 동안 입안이 바싹 말라버렸음을 깨달았다.

엘리자베스는 머리카락이 달라붙은 이마를 닦아냈다.

"나, 너무 성급하게 서명했나 봐."

"대체 무슨 제안이었는데?" 오펠리가 물었다.

즉시 여기저기서 항의가 빗발치기 시작했다. 계보학자들이 사라지자마자, 긴 줄에 서 있던 사람들이 인내심을 잃은 것이다. 뒤에 있던 늙은 온천술사가 폭풍우를 부르겠다고 협박했지만, 엘리자베스는 여전히 넋이 나가 있었다.

"기밀이라 말해줄 순 없어. 정말 너무 성급하게 서명했어."

어리둥절한 기색으로 눈을 끔뻑이는 모습에 오펠리는 엘리자베스가 가여워졌다.

"그 파로스 여자가 널 홀린 거야."

"널 생각해서 하는 말인데, 무슨 조작이 있었다는 뜻으로 한 말이 아니길 바라." 엘리자베스가 서류를 돌려주며 엄격하게

* milady는 '귀부인'을, milord는 '귀족 신사'를 뜻하는 영어의 경칭이다.

경고했다. "우린 지금 룍스 귀족들에 대해 이야기하는 거야. 이건 아주 심각한 모함이라고. 특히나 서류 미비자의 입에서 나온 말이라면 더더욱. 너, 재판에 넘겨야겠어."

오펠리가 대구할 틈도 주지 않고, 엘리자베스는 카운터 너머로 몸을 쑥 내밀어 그녀의 이마 한복판에 도장을 꽝, 찍었다.

"농담이야. 서류는 통과됐어. 건강검진만 남았으니까, 그거 받고 집에 가."

집

"적어도 평범하진 않네요."

스툴에 앉은 오펠리는 맞은편 의사의 흐릿한 얼굴을 응시했다. 진찰을 위해 안경을 벗어야 했기에, 어둠 속에서 번뜩이는 두 눈동자만 선명하게 보일 뿐이었다. 메모리알 2층의 복사실 공간에 임시 진료소가 여러 개 급조되어 있었다. 오펠리는 속옷 차림으로 등사기와 복사기들 사이에 덩그러니 놓여 있었다

엘리자베스는 지금으로선 문제없다고 말했다. '지금으로선'이라는 말 때문에 오펠리는 불안했다. 바벨 행정 당국의 요구 사항에 적합하지 않다고 판정되면 어떻게 될까? 창밖으로 해가 저물고 있었고 오펠리는 이 인구조사가 끝나긴 할지 심각하게 걱정되기 시작했다. 토른에게 돌아가서 함께 조사를 시작하고 싶었다.

"가도 되나요? 기다리는 사람이 있어서요."

의사가 가까이 다가왔다. 전구처럼 빛나는 초시각자의 눈은 웬만한 의료 영상 장비를 능가할 정도였다. 의사는 오펠리가 진료실에 들어온 뒤로 단 한 번도 촉진을 하지 않았고, 심지어 맥

박을 재지도 않았다. 그런데 그의 시선은 어딘가 불쾌한 느낌을 주었다.

"사고를 당한 적이 있나요, 미스 윌랄리?" 의사가 오펠리의 서류를 들춰 보며 물었다.

그는 '사고'라는 단어에 묘한 억양을 실었는데, 단순히 바벨 억약 때문만은 아닌 듯했다.

오펠리는 눈살을 찌푸렸다. 예전에 샤워실에서 예지자들이 유리 조각을 쏟아붓는 바람에 온몸에 생긴 베인 상처를 말하는 걸까? 아니면 토른의 이복누이가 남긴 뺨의 묵은 흉터를? 그것도 아니면 지난 몇 년간 수없이 부러졌던 뼈들을 두고 하는 말인가?

오펠리는 건강하지 않은 사람으로 여겨지면 좋을 게 없다는 사실을 깨달았다. 이마에는 엘리자베스가 찍은 도장 자국이 선명했지만, 완전히 밖으로 나가기 전까지는 안심할 수 없었다.

"몇 번쯤요." 그녀는 얼버무렸다. "그래도 할 일을 하는 데는 아무 지장 없었어요."

의사는 고개를 끄덕였다. 오펠리는 그제야 의사가 노골적으로 자신의 아랫배를 훑어보고 있음을 알아차렸다.

"제가 말하는 건… 특별한 종류의 사고입니다." 의사는 신중하게 단어를 고르며 말했다. "미스 윌랄리, 서류에는 미혼이라고 쓰여 있는데요. 맞습니까?"

"그건 제 사생활입니다."

오펠리는 대화가 이런 방향으로 흘러가는 것이 전혀 달갑지 않았다. 사실 메모리알에 강제로 끌려온 이후 겪은 모든 일이 끔찍했다. 바벨의 행정 당국은 점점 더 깊숙이 그녀의 내밀한 영역을 침범해 들어왔고, 이 의사의 무례한 태도는 더 이상 참아주기 힘들었다.

"이제 옷 입겠습니다."

"기형이에요, 미스."

오펠리는 소지품을 챙기러 스툴에서 일어났다가, 다시 천천히 앉았다. 그녀는 장갑을 끼고, 마치 그러면 더 잘 들리기라도 할 것처럼 안경을 썼다.

의사의 눈이 한층 더 강렬하게 빛났고 묘한 매혹에 사로잡힌 듯 오펠리를 샅샅이 살폈다.

"특이한 사례들을 봐왔지만, 이런 경우는 처음 보네요. 당신의 몸을 이루는 모든 입자가… 아이 **돈트 노우**… 자기 안으로 뒤집힌 것 같습니다. 도대체 어떤 사고를 당해서 이렇게 됐는지 모르겠군요."

'거울 사고였죠.' 오펠리는 속으로 대답했다. 최초의 사고. 타자를 해방시켰던 그 사고.

"어떻게 움직임을 통제하는지도 이해할 수 없네요." 의사는 조명처럼 다시 눈에서 빛을 꺼뜨리며 말을 이었다. "어릴 때 당한 사고였나 보군요. 지금은 몸이 거의 **컴플리틀리** 회복된 기 같네요. 거의." 의사가 아버지라도 된 양 인자함을 듬뿍 담아 힘주어 말했다. "어린 숙녀분, 제가 무슨 말을 하려는지 아시겠죠?"

"역전자라는 거잖아요. 알아요, 이미 예전에도 그런…."

"당신은 아이를 가질 수 없어요." 의사가 오펠리의 말을 잘랐다. "신체적으로 아이를 가질 수 없어요."

오펠리는 의사가 서류를 마저 채우는 모습을 바라보았다. 그의 말은 이해했지만 자신에게는 아무 의미가 없었다.

"가도 될까요?" 이 말 말고는 더 할 말이 없었다.

"이탈 연구소에 가보세요. 거기서도 해줄 수 있는 게 없겠지만 아마 흥미를 가지고 자세히 연구하려 들 겁니다. 당신 같은 사례를 전문으로 다루거든요. 옷 입으세요." 의사는 무심한 몸짓을 하며 덧붙였다. "이제 끝났습니다."

오펠리는 마치 양손이 더 이상 무엇도 합의하지 않기로 한 것처럼, 샌들 끈을 매는 데 몇 번이나 애를 먹었다. 다음 사람에게 자리를 내주고 나왔다. 메모리알 2층은 차례를 기다리는 남녀로 넘쳐나고 있었다. 이마에 도장 자국이 찍힌 그 모든 이마를 보자, 오펠리는 도축장에 있는 듯한 기분이 들었다. 가문 경비대가 건강검진을 마친 사람들을 모아 출구로 안내하고 있었다. 오펠리는 다시 버드트램에 갇힐 생각이 전혀 없었다.

혼자 있어야 했다. 지금 당장.

메모리알에는 계단도 엘리베이터도 없었다. 하지만 오펠리는 트랜센디움의 인공 중력에 익숙했다. 그녀는 아무도 모르게 수직 통로를 지나 군중으로부터 멀어졌고, 이어 화장실에 몸을 숨겼다. 세면대의 물을 핥는 원숭이 한 마리 말고는 아무도 없었다. 마침내 혼자였다.

오펠리는 거울 하나를 마주하고 자신의 얼굴을 있는 그대로 바라보았다. 오늘 아침 유리·거울 공방에서처럼 존재하지 않는 것이 보일까 봐 두렵지는 않았다. 보이지 않지만 실제로 존재하는 것이 두려웠다.

오펠리는 배에 손을 얹었다. 너무 세게 누르면 몸이 더 부서질 것만 같아 조심스럽게 손을 올려놓았다. 타자는 세상을 찢어놓은 것만으로는 성에 차지 않았던 모양이다. 오펠리의 몸도 찢어놓았다. '그런데 왜 갑자기 더 이상 아무 감정도 느껴지지 않지?' 그녀 안에는 어떤 분노의 외침도 울리지 않았다. 그저 고요할 뿐이었다.

"난 한 번도 내가 엄마가 되는 상상을 해본 적 없어. 게다가 토른은 아이들을 싫어하고." 그녀는 거울에 비친 자신을 똑바로 바라보며 중얼거렸다. "그러니까 문제없어."

오펠리는 서툴게 세면대 위로 올라가 '집'을 떠올리며 거울 속으로 몸을 던졌다.

오펠리는 방향을 잃었다. 말 그대로였다. 메모리알에 있는 거울로 들어가 라자뤼스의 집에 있는 그 거울로 나올 생각이었다. 대신 현기증이 날 만큼 아찔하고 알 수 없는 추락하는 느낌이 덮쳐왔는데, 마치 아래에서 위로 떨어지는 것 같았다.

모든 것이 흐릿해졌다.

이미지도.

소리도.

생각조차도.

오펠리는 누군가 자신의 손을 꽉 붙잡고 있음을 불현듯 알아챘다. 형언할 수 없는 배경을 가로질러 한 걸음 한 걸음 끌려가는 느낌이었다. 감각이 포착한 현실의 조각 하나하나에 집중하려 애썼다. 동상이 하나 있었다. 머리 없는 군인 동상. 머리 없는 군인이 아직 머리를 가지고 있던 시절의 동상. 그러니까 그녀는 메모리알의 광장에 있었다. 아직 그곳이 '메모리알'이라 불리기 전의 시절로.

군사학교.

단어를 사물에 연결하자 그 윤곽이 더욱 뚜렷해졌다. 오펠리가 향하는 건물은, 훨씬 나중에 바벨의 건축가들이 이 건물에 부여할 웅장한 모습은 아니었지만 이미 위압감을 풍겼다. 주변에는 바다와 미모사 꽃이 온통 푸른빛과 금빛을 뿜어댔다. 섬. 그녀는 현기증을 일으키는, 짭짤하면서도 달콤한 향기를 거의 맡을 수 있었다. 거의. 코가 막혀서 숨쉬기조차 힘들었는데도.

계단. 손을 잡은 여자는 이제 입구 층계를 오르도록 오펠리를 이끌고 있었다. 여자? 그렇다. 오펠리에게 서두르라고 속삭이는 이 목소리는 여자 목소리였다. 여자는 오펠리의 언어가 아닌 다른 언어로 말을 걸고 있었지만, 모든 것이 이토록 흐리지 않다면 그 말을 이해할 수 있을 것 같았다.

여자는 오펠리가 로비라고 추측한 곳에 그녀를 앉혔다. 하지만 주변이 너무 흐릿해서 확신할 수는 없었다. 누군가 물을 쏟아 번져버린 수채화 속에 들어와 있는 느낌이었다. 오펠리는 발이 땅에 닿지 않는다는 것을 깨닫고 약간 충격을 받았다. 몸이 작아진 걸까? 그런데 여자는 어디에 있지? 여자가 자신의 손을 움켜쥔 감각이 이제 느껴지지 않았다. 멀리서 여자의 목소리가 들려왔다. 이제 그녀가 말을 거는 상대는 오펠리가 아니었다. 애써 집중한 끝에 오펠리는 마침내 자신이 듣는 대화를 이해할 수 있는 말로 옮겨낼 수 있었다.

"게다가 돌봐야 할 제 자식들도 있는데, 어떻게 또 입 하나를 더 늘리겠어요? 남편은 전쟁터에 있는데 나 혼자 어떻게 해요, 돈도 없이. 그리고 정말이지, 걔는 성실하고, 예의도 바르고, 똑똑하기까지 해요! 엄청 똑똑하다니까요. 네, 네. 말도 아주 완벽하게 해요. 심지어 할 줄 아는 언어가 몇 개나 된다니까. 걔가 가장 좋아하는 취미가 새 언어를 만들어내는 거예요. 믿기 힘들겠지만 진짜예요! 그리고 그걸 타자기로 다 쳐요, 어른처럼. 감정 기복이 좀 있는 편이긴 하죠. 그건 인정해요. 그래도 불쌍한 애예요…. 부모도, 형제자매도, 삼촌, 이모, 사촌들까지 가족이 죄다 강제 추방을 당했잖아요! 내가 알기로는 인쇄소를 했던 거 같던데. 금지된 걸 찍어낸 모양이에요. 거기선 그런 게 가볍게 넘길 일이 아니잖아요. 살아남은 것 자체가 기적이지. 네? 딜뢰예요. 아니, 디외*가 아니라! 딜뢰. 중간에 'l'이 두 개 들어간다고요. 맞아요, 걔네 고향에서 쓰는 이름이래요. 이곳 사람들은 다 틀리게 발음해요. 그나저나 아이들을 찾는다면서요, 어떤 애들이랬죠? 맞다, 잠재력이 뛰어난 아이들을 찾는다고 했죠. 내가 잘은 모르지만, 그 애는 아주 똑 소리 나고 전쟁에 보탬이 되고 싶어 해요."

* 디외(Dieu)는 프랑스어로 '신'을 뜻한다. 딜뢰(Dilleux)는 '디외'와 철자와 발음이 비슷한 탓에 사람들이 종종 디외로 잘못 발음하곤 했다.

누군가 다가오자 오펠리는 고개를 들었다. 그 여자가 아니라 다른 남자였다. 그가 뚜렷이 보이지 않았지만 뭔가 익숙한 분위기가 느껴졌다. 오펠리는 본능적으로 그와 함께 가야 한다는 것을 직감했고, 역시나 흐릿한 미로 같은 계단을 통해 그를 따라갔다. 남자는 군인처럼 걸었다. 터번을 썼고 이상하게 투털거리고 있었다. 오펠리가 아는 사람이었다. 확실했다. 마치 읽을 때처럼 자신에게서 초점을 거두고 남자에게 온전히 집중했다. 이제 더 또렷하게 보였다. 남자는 끔찍한 상처가 있는 하관을 터번으로 가리려 했지만 소용없었다. 상처는000 최근에 생긴 듯했는데, 제대로 아물지 않은 아래턱 일부가 날아가 버린 상태였다. 늙은 관리인. 아직 늙지 않은, 늙은 관리인이었다.

오펠리가 안내받은 곳은 꼭대기 층이었다. 그녀는 씁쓸하면서도 달콤한, 묘한 감정에 사로잡혔다. 바로 여기서 많은 밤을, 정말 수많은 밤을 보내게 될 것이었다.

집.

어린아이부터 큰 아이까지, 남자애건 여자애건 모두 몰려들어 오펠리를 둘러쌌다. 아이들은 호기심과 경계심을 동시에 드러냈다. 오펠리처럼 부모를 잃은 아이들이었다. 아이들의 얼굴이 보이지 않았지만 질문들은 들을 수 있었다.

"이름이 뭐야?"

"어느 나라에서 왔어?"

"스파이야?"

"전쟁 본 적 있어?"

오펠리는 자신이 매우 진지하게 대답하는 소리를 들었다. 자신의 목소리이면서도 자신의 목소리가 아닌 목소리로.

"내 이름은 윌랄리야. 난 세상을 구할 거야."

고아들은 모두 먼지구름 속으로 사라졌다. 오펠리가 연거푸 기침하며 숨을 들이켤 때마다 거미줄이 목구멍으로 넘어왔다. 그녀는 마룻바닥 위에 쓰러져 있었는데, 나무 가시가 살갗을 파고들었다.

오펠리는 멍하니 방금 팅겨져 나온 거울을 바라보았다. 방금 본 환영은 이미 희미해지고 있었다. 어떤 가족의 엄마, 관리인, 고아들. 모두가 찰나의 순간 속에, 그저 거울을 통과하는 시간 속에 담겨 있었다.

이번에는 환각이 아니었다. 몇 세기 전에 실제 있었던 장면을 목격한 것이었다.

오펠리는 일어섰다. 이 방의 유일한 가구는 공중에 떠 있는 거울뿐이었다. 문도 창문도 없었다. 천장의 작은 구멍으로 한 줄기 빛이 들어올 뿐이었다. 그녀는 이곳을 알고 있었다. 바벨의 메모리알 한가운데 떠 있는 스크레타리움, 그리고 그 스크레타리움 한가운데에 떠 있는 구체 속 비밀 방이었다.

오펠리는 공중에 떠 있는 거울로 다가가서 먼지로 뒤덮인 거울 속 자신을 바라보았다. 처음 그곳에 왔을 때처럼 예전에 거울이 붙어 있던 자리의 유령 같은 윤곽을 어렴풋이 짐작할 수 있었다. 오펠리는 이미 이 거울을 읽었던 까닭에 이곳이 윌랄리 딜뢰가 아직 신이 되기 전에 살았던 곳임을 알았다. 오펠리는 그때 본 윌랄리의 모습을 다시 한번 떠올렸다. 자신과 닮았으면서도 동시에 사뭇 달랐던 작은 여자가 타자기로 동화를 쓰고 있었다. 이제 오펠리는 이 방이 윌랄리 딜뢰가 글을 쓰던 단순한 작업실만이 아니라는 것을 깨달았다. 메모리알은 과거에 윌랄리 딜뢰가 가문 정령들을 키운 평화 학교였지만, 평화 학교가 되기 전 이 건물은 전쟁고아를 위한 고아원이었다. 그리고 윌랄리 딜뢰가 어린 시절을 보낸 곳이기도 했다.

집.

오펠리가 화장실 거울을 통과하기 전에 되뇌었던 바람이었다. 그 바람이 오펠리의 내면에서 자신의 기억이 아닌 다른 기억을 깨우며 이곳으로 자신을 다시 데려다놓은 것이다.

"여긴 내 집이 아니야." 오펠리는 거울 속 자신을 나무랐다. 마치 서로 말이 통하지 않는 남남이 된 것처럼. "난 그 여자가 아니야."

그 말을 내뱉자마자 명백한 진실이 그녀의 머리를 쿵 울렸다. 처음 이 방에 왔을 때, 오펠리는 윌랄리가 거울 속 자신의 반영을 마주하고 있는 모습을 본 적이 있었다. 윌랄리는 거울에 비친 자신에게 말하고 있었다. 그런데 지금의 윌랄리는 더 이상 거울에 비치지 않는다.

그때 윌랄리가 거울 속 반영에게 뭐라고 했었지?

"머지않았지만 오늘은 아니야." 오펠리는 윌랄리가 했던 말을 되뇌었다.

그 순간 아주 단순하면서도 완전히 터무니없는 뭔가를 깨달았다. 토른에게 당장 말해야 했다.

오펠리는 최대한 집중하되, 최대한 의도를 싣지 않고 다시 거울 속으로 몸을 던졌다. 어디로 갈지 특별히 정하지 않고 모든 목적지에 가능성을 열어두려 애썼다. 말로 설명하기 어려운 공간으로 넘어가는 느낌이 들었다. 눈꺼풀을 세게 누를 때 보이는 것과 같은 기묘한 형태와 색깔이 요동쳤다.

틈. 거울과 거울 사이의 틈새. 타자의 감옥. 이제 그녀는 자신이 그를 풀어주었던 바로 그 곳임을 이해했다.

예전에 본파미유 독방에 갇혔을 때 오펠리는 이 '2차원 공간'에 우연히 방문한 적이 있었다. 이제 그녀는 본능적으로 그 틈새로 미끄러져 들어가는 법을 이해하기 시작했다. 이곳에서는 세상 모든 거울의 울림을 감지할 수 있을 것만 같았다. 거리가 아무리 멀다 해도 상관없었다.

오펠리는 망설임 없이 하나의 거울을 선택했다. 라자뤼스의 저택 아트리움에 있는 거울이었다. 하지만 장식장 위로 빠져나와 향로들 사이에 서투르게 샌들을 딛는 순간, 그녀는 또다시 실수를 한 건 아닌지 의심스러웠다.

토른이 인형과 단둘이 마주 앉아 있었기 때문이다.

메신저

"드디어 오셨군요, 미스!"

오펠리가 장식장에서 굴러떨어지는 소리를 듣고, 전동 휠체어에 앉은 앙브루아즈가 반가운 내색을 하며 갑자기 나타났다. 영양처럼 긴 속눈썹이 그늘을 드리운 그의 두 눈이 칠흑 같은 피부 위에서 반짝였다. 목도리는 앙브루아즈 무릎 위에 똬리를 틀고 있었다.

"인구조사 얘긴 들었어요. 별문제 없었나요?"

그는 오펠리를 도우려고 두 손을 내밀었다. 오른쪽에 달린 왼손과 왼쪽에 달린 오른손을. 그 역시 심한 역전증을 앓고 있었지만 그의 증세는 누구라도 한눈에 알아볼 수밖에 없었다.

오펠리의 증상은 눈에 보이지 않는 내면의 것이었다. 더 악랄했다.

"위조 신분증이 잘 통했어요. 그런 절차들이 무슨 소용이 있는지 모르겠어요." 그녀가 대답했다.

"결코 쓸모없는 일은 아니었지."

토른이 굵은 목소리로 말했다. 그는 최근 쏟아진 소나기로 가득 찬 빗물 수조 가장자리에 앉아 있었다. 그는 맞은편 벤치에 놓인 인형을 최면 걸린 듯 뚫어지게 응시하고 있었다.

"어쨌든," 토른은 한 마디 한 마디 천천히 힘주어 말했다. "그 정보가 사장되는 일은 결코 없을 거야. 룍스 귀족들에겐 계획이 있으니까."

"무슨 계획?"

"나도 몰라. 난 옷차림만 룍스이니."

오펠리는 목도리를 향해 손을 뻗었지만 목도리는 이내 앙브루아즈 주위를 뱀처럼 휘감더니 그의 머리를 타고 올라가서 삼색 터번을 틀어버렸다. 남이 목도리를 두르고 있는 모습을 보자니 마음이 불편해졌다. 자기 잘못으로 둘이 떨어진 뒤로, 목도리와 그녀의 관계가 달라져 버렸다.

앙브루아즈는 죄책감 어린 얼굴로 그녀에게 밥그릇을 건넸다.

"시장하시죠. 오토마톤 요리사에게 먹을 것 좀 준비하라고 일러뒀어요." 앙브루아즈는 한술 뜨자마자 눈물을 글썽이는 오펠리를 바라보며 한숨을 지었다. "소리, 향신료를 너무 많이 넣었나 봐요. 그나저나 이마에 그건 뭐예요?"

"메모리알에 종이가 동났나 봐요." 오펠리가 비꼬듯 대답했다.

오펠리는 방금 빠져나온 거울로 몸을 기울이며 도장 자국을 문질렀지만 지워지기는커녕 노란 카레 자국만 더해졌다.

"연금술사의 잉크예요, 미스." 그가 설명했다. "바벨 행정부가 정한 날짜와 시간이 되기 전까지 지워지지 않을 거예요. 조금만 참으세요."

이 소년은 다정함 그 자체였다. 자기 아버지 라자뤼스와는 달랐다. 괴짜에 분위기 메이커인 라자뤼스는 하나뿐인 아들을 돌보기보다는 신의 하수인이 되기를 택한 사람이었다. 오펠리는 앙브루아즈가 라자뤼스의 아들이라는 점도, 목도리의 편애를 받는다는 점도 차마 탓할 마음이 들지 않았다. 그저 미소로 화답할 뿐이었다.

앙브루아즈는 인형의 유리 눈에서 강철 같은 시선을 떼지 않고 있는 토른을 가리켰다.

"남편분께서 저기 새로운 손님을 데려오셨답니다. 저는 사실 그 손님이 익스트림리 궁금하지만, 저한테는 털어놓으려 하지 않더군요. 그래서 무료함을 달래볼 겸, 저토록 진지한 분이 대체 인형으로 뭘 하시려는 건지 설명할 수 있는 서른네 가지 가설을 세웠답니다."

토른은 짜증 난 듯 콧방귀를 뀌었다.

"그것도 전부 다 소리 내서 읊어대더군."

오펠리는 자신이 얼마나 배가 고팠는지 새삼 깨달으며 허겁지겁 밥을 삼켰다. 위장을 짓누르던 묵직한 것이 막 가벼워진 참이었다. 집. 그래, 여기가 바로 집이었다.

"앉아도 될까?"

토른은 줄곧 인형에게 던지던, 속을 꿰뚫어 보는 듯한 시선을 오펠리에게로 돌렸다. 그는 고개를 끄덕였다. 그녀가 정말로 옆에 앉아도 되는지 허락을 구하는 게 아니라는 걸 알면서도.

둘 사이에 합의된 사항이었다. 오펠리는 그가 놀랄 만한 짓은 아무것도 해선 안 됐다.

오펠리는 빗물 수조 가장자리에 자리를 잡고, 석조 벤치 위에 놓인 인형을 관찰했다. 아름다운 검은 앞머리와 도자기 얼굴, 동양적인 이목구비 때문인지 선각자 분과의 옛 동료 젠이 잠깐 떠올랐다.

"계보학자들이 보낸 선물이야?"

"메신저야." 토른이 말했다. "그자들은 내게 지시를 내릴 때 직접 말하는 법이 없어. 유머 감각이 참 난해한 작자들이지."

"그렇다면 저의 열아홉 번째 가설이 꽤 근접했네요." 앙브루아즈가 차를 받친 쟁반을 무릎 위에 올린 채 다가오며 말했다.

바벨에서는 날이 더울수록 뜨거운 차를 마셨다. 오펠리는 찻잔을 집어 들고 입으로 후후 불었다. 박하차 향기가 났으나, 옆에 있는 토른에게서 진동하는 강력한 장뇌 향 소독제 냄새에 금세 묻혀버렸다. 심지어 등 뒤의 수련 핀 빗물 수조 냄새조차 그보다는 덜 자극적이었다. 오펠리는 그의 강박증에 익숙했지만, 앙리 경이 된 이후로는 우려스러울 정도로 심해져 있었다.

"뭐라는데?"

토른은 팔을 뻗어 벤치 위에 놓인 인형을 집었다. 그는 작은 기모노 아래 도자기 등에 숨겨진 장치를 드러냈다.

"아직 몰라. 단 한 번만 재생되는 녹음이라서, 네가 돌아오면 확인하려고 기다렸어."

인형의 목소리를 같이 듣자는 제안은 오펠리가 상상해 본 그 어떤 결혼 생활의 풍경에도 없는 일이었다. 인형 자체보다도,

그것을 쥐고 있는 뼈마디 굵은 긴 손이 그녀의 눈길을 끌었다. 걷어 올린 소매 아래로 토른의 온몸에 새겨진 쉰여섯 개의 흉터 중 몇 개가 드러나 있었다.

오펠리는 그 흉터들을 하나하나 다 본 적이 있었다. 여전히 그 기억에 압도되었고, 동시에 특권처럼 느껴지기도 했다.

토른은 오펠리와 눈이 마주치자 헛기침을 했다. 그는 빈틈없이 정돈된 머리카락 대열에서 이탈하려 하는 한 가닥을 뒤로 꾹 눌러 넘기며 평소보다 훨씬 딱딱한 목소리로 덧붙였다.

"같이."

오펠리는 고개를 끄덕였다.

"같이."

앙브루아즈는 둘을 번갈아 쳐다보고 휠체어를 뒤로 움직였다.

"저… 뭘… 두 분 얘기 나누세요. 뭐든 필요하시면 불러주시고요."

"조심하는 게 좋겠어." 휠체어 바퀴 소리가 주랑의 기둥 사이로 멀어지자 토른이 경고했다. "저 애가 우리 비밀을 거의 다 알고 있다고 해서, 또 은신처를 제공해 줬다고 해서 우리 편이라는 보장은 없어. 라자뤼스가 없는 동안 우리를 감시하라고 시켰다 해도 전혀 놀랄 일이 아니지."

그의 말투에 다시 폴의 거친 억양이 묻어났다. 앙브루아즈는 토른의 진짜 출신을 알고 있었지만, 토른은 사적인 자리에서만 앙리 경이라는 가면을 완전히 벗어던졌다. 오펠리는 구석에 자로 잰 듯 반듯하게 개어둔 토른의 커다란 제복을 흘깃 보았다.

그는 마치 남의 가죽을 벗어내듯 그 옷을 몸에서 떼어낸 것이었다. 흰색과 금색이 어우러진 천 위에 핀으로 고정된 태양 모양의 룩스 휘장이 전등 불빛을 받아 반짝였다.

밤은 마치 연극 무대의 막이 내리듯 순식간에 찾아왔다. 열린 지붕을 향해 고개를 들었지만 오펠리는 별 하나 찾을 수 없었다. 구름 파도가 또다시 도시 위로 밀려왔고, 자욱한 안개가 아트리움까지 스며들었다.

"들어보자." 오펠리가 찻잔을 치우며 말했다.

토른은 인형 등에 달린 태엽 꼭지를 한참 동안 감았다. 태엽을 놓자 몹시 날카로운 소리가 도자기 인형의 몸속에서 울려 나왔다.

"반갑네, 디어 프렌드."

오펠리는 코에 얹은 안경을 밀어 올렸다. 설령 계보학자의 목소리라 해도, 심하게 변조되어 있어 누구인지 전혀 알아들을 수 없었다.

"그대를 가문 총감찰관으로 임명합니다." 인형에서 음성이 흘러나왔다. "내일 동틀 녘에 이탈 연구소에서 당신을 맞이할 거예요. 그곳… 그 연구소에서 앞으로 몇 주를 보내게 될 겁니다. 공식적으로 당신은 룩스 후원자들이 낸 막대한 지원금이 제대로 쓰이고 있는지 확인하는 임무를 맡게 됩니다. 회계 분야에서 정통한 당신이야말로 이 사찰에 적임자니까요. 절차가 베리 오래 걸릴 테니 그동안 다른 조사를… 다른 조사를 병행할 시간은 충분할 겁니다."

"이탈 연구소는 특정 질병을 연구하고 치료하기 위해 설립됐어요. 하지만 그건 교묘하게 세워 진, 뚫기에는 거의 불가능한 허울일 뿐이라는 것을 알고 있습니다. 우리의 영향… 영향력에도 불구하고, 의료 기밀을 핑계로 내부 접근을 거부당했거든요. 그래서 오래전부터 우리는 이탈 연구소가 비밀 활동을 하고 있으리라 의심해 왔답니다. 우리 정보원 중 한 명이 그곳에 침투하는 데 성공했습니다. 그는 최근 마지막 보고서에 연구소가 진행하는 비밀 프로젝트가 있다고 알려줬죠."

"프로젝트명, **코르누코피아니즘.***"

"하지만 정보원은 우리에게 더는 알려주지 못했어요. 이후 흔적도 없이 사라져 버렸거든요. 우리의 질문들에 대한, 그리고 당신의 질문들에 대한 답도 이 프로젝트와 연결되어 있다고 생각할 충분한… 충분한 이유가 있습니다."

"일단 당신은 우리에게 이름 하나를 알려줌으로써 첫 번째 임무를 마쳤었죠, 디어 프렌드. 우리는 일반인은 접근이 금지된, 아주 오래된 기록 보관소에서 조사를 좀 수행했습니다. 이탈 연구소는 과거에 군사기지였더군요. 그러니까 그 단어가 우리의 금기어 목록에 올라 배척당하기 훨씬 전에요. 그 군사기지 또한 극비… 극비 연구 프로젝트를 진행했다고 해요."

"그 오래된 기록에 누구의 이름이 있었는지 맞혀보시겠어요?"

* 풍요의 뿔을 뜻하는 '코르누코피아(cornucopia)'에 특정한 신념이나 주의를 뜻하는 프랑스어 접미사 '-isme'을 붙여 만든 프로젝트 이름. 풍요의 뿔은 고대 그리스 신화와 로마 신화에 등장하며 재화가 끝없이 쏟아져 나오고 고갈되지 않는 풍요를 뜻한다.

“맞아요, 바로 그 이름이에요.”

“이해하셨겠죠, 디어 프렌드? 그 여자를 우리가 아는 존재로 만든 비밀, 그러니까 죽음을 기만하고 대붕괴로부터 세상을 구하는 권능을 비롯해 모든 힘을 소유하게 한 그 비밀. 그 비밀이 이탈 연구소에 감춰져 있을 거예요.”

“연구소를 실질적으로 지휘하는 이들은 우리보다 한발 앞서 있어요. 디어 프렌드, 당신이 그 흐름을 역전시킬 차례입니다. 임무 수행에 필요한 물건들은 이미 현장에 준비돼 있답니다. 혹시라도 실패한다면, 친애하는 앙리 경에게 무슨… 무슨 일이 닥칠지 굳이 설명하여 당신을 모욕하진 않겠습니다.”

음성 장치가 부서졌음을 알리는 마지막 꾸르륵 소리와 함께 인형이 입을 다물었다.

오펠리는 메시지를 듣는 동안 자신을 사로잡은 격렬한 감정을 드러내지 않으려고 애썼지만 어두워진 안경이 그녀를 배신했다. 그녀는 자신이 계보학자들을 얼마나 증오하는지 새삼 깨달았다. 토른 혼자서는 열지 못할 문들을 계보학자들이 열어주기는 했지만 그들이 진짜 인형이라도 되는 양 토른을 이용하고 가지고 놀면서 즐거워하는 꼴이 역겨웠다.

토른은 그런 것에는 별로 개의치 않는 듯했다. 오히려 집중하느라 가늘게 뜬 눈에서는 일종의 만족감마저 엿보였다. 그는 인형을 다시 벤치 위에 놓자마자 주머니에서 의료용 알코올 병을 꺼내 손을 소독했다.

“이탈 연구소.” 토른이 되뇌었다. “계보학자들의 말이 맞다면, 거기서 윌랄리 딜뢰가 신이 된 게 맞다면, 우리는 결정적인 단서 하나를 잡은 거야.”

오펠리는 도자기 인형 얼굴을 들여다보았다. 너무 진짜 같아서 불안한 느낌을 주는 아몬드 모양의 눈이었다. 정말이지, 또 이탈 연구소라니! 오펠리는 메모리알에서 의사가 자신의 기형에 대해 한 말을 곱씹었다. ‘거기서도 해줄 수 있는 게 없겠지만 아마 흥미를 가지고 자세히 연구하려 들 겁니다.’ 생각만 해도 속이 뒤틀렸다. 토른에게 꼭 이야기해야 할 문제였다.

“이탈 연구소에 가본 적이 있어.” 오펠리는 그 이야기를 하는 대신 이렇게 말했다.

면회 공간의 유리벽 너머로는 가지 못했었다. 선각자 수습 시절 강력한 라이벌이었던 메디아나가 메모리알의 늙은 청소부에게 겁을 먹은 후 그곳에 강제로 수용되었다. 오펠리는 메디아나에게 묻고 싶었지만, 그녀의 심한 트라우마 때문에 거의 아무 대답도 들을 수 없었다.

“연구소는 규모가 어마어마해. 작은 아슈 하나를 통째로 차지하고 있으니까. 정말이지 그곳 사람들은 의뭉스럽고 이해할 수 없었어. 내 이름으로 된 서류가 있다고는 했지만 내 질문엔 하나도 답해주지 않았거든. 아!” 갑자기 어떤 생각에 사로잡혀 그녀가 내뱉었다. “그러니까 계보학자들이 엘리자베스를 파견하려는 곳이 거기였구나? 계보학자들이 연구소 얘기를 했는데, 그게 이탈 연구소일 줄은 미처 생각도 못 했네.”

“계보학자들이?”

토른은 늘 미간을 찌푸리고 있는 편이지만 짜증의 정도에 따라 그 미간 주름의 깊이를 조절할 수 있었다.

"메모리알에서 계보학자들과 마주쳤거든."

"그들과 접촉하지만 않았다면 됐어."

오펠리는 신중하게 침묵을 지켰고, 그 침묵에 토른은 미간을 더 찌푸렸다. 그 탓에 눈썹 주위의 두 흉터가 주름과 합쳐져 기다란 하나의 흉터로 보일 지경이었다.

"재앙을 일으키거나 한 건 아니야." 그녀는 그를 안심시켰다. "사실 계보학자들의 관심은 온통 엘자베스에게 쏠려 있었거든. 나를 부스토리텔러로 임명하거나 하는 일은 없었어."

"왜 엘리자베스에게 관심을 가졌지?"

"엘리자베스가 자기들의 근무 제안을 받아들이길 바라더라고. 연구소에서 일하는 게 바벨뿐만 아니라 레이디 헬레네를 위하는 거라나. 그게 무슨 말인지 난 전혀 이해하지 못했지만."

토른은 팔꿈치를 다시 무릎 위에 올리고, 깍지 낀 손으로 턱을 괬다. 그의 시선은 바닥 타일의 기하학적 문양을 따라 움직였다.

"장기짝을 심어두려는 거로군."

"그중 하나는 끝이 좋지 않았고." 오펠리가 기억을 더듬으며 말했다. "정보원 하나가 카르노… 코프라… 아무튼 그 프로젝트를 조사하다가 실종됐잖아."

"코르누코피아니즘." 토른이 바로잡았다. "풍요의 뿔에서 따온 거지."

오펠리는 어리둥절했다. 풍요의 뿔? 그녀의 전공은 신화보다는 역사 쪽이었지만 원하는 대로 음식을 만들어낸다는 전설적인 풍요의 물건에 관해 분명 들어본 적이 있었다. 풍요의 뿔 이야기는 아슈마다 조금씩 다르게 전해졌다. 실용성이 중요한 아니마에서는 풍요의 뿔을 바닥나지 않는 식량 주머니로 표현하곤 했다. 그런데 윌랄리 딜뢰나 타자가 풍요의 뿔과 무슨 관계가 있다는 걸까? 그 둘 중 누구도 주위에 풍요를 가져다주기는커녕, 오히려 땅과 바다와 생명을 희생시켰는데.

그녀는 계보학자들의 메시지를 다시 듣고 싶었다. 오펠리는 갑작스러운 에코 때문에 집중력이 흐트러진 데다 토른 같은 기억력을 가지고 있지 않았다.

"모든 능력을 갖게 하는 힘." 오펠리는 다른 녹음 장치를 찾으려고 조심스레 인형을 만지작거리며 읊조렸다. "이름난 연구소에서 그토록 중요한 주제를 버젓이 연구하는데 세상에 알려지지 않을 수가 있을까?"

그때 오펠리는 토른의 손목 위에 앉은 모기를 발견하고 움찔했다. 모기가 피부에 닿자마자 보이지 않는 칼날이 수술용 메스처럼 정교하게 모기의 몸을 두 동강 내버렸다. 바닥 타일의 패턴을 분석하느라 깊은 생각에 잠겨 있던 토른은 모기가 앉은 것조차 눈치채지 못했다. 그의 발톱은 위협이 실제로 존재하든 아니든, 그의 의식 사각지대에 있는 모든 것을 무차별적으로 공격했다. 원시적이고 통제 불가능한, 그가 수치스러워하는 사냥 본능이었다. 오펠리는 어쩌다 그에게 이런 이상 증세가 생겼는지 온전히 이해할 수 없었다.

“윌랄리 딜뢰는 불멸의 가문 정령 스물한 명을 창조했어.” 토른이 말했다. “그리고 시간이 흘러도 변하지 않는 책에 각각의 정령이 어떻게 기능하는지 적어두었지. 직접적으로든 간접적으로든 세계의 파열을 일으켰어. 모든 아슈에 가문의 능력을 퍼뜨렸고. 그리고 마지막으로,” 그는 갑자기 경멸 조로 굳건한 목소리를 일그러뜨리며 결론지었다. “스스로를 신의 지위로 끌어올려 오늘날 모든 가문을 장악했지. 하지만 누가 그녀의 이름을 기억하지? 후세에 그녀는 이름 모를, 그것도 수준 낮은 동화 작가로만 남았을 뿐이야. 그토록 하찮은 인간이 그런 엄청난 기적들을 행했다면, 오늘날 다른 누군가라고 못하리란 법은 없지.”

토른은 깍지 낀 손가락에 힘을 주어 손톱이 살을 파고들 정도였다. 오펠리는 아트리움 바닥의 완벽한 연속성을 깨뜨리는 타일 조각 하나를 발견하고서야 그의 반응을 이해했다. 토른은 대칭에 병적으로 집착했다. 문제의 타일 조각을 오로지 의지만으로 바로잡으려는 듯 그의 시선이 한층 날카로워졌다.

“계보학자들은 내 질문에 대한 답들이 연구소에 있다고 암시했어.” 토른이 음절 하나하나를 또박또박 끊어 말했다. “궁금한 점이 하나둘이 아니야. 윌랄리 딜뢰는 어떻게 신이 되었을까? 파열에 대해 딜뢰는 실제로 얼마나 책임이 있을까? 왜 처음엔 가문 정령들에게 자유의지와 기억력을 주었다가 나중에 도로 빼앗았을까? 왜 지금 다른 모든 가문 능력을 쥐었음에도 유독 아르캉테르인들의 능력만은 갖지 못했을까? 본인이 직접 가문 정령들을 창조했다면, 왜 애초에 그들의 모든 능력을 갖고 있지 않았던 거지? 그리고 무슨 권리로 신 행세를 하는 거지? 자신의 인간성조차 잃어버렸으면서, 어떻게 감히 인류의 안녕을 염려한다고 주장할 수 있나?”

토른의 목소리는 점점 굵어지더니 억눌린 분노로 떨리기 시작했다. 그의 발톱이 발산한 전류 같은 자극 때문에 오펠리는 피부가 따끔거렸다. 자신은 모기처럼 끝나지 않기를 바랐다. 그는 ‘신’이라는 단어를 내뱉을 때마다 거의 들리지 않을 정도로 입술 끝만 움직였지만, 그녀는 혹시 누가 있지 않은지 확인하려 아트리움을 한번 훑어보았다. 라자뤼스의 오토마톤 하인들은 집에서 그 단어가 들리는 즉시 말을 내뱉은 사람을 에워싸고 칼날을 뽑아 가두도록 설계되었다. 고풍스러운 장식 중에 기계가 너무 많아서 어떤 게 함정인지 쉽게 알아볼 수 없었다. 대리석 책상 위에 놓인 이 그래포스코프*만 하더라도 겉으로는 아무 문제 없어 보이지만 과연 그럴까? 타이머가 달린 찻주전자는? 빗물 수조 가운데서 정시마다 심벌즈를 치는 저 분수 조각상은 또 어떻고?

토른은 문제의 타일 조각을 보지 않으려 눈을 질끈 감았다.

“나는 모순을 혐오해. 하지만 어머니가 파루크의 기억을 물려준 뒤로 늘 모순 속에서 살아가야 했지. 단편적인 기억들 속에 타자는 없지만, 확신하건대….” 그는 고쳐 말했다. “아니, 파루크는 윌랄리 딜뢰가 파열이 일어난 날 처벌받았다고 확신했

---

* 네모난 나무틀에 확대경을 끼운 기본적인 형태의 광학기구로 작은 사물이나 표본을 확대해서 관찰하는 데 사용된다.

어. 가끔은 그날 실제로 무슨 일이 벌어졌는지 거의 기억해 낼 수 있을 것만 같아. 파루크가 그 현장의 유일한 목격자였어. 그건 내가 장담할 수 있어. 그래서 월랄리는 아무도 자신의 '책'을 읽지 못하게 한 거야."

오펠리는 일단 끼어들지 않고 그의 말에 귀를 기울였다. 토른은 평소 말수가 적어 속내를 알기 어려운 남자였지만, 오늘 밤만큼은 자신의 생각을 명확하게 정리하고 싶어 했다. 그는 두 눈을 감고, 마치 눈꺼풀 안쪽에서 상영되는 어떤 장면을 지켜보는 듯했다.

"파열이 일어났을 때, 월랄리는 방 안에 틀어박혀 있었어. 파루크에게 들어오지 말라고 명령했지만, 결국 그가 문을 열고 말았지."

편두통으로 지끈거리는 토른의 넓은 이마가 주름졌고, 식은땀으로 번들거렸다. 그는 심연 속에 가라앉은 기억의 파편들을 수면 위로 끌어올리려 안간힘을 쓰는 듯했다.

"한쪽은 마룻바닥, 다른 한쪽은 하늘이야. 방이 정중앙에서 두 동강 났어. 아무것도 남지 않았어. 월랄리와… 그리고… 또 뭐였지?" 기억이 흩어져 버리자 토른은 짜증 난 목소리로 중얼거렸다.

"공중에 떠 있는 거울."

토른은 어깨를 펴며 눈을 떴다.

"그래, 맞아." 그는 동의할 수밖에 없었다. "거울이 하나 떠 있었어."

"항상 거기 있었거든." 오펠리가 말했다. "우연히 그 거울을 통과했었어. 메모리알 스크레타리움 안에 떠 있는 구체 속에 그 거울이 있어."

"건물 둘레의 정확히 정중앙이군." 토른의 눈에 깨달음의 섬광이 스쳤다. "파열로 건물의 절반이 뜯겨 나간 바로 그 지점이야. 윌랄리 딜뢰가 재건축 당시 바벨의 건축가들에게 그 방을 벽으로 봉인하라고 지시했대도 이상할 게 없. 우리가 먼저 이탈 연구소에서, 그리고 그다음 메모리알의 비밀 방에서 실제로 무슨 일이 있었는지 밝혀낸다면, 우린 이 모든 방정식을 풀게 될 거야."

오펠리는 문득 유리·거울 공방에서 보았던 끔찍한 환영이 떠올랐다. 피, 허공, 그리고 세상의 종말을 배경으로 한 윌랄리와 타자의 재회. 그것은 결국 그녀 자신의 공포가 거울에 투영된 것이 아니었을까? 그녀는 램프 불빛에 과장되게 늘어난 자신과 토른의 그림자를 내려다보았다. 두 그림자는 발치에서 서로 겹쳐져 하나가 되어 있었다.

"나 역시 궁금한 게 많아. 내가 왜 그렇게까지 닮았는지 자주 궁금했어." 토른이 눈빛으로 묻자, 오펠리가 덧붙였다. "윌랄리 말이야. 내 언니나 동생들보다 닮은 구석이 더 많아. 심지어 기억까지 일부 공유하잖아. 너처럼 누군가 내게 기억을 주입한 것도 아닌데 말이야."

오펠리는 잠시 입을 닫았다. 두 사람 주변으로 라자뤼스의 저택은 고요에 잠겨 있었다. 미풍에 흔들리는 방충망의 바스락거림과 멀리서 오토마톤들이 움직이는 소리만이 그 고요를 겨우 깨뜨릴 뿐이었다. 바깥의 밤거리에서는 아무 소리도 들려오지 않았다. 바벨의 밤에는 시끌벅적한 음악 소리도, 이웃들이 웃고 떠드는 소리도, 경적조차도 들리는 법이 없었다.

"왜 그런지 이제야 알 것 같아." 그녀가 말을 이었다. "내가 내 방 거울에서 해방시켰던, 그리고 나와 뒤섞여 버린 그 타자 말이야." 오펠리는 '뒤섞여 버린'이라는 단어에 힘을 주어 말했다. "그건 바로 윌랄리 딜뢰의 반영이야."

만약 토른이 비웃을 줄 아는 남자였다면 코웃음을 쳤겠지만, 그는 오히려 그 주장을 진지하게 곱씹기 시작했다.

오펠리는 천천히 왼손을 들어 올리며 그림자가 자신을 따라서 오른손을 드는 모습을 바라보았다.

"윌랄리가 인간성을 잃어버리면서 반영도 함께 잃어버렸던 걸지도 몰라." 그녀는 혼란스러운 목소리로 중얼거렸다. "나는 한편으로는 아마 내가 인정하기 훨씬 오래전부터 그렇게 믿고 있었던 것 같아. 하지만 다른 한편으로는 그 생각을 부정하고 싶기도 해. 기적이 일상이 된 세상에 우리가 살고 있다는 건 알지만… 거울 속 반영이 거울 밖으로 빠져나오고, 스스로 행동하고 생각하고, 온 아슈를 파괴하는 게 정말 가능한 일일까? 그렇다면 우리가 납득할 수 있는 현실에는 허물어질 수 있는 한계란 게 아예 없다는 걸까? 그리고 이탈 연구소의 프로젝트랑은 어떤 연관이 있을까? 이 풍요의 뿔을 이용해서 윌랄리 딜뢰가 수많은 얼굴과 다양한 능력을 손에 넣었을까? 그것 때문에 거울 속 자신의 반영과 충돌했던 걸까? 그 충돌 때문에 타자가 나타나고 파열이 일어난 걸까?"

토른은 셔츠에 체인으로 매달아 놓은 회중시계를 확인했다. 시계 뚜껑이 저절로 열렸다 닫히며 시간을 알려주었다.

"우리가 직접 답을 찾아내야 해." 그는 현실적인 태도로 말했다. "윌랄리 딜뢰가 자신과 타자를 지금의 상태로 만든 프로젝트를 진행했다면, 우린 그 프로젝트를 내부에서부터 파악해야 해. 이미 벌어진 일은 되돌릴 수 있어. 그 방법만 알면. 동이 트자마자 나는 연구소로 가서 조사할 거야."

오펠리는 두 손으로 옷자락을 꽉 쥐었다. 이제는 정말 그에게 말해야 했다. 토른은 거울 사고가 낳은 모든 결과를 알 권리가 있었다. '나는 아이를 가질 수 없어.' 그저 몇 마디 말일 뿐이고 큰 의미도 없는데 왜 입 밖으로 나오지 않는 걸까?

결국 오펠리는 지금이 때가 아니라고 단정 지었다.

"나도 같이 갈게."

토른의 몸이 굳어졌지만, 목소리에 반대하는 기색은 없었다.

"널 데려갈 순 없어."

"알아. 앙리 경이 이렇게 이마 한가운데에 이런 걸 찍은 외국 여자와 함께 다니는 모습을 드러낼 순 없지." (오펠리는 옅은 미소를 띠며 도장 자국을 가볍게 두드렸다.) "모두의 의심을 살 거야. 나는 내 방식대로 갈게. 어쨌든 라자뤼스는 내 역전증에 연구소가 관심을 가질 거라고 했으니까. 연구 대상으로 자원할 수 있겠지."

오펠리는 건강검진 때 의사도 그렇게 제안했다는 말은 굳이 꺼내지 않았다.

"확실한 동기 없이는 그런 기관에 제 발로 들어가는 사람은 없어." 토른이 경고했다. "계보학자들의 스파이가 사라진 건 조심성이 없었기 때문일지도 몰라. 만약 그가 발각됐다면, 연구소는 경계를 강화하고 새로 오는 사람들을 주시할 거야."

"내일부터 정보를 모아서 최선의 전략을 알아볼게. 내게도 정보원들이 있거든."

토른답게, 그는 오펠리의 미소에 답하지 않았다. 대신 그녀의 헝클어진 곱슬머리 아래로 보이는 도장 자국을 강철 같은 눈빛으로 살폈다.

"내가 룩스 귀족의 휘장을 달긴 했지만 그들이 무슨 꿍꿍이로 인구조사를 하는지는 몰라. 도시 북서 구역 붕괴는 여파가 있을 거야. 아마 당분간은 공공장소에 나타나는 걸 삼가야 할 거야."

"바벨의 온갖 행정 절차로는 날 막을 순 없을걸."

찌푸려졌던 그의 미간이 갑자기 풀렸다. 그는 마치 오펠리가 여전히 거기, 빗물 수조의 가장자리에, 그것도 기꺼이 자신과 가까이 앉아 있다는 사실이 도무지 믿기지 않는다는 듯 당황한 표정으로 그녀를 바라보았다. 일련의 표정들이 그의 얼굴 위로 스쳐 지나갔다. 그 표정들은 너무도 모순적이고 너무도 미묘해서 하나하나 분간하기 어려울 정도였다. 안도, 좌절, 감사 그리고 갈망.

그는 자신을 바라보는 그녀의 시선을 피하며 목을 몇 번 가다듬더니 마침내 대답했다.

"기다릴게."

토른은 갑자기 빗물 수조의 돌 가장자리에 앉은 것이 불편해 보였다. 마치 자기 몸이 몸에 맞지 않는 옷이라도 되는 듯, 너무 긴 팔과 너무 긴 다리, 그리고 너무 무거운 보조기를 어쩌지 못해 쩔쩔매는 것 같았다.

오펠리는 전날 두 사람이 내밀한 시간을 함께 보냈음에도 그가 자신을 전부 내보이지는 않았음을 깨달았다. 토른에게는 여전히 닿을 수 없는 영역이 있었다. 두 사람 사이의 틈은 아주 좁았지만, 이제는 그 틈마저 불필요하게 느껴졌다. 그녀는 불현듯 그 틈을 없애버리고 싶은 충동을 느꼈다. 하지만 자신의 긁힌 피부와 먼지투성이 머리카락이 떠올랐다. 위생을 최우선으로 여기는 사람에게는 아마 조금 거북한 몰골일 터였다.

"나 소독해야겠지?"

어둠이 오펠리를 덮쳤다. 숨이 막혔다. 잠시 뒤에야 토른이 갑자기 자신을 끌어안았다는 것을 깨달았다. 그의 포옹은 항상 예고가 없었다. 거리감, 그리고 그다음은 뒤섞임이었다.

"아니." 그가 말했다.

오펠리는 더는 생각하지 않고 그에게 몸을 내맡겼다. 그의 격렬한 심장 박동 소리에 귀를 기울였다. 그녀는 그가 이렇게 크고 자신이 이렇게 작은 것이 좋았다. 그는 파도처럼 온전히 그녀를 휩쓸었다.

토른은 비뚤어진 안경 너머로 크게 뜬 오펠리의 눈과 마주치자 몸을 떼어냈다. 그는 콧대를 세게 누르며 고개를 돌렸다. 그의 귀가 빨갛게 달아올라 있었다.

“이런 건 익숙하지 않아.” 토른이 또박또박 말했다. “그런 식으로 쳐다보는 거.”

“어떤 식?”

토른은 다시 헛기침을 했다. 오펠리가 지금껏 본 적 없는 당황하는 모습이었다. 항상 논리 정연하고 유창하게 말하던 그였지만 지금은 말문이 막힌 듯했다.

“마치 내가 이제 실수를 저지를 수 없는 사람인 것처럼. 실은 나도 실수를 해. 아니, 그보다 조금 더.”

토른은 손가락 자국이 난 큰 코를 오펠리 쪽으로 숙이고는, 가장 진지한 태도로 그녀를 바라보았다.

“언제든 네 마음이 상하는 일이 생기면… 내가 한 행동이든… 내가 하지 않은 말이든… 꼭 말해줘. 내 아내를 행복하게 해주지 못하는 이유가 뭔지 고민하고 싶지는 않으니까.”

오펠리는 볼 안쪽을 깨물었다. 사실 이제 두 사람 다 미지의 세계에 있었다.

“난 이미 행복해. 아니, 그보다 조금 더.”

굳게 다문 토른의 입술에 미세한 떨림이 스쳤다. 이번에는 과감히 오펠리를 향해 몸을 내밀었지만 다리 보조기의 관절이 걸리면서 움직임이 멈춰버렸다. 토른이 하도 짜증스러워하는 바람에 오펠리는 더 이상 웃음을 참을 수 없었다.

그랬다, 세상이 산산조각 나고 있음에도, 오펠리는 행복했다. 윌랄리 딜뢰도 이런 행을 느껴본 적이 있을지, 그리고 지금 이 순간 그녀는 어디에서 뭘 하고 있을지 오펠리는 궁금했다.

고독

가짜 붉은 거인은 주먹을 치켜들었다. 그는 제멋대로 움직이며 근육질 팔을 머리 위로 쭉 뻗더니, 커다란 입을 쩍 벌려 하품했다.

빅투아르는 흠칫 놀라 뒤로 물러섰다. 하지만 지나치게 거리를 두지는 않았다. 성큼성큼 걷는 대부를 놓치고 싶지 않았으니까. 이 거리는 참으로 이상했다. 파라솔들이 펼쳐진 테라스는 저절로 접히더니 완전히 사라졌다. 조금 떨어진 곳에 있던 형형색색의 과일들을 늘어놓은 노점 좌판도 마찬가지였다. 그리고 더 멀찍이 자리한 아담한 신문 가판대도 자취를 감췄다. 사람들은 대부가 다가오는 것을 보자마자 집 안쪽으로 숨었고, 집들도 사람들을 따라 하듯 마치 종이로 만든 것처럼 복잡하게 착착 접혀 들어갔다. 결국 문도 창도 없는 하얀 벽만 남아 하늘 높이 솟았다.

길거리는 금세 텅 비었다. 이제 그곳에는 대부, 가짜 붉은 거인, 이상한 눈 그리고 빅투아르뿐이었는데, 빅투아루는 사실 없는 셈이었다. 방금 지나온 거리에서도, 그 전 거리에서도, 그 전

전 거리에서도 똑같은 일이 일어났다.

대부는 저 높이 지붕 사이로 새어 나온 한 줄기 햇빛 속에 멈춰 섰다. 주머니에 뚫린 구멍으로 손가락 하나가 튀어나와 있었고 멜빵은 허벅지 위로 흘러내린 모습이었다. 그는 눈꺼풀을 내리깔고 마치 햇빛으로 양분을 섭취하려는 듯 코로 깊게 숨을 들이마셨다. 그의 피부와 수염이 반짝였다.

대부가 가짜 붉은 거인과 이상한 눈을 돌아보며 싱긋 웃었다.

"속담 틀린 거 하나 없군. 숨기로 작정한 아르캉테르인보다 더 잡기 힘든 존재는 없다니까."

빅투아르는 잘 알아듣지 못했다. 여행이란 욕조 바닥에서 바깥의 세상을 바라보는 것과 같았다. 하지만 이번 욕조가 유난히 깊다고 느꼈다. 이렇게 긴 여행은 처음이었다. 사람들의 목소리는 한층 뒤틀리고 멀게 들렸고, 종종 겹쳐서 들리기도 했다. 이곳에서 유일하게 안도감을 주는 것은 오직 대부의 미소뿐이었다.

이상한 눈은 허리에 찬 연장 가방을 뒤적였다. 그녀는 망치로 건물 외벽을 두드리며 귀를 바짝 갖다 댔다.

"벽이 아주 얇아. 숨어서 우리 말을 다 듣고 있어."

이상한 눈은 입 한쪽으로 말했다. 다른 한쪽으로는 담배를 물고 있었다. 불이 붙었든 꺼졌든 늘 담배를 물고 있어서 그 여자의 말은 알아듣기 더 힘들었다.

"사람들이 전직 대사님을 피하는 거잖아요. 하긴, 외교적 분쟁을 수집하다시피 하고 다니셨으니. 우리도 대사님 피해야 하는 거 아냐? 안 그래, 르나르?"

이상한 눈은 한쪽은 파랗고 다른 한쪽은 검은 기묘한 눈을 가짜 붉은 거인에게로 돌렸다. 남자는 긍정도 부정도 아닌 애매한 턱짓으로 대구했다. 한낮의 빛 속에서 그의 머리칼은 불처럼 타올랐지만 빅투아르는 그에게서 조금도 온기를 느끼지 못했다.

대부는 햇볕이 쨍쨍 내리쬐는 길 한복판에 드러누웠다. 한쪽 팔은 머리 아래로 팔베개를 하고 다른 한쪽 팔로는 구멍 난 모자를 부채 삼아 흔들었다. 그의 미소는 오직 하늘만을 향하고 있었다.

"유감이지만 아무도 날 피할 순 없을 거야. 심지어 나조차도 날 따돌릴 수 없는걸."

빅투아르는 정말이지 대부에게 가까이 다가가고 싶었다. 비록 대부가 자신을 볼 수도, 들을 수도, 만질 수도 없다는 걸 알지만. 자신 역시 대부를 그저 희미한 형태와 일그러진 소리로밖에 느끼지 못하더라도. 하지만 차마 다가가지 못했다. 가짜 붉은 거인이 한시도 대부의 곁을 떠나지 않았다. 그는 말은 거의 하지 않고 모든 말을 듣고 있었다. 그 남자는 빅투아르를 공포에 질리게 했다.

이상한 눈은 공중으로 망치를 빙글빙글 던졌다가 자루를 잡아채는 동작을 반복했다.

"그러니까 작전이란 게 이거예요? 땅바닥에 누워서 기다리는 거?"

"바로 그거지." 대부가 말했다.

이상한 눈은 엄마가 들었다면 좋아하지 않았을 만한 험한 욕설을 내뱉었다. 마침 앙두이가 종아리에 달라붙는 바람에 그녀는 휘청거리며 넘어질 뻔했다.

"고양이 좀 챙겨, 르나르!"

가짜 붉은 거인이 입으로 쯧쯧 소리를 내며 고양이를 불렀지만, 앙두이는 꿈쩍도 하지 않고 그를 쳐다보기만 할 뿐이었다. 빅투아르는 그 이유를 알았다. 앙두이 역시 그의 구두 아래에서 우글거리는 그림자 무리를 볼 수 있었으니까. 그 사람은 진짜 붉은 거인이 아니었다. 자신을 유아차에 태우고 정원을 산책시켜 준 사람도, 하프 의자에서 떨어질 뻔했을 때 자기를 붙잡아 준 사람도 아니었다. 그렇다, 이 붉은 거인은 다른 사람이었다. 빅투아르는 그가 누구인지는 몰랐지만 그녀 안의 모든 것이 '위험해!'라고 비명을 질렀다. 하지만 대부도 이상한 눈도 눈치채지 못하고 있었다.

빅투아르는 정말이지 아빠가 여기 있었으면 했다. 아빠라면 날 볼 수 있을 텐데. 아빠라면 가짜 황금 부인을 쫓아냈듯이 가짜 붉은 거인을 쫓아내 주셨을 텐데.

빅투아르는 그대로 얼어붙었다.

가짜 붉은 거인이 방금 어깨 너머로 살짝 눈을 흘겼다. 곁눈질로 그녀의 존재를 눈치챈 듯했다. 그의 구두 아래 그림자들이 순식간에 뒤틀리더니, 미친 듯이 요동치며 몸부림쳤다.

바로 그때, 거리의 하얀 벽들 사이로 목소리가 울려 퍼졌다.

"대체 너희를 어찌하면 좋을까?"

빅투아르가 한 번도 들어본 적 없는 목소리였다. 남자 목소리

같기도 하고 여자 목소리 같기도 했으며, 하늘에서 울려 퍼지는 듯했다. 저 높이, 아주 높은 지붕 끝에 누군가가 걸터앉아 있었다. 빅투아르는 그 사람이 누군지 자세히 보려 했지만, 여행 중에는 멀리 있는 대상이 더 흐릿하게 보일 뿐이었다.

"야누스님." 대부가 재빨리 몸을 일으켜 세우며 말했다. "찾아뵙고 싶었습니다."

그 사람이 지붕에서 사라졌다. 떨어지지 않았지만 더는 지붕 위에 없었다. 그는 이제 길 한복판, 대부 앞에 서 있었다. 목소리처럼 그 사람의 몸도 완전히 남자도 아니고 완전히 여자도 아닌 것처럼 보였다. 아니, 둘 다인 것 같기도 했다.

"아무도 날 찾지 못한다. 내가 찾을 뿐이지. 특히 내게 복종하지 않는 자라면 더더욱."

순간 빅투아르는 가짜 붉은 거인에게 느낀 두려움도 잊고 호기심에 사로잡혔다. 반은 남자이고 반은 여자인 이 사람은 아버지처럼 거대하고 우아하고 수수께끼 같았지만, 그것 말고는 아버지와 닮은 구석이 전혀 없었다. 피부는 캐러멜빛이 감돌았고, 콧수염은 나선형 계단처럼 비비 꼬여 있었으며, 목에 두른 깃이 몹시 두꺼워서 마치 머랭* 위에 머리를 얹은 것처럼 보였다.

그 사람 역시 빅투아르를 보지 못했다. 사실 그는 대부만 쳐다보고 있었다.

"아르캉테르에서 무슨 일이 일어나든 전부 내 손바닥 안이

---

* 달걀 흰자에 설탕을 첨가하며 빠르게 저어 단단한 거품으로 만든 혼합물.

다, 니뇨*. 네가 나의 아슈와 폴 사이에 통로를 만들었고, 내 형제 파루크가 가장 총애하는 여인을 직접 찾아가 만났으며, 그 여인을 이곳, 나의 아슈로 데려와 그 힘으로 내 마음을 돌리려 했다는 것까지는 전부 알고 있다.”

반은 남자이고 반은 여자는 천천히, 하지만 숨도 쉬지 않고 말을 이었다.

“내 생각은 변함없다. 내 명령도 그대로다. 아르캉테르에는 그 무엇도 들어올 수 없으며 아르캉테르에선 그 무엇도 나갈 수 없다. 너도 마찬가지다, 니뇨. 정녕 내가 아무것도 모를 거라 생각했나?”

“그러길 바랐죠.” 대부가 대답했다. “자리를 비운 건 한 시간도 안 됐고 빈손으로 돌아왔는걸요. 그리 호들갑 떨 일도 아니잖습니까.”

“세계 곳곳에서 나의 바람 장미 여덟 개가 사라졌다.”

빅투아르는 반은 남자이고 반은 여자가 농담할 기분이 아니라는 것을 거의 확신했지만, 대부는 갑자기 웃음을 터뜨렸다.

“아하, 그거요. 저는 손도 안 댔어요. 그저 폴로 가는 지름길을 하나 소환했을 뿐입니다. 그리고 그 지름길도 지나오자마자 바로 없애버렸고요.” 그때 벽면 한곳에서 하얀 돌 덩어리가 떨어져 나오더니 판지처럼 유연하게 펼쳐져 발코니 달린 창문이 나타났다. 사람들이 그 발코니 위에서 몸을 내밀고 아래 상황을 살폈다.

* niño, 스페인어로 '소년'이라는 뜻이다.

"바람 장미 여덟 개가 사라졌다." 반은 남자이고 반은 여자가 거듭 말했다. "바람 장미가 있던 땅도. 내 세뇨르들에게 다시 한 번 확인하라고 지시했는데, 그들의 보고는 확실했다. 네가 떠났다 돌아왔는데, 니뇨, 아슈들이 산산조각 났다. 나로서는 둘 사이에 인과관계가 있다고 볼 수밖에."

그가 너무나 과장된 동작으로 상체를 앞으로 기울인 탓에 빅투아르는 저러다가 대부 위로 고꾸라질 줄만 알았다. 그러다가 거대한 연기 망토처럼 그의 몸에 딱 달라붙은 그림자를 발견했다. 그 그림자는 빅투아르 말고는 아무도 못 본 모양이었다. 똑같지는 않지만, 엄마와 아버지의 발톱 세운 그림자가 떠올랐다.

"내 가문 능력이 네 피에 조금은 흐르고 있으니 어쩔 수 없이 널 내 후손으로 인정해야겠지. 하지만 그 능력을 악용했으니 널 절단할 수밖에."

그 사람이 거대한 손가락들을 펼쳐 대부의 머리를 쥐어 터뜨릴 듯 다가오자, 빅투아르는 겁에 질렸다.

그때 아주 느린 동시에 아주 빠른 일이 벌어졌다. 거대한 그림자가 반은 남자이고 반은 여자의 몸에서 떨어져 나와 연기 회오리처럼 공중을 맴돌더니 대부 바로 뒤 인도에 착지하는 것이 보였다. 그리고 다음 순간, 그 자리에 반은 남자이고 반은 여자가 서 있었다. 몸을 움직일 필요조차 없이 그림자가 있던 자리를 차지해 버린 것이다.

야누스는 대부의 등짝을 세게 후려쳐 모자를 땅에 떨어뜨렸다.

"곰곰이 생각해 보니, 네가 그 정도로 공간을 불안정하게 만들 만한 힘을 가졌을 리 없겠구나."

빅투아르는 다시 가짜 붉은 거인에게 눈을 돌렸다. 그는 아무 말 없이 가만히 서 있었지만 그의 그림자들은 미친 듯이 날뛰고 있었다. 그림자 무리는 그의 발치에서 몸부림치며 반은 남자이고 반은 여자를 향해 팔을─정말 엄청나게 많았다!─쭉 뻗었다. 마치 그의 그림자를 잡아채려다 실패한 것처럼 보였다.

대부는 모자를 주워 들고 손으로 휙 돌려 헝클어진 머리 위에 다시 썼다.

"온 아슈가 이렇게 불안정해진 것은, 야누스님, 신의 작품일지도 모릅니다. 제게 훈계하실 시간에 숨어 있는 신을 끌어내는 데 힘쓰셔야 하지 않을까요? 야누스님께서는 공간으로 뜨개질하는 아르캉테르 가문을 세우지 않았습니까. 그중에서도 탐침자라는 정예들은 누가 어디에 숨든 찾아낼 수 있고요. 그런 능력자들에게 두더지처럼 땅속에 숨어 지내라고 하시다니… 이 무슨 낭비입니까!"

빅투아르는 대부의 말이 무슨 뜻인지 이해하지 못했지만, 가짜 붉은 거인의 그림자들은 더 거칠게 꿈틀거렸다.

반은 남자이고 반은 여자는 두꺼운 깃의 주름 사이로 손가락을 깊숙이 찔러 넣었다. 마치 목 안쪽을 뒤지는 듯했다. 그러고는 거의 빅투아르의 몸집만 한 책을 꺼내 보였다. 아빠 역시 늘 저런 책을 지니고 있었다.

"그 얘긴 또 꺼내봤자 소용없다." 야누스가 책을 흔들며 말했다. "나는 내 형제자매들과는 다르다. 내 기억은 더없이 온전해. 나의 탐침자들은 내가 마음을 바꾸지 않는 한 영영 세상에 드러나지 않을 것이다. 네가 '신'이라 부르는 그자의 진짜 이름 역시 난 잊지 않았단다."

"진짜 이름이라." 대부는 꽤나 흥미로워하는 목소리로 따라 말했다.

"아무 대가 없이 네게 알려줄 이름은 아니다. 내 신뢰를 다시 얻어야 한다, 니뇨. 적어도 이것만은 알아두는 게 좋을 게다. 그 사람과 나는 결코 가까웠던 적이 없다. 물론 지리적으로 말이다. 나의 가문 능력을 사용할 수 있는 나이가 된 뒤로 나는 한곳에 머무르지 못했다. 세상이 파열된 날, 나는 그 사람과 함께 있지 않았다. 그 사람이 내 형제자매들의 책에서 한 장씩 찢어내 그들의 기억을 영원히 앗아 갔을 때도 나는 그 자리에 없었다. 솔직히 말하자면 그 사건이 그 사람을 다시 보고 싶게 만들진 않더구나. 나는 거리를 두기로 했고, 그래서 아르캉테르를 공간의 주름 속에 숨겼다. 그걸로 끝이었지. 나는 그 사람 일에 간섭하지 않고, 그 사람 역시 내 일에 끼어들지 않고. 이로써 수 세기 동안 서로 나쁠 게 없는 일이었지."

지금껏 말이 없던 이상한 눈이 결심한 듯 앞으로 나섰다. 피우던 담배를 바닥에 툭 떨어뜨리고는 신발 뒤꿈치로 비벼 끄고서, 그 기이한 눈으로 야누스의 눈을 똑바로 쳐다보았다.

"겁쟁이."

발코니에서 사람들이 독설을 퍼붓고 오렌지를 던지기 시작했다. 대부는 날아오는 오렌지 하나를 낚아채더니 태연하게 껍질을 벗기기 시작했다.

"이래도 외교 분쟁을 수집하는 사람이 접니까?"

대부가 미소 짓지 않았더라면 빅투아르는 정말로 걱정했을 것이다. 반면 이상한 눈의 얼굴에는 웃음기가 전혀 없었다.

"그건 이제 옛말이죠. 야누스, 당신도 잘 알 텐데. 그 사람은 당신네 가문 능력을 노리고 있고, 그래서 메르 일드가르드가…."

"자신의 의무를 다했지."

반은 남자이고 반은 여자는 손가락을 비비며 나선형 콧수염의 모양새를 다시 다듬었다.

"어쩌면 일드가르드는 내 후손일 수도 있다." 야누스가 덧붙였다. "하지만 일드가르드는 이름을 바꾸고 가문의 규율을 저버림으로써 나를 배신했다. 우리 가문에서는 중립성이 곧 법이지. 도냐 메르세데스 이멜다는 다른 가문들, 특히 너희 쪽 일에 너무 많이 개입했다. 그녀는 자신이 저지른 실수를 바로잡은 것뿐이지. 그 사람과 관련된 일이라면, 우리는 모두 여기서 우리끼리 차분히 기다릴 생각이다. 그 사람이 마음을 고쳐먹을 때까지."

빅투아르는 이상한 눈이 망치 자루를 움켜쥔 손에 힘을 주는 것을 보았다. 그 순간 대부가 이상한 눈과 반은 남자이고 반은 여자 사이에 끼어들었다.

"제가 거래를 제안하죠, 야누스님. 만약 저희가 그 사람의 음모에 아르캉테르가 이미 연루됐다는 사실을 증명한다면, 함께 그 사람의 멜빵을 바짝 조여서 혼쭐을 내주기로 합시다."

빅투아르는 어른들의 대화를 아마 전혀 알아듣지 못했지만 '멜빵'이라는 단어 정도는 알아들었다. 대부가 방금 셔츠 위로 멜빵을 꿰어 차고는 결의에 찬 태도로 꽉 쥐었기 때문이었다. 그는 영웅처럼 보였다. 그는 늘 빅투아르의 영웅이었다. 그런 대부는 어째서 빅투아르를 보지 못할까?

반은 남자이고 반은 여자는 깃의 주름 속에 책을 꽂아 넣었다.

"좋아, 받아들이지. 그때까지, 니뇨, 아르캉테르의 그 누구도 너희 일당과 접촉하는 것을 금한다. 너희가 너무 악한 영향을 미치기 때문이다."

창가에서 내다보던 사람들은 곧장 집 안으로 들어갔다. 발코니는 종이가 구겨지듯 사락거리며 접혔고 그 자리에는 하얀 돌들만이 줄지어 남았다.

빅투아르는 반은 남자이고 반은 여자의 그림자가 마치 거대한 연기 새처럼 날아오르는 것을 보았다. 곧이어 그도 사라졌다.

이상한 눈은 대부를 오랫동안 뚫어지게 바라보았다. 마치 대부의 미소를 망치로 깨부수고 싶어 하는 듯했다.

"이제 당분간 아르캉테르 사람들한텐 말도 못 붙이게 됐고, 우린 아무것도 증명하지 못할 거야. 그런데 넌 그런 게 다 아무렇지도 않다는 거지!"

이상한 눈은 갑자기 휙 돌아서서 가짜 붉은 거인을 향해 으르렁거렸다.

"세상이 박살 나고 있어. 메르는 개죽음을 당했는데 넌 구석에 처박혀서 입도 뻥긋 안 하고 있지. 이럴 때 보면 넌 여전히 하인처럼 군다니까."

빅투아르는 이상한 눈의 분노 속에서 고통을 느낄 수 있었다. 이상한 눈은 가짜 붉은 거인에게 매우 중요한 무언가를 절실히 바라는 것 같았다.

하지만 가짜 붉은 거인은 이상한 눈을 쳐다보지도 않았다.

"유감이군." 그가 말했다.

가짜 붉은 거인은 조금 전까지 반은 남자이고 반은 여자가 서 있었던 인도를 바라보고 있었다. 그림자 무리는 계속 그의 발치에서 기어다니며 사방으로 팔을 뻗고 있었다. 마치 결코 찾을 수 없는 무언가를 필사적으로 찾아 헤매는 것처럼.

빅투아르는 그림자 하나가 자신에게까지 기어 오는 것을 보았다. 도망치고 싶은 마음과 여기 남아야 한다는 마음 사이에서 어쩔 줄 몰랐다.

그 순간 그림자들과 햇빛이 서로 뒤엉켰다. 빅투아르가 세상을 올려다보고 있던 욕조 바닥은 더욱 흐릿해졌다. 형태들과 색깔들이 한데 뒤섞여 하나의 거대한 소용돌이가 되었다. 이제 가짜 붉은 거인도, 이상한 눈도, 태양도, 거리도 보이지 않았다. 대부도 없었다. 여행 중에 이런 일은 한 번도 겪어본 적이 없었다. 무슨 일이 벌어지는지 알 수 없었다. 마치 소용돌이가 자신을 온 우주 속에 희석시키려는 듯 빅투아르는 그 안으로 빨려 들어가는 기분을 느꼈다.

'안 돼!'라고 마음속으로 외치자 소용돌이는 방향을 바꾸더니 점점 속도를 늦췄다. 형태들과 색깔들이 서서히 제자리를 찾아갔다. 거리는 다시 어느 정도 안정을 되찾은 모습이었다. 거리는 텅 비어 있었다. 그리고 어두웠다. 지붕 사이로 쏟아지던 햇살도 사라졌다.

빅투아르는 사방을 둘러보았다. 대부는 떠나고 없었다. 어디로 갔을까? 그녀는 곧장 앞으로 나아가 오른쪽으로 돌고, 계단을 오른 뒤 왼쪽으로 돌았다. 거리 저 높은 곳의 하늘은 점점 푸른빛을 잃어갔다. 공원 모퉁이에 서 있는 누군가의 실루엣이 보였다. 대부인 줄 알았지만 사실 점화봉을 어깨에 멘 가로등 점화공이었다. 건물의 정면으로 가끔 문들이 나타났다. 문은 언제나 낯선 이들만을 위해 열렸다. 사람들은 거리로 나와 서로 속삭이고, 개를 산책시키고, 그러다 서로 잘 자라는 인사를 건네며 집으로 돌아갔다.

빅투아르는 도시에서 가장 높은 다리 한가운데 멈춰 서서, 저 아래 점점이 이어진 가로등 불빛으로 시선을 떨구었다. 수없이 많은 거리가 어둠 속에 구불구불 뻗어 있었다.

대부를 완전히 잃어버리고 말았다.

집에 있을 때 늘 보고 싶었던 진짜 하늘을 향해 고개를 들었다. 이제는 전혀 푸르지 않았다. 빅투아르는 혼자였다. 혼자였고 길을 잃었다. 그녀는 다시 하나가 되고자 온 힘을 다해 다른 빅투아르를 떠올렸다. 진짜 눈꺼풀이 있었다면 그것 역시 힘껏 감았을 터였다. 여행 중인 몸은 움츠러들었다. 빅투아르는 태어난 순간부터 한마디도 뱉어보지 않았지만, 마음속에선 침묵이 울부짖고 있었다.

엄마. 엄마.

"내가 상황을 가꿨다니."

가짜 붉은 거인이 거기 있었다.

그는 빅투아르 위로 몸을 기울였다. 별이 죄다 가려졌을 정도였다. 그의 시선은 빅투아르를 보지 못한 채 뚫고 지나갔지만, 다리 한복판에 있는 존재를 짐작하려는 듯 눈을 가늘게 뜨고 짙은 눈썹을 한껏 찌푸리고 있었다. 밤인 데다 여행 중이라 빅투아르 역시 그를 또렷이 볼 수는 없었다. 그런데 이상하게도 그의 발밑에 있는 그림자들은 매우 선명하게 보였다. 그림자들은 일제히 손가락으로 빅투아르를 가리키고 있었다.

"세상을 버렸다니." 가짜 붉은 거인이 다시 고쳐 말했다. "나는 세상을 버리지 않았어."

그러자 가짜 붉은 거인의 근육질 몸이 점점 작아지더니, 반대로 머리카락은 자라고, 자라고, 또 자라났다. 그는 이제 안경 쓴 작은 부인으로 변해 있었다. 빅투아르는 대모를 한 번밖에 본 적이 없었지만, 눈앞의 여자를 보니 대모가 조금 생각났다. 하지만 그보다는 엄마가 더 떠올랐다. 어둠 속에서 자신의 눈을 찾으려는 듯한 그 시선이 엄마를 생각나게 했다. 그 시선은 채워지기를 갈망하는 공허 같았다.

"내 이름은 윌랄리야. 그리고 너도 절대 버리지 않을 거야, 꼬마야."

안경 쓴 작은 부인은 다시 가짜 붉은 거인의 모습으로 돌아갔다. 그 여자, 아니 그 남자는 마치 몸을 반대 방향으로 돌려세우는 게 몹시 힘겨운 일인 양 비틀거리며 뒤로 돌았다. 그러고는 가만히 기다렸다.

오랜 망설임 끝에 빅투아르는 그들을 따라갔다. 그 여자, 아니 남자를. 그리고 그림자들을.

흰색

"어떤 기분이었을까요?" 앙브루아즈가 물었다. "허공으로 떨어진 사람들요."

휠체어 뒤쪽 발판에 올라탄 탓에 오펠리는 그의 얼굴을 볼 수 없었다. 사실 딱히 보이는 게 없었다. 앙브루아즈가 머리 위로 펴준 기계식 양산이 자꾸 안경 위로 내려왔다. 양산을 밀어 올리면 이번엔 거대한 터번이 시야를 가로막았다. 목도리는 앙브루아즈가 저를 떼어놓고 나가는 걸 원치 않았다. 온몸으로 그에게 매달려 있었다. 마치 머리카락에 녹아들어 그의 일부가 되길 바라기라도 하듯이. 앙브루아즈가 복장 규정 때문에 흰 천으로 목도리를 감쌌더니 머리 위가 불룩해졌다.

아무리 마음을 다잡으려 해도 오펠리는 자신의 작은 조각 하나를 빼앗긴 듯한 기분을 떨칠 수 없었다.

"글쎄요."

"아버지께서 이미 아슈들 사이의 허공을 탐사하려 애썼다는 이야기 이미 했지요, 그렇지 않나요? 아버지는 세상의 핵을 사진으로 담고 싶어 했지만 거기까지 내려가진 못했죠. 아무도 성공하지 못했어요. 허공에 떨어진 사람들은 리얼리 죽지 않은 건 아닐까요? 저 아래 어딘가에서 영원히 몰아치는 폭풍 속에 갇혔다면요? 그것도 아니면⋯." 앙브루아즈는 길을 건너는 도도새 한 마리를 가까스로 피한 뒤 말을 이었다. "세상 반대편 어딘가에서 다시 나타날 수도 있지 않을까요? 이곳의 정반대 편에 있는 다른 아슈 근처에서요. 그렇다면 이건 행성 기억의 원리와 충돌하니까, 그 행성 기억 원리라는 건 모든 아슈들이 서로 간에 정해진 절대적 위치값이 있다는 이론인데요, 어쨌든 저는 그래도 그 사람들이 다른 데서 나타날 수도 있다는 가설 쪽에 마음이⋯ 웰⋯ 무슨 말인지 아시겠죠?"

앙브루아즈와 라자뤼스는 적어도 하나는 닮은 구석이 있었다. 둘이 있을 때도, 심지어 더 많은 사람과 있을 때도, 혼자서 대화를 이어갈 수 있다는 점이었다.

"아버지는 하필이면 최악의 시기에 다시 여행을 떠나셨어요." 그는 지붕 사이로 보이는 하늘을 올려다보며 한숨을 쉬었다. "잘 지내셨으면 좋겠어요. 집을 자주 비우시고 가끔은 무슨 일을 하시는지 다 이해하지 못할 때도 있지만⋯ 그래도 절 사랑하세요." 그는 오펠리가 혹시라도 의심할까 봐 안심시키듯 덧붙였다. "아버지는 늘 말씀하셨죠, 몸은 좌우가 뒤바뀌었어도 제가 베리 중요한 존재라고요."

"이탈 연구소에 가본 적 있나요?"

"가본 적 없어요, 미스. 아버지가 바벨에 오실 때면 가끔 오토마톤들을 납품하러 그곳에 가시곤 해요. 연구소 소장들이 큰 고객이거든요! 아버지는 농담처럼 말씀하세요. 자신이 '시투스 트란스베르수스*'이니 연구소는 오토마톤보다 아버지 본인을 해부하는 데 더 관심이 있을지도 모른다고요. 하지만 설령 장기가 거꾸로 달려 있다 해도, 과학을 위한 기증은 죽은 뒤에 하는 편이 낫겠다고 하시더군요."

오펠리는 저택 한가운데 떡하니 걸려 있는 라자뤼스의 거대한 전신 초상화를 떠올렸다. '그래, 딱 그다운 발상이네'라고 생각했다.

"하나만 더 물어도 될까요? 좀 개인적인 질문인데."

"오브 코스, 미스!"

"어머니는 어떻게 되신 건가요?"

앙브루아즈가 놀란 눈으로 오펠리를 돌아보다가 앞에 멈춰선 인력거와 충돌할 뻔했다. 길이란 길은 꽉 막혔다. 바벨 시민들이 아슈의 교외 지역과 인근의 작은 아슈들에서 도망쳐 나오는 바람에 이미 한동안 이런 상태였다. 사람들은 도심만이 안전하다고 느꼈다. 앙브루아즈의 휠체어는 승합 마차나 이륜마차 사이로 간신히 빠져나갈 수 있었지만, 도로 곳곳을 가득 메우고 있던 삼륜차, 짐수레, 가축, 기계, 그리고 수많은 보행자 무리를 비집고 나아가야 했다. 어떤 사람들은 멈춰 서 있는 탈것에 달려들어, 머물 곳을 찾을 때까지 잠깐이라도 좋으니 제발 재워달라며 매달리기도 했다.

* situs transversus, 역위증 또는 역전증.

"플리즈! 플리즈! 플리즈!"라는 애원이 사방에 울려 퍼졌다.

오펠리는 아슈 붕괴에 대해 죄책감을 느끼지 않으려 했지만, 그렇다고 이 사람들을 보며 마음이 아프지 않은 것은 아니었다. 몇몇 이들의 이마에는 자기처럼 도장이 찍혀 있었다. 피부가 벗겨질 만큼 이마를 비누로 박박 문질러봤지만 잉크 자국은 옅어질 기미조차 없었다.

앙브루아즈는 가족 단위로 친 천막이 정글처럼 빼곡히 들어선 광장을 가로질러 교통 체증에서 휠체어를 가까스로 빼냈다.

"저도 정말 알고 싶어요." 마침내 그가 입을 열었다. "저는 어머니를 본 적이 없어요. 아버지도 어머니 얘기만 나오면 입을 닫으시고요. 어디 출신인지조차 몰라요. 제가 어머니를 닮았는지도요."

앙브루아즈의 목소리에서 평소의 경쾌함이 사라져 있었다. 오펠리는 목도리 때문에 잠시 그를 질투했다는 사실이 바보같이 느껴졌다.

그는 웅장한 대리석 건물 앞에 휠체어를 세웠다. 정문 위에는 이렇게 새겨져 있었다.

주르날 오피시엘

"다 왔습니다, 미스." 앙브루아즈가 부드럽게 덧붙였다. "그 일은 당신 탓이 아니라는 거 아시죠?"

오펠리는 휠체어 뒤쪽 발판에서 내려와 그의 얼굴을 똑바로 바라보았다.

"분명히 해둘게요. 내가 타자를 찾으려는 건 내 잘못이라는 죄책감 때문도 아니고 당신 아버지와의 약속 때문도 아니에요."

"당신 스스로의 결정이라는 거죠." 그가 그녀의 말을 대신 마무리 지었다. "그건 퍼펙틀리 이해했어요."

오펠리는 그와 그의 머리 위에서 꿈틀거리는 거대한 터번을 향해 미소 지었다. 그녀는 자신의 선택을 하고 싶었다. 목도리 또한 그럴 권리가 있었다.

"앙브루아즈, 언젠가는 당신의 수고에 대해 정말로 제대로 사례를 해야겠어요. 당신은 장점이 참 많지만 장사 수완은 꽝이군요."

이번에는 오펠리 혼자서 주르날 오피시엘 사무실 안으로 들어갔다. 실내는 뒤섞인 소리들이 소용돌이치고 있었다. 전화벨이 울려대고, 윤전기가 덜거덕거리고, 여기저기서 웅성거리는 목소리가 들렸다. 날카로운 소음들 위로 선풍기 소리가 낮은음 반주처럼 겹쳐졌다.

"소리, 미스. 아무것도 알려드릴 수 없어요."

오펠리가 입도 떼기 전에 접수 데스크 직원이 한손에 수화기를 들고 또 다른 수화기 하나를 턱과 어깨 사이에 낀 채 팔꿈치로 출구 쪽을 가리켰다.

"저는 그저…."

"신문을 보세요." 직원은 말을 끊고 발로 신문 거치대를 밀었다. "필요한 건 전부 거기에 나옵니다."

"…옥타비오, 비르투오소 후보를 만나러 왔는데요." 오펠리가 말을 맺었다.

"윌랄리?"

높이 쌓인 서류 더미 하나가 그녀 쪽으로 휙 돌았다. 서류 더미 아래로 은빛 날개 박차가 달린 부츠가 반짝였고, 부츠가 회전하자 그녀는 붉게 타오르는 옥타비오의 눈과 마주쳤다. 놀라움에 한껏 치켜 올라간 각진 아치형의 눈썹 아래로, 붉은 눈동자가 잉걸불처럼 빛나고 있었다. 옥타비오가 직원 쪽으로 고개를 돌리자 직원은 곧바로 수화기 두 개를 모두 내려놨다.

"제가 아는 사람이니 들여보내 주시죠."

"알겠습니다, 밀로드. 소리, 밀로드."

"저 직원, 널 무슨 편집국장 대하듯 하네?" 오펠리가 옥타비오를 따라 여러 부서를 지나치며 말했다.

옥타비오는 별다른 대꾸 없이 지나는 책상마다 서류 묶음을 내려놓았다. 기자들이 "감사합니다, 밀로드! 레이디 셉티마께도 제 존경심을 전해주세요!"라며 과장된 감사 인사를 건넸지만, 그는 마지못해 건성으로 대답할 뿐이었다. 그는 서류 더미를 다 처리할 때까지 일을 이어갔다. 그러고는 다른 부서에 비해 놀랍도록 조용한 방으로 오펠리를 데리고 들어갔다. 문에는 '예술비평'이라는 명패가 붙어 있었다. 방 안 라디오에서는 피아노 연주가 흘러나왔는데, 끊임없이 울리는 에코에 방해받지만 않았더라면 오펠리도 훌륭한 연주라고 생각했을 법했다. 초청각자 기자 한 명이 고양이처럼 귀를 쫑긋 세운 채, 애매한 표정으로 입을 삐죽이며 가끔 '오오'나 '아아' 같은 탄성을 내뱉으며 름악을 듣고 있었다.

옥타비오가 창가의 커튼 사이로 부서진 빛이 비치는 빈 회의용 테이블에 앉으라고 오펠리에게 손짓했다. 피아노 소리도, '오오', '아아' 하는 소리도 금세 사라졌다. 그들이 앉은 이곳은 마치 소리를 차단하는 괄호 안과 같았다. 이곳에 앉아 있는 동안만큼은 외부 소리가 들리지 않았고, 그들의 목소리도 밖으로 새어 나가지 않을 것이었다.

"널 보니 마음이 놓이네." 옥타비오가 서두도 없이 말했다. "북서 구역에 땅 꺼짐이 일어났을 때, 네가 본파미유를 떠난 뒤로 어디서 지내는지 내가 전혀 모른다는 걸 깨달았거든."

오펠리는 두 사람의 얼굴이 비치는 테이블의 광택을 유심히 살폈다. 아침 식사 때 은식기를 통해 앙브루아즈를 검사했던 것과 똑같은 절차였다. 껄끄럽긴 해도 반드시 필요한 예방책이었다. 감정을 배제하고 눈앞에 있는 사람의 정체를 의심해야 했다. 타자와 윌랄리 딜뢰가 때가 되었을 때 어떤 모습으로 나타날지 알 수 없기에. 만일 타자가 정말 윌랄리 딜뢰가 잃어버린 반영이라면, 그들의 정체를 드러내고 가면을 벗길 수 있는 것은 오직 거울뿐이었다.

옥타비오가 진짜 옥타비오임을 확인하자 비로소 그의 말이 마음에 와닿았다. 상퓌르에프레스크상르프로슈가 뜯어버린 골드 체인을 그가 여태 새로 하지 않았다는 사실을, 그리고 앞으로도 절대 하지 않을 것임을 직감했다. 그의 골드 체인은 뢱스 귀족과의 혈연을 과시하는 상징이었다. 오펠리는 옥타비오를 자신과 동등한 존재로 여겼다. 그것은 자신과 그가 또래이고 체구가 비슷해서만이 아니었다. 하지만 그를 받들어 모시는 이들의 생각은 달랐다.

"유감이야. 여기서조차 사람들은 널 먼저 레이디 셉티마의 아들로 보네." 그녀는 진심을 담아 말했다.

옥타비오는 얼굴을 반쯤 가린 검은 앞머리 아래로 기쁨도 슬픔도 아닌 미소를 지어 보였다.

"친구들 생각이 중요하지, 뭐."

그는 물병에 남아 있던 물을 전부 컵에 따라 오펠리에게 건넸다. 창문으로 들어온 빛이 컵 안의 물을 투과해 탁자 위에서 일렁였다.

"인 팩트, 내 유일한 친구의 생각 말이야. 그런데 무슨 일이야? 혹시 그거 때문이라면…." 옥타비오가 오펠리의 이마에 찍힌 도장을 가리키며 말했다. "가문 궁에서 아직 도장의 의미를 공식적으로 밝히지 않았어. 신문사에도 문의가 빗발치고 있고. 나역시 아는 바가 거의 없지만, 대부분 헬레네의 피후견인 중 바벨에 체류한 지 10년이 안 된 사람들이 대상이라는 것만 말해 줄 수 있어."

"응, 엘리자베스도 그렇게 설명하더라."

옥타비오의 눈이 그의 가문 능력의 여파로 붉게 빛나기 시작했다.

"좀 실망했나 보네. 얼굴 근육이 아주 미세하게 처지는 게 보여.” 그가 말했다.

오펠리는 배 앞으로 팔짱을 꼈다. 옥타비오의 시선은 의사의 진찰과는 다르다는 것을 알았지만, 이렇게 뚫어지게 관찰당하는 일은 이제 불편해졌다. 그 역시 눈치챘는지 조심스럽게 시선을 돌렸다.

“내가 선각자 비르투오소 후보로서 주르날 오피시엘에 근무한다고 해서 갑자기 모든 걸 다 아는 대단한 사람이 된 건 아니야. 아직까지는 반쯤은 학생이고, 본파미유에선 분과 하나를 통째로 책임지고 있어. 내가 여기서 온리 하는 일이라곤 시민들이 보내오는 제보들의 진위를 검토하는 것뿐이야. 보통 열에 아홉은 신빙성이 없는 것들이거든. 바벨의 망나니들이 종말론을 운운하는 선전물과 헛소문을 퍼뜨리며 여론을 흔들고 있어서 우리도 골치 아프게 됐어.”

이번엔 오펠리가 옥타비오를 유심히 바라보았다. 커튼 뒤에서 비치던 햇빛은 막 몰려든 거센 구름에 삼켜져 사라졌고, 그그늘 때문에 옥타비오의 앞머리 아래 드리운 그림자가 한결 짙어졌다.

“비록 내가 너만큼 관찰력이 좋진 않아도, 널 좀 겪어봐서 알아. 무슨 걱정거리 있지?”

오펠리는 토가 안에서 자신의 어깨가 얼마나 긴장해 있는지를 문득 깨달았다. 되도록 생각하지 않으려 애썼지만, 누군가가 매 순간 자신에게 아니마가 사라졌다고 알릴 수 있을 것만 같았다. 가족에게 설명 한마디 없이 떠나왔다. 선택의 여지가 없었다고—모든 걸 늘 엄마가 결정하고 아빠는 책임을 회피하니까—생각하긴 했지만, 오펠리는 엄마 아빠를 얼마나 사랑하는지 말하지 못하고 온 것을 매일 후회했다.

옥타비오는 방 반대편을 잠깐 훑어보았다. 예술비평가는 에코 때문에 짜증이 났는지 라디오를 손바닥으로 퍽퍽 내리치고 있었다. 예술비평가는 두 사람에게 아무런 관심도 없었다. 설령 그가 예민한 초청각 귀를 기울였다 해도 두 사람이 나눈 얘기를 들을 수는 없었을 것이다.

"잘 모르겠어." 마침내 옥타비오가 입을 뗐다. "아까 말한 대로, 윌랄리, 우리는 계속해서 공지를 받고 있어. 바벨과 제일 가까운 아슈, 그러니까 토템 쪽에서 들어온 전보도 여럿이야. 그쪽 상황도 어렵다는 내용이지. 하지만 현재로서는 그 정보의 진위를 확인할 방법이 없어."

오펠리는 컵에 담긴 물로 입술을 적셨다. 천장 선풍기가 돌고 있었지만 공기만큼 물도 뜨거웠다.

"신문사에서 그쪽으로 사람을 보낼 순 없어?"

"당분간 장거리 비행은 전부 중단됐어. 에코가 무선통신을 방해하고 있는데, 왜 갑자기 에코가 이렇게 많이 발생했는지 아무도 설명하지 못하는 상황이야. 짧은 거리는 괜찮아. 나도 오늘 새벽에 버드트램을 타고 왔으니까. 하지만 이정표 하나 없는 광활한 구름 바다 위를 비행하는 건 별개의 문제야."

"또 에코라니… 그게 대체 정확히 뭐야?"

오펠리는 특별히 옥타비오에게 물은 것은 아니었지만 그의 단호한 대답에 놀랐다.

"존재해선 안 되는 것들인데, 바로 그게 문제야. 엄밀히 말하면 그것들은 본래 의미의 에코조차 아니야. 일반적인 에코는, 예컨대 우리가 소리를 내면 그 소리가 벽에 부딪혀 되돌아오는 거잖아. 파동이 그것을 내보낸 근원지로 되돌아가는 거지. 근데 이 에코들은 전혀 다른 방식으로 작용해. 들리지도 보이지도 않아. 오직 우리 기술 장비만 우연히 감지할 수 있지." 옥타비오는 무겁게 결론을 내렸다. "달라. 이 에코들은 우리와 같은 파장을 타고 움직이지 않아. 전혀 정상적이지 않지. 설상가상으로 더 위험해졌고."

그런데 라자뤼스는 그게 '모든 것의 열쇠'랬는데. 오펠리는 속으로 생각했다.

"여기 신문사가 파악한 바로는, 지난밤 비행선 편대가 출항 준비를 마쳤어. 뢱스 귀족들 주도로 말이야. 그들은 바벨을 떠날 생각인 것 같아. 에코 문제를 우회할 항법 시스템을 찾기라도 한 걸까? 자세히 건 공식 발표를 봐야 알겠지."

옥타비오가 뢱스 귀족들을 언급할 때마다 목소리에는 어머니에 대한 생각이 배어 나왔다. 마치 촛불 끄개처럼 그의 눈꺼풀이 타오르는 시선을 덮어버렸지만, 그래도 그는 그 막을 통해 볼 수 있는 듯했다.

"난 모든 공문의 진위를 확인해야 해." 그가 되풀이했다. "뢱스에서 나오는 문건만 빼고 전부. 그러니까 거의 모든 기관에서 내놓는 문건은 제외한 셈이지. 뢱스 귀족들의 말은 아무도 의심하지 않으니까. 바벨이 투명성을 잃은 건지, 아니면 내 관점이 변한 건지 모르겠어."

탁상시계에서 종이 울리자 오펠리는 현실로 되돌아왔다. 지금쯤이면 토른이 이미 새 임무를 수행하고 있을 터였다.

"부탁 하나 할게. 네게 좀 민감한 일일 수도 있지만, 나한텐 중요한 일이라서."

오펠리는 숨을 깊이 들이쉬며 말을 골랐다. 옥타비오가 자신을 친구라 여긴다면 그녀도 마찬가지였다. 그에게 사실대로 털어놓고 싶었지만, 그러자면 계보학자들이 내린 임무를 언급해야 했고, 그건 결국 토른을 위태롭게 만드는 일이었다. 진실을 말할 순 없었지만 거짓말을 하고 싶지도 않았다. 그녀는 검진 때 의사가 했던 말, 내내 머리에 맴돌던 그 말을 떠올렸다. 그걸 절충안으로 삼기로 했다.

"이탈 연구소 입소를 권유받았어. 연구 대상자로서 말이야. 네가 예전에 동생 스콩드* 얘기를 했었지. 매주 일요일에 만나러 간다고. 너라면 그 연구소 내부가 어떻게 돌아가는지 나보다 더 잘 알잖아. 혹시 조언 좀 해줄 수 있어?"

옥타비오는 오펠리가 컵에 남은 물을 얼굴에 확 끼얹기라도 한 듯 눈을 번쩍 떴다.

"휴식 시간 끝났어." 그는 날 선 목소리로 쏘아붙였다.

두 사람이 자리에서 일어나자마자 고요가 비눗방울처럼 터

---

* Seconde. 프랑스어로 '두번째'라는 뜻.

졌다. 기자의 타자기가 타악기 소리를 내며 라디오에서 흘러나오는 흐릿한 목소리를 덮었다. "…오직 로물루스만이 이룰 수 있는 음악적 위업, 음악적 위업으로… 바벨 도시에서 가장, 가장 뛰어난 초촉각자들과도 견줄 만한 연주 기교…" 옥타비오는 문 쪽으로 곧장 걸음을 옮겼고, 발걸음을 내디딜 때마다 부츠에 달린 날개 장식이 탁탁 부딪치며 소리를 냈다. 대화가 끝난 것인지 알 수 없었지만 오펠리는 옥타비오를 바짝 뒤쫓았다. 한 기자가 사진 묶음을 휴지통에 던져 넣으며 전부 망쳤다고, 에코 문제가 해결되지 않는 한 더 이상 일을 할 수 없다고 소리치며 지나가다 오펠리를 밀쳤다. 그녀는 바닥에 떨어진 사진 한 장을 집어 들었다. 사진 속의 이미지가 너무 심하게 겹쳐서 뭘 찍은 건지조차 알아볼 수 없었다.

"위고, 가자."

옥타비오가 큰 현관에 줄지어 선 오토마톤 중 하나에게 지시를 내렸다. 오토마톤은 얼굴이 없어서 표정도 없었지만, 배 안쪽에서 '무소식이 희소식'이라는 말을 내뱉으며 마지못해 움직이는 듯했다. 오토마톤은 우편 가방 같은 것을 어깨에 멨고, 머리 위에는 안테나가 솟아 있었으며, 가슴에는 전신기가 내장되어 있었다.

"위고는 내가 확인해야 할 공문들을 한데 모으는 역할을 해." 옥타비오가 오펠리에게 문을 잡아주며 설명했다. "공공 안내 가이드와 같은 방식으로 작동해서 정확히 목적지까지 데려다 주기도 해. 바쁘지 않으면 우리랑 같이 가지?"

그의 말투는 무뚝뚝했지만 오펠리의 걱정만큼 쌀쌀맞지는 않았다.

밖은 온통 하얬다. 구름바다가 만조처럼 높이 차올라 대리석 건물들 사이로 구름이 눈사태처럼 쏟아져 내렸다. 오펠리는 현관 계단 앞에 여전히 멈춰 있는, 안개에 가려 거의 보이지 않는 휠체어의 앙브루아즈에게 눈인사를 했다. 그러고는 옥타비오와 오토마톤 뒤를 따라 구름 속으로 뛰어들었다. 순식간에 안경에 김이 잔뜩 서렸다. 아무것도 보이지 않아서 지나가는 행인이나 소화전에 부딪혔다. 거리로 나선 지 몇 걸음 만에 토가가 축축하게 젖었고, 머리카락이 머리 위에서 곱슬거리며 말려 올라가는 게 느껴질 정도였다.

"동생이 자라는 모습을 보지 못했어."

왼쪽 어딘가에서 들려온 옥타비오의 목소리는 안개만큼이나 씁쓸한 기색 때문에 먹먹하게 들렸다. 그의 초조한 발걸음이 날개 장식을 짤랑거리게 했다.

"심지어 태어날 때도 못 봤지." 그는 속사포처럼 말을 이었다. "당시 나는 폴리데우케스 사관학교에 보내졌는데, 그곳은 기숙학교였거든. 부모님은 한 번도 날 보러 오지 않았어. 솔직히 말하면 난 어머니가 임신한 줄도 몰랐어. 어머니가 여동생이 생겼다고 알려주신 그날, 아버지가 집을 떠났다는 사실도 알게 됐어. 난 스콩드를 보여달라고 할 생각조차 들지 않았지. 걔가 남들과 다르든 말든 나랑은 상관없었어. 오히려 걔가 우리 집안의 균형을 깨뜨렸다고 원망했을 정도였고. 하루는 어머니가 기숙사에 면회를 오셔서 개를 이탈 연구소로 보냈다고 하셨는데, 그냥 '올 라이트, 속이 다 시원하네'라는 생각이 들었어."

오펠리는 옥타비오가 거의 보이지 않았다. 주변의 하얀 빛에 지워진 그의 감청색 제복이 그녀 앞에서 빠르게 질주하고 있었다. 위고조차 버거워하며 그를 뒤따르면서 금속성 목소리로 "가이드를 따라오세요! 제발요!"라고 반복했다. 앙브루아즈의 휠체어는 특유의 덜컹거리는 기계음을 내며 거리를 두고 그들을 따라오고 있었다.

"동생을 만나야겠다는 생각이 들기까지 시간이 걸렸지." 옥타비오가 말을 이었다. "결국 어머니 몰래 그 앨 만나러 이탈 연구소에 갔어. 모든 걸 다 안다고 자부했던 내가, 나와 같은 피가 흐르는 그 애에 대해선 아무것도 모른다는 걸 깨달았어. 이후에도 몇 번이고 찾아갔지만, 그 애는 여전히 내게 수수께끼 같은 존재야. 연구소에 들어간 순간부터 동생은 내 세상에는 없는 존재가 돼버렸으니까." 전조등 같은 그의 두 눈이 갑자기 오펠리를 향했다.

"거기 가지 마."

"오래 있을 생각은 전혀…."

"넌 몰라." 옥타비오가 오펠리의 말을 자르며 말했다. "들어가는 건 쉽지만 나오기는 훨씬 어려워. 일단 그곳 프로그램에 들어가면 자동으로 누군가의 관리를 받는 신세가 돼. 이동의 자유도, 면회 이외에는 외부와 소통할 권리도 모두 포기해야 해. 게다가 면회도 베리 엄격하게 제한돼 있고. 한마디로 넌 연구소 소유가 되는 거야."

오펠리는 온몸이 굳어졌다. 연구소에 잠입한다는 건 지난 몇 년에 걸쳐 힘들게 얻은, 얼마 안 되는 자유의지마저 희생해야만 한다는 뜻일지도 몰랐다.

"바벨이 뭔가 숨기는 게 많다고 늘 불만이었는데, 이탈 연구소에서 아무도 모르게 벌어지는 일들에는 비할 바가 못 되지." 옥타비오는 냉정하게 말을 이었다.

바로 그때, 그의 비관적인 말과 상반되게 밝은 빛이 두 사람이 건너는 다리를 환하게 비추었다. 다리 위는 대로보다는 사람이 적었다. 구름 파도가 몰아치는 사이에 예상치 못하게 드러난 햇살에 포석 틈에서 자란 촉촉한 풀들이 반짝였지만, 그 빛은 옥타비오의 어두운 피부와 머리카락, 그리고 남색 제복에는 전혀 닿지 않는 듯했다.

오펠리는 그를 성가시게 하고 싶지 않았다. 하지만 이 질문만큼은 하지 않을 수 없었다.

"혹시 풍요의 뿔이라고 들어본 적 있어?"

허를 찔린 옥타비오는 눈살을 찌푸렸다.

"**오브 코스**! 신화에 나오는 거잖아. 풍요의 뿔은 아슈마다 전해 내려오는 내용이 조금씩 달라서 접시나 잔, 혹은 소라 껍데기로 묘사되기도 하지. 어쨌든 원리는 같아. 그걸 가진 자에게 부를 가져다준다는 것. 그게 우리가 하던 얘기랑 무슨 상관이 있는데?"

"아슈마다 다르다고 했잖아. 여기, 바벨에선 그게 정확히 뭘 의미하는지 궁금해서."

옥타비오가 다리 한가운데서 너무 갑자기 멈춰 서는 바람에 위고가 그의 등에 부딪히며 '친구는 길, 적은 벽!'이라는 말을 내뱉었다. 그는 오펠리의 안경 너머 눈을 응시했다. 그녀는 그가 가문 능력으로 자신의 떨리는 속눈썹과 동공의 크기 변화, 홍채의 안정성을 해독하고 있음을 알았다.

"우리 아슈에선 풍요의 뿔은 금지된 모든 것과 밀접하게 연결되어 있어. 파열보다 더 오래된 전설에 따르면, 사람들이 그걸 너무 탐낸 나머지… 서로에게 해를 끼쳤대."

바벨에서는 폭력과 관련된 단어를 입 밖에 꺼낼 수 없었다. '범죄'라는 단어조차 범죄로 취급됐다.

"그래서 풍요의 뿔이 인간들은 자신의 축복을 누릴 자격이 없다고 판단하고는, 아무도 찾을 수 없게 스스로 파묻혀 버렸대." 옥타비오가 말을 마쳤다. "인류가 그 축복을 누릴 자격이 있다고 스스로 증명할 때까지 기다리겠다는 거지. 전에도 네가 이런 엉뚱한 질문을 했을 때, 정말 큰일 날 뻔했잖아. 내가 뭔가 알아야 할 게 있어?"

옥타비오의 입은 진실을 요구하고 있었지만 눈은 두려움에 흔들렸다.

"아니." 오펠리가 대답했다.

어디에 발을 들이는지도 모르는데 이번에도 옥타비오를 끌어들일 수는 없었다.

어쨌든 오펠리는 풍요의 뿔이 지금 사건과 어떻게 얽혀 있는지 여전히 전혀 감을 잡을 수 없었다. 만약 윌랄리 딜뢰가 그 이름을 붙인 프로젝트에 관여했고 타자가 연루돼 있으며, 이탈 연구소가 바로 지금 같은 실험을 이어가고 있다면, 오펠리는 최대한 빨리 그곳으로 가야 했다. 잠시 그곳에 갇히는 신세가 되더라도.

"처음부터 느꼈지만, 넌 뭔가 묘하게 사람을 불편하게 하는 구석이 있었어." 옥타비오가 눈을 가늘게 뜨며 말했다. "이제야 그게 뭔지 알겠어. 넌 목표가 뭐든 간에, 일단 정하면 늘 반드시 이루려고 하지. 난 어머니가 정해준 길만 따라가느라 정작 내가 뭘 원하는지조차 모르는데 말이야. 네가 부러워. 나우, 괜찮다면 난 이제 일 좀 해야겠어."

마침 위고가 다리 건너편 풍차 방앗간 입구 앞에 멈춰 서서, 관절로 이어진 발로 조급하게 바닥을 두드리고 있었다. 오펠리는 만약 오토마톤에게 인격이 있다면 위고는 성격이 꽤나 고약할 거라고 생각했다. 그녀는 멀리 앙브루아즈를 향해 다시 한번 손짓했다. 그는 휠체어에 앉은 채 다가갈지 말지 망설이는 것 같았다. 정작 그녀 자신도 지금 뭘 해야 할지 모르기는 마찬 가지였다. 옥타비오는 더 이상 오펠리에게 신경 쓰지 않고 능숙한 태도로 문을 두드렸다.

"안녕하세요, 밀레이디." 옥타비오는 문을 열어준 늙은 방앗간 주인에게 말했다. "이것 때문에 왔습니다."

옥타비오는 위고가 끼익하고 금속성 소리를 내며 뱉어낸 전보 한 장을 보여줬다.

"아니, 됐소." 방앗간 주인이 사양했다.

그녀는 문을 닫았다. 옥타비오는 비웃지 말라는 듯 오펠리를 이글거리는 눈빛으로 쳐다보았다. 그리고 주인이 다시 열어줄 때까지 계속 문을 두드렸다.

"꼭 확인해야 할 게 있습니다, 밀레이디. 주르날 오피시엘에서 나왔습니다. 어제 부인께서 이 전보를 저희에게 보내셨잖아요."

방앗간 주인이 미간을 찌푸리자 이마에 주름이 거칠게 물결쳤다. 부인은 큼직한 코안경을 걸치고는 전보를 들여다봤다.

"소리. 자네가 망나니들 중 하나인 줄 알았어요. 자기들끼리 그렇게 부르던데. 오늘 아침에만 벌써 두 번이나 전단지를 들고 왔거든. 날 꼴을 좀 봐요, 젊은 양반. 내가 세상의 종말을 축하할 것 같아요? 이 나이에?"

"부인께서 땅 꺼짐을 목격하셨다고 제보하셨잖아요." 옥타비오는 침착한 표정으로 말했다. "자세한 얘기 좀 들을 수 있을까요?"

"땅 꺼짐이 아니었어요."

방앗간 주인이 어찌나 확신에 차서 말하던지 오펠리는 깜짝 놀랐다. 부인의 기다란 혀를 보니 초미각자 가문 사람인 듯했다. 옥타비오는 부인의 미세한 표정 변화에 집중하며 진실성을 가늠하는 중이었다.

"보내신 전보에는 도시 북서 구역을 쓸어 간 땅 꺼짐이라고 하셨는데요?"

"네, 그랬죠, 젊은 양반. 내가 그때 향신료 시장에 있었거든. 카레 빵을 사러. 게다가 비가 억수같이 쏟아지고 있었어요. 하지만 그게 땅 꺼짐은 아니었어요."

"그러면 부인 생각에는 뭐였을까요?"

"글쎄, 그건 전혀 모르겠어요. 그걸 알려주는 게 당신 일 아닌가요?"

"좀 더 자세히 말씀해 주시면 제 일이 한결 쉬워질 텐데요, 밀레이디.

"내가 뭘 더 말할 수 있을 것 같나요? 땅이 있었는데 어느 순간 사라졌어요. 뭐, 뼈가 거의 흔들리지도 않았어요. 조금씩 갈라지면서 무너진 게 아니라 그보다는… 보이지 않는 입이 한입에 꿀꺽 삼킨 것 같았어요." 방앗간 주인은 턱을 딱 부딪치는 시늉을 하며 말했다. "애니웨이, 자연스러운 일은 절대 아니었어요."

옥타비오는 회의적인 태도를 보였지만 오펠리는 푹푹 찌는 더위에도 온몸에 소름이 돋았다. 보이지 않는 입이라니. 혹시 타자의 입? 거울의 반사체에 그런 입이 달려 있을 수 있나?

"혹시 평소와 달리 수상한 사람이나 물건은 못 보셨나요? 뭐라도 이상한 게 있었다면 말씀해 주세요." 오펠리가 끼어들지 않을 수 없었다.

"전혀요." 방앗간 주인이 딱 잘라 말했다. "평소와 조금도 다르지 않았어요. 이것 때문에 내 말을 못 믿겠다는 건가요?" 그녀가 코안경 렌즈를 톡톡 두드리며 따져 물었다. "나는 초시각자는 아니지만, 내 눈으로 똑똑히 봤단 말이오. 히어, 당신 이마의 빛을 보는 것처럼 선명하게요."

방앗간 주인은 손가락으로 오펠리를 똑바로 가리켰고, 오펠

리는 영문도 모른 채 눈을 깜빡였다. 옥타비오가 오펠리를 쳐다
보자마자 눈이 부셔 동공이 수축했다.

"윌랄리, 네 도장이… 하얗게 변했어."

선택된 자들

오펠리는 가장 가까운 유리창에 비친 자신의 모습을 살폈다. 이마에 찍힌 연금술 잉크는 단순히 검은색에서 흰색으로 바뀐 정도가 아니었다. 보름달처럼 빛나고 있었다. 심지어 장갑을 긴 손으로 가려도 손가락 사이로 빛이 새어 나왔다.

"이건 대체…."

오펠리의 물음이 나팔 소리 같은 목소리에 묻혔다.

"알립니다! 외국인… 외국인 거주자 가운데 이마에 흰 도장이 찍힌 분들은 지금 즉시… 즉시 시립 원형극장으로 집합하시길 바랍니다. 시민 여러분께 알립니다!"

안내 방송과 그 메아리가 동네 전체에 거듭 울려 퍼지는 동안 오펠리는 사방을 둘러봤다. 사람들은 집이나 멈춰 선 차량에서 뛰쳐나와 확성기가 달린 기둥마다 몰려들었다. 궁금해서 모여든 사람들은 구름 파도 속에서 윤곽만 어렴풋한 무리를 이루었다. 그녀는 그 속에서 자기처럼 이마에서 빛이 나고 겁에 질려 있는 한 남자를 발견했다.

옥타비오는 자기 목소리가 확성기 소리에 묻히지 않도록 오펠리를 한쪽으로 끌고 갔다.

"걱정하지 마. 단순한 절차일 거야."

"가고 싶지 않아."

"가야 해. 시민 불복종은 위법행위가 될 테니. 장담하건대 리얼리 별일 아닐 거야. 너 얼마 전까지 비르투오소 수습생이었잖아. 그리고 내가 같이 갈게."

옥타비오는 검은 장막 같은 머리카락을 뒤로 넘기고 오펠리를 마주 보았다. 그녀는 왜 그의 눈이 보라색이 되었는지 의아해하다가, 자신의 안경알이 파랗게 변했다는 사실을 깨달았다. 옥타비오는 그녀를 안심시키려 했을지 모르지만 정작 다시 일하러 가도 되냐고 묻는 방앗간 주인은 까맣게 잊어버린 상태였다. 옥타비오는 첫 방송 이후로 가슴에 달린 전신기로 쉴 새 없이 통신문 띠를 토해내고 있는 위고에게도 신경 쓰지 못했다.

오펠리는 앙브루아즈를 찾아보려 했지만 주변의 혼란 속에서 그가 어디에 있는지 알 수 없었다. 반면 거리마다 배치된 순찰대는 어김없이 눈에 띄었다. 순찰대는 오펠리의 이마를 보자마자 소환에 응하라고 명령했다. 심지어 제피로스인들까지 동원된 상태였다. 그들은 거센 바람을 일으켜, 저항하는 이들이 숨어 있을 만한 후미진 구석의 구름들을 모조리 흩어버리고 있었다.

옥타비오가 무슨 말을 해도 오펠리는 전혀 마음이 놓이지 않았다. 이탈 연구소에서 합류할 방법을 찾겠다고 토른에게 약속했는데, 또 다른 행정 절차 때문에 시간을 허비할 여유가 없었다. 가는 길에 거울 하나만 있었더라면 보이는 대로 바로 뛰어들었을 터였다.

얼마 지나지 않아 가장 높은 지붕들 위로 시립 원형극장의 거대한 구조물이 눈에 들어왔다. 원형극장의 수백 개의 아케이드는 돌, 금속, 유리, 식물 들이 절묘하게 어울어져 있었다. 아케이드 아래로 형형색색의 새들이 둥지를 튼 모습은 마치 벌집의 벌떼 같았다. 안내 방송이 계속 울려 퍼지는 동안, 소환된 사람들이 도시 곳곳에서 몰려들어 원형극장 입구로 휩쓸려 들어갔다. 오펠리는 그 수에 압도되었다. 거의 모든 아슈 출신의 사람들이 한자리에 모여 있었고, 복장 규정에 따라 페플로스*, 리본, 볼레로, 깃털 장식, 베일, 타탄** 소재의 의상, 더블릿***, 기모노 등 다채로운 전통 복장을 하고 있었다. 출신지도 차림새도 제각각이었지만, 그들 모두 이마엔 똑같은 도장을, 마음엔 똑같은 불안을 품고 있었다.

원형극장 문으로 들어서야 할 차례가 되자 오펠리는 한층 더 불안해졌다. 입구에서는 가문 경비대들이 사자 주둥이 같은 코로 머리끝에서 발끝까지 그녀의 냄새를 맡았다. 왜 초후각자 병사들이 입구에 배치되었을까?

"예방 조치를 취하는 거야." 옥타비오가 설명했다.

그러나 오펠리는 그가 갈매기눈썹을 찌푸리고 있음을 눈치

* 그리스식 민소매 튜닉.
** 스코틀랜드 전통 격자무늬 직물.
*** 중세 및 르네상스 시대 유럽에서 남성이 착용하던 짧은 상의.

챘다. 옥타비오가 주르날 오피시엘 소속이라고 밝히자 경비대들은 그에게 보통 뤽스 귀족들에게만 하는 의례적인 경례를 했다. 심지어 그의 오토마톤조차 오펠리보다 더 나은 대우를 받았는데, 오펠리는 토가 주머니 속을 다 뒤집어 내용물을 보여줘야 했다.

오펠리 일행은 입구를 지나 미로처럼 이어진 어둑한 계단을 올랐다. 마치 등불 행렬처럼 소환된 사람들의 이마가 빛났다. 설사 앙브루아즈가 여기까지 따라왔다 해도 휠체어로는 이 많은 계단을 오를 수 없었을 것이었다.

마지막 계단을 올라 햇빛 속으로 나오자 오펠리는 눈을 가늘게 떴다. 관람석 위로는 하늘이 그대로 드러나 있었다. 원형극장은 안에서 보니 웅장함이 한층 더했다. 오늘 소환된 이들도 결코 적은 수가 아니었지만, 극장은 그보다 훨씬 많은 인원을 수용하고도 남을 듯했다.

"차분히 자리에 앉아주시기 바랍니다, 레이디스 앤드 젠틀멘!" 확성기가 주기적으로 지시를 쏟아냈다.

오펠리는 전혀 따를 생각이 없었다. 중앙 아레나에 정박한 비행선들이 그녀의 눈에 들어왔다. 마치 잠자는 고래들 같았다. 바벨에서만 볼 수 있는, 첨단 기술과 가문 간 비법이 결합된 모델들이었다. 동체 겉면에는 태양 모양의 뤽스 휘장이 황금처럼 번쩍였다.

"장거리 비행선이야." 옥타비오가 낮게 중얼댔다. "와이 히어 Why here? 도대체 뭐가 뭔지 알 수가 없네."

"미스 윌랄리?"

오펠리가 손으로 햇빛을 가렸다. 뜨거운 돌 관람석에 앉자마자 역광에 가려진 그림자가 오펠리의 어깨 너머로 몸을 숙였다. 검고 촉촉한 눈, 뾰족한 큰 코, 헝클어진 머리칼. 그리고 메모리알 직원 유니폼 위로 '보조 사서' 명찰이 반짝이고 있었다.

"블라시우스!"

"사람들 틈에서 당신 냄새가 난 것 같았어요."

오펠리가 지금까지 만난 초후각자들 중에서, 블라시우스는 분명 그 뛰어난 후각으로 그녀를 불편하게 하지 않는 유일한 사람이었다.

"근데 여기서 뭐 해요?" 그의 이마에서 도장 자국을 찾으며 오펠리가 놀라 물었다. 아무 자국도 없었다. "당신은 폴리데우케스의 후손이잖아요. 설마 당신도 소환된 거예요?"

블라시우스는 한층 더 수줍게 미소 지었다.

"인 팩트, 저는 제… 음… 제 친구를 따라온 거예요."

이 원형극장에서 블라시우스를 만나리라곤 예상도 못 했지만 그가 가리킨 뒤쪽에 있는 울프 교수를 보고 오펠리는 더욱 놀랐다. 검은색 양복, 검은색 장갑, 검은색 안경, 검은색 염소수염에, 이마의 도장 빛을 가리려는 듯 푹 눌러쓴 모자까지 온통 검은색이었다. 울프 교수는 그녀가 바벨에서 알게 된 유일한 아니마인이었다. 하지만 그녀와 달리 그는 이곳에서 태어났다. 울프 교수의 안경이 저절로 코를 따라 미끄러져 내려와 그가 옥타비와 오펠리를 똑바로 볼 수 있게 해줬다.

"거참, 다시는 너희랑 얽히고 싶지 않았는데." 교수가 투덜거렸다.

이렇게 말하면서도 울프 교수는 위고의 왼편에 자리를 잡았다. 위고의 배에서 '이웃을 사랑하되 담장을 허물지는 마십시오'라는 문구가 흘러나왔다. 목재 목 보호대로 더욱 강조된 울프 교수의 뻣뻣한 자태는 오토마톤 못지않게 경직되어 있었다.

"교수님, 교수님 소환장은 뭔가 착오일 것 같아요." 옥타비오가 말했다. "폴리데우케스의 후손은 아니시지만 그래도 바벨 출신이시잖아요. 저희 주르날 오피시엘 정보에 따르면, 이번 조치는 근래에 온 사람들에게만 해당해요."

"내 집을 수색하더니 내가 수집한 무기를…."

"금지 물품이요." 교수 옆에 앉은 블라시우스가 불안한 듯 주위 좌석을 살피며 말을 바로잡았다.

울프 교수는 빈정거리듯 모자를 살짝 들어서 빛나는 도장 자국을 드러내 블라시우스의 눈을 부시게 했다.

"뭐야, 또 고발당할까 봐 겁먹은 거야? 이미 하숙집 주인이 그 짓을 해줬다는 걸 상기시켜 주지. 문제는 오늘 여기서 벌어지는 일에서 영 구린 냄새가 난다는 거야."

교수가 투덜대는 순간, 새똥이 그의 빛나는 도장 자국 위로 정확히 떨어졌다. 이 불운도 자기 탓이라 여긴 블라시우스는 연신 사과하며 닦는 것을 도왔는데, 그러다 무심코 팔꿈치로 교수의 검은 안경을 툭 치고 말았다. 교수가 한숨을 쉬며 모자를 다시 눌러쓸 때, 오펠리는 그의 얼굴에서 날 선 기색이 사라졌음을 알아차렸다.

오펠리가 울프 교수와 마지막으로 대화했을 때, 그는 무능력자들 구역 지붕 위에 숨어 지내고 있었다. 당시 그는 세상에서 제일 두려워하는 누군가를 피해 달아나던 중이었고, 오펠리는 이제야 이해했다. 그를 집까지 쫓아와 공포에 떨게 만든 것은 단지 메모리알의 늙은 청소부만이 아니었음을. 여기, 관중석을 따라 시시각각 늘어나는 군중 속에서 울프 교수는 극심한 인간 혐오 증과 싸우는 듯 보였고, 오직 블라시우스가 곁에 있어야만 진정되는 듯했다.

오펠리는 문득 두 사람을 부러워하는 자신을 발견하고는 스스로 놀랐다. 그녀 역시 자신들을 기다리고 있는 일에 대해 불길한 예감이 들었지만, 무슨 일이 닥치든 토른 없이 맞서야 할 터였다. 어쩌면 토른은 바벨의 반대편에서 벌어지는 이 공개 소환에 대해 까맣게 모르고 있을지도 모를 일이었다.

"여러분, 주목하세요, 플리즈."

원형극장의 확성기를 타고 증폭된 목소리는 오펠리의 귀에 기분 나쁘게 익숙한 음색이었다. 옥타비오는 무릎 위에 올린 두 손을 꽉 쥐었다. 불안한 속삭임들이 관람석 곳곳에서 잦아들었다. 극장 공중에 정박한 비행선 동체마다 어떤 여자의 얼굴이 크게 비쳤다. 놀랍도록 예리한 여자의 눈은 모두의 영혼을 꿰뚫어 보는 듯했다.

레이디 셉티마. 옥타비오의 어머니이자 천재적인 초시각자이며 룍스의 영향력 있는 일원이었다. 하지만 오펠리에게는 한

때 자신의 읽기 능력을 철저히 이용하면서도 끊임없이 깎아내리던 무서운 교수였다.

"소환에 응해주신 한 분 한 분께 감사드립니다." 레이디 셉티마는 위압적인 목소리로 말했다. "이 자리에 참석하신 폴리데우케스 경과 레이디 헬레네께도 감사드립니다. 아주 겸손한 바벨의 종복들인 저희 뤽스 귀족들에게 보내주신 신뢰… 신뢰에 대해서 감사드립니다."

오펠리는 사람들의 시선이 향하는 곳으로 고개를 돌렸다. 쌍둥이 가문 정령들은 자줏빛 차일이 드리워진 연단 높은 곳에 자리를 잡고 앉아 있었다. 너무 멀어 또렷하지는 않았지만, 헬레네의 광학 장치에 달린 여러 렌즈들이 내뿜는 반짝임은 어렴풋이 알아볼 수 있었다. 오펠리는 그들 역시 진정한 자유의지로 여기에 온 것은 아니었으리라 장담할 수 있었다.

"다들 아시다시피," 비행선 선체마다 비친 레이디 셉티마의 거대한 입들이 말을 이었다. "바벨은 위기를 겪고 있습니다. 얼마 전 도시 북서 구역에서 발생한 땅 꺼짐과 여섯 개의 작은 아슈가 사라진 사건은 우리 모두에게 충격을 주었습니다… 충격을 주었습니다. 같은 재해가 반복되리라는 징후는 없지만 이 사건이 끔찍한 비극이라는 사실에는 변함이 없습니다. 도시 외곽 지역은 잠정적으로 거주 불가 지역으로 간주될 것입니다. 우리 곁을 떠난 이들을 추모하며, 또한 보금자리를 버려야 했던 이들을 기리며 1분 동안 묵념… 묵념을 하겠습니다."

이 침묵의 1분 동안, 소환된 이들 갖가는 분명 자신의 운명을 훨씬 더 근심했다. 오펠리는 그 틈을 타 그들이 올라온 계단통 쪽을 흘끗 보았다. 쇠창살 문이 내려와 있었다. 좀 더 살펴보니 계단식 좌석으로 통하는 모든 출입구가 폐쇄되어 있음을 알 수 있었다.

되돌아가고 싶어도 이미 너무 늦었다.

"오늘 우리 도시는 여러분을 필요로 합니다." 레이디 셉티마는 엄숙한 표정으로 말을 이었다. "우리 시민들은 안정을 되찾아야 합니다. 여러분 이마에 새겨진 표식은 여러분이 선택된 자들이라는 뜻입니다. 여러분은 수많은… 수많은 사람들 중에서 자립 능력이 뛰어나 지명되었습니다."

점점 더 긴장한 오펠리는 이마를 문질렀다. 4. 이마에서 뿜어져 나온 빛이 안경 렌즈 위로 뿌연 후광을 입히고 있었다. 오펠리는 자신이나 울프 교수처럼, 행정 도장이 없는 이들을 동반한 소환자가 여럿 있다는 사실을 알아차렸다.

"인디드, 여러분 중 누구도 현재 도시에 대한 의무로 묶여 있지 않습니다." 레이디 셉티마가 음절 하나하나를 또박또박 발음하며 설명했다. "직업적으로든, 부부로든, 부모로서든 말입니다. 바벨은 오랫동안 여러분을 품어왔지만, 이제는 더 수용할 여유가 없습니다. 따라서 오늘부로… 오늘부로 여러분 모두 우리 아슈를 떠나도록 초대받았습니다. 여러분의 재산과 소유물은 이미 바벨에서 증발하고 있으며 우리 시민들에게 공평하게 재분배될 것입니다. 고향 아슈에서 여러분을 두 팔 벌려 환영하리라 의심치 않습니다. 고향에 발을 디디는 순간부터 여러분의 가족들이 모자람 없이 여러분을 살필 것입니다. 이렇게 공익을 위해 힘써주시는 여러분 한 분 한 분께 감사드립니다. 이제⋯ 이제 안내해 드릴 지침에 따라 비행선에 탑승해 주세요. 비행선에 오르면 이마에 찍힌 도장은 지워질 것입니다. 모든 뤽스 귀족과 레이디 헬레네, 폴리데우케스 경을 대신해 인사드렸습니다. 부디 평안히 가시길!”

레이디 셉티마의 얼굴들이 비행선에서 사라졌다. 셉티마의 연설이 끝나자 너무도 절대적인 적막이 뒤따라, 햇볕 아래서 사람들의 피부가 달궈지는 소리까지 들릴 지경이었다. 몇몇 사람이 항의하기 시작하자 확성기에서 귀청을 찢을 듯한 날카로운 고주파 음이 울려 퍼졌다. 모두가 귀를 막을 수밖에 없었다.

“레이디스 앤드 젠틀멘, 침착하게 앞으로 나아가시기 바랍니다. 아래쪽 열부터 먼저 이동해 주시고, 동행하신 분들⋯ 여행자들과 동행하신 분들은 모두가 극장을 빠져나갈 때까지 자리에 앉아 기다려주십시오!”

안내 방송이 끝나자 최대 볼륨으로 흘러나온 배경음악이 메아리에 일그러지며 모든 목소리를 집어삼켰다. 누구도 서로 대화 할 수 없었다. 가문 경비대는 아랫줄 관람석 사이를 돌아다니며, 앉아 있던 사람들에게 비행선 대열 쪽으로 이동하라고 손짓했다. 줄은 체계적으로 형성되고 나뉘고 다시 방향이 잡혔다. 몇몇은 곤혹감을 호소하려 애썼다. 고개를 젓고, 가슴을 치고, 원형극장 담 너머 하늘을 손가락으로 가리켜 보았다. 그들의 온몸이 ‘집!’, ‘친구들!’, ‘일!’이라고 외치는 듯했다. 하지만 번쩍거리는 갑옷 차림의 경비대는 요지부동이었다. 출구의 내리닫이 철창문을 들어 올리려 하거나 이마에 두건을 둘러 동행인인 척 하려는 이들도 있었다. 그런 사람들은 가장 먼저 비행선이 있는 중앙 무대로 내몰렸다. 주저하던 군중의 움직임은 이내 체념으로 바뀌었다. 통제가 실로 효율적이었던 탓에 첫 번째 비행선은 벌써 만석이 되어 프로펠러 소리를 내며 금세 하늘로 떠올랐다.

윗줄 관람석에 앉은 오펠리는 이 모든 광경을 지켜보며 온 힘을 다해 머리를 굴렸다.

그녀는 옥타비오 쪽으로 고개를 돌렸다. 그는 넋이 나가 있었다. 그다음 블라시우스를 쳐다보았는데 그의 입은 불신과 죄책감이 고통스럽게 뒤섞여 비틀려 있었다. 마지막으로 울프 교수를 보았다. 겉으로는 의연해 보였지만 너무 창백해져서 흰 도장색이 피부와 구분되지 않을 지경이었다.

"안 돼요." 오펠리가 세 사람 모두에게 말했다.

굳이 소리 낼 필요도 없었다. 얼굴이 모든 걸 말해주고 있었으니까. 아니, 복종하지 않을 것이다. 이미 한 번 아니마로 강제 송환된 적이 있었다. 두 번 다시 당할 순 없었다. 그녀가 있어야 할 곳은 이탈연구소, 토른의 곁이었다. 해답이 있는 바로 그곳이었다.

오펠리는 원형극장의 이쪽 구역에서 가문 경비대가 이미 구성하기 시작한 행렬의 흐름을 거슬러 달려나갔다. 그녀는 소환된 사람들 사이사이, 자신의 작은 체구가 들어갈 수 있는 모든 틈새를 파고들었다. 오래지 않아 들키고 말 테지. 하지만 누가 불러 세운다 한들 들리지도 않았을 것이다. 확성기에서 반복되는 지시 사항과 그 사이를 메우는 음악 소리가 모든 소음을 집어삼키고 있었기 때문이다.

오펠리는 계단식 좌석을 하나씩 오르며, 가장 높은 곳에서 돛처럼 바람에 부풀어 오른 커다란 자줏빛 차일에 시선을 고정했다. 헬레네와 폴리데우케스가 아직 차일의 그늘 속에 있는지 보이진 않았지만, 어쨌든 추방행렬을 멈출 수 있는 건 저들뿐이었다.

귀빈석에 거의 닿으려던 찰나, 오펠리의 움직임이 단번에 가로막혔다. 강철 장갑이 그녀의 팔을 갈고리처럼 낚아챘다. 경비대원이었다. 그는 턱짓으로 가장 가까운 줄에 합류하라는 침묵의 명령을 내렸다. 무기—그 단어를 내뱉기만 해도 바벨에서는 위법행위였다—를 지니고 있진 않았지만 손아귀 힘은 결코 약하지 않았다. 그녀는 경비대원을 똑바로 바라보았는데 놀랍게도 그 눈엔 고통이 서려 있었다. 초청각을 지닌 그의 귀는 확성기에서 터져 나오는 소음으로부터 스스로를 보호하기 위해 짐승처럼 뒤로 잔뜩 젖혀져 있었다. 그렇지만 눈동자에 어린 고통은 다른 데서 비롯된 것이었다. 그를 괴롭히는 것은 명령에 복종해야 한다는 사실이었다. 그 순간 오펠리는 배를 한 대 얻어맞은 충격과 함께 깨달았다. 룍스 귀족들이 모두를 비행선에 태워 사지로 몰아넣고 있다는 사실을.

그녀는 자신의 살과 근육으로 뜻을 전하려는 듯, 얼굴을 딱딱하게 굳혔다.

'안 돼.'

오펠리는 강철 장갑에 짓눌린 팔을 있는 힘껏 잡아당기며, 샌들 신은 발을 한 걸음 한 걸음 단상 쪽으로 내디뎠다. 바벨에서 폭력은 금지였다. 이는 경비대원에게도 마찬가지였다. 이대로 놓아주지 않으면, 오펠리의 어깨가 부러지고 말 터였다. 결국 경비대원은 손을 놓았다.

오펠리는 귀빈석으로 뛰어들었다. 눈앞의 두 가문 정령은 차일을 받치고 있는 기둥만큼이나 거대했다. 그들은 사람들이 강제 이송되는 광경을 무기력하게 내려다보고 있었다.

"탑승을 중지시켜 주세요!"

오펠리는 폐에 남은 마지막 숨까지 쥐어짜며 고함쳤지만 확성기 소리와 자신의 목소리를 구분할 수 없었다.

폴리데우케스가 아레나에서 눈을 돌렸다. 그녀의 외침을 들은 것이었다. 폴리데우케스는 초월적인 감각을 지녔고, 조각상처럼 아름다웠으며, 아버지같이 마음이 따뜻했다. 그는 왕의 위용을 갖췄을 법했다. 하지만 오펠리를 내려다보는 그의 금빛 눈동자에 서린 것은 그저 무력감뿐이었다. 그는 어떤 자발적인 행동도 할 수 없었다.

오펠리는 곧 그를 무시하고 헬레네를 향해, 오직 헬레네만을 향해 외쳤다.

"탑승을 중지시켜 주세요!" 이번에는 한 음절 한 음절 또박또박 말했다. "에코가 위험해요. 항법 장치를 교란한다고요."

헬레네는 기계처럼 느릿한 움직임으로 크리놀린 드레스의

바퀴 위에서 몸을 돌리더니 오펠리를 정면으로 마주 봤다. 코끼리 코처럼 거대한 코에 고정된 광학 장치가 작동하며, 어떤 렌즈는 들어 올리고 어떤 렌즈는 내리면서 오펠리의 윤곽을 구분할 수 있을 때까지 시야를 조정했다. 거대한 헬레네는 쳐다보기 괴로울 정도였다. 과하게 부푼 엉덩이와 가슴 사이에 끼인, 말벌 허리처럼 너무나도 가는 그녀의 허리는 당장이라도 부러질 것 같았다.

이 쌍둥이 가문 정령들의 유일한 공통점은 각자 허리춤에 차고 있는 책이었다. 그들의 피부만큼이나 까만 속지를 지닌 두 권의 책.

오펠리를 따라 귀빈석까지 올라온 경비대원은 무엇을 해야 할지 말아야 할지 갈팡질팡하며 개입하려 했다. 헬레네는 거미 같은 손짓으로 경비대원에게 오펠리를 내버려두라고 명령했다. 그녀가 사태의 심각성을 알아차린 걸까? 문이 쾅 닫히는 소리나 코 훌쩍이는 소리조차 괴로워하던 그녀의 과민한 청각이, 이곳에서는 사방에서 공격을 당하고 있었다.

오펠리는 이제 막 이륙을 시작한 두 번째 비행선을 가리켰다.

"정말 이 상황에 동의하신 거예요? 부인께서도 의견을 내실 권한이 있잖아요. 우리의 대모이시잖아요. 저도 한때 부인의 학생이었고요."

헬레네의 거대한 입술이 뭐라 대답하며 움직였지만 오펠리에게는 들리지 않았다. 하지만 오펠리는 의문을 띤 입술 주름으로 보아 오히려 그녀가 되묻고 있다고 짐작했다. 헬레네는 오펠리를 기억하지 못했다. 월랄리 딜뢰가 책을 훼손한 다른 가문 정령들처럼 헬레네 역시 영원히 망각 속에 살아야 할 운명이었다. 뢰스 귀족들 대시, 고작 이 조그만 낯선 이를 더 믿어줄 이유가 어디 있겠는가?

오펠리는 위조 신분 서류 사이에 소중히 간직해 온 쪽지를 꺼내 펼쳤다.

나를 한번 찾아와요, 그대의 손과 함께.

"부인께서는 이미 한번 저를 믿어주신 적이 있어요."

오펠리는 까치발을 하고 헬레네에게 쪽지를 건넸다. 헬레네의 코에 장착된 광학 장치가 곧바로 윙윙 움직이며 글을 읽으려 초점을 맞췄다. 적어도 본인의 필체는 알아볼 수 있겠지. 렌즈가 겹겹이 겹쳐 있어 그녀의 시선을 볼 수는 없었지만, 헬레네의 관심이 온전히 오펠리에게 쏠렸다는 것만큼은 쉽게 알 수 있었다.

"우릴 도와주세요."

헬레네의 길고 마디가 도드라진 손가락들이 마치 게가 집게발을 오므리듯 오펠리의 손목을 꽉 움켜주었다. 그 바람에 종이가 찢어졌다.

"에코는 위험하지 않아요, 아가씨."

오펠리는 헬레네의 목소리가 뺨을 울리고 피부 전체로 퍼져 나가는 것을 느꼈다. 그 목소리는 그녀의 고막을 완전히 점령하여, 자기 자신 외의 모든 소리를 몰아내 버렸다. 확성기도, 원형 극장노 더는 존재하지 않았다.

"에코는 들을 줄 아는 이에게 말을 걸 뿐입니다. 그대들은 모두, 폴리데우케스를 포함해서, 눈먼 자들이자 귀머거리들일 뿐이죠."

헬레네의 입은 이빨이 숭숭 돋아난 심연 같았다. 너무나 가까이 있어서, 그 수가 그토록 많지만 않았다면 일일이 셀 수 있을 정도였다.

"에코는 이제 어디에나 있어요. 당신이 들이마시는 공기 속에도 있죠."

헬레네가 마침내 오펠리의 손목을 놓아주었다. 손목에는 손톱자국이 패어 있었다. 헬레네는 한시도 몸에서 떼어 놓지 않던 광학 장치를 공들여 떼어냈다. 광학 장치가 없으면 그녀에게 세상은 원자들로 이루어진 은하계로만 보였다. 극도로 확장된 그녀의 동공은 눈을 가득 채우고 있었다. 입과 마찬가지로 빛을 삼켜버리는 우물 같았다. 오펠리마저 삼켜버릴 우물.

"에코는 어디에나 있어요, 아가씨. 특히 아가씨 주변엔 다른 데보다 더 많군요. 당신은 마치 파리 떼처럼 에코를 끌어당기고 있어요. 에코들은 당신에게서 예기치 못한 일이 벌어지기만을 기다리고 있답니다."

오펠리는 어안이 벙벙했다.

"하지만 저 비행선들은…."

"입 다물고 들어요."

헬레네의 거대한 눈동자는 오펠리가 전혀 이해할 수 없는 것들을 보고 듣고 만지고 있었다.

"당신은 새장 너머로 가야 해요. 돌아서요. 제대로 돌아서요. 거기에서, 오직 거기서만 이해하게 될 거예요. 어쩌면 당신이 쓸모 있는 존재가 될 수도 있겠죠. 내가 그대의 손과 그대를 신뢰했다고 주장하지만, 시간이 끝에 다다랐을 때, 과연 그대에게 손가락이 충분히 남아 있을까요?"

이 혼란스러운 말들 속에서 오펠리가 이해한 단 한 가지는, 헬레네가 추방을 멈추지 않으리라는 사실이었다. 헬레네는 오펠리와는 다른 주파수에 맞춰진 라디오 수신기 같았다. 에코의 주파수에 맞춰진 걸까? 헬레네가 입을 다물자마자 그녀의 능력이 주변에 쳐두었던 감각의 장벽이 깨져버렸다.

오펠리는 다시 소음에 휩쓸렸고, 이번엔 확성기 소리뿐만이 아니었다. 지금 연단 주변에서 벌어지는 상황을 보니, 혹시라도 사태를 더 악화시킨 건 아닌가 하는 생각이 들었다.

제작

가문 경비대가 인파를 제대로 저지하지 못하자, 사람들이 밀려들어 가문 정령들을 향해 애원하듯 팔을 뻗었다. 그들은 검지로 오펠리를 가리키며, 자신들에게도 사정을 호소할 권리가 있다고 주장했다. 차일이 드리운 그늘 속에서, 그들의 이마에 새겨진 빛나는 표식이 더욱 선명하게 도드라져 보였다. 어떤 이들의 외침은 너무나 절망적이었고, 또 어떤 이들의 외침은 너무나 분노에 차 있어서, 그 아우성은 사이렌 소리를 뚫고 들려올 정도였다.

모두 똑같은 말을 반복했다.

"우리에게 일자리를 달라!"

헬레네는 광학 장치를 손에 쥔 채 사람들을 향해 있었지만 아무것도 보지 못했고, 귀를 귀울였으나 아무것도 듣지 못했다. 폴리데우케스는 그저 머뭇거리는 미소를 지어 보일 뿐이었다. 아우성은 잦아들기는커녕 오히려 더 거세졌다.

오펠리는 바벨의 공공장소에서 이런 소란을 본 적이 없었다. 본가로 송환될 처지에 놓인 이들은 모두 이곳에서 막 새로운 삶을 꾸려가던 참이었다. 이들 중 얼마나 많은 이들이, 타인이 자기 집을 차지하는 꼴을 지켜봐야만 할까? 갈 곳 하나 없는데 길바닥으로 내몰리는 이들은 또 얼마나 될까? 이 기회에 울프 같은 눈엣가시들을 얼마나 더 처리해 버리려는 걸까?

이참에 울프 교수같이 눈엣가시 같은 존재들을 얼마나 더 처리해 버리려는 걸까? 사람들의 절망에 압도된 오펠리는 이 돌아오지 못할 여정이 어쩌면 목적지에는 닿지 못할 수 있다는 사실을 알게 된다면, 저들은 과연 어떤 심정일지 감히 상상조차 되지 않았다.

바로 그 순간, 수많은 얼굴들 사이에서 유일하게 얼굴이 없는 존재가 보였다. 위고가 지나는 곳마다 전신 용지를 흩뿌리며 군중을 가르고 귀빈석으로 나아갈 길을 텄다. 그 어깨 위에 옥타비오가 올라타 있었다. 그가 가장 가까이에 있는 기둥의 확성기 선을 뽑아 사이렌을 멎게 하자 오펠리는 그 이유를 이해할 수 있었다. 그의 행동에 용기를 얻은 사람들이 저마다 관람석 곳곳에서 그를 따라 확성기를 끄기 시작했다.

"나는 폴리데우케스의 아들입니다."

오토마톤 어깨 위에 선 옥타비오는 목소리를 높일 필요가 없었다. 그의 발언은 연단으로 쇄도하던 이들의 주의를 단번에 사로잡았다. 그는 체구가 크지 않았지만 카리스마가 있었다. 그의 카리스마는 비르투오소 제복에서만 나오는 것이 아니었다. 오펠리조차 그의 입에 매달리듯 귀를 기울였다.

"인 팩트, 저는 레이디 셉티마의 아들입니다. 지금 여러분을 바벨에서 내쫓으려 하는 세력의 미래 후계자죠." 터져 나오기 시작하는 불만에도 옥타비오는 단호한 목소리로 말을 이었다. "하지만 저도 여러분의 답답한 마음을 공감합니다. 오늘 여러분이 받은 대우는 결코 정당화될 수 없습니다. 주르날 오피시엘을 대표해서 저는 이 사태를 우리 아슈 전역에 알릴 겁니다. 그러니 간절히 부탁드리건대 제발 침착함을 유지해 주세요. 레이디 헬레네, 폴리데우케스 경과 함께한다면 우리는 해결책을 찾을 수 있습니다."

몇 초 동안 정적이 흘렀고, 오펠리는 옥타비오의 붉은 눈빛에 압도되어 모든 것이 제자리로 돌아오리라 확신했다.

하지만 헬레네도 폴리데우케스도 반응이 없었다. 헬레네는 자신의 에코 속에, 폴리데우케스는 우유부단의 감옥에 갇혀 있었다.

"저요, 밀로드, 제게 해결책이 있습니다!" 누군가 외쳤다. "저 오토마톤 대신 날 고용해 줘요!"

"진짜 사람에게 진짜 일자리를!" 다른 사람도 소리쳤다.

군중은 즉시 위고를 밀쳐대며 한목소리로 "일자리 도둑! 일자리 도둑!"이라고 외쳤고, 더 이상 옥타비오에게는 신경도 쓰지 않았다. 그는 위고의 전신 안테나에 매달려 균형을 잡고 있었다. '게으름은 모든 악의 근원'이라는 말이 위고의 금속 배에서 으르렁거리듯 흘러나오자, 집단의 분노는 격노로, 격노는 야유로, 야유는 주먹질로 바뀌었다. 수년간 억눌렸던 폭력이 기계 위로 쏟아졌다. 옥타비오는 위고의 어깨 위에서 옴짝달싹 못 한 채, 자신의 부츠에 달린 선각자 날개를 뜯어내려는 손길들을 뿌리치기 위해 안간힘을 써야 했다.

옥타비오가 떨어졌다.

오펠리는 옥타비오의 손을 잡으려고 군중 속으로 끼어들며 스스로 생각하기에도 우스울 만큼 보잘것없는 구조의 손길을 내밀었다. 바로 그 순간, 쾅 하는 폭발이 일어나 모두를 뒤흔들었다. 코를 찌르는 짙은 연기가 화산 가스처럼 퍼졌다. 위고를 부수려던 사람들은 모두 넋이 나가 눈을 크게 떴다. 그을음으로 뒤덮인 얼굴들 위로, 크게 뜬 눈들의 흰자위만 도드라져 보였다.

오토마톤은 온데간데없었고 남은 것은 한 줌의 가루뿐이었다. 폭발한 건가?

처음엔 충격, 그다음엔 공황이 밀려왔다. 원형극장의 혼란은 무질서한 아수라장으로 변했다. 누군가는 살인이라고, 또 누군가는 테러라고 외쳤다. 금기어임에도 개의치 않았다. 거대한 몸집의 헬레네와 폴리데우케스마저 인간의 물결에 휩쓸렸다. 가문 경비대는 이제 아무것도 통제하지 못했다.

아직 코드가 뽑히지 않은 마지막 확성기들에서 레이디 셉티마의 권위적인 목소리가 울려 퍼졌다.

"비행선을 제외한 다른 경로로 원형극장을 이탈하는 소환자는 범법자로 간주합니다. 다시… 다시 말합니다. 비행선을 제외한 다른 경로로 원형극장을 이탈하는 소환자는 범법자로… 범법자로 간주합니다."

아무도 더는 그녀의 말을 듣지 않았다. 지금 진짜 위험은 바로 군중이었다. 오펠리는 혼란 속에서 위고의 잔해를 뒤집어쓴 채 바닥에 웅크리고 있는 형체를 발견했다.

"옥타비오!"

오펠리는 수차례 팔꿈치에 얻어맞고 나서야 그에게 다가갈 수 있었다. 그는 짓밟히고 있었다.

오펠리는 다시 옥타비오를 부르며 그를 일으켜 세우려 했지만 그 위로 넘어지고 말았다. 사방에서 부딪쳐 오는 무릎들로부터 자신을 보호하려 몸을 둥글게 말았다. 이대로라면 뼈가 으스러지고 말 터였다.

도움이 필요했다.

오펠리는 자신의 부름에 내면 깊숙이 숨어 있던 야수 같은 힘이 깨어나는 것을 느꼈다. 드래건 가문의 발톱이었다. 발톱의 존재와 윤곽, 할퀴고 싶은 충동, 발톱이 신경을 연장하며 원하는 형태와 강도를 갖춰가는 방식까지, 모든 것이 이렇게나 또렷하게 느껴진 건 처음이었다. 오펠리는 지난 3년 동안 속수무책으로 당해왔던 발톱을 이토록 완벽하게 지배하게 되었다는 사실에 너무 놀란 나머지, 주변의 군중조차 잠시 잊을 뻔했다. 그녀는 원초적인 본능에 이끌려 자신의 의식이 신체적 한계를 넘어 뻗어나가는 것을 느꼈다. 자신의 것이 아닌 거대한 신경망에 스스로 연결되어 가고 있음을 느꼈다. 오펠리는 다른 감각들을 능가하는 발톱의 예리한 감각으로 혼란 속에서 허둥대는 수많은 다리들을 낱낱이 감지할 수 있었다.

다치게 해선 안 돼.

오펠리는 힘을 한껏 끌어올려 옥타비오와 자기 이외의 나머지 사람들을 모두 팅겨 냈다. 그 바람에 주위 사람들이 눈사태처럼 쓰러지며 욕설이 터져 나왔다.

그 찰나의 틈 덕분에, 두 사람은 다음 인파에 짓밟히기 직전 가까스로 몸을 일으킬 수 있었다. 옥타비오는 그을음이 온몸을 뒤덮고 있었지만 다친 곳은 없어 보였다. 아니, 거의 없는 듯했다. 더 이상 빛나지 않는 눈을 깜빡이며 옥타비오는 들릴락 말락 한 작은 목소리로 몇 마디 말을 힘겹게 내뱉었다.

"아무것도 안 보여."

오펠리는 그의 손을 꽉 잡았다. 옥타비오가 원형극장에 온 것은 그녀 때문이었다. 이곳을 나갈 때도 그와 함께 나가리라고 마음먹었다. 오펠리는 옥타비오를 끌고 쇠창살로 막힌 계단 출입구 중 하나로 향했다. 그 앞에는 사람들이 서로 부딪치며 몰려들고 있었다. 몇몇은 힘을 합쳐 쇠창살 문을 들어 올리려 했다. 오펠리는 아니마 능력으로 자신의 의지를 쇠창살에 불어넣으려 했지만, 문은 꿈쩍도 하지 않았다. 드래건의 발톱도 무용지물이었다. 발톱은 생명체에게만 통했으니까.

"저기 봐!" 누군가 가리켰다.

쇠창살문 너머에는 톱니바퀴 장치와 연결된 손잡이가 있었다. 손이 닿지 않는 거리였다. 창살 틈으로 수많은 팔이 밀려들어 와 장치를 향해 뻗어 나갔다. 베스페랄의 유령 가문 사람 하나가 팔의 일부를 기체로 변형시켜 길게 늘이는 데 성공했다. 손잡이에 닿아 그것을 돌리는 데는 엄청난 안간힘이 필요했지만, 쇠창살문을 들어 올리려는 사람들의 힘이 보태지자 마침내 통로를 열 수 있었다.

거센 발소리를 쏟아내며 모두가 계단으로 쇄도했다.

오펠리는 군중의 흐름에 떠밀려 휘청거리며 계단을 내려갔다. 옥타비오를 놓치지 않으려 그를 꽉 붙들었다. 계단을 돌 때마다 거듭 벽에 부딪히고 치였다.

메아리치는 레이디 셉티마의 목소리가 점점 멀어졌다.

"범법자… 법자… 자…."

마지막 나선형 계단 모퉁이를 돌고 나니 안개가 그들을 삼켰다. 드디어 출구였다. 오펠리는 그대로 내달렸다. 축축한 포석 위로 샌들이 미끄러졌다. 안경알에 서린 물방울 말고는 보이는 것도, 붙들고 있는 옥타비오의 손 말고는 느껴지는 것도 없었다.

그때 누군가의 팔들이 두 사람을 감싸며 뒤로 당겼다. 블라시우스와 울프 교수가 입술에 검지를 대고서 안개 속에서 움직이는 그림자들을 가리켰다. 가문 경비대가 대대적으로 사람들을 체포하고 있었다. 몇 걸음만 앞으로 더 나아갔어도 그들의 그물에 걸려들 뻔했다.

오펠리는 사방을 둘러봤다. 어디로 도망쳐야 할까? 옥타비오는 빛을 잃은 눈을 계속 크게 뜨고 있었다. 그의 가문 능력에 기댈 수 없는 상황이었다. 그들은 그림자들에 포위되어 있었다. 누가 경비대일까? 누가 민간인일까?

그림자 하나가 오펠리 가까이에 서 있었다. 너무도 가까이에.

정체도, 미동도, 소리도 없이.

얼굴은 보이지 않았지만 오펠리는 단박에 누군지 알아봤다. 전날 허공 가장자리에서 마주쳤던 안개 속 그 낯선 이였다. 똑같은 실루엣에 그때와 똑같이 어딘가 기묘한 자세로 무언가를 기다리는 듯 잔뜩 주의를 기울이고 있었다.

안개 속 그림자는 천천히 몇 걸음 물러서더니—포석 위로는 아무 소리도 나지 않았다—멈춰 섰다. 여전히 기다리고 있었다.

우리를 데리러 온 것이 분명했다.

아군이든 적이든, 오펠리는 주저할 여유가 없다고 판단했다. 이대로 여기에 있다간 발각될 것이었다. 오펠리는 옥타비오의 손을 더 세게 움켜쥐고 블라시우스와 울프 교수에게 따라오라는 신호를 보냈다.

그림자는 만족한 듯 다시 움직이기 시작했다. 네 사람은 겹겹이 쌓인 구름 속을 앞도 제대로 보이지 않는 상태에서 그림자만 쫓아 걸었다. 태양은 이제 희미한 황혼의 빛으로만 남아 있었다. 주변 세계는 형태를 알 수 없는 실루엣들로 가득했고, 그들은 집단 히스테리 속에서 소리 지르고, 뒤엉키고, 흩어졌다. 바벨이 수 세기 만에 처음 겪는 폭동이었다. 일부는 혼란을 틈타 거리로 뛰쳐나와 선전물을 뿌리고 돌멩이를 던져 흰 벽 위에 검은 궤적을 그렸다. 그들의 웃음소리는 가문 경비대의 호루라기 소리를 맞받아쳤다.

"세상의 종말을 멋지게 축하하자! 바벨의 망나니들과 함께하라!"

오펠리와 옥타비오, 블라시우스와 울프 교수는 경비대와 선동꾼들과 마주치지 않고 혼란을 빠져나갔다. 그림자는 이제 역량 제작소 구역으로 짐작되는 곳으로 그들을 이끌었다. 그림자는 시야에서 놓치지 않을 만큼 가깝게, 하지만 정체가 드러나지 않을 만큼 멀찍이 거리를 유지하고 있었다. 단 한순간도 아주 작은 소리조차 내지 않았다.

'넌 누구야?' 오펠리는 속으로 같은 질문을 되뇌었다. '우릴 어디로 데려가려는 거야?'

실루엣의 윤곽을 가늠하려 하면 할수록 오펠리의 몸은 더욱 바싹 굳어졌다. 여자의 형체는 아니었지만 그건 별 의미가 없었다. 윌랄리 딜뢰는 고정된 모습이 없었고, 어쩌면 그녀의 반영 역시 마찬가지일 터였다. 그녀의 거울상이 거울에서 빠져나오며 어떤 모습으로 실체화되었을지 추측하기란 불가능했다. 게다가 붕괴 이후로 이 낯선 인물과 마주친 것이 벌써 두 번째였다. 오펠리는 우연일 리 없다고 생각했지만, 그렇다고 이 그림자가 타자라고 단정 짓기에는…. 아슈를 파괴하는 것을 취미로 즐기는 자가 갑자기 몇 사람 목숨에 관심을 둘 이유가 있을까?

오펠리는 숨을 죽였다. 낯선 그림자는 안개 한가운데에 멈춰 섰다. 그는 아무 말 없이 마임 배우처럼 기묘한 몸짓을 하기 시작했다. 왼손으로는 하늘을, 오른손으로는 땅을 가리키더니, 이제 오른손으로는 하늘을, 왼손으로는 땅을 번갈아 가리켰다.

"정신 나간 작자로군." 울프 교수가 중얼거렸다.

어둠이 내렸고 낯선 이의 그림자는 주변 마을의 어둠 속으로 녹아들었다. 오펠리는 그가 멈춰 선 지점으로 다가가다 벽돌과 철제 장식으로 된 거대한 삼각 박공이 달린 공장 철문에 몸을 부딪혔다.

오토마톤 제작소
라자뤼스와 아들들

이번에도 우연일 리 없었다.

"이제 어쩌지?" 누군가 불안한 목소리로 물었다.

오펠리는 안개 속에서 여러 빛무리를 발견했다. 사태에 압도되어 오펠리 일행을 멀찍이서 따라온 소환된 이들의 이마에서 뿜어져 나오는 빛이었다. 그들은 서로 모르는 사이였지만 이제 모두 도망자 신세가 되었다.

오펠리는 철문을 밀었다. 문은 잠겨 있지 않았다.

모두 함께 공장 안으로 들어섰다. 그들이 다가가자 머리가 여럿 달린 기묘한 기계 개가 요란한 톱니바퀴 소리를 내며 몸을 일으켰지만 경보는 울리지 않았다. 그들이 발견한 것은 희미한 빛만 비치는 거대한 격납고였다. 격납고 안에서는 얼굴 없는 실루엣들이 컨베이어 벨트를 따라 줄지어 서서 작업을 하고 있었다. 모두 오토마톤이었다. 오토마톤들은 그들은 자르고, 다듬고, 뚫고, 끼우고, 조이며 부품들을 다루고 있었다. 하나같이 정밀한 시계 부품처럼 생긴 것들이었다. 자동인형들은 반복적인 작업에 몰두한 나머지 침입자들이 나타났는데도 아무런 반응을 보이지 않았다. 오펠리는 이 분주한 작업 현장의 중심에 라자뤼스가 있으리라 잠깐 생각했지만, 이내 그가 여행 중이라는 사실을 떠올렸다. 분명 이 오토마톤들은 다른 오토마톤들을 만들기 위해 설계된 것이었다. 공장은 주인이 없을 때도 자율적으로 돌아가고 있었다.

오펠리는 자신들을 경비대로부터 구해준 낯선 존재를 찾을 수 없었다. 그 대신 옆에 있는 차고에서 휠체어 하나를 발견했다. 휠체어는 비어 있었다.

"앙브루아즈?" 오펠리가 그를 불렀다.

곧바로 프로펠러 수송차의 문이 열렸다. 한 소년이 불편한 자세로 몸을 기울인 채 어리둥절한 시선으로 오펠리와 그녀를 따라온 사람들을 내려다보았다. 그의 머리카락을 감은 목도리는 물음표 모양으로 서 있었다.

"미스? 구하러 가려던 참이었어요! 웰, 이 수송차를 띄울 수만 있었다면 그러려고 했죠. 제 탁시보다 조작이 아주 조금 까다롭네요. 그런데 제가 여기 있는 건 어떻게 아셨어요?"

"몰랐어요. 누군가 우리를 여기로 이끌었지만 정체를 밝히지도 않고 사라졌어요. 혹시 공장에 의무실 같은 데가 있나요? 친구를 치료해야 해요." 오펠리가 말했다.

오펠리가 말을 마치자마자 옥타비오는 잡고 있던 손을 놓고 먼지로 새까맣게 뒤덮인 눈꺼풀을 문질렀다.

"물만 있으면 됩니다."

"오브 코스!" 앙브루아즈가 외쳤다. 그는 수송차 안에서 다리를 한 짝씩 차례로 빼냈다. "관리실에 수도꼭지가 있어요. 계단 옆에요."

좌우가 뒤바뀐 발 때문에 거동이 불편한 앙브루아즈는 휠체어까지 비틀거리며 걸어갔다. 그의 몸짓이 너무도 괴이해서 도망자들은 시선을 돌렸다.

"라자뤼스의 아들인가?" 울프 교수가 낮게 중얼거렸다.

"자네 쪽 오토마톤 하나가 엄청난 소동을 일으켰어. 폭발해 버렸지."

앙브루아즈는 휠체어에 앉으며 놀라기보다는 오히려 미안하다는 듯한 표정을 지었다.

"안으로 터진 거예요." 앙브루아즈가 정정했다. "누군가 해체하려고 했나 보네요, 맞나요?"

"떼로 덤볐지."

"댐드Damned! 아버지는 발명품의 기술 기밀을 보호하기 위해 모든 발명품에 자폭 장치를 내장해 뒀어요. 겉보기엔 요란하지만 사람을 해치지는 않아요."

"해치지 않는다고?" 울프 교수가 코웃음을 쳤다. "그게 화약고에 불을 지핀 꼴이 됐어. 남들처럼 특허를 내면 되는 일 아닌가? 내가 다니던 학교에서 가르칠 때도 항상 유난을 떨더니."

오펠리는 다시 도망자들에게 시선을 돌렸다. 그들은 공업용 사포를 나눠 이마에 새겨진 발광 잉크를 문질러 지우려 했다. 그러나 아무리 문질러도 잉크는 옅어지지 않았다. 오펠리는 모두의 얼굴에서 똑같은 내면의 질문들을 읽을 수 있었다. '이제

어쩌지?' '뭘 해야 하지?' '어디로 가야 하지?'

오펠리는 그들에게 연민을 느꼈다. 장갑을 낀 손으로 프로펠러 수송차의 차체에 새겨진 '오토마톤 배송'이라는 글자를 쓰다듬었다. 적어도 오펠리는 자신이 무엇을 해야 하는지, 어디로 가야 하는지, 그리고 어떻게 해야 하는지 알고 있었다. 안개 속 그 낯선 이가 누구였든 간에 그녀에게 엄청난 도움을 주었다.

"가자." 오펠리가 옥타비오에게 말했다. 그의 빨간 눈은 고장 난 전구처럼 깜빡이고 있었다.

오펠리는 옥타비오를 관리실로 데려가서 세면대 수도꼭지를 틀었다. 옥타비오는 아무 말 없이 두 손을 오므려 물을 받아 그 안에 얼굴을 푹 담갔다. 연거푸 같은 동작을 하다 갑자기 멈췄다. 그는 그대로 서서 손가락으로 눈꺼풀을 꾹 누른 채 꼼짝도 하지 않았다. 두 번 다시 눈을 뜨고 싶지 않다는 듯이.

"아직도 연구소에 들어갈 생각이야?"

"응."

"널 말리고 싶었어. 잊어버려. 누구나 원하는 곳으로 갈 권리가 있으니까."

"옥타비오…."

"오늘 원형극장에서 우리 어머니가 한 말…" 옥타비오는 목멘 소리로 오펠리의 말을 끊었다. "정말 부끄러웠어."

오펠리는 그의 손가락 사이로 잿빛 물이 흘러내리는 것을 바라보았다. 그녀의 입안에도 쓴 재 맛이 가득 감돌았다.

"혹시라도…."

“응… 혼자 있게 해줘. 플리즈.”

옥타비오는 주먹으로 눈가를 짓이기듯 문지르며, 뚝뚝 끊어지는 목소리로 덧붙였다.

“내일 신문사로 돌아갈 거야. 본파미유로 돌아가겠어. 그리고 안에서부터 변화를 만들어야지. 약속해. 하지만 오늘 밤만은 날 보지 말아줘.”

오펠리는 뒷걸음질 치며 그에게서 멀어졌다.

“오늘 원형극장에서 네가 한 말…” 그녀는 문을 닫기 직전 낮은 목소리로 속삭였다 “정말 자랑스러웠어.”

오펠리는 자신이 무엇을 하는지 전혀 의식하지 못한 채, 하지만 망설임도 없이 공장 안 좁은 계단을 오르기 시작했다. 계단은 두 개의 붉은 벽돌 굴뚝 사이에 낀 테라스형 옥상으로 이어졌다. 공장은 마치 거대한 여객선처럼 바다같이 일렁이는 구름을 가르고 있었다.

오펠리는 무쇠 난간을 꽉 움켜쥐며 떨리는 몸을 진정시키려 애썼다. 도심에서는 아직도 체포 작전 중인 경비대의 호루라기 소리가 울려 퍼지고 있었다.

‘내 탓이 아니야.’ 오펠리는 몇 번이고 속으로 되뇌었다.

붕괴는 자신의 탓이 아니었다. 추방 또한 자신의 아니었다.

오펠리는 안개에 두었던 시선을 거두어 저 멀리, 구름바다 너머 별빛과 뒤섞인 인공 불빛들을 바라보았다. 바벨의 작은 아슈들. 오펠리는 환한 등대처럼 빛나는 메모리알의 돔 지붕과 그보다 은은하게 빛나는 본파미유의 가로등을 금세 찾아냈다. 그 풍경을 마주하자 향수가 밀려왔다. 한때 자신의 세계였던 곳들인데, 이제는 환영받지 못하는 존재가 되었다는 사실에 가슴 깊이 상처 입었다.

오늘 얼마나 많은 사람들이 자신의 의지와 상관없이 타지로 내몰렸을까? '에코'라는 위험을 뚫고 무사히 목적지에 닿을 사람은 과연 몇이나 될까?

헬레네는 "에코는 어디에나 있어요, 아가씨. 특히 아가씨 주변엔 다른 데보다 더 많군요"라고 했다.

"에코에 주목하세요. 모든 해답은 거기 있어요"라고 한 라자뤼스의 말도 떠올랐다.

오펠리는 이해하려고 애썼다. 정말이지 애를 썼다. 윌랄리 딜뢰, 타자, 붕괴, 에코, 이 모든 것들이 보이지 않는 실로 연결된 것 같았지만, 그 실은 수많은 매듭으로 엉켜 있었다.

블라시우스가 옥상 난간에 와서 기대는 순간, 외부등 하나가 툭 꺼져버렸다. 그의 길고 날카로운 콧날이 밤의 어스름 속에서 희미하게 드러났다.

"무슨 생각을 하시건 간에, 윌랄리 양, 베리 조심해야 해요. 가문 경비대는 당신 냄새를 기억해요. 거기 있던 다른 사람들 냄새도 마찬가지고요. 1급 초후각자들이라 끈질기게 추적할 거예요."

"도시에 오래 머물 생각은 없어요. 그런데 다른 사람들은 어떻게 될까요?"

울프 교수가 오펠리의 오른쪽에 서서 난간에 팔꿈치를 괴었다. 그의 이마의 도장 빛이 꺼진 가로등을 대신해 어둠을 밝혔다. 교수는 검은 선글라스도 검은 모자도 다 잃어버렸다. 목 보호대를 감싼 손에 잔뜩 힘이 들어간 걸 보니, 도시를 가로질러 달려오느라 척추가 호되게 시달린 모양이었다.

"라자뤼스의 아들이 잠잠해질 때까지 우리를 숨겨주겠다는군. 제법 배짱이 있어. 하지만 우리가 무너지면 그 아이도 함께 무너질 거야."

블라시우스가 머리카락을 헝클이자 머리끝이 한층 더 곤두섰다.

"바벨에서의 삶이 더욱 골치 아파지겠네요."

온 세상이 접촉을 금지한 두 남자와 팔꿈치를 맞대고 서 있자니, 오펠리는 그들을 반드시 지켜야 한다는 강렬한 마음이 커지는 것을 느꼈다. 단한 번의 붕괴가 도시 전체를 갈라놓았다면, 그 일이 다시 벌어질 때는 어떻게 될까? 오펠리는 타자가 어디에 있는지, 어떤 모습인지, 어떤 의도를 품고 있는지 몰랐지만 적어도 이것 하나만은 확실히 알았다. 자신이 먼저 막지 않으면 그는 다시 시작하리라는 것을.

오펠리는 가장 멀리 있는 빛나는 점을 향해 시선을 끌어올렸다. 저기, 바로 이 순간, 벽 뒤 어딘가에서 바벨인들이 코르누코피아니즘 프로젝트에 매달리고 있을 터였다. 윌랄리 딜뢰가 신이 되기 전 그랬던 것과 정확히 똑같이. 이미 벌어진 일도 되돌릴 수 있다는 토른의 생각이 옳을까? 윌랄리 딜뢰를 인간의 상태로 되돌리고, 타자를 거울 속으로 돌려보내고, 아직 복구할 수 있는 것들을 복구하는 것이 가능할까? 만약 공허에 대한 유일한 치료제가 풍요 라면? 하지만 그 안에서 에코의 역할은 무엇일까?

오펠리는 이탈 연구소에서 답을 찾아야 했다. 토른과 함께.

"확실한 동기 없이는 아무도 그런 연구소에 자원하지 않아." 토른이 경고했었다.

이 모든 상황에서 기막히게 아이러니한 점은, 뤽스 귀족들이 방금 그녀에게 부족했던 그 동기를 제공해 주었다는 사실이었다.

무대 뒤

그는 바벨의 거리를 거닌다. 고함과 호루라기 소리. 폴리데우케스의 가문 경비대는 움직이는 것이라면 닥치는 대로 잡아들인다. 당연히 그만은 예외다. 그들 코앞에서 춤을 춘다 한들 그를 붙잡지 못할 것이다.

그 누구도 그를 막을 수 없다.

단 두 걸음 만에 그는 가장 높은 피라미드의 꼭대기에 다다른다. 그곳에 앉아 바벨이 안개 속 수렁에 점점 빠져드는 모습을 지켜본다. 늙어가는 바벨. 저들의 보잘것 없는 기억력이 감당하기에는 너무나도 오래된 도시.

역사는 되풀이될 것이다. 그가 그렇게 되도록 지켜보았으니까.

오늘 오펠리가 바벨을 떠나는 것은 시기상조였을 터다. 그녀는 여기서 아직 해야 할 일이 있다. 군도의 끝자락, 이탈 연구소에서.

오, 그렇다. 역사는 되풀이될 것이다. 그렇게 해서 마침내 끝을 맺을 수 있을 테니.

함정

생명력 없는 오토마톤 몸체들이 수송차 천장에 꽁꽁 묶여 있었다. 차가 덜컹거릴 때마다 팔다리는 덜그럭거리며 뼈들이 부딪치는 듯한 소리를 냈다. 어스름 속에 잠긴 오펠리는 해골들 틈에 있는 듯한 기분이 들었다. 수송차가 고도를 낮추는 느낌이 들자 그녀는 오토마톤 하나에 몸을 바싹 붙였다. 또 공중 검문인가? 뒤쪽 문이 틈을 보이며 열렸다. 손전등 불빛이 그녀 옆의 얼굴 없는 오토마톤 머리를 비추었다. 곧 문이 닫혔고 프로펠러가 다시 윙윙거리며 회전하기 시작했다.

"옥타비오 경과 앙브루아즈 경께서 다른 순찰대를 마주칠 일은 없을 거라고 말씀하셨어요."

오펠리는 오토마톤들 사이에서 팔꿈치로 힘겹게 비집고 들어와 자신에게 다가오는 더부룩한 실루엣을 알아보았다. 그녀가 이마를 가리고 있던 터번을 들어 올리자 도장이 달빛처럼 희미한 빛을 비추며 블라시우스의 피부 위 수심 가득한 주름들 사이로 그림자를 불어넣었다. 그 모습을 보자 오펠리는 이탈 연구소에 갈 계획을 밝힌 것이 후회되었다. 그때부터 블라시우스가 반드시 동행하겠다고 고집하고 나섰던 것이었다.

"다른 사람들과 함께 공장에 남으셨어야 했어요." 오펠리가 한숨을 내쉬며 말했다. "만약 내가 잡히면…."

"저도 추방하겠죠? 솔직히 말씀드리면, 윌랄리 씨, 저는 제게 소중한 사람들을 받아주지 않는 아슈에 남아 있을 생각이 없어요. 그리고 당신과 나누고 싶은 이야기가 있었는데, 그게… 웰… 울프 앞에서 할 얘기는 아니라서요."

블라시우스는 수줍은 몸짓으로 메모리알 제복 소매를 팔이 드러나도록 걷어 올렸다. 이마의 빛에 의지해 오펠리는 문신 하나를 식별했다. 뒤엉킨 P와 A였다.

"대안 프로그램의 약자이에요." 블라시우스가 말했다.

오펠리는 그 뜻을 이해하기까지 잠시 시간이 걸렸다.

"그러니까, 이탈 연구소 출신이었어요?"

"전 당신이 왜 그렇게까지 그곳에 들어가려고 하는지 모르겠어요, 미스. 하지만 그곳에서 빠져나오는 게 얼마나 어려운 일인지는 잘 알아요. 저희 부모님이 절 보내셨어요. 그러니까… 저를… 교정하려고요." 블라시우스는 괴로운 미소를 지으며 단어를 뱉었다. "아직 사춘기 소년일 뿐이었는데, 부모님은 제가 어떤 길로 들어섰는지 이미 알아채셨거든요. 전 성인이 될 때까지 그곳에서 지냈고, 성인이 된 후에도 프로그램을 떠나는 걸 허락받지 못했죠."

오펠리는 흔들리는 차 안에서 오토마톤들 틈에 낀 채, 블라시우스의 팔에 새겨진 두 개의 알파벳을 가만히 바라보았다. 평생 지워지지 않을 낙인이었다.

"대안 프로그램이 뭐죠?" 오펠리가 물었다.

"쇼윈도의 뒷면이에요. 이탈 연구소는 우수한 성과를 내는 것으로 유명하죠. 특히 저… 저 같은 사례에선요. 그런데 제가 검사를 받을 때 연구소 사람들은 부모님께 제 상태가 일반 프로그램 대상이 아니라고 했어요. 그리고 제가 베리 특이한 유형의 반전 케이스라고, 아주 독특하게 뒤틀려 있다고 하더군요. 자기들이 전적으로 책임지고 저를 연구할 거라고 했어요. 그렇게 그들은 수년간 저를 먹이고, 입히고, 재워주었죠. 매달 집에 가게 해달라고 요청했지만, 매번 같은 답만 돌아왔어요. 그건 제가 결정할 문제가 아니라고요. 그러다 하루아침에 아무런 설명도 없이 저를 부모님께 돌려보냈어요. 마치 제가 그들에게 더 이상 요만큼의 흥미거리도 되지 않는다는 듯이요. 그곳에서 무슨 일이 있었는지, 내가 거기서 뭘 하고 뭘 봤는지에 대해선 그저 뒤죽박죽인 기억만 남아 있을 뿐이에요. 하지만 한 가지는 확실해요, 미스. 그들이 저의 연애 성향에는 거의 관심이 없었다는 거죠. 그들이 관심 가졌던 건… 저의 불운뿐이었어요."

블라시우스는 그 말을 하면서 오펠리를 한쪽으로 밀어냈다. 그녀 바로 위에서 오토마톤의 고정 끈이 풀려, 수 킬로그램의 금속 덩어리가 그녀의 머리 위로 떨어질 뻔했다.

"불운이요? 왜죠?" 오펠리가 블라시우스의 말을 되풀이하며 물었다.

"그건 알려주지 않았어요. 연구소 사람들은 절대 아무 말도 하지 않아요. 오직 관찰할 뿐이죠."

"하지만 블라시우스 씨, 당신이 관찰한 것 중 특이한 것은 없었어요?" 오펠리가 거듭 물었다.

"그곳은 모든 게 특이해요, 미스. 전 뒤바뀐 자들 틈에서 지냈어요. 뒤바뀐 정신들. 뒤바뀐 육체들. 뒤바뀐 능력들."

오펠리는 망설였다. 그렇게 가까이에서 이탈 연구소를 직접 경험한 사람에게 질문할 기회는 두 번 다시는 없을 것이다. 비록 그 일이 오래전 일이었다 해도.

"코르누코피아니즘 프로젝트라고 들어본 적 있어요?"

블라시우스가 눈썹을 치켜올리자 이마 주름은 한결 더 깊어졌다.

"전혀요."

"그럼 풍요의 뿔은요?"

그는 고개를 저었다.

"연구소에서는 제 앞에서 그 얘길 한 적이 없었지만, 거듭 말씀드리자면 거기 사람들은 절대, 아무 말도 하지 않아요."

오펠리는 관절이 풀려 있는 발밑의 오토마톤 몸체를 바라보았다. 조립되지 않았을 때의 오토마톤은 진짜 해골을 연상시켰다. 문득 예전에 블라시우스와 지하 묘지에서 나눴던 대화가 떠올랐다. '살아 있는 동안에도 사물인 인간도 있어요.'

"그들이 블라시우스 씨에게 했던 일… 나에게 하려는 일…" 오펠리는 더 용감했으면 하는 목소리로 물었다. "고통스러울까요?"

블라시우스의 얼굴이 고무처럼 쭈욱 늘어났다. 그는 어색한 손길로 오펠리의 어깨를 잡았다.

"당신이 이해하는… 그런 의미의 고통은 아니에요. 그건…
그냥… 블라스트!"

블라시우스는 원래도 감정을 말로 표현하는 데 서툴렀지만
연구소 이야기가 나올 때면 마치 그 자신도 갑자기 에코로 가득
찬 것처럼 말을 더 심하게 더듬었다. 오펠리의 어깨를 쥔 손가
락에 힘이 꽉 들어갔다. 촉촉하고 어두운 두 눈이 더욱 커졌다.

"우리 각자에게는 하나의 경계가 존재합니다, 미스 월랄리.
우리에게 피… 필요한 것, 우리를 제한하는 것, 우리를 우리 자
신 내면에 다… 담아 두는 것 말입니다. 그들… 그들은 당신이
그 선을 넘게 하려 할 거예요. 그들이 뭐라든 간에, 미스… 결정
은 당신의 몫이에요."

오펠리는 두 발이 바닥에서 뜨는 듯한 느낌이 들었다. 수송차
가 착륙하고 있었다. 그들이 도착했다. 그녀가 도착했다. 토른이
그녀를 기다리고 있었다. 그곳에서 무슨 일이 벌어질지는 중요
하지 않았다. 혼자는 아닐 테니. 심지어 이 수송차 안에서도 오
펠리는 혼자가 아니었다.

"고마워요, 블라시우스 씨. 몸조심하세요. 울프 교수님도요."

블라시우스는 오펠리의 어깨에서 손을 떼고 그녀의 얼굴을
감쌌다. 그러고는 도장 빛을 온전히 삼킬 정도로 자신의 이마를
그녀의 이마에 맞대었다.

"그는 15년 동안 나를 피했어요." 블라시우스는 세상에서 오
직 오펠리에게만 들리길 바라는 듯이 작게 속삭였다. "그 15년

이라는 긴 시간 동안 나는, 그가 자기 자신을 보호하기 위해 나를 피한다고 생각했어요. 하지만 그는 나를 그 자신으로부터 보호하고 있던 거였어요. 북서 구역이 무너질 때까지도 몰랐죠. 윌랄리 씨가 그에게 직접 얘기하라고 조언하지 않았다면, 그는 영영 내게 다가오지 않았을지도 몰라요." 블라시우스가 오펠리의 안경 너머 깊은 곳을 응시하며 말했다. "윌랄리 씨는 아마 잘 모르시겠지만, 그날, 버드트램에서 처음 내게 말을 걸었을 때, 당신은 나를 깊은 외로움에서 건져줬어요."

수송차가 완전히 멈췄고, 그 충격에 둘의 이마가 부딪쳤다. 잠시 후 수송차의 뒷문이 열렸다. 옥타비오가 서 있었다.

"아무도 안 보여. 서둘러."

오펠리는 터번을 내려 이마를 가리고 수송차 밖으로 빠져나왔다. 새벽하늘은 따스한 장밋빛이었다. 야자수들이 허공 가까이에서 흔들리고 있었다. 수송차는 탑 꼭대기, 화물 하역을 위해 마련된 플랫폼에 멈춰 섰다. 옥타비오 말이 맞았다. 이곳은 텅 비어 있었다.

오펠리는 가장자리로 다가갔다. 안으로 들어가 직접 겪어보기 전에 이탈 연구소를 위에서 내려다보고 싶었다. 발아래에 파고다*, 철길, 정원, 공장, 오래된 석재와 금속 구조물 들이 미로처럼 얽혀 있었다. 고대 제국 도시 같으면서 공업단지 같아 보이기도 했다. 겉보기에는 혼란스러웠지만 오펠리는 그 안에

---

* 동양 사찰의 탑으로 아래가 넓고 위로 갈수록 좁아지는 형태다.

서 금세 질서를 찾아냈다. 이탈 연구소는 구역별로 나뉘어 있었고 각 구역은 거대한 붉은 문으로 분리되어 있었으며, 문들은 각각 성벽에 박혀 있었다. 계산된 구획이었다.

중앙에 선 거대한 조각상 하나가 연구소를 압도하고 있었다. 얼굴이 여럿 달린 거상이었다.

'나는 모든 것을 보고 모든 것을 안다!' 조각상이 소리 없이 외쳤다.

"그럼 대화를 좀 나눠야겠군." 오펠리가 속삭였다. "그러려고 왔으니까."

오펠리는 앙브루아즈가 좌우가 뒤바뀐 손을 문밖으로 내밀고 있는 수송차 조종석으로 향했다.

"굿 럭, 미스. 좀 부러워요. 이곳에서 대체 무슨 연구를 하는지 너무 궁금해요! 이 이탈 연구소가 가장 특이한 주문을 넣는 곳이라고 아버지께서 말씀하셨거든요. 그러니 오펠리 씨가 여기서 아주 기묘한 오토마톤을 마주친다 해도 전 놀라지 않을 것 같아요."

오펠리는 그런 상황은 썩 유쾌하지 않을 것 같다고 생각했다. 그녀는 끝내 참지 못하고 그의 머리 위에 동그랗게 말려 있는 목도리를 향해 손을 뻗었다. 하지만 목도리는 토라진 듯 잠깐 꿈틀거릴 뿐이었다. 그녀의 선택으로 또다시 강제로 헤어지는 상황에서 목도리와의 화해는 요원해 보였다.

"소리." 앙브루아즈가 머쓱한 표정으로 말했다.

오펠리는 앙브루아즈만큼 서투른 동작으로 그의 손을 잡았다.

“아니마에는 ‘물건은 주인을 닮는다’는 속담이 있어요. 당신이 우리의 첫 만남에서 내게 주었던 느낌, 그리고 오늘 많은 사람들에게 주는 느낌을 내 목도리에게도 주고 있어요. 당신은 안식처예요.”

옥타비오가 앞머리 사이로 그들의 대화를 지켜보고 있었다. 피로에 젖은 눈은 여전히 예전처럼 강렬한 불꽃을 되찾지 못한 상태였다. 그는 알 수 없는 눈빛으로 앙브루아즈를 응시했다. 그리고 하역 플랫폼 반대편 끝에 보이는 창고 하나를 가리켰다. 창고는 수천 개의 유리창으로 이루어져 있었다.

“관계자용 출입구가 있을 겁니다. 바래다주고 바로 돌아오겠습니다.” 옥타비오가 앙브루아즈와 블라시우스에게 말했다.

창고 안에 들어선 오펠리와 옥타비오의 눈에 보이는 것은 피라미드처럼 쌓여 있는 상자들과 멈춰 선 수레들뿐이었다. 물론 아직 이른 시간이기는 했지만, 바벨의 다른 곳에서 벌어진 극심한 혼란을 생각하니 이런 정적에 오히려 신경이 곤두섰다.

둘은 화물용 엘리베이터를 타고 여러 층을 내려갔다.

“앙브루아즈라는 아이, 정말 라자뤼스 교수님 아들이야?” 옥타비오가 불쑥 물었다. “닮은 구석이 전혀 없던데.” 그는 오펠리가 대답할 틈도 주지 않고 말을 이었다. “인 팩트, 아무도 닮지 않았어. 여기 오는 내내 옆에 앉아 있었는데, 몸이 정말 이상하더라고.”

오펠리는 자기도 마찬가지이며 이 이상한 몸을 이용해 이곳에 침투할 작정이라는 말은 굳이 하지 않았다. 생각하는 것만으로도 속이 떨리는 일이었다.

"이제 주르날 오피시엘로 돌아갈 거야?"

"본파미유부터 들르려고. 폴리데우케스의 후손들이 속한 선 각자단을 맡고 있잖아. 하루라도 자리를 비우면 직무 유기로 간 주될 거야."

오펠리는 눈썹을 치켜올렸다.

"이 난리통에도? 북서 구역이 붕괴됐고 도심에서 폭동이 일 어났는데?"

"오히려 그래서 더더욱. 혼돈에 맞서는 건 질서니까, 이제."

화물용 엘리베이터는 복도로 이어졌다. 그 복도는 또 다른 복 도로 이어졌고 그 끝에 접수실이 있었다. 접수실에도 사람은 없 었다. 카운터 위에는 신청서들이 비치되어 있었다. 직접 신청서 를 작성해서 원통형 캡슐의 틈새에 끼워 넣은 뒤, 레버를 내려 공기 압축 튜브로 쏘아 보내야 했다. 오펠리가 이전에 메디아나 를 만나러 왔을 때 한번 겪어본 절차였다. 오늘은 '방문' 칸 대신 '입소' 칸에 표시했다.

오펠리가 대기실로 향하는 발걸음을 떼기도 전에 정중한 목 소리가 그녀를 불렀다.

"미스 윌랄리?"

한 여자가 오펠리를 향해 안정된 걸음걸이로 다가오고 있었 다. 처음 이곳을 방문했을 때 오펠리를 응대했던 여자는 아니었 지만, 그녀 역시 똑같은 노란 실크 사리를 입고, 똑같은 짙은 색 렌즈가 똑같은 코안경을 쓰고, 똑같은 긴 가죽 장갑을 끼고 있었다. 어깨에는 풍뎅이 모양의 오토마톤이 붙어 있었고, 팔에 낀 서류철에는 오펠리가 방금 작성한 서류가 꽂혀 있었다. 마치 며칠 전부터 오펠리를 지켜보고 있었던 것만 같았다.

"이쪽으로요, 플리즈." 여자는 예쁜 유리문을 열며 말했다. "경은 들어오실 수 없습니다, 밀로드."

여자는 이미 앞으로 나선 옥타비오를 향해 단호한 미소를 지었다. 그의 비르투오소 제복 따위는 전혀 고려하지도, 이름을 묻지도 않았다. 그녀는 그가 누구인지 정확히 알고 있었다.

오펠리는 마지막으로 옥타비오와 시선을 주고받았다. 강렬한 시선이었다.

"세상을 바꿔." 오펠리가 옥타비오에게 속삭였다.

옥타비오의 입꼬리가 미세하게 떨렸다. 그가 고개를 치켜들자 앞머리가 전부 뒤로 넘어갔고, 예전에 골드 체인이 달려 있던 코와 눈썹 부근의 흉터가 여실히 드러났다.

"안에서부터." 그가 대답했다.

옥타비오는 단호한 발걸음으로 구두 소리를 내며 떠났다. 그 소리가 오펠리에게 용기를 불어넣었다. 선반마다 풍뎅이 오토마톤이 빼곡하게 늘어서 있는 것만 빼면 그 방은 얼핏 보면 진료실 같았다. 선반 위 풍뎅이들은 창문으로 들어오는 아침 햇살을 받으며 보석처럼 반짝였다.

"저희 연구소 입소를 신청하셨죠." 여자가 팔걸이의자에 앉으며 서류철을 앞에 툭 내려놓았다. "말씀을 들어볼까요."

오펠리는 자리에 앉자마자 눈앞의 상대가 유리에 비치는지 확인했다. 적어도 이 테스트가 신뢰할 만하다면 이 여자는 윌랄리 딜뢰도, 타자도 아니었다. 좋아. 오펠리는 이마의 행정 도장 자국을 가리고 있던 터번을 벗었다.

"간단히 말씀드릴게요. 의사가 제게 당신들 프로그램에 들어가라고 조언했어요. 이곳에서 당신들이 이미 제 이름으로 된 서류를 보관하고 있다는 것도 알아요. 그 이유는 모르겠어요. 하지만 이 연구소가 제가 바벨에서 추방당하지 않을 마지막 수단이라는 건 확실히 알죠."

오펠리는 절박한 척할 필요가 없었다. 그녀가 느끼는 공포는 진짜였다. 지금 이곳, 그녀가 딛고 선 바닥 너머의 모든 세상은 거대한 물음표가 되어버렸다.

여자는 서류철에 끼워진 종이들을 훑어보았다. 오펠리는 풍뎅이 오토마톤 대신에 자신이 그녀의 어깨 위에 올라앉아 연구소가 자신에 대해 어떤 기록을 가지고 있는지 읽어볼 수 있으면 좋겠다고 생각했다.

"그러니까 말하자면, 미스 윌랄리, 망명을 요청하시는 건가요?"

"저는 당신들이 제게 흥미를 느낄 만한 모든 것을 위해 자원할 용의가 있습니다."

여자는 고개를 살짝 숙여 코안경 너머로 오펠리를 계속 응시했다. 그러고는 빈 종이 한 장과 만년필 한 자루를 건넸다.

"어디에 서명하면 되죠?"

"서명은 필요 없습니다, 미스 윌랄리. 받아 적으시면 됩니다. '하지만 그 우물은 오딘의 토끼와 마찬가지로 가짜였다.'"

“네?”

오펠리는 당황했다. 우물? 토끼? 그리고 왜 하필 오딘이지? 오딘은 파루크의 옛 이름 아닌가?

“하지만 그 우물은 오딘의 토끼와 마찬가지로 가짜였다.’” 여자는 흔들림 없는 미소를 지으며 되풀이했다. “적으세요, 플리즈.”

오펠리는 그녀의 말대로 했다. 여자는 이내 종이를 걷어 갔고 새 빈 종이를 건넸다.

“퍼펙트. 이제 같은 문장을 다른 손으로 다시 적으세요.”

“다른 손으론 글씨를 쓸 줄 몰라요.” 오펠리가 말했다.

“당연히 쓸 수 있습니다.” 여자는 침착하게 단언했다. “잘 쓰라고 요구하는 게 아니에요. 그냥 쓰기만 하면 됩니다.”

오펠리는 다시 한번 그녀의 말에 따랐다. 이번에는 금속 펜촉 아래로 단어들이 괴물처럼 일그러졌다. 아무리 집중해도 글자 대부분이 뒤집혀 쓰였다. 여자는 결과에 관심이 없었다. 그녀는 온통 오펠리, 오직 오펠리에게만 주의를 기울이고 있었다. 여자는 정중한 시선으로 짙은 색 코안경을 통해 오펠리를 주시했다. 그녀의 눈은 초시각자의 눈이 아니었다. 그럼 저 여자의 가문 능력은 뭘까? 이 순간에도 그 능력을 사용하고 있을까?

“퍼펙트.”

여자가 낀 가죽 장갑이 두 장의 종이를 서류철에 추가하는 동안 거슬리는 소리를 냈다. 그녀의 동작 하나하나는 지나칠 정도로 꼼꼼해서 마치 독성이 강한 화학물질을 다루는 듯했다. 여자는 자리에서 일어나 오펠리의 머리에 다시 터번을 둘렀다. 이마 위 도장이 완전히 가려지도록 터번을 너무 세게 조인 탓에 불편했다. 그러고는 그녀를 좁고 어두운 암실로 들여보낸 뒤 문을 닫았다. 너무도 짙고 뜨거운 어둠 때문에 숨이 막힐 지경이었다. 코에 걸린 안경조차 보이지 않았다. 오펠리는 그제야 왜 여자가 터번을 단단히 묶었는지 알게 되었다. 아마 어둠도 실험 절차의 일부인 듯했다.

"움직이지 마세요, 플리즈."

벼락처럼 날카로운 섬광이 번쩍였다. 그리고 한 번 더, 또 한 번 더. 사진을 찍는 건가? 오펠리는 눈이 너무 부셔서 문이 다시 열린 것을 바로 알아차리지 못했다.

여자가 미소를 지으며 책상을 가리켰다. 이번에는 옻칠한 작은 나무 상자 하나가 오펠리를 기다리고 있었다.

"아니마인이죠, 미스 윌랄리."

질문이 아니었다.

"8등급입니다." 오펠리는 거짓으로 답했다.

"읽기 전문가고요."

이번에도 역시 질문은 아니었다. 이탈 연구소가 본파미유 입학 당시 작성된 서류를 미리 열람할 수 있었다면 오펠리가 연구소 측에 더 알릴 것은 없었다. 하지만 여자는 여전히 오펠리가 확실하게 말해주기를 기다리는 듯했다.

"맞아요, 읽는 여자입니다."

"간단하게 시범을 보여주시는 데 문제 없으시겠죠?"

오펠리는 암실에서 비친 섬광 때문에 여전히 반쯤 눈이 보이지 않는 채로 상자를 향해 다가갔다.

"안에 샘플이 들어 있습니다." 여자가 설명했다.

오펠리는 상자의 덮개를 옆으로 밀어 열었다. 붉은 쿠션 위에 작은 납 탄환이 놓여 있었다. 곧바로 온 얼굴의 피부 아래로 피가 솟구치기 시작했다. 거센 맥박 소리가 귀를 때렸다.

"읽기를 진행해도 될까요, 미스 윌랄리?" 여자가 정중히 물었다.

여자는 직업적인 선에서 미소를 유지하는 것이 어려운 듯했다.

오펠리는 장갑의 단추를 하나씩 풀었다. 지금까지 자신이 상황을 통제하고 있다고 느꼈다. 이곳에 온 것도, 이 테스트에 응하는 것도 자신의 의지에 따라서였다. 그녀는 자신이 그들에게 보여주겠다고 마음먹은 것들만 보여주었다.

일은 그렇게 돌아가야 했다.

"이 질문은 해야겠어요." 오펠리는 최대한 평정심을 유지하려 애쓰며 말했다. "이 물건, 연구소 소유인가요?"

"당연하죠, 미스 윌랄리."

거짓말.

오펠리는 분노에 안경이 어두워지지 않도록 숨을 깊이 들이마셨다. 떨지 말자. 속내를 들키면 안 돼. 오펠리는 상자 속 납 탄환에 온 정신을 쏟았다. 탄약통에 들어가는 탄알. 오펠리는 눈앞의 광경이 말도 안 되는 일이라는 것을 알았다. 으레 불가능해야만 하는 일이었다. 오펠리가 아무리 정신이 없다 한들, 이 분야에서만큼은 그녀를 속일 수 없었다. 오펠리는 아니마의 원시 역사 박물관에 있는 소장품을 한 점도 빠짐없이 속속들이 알고 있었다. 특히 이 물건은 더더욱.

그녀는 맨손으로 납 탄환을 집었다. 그 순간 속이 타는 듯한 메스꺼움이 몰려왔다. 하지만 이것은 오펠리 자신이 느낀 것이 아니었다. 마지막으로 이 물건을 맨손으로 만졌던 자가 느낀 것이었다. 중산모를 쓴 멍청이, 옛 세계의 전쟁을 알고 싶어 했던 바보 같은 사내아이. 그에게 본때를 보여주고 싶었더랬다. 4년 전 일이었지만 40년은 지난 듯한 기분이었다. 그리고 그로부터 더 과거로 거슬러 올라갔다. 읽는 사람들의 손을 거치고 메스꺼움과 또 다른 메스꺼움을 느끼며 어쩔 수 없이 맞이할 충격을 받아들일 준비를 했다. 추상적이지만 분명히 실재하는 고통이 배를 정통으로 강타했다. 수 세기 전 이 탄환이 내장을 뚫고 지나간 어느 병사의 단말마가 자신의 것이 되었다. 그리고 이번에는 자신의 메스꺼움이 몰려왔고 그 강렬함에 오펠리는 책상 위에 토할 뻔했다.

오펠리는 탄환을 쿠션 위에 내려놓았다. 상자를 닫고, 떨리는 입술에 주먹을 갖다 댔다. 눈물 한 방울이 뺨 위로 흘러내렸다. 어떻게 남에게 이런 고통을 강요할 수 있었던 거지?

'아니야.' 감정의 파도가 한차례 쓸려 가자마자 오펠리는 마음을 다잡았다. 왜 하필 자신에게 이걸 강요한 걸까? 이탈 연구소가 내가 일했던 박물관, 그것도 윌랄리가 아닌 오펠리로 일했던 박물관에서 이 샘플을 구해 온 데에는 도대체 어떤 믿기 힘든 우연이 일치한 걸까?

"물 좀 드릴까요, 미스?"

여자는 오펠리의 읽기가 시작되기 전부터, 읽는 동안은 물론 끝난 뒤에도 한순간도 눈을 떼지 않고 그녀를 지켜보았다. 검은 코안경 너머로 여자의 강렬한 호기심이 번뜩였다.

"감정 결과를 말씀드릴까요?" 오펠리가 냉정하게 물었다.

"아니요, 미스 윌랄리, 그게 이번 테스트의 목적은 아니었습니다."

"그럼 무엇을 위한 거였죠?"

여자는 책상 서랍에서 엄지손가락만큼 두꺼운 서류 한 뭉치를 꺼냈다. 오펠리는 다시 장갑을 끼고 서류를 받아 들었다. 피험자와 이탈 연구소 간의 협약: 대안 프로그램 프로토콜 I~III 연구 참여 동의 및 관련 비밀 유지 조항. 제목만으로도 머리가 어지러웠다.

"뢰스 귀족들은 법을 정하지요. 하지만 우리가 여기서 수 세대 동안 지켜온 의료 기밀보다 우위에 있는 법은 없습니다." 풍뎅이를 얹은 여자가 말했다. "이곳의 벽 안쪽에 머무는 한, 바깥 세계에 그 어떤 해명도 할 필요가 없습니다."

오펠리는 수십 장에 달하는 문서의 단 한 줄도 이해할 수 없었다. 고도의 법률적 전문성이 있어야 이해할 수 있는 난해한 용어들이 가득했다.

하지만 이제 그런 것은 중요하지 않았다. 오펠리는 서명했다.

그녀가 서류를 건네는 순간 여자의 미소가 미묘하게 짙어졌다. 누가 누구의 함정에 빠졌는지는 미래가 판가름할 것이다.

안경

오펠리는 비명을 삼켰다. 눈썹 위로 흘러내린 머리카락 뒤로 눈을 휘둥그레 떴다. 몸이 델 만큼 뜨겁던 물이 한순간 얼음처럼 차가워지더니 뚝 멈췄다. 오펠리는 숨을 헐떡이며 극한의 온도로 붉어진 몸을 두 팔로 감싸안았다. 증기는 환기구로 빨려 들어가 사라졌다. 그 사이로 노란 사리를 두른 여자의 실루엣이 드러났다. 여자가 막 샤워기 줄을 놓은 참이었다. 오펠리는 안경 없이도 여자의 미소를 볼 수 있었다. 어깨에 풍뎅이를 매단 이 여자는 오펠리의 수치심 따위는 전혀 고려할 생각이 없었다. 여자는 오펠리가 엉거주춤 목욕용 대야에서 나오고, 타일 바닥에 미끄러지고, 최대한 조심스럽게 몸을 닦는 모습을 내내 지켜보았다.

"제 옷은 어디 있어요?"

벤치에 놔둔 소지품을 찾을 수 없었다. 그 대신 그녀를 기다리는 것은 완벽하게 개어져 놓인, 주머니 없는 사루엘*과 소매

---

* 이슬람 문화권의 전통 의상으로 가랑이 부분이 넓고 끝단으로 갈수록 통이 좁아지는 바지.

없는 튜닉뿐이었다. 이탈 연구소는 정말로 오펠리가 아무것도 숨기지 못하게 할 작정이었다. 심지어 샌들까지 압수했다.

"제 장갑 주세요." 오펠리가 요구했다.

여자는 정중하게 고개를 저어 거부 의사를 밝혔다. 협약서에 서명한 이후로 오펠리는 여자의 목소리를 한 번도 듣지 못했다.

"장갑이 필요해요. 아시잖아요."

또다시 고개를 저었다. 오펠리는 이해할 수 없었다. 아니, 장갑을 돌려주지 않겠다는 건가, 아니면 필요 없을 거라는 뜻인가?

오펠리는 손이 제멋대로 옷감을 읽을 때마다 얼굴을 찌푸리며 옷을 입었다. 수크* 귀퉁이에 있는 어두운 작업장, 조악한 재봉틀, 느긋하게 휘파람을 부는 염색공의 모습이 머릿속에 떠올랐다. 다행히 누가 입었던 옷은 아니었다.

"안경은요?"

여자는 또다시 고개를 저었다. 오펠리는 숨이 가빠지는 것을 느꼈고 애써 호흡을 진정시켰다. 만만치 않은 곳이리라 생각하고 마음을 단단히 먹었었다. 무엇보다도 그들에게 휘둘리지 말아야 했다.

여자의 어깨에 매달린 풍뎅이가 찰카닥하며 거울을 펼쳤다. 거울은 너무 작아서 오펠리의 얼굴을 오직 조각조각 비출 뿐이었다. 이마의 도장이 사라진 것을 보자 그나마 다행이라 생각했다. 물을 맞아서 발광 잉크가 녹아 없어진 것이었다. 아마도 물

---

* souk. 아랍 문화권의 전통 시장.

에 연금술 반응을 일으키는 성분이 들어 있는 듯했다.

"이제 뭘 하죠?"

여자는 정중한 몸짓으로 오펠리에게 따라오라고 신호했다. 여자가 멀어지자마자 아주 뚜렷하게 보였던 실루엣이 흐려지며 배경과 뒤섞였다. 오펠리는 장갑도 신발도 없이 흐릿한 시야로 걷는 것에 빨리 익숙해져야 했다. 스파이 노릇을 하기는 예상보다 쉽지 않을 것 같았지만 이곳 연구소가 정말로 자신의 계획을 더 어렵게 만들 작정이라면, 그녀 역시 그만큼 되갚아 줄 생각이었다.

두 사람은 끝없이 이어진 복도를 지났다. 그러다 오펠리는 전등들을 보고 깜짝 놀랐다. 전구가 하나도 빠짐없이 지지직거리며 깜빡이고 있었다.

마침내 야외로 나왔다. 아침 햇살을 받아 오펠리의 머리카락이 순식간에 말랐다. 돌바닥에 닿은 발가락이 타들어 가는 듯했다. 여자는 향기로운 정글 사이로, 그늘진 회랑들로, 끝없이 이어지는 문들로 오펠리를 이끌었다.

오펠리의 눈에는 세상이 다채로운 색으로 그린 점묘화처럼 보였음에도 소리는 아주 뚜렷하게 들렸다. 이쪽에서는 곤충이 앵앵거리는 소리를, 저쪽에서는 기계가 윙윙거리는 소리를, 그리고 어느 창문 밑을 지날 때는 트럼펫 선율까지 모두 감지했다. 아이들의 웃음소리, '좀 나아졌나요?', '여기 있으면 안전한가요?' 같은 부모들의 걱정 어린 질문도 들렸다. 그리고 아이들이 놀랍도록 좋아지고 있고, 이곳은 안전하고, 나이가 어리든 많든 모두 다른 어느 곳에서보다 이곳 연구소에서 명랑하게 지내며 성장하고 있고, 이곳의 정규 프로그램은 늘 훌륭하게 효과를 입증해 왔지만 본인이 원하면 언제든 집으로 돌아갈 자유가 분명히 보장되어 있다며 부모를 안심시키는 침착한 목소리까지도.

윌랄리 딜뢰의 비밀이 여기 어딘가에, 오펠리의 귀가 닿는 곳 안에 있긴 한 걸까?

근시 때문에 잘 보이지 않았지만 오펠리는 여자에게서 눈을 떼지 못했다. 실크 사리가 그녀 앞에서 액체처럼 일렁였다. 아니마 박물관에 있던 샘플을 읽은 뒤로 느낀 메스꺼움이 좀처럼 가시지 않았다. 이 여자는 언제 어떻게 그 샘플을 손에 넣었을까? 계보학자들이 하나는 옳았다. 이 연구소는 이미 오펠리보다 한발 앞서 있었다. 하지만 얼마나 앞서가는 걸까? 그녀에 대해, 그녀의 과거에 대해, 그녀의 능력에 대해, 그녀의 의도에 대해 얼마나 알고 있을까?

'그리고 토른에 대해서도 알까?' 그녀는 이제는 맨손이 된 손바닥을 손톱으로 파고들며 생각했다.

서른 하고도 하나. 서른한 달 동안 오펠리는 두아옌들의 감시 속에서 살았다. 두아옌들의 리포터가 따라붙지 않고서는 부모님 집 밖으로 한 발짝도 나갈 수 없었다. 서른한 달 동안 두아옌들 때문에 토른이 위험에 빠질까 봐 그를 찾아 나서지 않았다. 만약 아르쉬발드가 감시망의 그물코 사이로 비집고 들어와 오펠리를 빼내지 못했다면 아직도 아니마에 있었을 것이다. 하지만 혹시라도 그게 착각이라면? 윌랄리 딜뢰의 감시에서 벗어났다고 생각했던, 바벨에서 지낸 그 모든 시간 동안 사실은 그녀의 시선 아래 갇혀 있었던 거라면? 만약 자신이 월랄리 딜뢰를 토른에게 이끌어버린 거라면?

사실 오펠리는 실제로 이 연구소를 운영하는 자가 누군지조차 알지 못했다. 어쩌면 월랄리 딜뢰가 아닐지도 모른다. 아예 다른 사람일지도 모른다. 오펠리를 아주 잘 아는 누군가일 수도 있다.

그 사람이 누구든, 그는 앙리 경이 실은 탈옥수라는 걸 알고 있을까? 계보학자들의 이전 정보원이 그랬던 것처럼 토른도 이 건물 안에서 위험에 처한 건 아닐까? 그리고 내가 너무 늦어버린 거라면? 그들이 이미 토른을 사라지게 해버렸다면? 오펠리는 눈을 가늘게 떴다.

그녀를 안내하던 여자가 커다란 글씨가 새겨진 물결무늬 아치형 현관 입구를 막 지나고 있었다.

관찰

현관은 눈이 아플 만큼 사방이 하얀 방으로 이어졌다. 오펠리는 건축적인 디테일을 구분할 순 없었지만 발뒤꿈치 아래로 느껴지는 차갑고 매끄러운 감촉으로 미루어 이곳이 진짜 대리석으로 지은 궁전이라는 것을 알 수 있었다. 창문을 통해 쏟아지는 빛줄기가 방 안을 가득 채웠다.

풍뎅이를 매단 여자는 줄지어 선 무리에 합류했다. 오펠리는 가까이 다가간 뒤에야 제법 위압적인 무리임을 알 수 있었다. 노란 실크를 두른 실루엣들이 한 손에는 노트를 들고 코안경 너머로 그녀를 빤히 훑어보고 있었다. 관찰자들이었다. 오펠리는 모든 시선이 자신에게 쏠린 데다 밝은 빛에 노출된 상태라 너무나도 불편했다. 팔도, 종아리도, 발도 고스란히 드러난 데다 머리카락은 마구 풀어 헤쳐져, 그녀는 마치 길거리를 떠도는 부랑아 같았다.

한 여자아이가 속삭였다.

"경께서 입소와 출소 전 과정에 참석하고 싶다고 요청하셨지요. 여기 있는 역전자는 조금 특이한 케이스입니다, 서sir. 이 사람의 이탈 증상은 대안 프로그램 대상에 해당합니다."

대답 대신 톡톡, 하고 무언가를 두드리는 소리만 들려왔다. 오펠리는 온몸의 근육이 풀릴 만큼 밀려온 안도감을 드러내지 않으려 애썼다. 손바닥을 파고들었던 손톱을 하나씩 떼어냈다. 토른이 있었다. 그는 무사했다. 그녀는 주변을 둘러싼 익명의 흐릿한 얼굴들 사이에서 그의 얼굴을 찾지 않으려고 특히 더 조심했다.

아무도 소개 같은 건 하지 않았다.

한 남자가 등받이 없는 피아노 의자에 오펠리를 앉혔다. 의자는 바닥처럼 하얗고 차가웠다. 그는 오펠리의 발이 지면에 평평하게 닿도록 의자 높이를 조절했다. 그는 아무 설명도 없이 그녀의 팔뚝에 도장을 찍었다. 알파벳 P와 A가 얽힌 문양이었다. 발광 잉크 때문에 도장 자국이 빛났다. 그게 끝이었다. 원래 있던 도장 자국을 새로운 자국으로 바꿨을 뿐이었다.

남자는 이어서 오펠리의 신체 치수를 재기 시작했다. 먼저 두개골 계측기를 이용해 머리 치수를 쟀고, 그다음엔 줄자로 오른

손 가운뎃손가락과 왼발의 길이를 쟀다. 너무 적막해서 측정 도구들이 딸깍거리는 소리까지 온 방 안을 울렸다. 남자는 코안경의 짙은 색 렌즈 뒤에 시선을 숨기고 있었다. 특별히 미소를 짓지는 않았지만 입꼬리 근처에서 계속 어른거리는 보조개가 그녀의 신경을 건드렸다. 그의 어깨에는 도마뱀 모양의 오토마톤이 매달려 있었다.

남자는 부드러운 몸짓으로 오펠리를 일어서게 한 뒤 의자에 다른 각도로 다시 앉게 했다. 그 바람에 상황이 더 복잡해졌다. 이번에는 토른과 정면으로 마주하게 됐다. 그 특유의 실루엣은 그곳에 모인 다른 사람들과 확연히 구별되었다. 결국 오펠리는 안경을 빼앗긴 게 차라리 다행이라고 생각하게 됐다. 토른의 시선을 마주할 마음도, 피할 마음도 들 여지가 없었기 때문이었다. 그녀가 희미하게나마 알아볼 수 있는 그의 얼굴은 강한 조명 아래에서도 어두워 보였다. 토른은 무리와 떨어진 맨 앞줄 끝, 별도로 마련된 좌석에 앉아 있었다. 모든 광경을 지켜볼 수 있지만 주변과 거리를 둘 수 있는 자리였다. 그는 팔짱을 낀 채 중립적인 자세를 유지하고 있었다. 가문 총감찰관이라는 새로운 직책에 걸맞은 태도였다.

그는 연구소를 지켜보고 있었다.

토른 가까이에는 여자아이 한 명이 서 있었다. 어깨에는 원숭이처럼 생긴 오토마톤이 앉아 있었다. 오펠리는 자신이 처음 이곳에 방문했을 때 자신을 맞이했던 바벨 출신 여자아이라는 생각이 들었다. 그녀가 토른에게 음료가 담긴 쟁반을 내밀었는데 그 몸짓에 그를 향한 지극한 존경이 담겨 있었다.

사실, 토른은 심지어 아주 잘 지내고 있었다.

도마뱀을 어깨에 매단 남자는 오펠리의 신체 계측을 끝냈다. 이제 한마디 말도 없이 그녀를 다루고 있었다. 그는 그녀에게 한쪽 눈을 감게 한 뒤 그녀의 반대쪽 팔을 들어 올렸고, 좌우를 바꾸어 같은 동작을 반복했다. 그녀는 오랫동안 이와 비슷한 일련의 동작들을 해야 했다. 처음에는 별것 아닌 듯했지만, 시간이 지날수록 오펠리는 점점 더 불편해졌다. 안경을 쓰지 않아서인지 편두통이 머릿속 깊은 곳을 울리기 시작했다. 계속 좌우를 번갈아 동작을 하다 보니 오른쪽과 왼쪽을 구별하지 못하게 됐다. 주위에서는 끊임없이 종이가 사각거렸다. 매우 보기 드문 장면을 보는 듯이 모두가 작은 목소리로 의견을 주고받으며 뭔가를 꼼꼼히 적고 있었다.

오펠리는 이 상황이 더없이 우스꽝스러웠다. 그리고 더 우스꽝스러워지지 않았으면 좋겠다고 생각한 순간, 도마뱀을 매단 남자가 뺨을 때렸다.

전혀 예상치 못한 일이라 그 찰나에 오펠리는 아무 생각도 할 수 없었다. 고개가 한쪽 어깨 쪽으로 홱 쏠렸고 뺨에서 불이 나는 것 같았지만 방금 무슨 일이 일어났는지 이해할 수 없었다.

하지만 온 방을 울리는 날카로운 금속음은 황급히 알아챘다. 토른이 자리에서 일어났다.

"돈트 워리. 앙리 경." 원숭이를 어깨에 매단 여자아이가 속삭였다. "이 절차 때문에 놀라셨겠지만 1단계 프로토콜을 따른 것입니다. 여기 있는 역전자 본인이 동의했고 바벨의 그 어떤 규정도 결코 위반하지 않았답니다.”

오펠리는 바로 정신을 가다듬었다. 이 절차가 자신에게 무엇을 바라는지는 몰랐지만 토른이 자신을 보호하려다 정체를 드러내는 일만은 막아야 했다.

오펠리는 남자에게 따귀를 되갚았다.

“아무 지시도 없었습니다. 저로서는 이게 가장 논리적인 반응이었어요” 오펠리가 차분한 목소리로 말했다. 순간 모두가 미친 듯이 만년필을 서걱거리며 뭔가 휘갈겨 쓰기 시작했다. 남자는 얼굴에서 떨어져 나간 코안경을 주웠다. 그가 다시 코안경을 쓰는 순간, 입가에 걸려 있던 보조개가 사라졌다. 그리고 오펠리는 그의 시선이 아주 미묘하게 재조정되어 자신을 지나쳐 그 너머로 뻗어 있는 무언가를 포착했음을 알아차렸다. 자신에게는 보이지 않는 무언가를.

남자는 더 이상 어떤 동작도 시키지 않았고 아무 말도 없이 무리 속으로 들어갔다.

‘가엘의 외알 안경 같아!’ 오펠리는 충격을 받으며 깨달았다. 이곳의 모든 관찰자들이 쓴 코안경은 비슷한 원리로 작동하고 있었다. 하지만 저들의 눈에는 과연 어떤 비밀이 드러나고 있는 걸까? 오펠리 자신 조차 모르는 것을 그들이 발견해 낸 것일까?

토른은 미리 계산한 듯한 속도로 천천히 움직이며 다시 자리에 앉았다. 이번에는 팔짱을 끼지 않았다. 그도 이제 이해했다. 오펠리는 그를 보지 않고도, 그의 목소리를 듣지 않고도 자신과

그가 지금 같은 생각을 하고 있다는 사실을 알 수 있었다. '우리에게 저 안경이 필요해.'

어깨에 풍뎅이를 매단 여자가 무리에서 나와 지나치게 공손한 손짓을 해 오펠리를 따라오게 했다.

"이제 이 역전자는 격리 구역으로 이동됩니다, 서." 원숭이를 매단 여자아이가 토른이 앉아 있는 쪽으로 몸을 기울이며 말했다. "대안 프로그램의 피험자들을 일반 프로그램의 피험자들과 접촉하지 않게 하는 것이 중요하거든요."

"내가 격리 구역도 조사해야겠군요."

토른의 목소리가 오펠리의 뱃속까지 깊이 울렸다.

"오브 코스, 서! 무엇이든 보여드리겠습니다. 다만 의료 기밀을 지키는 한도 내에서요."

오펠리는 관찰자들을 뒤로한 채 자신을 안내하는 여자를 따라 방을 가로질렀다. 걸음을 내디딜 때마다 맨발이 대리석 바닥 위에 젖은 발자국을 남기는 것이 느껴졌다.

의료 기밀을 지키는 한도 내에서라….

여자는 처음 들어온 입구와 반대 방향에 있는 또 다른 아치형 입구로 오펠리를 이끌었다. 이 입구에도 글자가 새겨져 있었다.

탐색

문을 통과하자마자 붉게 칠한 수 미터 높이의 이중문이 그녀 뒤에서 닫혔다. 이곳에는 아이들의 웃음소리도, 불안한 부모들도 없었다. 오펠리는 세 개의 문을 더 통과해야 했다. 각각의 문들 사이에는 광활한 공터가 펼쳐져 있었다.

오펠리는 안개 속 정체불명의 인물, 벌써 두 번이나 의도적으로 자신과 마주치게 꾸몄던 그 존재를 떠올렸다. 그가 여기서까지, 세 번째로 자신을 찾아낼 수 있을지 의심스러웠지만, 그게 좋은 일일지 나쁜 일일지 그녀는 알 수 없었다. 언젠가 다시 만날 날이 있을까?

오펠리는 착륙탑에서 보았던 거대한 동상의 발밑에 도착했다. 아래에서 올려다보니 거상은 더욱 압도적이었다. 안경을 쓰지 않은 그녀에게 그것은 하나의 산처럼 보였다. 거상의 기단에는 철도 터널이 뚫려 있었는데, 이 터널이 거상의 등 뒤쪽 구역으로 갈 수 있는 유일한 통로였다.

매 순간 두통은 점점 더 심해졌다. 마치 자기가 자신의 머릿속을 밟고 걸어 다니는 듯했다. 무슨 일을 당한 건지는 몰라도 오펠리는 어두운 방에 틀어박혀 창문들을 죄다 봉해버리고 검은 베개에 머리를 파묻고 싶었다.

어깨에 풍뎅이를 매단 여자가 오펠리에게 놀이기구처럼 생긴 수레에 올라타라고 신호했다. 여자는 함께 타지 않고 레버를 움켜쥐었다. 그리고 레버를 내리기 직전, 마침내 선심 쓰듯 미소 띤 입술을 떼었다.

"다른 존재를 정말로 이해하고 싶다면 당신 안의 타자부터 찾으세요."

"뭐라고요?"

그 질문과 함께 오펠리는 어두운 터널 속으로 삼켜졌다. 그녀는 수레가 철길을 쏜살같이 달리는 동안 등 뒤로 점점 작아지는 빛을 바라보았다. 그리고 그녀 앞으로는 마치 정반대의 그림처럼 터널의 출구가 있었다. 처음에는 불똥만큼 작던 출구가 점차 태양만큼 커졌다. 오펠리는 아무것도 만지지 않으려고 주먹을 쥐고 있었다. 윤리의식 때문이라기보다는 원치 않는 읽기 때문에 집중이 흐트러질까 두려워서였다. 그 여자의 말은 철학적 메시지였을까, 아니면 대놓고 타자를 언급한 것이었을까? 오펠리는 단 몇 초만이라도 두통을 가라앉히고 그 말에 집중하고 싶었다. 하지만 아까의 동작들 탓에 머리가 뒤죽박죽이 되어버리고 말았다.

터널의 벽은 수레가 가까워질수록 점점 더 밝아지고, 밝아지고 또 밝아지는 햇빛에 이상하게 반응하기 시작했다. 벽면이 수천 개의 다채로운 기하학 무늬를 반사하기 시작했다. 오펠리는 너무 늦게야 이 터널이 거대한 만화경으로 설계되어 있다는 사실을 깨달았다. 무한한 프랙털 도형의 조합이 순식간에 눈을 파고들었다. 편두통이 머릿속에서 포효하듯 울렸다. 더 이상 아무것도 눈에 들어오지 않도록 눈꺼풀을 닫았다.

수레가 속도를 줄이고 이내 멈췄다. 동시에 두통도 사라졌다.

오펠리는 다시 눈을 떴다. 눈앞은 끝도 없이 펼쳐진 공사장이었고, 마치 안경을 쓴 것처럼 아주 작은 것들까지 선명하게 보였다.

그녀는 안경을 쓰고 있었다.

하지만 그것은 자신의 안경이 아니었다. 윌랄리 딜뢰의 안경이었다.

이끌림*

"구내식당 밥은 형편없지만 곧 적응되실 겁니다. 적어도 도시에 있을 때처럼 굶어 죽을 일은 없으니까요. 거긴 식당을 잘 골라 가야 하거든요. 진짜 레스토랑에 가보신 적이 있습니까, 디외 소위님?"

중사는 능글맞은 척하며 윌랄리를 돌아보지만 실제로는 어딘가 어설프다. 윌랄리는 그의 눈가에 있는 점이 미세하게 떨리는 것을 금세 알아차린다. 그녀는 중사보다 어리고 체구도 작지만 그가 자신에서 주눅 들어 있음을 분명히 안다. 그녀는 사람들에게 종종 그런 반응을 일으킨다. 이미 학창 시절 교사들에게도 그랬었다.

윌랄리는 너그럽게 미소를 지어 보인다.

"한 딱 번… 딱 한 번 가봤습니다. 그리고 괜찮으시다면 한 가지 정정하고 싶은데, 제 이름은 딜뢰라고 발음합니다."

중사는 이제 입을 다물고 걷는다. 부서진 잔해들이 그의 군홧

---

* 원제는 l'attraction으로 '놀이기구'라는 의미도 갖고 있다.

발 아래에서 사각거린다. 윌랄리는 그가 굴욕감을 느끼고 있다는 것을 안다. 그녀가 자신을 남자로, 하물며 군인으로는 더더욱 대우하지 않고 마치 어린아이를 대하듯 말했기 때문이다.

윌랄리는 서류 가방의 손잡이를 단단히 움켜쥔 채, 중사와 함께 가로지르고 있는 공사 현장을 바라본다. 모래바람이 안경을 타닥타닥 두드린다. 군용 굴착기들이 한때 바벨의 마지막 황제가 세운 금단의 도시였던 곳을 형체를 알아볼 수 없게 짓이겨 놓고 있다. 이곳은 곧 유일무이한 연구소가 될 것이다.

윌랄리는 바닥에 널브러진 수천 년 된 고목들의 앙상한 잔해들을 오래도록 바라본다. 영원히 뿌리째 뽑힌 또 하나의 역사. 하지만 윌랄리는 감상에 젖지 않는다. 그녀는 과거에 애착을 갖는 사람이 아니다. 중요한 것은 이 폐허 위에 다시 쓰일 미래뿐. 윌랄리는 그 새로운 세계를 이미 마음속에 그린다. 그 세계는 바로 그녀의 발걸음 아래에서, 태어나기를 기다리는 아기의 심장처럼 고동치고 있다. 그것이 바로 윌랄리가 이 프로젝트에 자원한 이유이며 청소년기 전부를 바쳐 준비해 온 이유다.

그것이 바로 그녀가 존재하는 이유다.

두 사람은 허물어진 계단으로 들어선다. 한 계단 한 계단 내려갈수록 공사장의 소음은 점점 잦아들더니 이내 사라진다. 내려가는 길은 끝도 없이 이어진다. 중사는 계속 어깨 너머로 그녀를 힐끗거린다. 그의 눈가에 있는 점이 점점 더 심하게 떨린다.

"가족 중 유일한 생존자라고 들었습니다. 그렇죠? 애도를 표합니다."

"전쟁 중엔 누구나 누군가를 잃죠."

"하지만 온 가족을 잃는 경우는 흔치 않죠. 그래서 선택되신 겁니까?"

'그래서'라는 단어를 입에 담을 때 중사의 입술이 비틀린다. 윌랄리는 호기심을 자극하는 동시에 짜증을 돋운다. 그런 반응 또한 그녀에겐 익숙한 일이다. 그녀는 중사가 이 프로젝트에 대해 정확히 무엇을 알고 있는지 궁금하다. 아마 그녀보다 더 많이 알지는 못할 것이다. 어쩌면 더 적을지도 모른다.

"부분적으로는 그렇겠죠, 중사님."

윌랄리는 나머지 이유, 그러니까 가장 본질적인 부분을 그에게 설명하기가 쉽지 않다고 생각한다. 그들이 윌랄리를 선택한 것이 아니었다. 수백 명의 고아들 중에서 선택받도록 상황을 만든 건 바로 그녀 자신이었다. 그녀는 자신이 세상을 구할 운명이라는 것을 늘 알고 있었다.

군대는 이 고대 도시에서 도움이 될 만한 무언가를 발견했다. 그 무언가는 전쟁을 끝낼 수 있는 힘을 지녔다. 모든 전쟁을. 군사기밀이었지만 도시에 소문들이 돌았고, 윌랄리는 그 소문들이 사실임을 알고 있었다. 그녀는 항상 생각했다. 인류가 이렇게까지 공격적이고 호전적인 것은 타인에 대한 증오 때문이 아니라 자신의 나약함에서 비롯된 두려움 때문이라고. 만약 전 세계 모든 사람이 기적을 행할 수 있다면 더 이상 이웃을 두려워하지 않을 거라고.

기적. 그것이야말로 모두에게 필요한 것이다.

"안에 뭐가 들었습니까? 규정상 문제없는 거겠죠?"

중사가 이번에는 그녀가 손에 든 서류 가방을 가리킨다. 그의 눈가에 있는 점이 불안한 작은 새처럼 파르르 떨린다. 윌랄리는 상상한다. 그녀는 끊임없이 상상한다. 한때 그였을, 그리고 지금도 여전한 그인 어린아이의 모습을. 그리고 문득 다정한 마음이 왈칵 차오른다. 중사가 자신의 상관만 아니었다면 윌랄리는 불과 어제만 해도 고아원에 새로 들어온 아이들에게 그랬듯이 그의 뺨을 꼬집어주었을 것이다.

"제 자타기… 타자기요. 가져와도 된다고 허락받았습니다."

"보고서 작성용입니까?"

"아뇨, 제 소설을 쓰려고요. 전쟁이 없는 소설이요."

"아, 그래요, 지하실에서라면 평화를 꿈꾸고도 남겠죠."

윌랄리는 계단 마지막 단에서 멈춰 서서 앞으로 지낼 지하 공간을 바라본다. 그곳에서 오랜 시간을 보내게 되리라는 것을 알고 있다. 그녀는 당혹감을 인정하지 않을 수 없다. 그녀는 군대에서 가장 정교한 암호 해독 장비들로 강도 높은 훈련을 받았다.

그런데 여기엔 그저 평범한 전화기 한 대뿐이다.

그리고 돌연, 거꾸로 된 추락이 시작된다. 현기증이 일고, 아래에서 위로 떨어지는 듯한 이치에 맞지 않는 감각이다. 천장에서 내려다보이는 전화기, 그다음은 계단을 거슬러 올라가는 시선. 이어서 공사장 위로, 제국 도시와 대륙, 그리고 지구 전체 위로 솟구쳐 오른다. 끊어짐도, 아슈들도, 허공도 없이 하나로 이어진 둥근 행성.

옛 세계다.

오펠리는 침대 위에서 몸을 일으켰다. 몸이 떨리고, 온몸은 식은땀으로 축축하게 젖어 있었으며, 목구멍에는 비명이 걸려 있었다. 메모리알의 청소부와 맞선 후로 잠에서 깨어날 때마다 같은 일이 반복되었다. 그리고 매번 그랬듯이 이번에도 생각을 정리할 시간이 필요했다.

윌랄리 딜뢰의 기억이 또 찾아왔다. 아니, 그 이상이었다. 안에서부터, 살 속에서, 이름 속에서 윌랄리 딜뢰 그 자체가 되었었다. 이토록 선명하고 정확한 경험은 이제껏 해본 적이 없었다.

'왜?'라는 질문이 머릿속에 떠오르는 순간, 오펠리는 침대가 낯설다는 것을 깨달았다. 침대는 이상하게 기울어져 있었다. 자세를 바꿀 때마다 침대가 한쪽 다리에서 다른 쪽 다리로 무게중심을 옮기며 기우뚱거렸다. 주변에는 형형색색의 쿠션들뿐이었다. 입고 있는 잠옷조차도 아무런 기억을 불러오지 않았다.

여기에서 잠자리에 든 기억조차 없었다. 아니, 애초에 잠자리에 든 기억 자체가 없었다.

오펠리는 안경을 찾으려 주변에 손을 뻗었다가 연구소에 압수당했다는 사실을 떠올렸다. 장갑도 마찬가지였다. 하지만 자는 동안 침대 시트도, 베개도 읽히지 않았다. 말 없는 실크를 손으로 어루만지는 순간 온몸에 소름이 돋았다. 너무 희미해서 해석할 수 없는 먼 잔상을 끌어내려면 정말 집중해야 했다. 물건을 만지는 동안 환영이 밀려오지 않은 것은 가문 능력이 깨어난 이래 이번이 처음이었다. 오펠리는 덧창살 틈으로 새어 들어오는 한 줄기 빛 속에 손을 들어보았다. 햇볕에 그을린 팔에 비하면 두 손은 어찌나 창백하던지… 전혀 색다른 장갑을 낀 기분이었다.

오펠리는 쿠션들을 헤치고 앞으로 나아갔다. 침대 밖으로 발을 내딛자마자 책 더미를 넘어뜨렸다. 그녀는 책들을 제자리에 놓다가 책이 제목도 글자도 없는, 완전한 백지임을 알아차렸다. 방 전체가 그랬다. 빈 액자와 바늘 없는 시계들이 벽을 가득 메우고 있었고, 스위치를 눌러도 천장 전구는 아무 변화도 없이 참기 힘들 만큼 깜빡거리기만 할 뿐이었다. 급히 라디오 앞으로 다가가 뉴스를 들으려 했지만, 지지직거리는 잡음조차 들리지 않았다.

그리고 문은 열쇠로 잠겨 있었다.

이 방에서 오펠리는 손에 닿는 그 무엇도 거의 아무것도 읽어내지 못했다. 연구소가 단 하룻밤 사이에 가문 능력을 마비시켜버린 것일까? 생각만 해도 섬뜩했다.

"그까짓 거."

손을 쓸 수 있든 없든, 기어코 이곳의 비밀을 파헤치고 말 것이다.

그녀는 덧창의 손잡이를 찾지 못했다.

덧창 틈새에 얼굴을 대고 밖을 내다보려 했지만, 햇빛에 망막이 타들어 가듯 눈이 아팠다. 욕실에서 여러 개의 거울을 발견하고 오펠리는 또 한 번 헛된 희망을 품었다. 하지만 모두 상을 왜곡하는 거울들이라, 오펠리의 모습은 기괴하게 일그러져 보일 뿐이었다. 거울을 통과하려면 모습이 안정적으로 비쳐야 했다.

쓸모없는 것들만 넘쳐나서 숨이 막힐 지경이었다.

세면대 수도꼭지를 몇 번 두드리자 마침내 수도가 콜록거리듯 물을 뱉어냈고, 오펠리는 얼굴을 씻었다. 꿈―아니, 기억―은 여전히 안에서부터 그녀를 옥죄고 있었다. 기쁨과 슬픔 사이 어딘가에 있는, 정의하기 모호한 감정이 들었다.

오펠리는 세면대 바닥에 고인 물을 한참 들여다보았다. 월랄리 딜뢰의 기억 속에는 타자의 흔적이 전혀 없었다. 제멋대로 구는 반영에 대한 그 어떤 암시도 없었고, 심지어 아주 사소한 생각조차 떠오르지 않았다. 마치 그 시점에는 타자가 아직 역사의 일부가 아니었던 것 같았다.

여러 번 줄을 당기고 나서야 변기 물이 내려갔다. 적어도 월랄리 딜뢰가 군사 고아원을 떠난 후 이탈 연구소, 당시는 아직 그 이름이 붙기 전이었지만, 어쨌든 이곳 연구소를 거쳤다는 것은 확신할 수 있었다. 딜뢰가 자발적으로 지원했다는 프로젝트는 계보학자들이 언급한 코르누코피아니즘 프로젝트가 분명했다. 하지만 월랄리의 기억 속에는 풍요의 뿔 같은 것은 전혀 보이지 않았다.

단지 지하실과 전화기뿐이었다.

열쇠 돌아가는 소리가 근시로 흐릿한 오펠리의 시선을 끌어당겼다. 마치 연극에서처럼 문이 활짝 열렸고, 한 여자의 실루엣이 드러났다. 커다란 둥근 단지 같은 몸에 거대하게 틀어 올린 머리를 하고 있었다.

"엄마?"

무심결에 엄마라는 말이 튀어나왔다. 바로 다음 순간, 엄마일 리 없다는 것을 깨달았다. 이 여자는 엄마가 아니었다. 사실 진짜 여자도 아니었다. 오토마톤이었다.

'보모'라는 단어가 수놓인 앞치마 아래에서 인간의 목소리 같지 않은 소리가 흘러나왔다.

안녕하세요, 달링! 코… 코 잘 잤나요?"

처음 보는 오토마톤 모델이었다. 크게 뜬 눈, 살짝 들린 코, 과장된 미소로 일그러진 입. 진짜 사람 같은 얼굴이었다. 하지만 몸은 관절 인형이었다. 풍성한 드레스를 입히고 붉은빛이 감도는 금발 가발을 씌워놓은 그 차림새에 오펠리는 혼란스러워졌다. 아니마 박물관에서 가져온 샘플에 이어 오토마톤까지. 분명 우연이 아니었다. 연구소는 오펠리가 누구인지, 어디서 왔는지 알고 있었다. 그래서 그녀를 흔들기 위해 이런 것들을 준비한 것이었다.

"지금 몇 시죠? 터널에서 나온 뒤에 무슨 일이 있었나요? 내가 어제부터 내리 잔 거예요?"

오토마톤은 오펠리의 질문에 아무 대답도 하지 않고, 동의도 구하지 않은 채 그녀의 잠옷 단추를 풀기 시작했다.

"당신이 여기에 있는… 있는 동안 나는 당신의 보모가 될 거예요, 달링. 나는 당신을 잘 돌볼 거예요. 자, 어서 옷을 갈아입어야지요. 대단

한 하루가 우리를 기다린답니다!"

"알아서 입을게요."

보모라니, 세상에 그보다 더 성가신 존재는 없을 터였다. 옷을 입는 사이 짜증이 더욱 치밀어 올랐다. 불과 어제만 해도 옷을 스칠 때마다 자신도 모르게 과거로 빨려 들어갔다. 그런데 오늘은 옷이 거의 읽히지 않았다.

오펠리가 헐렁한 사루엘 바지와 사투를 벌이는 동안, 보모 오토마톤이 너무 집요하게 빗질을 해대는 바람에 그녀의 머리카락은 정전기가 가득 찬 구름처럼 부풀어 올랐다. 그런데 보모 오토마톤은 신발을 챙겨줄 생각은 전혀 없는 듯했다. 결국 맨발로 넓은 복도를 걸었다. 복도는 방보다 조잡한 장식품들이 더 과하게 쌓여 어수선했다. 꽃병과 가구와 장식용 식기 들은 전부 흠투성이였고, 장식 말고 다른 용도로 써야 했다면 쓸 수 없는 불량품들이었다.

복도를 따라 난 다른 방들의 문이 열렸고 각 방마다 졸린 기색의 각기 다른 실루엣들이 나왔다. 흐릿한 시야로 확인한바 나이와 피부색이 제각각인 남녀들이었고 저마다 다르게 꾸민 보모 오토마톤이 옆에 붙어 있었다. 모두 팔과 종아리가 드러나는 똑같은 옷을 입고 있었고, 어깨에는 어두운 문신 자국이 있었다.

그럼 이들 모두 역전자인가? 신체적 기형이 있는 사람들도, 그렇지 않은 사람들도 있었다. 많아야 겨우 열댓 명 정도였다. 그중 누구도 오펠리의 인사에 답하지 않았다. 사실 누구도 누구와도 말하지 않았다.

오펠리는 그들을 따라 박스들이 가득 쌓인 계단을 내려갔다. 이 거주동은 거대한 잡동사니 창고를 떠올리게 했다. 몹시 거슬리는 것은 보모 오토마톤이 한시도 떨어지지 않고 따라다닌다는 점이었다. 이렇게 오토마톤을 달고서는 코르누코피아니즘 프로젝트의 비밀을 파헤치기 쉽지 않을 듯했다.

1층에 도착한 오펠리는 꿈에서 보았던 전화기가 있는 지하실을 찾으려 했다. 하지만 그곳에는 지하실 대신 구내식당이 있었다. 식당 한가운데 거대한 뷔페 테이블이 웅장하게 자리했고, 그 위에는 각종 케이크, 향신료, 크림, 파이, 비스킷, 크레이프, 갈레트, 로쿰*, 잼 등이 넘칠 듯 쌓여 있었다.

너무 많았다. 이렇게 적은 입소자들에 비해 너무 많은, 터무니없을 정도로 과한 양이었다.

오펠리는 심장이 마치 팽이처럼 빠르게 뛰는 게 느껴졌다. 그녀는 거주동에 넘쳐나는 물건들을 새로운 시선으로 바라보았다. 그동안 조금은 추상적인 옛 전설에 불과했던 풍요의 뿔이 갑자기 아주 현실적으로 느껴졌다. 혹시 그 뿔이 바로 이곳 어딘가에, 눈앞에 놓인 그릇이나 접시의 형태로 숨어 있는 건 아닐까?

아니, 그럴 리 없었다. 풍요의 뿔이라면 연구소가 사람들의 눈이 닿지 않는 곳에 숨겨두었으리라. 하지만 오펠리는 자신이

---

* 튀르키예식 젤리.

찾는 것이 아주 가까이에 있다는 생각을 떨칠 수 없었다.

오펠리는 군침을 삼키며 파이를 한 입 베어 물었다. 그리고 씹자마자 뱉을 뻔했다. 끔찍한 맛이었다. 다른 접시들에 담긴 음식도 맛보았지만 마찬가지였다. 먹음직스러운 겉모습과 끔찍한 맛의 대조가 기이할 정도로 뚜렷했다. 심지어 차조차도 삼킬 수 있을까 말까 할 정도였다.

뷔페 테이블은 이 거주동 전체와 똑 닮아 있었다. 기대했던 만큼 오펠리의 실망도 컸다. 풍요의 뿔이란 게 고작 이런 거였나? 실패한 물질을 끊임없이 복제하는 것? 그걸로 토른과 오펠리가 어떻게 윌랄리와 타자와 붕괴에 대항할 수 있을까?

식당에서 역전자들은 각자 구석에 처박혀 말없이 음식을 씹고 있었다. 오펠리는 아무것도 삼킬 수 없었다.

그 순간 통통한 브리오슈 하나가 테이블보 위를 굴러와 그녀 앞에서 멈췄다. 오펠리는 눈살을 찌푸렸다. 이 빵을 보낸 사람은 테이블 맞은편에 앉은 젊은 남자였다. 가늘게 찢어진 눈과 붉게 상기된 넓은 광대뼈를 알아볼 수 있을 만큼 거리는 가까웠다. 그는 한쪽 입꼬리만 올리고 미소를 지으며 새하얀 치아를 드러냈다. 그의 어깨에도 대안 프로그램의 표식이 찍혀 있었다. 그는 오펠리가 처음으로 눈을 마주친 사람이었다. 남자가 너무도 평범해 보여서 오펠리는 그의 역전증은 무엇인지 궁금해졌다. 하지만 그녀 역시 얼핏 보면 티가 나지 않았다. 블라시우스의 말에 따르면 역전증에는 신체적 역전, 정신적 역전, 능력의 역전 등 온갖 종류가 있다고 했다.

토른이 있었다면 낯선 사람이 준 선물엔 함부로 손대지 말라고 했겠지만, 이곳에 믿을 수 있는 음식이 따로 있긴 한가? 오펠리는 브리오슈를 한 입 베어 물었는데 그건 먹을 만했다.

"고마워요."

젊은 남자는 입술에 손가락을 슬며시 가져다 대며 조용히 하라고 신호했다. 그러고는 검지를 굴려 원판이 회전하는 시늉을 하며 보모 오토마톤들을 가리켰다. 그렇군. 오토마톤에는 녹음 장치가 내장되어 있었다. 무엇을 묻든 모조리 녹음될 위험이 있다면 이곳에서의 조사는 정말로 어려운 도전이 될 것이다.

종이 울렸다.

"시간 됐습니다, 달링들!" 모든 보모 오토마톤들이 일제히 외쳤다.

모두가 문을 통과해 회랑으로 들어섰다. 그곳 역시 자질구레한 장식품이 터질 듯 담긴 상자들이 길을 가로막고 있었다. 회랑의 모래색 기둥들은 세월에 깎여 군데군데 마모되어 있었다. 과거 제국 도시 시절의 유물임이 틀림없었다. 오펠리는 기둥에 손끝을 스치듯 대보았지만 그 역사를 읽어낼 수 없었다. 안경을 쓰지 않아서 아치들이 만든 레이스 모양의 그림자 너머로 펼쳐진 거대한 안뜰을 분간하기가 어려웠다. 안뜰은 정원이라기보다 산업 시설 같았다. 여기가 바로 격리 구역이었다.

역전자들 사이에 침울한 침묵이 감돌았다. 사람들끼리 거리를 유지하도록 보모 오토마톤들이 감시하고 있었다. 역전자들의 행렬이 회색 후드를 뒤집어쓴 수도복 차림의 무리와 엇갈렸다. 언뜻 보기에 그들은 오토마톤도 역전자도 아니었고, 그중 한 명이 오펠리가 지날 때 몸을 돌려 힐끗 그녀를 보더니 아무 말 없이 다시 제 갈 길을 갔다.

역전자들은 계속 이어진 복도와 박스들을 지나 마침내 태양이 작열하는 넓은 안뜰로 내려가게 되었다. 산업 시설처럼 보였던 것이 그제야 오펠리의 눈에 또렷이 들어왔다. 녹슨 놀이기구들, 텅 빈 노점 가판대들, 멈춘 대관람차, 마구잡이로 아무 데나 쌓인 쓰레기 더미들. 한때 놀이공원이었던 걸까? 이게 대안 프로그램의 실체란 말인가?

오펠리는 꿈속에서 보았던 것과 점점 멀어지는 듯해 불쾌한 기분이 들었다.

그녀는 숨이 막힐 만큼 짙은 어스름이 깔린 천막 아래로 안내되었다. 휘청거리는 의자들이 스크린을 향해 놓여 있었다. 먼지 속에서 반짝이는 프로젝터의 빛줄기는 스크린 위로 끊기는 영상들을 쏘고 있었다. 천막 가운데 놓인 축음기는 귀에 거슬리는 음악을 요란하게 토해내고 있었다.

각 역전자들은 옆 사람과 떨어져 앉았다. 오펠리는 맨 앞줄에 배정되었다. 브리오슈를 건넸던 젊은 남자는 두 좌석 건너에 앉아 있었다.

보모 오토마톤들은 천막 입구에 서서 상영이 끝날 때까지 기다리고 있었다. 오펠리는 이 상영회가 길지 않기를 바랐다. 눈앞 화면에서는 기하학적 도형들이 끝도 없이 생성과 변형을 반복하고 있었다. 그것을 보고 있자니 머리가 지끈거리고 속이 메스꺼웠다.

"그거 너무 열심히 보지 마."

브리오슈를 건넸던 남자 쪽에서 속삭이는 목소리가 들려왔다. 팔짱을 낀 그는 다리를 꼬고 무심하게 앉은 채 고개는 스크린 쪽을 향하고 있었다. 하지만 그의 가느다란 눈은 오펠리를 곁눈질하고 있었다. 그의 두 눈은 천막의 어둠 속에서 호기심으로 빛났다.

"나도 너무 빤히 보지 마. 나처럼 해. 그냥 보는 척만 하면 돼."

오펠리는 스크린을 바라보되 제대로 응시하지는 않았다. 축음기가 토해 내는 시끄러운 불협화음 속, 오토마톤 보모들의 감시가 미치지 않는 이곳에서야 두 사람은 비로소 대화를 나눌 수 있었다.

"난 코스모스야."

오펠리는 코스모스의 음색이 마음에 들었다. 그는 살짝 동양 억양이 섞인 목소리에 미묘한 조롱기를 실어 말했다. 그의 목소리를 듣자 그녀는 자신이 다시 아주 작아진 듯한 기분이 들었다. 윌랄리 딜뢰가 중사를 마주하고 그의 눈가에서 떨리는 점을 보았을 때 느낀 것처럼. 하지만 그건 대체 무엇 때문에?

"프로그램에 들어온 지 오래됐어? 코스모스?"

"저 영상들을 너무 빤히 쳐다보지 말라고 충고해 줄 정도는 되지. 매일 그들은 이 영상부터 틀어줘. 우릴 길들이는 거지. 그러니까 내 말은 여기 들어올 때 통과한 채널… 아니, 터널처럼 말이야. 너 기절했다며? 네가 처음이 아니야. 난 토했어."

오펠리는 카펫 위에서 발가락을 오므렸다. 주변에 반사면이 있는지 찾았지만 어디에도 보이지 않았다.

"그다음엔? 우릴 어떻게 하려는 거죠?" 오펠리가 물었다.

"검사, 면담, 예술 활동. 곧 알게 될 거야. 아니, 정확히 말하면 아무것도 알지 못하겠지. 저들은 모두 나사가 하나씩 빠졌거든. 넌 그런 부류가 아닌 것 같고. 나처럼." 뒤에서 기침 소리가 들려왔다. 오펠리는 어깨 너머 줄지어 놓인 의자들과 프로젝터 뒤로, 천막 끝에 회색 수도복을 입은 이들이 서 있는 것을 어렴풋이 알아차렸다.

"쳐다보지 마." 코스모스가 더 낮은 목소리로 속삭였다. "협력자들이야. 연구소에서 우리를 몰아내려고… 아니, 알아내려고 위해 고용한 자들이지."

오펠리는 길게 깊이 숨을 들이마셨다. 한 번의 말실수는 우연일 수 있다. 하지만 두 번이면 조심해야 한다. 작은 손거울이라도 있었다면 이 남자가 자기가 주장하는 정체가 맞는지 확인할 수 있었을 것이다. 이 생각이 오펠리의 뇌리를 스친 순간, 그는 자리를 옮겨 의자 하나만큼 더 멀리 떨어져 앉았다.

"갑자기 날 경계하는군. 왜지?"

그와의 거리와 음악 소리 때문에 오펠리는 코스모스의 목소리를 듣기가 더 어려웠다. 하지만 그의 목소리에는 웃음기가 사라지고 없었다. 코스모스는 공감가였다. 적어도 그렇게 보였다. 그는 가문 능력을 이용해 오펠리에게서 풍기는 감정을 어느 정도 감지할 수 있었다.

오펠리는 솔직하게 말하기로 결심했다.

"네 말투가 내가 아는 사람과 비슷해. 그리고 그 사람은 내 친구가 아니고."

코스모스는 참지 못하고 놀란 눈으로 오펠리를 힐끗 쳐다보았고, 그의 반응에 무대 뒤에서 또다시 나무라는 듯한 기침 소리가 들려왔다.

"내 발작 문제… 아니, 발음 문제? 여기 온 이후로 계속 그래. 여긴 아무것도 고치지 못해. 오히려 우릴 더 망가뜨리고 있어. 혀가 꼬이든 몸이 안절부절못하든, 조만간, 아니면 늦어도 언젠가는 너도 그렇게 될 거야."

오펠리는 오므리고 있던 발가락에서 힘을 뺐다. 윌랄리 딜뢰의 실어증도 혹시 코르누코피아니즘 프로젝트의 부작용이었을까? 이 프로젝트 때문에 나의 읽기 능력에 문제가 생긴 걸까? 단 한 번 그 기이한 터널을 지나온 것만으로도 손이 아무것도 읽지 못하게 될 수 있을까?

코스모스는 거의 들리지 않을 정도로 목소리를 낮추어 속삭였다.

"미리 도망치면 모를까, 혼자서는 불가능해. 하지만 힘을 합치면 우린 사망… 아니, 희망이 있어."

"난 자진해서 온 거야. 도망칠 생각 없어."

"도망치지 않으면, 미스, 저들이 우리를 없애버릴걸."

"없애버린다니, 어떻게?"

"여기엔 세 단계의 프로토콜이 있어. 지금 우리는 1단계를 밟고 있는 거고. 2단계로 넘어간 사람들을 어디로 보내는지는 모르겠어. 가끔 멀리서 본 적은 있지만. 하지만 그들이 피송되면… 아니, 3단계로 이송되면, 다시는 소식조차 듣지 못해….”

오펠리는 블라시우스가 수송차 안에서 했던 말에 희망을 걸어보려 했다.

“그냥 집으로 돌려보냈을 수도 있잖아.”

“우리 모두에게 돌아갈 집이 있는 건 아니지.” 코스모스가 반박했다. “내 경우엔, 밖에서 기다려주는 사람 하나 없어. 그리고 너도,” 그가 짓궂게 덧붙였다. “딱히 갈 데가 없어서 여기 있다는 데 내기를 걸지.”

멀리서 한 번 더 종이 울렸고, 상영이 끝나는 동시에 두 사람의 대화도 끊겼다.

“이곳 이탈 연구소에는 자체 묘역이 있어.” 코스모스가 자리에서 일어나며 나지막이 속삭였다. “넌 어떤지 모르겠지만, 난 거기서 인생 종 치긴 싫거든.”

그 말을 남기며 그는 자신의 보모 오토마톤에게로 갔다. 오펠리 역시 자신의 보모 오토마톤에 이끌려 천막보다 작은 1인용 텐트로 향했다. 텐트 안에서는 협력자들이 그녀에게 온갖 터무니없는 동작을 시켰다. 팔꿈치 굽히기, 한쪽 눈 감기, 한 발로 깡충깡충 앞으로 뛰기, 고개 돌리기…. 현기증이 날 때까지 계속되었다. 그러는 동안 단 한순간도 그들은 얼굴을 보이거나 말을 걸지 않았다. 후드 아래로 어두운색 렌즈의 코안경이라도 쓰고 있는 걸까?

이후 그들은 어두운 포토 부스 안에 오펠리를 앉혔다. 그녀는 플래시 세례에 눈이 부셔서 보모 오토마톤이 어깨를 잡고 다음 절차로 이끌도록 내버려둘 수밖에 없었다. 그곳에는 그녀가 한 번도 본 적 없는 증기 회전 기구가 있었다. 회전 기구 플랫폼에는 좌석 대신 화실에나 있을 법한 이젤들이 놓여 있었다. 모든 역전자들이 각자 자기 이젤 앞에 서 있었다. 오펠리가 배정받은 이젤 앞에 자리를 잡자 회전 기구가 돌아가기 시작했다.

"왼손으로!"

어떤 이들은 붓으로 글씨를 썼고, 어떤 이들은 그림을 그렸다. 모두가 왼손을 사용했다.

"오른손으로!"

일제히 손을 바꿨다. 회전 기구는 끔찍하게 삐걱거리는 소리를 내며 회전 방향을 반대로 바꿨다. 여자 하나가 아침에 먹은 것을 토했다.

코스모스가 옳았다. 이 사람들 모두 제정신이 아니었다.

오펠리는 빈 종이를 바라보았지만 무엇을 해야 할지 몰랐다. 사실 머릿속에는 천막에서 나눈 대화만 맴돌았다. 그 대화 때문에 자신이 불안해졌음을 인정하지 않을 수 없었다. 적어도 아직은 자신의 신변이 걱정되지는 않았다. 하지만 토른을 생각하면 겁이 났다. 계보학자들은 바벨의 귀족들 중에서 가장 강한 권력을 쥐고 있었지만, 그들의 옛 정보원조차 보호하지 못했다. 그 정보원도 3단계 프로토콜의 대상이었을까? 오펠리는 연구소가 토른에게 조사를 허용하지 않는 곳에서 그의 눈과 귀가 되어주는 것이 그를 돕는 최선의 방법임을 알았다. 하지만 할 수만 있다면 토른에게 조심하라고 경고하고 싶었다.

보모 오토마톤이 엉덩이를 찰싹 때리자 그녀는 화들짝 놀랐다.

"숙제를 성실히 마칠… 마칠 때까지는 회전 기구에서 내려갈 수 없습니다, 달링."

오펠리는 가까이에 있는 사람들을 살폈다. 한 노인은 붓으로 글씨를 쓰다가도 자꾸 멈추고 귀를 때리며 "아래로 올라가야 해… 아래로 올라가야 해…"라고 중얼거렸다. 근시임에도 그녀는 노인의 눈 아래 드리운 다크서클을 볼 수 있었는데, 그 색이 그의 얼굴에 튄 잉크만큼이나 진했다.

오펠리는 그가 안쓰러웠다.

반대편으로 몸을 돌리자 더 안타까운 광경이 보였다. 색칠 공부에 열중한 한 여자아이의 옆모습이었다. 막 사춘기에 접어들었는지 뺨에 여드름이 돋아 있었다. 거주동에서는 본 적이 없었다. 그런데 이상하게도 회전 기구에 오른 모든 역전자 중 그녀에게만 보모 오토마톤이 없었다. 대신 협력자 팀이 그 아이를 면밀히 관찰하고 있었다.

"숙제하세요, 달링." 보모 오토마톤이 재촉했다.

오펠리는 흰 연필을 집어 들었다. 아침에 일어난 뒤로 손에 닿은 모든 것이 그랬듯 연필도 읽히지 않았다. 어쨌든 그녀는 몇 번이고 같은 문장을 적었다. '하지만 그 우물은 오딘의 토끼와 마찬가지로 가짜였다.' 이 말이 무슨 뜻인지 여전히 알 수 없었다. 하지만 일단 적기만 하면 증기 회전 기구 위에서 공개적으로 엉덩이를 맞는 굴욕만은 피할 수 있었다. 회전 기구가 이쪽저쪽으로 방향을 바꿔가며 도는 통에 그녀의 글씨는 죽처럼 뭉개졌다.

오펠리는 옆자리 여자아이를 힐끗거리지 않을 수 없었다. 아이에게 신경 쓰면 쓸수록 꿈에서 느꼈던 묘한 감각이 되살아났다. 달콤쌉쌀한 감정. 무언가를 간절히 원하게 하면서도 동시에 가슴을 아프게 했다. 도대체 이 감정의 정체는 무엇일까?

멀리서 종 소리가 울리자 회전 기구가 멈췄다. 그러자마자 여자아이가 환한 미소를 띠며 그림을 배에 꼭 끌어안은 채 오펠리를 향해 덮치듯 곧장 달려왔다. 이제 아이의 얼굴이 정면에서 보였다. 귀 뒤로 넘긴 머리카락 아래로 얼굴의 독특한 생김새가 드러났다. 완전히 비대칭이었다. 귀, 눈썹, 콧구멍, 치아, 이마와 턱선의 윤곽까지⋯. 마치 서로 다른 사람을 반쪽씩 떼어 와 조립해 놓은 것처럼, 모든 것이 짝을 이루지 못한 채 어긋나 있었다. 한쪽 눈은 홍채조차 없었다. 압도적인 백색의 눈이 오펠리를 바라보았다.

그리고 골드 체인이 눈썹뼈와 콧볼 사이를 잇고 있었다.

"스콩드." 오펠리가 나지막이 중얼거렸다.

옥타비오의 여동생. 레이디 셉티마의 딸. 하지만 이 얼굴의 어느 쪽도 그들과 닮지 않았다. 골드 체인이 없었다면 세 사람이 혈연관계임을 짐작조차 할 수 없었을 것이다.

"부리에 문 먹이가 건초를 가른다."

“응?”

오펠리는 전혀 이해할 수 없었다. 스콩드는 서로 짝짝이인 눈썹을 찌푸리며, 자기 말 뜻 모르겠냐는 듯 재촉하는 표정을 지었다.

“철에 이끌려라, 그리고 산들을 매달아라.”

오펠리는 너욱 혼란스러워져 고개를 저었다. 스콩드의 횡설수설은 아까 들었던 말실수들 보다 훨씬 알아듣기 힘들었다. 아이는 한숨을 내쉬고 오펠리에게 그림을 건네더니 회전 기구에서 풀쩍 뛰어내렸다.

이상하면서도 놀라운 그림이었다. 회전 기구의 흔들림이 그녀의 필치를 전혀 방해하지 못한 듯, 아주 사소한 디테일까지 완벽하게 통제된 그림이었다. 옥타비오를 많이 닮은 소년이 그려져 있었는데, 그는 발치에 갈기갈기 찢긴 종이들을 흩뿌려 놓고 그 가운데서 울고 있었다.

이윽고 협력자들이 곧바로 오펠리 주위로 몰려와 그림을 압수한 뒤, 서로 돌려보며 뭔가를 열심히 적기 시작했다. 오펠리는 그들에게 눈길조차 주지 않았다. 그녀는 이제야 깨달았다. 잠에서 깬 뒤로 배를 쥐어짜듯 조여오는 그 감정이 무엇이었는지를. 그것은 윌랄리 딜뢰가 그 중사에게, 고아들에게 느꼈던 감정이었고, 훗날 가문 정령들에게도 품게 될 감정이었다. 오펠리의 온몸 구석구석에 스며든 깊고 원초적인 감정.

모성 본능이었다.

교감

구름이 하늘을 가로질러 양털처럼 헤실헤실 풀리고 있었다. 빅투아르는 자신도 그 구름과 같은 물질로 만들어진 것만 같았다. 풀포기를 떨리게 하던 바람도, 오렌지 나무 향기도 더 이상 느껴지지 않았다. 이제 그녀는 무게도 형태도 없었다. 욕조 속으로 가라앉았다. 그토록 성가시게 굴던 다른 빅투아르의 무게가 그리웠다. 물론 어린 마음으로는 그 모든 생각에 그토록 복잡한 단어들을 꿰어 맞출 수 없었다.

"이 세상이 평화롭게 느껴지니, 꼬마야?"

빅투아르는 가짜 붉은 거인에게 시선을 돌렸다. 그는 바로 옆에 앉아 있었지만 목소리는 두 사람이 멈춰 있던 강둑에서 들리는 강물 소리만큼이나 멀리서 들려오는 듯했다.

"평화에는 대가가 따르지. 만약 네 오른손이 너에게 걸림돌이 된다면 잘라내 멀리 던져버리렴. 난 그랬단다, 알고 있니? 우리가 우리 자신을 바꾸는 건 말이야, 꼬마야, 온 우주를 바꾸는 일이란다. 왜냐면 바깥에 있는 것은 암흑에… 아니, 안에 있는 것과 같기 때문이지."

가짜 붉은 거인은 풀밭에서 돌멩이 하나를 집어 어설프게 던지고는 물 위에 퍼지는 동심원을 가리켰다.

"저게 바로 너란다."

가짜 붉은 거인은 오렌지 나무들 사이에서 빅투아르를 찾으려 했지만 그녀에게 시선을 고정하지는 못했다. 빅투아르는 그가 필요했다. 정확히 말하자면, 비록 그녀가 말로 표현할 수는 없겠지만, 그를 통해 자신의 존재를 확인받고 싶었다. 그가 그녀의 존재를 인지하는 한 그녀는 욕조의 수면 위에 머무를 수 있었다. 지난번 겪었던 거대한 소용돌이는 공포 그 자체였다. 만약 소용돌이가 또다시 자신을 휩쓸어 가려 한다면 어떻게 해야 할까?

"넌 아직 너무 어려서 내가 하려는 말을 이해하지 못할 수도 있지만, 네가 어리니 지금 말해줘야겠구나. 네가 네 능력을 사용하는 방식은 위엄… 아니, 위험하단다. 네가 일으키는 균열 하나하나에 세상의 균열이 더 크고 깊어지거든."

가짜 붉은 거인은 크고 억센 손으로 주변의 오렌지 나무 그림자들과 뒤섞인 그림자 무리를 어루만졌다. 빅투아르는 그것들을 두려워하지 않게 되었지만 그렇다고 굳이 가까이 다가가지도 않았다.

"내게도 또 다른 내가 있단다. 나는 또 다른 나에게 기쁨과 슬픔, 경험, 욕망, 두려움, 날 옭아매던 온갖 모순들을 주었지. 내가 더 많이 내줄수록, 또 다른 나도 내게 더 많은 걸 돌려주었단다. 그리고 또 달라고 요구했지. 언제나 더 많이 달라고. 결국 난 그를 포기할 수밖에 없었단다. 세상을 위해서.”

마침내 나비들 사이에서 빅투아르를 알아본 듯 가짜 붉은 거인의 눈이 그녀에게 머물렀다. 텅 빈 눈이었다. 빅투아르의 마음 한구석에는, 그 또한 자신이 조금은 필요하다는 사실을 어렴풋하게나마 느꼈다.

“네 두 번째 자아, 저기 폴에, 네 부모 곁에 남아 있는 아이 말이다. 그 아이도 널 포기했단다. 넌 그 아이를 갈라버리는… 아니, 가로막는 존재니까. 내가 네게 설명하려는 걸 분명 이해하지 못하겠지만, 꼬마야, 이건 중요해. 다른 존재는 그 아이가 아니라 바로 너란다.”

아니, 빅투아르는 아무것도 이해하지 못했다. 그럼에도 울음소리로도 눈물로도 표현할 수 없는 슬픔이 밀려왔다.

“난 네게 악감정이 없지만 너를 도와줄 수도 없단다.” 가짜 붉은 거인이 육중한 몸을 일으키며 말했다. “네가 그저 그림자들 틈에 섞여 하나의 그림자로만 남겠다면, 넌 너 자신에게만 골칫거리일 뿐이지. 진짜 위험은 거울 속 반영이 거울을 떠날 때 시작되지. 그리고 수 세기에 걸쳐 쌓아 올린 것을 그 반영이 숨어서 몰래 무너뜨릴 때 시작된단다.”

가짜 붉은 거인은 우스꽝스러운 몸짓으로 옷에 붙은 잔가지들을 떨어냈다. 강물은 풍경 전체를 비추고 있었다. 그들, 정확히는 그와 빅투아르만 빼고.

“이 무능력자의 육신은 한계가 있지만 인내해야지…. 내 아이들 중 야누스는 언제나 가장 예측하기 힘들었고 말도 제일 안

216

들었단다. 내가 야누스의 탐침자들을 찾기 전에 그 아이가 나를 자기 아슈에서 찾아버린다면 모든 게 원점으로 돌아갈 거야. 그리고 이제는 시간이 없어. 하지만 성급히 움직여선 안 돼, 꼬마야. 언젠가는 틈이 생길 거야. 미친 듯한 탐욕… 아니, 언제나 틈은 있기 마련이니까.”

가짜 붉은 거인의 손짓에 빅투아르는 오렌지 나무들 사이를 지나 그를 따라갔다. 그는 둘만 있을 때는 다리를 비틀어 걷는 게 더 편한 듯 기이한 걸음걸이로 움직였다. 하지만 늘 다니던 공원의 문을 밀고 들어설 때면, 그는 억지로 평범하게 걷는 시늉을 했다. 탈 수도 없는 회전 놀이기구들과 흔들목마를 보는 것은 빅투아르에게 진정한 고문이었다. 이곳에는 아이들이 없었다. 한번은 웃고 있는 아이들을 멀리서 본 적이 있었지만, 가짜 붉은 거인이 문에 나타나자마자 사라졌다.

이상한 눈은 그네에 앉아 있었다. 신발로 모래를 문질러 고랑을 파고 있었다. 비스듬히 내리쬐는 석양빛에 검은 머리카락이 거의 금발처럼 보였다. 그넷줄을 움켜쥔 이상한 눈은 종아리 사이를 야옹거리며 왔다 갔다 하는 앙두이를 지켜보았다. 앙두이는 가짜 붉은 거인이 와서 옆 그네에 앉자마자 재빨리 저만치 가버렸다. 앙두이는 두 사람, 가짜 붉은 거인과 빅투아르를 별로 좋아하지 않았다.

이상한 눈은 고개를 거의 들지 않은 채 물었다.

“네 쪽은 어땠어?”

“아무것도.”

빅투아르는 가짜 붉은 거인이 자신과 단둘이 있을 때가 아니면 말을 거의 하지 않는다는 것을 알게 되었다. 그리고 이상한 눈의 입술이 자꾸 깨물어서 온통 헐어 있는 것도.

"내 쪽도 마찬가지야. 어딜 가나 문 없는 벽과 텅 빈 정원뿐이더라고. 마치 아르캉테르의 모든 건물들이 스스로를 안으로 접어버린 것 같아. 이런 곳에선 내 니힐리스트 능력도 쥐뿔도 쓸모없어. 파루크 후손들이 부리는 가족 능력만 무효화할 수 있다는 게 말이 돼? 그것도 무슨 재능이라고."

이상한 눈의 목소리가 너무 탁해서, 몸속에서부터 그녀를 질식시키는 것처럼 들렸다. 빅투아르는 그녀가 화내는 모습을 자주 봐왔지만, 이렇게까지 격하게 분노하는 모습은 처음이었다. 그녀는 그넷줄을 움켜쥐고는 몸을 더 웅크렸는데, 드러난 머리뿌리가 금발로 보였다. 그것은 빛 때문이 아니었다. 머리카락이 실제로 다시 금발로 자라고 있었다. 가짜 붉은 거인은 침묵을 지켰다.

이상한 눈이 갑자기 웃음을 터뜨리는 바람에 빅투아르는 깜짝 놀랐다.

"빌어먹을! 이 아슈에서 나갈 수도 없고 어느 아르캉테르인하고도 거래할 수 없다면… 담배도 곧 다 떨어지겠지."

대부가 도착하자 공원 문이 삐걱거렸다. 그는 휘파람으로 경쾌한 선율을 흥얼거렸다. 빅투아르는 대부에게 달려갔다. 비록 그가 자신의 존재를 인식하지 못하고 그의 미소가 여전히 잡힐 듯 잡히지 않는다 해도, 대부가 있으면 빅투아르는 덜 슬펐다.

이 세 사람은 매일 아침 흩어졌다가 매일 저녁 이 공원에서 다시 만났다. 그건 마치 승자도 패자도 없는 게임 같았다.

"그래서?" 이상한 눈이 거칠게 투덜거리며 물었다. "우리 상황에 진전이 좀 있나요, 전직 대사님?"

대부는 모래 위에 굴러다니던 공을 발로 걸어 잡더니 점점 더 높이 튀겼다.

"아마도."

"아마도?"

그 질문에 답한 것은 대부의 발끝에서 공이 통통 튕기는 소리뿐이었다. 이상한 눈이 벌떡 일어나자 그네가 사방으로 요동쳤다.

"저 '아마도'가 '그래'로 바뀌길 기다리는 동안 난 볼일 좀 봐야겠어."

이상한 눈은 공원 안쪽 조그만 타일들로 마감된 작은 건물 쪽으로 걸어갔다. 빅투아르는 그곳이 화장실이라는 걸 알고 있었다. 예전에 한 번 호기심에 대부를 따라 들어가 본 적이 있었는데, 두 번 다시 그러지 않았다.

마지막 바운드에 너무 높이 솟아오른 공은 나뭇가지 사이에 끼어 다시 내려오지 않았다. 대부는 석양빛 속에서 회오리치며 흩날리는 나뭇잎들을 바라보았다. 그는 흩날리는 이파리 한 장을 낚아채더니 매혹된 듯 손가락 사이로 이리저리 뒤집어 보았는데, 마치 그것에서 우주의 비밀을 읽어내려는 것처럼 보였다. 빅투아르는 대부의 그런 면이 좋았다. 대부는 세상 모든 것을 아주 세세한 부분까지 관찰하고, 손 닿는 것은 무엇이든 만져보고, 입에 넣을 수 있는 건 무엇이든 맛보려는 사람이었다. 빅투아르는 그가 자기를 대신해 세상을 느끼는 것 같다고 생각했다.

"내가 한 여자만 바라보는 타입은 아니지만 외로운 여자는 딱 보면 알지." 마침내 대부가 입을 열었다.

여전히 그네에 앉아 있던 가짜 붉은 거인은 공원 구석의 화장실 쪽을 흘끗 보았다. 점점 낮아지는 태양에 모든 그림자가 길어졌지만, 가짜 붉은 거인의 발밑에서 가시덤불처럼 오그라드는 그림자들만은 예외였다.

"제가 얘기해 볼게요."

"그보다는 우리끼리 얘기 좀 하지." 대부가 말했다. "남자 대 남자로."

그는 늘 그러듯이 미소를 지으며 가짜 붉은 거인 쪽으로 몸을 기울였고, 거인은 천천히, 아주 천천히 빽빽한 눈썹을 치켜올렸다. 대부의 시선은 조금 전 나뭇잎을 바라볼 때와 다를 바 없었다. 그런데 그 순간 빅투아르가 지금껏 본 적 없는 그림자가 대부의 눈에서 흘러나오기 시작했다. 그렇게 밝은 눈에서 그런 어둠이 나올 수 있다니! 어둠은 가짜 붉은 거인의 눈 속으로 스며들기 시작했다.

"아니, 이렇게 말해야겠군." 대부가 속삭였다. "인간 대 신으로?"

빅투아르는 매혹되고 두려우면서도 동시에 흥분되었다. 한꺼번에 너무 많은 감정이 밀려와 어떤 말로도 설명할 수 없었다. 대부의 그림자는 계속해서 넘쳐흐르더니, 결국 자신보다 훨씬 더 덩치가 큰 가짜 붉은 거인의 몸을 전부 휘감아 버렸다. 가짜 붉은 거인은 단 한 번 발버둥조차 치지 않고 이 검은 덫에 걸린 채 그대로 굳었다. 그가 탄 그네의 흔들림이 서서히 멎었다. 턱이 벌어졌지만 그는 아무 소리도 내지 않았다. 대부는 몸을 더 기울였고 두 사람의 금빛 머리카락과 불꽃색 머리카락이 뒤섞였다. 가짜 붉은 거인에게는 이제 대부의 가차 없는 눈 외에는 아무것도 존재하지 않는 듯했다.

"어떤 기분이지? 수천 가지 정체성을 지닌 채 단 한 사람의 의식 속에 갇혀 허우적대는 건?"

대부의 목소리는 비단결처럼 부드러웠다. 하지만 빅투아르는 그가 무서우면서도 대단해 보였다. 전에는 느껴본 적 없는 새로운 감정이었다.

그리고 놀라운 일이 일어났다. 가짜 붉은 거인의 얼굴이 찰흙으로 만들어진 것처럼 흐물흐물해지더니 생김새가 바뀌기 시작했다. 이목구비가 가늘어지고 머리색이 옅어졌으며, 순식간에 대부의 모습과 똑같아졌다. 대부의 아름다움, 제대로 밀지 않은 수염, 구멍 난 모자, 심지어 이마의 검은 눈물 자국도 고스란히. 그리고 대부의 눈까지도. 그의 단 한 번의 눈짓에 발밑에서 수많은 촉수처럼 그림자들이 솟구쳐 대부를 덮쳤다.

"내 아이야, 너는 무엇을 누비느냐… 아니, 느끼느냐?"

빅투아르는 대부가 바닥에 쓰러지는 모습을 보고 첫 번째 충격을 받았다. 그리고 이상한 눈이 가짜 대부에게 달려들어 그네에서 그를 떨어뜨렸을 때 두 번째 충격을 받았다. 멍키스패너로 무장한 그녀는 가짜 대부 위에 올라타 그를 내리치고, 또 치고, 또 치고, 또 쳤다.

"정말 그렇게 생각했어? 이 고장 난 고철 덩어리야!" 그녀가 소리쳤다. "우릴 언제까지고 속일 수 있을 거라 믿었어? 르나르를 어떻게 했어?"

겁에 질린 빅투아르는 가짜 대부의 얻어맞은 두개골이 우그러졌다가 원래 상태로 돌아오는 것을 보았다.

"이제 됐니, 내 딸아? 진정됐니?" 가짜 대부가 지친 목소리로 물었다.

"나는… 네… 딸이… 아니야!" 이상한 눈은 단어를 뱉을 때마다 스패너를 내리치며 소리쳤다. "신이든 뭐든… 내가 널… 하나하나… 분해해… 주겠어!"

"그럴 필요는 없을걸." 목소리 하나가 끼어들었다.

지난번에 보았던 반은 남자이고 반은 여자였다. 빅투아르는 그가 공원 한가운데 있다는 것을 깨달았다. 그리고 이제는 공원이 더 이상 존재하지 않는다는 것도. 그들은 이제 모두 커다란 방 안에 있었다. 엄마의 안방보다 화려하게 꾸며진 곳이었다.

카펫 한가운데에 뻗어 있던 대부가 팔꿈치로 바닥을 짚고 몸을 일으켰다. 그의 첫 동작은 바닥에 떨어진 모자를 집는 것이었다.

"아무튼 야누스님, 하마터면 늦으실 뻔했어요. 제 메시지를 못 받으신 줄 알았습니다."

"메시지라니, 니뇨? 집집마다 벽을 두드리며 '신이 여기 있다'고 계속 떠들던 게 메시지였나? 난 그보다는 좀 더 세련된 방법들을 알고 있는데 말이지. 그래도 거래에서 네 몫은 다 했다는 건 인정해야겠군. 아르캉테르가 너희의 잔수작에 연루됐다는 걸 증명해 냈으니."

반은 남자이고 반은 여자는 이상한 눈에게 물러나라고 손짓한 뒤 가짜 대부 쪽으로 거대한 몸을 숙였다.

"세뇨라 딜뢰, 오랜만이군요."

가짜 대부는 모습을 바꾸더니 안경 쓴 작은 부인이 되었다. 예전에 빅투아르가 다리 위에서 가짜 붉은 거인 둘 사이에서 잠깐 마주쳤던 그 모습이었다. 반은 남자이고 반은 여자 앞에서 부인은 연약하고 작아 보였지만 전혀 위축되지 않는 듯했다.

"네가 날 '어머니'라고 찌르던… 아니 부르던 시절이 더 좋았구나."

"길에서 마주치는 사람이라면 누구나 똑같이 복제할 수 있지만, 정작 자기 창조물만은 복제할 수 없는 어머니라. 꽤 아이러니하군요."

안경 쓴 작은 부인은 위에서 자신을 내려다보는 반은 남자이고 반은 여자를 향해 손을 뻗었지만 그는 사라졌다가 카펫 반대편 끝에 다시 나타났다.

"제게 너무 가까이 다가오시는 건 사양하겠습니다. 제 책에도요. 이해하시죠, 세뇨라 딜뢰? 전 제 기억이 온전하게 유지되는 맛을 알게 됐거든요."

대부는 일어서려 했지만 그러지 못했다. 입꼬리에는 미소가 반쯤 걸려 있었으나 빅투아르의 눈에는 그가 떨고 있는 모습이 보였다. 그는 안경 쓴 작은 부인을 조롱 어린 호기심으로 빤히 바라보았다.

"이자는 어떻게 할까요, 야누스님?"

야누스는 콧수염 한 가닥을 손가락에 빙글빙글 감아 돌렸다.

"아무것도."

"아무것도라니요, 그게 무슨 말이죠?" 이상한 눈이 멍키스패너를 더욱 꽉 쥐며 숨죽여 물었다.

"아무것도 하지 않을 것이다." 야누스가 다시 한번 말했다. "여긴 내가 만든 무공간이다. 아르캉테르인들 중 가장 뛰어난 자라도 내 허락 없이는 이곳을 떠나지 못한다. 세뇨라 딜뢰가 아무리 강하다 한들 똑같이 적용되지. 나는 너희와―너희 말로 뭐라고 했더라?―'멜빵을 바짝 조여서 혼쭐을 내주자'고 약속했지. 그건 이미 이뤄졌다고 여겨라. 너희는 나의 아슈가 너희 문제에 연루됐다는 것을 증명했지만, 그렇게 된 건 너희 탓이다. 세뇨라 딜뢰를 나한테까지 데려온 것도 너희고. 그러니 그녀와 함께 여기 남아 더는 세상을 어지럽히지 말아야 한다."

"야누스, 내게 아르캉테르인을 하나 주렴."

안경 쓴 작은 부인은 허리까지 길게 내려오는 갈색 머리카락을 어깨 뒤로 넘겼다.

"내게 탐침자를 하나 주렴."

빅투아르는 예전에 엄마가 그런 말투로 말했던 것이 기억났

다. 엄마의 목걸이가 끊어져 진주알이 비처럼 쏟아져 거실 바닥
에 흩어졌을 때였다. 어찌나 반짝반짝하던지! 사탕 단지에 든
그 어떤 사탕보다도 맛있어 보였다. 빅투아르는 안락의자 밑으
로 기어가 진주 한 알을 집어 입에 넣고 맛을 보려 했다. 그 순간
엄마가 옷자락을 바스락거리며 재빨리 무릎을 꿇고 손바닥을
활짝 펴 내밀었다. 엄마의 파란 눈동자 속에서 빅투아르는 자신
을 겁에 질리게 했던 폭풍우를 보았다. "이리 주렴."

지금 안경 쓴 작은 부인이 그런 것처럼.

반은 남자이고 반은 여자가 미소를 짓자 콧수염이 꿈틀하고
들렸다.

"당신에게 복종할 수밖에 없었던 시절이 있었죠, 세뇨라 딜뢰.
당신이 요구하기만 하면 내 형제자매들은 모든 일에서 당신 뜻
을 따랐으니까요. 그 시절은 이제 끝났어요. 당신이, 더 이상 당
신 자신이 아니게 된 그 순간부터."

안경 쓴 작은 부인은 눈썹을 찌푸렸다.

"적을 잘못 골랐어, 야누스. 다들 적을 잘못 알고 있어. 세상을
어지럽히는 건 내가 아니야. 바로 타자라고. 내가 그를 찾아내
막을 수 있도록 너희가 빨리 나를 돕지 않으면 돌이깨질… 아
니, 돌이킬 수 없을 거야."

반은 남자이고 반은 여자가 내쉰 긴 한숨에 목깃이 파르르 떨
렸다.

"몇 세기가 지났는데도 늘 똑같은 레퍼토리군요. 그럼 내 답
도 같을 거란 걸 아시겠죠. 안 됩니다. 당신이 나의 아르캉테르

인들에게 접근해 능력을 흡수하도록 놔둘 수 없습니다. 당신은 당신이 직접 저에게 주셨을 그 능력을 가질 자격이 없어요. 자격이 있었다면 이미 그 능력도 갖고 있겠죠. 기분 나쁘게 듣지는 마세요, 세뇨라 딜뢰. 하지만 타자는 당신의 통제 불가능한 상상 속 외에서는 그 어디에도 존재한 적이 없으니까요. 적어도 그 상상력이 저의 무공간에서의 긴 밤을 덜 지루하게 보내는 데 도움이 되길 바랄뿐이에요."

그 말을 남기고 반은 남자이고 반은 여자는 사라졌다. 앙두이가 벌써 발톱을 갈고 있는 양탄자 위에는 커다란 공허만이 남았다. 빅투아르는 이상한 눈을 바라보았고, 이상한 눈은 안경 쓴 작은 여자를 바라보았고, 안경 쓴 작은 여자는 대부를 바라보았다.

"그래." 대부가 여전히 바닥에 누운 채 말했다. "인정하지. 이번 건 미처 예상하지 못했어."

이탈

오펠리는 잠을 설쳤다. 그녀의 밤은 이제 옛 세계와 신세계가 뒤섞이는 불안한 선잠에 불과했다. 고장 난 전구들 때문에 눈이 부시고 막연한 두려움에 사로잡힌 채 늘 화들짝 놀라 잠에서 깼다. 마치 월랄리 딜뢰의 비밀에 접근하지 못하도록 겁을 주려는 청소부가 여전히 그곳에 있는 것만 같았다. 악몽을 꾸지 않을 때는 세탁기 통처럼 빙빙 도는 생각들이 문제였다. 수평이 맞지 않아 덜거덕거리는 침대는 생각을 똑바로 하는데 도움이 되지 않았다.

오펠리는 그 어느 때보다도 타자에게 집착했다.

타자는 그림자 밖으로 나오지도 않고 수천 명의 목숨을 앗아갔다. 그런데 그녀가 사로잡힌 것은 타자가 그 전에 먼저 자신 안에서 죽여버린 무언가였다. 아이를 가질지 말지는 토른과 오펠리 두 사람이 결정할 일이었다. 타자는 그녀가 원치 않았던 기억들을 억지로 떠안겼고, 그녀에게서 어른으로서의 첫 번째 선택권을 박탈했다. 오펠리는 이제 자기 감정조차도 확신할 수 없었다. 이 원망은 그녀 자신에게서 비롯된 것일까, 아니면 윌랄리 딜뢰가 같은 상황에서 느꼈을 법한 감정일까?

욕실의 변형된 거울에서 일그러진 자기의 반영과 마주칠 때마다, 오펠리는 의지와 상관없이 타자를 풀어주었던 그 먼 밤을 생각했다. 정말로 의지와 상관없었을까? 그녀는 그 계기를 기억해 내려고 안간힘을 썼다. 아니마에 있던 자신의 방이 다시 보였다. 벽 거울이 다시 보였다. 잠옷 차림의 자신이 다시 보였다. 거의 감지할 수 없었던 그 존재가 거울 속 자신의 형상 뒤에서 다시 보이는 듯했다.

나를 풀어줘.

분명 다른 무언가가 있었을 것이다. 아무리 어렸다 해도 낯선 반영의 변덕에 아무 이유 없이 굴복하지는 않았을 것이다. 거울을 통과해 그에게 길을 열어주는 것이 최선이라고, 그저 한순간의 충동 만으로 결심했을 리 없다. 그리고 그 후에, 또 무슨 일이 일어났던 걸까? 오펠리가 자기 방과 작은할머니 집에 갇혀 있던 동안 타자는 어떻게 되었을까? 그는 어디로 나갔을까? 어떤 형체로? 그 긴 세월 동안 무엇을 했을까?

오펠리는 자신이 피투성이가 된 채 윌랄리와 타자 그리고 허공을 마주하는 모습으로 비쳤던 유리·거울 공방을 종종 떠올렸다. 낯선 환영에 시달리면서도, 정작 자신의 어린 시절에 분명히 일어났던 일을 기억하지 못하는 것은 분통 터지는 일이었다!

반복되는 생각들처럼, 연구소에서의 오펠리의 하루하루는 전날의 정확한 복제본이었다. 보모 오토마톤은 스크린 위로 기하학적 도형들이 구축되고 해체되는 상영실에 그녀를 내려주었고, 사진 촬영 전에 오펠리가 늘 똑같은 무의미한 동작들을 수행하는 텐트로 동행했으며, 비현실적인 실습이 열리는 이 회전 기구에서 저 회전 기구로 그녀를 이끌었고, 그녀의 건강 검진과 식사에 참관한 뒤, 다음 날까지 열쇠로 방문을 잠가 가두었다.

이 의식 중에 유일하게 발생하는 혼란은 정전이었다. 정전은 매우 잦았는데, 전기가 끊어지면 돌아가던 회전 기구가 멈추고 저녁 식사 중에 식당 조명이 꺼졌다. 이곳에 온 이후로 오펠리는 단 하나의 전구도 제대로 작동하는 것을 보지 못했다.

오펠리는 시간 감각을 완전히 잃어버리고 말았다. 진짜 대화를 나눌 수 있었던 유일한 상대마저도 잃었다. 코스모스는 대화를 시도했다가 들킨 뒤, 상영실에서 더는 오펠리 옆에 앉지 못하게 되었다. 게다가 보모 오토마톤의 녹음 장치를 피하거나 협력자들로부터 떨어져 대화할 수 있는 장소는 드물었다. 그녀는 대안 프로그램에 배정된 후로 풍뎅이를 단 여자도, 도마뱀을 단 남자도, 어떤 관찰자도 다시는 마주치지 못했다. 이탈 연구소의 책임자들에 대해 쑥덕거리는 말을 간혹 듣기는 했지만, 이곳에 온 이래 단 한 번도 그들을 마주친 적이 없었다.

토른도 다시 볼 수 없었다. 모든 결핍 중에서 그것이 가장 고통스러웠다. 그는 의심을 사지 않고 조사를 잘 이어가고 있을까?

오펠리는 언젠가 토른과 이야기를 나눌 날만을 기다리며 격리 구역 안에서 손에 닿는 모든 것을 보고 듣고 만졌다. 하지만 그녀가 상상해 온 이미지대로라면 풍요의 뿔이라고 할 만한 것은 아무것도 찾지 못했다. 한편 복도 곳곳을 가로막는 쓸모없는 장식품들과 쓰레기통에 버려진 음식들이 날마다 늘어나고 있는 건 확인할 수 있었다. 윌랄리 딜뢰의 예전 삶에 대해서는 더 이상 새로운 계시가 없었다. 아쉬운 대로 그녀는 마지막 기억을 마음속으로 되감아 반복 재생했다. 전화기가 놓인 지하실, 코르누코피아니즘 프로젝트, 윌랄리 딜뢰의 변신, 타자의 출현, 아슈들의 붕괴, 역전자들이 타는 회전 기구 사이의 연관성을 찾으려 애써보았지만 허사였다.

그럼에도 불구하고 그녀는 연결 고리가 있다는 것을 알고 있었다.

어쩌면 오펠리는 이미 대안 프로그램의 1단계 프로토콜의 한계에 도달했을지도 모른다. 2단계 프로토콜이 되어서야 비로소 모든 게 의미를 띠게 될는지도 모른다. 코스모스가 3단계 프로토콜에서는 그 누구도 절대 돌아오지 못한다고 말해줬는데, 그녀는 아직 그 단계는 아니었다. 보모 오토마톤에게 다음 단계로 넘어갈 준비가 되었다고 말했을 때, 보모 오토마톤은 소름 끼칠 정도로 과장된 폭소를 터뜨렸고, 그 반응에 그녀는 등골이 오싹해졌다.

오펠리는 가끔 연구소 한가운데 돌산처럼 우뚝 서서 머리에 달린 여러 개의 얼굴로 세상을 압도하는 거상의 흐릿한 형체를 향해 눈을 치켜 떴다. '나는 모든 것을 보고, 모든 것을 안다!' 그

가 얼마나 짜증이 나던지…. 어쨌든 시간은 흘렀고 그녀는 조금
도 진전이 없었다.

오펠리는 연구소가 자신을 비롯한 역전자들에게 강요하는
모든 활동에서 어떤 논리도 엿볼 수 없었다. 유일하게 명확한
사실은 블라시우스가 옳았다는 점이었다. 대안 프로그램은 역
전 증상을 치료하기 위한 것이 아니었다. 오히려 악화시키고 있
었다.

거주동의 물건 수효에도 불구하고, 날이 갈수록 그것들을 읽
기가 점점 어려워졌다. 반면에 자신도 모르게 사물들에 생명을
불어넣는 일이 점점 잦아졌는데, 그것은 언제나 도리어 자신에
게 해가 되는 방식이었다. 그녀가 자는 동안 쿠션들이 달려들었
다. 의자들은 발을 짓밟았고, 가구들은 그녀를 밀쳤다. 한번은
저녁 식사 중에 포크가 팔에 박히기도 했다.

어느 날 아침 오펠리가 튜닉을 뒤집어 입으면서부터 상황은
더 심각해지기 시작했다. 몇 번이고 다시 시도했지만 보모 오토
마톤의 도움 없이는 옷을 제대로 돌려 입을 수 없었다. 다음은
손잡이 차례였다. 문손잡이, 서랍 손잡이, 수도꼭지 손잡이, 모
두가 그녀에게는 뛰어넘을 수 없는 장애물이 되었다. 망가진 것
은 아니마 능력만이 아니었다. 그녀 자신이 망가지고 있었다.
손가락들 사이에서 왼쪽과 오른쪽, 위와 아래가 뒤섞였다. 화장
실에서 나오는 것은 매일의 수수께끼였다. 차라리 코스모스처
럼 말실수를 수집하는 편이 더 낫겠다고 생각했다. 그녀는 이런
문제가 생겨난 것이 강제로 하는 체조 때문인지, 참석해야 하는

상영회 때문인지, 아침부터 저녁까지 견디고 타야 하는 회전 기구 때문인지, 아니면 이 모든 게 복합적으로 작용한 결과인지 알 수 없었지만, 이제는 제대로 돌아가는 게 아무것도 없는 것 같았다. 타자를 풀어주었던, 그리고 자신의 육신을 뒤흔들었던 그 끔찍한 거울 사고 이후, 자신의 서투름에 적응하는 데 몇 년이 걸렸다. 이곳에서의 며칠은 재발을 일으키기에 충분했다.

하지만 오펠리의 상태가 가장 심각한 것은 아니었다. 프로그램의 한 여자는 아침 상영회 도중에 사흘에 한 번꼴로 뇌전증 발작을 일으켰다. 한 불면증 환자는 깜빡 졸기만 해도 미친 사람처럼 비명을 질러댔다. 귀를 때리던 노인은 마치 보이지 않는 군중이 자신의 귓구멍에 대고 외치는 말을 따라 하기라도 하듯 아래로 올라가야 해… 아래로 올라가야 해… 아래로 올라가야 해…'라고 끊임없이 중얼거렸다. 겉보기에는 비교적 안정석인 편에 속하는 코스모스조차도 때로는 몇 시간 동안 꼼짝 않고 구석에 고립되어 있었다.

그리고 스콩드가 있었다.

흥미롭고 매혹적인, 두 개의 얼굴을 가진 스콩드.

스콩드는 다른 역전자들과 전혀 달랐고 특별 대우를 받았다. 거주동에서 잠을 자지 않았고, 다른 사람들과 함께 식사하지 않았으며, 마음 내키는 실습에만 참석했고, 누구에게든 마음대로 말을 걸어도 제지당하지 않았다. 스콩드는 가끔 홍채 없는 눈을 크게 뜨고 오랫동안 허공을 응시하다가 그림을 그리곤 했다. 거의 강박적인 행위였다.

옥타비오나 레이디 셉티마가 스콩드를 면회하러 오는지는 모르겠지만, 만약 온다면 그것은 철저히 비밀리에 이루어졌다. 오펠리는 회전 기구 활동을 하던 스콩드가 종종 관찰자에게 이끌려 사라졌다가 한 시간 뒤에 다시 나타나는 것을 목격했다. 놀랍다 못해 걱정스럽기까지 한 점은 스콩드가 1단계 프로토콜에 속해 있다는 것이었다. 옥타비오는 동생이 아주 어렸을 때부터 이탈 연구소에 수용되어 있었다고 했다. 그리고 그녀는 이제 막 사춘기에 접어든 터였다. 프로그램의 한 단계만 거친 것치고는 상당히 오랜 시간이 흐른 셈이었다. 스콩드는 보모 오토마톤을 동반하는 법이 없었지만, 협력자들이 극도로 예의 주시 하며 따라다녔다. 그녀가 연필을 꺼내 들기만 하면 협력자들은 회색 후드의 그늘 속에서 뭔가를 메모하며 자기들끼리 쑥덕거렸다. 그녀가 그린 그림은 한 장도 빠짐없이 모두 압수되었다. 오펠리는 자신이 그토록 혼란스러운 상태가 아니었다면 그들의 행태가 우스꽝스럽다고 여겼을 것이다.

오펠리가 새로 온 사람이라 그런지 모르겠지만, 스콩드는 다른 누구보다도 끈질기게 그녀와 소통하려 했다. 그녀는 오펠리를 발견하기만 하면 바로 달려와 손목을 붙잡고 명랑하게 뜬금없는 말들을 던졌다. "미뢰味蕾를 곤두세워!", "우산이 모든 걸 망쳐!", "어지럽히지 않을 삽들이 필요해?" 스콩드가 생각을 글로 적으려 해도 마찬가지로 횡설수설이었다. 한번은 날씨의 무례함, 으깬 새우, 달 도끼, 빗나가는 발사체, 실종된 매, 치아에 난 털에 관한 끝도 없는 이야기를 장황하게 늘어놓았다. 오펠리는 최선을 다해 이해해 보려 했지만 아무것도 알아들을 수 없었고, 결국 스콩드는 몹시 답답해하다가 언짢은 몸짓으로 그림 한 장을 건네곤 했다.

스콩드의 그림들은 그녀의 언어와는 달리 놀랄 만큼 사실적이었다. 오펠리에게 주려고 그린 그림들에는 여러 각도로 묘사된 옥타비오가 항상 등장했는데, 하나같이 그가 끔찍하게 고통받는 모습이었다. 협력자들은 예외 없이 그림을 모조리 압수했다. 오펠리는 스콩드의 그림을 어떻게 받아들여야 할지 몰랐다. 옥타비오가 이 그림들을 봤을까? 그렇지 않길 바랐다. 그 그림들을 보면 마치 동생이 오빠가 고통받기를 간절히 바라는 것처럼 보였기 때문이다.

어느 날 오후 스콩드가 대안 프로그램의 다른 역전자에게 그림을 건네는 것을 우연히 목격했을 때, 오펠리의 생각은 조금 바뀌었다. 못을 그린 단순한 그림이었는데, 스콩드는 그 그림을 여러 번 다시 그렸고 언제나 끈질기게, 바로 그 사람에게 내밀었다. 며칠 후 그 역전자는 회전 기구에 오르려던 순간 낡고 녹슨 못을 밟아 급히 의무실로 실려 가야 했다. 오펠리는 스콩드의 비대칭적인 얼굴에서, 이해받지 못했을 때마다 보이던 바로 그 언짢은 표정을 발견하고 충격을 받았다. 스콩드는 정말로 사고를 예상했던 걸까? 오펠리는 본파미유에서 수습 생활을 하는 동안 예지자들과 함께 지냈다. 하지만 그들 중 그 누구도 그렇게 구체적인 일을 그토록 미리 내다볼 수는 없었을 것이다.

오펠리는 불현듯 스콩드가 의사소통의 어려움에도 불구하고 자신의 질문에 대한 답을 쥐고 있을지도 모른다는 생각이 들었다. 그리고 그 답은 오펠리에게 시급하게 필요했다. 타자가 언제든 새로운 붕괴를 일으킬 수 있는 상황에서 오펠리는 몇 주고 몇 달이고 하루하루 똑같은 날들만 반복할 생각은 없었다.

그러던 어느 날 아침, 프로토콜의 루틴을 깨뜨리는 사건이 일어났다. 보모 오토마톤은 관례대로 오펠리를 다른 사람들과 함께 상영실로 데려가는 대신 이렇게 말했다.

"오늘은 아니에요, 달링."

오펠리와 보모 오토마톤은 시간에 녹이 슬고 색이 바랜 회전 기구들 사이를 걸었다. 주변에는 놀이기구들을 뒤덮은 잡초가 회랑에 부는 바람을 맞으며 신음하고 있었다. 이쪽에는 열차도 없이 공중 레일만 덩그러니 남아 있었고, 저쪽에는 멈춰버린 기계식 천체투영관이 있었다. 이곳은 그야말로 이름뿐인 놀이공원이었다. 자갈을 한 알 한 알 밟을 때마다 발바닥이 타들어 가는 듯했다.

보모 오토마톤은 오펠리가 한 번도 작동하는 것을 본 적 없는 회전 기구 쪽으로 향했다. 그 회전 기구는 구석진 외딴곳에, 제대로 작동하지도 않는 고장 난 물건 더미 뒤에 숨겨져 있다시피 했다. 너무 낡아서 그들이 발판 위로 몸을 끌어 올리자마자 삐걱거리는 소리를 냈다.

"앉으세요, 달링."

"이 회전 기구가⋯ 2단계 프로토콜인가요?"

"그냥 소소한 게임일 뿐이에요."

회전 기구 한가운데에 남은 좌석이라곤 딱 하나뿐이었다. 그다지 재미있어 보이지는 않았다. 그녀가 자리에 앉자마자 보모 오토마톤은 숨이 막힐 정도로 벨트를 단단히 채웠다.

"너무 조여요. 아파요."

"모든 것이 완벽하게 완벽해요, 달링."

보모 오토마톤은 가슴께에서 열쇠를 꺼내 회전 기구의 열쇠 구멍에 넣었다. 회전 기구의 원판은 움직이지 않고 오펠리가 앉은 좌석만 회전판 아래 지하로 내려가기 시작했다. 좌석은 쇠와 나무가 뒤틀리는 끔찍한 소리와 함께 나사처럼 빙글빙글 돌면서 땅속으로 점점 깊이 내려갔다. 오펠리는 좁고 캄캄한 어둠 속에 잠겼다. 벨트 아래로 심장이 쿵쾅쿵쾅 뛰며 요동쳤다. 벨트를 풀려다가 손톱이 부러졌다. 계속해서 아래로 내려갔다.

주위에서 전구들이 깜빡이기 시작하자 오펠리는 눈을 깜빡거렸다. 마침내 좌석이 멈췄다. 오펠리는 벨트를 풀 수 없었고, 애초에 그녀가 내려왔던 수직 통로 외에는 출구가 없었다. 온 사방에 돌 냄새가 났다. 그녀는 지하실 한가운데에 있었고, 앞에는 테이블 하나가 놓여 있었다.

테이블 위에는 전화기가 있었다.

오펠리는 금세 두려움을 잊었다. 윌랄리 딜뢰의 기억 속 지하실이었다. 근시에도 불구하고 마치 자신이 그곳에 머무르기라도 했던 것처럼 벽들과 방의 규모, 천장 높이를 알아보았다. 이 전화기가 옛 세계의 모든 비밀을 간직하고 있고 새로운 세계에 모든 해결책을 가져다주는 것일까? 이것이 풍요의 뿔일까?

오펠리는 냉정하게 상황을 분석해 보려 애썼다. 좋아, 마침내 윌랄리 딜뢰가 수 세기 전 프로젝트를 진행했던 곳에 왔다. 하지만 이건 같은 전화기가 아니었다. 그녀 앞에 놓인 전화기는 연구소의 다른 모든 물건들처럼 제작상 결함이 있어 사용이 불가능하다시피 했다. 다이얼 숫자들은 너무 일그러져 제대로 알아볼 수조차 없었다. 이것은 결코 풍요의 뿔이 아니었다.

이것으로 무엇을 해야 할지 생각할 틈도 없이 전화기가 울리기 시작했다. 좌석 벨트 때문에 움직임이 불편했던 오펠리는 몇 차례 팔을 뻗은 뒤에야 겨우 수화기를 들 수 있었다.

"여보세요?"

"여보세요."

그것은 하나의 에코에 불과했고, 이는 놀랄 만한 일은 아니었다. 수화기 저편에 누군가 있기는 할까?

물론 있었다.

이번 실험의 성격이 어떻든 간에 오펠리가 도청당하고 있다는 데에는 의심의 여지가 없었다. 결국 '관찰'이 이 기관의 본질적인 소명이니 말이다.

손으로 수화기를 꽉 쥐었다. 읽을 수 없게 되니 아예 귀가 먼 것만 같았다. 분명 다른 손들이 전에 이 전화기를 만졌겠지만, 어떤 생각도, 어떤 감정도 감지하지 못했다.

그렇다면 그녀는? 무엇을 느껴야 할까? 무엇을 해야 할까?

희미하게 깜빡이는 램프 불빛 속에서 오펠리는 테이블 위 전화기 바로 뒤에 있는 보면대를 발견했다. 그 위에는 악보 대신 자그마한 책이 놓여 있었다. 책에는 심지어 스콩드의 문장들보다도 더 의미 없는 단어들과 숫자들이 띄어쓰기도 없이 이어져 있었다. 글씨는 그녀가 안경 없이도 읽을 수 있을 만큼 컸다. 그녀는 실험이 끝나기 전까지는 자신을 끌어 올려주지 않으리라는 것을 알았다.

오펠리가 소리 내어 책을 읽기 시작하자 그 즉시 전화기에서 에코가 쏟아져 나와 방 안을 가득 채웠다. 게다가 지하실 자체가 울림통처럼 에코를 더욱 증폭시켰다. 전화기에서 나오는 에코와 방 안에서 증폭된 소리가 겹쳐 울렸다. 에코가 너무나 많았다! 책에 집중하기는 사실상 불가능했다. 오펠리가 페이지의 맨 아래 줄에 다다르자 계속 읽을 수 있도록 보면대의 기계장치가 책장을 넘겼다. 다음 장도 마찬가지였다. 그저 단어들과 숫자들뿐이었다. 허, 이게 단순한 게임일 뿐이라고?

시간은 흘렀고 책장은 계속 넘어갔다. 오펠리는 목과 귀가 아파왔다.

이해할 수 없는 실험이었다. 하지만 연구소에 온 이후 자신에게 시킨 모든 터무니없는 일들—상영회, 체조, 회전 기구 활동—은 오직 이 실험만을 위한 준비 단계였다는 확신이 들었다. 그들이 재현한 것은 윌랄리 딜뢰의 코르누코피아니즘 프로젝트와 똑같은 작업 환경이었다. 하지만 대체 그 작업이란 구체적으로 무엇일까? 이곳에서, 이 전화기를 통해 무슨 일이 벌어져야 하는 걸까?

오펠리는 이제라도 수화기 저편에서 누군가가 설명을 해준다면 기거이 큰 대가라도 치를 생각….

책을 읽던 오펠리는 입을 다물었다. 몇 초간의 긴 정적 속에서 오펠리는 마이크에 대고 헐떡이는 자신의 숨소리 말고는 아무것도 듣지 못했다. 날카로운 통증이 귀를 찌르며 윙윙 울렸다. 그것은 전화기에서 나온 게 아니라 오펠리의 머릿속에서 직접 오는 통증이었다. 그녀는 새로운 기억이 부화할 수 있도록 달걀 껍데기처럼 깨져가고 있었다. 오펠리는… 그렇다, 이 지하실에서 무슨 일이 있었는지 이제 기억할 수 있었다.

그녀, 윌랄리 딜뢰는 같은 장소에 앉아 있다. 기진맥진한 채로. 흥분한 채로. 전화 수화기를 드느라 팔 전체가 아프다. 몇 달째 지하실에서 단어들을 순서대로, 그리고 거꾸로 발음했지만 아무 일도 일어나지 않았다.

지금까지는.

"말도 안 돼."

"말이 안 된다고?"

수화기 속 목소리는 윌랄리 자신의 목소리만큼이나 갈라져 있다. 누구든 평범한 에코라고 생각했겠지만, 윌랄리는 평범한 사람이 아니다. 그녀는 이 순간만을 기다리며 수년을 준비했다. 고아원에서 어린 시절을 보내는 동안 한 팔은 등 뒤로 묶고, 한쪽 굽만 높은 신발을 신고, 한쪽 눈에 안대를 하고, 한쪽 귀에는 밀랍을 넣고, 한쪽 콧구멍은 솜으로 틀어막고 지냈다. 신체 왼쪽만 과잉 발달시키기 위해 온몸을 뒤틀며. 윌랄리는 이를 위해 태어났다.

이 에코는 분명히 이탈했다. 윌랄리는 확신한다.

"희박하다고 해두지, 네가 원한다면."

수화기 속 갑작스러운 침묵에 윌랄리는 불안해한다. 어젯밤 이후 단 한순간도 통신을 끊지 않았다. 먹지도 않았고 화장실에 가지도 않았다. 절대로 그를 놓치면 안 된다. 특히 이미 온 가족을 잃은 지금, 더더욱 그를 잃어선 안 된다.

"거기 아직 있어?"

"아직 있어."

그녀는 안도의 한숨을 내쉰다.

"다행이야. 나 좀 외롭거든."

"좀?"

"많이, 실은."

윌랄리는 흐르는 눈물 사이로 미소 짓는다. 우는 것은 프로답지 못하지만 더 이상 울음을 참을 수 없다. 그녀는 기쁨과 슬픔, 희망과 두려움으로 벅차오른다. 그 현상에 대해 처음 들었던 때가 어제처럼 생생하게 기억난다. 그녀가 막 군사 고아원에 도착했을 때였다. 소등 시간이 지나고 기숙사에 어둠에 잠기면, 군이 에코를 대상으로 벌이는 실험들에 관한 이야기가 자주 오르내리곤 했다. '적의 무선통신을 교란하기 위해서'라고 감독관들은 설명했다. 그러던 중 정보 하나가 새어 나왔다. 불가능한 일이 일어났다고 했다. 에코 하나가 왼손잡이와의 접촉으로 이탈했다는 것이었다. 그 이탈은 불과 몇 초밖에 지속되지 않았고 에코는 안정되지 않았지만, 윌랄리는 어린 나이에도 자신이 무엇을 해야 할지 바로 알아차렸다.

에코의 친구가 되기. 그리고 이 첫 번째 기적으로부터 새로운 기적들을 낳기.

지하실에서 잊힌 채 지내던 윌랄리는 선임자들이 모두 실패했던 일에 방금 성공했다.

"내 상것들… 아니, 상관들은 자주 내려와 보지 않아. 아직 네 이야기는 안 했어." 윌랄리가 말한다.

"네 이야기?"

"아니, 내 이야기가 아니라 네 이야기."

"내 이야기."

"그래. 상관들이 너를 분해… 아니, 이해할지 모르겠어. 나조차도 내가 너를 이해하는지 확신이 안 서거든. 나 자신을 이해하는 것만도 이미 벅차니까."

윌랄리는 목과 어깨 사이에 수화기를 끼운 채 손수건을 펼쳐 코를 푼다. 시선은 지하실 구석에 먼지가 쌓여 있는 타자기를 향한다. 몇 주가 지나도록 타자기에서 한 줄도 뽑아내지 못했다. 쓰던 원고『기적의 시대』는 미완성으로 남아 있다. 윌랄리는 자신이 쓴 이야기들을, 자기 자신의 이야기를 하마터면 의심할 뻔했음을 인정하지 않을 수 없었다.

이 에코, 이… 다른 존재, 그 정체가 무엇이든 간에 그 덕에 윌랄리는 확신을 되찾았다.

"아직 이름을 말해주지 않았어."

“아직.”

“어쨌든 서로를 제법 잘 알아가기 지적… 아니, 시작하는 참이라고. 나는 윌랄리야.”

“나는 나야.”

윌랄리는 끝없이 흐르는 눈물을 닦는다. 이탈 현상이 심해진다. 이 에코는 빠르게 배운다.

“흥미로운 답이네. 너는 어디서 목소리를 보내는 거야?”

수화기 속에 다시 다시 침묵이 흘렀다.

“그래, 내 질문이 좀 어려웠지. 지금 네가 있는 곳은 어디야?”

“여기.”

오, 정말 학습이 빠르다.

“여기가 어디야?”

“뒤.”

“뒤? 무엇의 뒤?”

“뒤의 뒤.”

오펠리는 마치 마침내 그것을 제대로 보게 된 것처럼 앞에 놓인 전화기를 응시했다. 기억이 멈춤과 동시에 편두통도 멎었다. 기억은 심장이 한 번 뛰는 동안, 아주 작은 조각 같은 시간 동안만 지속되었다. 그 짧은 시간 동안 모든 것, 그야말로 모든 것이 오펠리에게 명백해졌다. 하지만 벌써 그 느낌이 흐려지고 있었다.

오펠리에게 남은 유일한 확신은 지하실도, 전화기도 모두 실제로는 중요하지 않다는 것이었다. 그것들은 단지 예외적인 만남을 위한 필요한 조건일 뿐이었다. 그렇게 타자가 윌랄리 딜뢰의 삶에 불쑥 끼어든 것이었다. 타자는 윌랄리의 거울상이 아니었다. 그는 그 이상이었다. 그는 에코, 유일무이한 에코였다.

지능을 갖춘.

헬레네가 원형극장의 귀빈석에서 한 말이 맞았다. 일어난 모든 일, 일어나고 있는 모든 일, 일어날 모든 일은 에코와 직접적으로 관련되어 있다. 에코 중 하나가 과거에 윌랄리 딜뢰와 소통했고, 그 접촉으로부터 모든 것이 파생했다. 윌랄리는 그 에코에게 자신의 가장 내밀한 것, 욕망과 기억과 인간성—을 전해주었고, 그에 대한 대가로 무엇인가를 얻었다. 그리고 그 무엇 덕분에 윌랄리는 가문 정령들을 창조하고, 마음대로 정체성을 바꾸고, 자신의 소설들을 현실로 만들 수 있었다.

타자는 윌랄리에게 풍요의 비밀을 알려주었다.

이게 바로 이탈 연구소가 원했던 것이었다. 타자와의 대화를 재개하는 것. 그들은 타자가 필요했다. 그들의 풍요의 뿔은 제대로 작동하지 않고 있었다. 구석구석을 채운 실패작들이 담긴 상자들이 그 증거였다.

이것이 코르누코피아니즘 프로젝트였다. 혹은 적어도, 타자와의 대화를 재개하려는 이 시도는 더 광범위한 실험의 출발점이자, 문턱이었다.

오펠리는 흥분으로 몸을 떨기 시작했다. 그녀는 거울에서 해방된 후 타자는 왜 아니마에 있는 자신의 방 거울을 통해, 가족 모두가 보는 앞에서 다시 나오지 않았는지 종종 의아해했다. 만약 옥타비오의 말이 맞다면? 에코들은 다른 주파수에서 변해가고 있는 건 아닐까? 타자가 내내 옆에 있었지만 인지하지 못했던 건 아닐까?

오펠리는 보면대를 응시했다. 기계장치가 권위적인 딸깍거리는 소리와 함께 종이를 탁탁 두드리며 계속 읽으라고 재촉했다. 그녀는 도청당하고 있다는 것을 알았지만 어쩌면 여기, 이 지하실에서 오래전에 윌랄리가 그랬듯이, 타자와 소통할 유일한 기회가 있을지도 모른다고 여겼다.

"너는 나를 이용해서 거울들 사이의 공간에서 벗어났잖아." 오펠리가 수화기에 대고 말했다. "그러니 넌 내게 빚진 거야. 이 메시지가 네게 가 닿을진 모르겠지만, 우리 다시 만날 때가 됐어. 내 앞에 나타나. 나에게 말해. 나를 찾으러…."

딸깍 소리가 들리고 회선이 갑자기 끊겼음을 알리는 신호음이 이어졌다.

회전 기구의 좌석이 다시 올라가기 시작했고 그녀는 손에서 수화기를 놓을 수밖에 없었다. 지상으로 올라와 다시 기구 위로 올라오자 햇빛이 오펠리의 얼굴을 세차게 강타했다. 보모 오토마톤이 벨트를 풀어주었다. 엄마의 얼굴을 닮았지만 불쾌하게 왜곡된, 형편없는 캐리커처 같은 얼굴이 억지 미소를 지었다.

"게임은 끝났어요, 달링."

약속

"다시 내려보내 줘요."

오펠리는 보모 오토마톤의 드레스를 힘껏 잡아당겼지만, 오토마톤은 좁은 보폭으로 가차 없이 놀이공원을 가로질러 갔다. 회전 기구와 지하실과 전화기에서 점점 멀어지고 있었다.

"실험을 다시 하게 해줘요!"

보모 오토마톤은 대답하는 성의조차 보이지 않았다. 배에서 듣기 싫은 노랫소리를 쏟아내며 무심하게 앞으로 나아갈 뿐이었다. 비밀 방 통로로 통하는 문을 여는 열쇠는 이 오토마톤만 가지고 있었다.

타자가 어쩌면 전화만 걸면 닿을 곳에 있을지도 모르는데 아무 일도 없었다는 듯 일상으로 돌아가야 한다는 생각을 용납할 수 없었다. 연구소도 타자와 소통하길 원한다면, 오펠리 역시 그러길 원하는데, 왜 그렇게 하도록 내버려두지 않는 걸까?

회랑을 짓누르는 열기에 숨이 막힐 정도였다. 마치 공기가 두꺼운 장막을 만들고 그 뒤로 모든 진실이 숨어버린 듯했다. 역전자들은 오전 실습을 마치고 막 정오 휴식을 취하기 시작한 참이었다. 오펠리의 눈에는 그들이 애처로운 형체로만 보였다. 역전자들은 놀이공원 곳곳에 흩어져 있었다. 저마다 간이 시설물 그늘 밑 구석진 곳에 몸을 피한 채 보모 오토마톤들이 매일 이 시간에 나눠주는 역겨운 밥을 우물거리고 있었다.

윌랄리 딜뢰는 이 사람들이 태어나기 훨씬 전부터 이들 중 하나였다. 역전자가 되는 것이 타자와의 대화를 위한 필수 조건이기라도 하듯, 윌랄리는 스스로 혹독한 훈련을 거쳐 마침내 역전자가 되었다.

오펠리는 역전자들을 좀 더 효과적으로 이용하기 위해 강요하는 이 고독을 더는 견딜 수 없었다. 그녀는 눈을 가늘게 뜨고 코스모스를 찾아냈다. 코스모스는 말 대신 음산한 나무 호랑이들이 설치된 회전 기구의 가장자리에 앉아 있었다. 그의 보모 오토마톤이 멀리서 그를 감시하고 있었다.

오펠리는 곧장 코스모스를 향해 갔다. 오펠리의 보모 오토마톤이은 그녀가 더는 자신을 따라오지 않는다는 것을 곧 알아차릴 터였다. 주어진 시간은 단 몇 초뿐이었다.

"우리 얘기 좀 해. 빨리."

코스모스는 즉시 오펠리의 시선을 피했다. 냄새로 미루어 렌틸콩 도넛을 씹고 있는 것 같았다. 언제나 제대로 된 음식을 구해 오는 것을 보면 그는 주방장들과 연줄이 닿는 모양이었다.

"진정해." 돌아온 말은 그뿐이었다.

"넌 나보다 연구소에 더 오래 있었고, 서로 도와야 한다고 말한 것도 너잖아. 난 네가 아는 걸 지금 당장 알아야겠어."

"진정해." 코스모스는 되풀이했다.

그의 말투가 명령조가 되어 있었다. 첫날 자신에게 브리오슈를 건넸던 활기찬 청년과는 완전히 다른 사람이었다. 오펠리는 그의 역전증이 바로 양극성에 있다는 점을 마침내 이해했다. 다른 상황이었다면 그를 내버려두었겠지만, 그녀는 조바심에 속이 타들어 갔다.

"너한테도 전화 실험을 시켰지? 그렇지?" 오펠리가 집요하게 물었다. "뭔가 들었는지 정도는 말해줄 수 있잖아? 정상적이지 않은 어떤 다른 에코라든가…."

그 순간 코스모스가 오펠리에게 난폭하게 달려든 탓에 두 사람은 자갈 바닥 위로 넘어졌다. 그는 그녀의 어깨를 움켜쥐고 숨결이 닿을 만큼 바짝 얼굴을 들이댔다. 그의 째진 눈은 튀어나올 듯했고, 호흡은 거칠었으며, 렌틸콩으로 가득 찬 이를 드러낸 채 입술은 말려 올라가 있었다.

"진정해!"

오펠리는 이 명령이 자신을 향한 것인지 그 자신을 향한 것인지 이제 알 수 없었다. 아무것도 이해할 수 없었다. 자신을 짓누르는 몸을 밀쳐내려 했지만 오펠리가 발버둥 칠수록 그는 그녀의 어깨에 손톱을 더 깊이 파묻었었다. 그가 너무 거칠게 흔들어대서 머리가 땅에 부딪힐 때마다 충격으로 그녀는 정신이 아찔해졌다.

"진정해!" 그가 포효했다. "진정해!"

그녀는 그의 턱을 한 손으로 단단히 눌러 그를 밀어내려 했지만 소용없었다. 코스모스 아래에 깔린 채로 그녀는 도움을 찾았다. 회색 형체로만 보이는 협력자들은 메모를 하며 이 장면을 지켜보고 있었다. 역전자들은 질겁하며 다가왔다. 그중 스콩드는 마치 오펠리와 코스모스가 포즈를 바꾸기라도 할까 봐 두려운 듯 정신없이 그림을 그리고 있었다. 보모 오토마톤들은 이 상황이 자신들의 임무 범위에 해당하지 않는다는 듯 애써 꼼짝도 하지 않았다. 아무도 개입하지 않는 것일까?

오펠리는 원형극장에서 몰려든 군중에게 그랬듯이 본능적으로 코스모스에게 발톱을 휘둘렀다. 하지만 그와 바짝 붙어 있었는데도 발톱이 빗나갔다. 할퀴기 능력 역시 아니마 능력만큼이나 엉망이 되어 있었다. 코스모스가 손을 물자 오펠리는 비명을 질렀다. 그는 그녀를 갈기갈기 찢어버리고 싶은 충동에 휩싸인 듯했다.

오펠리는 눈을 부릅떴다. 그들은 코스모스가 그렇게 하도록 내버려둘 것이다. 오펠리를 죽이도록 내버려둘 것이다.

그러다 마침내 코스모스의 이와 손톱이 그녀를 놓아주었다. 협력자 한 명이 그의 허리를 붙잡고 있었다.

"비켜, 윌랄리."

여자 목소리였다. 말이 떨어지기가 무섭게 오펠리는 바로 움직였다. 다친 손을 배 쪽에 접어 붙인 채 바닥을 기었다.

소리를 지르고 거품을 물며 미쳐 날뛰는 코스모스의 몸을 여자 협력자가 온 힘을 다해 붙들고 있었다. 그때 코스모스의 팔꿈치가 여자의 얼굴 정중앙에 박히며 그녀의 후드가 뒤로 젖혀졌다.

엘리자베스였다.

오펠리는 엘리자베스가 연구소에 고용되었다는 사실을 까맣게 잊고 있었다. 엘리자베스의 입에서 피가 흘렀다. 팔꿈치에 맞아 입술이 터졌는데 어쩌면 이가 부러졌을지도 몰랐다. 그런데도 그녀는 침착함을 유지했다. 엘리자베스는 코스모스의 허리를 팔로 감쌌다. 그의 몸짓에서는 서서히 공격성이 사라졌고 이목구비도 차례차례 긴장이 풀렸다. 코스모스의 공감 능력은 엘리자베스의 평온을 스펀지처럼 빨아들였다. 그의 시선에서 점차 분노가 사그라지더니 커다란 공허가 그 자리를 메웠다.

그는 마침내 힘이 풀려 이마를 땅에 대고 풀썩 쓰러져 버렸다.

"미안해요." 코스모스가 말을 더듬거렸다. "미안… 미안해요… 이만해… 미안해요…."

엘리자베스는 그를 부드럽게 놓아주었다. 그리고 두꺼운 눈꺼풀에 무겁게 눌린 지친 눈으로 오펠리를 바라보았다. 그녀는 뒤에 서서 엄한 판사처럼 헛기침을 하는 협력자들은 신경도 쓰지 않았다.

"꼴이 말이 아니네."

오펠리는 엘리자베스의 주근깨와 뒤섞인 핏자국을 가리켰다. 안경이 없어도 피 자국만은 또렷이 보였다.

"너도 그다지 좋아 보이지는 않는걸."

두 사람은 입술이 움찔하는 찰나 짧은 미소를 주고받았다. 보모 오토마톤이 오펠리의 귀를 잡아당겼다. 사람처럼 꾸몄다 해도 그 기계에게 대항하는 것은 쓸데없는 짓이었다. 그녀는 끝없는 미로처럼 이어진 놀이기구들과 회랑과 계단을 지나 방까지 비틀거리며 끌려갈 수밖에 없었고, 보모 오토마톤은 열쇠로 방문을 잠갔다.

"지시를 따르지 않았군요, 달링. 놀이와 식사는 내일… 내일까지 금지입니다."

혼자가 된 오펠리는 덜컹거리는 가구들에 부딪히며 한참을 보냈다. 초조하게 방 안을 서성거리며 수많은 질문과 씨름했고, 오후 내내 매시각 울리는 종 소리를 들었다. 그러다 지쳐 욕조의 비눗물 속으로 뛰어들었다. 어깨는 할퀴인 자국투성이였고, 손은 물린 상처 주위가 부어올랐다. 왜곡된 거울에 비춰보니 귀에는 보모 오토마톤의 기계 손가락에 꼬집힌 자국도 있었다. 가장 아픈 곳은 뒤통수였다. 머리카락 사이사이로 계속 자갈 부스러기들을 빼내는 와중에 거대하게 부풀어 오른 혹의 윤곽이 느껴졌다.

좋아.

오펠리는 며칠 내내 아무 일도 없이 보내다가, 단 몇 분 만에 타자의 진정한 본성을 알아버렸고, 코스모스의 분노를 불러일으켰으며, 연구소의 불쾌감을 샀다.

상황을 돌이켜 보니 가장 어리석은 짓은 수화기에 대고 한 말이었다. 그녀는 타자에게 자신을 찾아오라고 했다. 만약 그 메시지가 정말로 그에게 전달되었다면? 만약 그가 그 말을 고스란히 받아들이고, 초대에 응하기로 결심하고, 그녀를 찾아오는 길의 모든 것을 파괴하며 방에 들이닥친다면? 타자에 대해 더 많이 알게 되었는지는 모르지만, 아슈들을 파괴할 힘을 가진 에코를 제압할 방법에 대해서는 아직 티끌만 한 단서조차 얻지 못했다.

오펠리가 오른쪽 왼쪽을 제대로 구별하지 못해 잠옷을 다섯 번째로 거꾸로 입고 있을 때였다. 부스럭거리는 소리가 들렸다. 복도에서 발소리가 급히 멀어지고 있었다.

접힌 종이 한 장이 문틈으로 들어와 있었다. 종이를 펼치자 말린 과일이 비처럼 바닥으로 쏟아졌다.

그녀는 종이에 얼굴을 바짝 붙여서야 깨알 같은 글씨를 겨우 읽을 수 있었다.

미안해.

왜 어디에도 날 기다리는 사람이 없는지 이제 알겠지.

널, 오늘 밤 누군가가 기다리고 있어.

메모와 함께 서투른 솜씨로 그림이 그려져 있었다. 어렴풋이 연구소의 거상 같아 보였다. 오펠리의 맥박이 더 거세지기 시작했다. 토른! 그가 코스모스를 통해 만남을 약속한 걸까? 어떻게? 연구소는 처음부터 토른이 역전자들에게 접근하지 못하도록 했는데.

오펠리는 종잇장을 공처럼 구겨 변기에 버렸다. 노을이 덧창살 사이로 벌겋게 타오르고 있었다. 그럼? 오늘 밤 어떻게 나가지? 토른은 오펠리가 베르닐드의 저택에서 빠져나갔던 그날 밤처럼 아니마 능력으로 문을 열 수 있으리라 기대하고 있을 터였다. 하지만 그는 몰랐다. 자신의 가문 능력이 더 이상 제대로 작동하지 않는다는 사실을.

방 안의 바늘 없는 시계들은 오펠리가 지날 때마다 그녀의 얼굴에 톱니바퀴를 뱉어댔다. 침대 아래에 책을 괴어 고정하지 않은 지도 오래되었다. 한밤중에 책들이 도망가며 장난을 쳤기 때문이었다.

"월랄리?"

오펠리는 서둘러 문에 귀를 갖다 댔다. 이 목소리는….

"엘리자베스?"

"소리 낮춰."

문 너머에서 들려오는 속삭임은 희미했다. 열쇠 구멍 높이에 귀를 대자 더 잘 들렸다.

"난 여기 있어선 안 돼. 아까처럼 개입할 권한도 없어. 피험자와의 상호작용 금지. 협력자 전원에게 내려진 지침이지." 차분한 음색이었지만 감정이 묻어났다. 오펠리는 엘리자베스를 잘 알았다. 위계질서를 얼마나 중시하는 사람인지도. 엘리자베스는 오펠리를 도우려고 한 번, 그리고 이번엔 그녀를 보러 오려고 또 한 번 규정을 어겼다. 정말이지 뜻밖의 행동이었다.

오펠리는 문 앞에 떨어져 있는, 잊고 있던 말린 과일들을 바라보았다.

"코스모스는 좀 어때?" 오펠리가 걱정스럽게 물었다.

"나아졌어. 지금 식당에서 식사 중이야. 코스모스의 공감 능력은 아주 희귀한 편차가 있어. 단순히 타인의 감정을 감지하는 데 그치지 않아. 그는 남의 감정을 느끼고 그 감정을 소리굽쇠처럼 증폭시켜서 결국 연쇄반응을 일으키지. 다음부터 네 기분이 안 좋을 땐 그를 피해."

오펠리는 문에 이마를 기댔다. 오늘 그녀는 통제력을 잃었고, 설상가상으로 코스모스까지 통제력을 잃게 하고 말았다. 사실 그것이야말로 연구소가 바라는 바였다. 그들은 역전자들을 어린아이처럼 취급하고, 고립시키고, 해체해서 자신들이 원하는 대로 다시 빚어내고 있다.

오펠리는 연구소가 자신을 장악하게 내버려두고 있었다. 그 사실이 견딜 수 없이 혐오스러웠다.

"엘리자베스, 문 좀 열어줄 수 있어?"

"당연하지."

오펠리는 마음이 놓였지만 잠시뿐이었다.

"농담이야. 널 위해 이미 규칙을 어길 대로 어겼어, 윌랄리. 앙리 경이 지금 연구소를 감찰하고 있는 거 알아?" 엘리자베스는 오펠리가 더 캐묻지 못하게 곧바로 말을 이어갔다. "코스모스와 너 사이에 벌어진 사건이 앙리 경에게도 보고됐어. 일반적인 상황이라면 의료 기밀을 누설해서는 안 되지만 사건의 심각성을 고려해 예외를 두기로 했대. 앙리 경이 직접 코스모스를 심문하겠다고 했어. 너와 코스모스 사이의 그…"

엘리자베스는 한참 동안 금기어 목록에 걸리지 않을 만한 단어를 찾았다.

"싸움." 오펠리가 참을성 없이 말했다.

"의견 충돌이지." 엘리자베스가 나무라는 말투로 정정했다.

그렇게 토른이 메시지를 전달해 온 것이었다. 그 사실 하나만으로도 오펠리는 조금 험한 꼴을 당한 걸 후회하지 않았다. 그녀는 열쇠 구멍 속 어둠을 응시했다. 그렇다면 연구소 모르게 엘리자베스를 통해서 토른과 소통할 수 있을까? 엘리자베스와 서로 어디까지 신뢰할 수 있을까? 두 사람 사이에는 본파미유에서 함께 수습 생활을 했다는 것 말고는 공통점이 없었다.

"엘리자베스, 넌 왜 여기 있지?"

"알잖아? 계보학자들과 그 계약에 서명하는 거 봤잖아. 그 질문은 오히려 내가 해야 할 것 같은데. 이 연구소에서, 역전자들 사이에서 너를 만난 건 정말 뜻밖이었으니까."

오펠리는 첫날 마주쳤던 협력자들의 행렬을 떠올렸다. 그중 한 명은 오펠리가 지나갈 때 참지 못하고 뒤돌아보았었다.

"내 말은, 왜 지금 내 방 앞에 있냐는 거야."

"아."

문이 살짝 덜컹거렸다. 엘리자베스가 문에 기댔다는 신호였다.

"예전에 네가 나한테 조언을 구했던 적 있잖아, 윌랄리. 내가 뭐라고 대답했는지 기억나?"

"응."

'중립을 지킬 것. 판단하지 말고 관찰할 것. 토 달지 말고 복종할 것. 입장 정하지 말고 배울 것. 관심을 갖되 집착하지 말 것. 보상을 기대하지 말고 의무를 다할 것. 그게 고통받지 않을 유일한 방법이다. 고통이 적을수록 효율은 좋아지는 법. 효율적일수록 도시를 위해 더 잘 일할 수 있다.'

오펠리는 엘리자베스의 조언을 외우고 있었다. 지금껏 들은 조언 중 최악이었다.

열쇠 구멍으로 들으니 엘리자베스의 숨결에 망설임이 묻어났다. 그리고 속삭이는 문장들이 그녀의 입술 끝에서 앞다퉈 쏟아져 나왔다.

"더는 안 되겠어. 내가 여기서 무슨 일을 하는지는 말해줄 수는 없어. 다른 협력자들에게도 말할 권한이 없지. 격리 원칙은 우리에게도 적용되거든. 협력자들은 모두 연구소에 충성 서약을 했어. 하지만 난 계보학자들에게도 서약을 했어. 그들은… 내가 모든 걸 해독해 내는 즉시, 계속 정보를 제공하길 바라. 그게 선각자로서 내가 마땅히 다해야 할 의무라고. 위계상 계보학자들은 내 상급자지만, 직업윤리로 보면 내 고용주는 연구소야. 윌랄리, 난 누구를 따라야 할까?"

오펠리는 깊은 연민에 휩싸였다. 그 순간 엘리자베스를 볼 수는 없었지만, 어린아이처럼 문에 납작하게 달라붙어 있을 그녀의 길쭉한 몸을 머릿속에 거의 떠올릴 수 있었다. 엘리자베스는 동갑인 오펠리보다 훨씬 더 총명했다. 그런 엘리자베스가 스스로 선택하기가 두려워서, 거의 모르는 사이인 오펠리에게 자기 대신 결정을 내려달라고 부탁하고 있었다.

"그 질문에 대한 답은 너 스스로 찾아야 해. 엘리자베스, 넌 뭘 원하는데?"

"내가 길거리로 나앉을 판이었을 때 레이디 헬레네께서 내밀어 주신 그 손길에 걸맞은 사람이 되고 싶어. 그리고 여기서만큼은 내가 부인께 가장 큰 도움이 될 것 같다고 느껴."

이번에는 망설임이 없었다. 오펠리는 어리둥절했다. 가문 정령에게 어떤 방식으로 은혜를 갚겠다는 걸까?

엘리자베스가 다시 말문을 열었다. 그녀 특유의 침착함을 되찾은 목소리였다.

"계보학자들은 륵스 귀족이고, 륵스 귀족들은 무엇이 공익에 좋은지 누구보다 잘 알아. 그러니 늘 그랬듯 그들의 판단에 맡겨야겠지. 내가 륵스를 의심하는 지경까지 떨어지지는 말았어야 했어. 다음 접견 때 내 죄를 고백해야지. 이곳 연구소 역시 그들에게 아무것도 숨겨선 안 돼. 조언 고마워. 이제 협력자 구역으로 돌아가야겠다."

오펠리는 눈살을 찌푸렸다. 조언 고맙다고? 엘리자베스는 그녀가 말하려 했던 것을 전혀 이해하지 못했다. 이번에도 두 사람의 만남은 어긋나고 말았다.

"고마워. 명령까지 어겨가며 개입해 줘서." 오펠리가 한숨을 쉬며 말했다. "난 너의 그런 면이 참 좋았어."

"바벨에서 폭력은 금지니까. 프로토콜이 어떻든 간에, 네가 딱히 원해서 하는 것 같지도 않았고."

문 너머로 수도복이 바스락거리는 소리가 들렸다. 후드를 뒤집어쓰는 소리. 이제 떠난다는 신호였다. 다시 이 이야기를 꺼낼 기회가 없을지도 모른다.

"엘리자베스."

"음?"

"나, 코르누코피아니즘 프로젝트를 알고 있어. 혹시 너도 그 풍요의 뿔을 봤어?"

열쇠 구멍 너머로 긴 침묵이 이어져 오펠리는 엘리자베스가 떠난 줄 알았다. 마침내 돌아온 답은 화보다는 지친 기색이 역력했다.

"한 번 더 말하지만, 난 아무 말도 할 수 없어. 내가 말하고 싶지 않은 것도 있지만 우리 협력자들은 프로젝트 전체를 조망할 권한이 없기 때문이야. 난 그저 내게 주어진 임무에 집중할 뿐이야. 너도 그러는 게 좋을 거고. 아, 깜빡할 뻔했다."

문 아래에서 종이 부스럭거리는 소리가 났다. 오펠리는 눈을 가늘게 뜨고 종잇장을 보았다. 스콩드의 그림이라는 것을 대번에 알아차렸다. 오펠리가 코스모스에게 당하는 동안 그린 것인 듯했다. 그런데 이번에는 옥타비오를 그린 그림이 아니었다. 자화상이었다. 비대칭적인 이목구비, 짝짝이 눈썹, 비뚤어진 코, 이제 막 나기 시작한 여드름, 어긋난 입술, 따로 노는 귀들, 홍채가 없는 한쪽 눈이 충실하게, 조금은 잔인하다 싶을 만큼 적나라하게 그려져 있었다. 그런데 어떤 이유에서인지, 얼굴 절반을 가로지르는 기다란 붉은 취소선이 추가되었다.

종이를 뒤집은 오펠리는 뒷면에 그려진 다른 그림을 보고 놀라 눈이 휘둥그레졌다. 하얀 종이 한가운데에 아주 작게 처음으로 오펠리를 그린 것이었다. 그리고 그 양옆으로 두 인물이 서 있었다. 오른쪽에는 아주 늙은 여자, 왼쪽에는 정체를 알 수 없는 괴물 같은 존재. 스콩드는 오펠리의 작은 몸을 빨간 색연필로 형체가 거의 보이지 않을 만큼 덧칠해 놓았다. 피였다.

"스콩드가 이걸 내게 꼭 맡기려 했어." 문 너머에서 엘리자베스가 말했다. "내 생각엔 네게 전해주길 바랐던 것 같아. 당연히 내일 협력자들에게 넘겨줄 거라 믿어. 이유는 묻지 마. 연구소는 스콩드의 그림을 모조리 기록 보관소에 보관하고 있어. 아무튼 난 이제 가야겠어. 지식이 평화를 지킵니다."

되찾은 열정으로 건넨 인사말을 끝으로 엘리자베스는 복도 끝에서 발걸음 소리가 사라질 때까지 멀어져갔다. 오펠리는 엘리자베스에게 실망감을 느끼지 않을 수 없었다. 옥타비오도 마찬가지로 양심상 혼란을 겪었지만, 그와 달리 엘리자베스는 선택하지 않기를 선택했다.

그렇기는 했지만, 엘리자베스는 자신이 이곳에서 하는 일에 대해 자기 생각보다 더 많이 오펠리에게 흘렸다. 그녀가 '해독하다'라는 동사를 사용한 것은 가볍게 넘길 일이 아니었다. 엘리자베스는 구멍의 유무만으로 이루어진 언얼르 통해 메모리알의 데이터베이스를 혁신한 선각자였다. 자신만의 코드를 만들어낼 수 있는 사람이라면 다른 사람의 코드를 깨는 일도 분명해낼 수 있을 터였다.

게다가 엘리자베스는 자기가 하는 일이 헬레네에게 도움이 되리라고 확신하는 듯했다. 자신의 책을 해독하는 것 말고 가문 정령이 더 간절히 바라는 일이 세상에 또 있을까? 연구소는 한때 파루크가 오펠리에게 기대했던 것과 같은 것을 엘리자베스로에게 바라고 있었다. 지금까지 아무도 해내지 못한 일. 바로 윌랄리 딜뢰가 가문 정령을 창조할 때 사용했던 언어를 해독하는 것.

오펠리는 아직 그 이유와 방법은 몰랐지만 그것 역시 코르누코피아니즘 프로젝트의 중요한 부분이었다. 토른에게 전할 이야기가 너무 많았다.

오펠리는 생각에 잠긴 채 덧창 틈새로 저무는 빛을 바라보았다. 저녁의 어둠이 내렸지만 여전히 오펠리는 약속된 장소에서 토른을 만날 방법을 전혀 떠올리지 못했다. 엘리자베스를 메신저로 삼을까 했던 생각은 내려놓았다. 엘리자베스는 철저히 세뇌된 시민이었고, 그녀를 돕는다 하더라도 그러고 나서 바로 자진 신고를 할 수도 있었다.

혼자 헤쳐 나가야만 한다.

오펠리는 깜빡이는 전구 불빛 아래서 스콩드의 선물을, 다시 피투성이가 된 자신의 모습을 보지 않으려 애썼다. 역전자 한 명이 낡은 못을 밟았던 일에 대해 생각하지 않으려 했다. 아니다, 이 그림은 유리·거울 공방에서 보았던 환영과는 아무 상관없다. 이 늙은 여자는 윌랄리 딜뢰를 상징하지 않는다. 이 괴물은 타자를 상징하지 않는다. 종이의 흰색은 우리 모두를 삼켜버릴 허공을 상징하지 않는다.

이것이 이야기의 결말일 리는 결단코 없었다.

오펠리는 그림을 찢어 변기에 버렸다. 기록 보관소 따위 알 게 뭐람! 그러고는 열쇠 구멍에 귀를 갖다 댔다. 처음에 연달아 들려온 소리들은 둔탁했다. 역전자들이 맨발로 각자 방으로 돌아가는 소리였다. 이어서 금속이 딸깍거리는 소리들이 들렸다. 보모 오토마톤들이 거주동을 떠나기 전 모든 문을 열쇠로 잠그는 소리였다.

완전한 침묵이 내려앉았고 오펠리는 덧창 쪽으로 다가갔다. 열 손가락을 판자 사이에 끼워 넣고 가장 잡기 편한 쪽으로 잡았다. 힘껏 몇 번이고 잡아당겼다. 이곳의 물건들은 죄다 결함이 있었다. 문에서는 결함을 찾지 못했지만, 창문에서는 찾아내고야 말 것이다. 경첩 하나가 떨어졌고, 이어서 또 하나가 떨어졌다. 한 번 더 힘주어 흔들었고, 오펠리는 덧창을 손에 쥔 채 침대 위로 나자빠졌다.

그녀는 어둠 속으로 몸을 기울였다. 따뜻한 바람이 머리카락을 들어 올렸다. 거주동 뒤쪽을 본 것은 처음이었다. 외벽은 절벽처럼 깎아지른 듯했다. 자신의 방 창문에서 몇 미터 떨어진 곳에 어렴풋이 이웃 방들의 덧창들이 보였다. 손은 닿지 않았다. 거주동 위층을 향해 고개를 들었다. 그곳으로도 접근할 수 없었다. 오펠리는 아래를 내려다보며 거리를 가늠해 보려 했다. 바닥이 보이지 않았다. 별들을 형체 없는 빛의 거품으로 바꿔버리는 근시를 떨쳐내려는 듯 눈을 가늘게 떴다. 아래에는 포석이 깔린 길도, 정원도, 지붕도 없었다.

아무것도 없었다.

창문 밖은 허공이었다.

오펠리는 카펫, 마룻바닥, 벽돌이 발밑에서 막 부서지기라도 할 것처럼 천천히 뒤로 물러섰다. 밖으로 공기를 빨아들이는 어둠의 사각형으로부터 가능한 한 멀리 떨어진 방 구석으로 가서 몸을 웅크렸다. 현기증이 일어 몸속에서 자신이 빙빙 도는 것만 같았다.

떨어지면 끝장인 데다, 어느 때보다도 더 서툴러진 두 손으로는 결코 이 벽을 오를 수 없을 것이다. 오늘 밤도, 앞으로도 영원히 토른에게 갈 수 없을지도 모른다.

이곳은 오펠리보다 강했다. 토른과 오펠리, 둘보다 강했다.

오펠리는 코스모스에게 물린 상처 부위를 꼬집었다. 통증이 오히려 반가운 충격처럼 느껴졌다. 토른이 그토록 힘들게 잡은 약속인데 이렇게 쉽게 포기할 수는 없었다. 정신을 차리고 생각을 가다듬어봐야 했다. 바벨 사람처럼 생각하자. 바벨 도시는 수많은 작은 아슈들로 이루어져 있다. 허공에 맞닿는 생활은 아주 오래전부터 일상이었기에 건축 또한 그에 맞게 적응해 왔다. 연구소가 연구 대상자들을 죽음의 위험 근처에 배치할 리는 없었다.

오펠리는 마음 한구석으로 현기증을 밀어 넣었다. 그리고 침대에서 쿠션 하나를 들어 창밖으로 던졌다. 그것은 마땅히 아래로 곤두박질쳐야 했을 중력을 무시한 채, 창문 바로 아래 있는 외벽 정면으로 떨어졌다.

트랜센디움.

오펠리는 깊이 숨을 들이쉬고 창틀 위로 기어올랐다. 그녀는 귓가에서 요동치는 피의 아우성을 안간힘을 다해 무시했다. 본능이 추락할 것이라며 비명을 질러댔고, 밤은 이미 그녀가 밖으로 내민 발을 빨아들이려는 것 같았다.

이건 트랜센디움이야. 트랜센디움. 트랜센디움.

오펠리의 무릎이 돌에 닿았다. 외벽 위 가까이에 떨어진 쿠션에 온 정신을 집중했다. 어디가 위고 어디고 아래인지는 잊어버리자. 지금 이곳에 존재하는 유일한 법칙은 저 쿠션을 저 위치에 그대로 두고 있는 법칙뿐이었다.

수없이 몸을 움직인 끝에 오펠리는 벽 위에 무릎을 꿇었다.

'아니, 벽이 아니야. 이건 바닥이야.' 확신에 차서 그녀가 속으로 말했다.

오펠리는 과감하게 허공―지평선―에 등을 돌리고 외벽을 따라 올라갔다―걸었다. 메모리알과 본파미유에서 트랜센디움을 수백 번 이용했지만, 이렇게까지 깊은 불안을 안겨준 것은 없었다. 만약 연구소의 건물에도 제작상의 결함이 있다면? 잘못 디딘 단 한 걸음에 이 인공 중력의 효과가 사라져 버린다면?

오펠리는 맨발로 벽돌 하나하나의 거친 감촉을 느꼈다. 그리고 마침내 지붕의 처마에 다다랐다. 거의 다 왔다. 수직으로 세운 외벽에서 수평으로 놓인 지붕으로 이동하기 위해 몸을 비틀어 움직여야 했다. 마침내 성공한 그녀는 지붕 위에 등을 대고 누워 잠시 별들을 바라보았다. 다리가 덜덜 떨렸다. 잠옷은 땀으로 흠뻑 젖었다. 오펠리는 붕괴된 아슈 조각들과 위험을 무릅쓰고 하늘로 띄워 보냈던 비행선들을 생각했다. 그것은 단순한 생각을 넘어 이제는 몸에 아로새겨진 무언가가 되었다. 계단식 지붕은 회랑까지 아래로 층층이 이어졌다. 오펠리는 발목을 여러 번 삐끗했지만, 결국 회랑의 포석 바닥에 다다랐다. 방으로 돌아가는 일은 또 다른 도전이겠지만, 그건 그때 가서 생각하기로 했다.

오펠리는 미로처럼 얽힌 회랑의 어둠 속을 내달렸다. 발밑의 자갈이나 팔을 물어뜯는 모기 따위는 신경 쓰지 않았다. 거상의 발치, 기단 한가운데를 관통하는 터널의 입구에 도착할 때까지 멈추지 않고 달렸다.

그림자들 속 하나의 그림자가 회중시계를 여는 딸각 소리와 함께 그녀를 맞이했다.

"아침 첫 종이 울릴 때까지 6시간 47분 남았어."

오펠리는 천천히 다가갔다. 토른이 그녀를 단단히 감싸안는 순간, 위와 아래, 오른쪽과 왼쪽이 제자리를 되찾았다. 마침내 그녀는 닻을 내릴 곳을 찾았다.

그림자

　만화경 같은 터널 안은 완벽한 어둠에 잠겨 있었다. 터널 벽은 수많은 거울 조각들로 이루어져 있었지만, 더듬거리며 걷는 두 사람의 모습은 거기에 전혀 비치지 않았다. 오펠리는 철길에 몇 번 부딪히기도 했지만 차라리 어두운 편이 나았다. 지난번 대낮에 이 터널을 통과했을 때 거울들의 장난질 때문에 기절했기 때문이었다. 그녀는 앞에서 들려오는 기계적인 삐걱거림에 의지해 발걸음을 옮겼다. 토른의 다리는 기척을 숨기기에 적합하지 않았다. 만약 그가 혼자 힘으로 격리 구역의 미로를 지나 오펠리의 방까지 왔다면 이탈 연구소 전체가 그가 오는 소리를 들었을 터였다.

　그런데 그 불편한 다리로 이토록 빨리 걷다니! 오펠리는 그의 날카로운 발톱이 닿지 않을 만큼 거리를 둔 채 아무 말 없이 따라갔지만, 조금 더 긴 휴식이 있었다면 마다하지 않았을 것이다. 출발 전, 토른의 포옹은 시계를 들고 잰 듯, 정확히 5초였다.

　토른이 터널 한복판에서 걸음을 멈췄다. 전기 불빛 하나가 주변 거울에 반사되어 번쩍였다. 불빛은 터널 벽에 매립된 문에서 뿜어져 나왔는데, 문이 너무 낮아 토른은 허리를 비틀어 굽혀야 겨우 안으로 들어갈 수 있었다. 이전에 수레를 타고 터널을 지날 때는 이 문을 주의 깊게 보지 못했다. 그녀도 통과해서 옆으로 이어진 복도로 들어간 뒤 문을 닫았다.

깜빡이는 전구 불빛 아래서 주변의 윤곽을 가늠하려 눈을 부릅뜬 순간, 오펠리는 코끝에 느껴지는 무게에 깜짝 놀랐다. 그녀 쪽으로 몸을 기울인 토른의 얼굴이 갑자기 세세한 부분까지 또렷이 드러났다. 강철처럼 단단한 시선. 피부를 가르는 상처들. 이마를 가로지르는 깊은 주름. 그리고 냉엄함 아래 있던 것은 말로 설명할 수 없는, 날것 그대로의 에너지였다. 그의 에너지가 그녀의 뼛속까지 스며들었다. 토른은 오펠리의 안경을 돌려주며 시야를 되찾아주었다. 그리고 그 이상의 무언가까지.

그녀의 읽는 사람용 장갑을 되찾아 주었다.

"잘 숨겨야 해. 입소자 접수처 사물함에 있었어. 대체품으로 바꿔놨어. 겉으로는 그럴듯하게 속일 수 있겠지. 그리고 대체품 얘기가 나왔으니 말인데….”

그는 회중시계를 치켜들었다. 오펠리는 처음에 그가 시간을 알려주려는 줄 알았지만, 그가 보여주려는 것이 문자반 위 유리에 비친 자신들의 모습이라는 것을 이내 이해했다.

"상대의 반영이 보이는지 꼭 확인하도록 해. 상대가 나여도 경계를 늦추지 마. 윌랄리 딜뢰와 타자는 널 속이기 위해서라면 어떤 얼굴로든 나타날 거야.”

말을 마치며 토른은 다급한 걸음걸이로 복도를 걸었다. 그는 천장에 부딪히지 않고는 몸을 완전히 펼 수 없었다.

"지체할 시간 없어. 당신에게 꼭 보여줘야 할 게 있어."

장갑에 손가락을 넣기가 쉽지 않았지만, 그녀는 코스모스에게 물린 자국을 가리기 위해 끝내 장갑을 착용했다. 물론 토른은 무슨 일이 있었는지 이미 다 알고 있지만, 굳이 그가 상처를 볼 필요는 없었으니까. 다시 가문 능력을 쓸 수 있는 날이 오긴 할까? 그녀는 아니마 원시 역사 박물관에서 가져온 샘플을 읽은 뒤로는 아무것도 읽지 못했다.

"당신에게 지금 꼭 해야 할 말이 있어. 그들은 내가 누구인지, 과거에 누구였는지 알아. 어쩌면 당신 정체도 알지 몰라."

놀랐거나 언짢았을지도 모르지만, 토른은 아무 반응이 없었다. 그저 검지를 살짝 움직여서 오펠리가 발을 디딜 곳을 가리키며 조심하라고 신호할 뿐이었다. 복도는 섬섬 넓어지더니 초록 이끼가 낀 물이 고여 있는 지하 수조로 이어졌다.

한 발짝만 더 내디뎠다면 그녀는 그대로 빠질 뻔했다.

"설령 그렇다 해도," 그가 대답했다. "지금까지는 나를 악용한 일은 없었어. 그들은 엄청난 연막작전을 펴고 있어. 모든 부서의 문을 열어주지만 정작 핵심적인 것에는 의료 기밀이라는 명목으로 나를 배제하고 있어."

토른은 오펠리를 이끌어 천 년은 됐을 법한 수조 경계석을 따라 함께 걸었다. 그의 다리 보조기가 오래된 조각돌에 부딪혀 진동했다.

"하지만 관찰자들은 자기들이 사정을 훤히 아는 것처럼 보이려 하지만, 사실 그만큼 알지는 못해. 실질적인 결정권도 없지. 여기서 일하는 사람들은 모두 전체 그림은 보지 못한 채 단편적인 부분만 보고 있어. 바로 옆 사람이 뭘 하는지도 몰라. 나를 담당하는 젊은 여성 관찰자는 모든 직원들 중 가장 무지하거나, 아니면 베르닐드 고모보다 연기력이 더 뛰어나거나, 둘 중 하나일 거야. 나의 제복을 숭배하고 온갖 미사여구로 나를 칭송하지만, 내가 하는 질문에는 한 번도 대답한 적이 없어." 토른은 수조 가장자리에서 미끄러지는 오펠리를 붙잡으며 말을 이었다. "사실, 조사를 시작한 이후로 알게 된 건 거의 없어. 이 연구소 밖에서 무슨 일이 일어나고 있는지도 모르고. 라디오는 끊겼고, 주르날 오피시엘도 뒤늦게 도착하니까."

"당신에게 할 얘기가 많아."

이중 차단 문들을 하나씩 여닫으며 보안 통로를 지나는 동안 오펠리는 그간 겪은 일들을 최대한 빨리, 숨 가쁘게 이야기했다.

원형극장으로의 소환, 강제 추방, 오토마톤의 내파, 폭동의 확산, 옥타비오와 블라시우스와 울프 교수와의 필사적인 탈출, 안개 속 낯선 사람, 라자뤼스 공장에서의 은신, 앙브루아즈의 도움으로 연구소에 도착한 일, 입소 테스트, 제 기능을 하지 못하는 물건들, 코스모스의 고백, 스콩드와 이상한 그림들, 지하실 전화기, 엘리자베스의 해독 작업 등등.

숨차하며 급하게 요약하기는 했지만, 사건들을 거의 빠짐없이 전달했다. 토른은 멈추지 않고 계속 걸었다. 걸음을 잠시 늦춘 것은 윌랄리 딜뢰의 과거에 관한 환영들을 이야기할 때뿐이었다. 하지만 오펠리는 그가 자신이 한 말을 보모 오토마톤에 장착된 녹음기만큼 한마디 한마디 정확히 머릿속에 새겼다는 것을 알고 있었다.

이번에는 두 사람이 지하층을 내려다보이는 구름다리로 나왔다. 지하실에서는 거대한 기계들이 마치 움직이지 않는 기관차처럼 연기를 내뿜고 있었다. 이곳의 온도는 극단적이었다. 잠옷 차림의 오펠리는 문득 토른이 저 화려한 제복 차림으로 어떻게 버티고 있는지 궁금해졌다.

"이게 당신이 보여주고 싶었던 거야?"

"아니, 뭔가 확인하고 싶은 게 있어서 잠깐 돌아가는 거야."

토른은 구름다리 가장자리에 붙어 있는 계량기함 뚜껑을 열었다. 기름과 먼지에 질색하며 손수건으로 코를 막은 채 계기판을 가까이 들여다본 그는 만족하며 고개를 끄덕였다. 그러고는 주머니에서 작은 병을 꺼내 손을 소독했다.

"여긴 다 봤어." 그가 말했다. "올라가자."

구름다리 끝에는 바위를 파고드는 돌계단이 있었다. 연구소 안 어디서나 그렇듯 전구는 곧 수명을 다할 듯 깜빡거렸다. 계단 벽면에는 배관과 나무뿌리가 그물처럼 얽혀 있었다.

오펠리는 보조를 맞추기 위해 발에서 눈을 떼지 않고 계단을 오르기 시작했다. 나선형 계단은 최악이었다. 발가락도 이제는 그다지 깨끗하지 않았다.

"여기도 조각상 안이야?"

"응. 연구소는 고대 도시의 폐허 위에 지어졌어. 지금은 쓰이지 않는 비밀 통로가 몇 군데 남아 있어. 모든 도면을 외웠거든."

토른의 목소리는 계단에서 더 무겁고 낮게 울렸다. 그는 난간을 꽉 붙잡고 계단을 오르다가 다리 보조기의 관절이 뻑뻑해져 조정할 때만 잠시 손을 놓았다. 오펠리는 그에게도 계단을 오르는 일이 쉽지 않으리라 생각했다. 그가 긴장한 것이 느껴졌다. 아까 품에 안겼을 때도 이미 긴장감이 전해져 왔다. 토른의 발톱은 말벌 떼처럼 그의 주위에서 윙윙거리고 있었다.

수차례 나선형 계단을 돌고 마지막 비밀문 하나를 지나, 두 사람은 반짝이는 타일이 깔린 전실에 도착했다. 우아한 엘리베이터가 공식 출입을 가능하게 했는데, 방금 올라온 계단보다 훨씬 편안해 보였다. 전실에는 손잡이가 없는 커다란 흑단 문으로 이어졌고 금빛 명판에는 이렇게 적혀 있었다.

소장 관사

방문자 출입 금지

오펠리는 연구소 최고 책임자들의 공간에 갈 준비가 전혀 되어 있지 않았다. 혹시 그들과 마주치게 되는 건 아닐까? 연구소장들을 만나본 적은 없었지만, 특히 오늘 밤만큼은 만나고 싶지 않았다.

토른은 전실의 벽 거울 쪽으로 다가가며 말했다.

"여기서 기다려."

오펠리는 거울 속 모습을 바라보는 가차 없는 그의 시선, 그 시선에서 자기애라고는 전혀 느껴지지 않아 깊이 충격을 받았다. 토른이 그녀 앞에서 거울을 통과하는 능력을 사용한 것은 이번이 처음이었다. 그 능력을 쓰려면 반드시 자신을 있는 그대로 마주해야 한다. 토른은 해냈지만, 눈에 보이는 자기 모습을 마음에 들어 하지는 않는 듯했다.

잠시 후, 관사 문이 열리자 그가 서 있었다. 밖에는 손잡이가 없었지만 안쪽에는 달려 있었다. 오펠리는 불안해하며 방을 둘러보았다. 희미한 야등 불빛에 겨우 윤곽만 알아볼 수 있었는데, 그곳은 방대한 도서관처럼 보였다. 천장은 끝도 없이 높이 솟아 있었다. 실내장식들은 모두 정교하면서도 실용적이었다. 깔끔하게 정리하고 라벨을 붙여놓은 선반들, 반듯한 가구들, 명화들, 낮게 웅웅거리는 시계들, 받침대 위에 흔들림 없이 놓인 흉상들. 이 우아함을 쓸데없이 덧칠할 불필요한 장식은 하나도 없었다. 격리 구역과 그곳에 넘쳐나는 결함투성이 물건들과는 완전히 달랐다. 그런데 이곳은 비어 있는 걸까?

"아무도 없어." 토른이 문을 닫으며 확인해 주었다.

"소장들이 돌아오면?"

"소장은 없어. 이 관사는 눈속임이자 기록 보관소로 쓰일 뿐이야. 연구소를 움직이는 진짜 우두머리는 그림자 속에만 있어."

오펠리는 눈을 깜빡였다. 협력자들은 관찰자들을 위해 일하고, 관찰자들은 존재하지도 않는 소장들을 위해 일한다?

"그럼 그 배후 설계자가 윌랄리 딜뢰일 수도 있다는 거야?"

"그 생각도 해봤어. 절차가 불투명하고 피라미드식으로 이루어지는 게 그 여자의 방식과 비슷하니까. 하지만 여기서 무슨 일이 벌어지는지 그녀가 알고 있을 거라고는 도무지 믿기 어려워. 과거에 자신이 했던 일을 누군가가 똑같이 재현하는 건 그 여자에게도 득 될 게 없는 일이잖아."

그는 거친 어조로 말을 마친 뒤 책장에 들어찬 수많은 서랍 중 한 칸을 열었다. 손동작 하나하나가 세밀하고 정확했다. 날카로웠다. 그는 자신이 다녀간 흔적을 절대 남기지 않을 것이다. 오펠리의 눈에 보기 좋은 전신 거울이 들어왔다. 거울에는 단추를 엉망으로 채운 파자마 차림에 곱슬머리가 사방으로 뻗친 작은 여자의 모습이 비쳤다. 저기로 들어왔구나. 그가 이곳에 온 것은 이번이 처음이 아니었다.

토른이 서랍을 살피는 동안 오펠리는 거대한 장미창에 몸을 바짝 붙였다. 스테인드글라스 너머로 보이는 풍경에 숨이 턱 막혔다. 연구소 곳곳의 광장들과 파고다들이 보였다. 단순한 장미창이 아니었다. 바로 거상의 눈이었다. 안경을 되찾은 덕분에 이 창을 통해 도시의 불빛과 별빛을 구별할 수 있었다. 작은 아슈들은 그 자체로 하나의 별자리를 이루고 있었고, 그 속에서 등대 같은 메모리알과 더 은은하게 빛나는 본파미유의 불빛, 그리고 멀리서 바벨의 반짝임을 흡수하는 구름바다까지 알아볼 수 있었다.

블라시우스와 울프 교수는 어떻게 됐을까? 목도리는? 아직 앙브루아즈가 그들을 머물게 해주고 있을까? 불법 체류자 수색이 계속되고 있을까? 옥타비오는 사람들에게 무슨 일이 일어났는지 알릴 수 있었을까?

오펠리는 연구소가 세상과 격리된 괄호 속에 그들을 가둬두고 있다는 것을 문득 깨달았다.

"이상하지. 이곳엔 밀물이란 게 없어. 구름바다가 항상 일정한 거리를 유지하지. 늘 태풍의 눈 속에 갇혀 있는 것 같아." 그녀가 스테인드글라스에 대고 속삭였다.

생각에 잠긴 채 다시 연구소로 시선을 돌리는 순간 울타리가 쳐진 구역이 오펠리의 눈에 들어왔다. 어둠 속에 희미하게 보이는 건 돌기둥들인가? 무덤이었다. 코스모스 말이 맞았다. 연구소에는 자체 묘지가 있었다. 코스모스가 말한, 누구도 돌아온 적 없다는 3단계 프로토콜이 머릿속에 떠오르자 오펠리는 섬뜩한 생각을 떨칠 수 없었다.

오펠리는 스테인드글라스에서 몸을 돌려 책상 위에 놓인 액자들을 바라봤다. 빛바랜 옛날 사진들이었다. 그중 하나가 특히 눈에 띄었다. 과거에 이곳에 있었던 역전자들이 놀이기구 앞에서 찍은 사진이었다. 몇몇은 기형 때문에 한눈에 알아볼 수 있었다. 그녀의 시선을 붙든 것은 사진 한가운데 뚫린 구멍이었다. 누군가가 완전히 잘려 나가 집단에서 지워져 있었다. 그와 친근하게 어깨동무를 하고 있던 한 어린 남자의 팔도 함께 잘려 나가고 없었다. 남자는 어딘가 익숙한 분위기를 풍겼다. 이 사람들은 누구였을까?

"자."

사진에 몰입한 나머지 오펠리는 토른이 다가온 것도 눈치채지 못했다. 그가 서류를 내밀었다.

"이게 뭐야?"

"의료 영상. 네 거야."

오펠리는 장갑 낀 떨리는 두 손으로 서류를 펼쳤다. 서류철은 꽤 두꺼웠다. 봉투 안에는 인화된 사진들이 있었고 그중 일부는 확대한 복사본이었다. 한 장 한 장에 그녀의 앞모습과 옆모습, 뒷모습이 담겨 있었다.

암실에서 찍힌 사진들이었다. 아직 토른에게 말하지 못한 진실이 그 사진들에 담겨 있을까? 그 사진들에 자신에게는 엄마가 될 가능성을, 그에게는 아빠가 될 가능성을 앗아 간 이상이 드러났을까? 자신의 입을 통해서가 아니라 이런 식으로 그가 그 사실을 알게 되었다니 오펠리의 마음은 한결 더 무거워졌다.

그녀는 야등 불빛에 사진들을 꼼꼼히 비춰보았다. 그 순간 너무 놀라서 방금까지 머릿속을 가득 채웠던 생각들이 순식간에 증발해 버렸다.

그림자.

플래시 때문에 파리해 보이는 그녀의 몸 밖으로 그림자가 빠져나와 있었다. 그림자는 경계가 흐릿한 연기처럼 사진마다 모양이 달랐다. 특히 오펠리의 손 주변에서 더 넓게 퍼져 있었다. 더 이상한 것은 그림자가 몸의 윤곽과 미묘하게 어긋나 있다는 점이었다. 몸과 그림자가 완벽하게 일치하지 않는 것처럼 보였다. 혹시 이것도 역전증과 관련이 있을까?

"이 사진들, 네가 입소한 날 찍힌 거야." 토른이 말했다. "그리고 이거." 그가 다른 사진을 가리키며 덧붙였다. "그다음 날에 찍힌 거고."

이 사진에서도 그림자가 보였는데 훨씬 더 심하게 어긋나 있었다. 단 하루 만에 오펠리의 창백한 몸과 검은 오라 사이에서 실제 분리 현상이 일어난 것이었다. 그들이 하라고 지시했던 비대칭적인 동작들 때문일까? 하루하루 사진이 찍힐 때마다 그림자 분리 현상은 점점 심해졌다.

"그들이 네게 무슨 짓을 하고 있는지는 모르지만, 넌 지금 변하고 있어. 아니, 그보다 조금 더."

토른의 목소리는 납덩이처럼 무거웠다. 그가 느끼는 긴장의 원인이 바로 이 사진들 속에 담겨 있었다.

그는 손을 뻗어 오펠리를 붙잡으려 했지만, 그녀는 이미 책장을 향해 달려가고 있었다. 의료 기록을 꺼낼 때 그는 주변 서류가 단 1밀리미터도 흐트러지지 않도록 극도로 조심했지만, 그녀는 그럴 수 없었다. 오펠리는 토른의 굳은 시선을 받으며 서랍을 하나하나 다 뒤집었고, 서류철 절반을 바닥에 쏟았다.

오펠리는 당장 자기 말고 다른 피험자들에게도 같은 현상이 나타나는지 직접 확인해야만 했다.

모든 사진들에 그림자가 있었지만 무능력자들(서류에 명시되어 있었다)의 사진 속 그림자는 훨씬 희미했다. 신체와 그림자가 분리되는 현상은 대안 프로그램에 속한 역전자들에게서만 나타났다. 그림자는 사람마다 달랐다. 누군가는 귀, 누군가는 가슴팍, 누군가는 목 주위에 그림자가 더 넓게 나타났다. 왜 이런 차이가 있을까? 왜 오펠리의 그림자는 유독 손에 집중돼 있었을까?

"이 그림자들은 우리의 가문 능력을 반영하고 있어." 오펠리는 마침내 이해했다. "내 아니마 능력이 흐트러지고 발톱이 제대로 기능하지 못하는 이유를 이제 알겠어. 분리 때문이었어."

"그게 다가 아니야." 토른이 말했다. 그는 오펠리가 엉망진창으로 흩뜨려 놓은 서류와 서랍을 하나하나 정리하고 있었다. "이탈 연구소는 에코를 통계화하기 위해 대량의 측정 장비를 곳곳에 숨겨놓았어. 단순히 눈으로 보고 귀로 들을 수 있는 것들뿐만 아니라 우리 감각으로는 감지할 수 없는 수많은 것들까지 인식하는 장치들이지. 나는 그 통계를 면밀히 분석했어."

토른은 서류를 정리하던 손길을 멈추고 오펠리에게 빽빽하고 신경질적인 필체로 적은 메모지 한 장을 건넸다. 대부분이 정밀하게 그린 그래프들이었다.

"첫 번째 사실. 바벨 북서 구역 붕괴 이후 에코 수가 급증했어."

오펠리는 고개를 끄덕였다. 그랬다. 이건 그녀도 알고 있었다.

"두 번째 사실. 에코의 수는 특정 조건에 따라 달라져."

"나도 지하실에서 느꼈어. 귀가 멀 뻔했어."

"세 번째 사실." 토른은 오펠리가 아무말도 안 한 것처럼 꿋꿋이 말을 이었다. "에코의 수는 사람마다 달라. 무능력자 주변에서는 관측되는 빈도가 낮아. 그런데 가문 정령과 친족 관계인 사람, 그러니까 가문 능력을 지닌 사람 가까이에서는 증가하지. 역전자 근처에선 그 증가 폭이 커져. 더 나아가 말하자면 역전증이 심할수록 에코도 늘어난다는 거야."

자신 앞에 열린 서랍 너머로 토른이 갑자기 오펠리에게 강철 같은 눈빛을 내리꽂았다.

"네 번째이자 마지막으로 주목할 만한 사실. 네 기록이 가장 높아. 대안 프로그램에 속한 모든 역전자들 중에서 에코를 가장 많이 발생시키는 사람이 바로 너야."

오펠리는 원형극장의 귀빈석에 앉아 있던 헬레네를 떠올렸다. 그 거인이 보았던 것을 떠올렸다. 그녀가 자신에게 했던 말을 떠올렸다. "에코는 어디에나 있어요, 아가씨. 특히 아가씨 주변엔 다른 데보다 더 많군요." 그때는 이해하지 못했던 말들, 새장 너머로 가야 한다, 돌아서야 한다, 손가락이 충분히 남아 있겠냐는 그런 말들이 이제야 비로소 구체적인 의미가 되어 다가왔다.

"정리해 볼게." 오펠리가 말했다. "우리 모두 눈에 보이지 않는 그림자가 있어. 역전자들은 그림자가 몸과 어긋나 있고, 역전증이 심할수록 어긋남도 심해져. 그리고 이유는 모르겠지만 이러한 특종이 에코를 끌어당기지. 타자는 그 자체 에코이고, 나아가 아주 드문, 스스로 사고할 수 있는 에코야. 그래서 이탈 연구소는 역전자들을 이용해 타자를 유인하고 그에게서 풍요의 뿔에 관한 비밀을 알아내려는 거지. 언젠가 윌랄리 딜뢰에게 넘겼을지도 모르는 그 비밀 말이야. 빠진 부분이 있을까?"

오펠리는 복잡한 생각들이 깔끔하게 정리될까 싶어 안경을 닦으려다 안경이 이렇게 깨끗했던 적이 없었음을 알아챘다. 토른의 유난한 결벽이 훑고 지나간 것이었다.

"나는 최근 5년간의 자료만 조사할 수 있었어." 토른이 말했다. "그 이전 기록은 어디론가 보내졌거나 폐기됐더라고." 토른이 말했다.

오펠리는 그가 막 서랍에 제자리를 찾아 정리해 놓은 서류를 무심코 펼쳐보았다. 일반 프로그램 피험자의 서류였는데, 그의 그림자는 그의 몸과 한 치의 오차도 없이 겹쳐 있었다. 그림자는 무엇으로 이루어졌을까? 왜 맨눈으로는 보이지 않을까?

"검은색 렌즈." 오펠리가 속삭였다. "그래서 그걸 썼던 거야. 우리의 그림자를 보려고. 어쩌면 에코까지도."

오펠리는 입소 첫날 도마뱀 오토마톤을 어깨에 매단 남자에게 뺨을 맞았던 일을 되새겼다. 그때 그는 오펠리 주위의 '무엇'을 감지했음이 분명하다. 내 발톱이 자신의 공격에 반응하는 것을 보았을까? 오펠리는 그가 더 자세히 관찰하기 위해 고의로 자신을 도발했다는 생각이 들었다. 이곳에서는 그 무엇도 우연에 맡겨지지 않는 듯했다. 그것은 두려운 일이었다.

오펠리는 새로운 단서를 찾기 위해 서류철 속 모든 사진을 꼼꼼히 살피다가 각각의 사진 속 피험자의 미소에 갑자기 시선이 사로잡혔다. 악기를 들거나 도자기를 안고 포즈를 취한 좀 더 전통적인 인물 사진들도 있었다. 사진들을 들춰보다가 일반 프로그램의 다른 피험자들과 연구소 직원들이 함께 찍은 단체 사진 한 장을 발견했다. 사진 속 사람들은 모두 카메라를 향해 익살스러운 표정을 지으며 즐거워하고 있었다. 심지어 검은 코안경을 쓰고 노란 사리를 두른 연구소 사람들도 함께 웃고 있었다. 사진 속에는 수도복을 입은 협력자들도, 보모 오토마톤들도 없었다. 활짝 웃는 얼굴들뿐이었다.

오펠리는 분노 발작을 일으켰던 코스모스를 떠올렸다. 스스로의 귀를 때리던 노인을 떠올렸다. 알아들을 수 없는 말 속에 갇힌 스콩드를 떠올렸다. 연구소는 그들을 돕기는커녕 더 효과적으로 이용하려고 그들의 이탈 증세를 증폭시키고 있었다.

"그리고 그동안…" 오펠리는 차오르는 분노를 느끼며 나지막이 말했다. "그들은 우리가 우리의 몸속에서 몸부림치는 모습을 지켜보고만 있었던 거지."

"말만 해."

토른의 목소리는 크지 않았지만, 그 속의 무언가 때문에 사진에 빠져 있던 오펠리는 그에게로 관심을 돌렸다. 그는 그녀 쪽으로 반쯤 몸을 숙여 탁자에 주먹을 올리고는 그녀의 눈을 집요하게 살피고 있었다. 만약 오펠리에게 그림자를 보는 능력이 있었다면 그의 주변에서 솟은 발톱 그림자가 자라나는 모습을 보았을 터였다. 그는 아마도 자신의 발톱을 의식하지 못했을 것이고, 그녀도 그것을 말할 용기가 없었지만, 토른은 오펠리를 아프게 하고 있었다.

"네가 그러겠다고 딱 한마디만 하면," 그가 말했다. "오늘 밤 연구소에서 당장 널 데리고 나갈 거야. 시간이 많지는 않지만 아직은 가능해. 추방당할 일도, 발각될 일도 없는 곳을 꼭 찾을 거야."

"내가 떠나길 바라? 나더러 도망치라고?"

깜빡이는 야등 불빛 아래서 토른은 모호한 표정을 지었다.

"중요한 건 너, 네가 원하는 거야. 지금도 그렇고, 앞으로도 늘, 선택은 네가 하는 거야."

'내 삶의 주사위.' 오펠리는 생각했다.

"폴… 가끔 그립지 않아?"

오펠리의 질문에 토른은 당황한 기색이 역력했다. 그의 손가락은 무의식적으로 회중시계를 움켜쥐었다. 저 회중시계가 베르닐드에게 받은 선물이라는 것은 그가 어린 시절 가지고 놀았던 주사위를 우연히 읽은 뒤 알게 되었다.

"폴에도 끝맺지 못하고 온 일들이 있지. 하지만 지금 여기서 하는 일보다 더 중요한 건 없어."

토른의 대답은 감상적이지 않았지만 오펠리는 마음이 흔들렸다. 그 역시 자신처럼 두 번 다시 자기 사람들을 볼 수 없을지도 모른다는 두려움을 느끼고 있었다. 다만 그에겐 더 이상 선택권이 없었다. 바벨의 계보학자들과 폴의 재판장에 대해 먼저 책임을 다하기 전에는 돌아갈 수 없을 터였다. 토른은 이미 오래전에 자신의 주사위를 희생했다.

그리고 단 한 번도 불평하지 않았다.

오펠리도 그러지 않을 것이다.

"마찬가지야. 내가 시작한 일은 내가 끝내고 싶어."

빛과 그림자가 드리운 토른의 얼굴에 양가감정이 더 두드러지게 드러났다.

“이제야 하는 말이지만, 네가 그 선택을 하길 바라고 있었어.”

“정말?”

토른의 말에 오펠리는 가슴속이 요동쳤다. 하지만 토른이 자신의 두 손에 연구소 도면을 쥐여주며 어떤 구역을 가리키자마자 곧 진정했다.

“협력자 구역을 탐사하면 꽤 유용한 정보를 얻을 수 있을 거야. 장담컨대, 거기서 얻을 답은 한두 가지가 아닐 거야. 그림자와 에코의 실체, 그리고 그것들이 윌랄리 딜뢰, 타자, 붕괴, 풍요의 뿔, 책의 해독과 무슨 관련이 있는지까지 밝혀낼 수 있겠지. 난 그들의 연구를 들여다볼 권한은 전혀 없어. 의료 기밀이라는 핑계로 연구실 출입조차 막혀 있으니까. 나 대신 너가 그곳에 들어가게 할 거야.”

오펠리는 도면을 자세히 들여다보았다. 그녀는 딱히 감상적인 편은 아니었지만, 방금 그 말은 토른이 지금까지 했던 말 가운데 단연 가장 열정과 거리가 먼 선언이었다.

“언제?”

뼈마디가 툭 튀어나온 기다란 손가락이 미끄러지듯 도면을 훑었다.

“협력자 전원의 일정을 전부 숙지해 뒀어. 매 순간 그들이 어디 있는지 다 알지. 협력자들이 모두 다른 일로 바빠서 거주 구역을 비우는 시간은 오후에 세 번째 종과 다섯 번째 종이 울리는 사이, 그때뿐이야.”

“오늘 밤엔 몰래 빠져나올 수 있었지만 낮엔 쉽지 않을 거야.”

"내가 도울게." 토른이 단호하게 말했다. "내일 공격 태세에 들어갈 거야. 방금 확인한 전력량계 수치가 그들이 내게 제공한 기록과 맞지 않아. 그러니까, 격리 구역 안에 상당한 양의 전력을 소모하는 뭔가가 있다는 거겠지. 철저히 숨겨놓은 뭔가가."

오펠리는 늘 번갈아 꺼졌다 켜졌다 하는 전구들과 고장 난 놀이기구들을 떠올렸다.

"풍요의 뿔?"

"정확해. 나는 이 비정상적인 수치를 이용해서 격리 구역에 대해 더 공격적인 점검을 실행할 거야. 연구소는 뢱스 귀족들이 직접 관리하는 시설은 아니지만, 운영 자금은 뢱스의 지원에 의존하고 있지. 내가 기술 감사를 하겠다고 나서면 연구소 책임자들은 따를 수밖에 없을 거야." 토른이 도면을 접으며 이야기를 마무리했다. "정리하자면, 협력자 구역이 비는 두 시간 동안 모두의 관심을 내게로 돌릴 거야. 그럼 넌 방해받지 않고 거기 접근할 수 있어.

오펠리는 토른의 말을들을 수록 과거 감독관 역할이 그에게 여전히 얼마나 깊이 새겨져 있는지 깨달았다. 사실 토른은 폴 전체를 몸속에 품고 있었다. 태양 아래서도 좀처럼 그을리지 않는 창백한 피부와 북극곰 같은 태도 때문에 그는 바벨인처럼 보이지 않았다. 어떻게 사람들 눈에 진짜 뢱스 귀족으로 보일 수 있었는지 의아할 정도였다. 그를 이렇게 대중에게 드러내면서도 누구도 문제를 제기하지 못하게 만들다니, 계보학자들이 지닌 영향력은 실로 막강한 게 분명했다.

“만약 그 전에 날 다시 지하실로 내려보내면 어쩌지?”

“피해야지. 정말 타자와 접촉하게 하려는 게 그 실험의 목적인지는 모르겠지만, 만약 그렇다면 무슨 일이 있어도 타자의 주의를 끌어선 안 돼. 윌랄리 딜뢰든 타자든, 우리는 아직 그들과 맞설 준비가 안 됐으니까.”

오펠리는 어리석게 전화로 도발을 해버렸지만 아직 너무 늦은 건 아니길르 바랐다. 그리고 유리·거울 공방에서 자신이 본 것, 아니, 봤다고 믿는 것을 떠올리지 않으려 애썼다.

“알겠어. 내일, 오후의 세 번째 종과 다섯 번째 종이 울리는 사이에 협력자 구역으로 갈게. 운이 좋다면 거기 풍요의 뿔이 있을지도 모르지.”

토른의 입술이 가볍게 떨렸다.

“풍요의 뿔의 작동 원리를 이해하는 게 중요해. 윌랄리 딜뢰가 어떻게 인간의 한계를 뛰어넘었는지, 타자가 어떻게 에코의 한계를 뛰어넘었는지 알게 되면, 우리 역시 그들로부터 자유로워질 수 있을 거야.”

오펠리는 갑자기 숨통이 확 트이는 것 같았다. 토른은 때때로 편지칼처럼 날카로운 면을 드러냈지만, 한 치의 의심도 없는 그의 확신은 오펠리의 의심을 말끔히 쓸어냈다. 오펠리는 유리·거울 공방과 스콩드의 그림, 피와 허공을 머릿속에서 밀어냈다. 지금 유일한 현실은 그와 그녀, 오직 두 사람뿐이었다.

토른이 회중시계 줄을 잡아당기자 뚜껑이 눈 깜짝할 새 열렸다 닫혔다.

“좋아.” 토른이 현실적인 어조로 말했다. “네가 남기로 한 만큼 우린 시간이 조금 더 생겼어.”

“무슨 시간?”

오펠리는 토른이 혹시 새로운 임무라도 맡길까 봐 덜컥 겁이 났다. 내일로 계획한 작전도 들키지 않고 끝낼 수 있을까 싶었고, 혹시라도 실패하면 닥쳐올 재앙 같은 결과도 알고 있었다. 오펠리는 자신의 질문이 토른에게 예상치 못한 반응을 일으켰음을 나중에야 깨달았다. 이마 주름부터 턱 근육까지, 그의 얼굴 전체가 굳어졌다.

“우리를 위한 시간.”

오펠리는 눈썹을 치켜올렸다. 그 세 마디에는 강한 소유욕이 담겨 있었다. 그리고 다음 순간 재빨리 눈을 내리까는 그에게서 비친 것은 부끄러움이었다. 마치 스스로에게 실망이라도 한 사람 같았다. 오펠리가 토른의 내면에 서로 맞서는 힘을 목격한 것이 이번이 처음은 아니었다.

그녀는 억누를 수 없는 충동에 이끌려 그에게 다가갔다. 토른은 조심스럽게 오펠리를 시야 안에 담았다. 그의 두 눈은 얼음 같았다. 차가우면서 동시에 뜨거웠다. 오펠리는 그 완고함을 조금이라도 누그러뜨릴 수 있기를 바랐다…. 그녀는 살갗을 날카롭게 깨우는 발톱의 전류를 그대로 받아들였다. 그녀는 까치발을 하고, 허둥대면서도 결연한 손길로 제복의 황금색 단추를 풀기 시작했다. 이 가짜 껍질을 벗겨내어, 단 하룻밤만이라도 그를 온전히 그 자신에게 돌려주기 위해서.

그의 시선은 모든 것을 집어삼킬 듯한 갈망으로 변해 있었다.
평소엔 먹는 걸 좋아하지 않던 그가, 지금은 마치 굶주림에 시
달리는 사람처럼 보였다.

토른이 온몸으로 그녀를 가두듯 덥쳐오는 동안, 오펠리는 스
스로에게 새로운 약속을 했다.

거울을 바라보는 토른의 눈빛을 바꾸어 놓겠다고.

협력자들

그날은 대안 프로그램을 기준으로 보자면 평범하게 시작했다. 오펠리는 밤을 꼬박 새운 탓에 정신이 몽롱한 채, 끔찍한 아침 식사를 꾸역꾸역 삼켰고, 천막 안 스크린 위에서 기하학적 도형들이 만드는 춤에 집중하는 척했다. 협력자들 앞에서 매일 하는 체조를 하고 끝없는 사진 촬영을 견뎠다. 그 사진 촬영이 몸과 그림자의 어긋남이 드러내리라는 것을 이제 알았다. 그리고 평소처럼 놀이기구를 탈 시간이었다. 그녀는 회전하는 기구 위에서 양손으로 글씨를 써야 했고, 러닝머신에서 뒤로 뛰어야 했다. 그러다 결국 자신이 탄 자전거 핸들에 달린 바람개비를 바라보다 깜박 졸고 말았다.

전화기가 있는 지하실에 대한 이야기는 더 이상 일절 없었다.

오펠리는 스콩드가 흰자뿐인 한쪽 눈을 크게 뜨고서 새 그림을 들고 다가올 때마다 그녀를 피했다. 그녀의 풀 죽은 모습을 외면하려니 마음이 괴로웠지만, 빨간 색연필로 칠갑을 한 자기 모습을 더는 보고 싶지 않았다. 한편 코스모스는 오펠리와 멀찍이 거리를 두었다. 하지만 오펠리는 자기 손에 남은 물린 자국을 그가 여러 번 힐끔거리는 것을 눈치챘다.

세 번째 종 소리가 오후의 푹푹 찌는 무더위를 가르며 울려 퍼졌다.

오펠리는 놀이기구를 갈아타는 동안 목덜미의 땀을 훔치며 흐릿한 회색 실루엣들이 느릿느릿 회랑을 오가는 모습을 불안한 눈빛으로 흘끗 살폈다. 예상대로 협력자 전원이 거주 구역을 비웠지만 아직 토른의 신호는 없었다. 지금 뭔가 시도하다가는 채 열 걸음도 못 가 들킬 게 뻔했다. 그녀는 작전이 실패했을지도 모른다는 생각이 들기 시작했다. 그때였다. 드디어 주변이 일제히 술렁이기 시작했다. '앙리 경이 오셨다!'는 속삭임이 마치 종이비행기가 날아가듯 입에서 입을 타고 격리 구역을 가로질러 퍼져 나갔다.

보모 오토마톤들은 즉시 모든 활동을 중단시키고 역전자들을 다시 거주동으로 데려가 식판과 함께 방 안에 넣고 문을 잠갔다. 스콩드만 회전 기구의 말 위에 홀로 남겨졌다.

"전기 설비 점검일 뿐입니다. 놀이는 내일 재개할게요, 달링들."

열쇠로 문이 잠기자마자 오펠리는 한순간도 지체하지 않고 움직였다. 침대 밑에 숨겨두었던 장갑과 안경을 꺼내 끼고, 경첩 하나로 간신히 붙어 있는 덧창을 떼어냈다. 첫 번째 탈출은 아무도 눈치채지 못했다. 이번에도 행운이 자기편이길 바랄 뿐이었다.

그녀는 창밖으로 몸을 미끄러뜨렸다. 밤에 벽 위를 걷기란 보통 일이 아니었다. 그런데 한낮에, 아래로 허공이 훤히 내려다

보이는 곳에서 뜨거운 바람을 얼굴로 맞으며 벽 위를 걷는 것은 차원이 달랐다. 거주동 지붕은 발을 디디는 순간 발바닥이 타들어 갈 듯 뜨거웠다.

토른이 격리 구역에서 벌이는 불시 점검은 꽤 효과를 보고 있었다. 회색 수도복 차림의 작은 피규어들처럼 보이는 협력자들이 토른의 빛나는 제복 주변으로 모여들고 있었다.

오펠리는 테라스를 한 층 한 층 내려가, 몇 번 곡예와 그만큼의 명을 얻은 끝에 마침내 과수원에 도착했다. 경로를 제대로 파악했다면 여기가 바로 협력자 구역이리라. 가장 어려운 일은 아직 남아 있었다. 이곳에서 비밀을 캐낼 수 있는 시간은 고작 한 시간 남짓이었다. 오펠리는 의무실, 필사실, 서가 그리고 부끄러울 정도로 맛있는 냄새가 나는 조리실을 가로질렀다. 역전자들을 위한 식사가 준비되는 곳이 아니었다. 토른이 외우라고 한 지도와 일치하게, 협력자 구역 내 방들은 전부 창문이 없었다. 이 점은 오히려 그녀에게 유리하게 작용할 수 있었다. 지지직거리는 전구 불빛이 그림자들을 떨게 만들었다. 적어도 교란 작전은 성공이었다. 지금까지 한 사람도 마주치지 않았다.

중앙 구역에 이르기 전까지는. 그녀는 간신히 사각지대에 몸을 숨겼다. 협력자 두 명이 복도에서 경계 근무를 서고 있었다. 그녀는 조심스게 안경 너머로 그들을 재빨리 훔쳐보았다. 협력자들은 회색 수도복 스치는 소리를 내며 복도를 따라 마주 보고 걷고 있었고, 회색 후드로 얼굴을 완전히 가리고는 한마디도 나누지 않았다. 한 명은 앞으로 걸었고, 한 명은 뒤로 걸었다. 몇 걸음 걷고 나서 그들은 아무 말 없이 역할을 바꿨다. 뒤로 걷던 자가 앞으로 걷기 시작했고, 앞으로 걷던 자가 뒤로 걸었다.

복도 저편에는 작은 문 하나가 닫혀 있었다. 저렇게까지 하면서 지키고 있는 것을 보면 판독실로 통하는 문이 분명했다. 하지만 적어도 지금은 누군가에게 들키지 않고 도저히 저 문까지 갈 수 없었다. 이런 상황도 토른과 오펠리가 예상했었다. 오펠리는 어스름 속에 움크린 채 이 상황이 오래가지 않기만을 바라며 기다렸다. 하지만 이곳에서의 일분일초가 그녀에게 주어진 얼마 되지 않는 시간에서 깎여 나가고 있었다.

마침내 모든 전구가 꺼졌다. 토른이 약속했던 정전이었다. 창문 하나 없는 이 구역은 어둠에 잠겼다. 그러자 뭔가 부딪치는 소리가 나더니 이어 시큰둥하게 중얼거리는 두 목소리가 들려왔다.

"또 정전이야?"

"또 정전이지."

오펠리는 재빠르게 발끝으로 복도를 가로지르며 두 협력자와 부딪히지 않도록 벽에 바짝 붙어 움직였다. 그녀는 손으로 더듬거리며 판독실 문을 찾아 열었다. 서둘러야 해! 다시 불이 켜지기 전에! 문고리를 더듬던 두 손이 왼쪽과 오른쪽이 헷갈려 서로 뒤엉켰다. 평소엔 아무렇지 않던 동작조차 지금은 성가시리만큼 복잡하게 느껴졌다. 드디어 딸깍. 오펠리는 문틈으로 슬그머니 몸을 밀어 넣었고, 천천히, 나무가 삐걱거리는 소리가 나지 않도록 1센티미터씩 문을 닫았다.

이제 다른 쪽으로 넘어왔다.

문짝에 등을 기댄 채, 그녀는 눈으로, 귀로, 그리고 모든 감각으로 마주한 어둠을 응시했다. 만약 토른이 틀렸다면? 판독실에 협력자들이 남아 있다 불이 켜지는 순간 그들 사이에 있는 오펠리의 존재가 드러나 버린다면?

모든 전구가 동시에 다시 켜졌다. 아무도 없었다.

마치 벌집의 육각형 방들처럼 두꺼운 칸막이들로 서로 분리된 구획들로 나뉘어 있었다. 전기가 들어오자 천장의 환풍기들이 다시 돌아가기 시작했다. 공기는 한결 숨 쉴 만해졌다. 벽에 걸린 빈 옷걸이들은 분명 협력자들의 후드를 걸기 위한 용도일 것이었다.

이곳에도 격리 구역 전체와 마찬가지로 결함 있는 물건들로 가득 찬 상자들이 산더미처럼 쌓여 있었다. 이 빠진 빗, 싸구려 장신구, 구멍 난 단지, 휜 숟가락, 버려진 음식들. 그리고 여전히 풍요의 뿔 같은 것은 어디에도 없었다. 결과는 어디에서나 확인되는데, 정작 그 원인은 어디에서도 찾을 수 없다는 사실이 극도로 좌절감을 안겨주었다.

그러다 쓰레기통 깊숙한 곳에서 형편없는 상태의 코안경 하나를 찾아냈다. 협력자 하나가 실수로 깔고 앉은 듯했다. 안경 테에 간신히 매달려 있는 렌즈 하나는 조각나 있었다. 검은색 렌즈였다.

오펠리는 안경 안쪽 한쪽 눈 위에 부서진 검은 렌즈를 대보았다. 순간 눈앞의 광경이 완전히 달라 보였다. 칸막이 하나, 전등 하나, 물건 하나마다 미세한 하얀 증기의 오라가 감돌고 있었다. 그것은 사물 주위에서 끊임없이 분해되고 재결합하기를 반복했다. 선풍기들은 배에 달린 프로펠러처럼 큰 동심원을 그리며 증기를 퍼뜨리고 있었다.

"이게 도대체…."

속삭임이 입술 사이로 흘러나오자마자 입김처럼 형체를 이루더니 퍼져 나갔다.

오펠리는 그 입김 같은 것을 붙잡아 보려고 손을 뻗었다. 손이 이중으로 보였다. 한 손은 눈에 대고 있는 렌즈처럼 검고 단단했다. 다른 한 손은 하얗고 증기 같았는데, 첫 번째 손과 어긋나게 겹쳐 있었다.

하지만 놀랄 일은 이제부터 시작이었다.

움직일 때마다, 심지어 움직이지 않을 때조차 그녀는 주위에 그림자를 조금씩 투사하고 있었다. 그리고 그림자는 가끔 완전히 흩어지기 전에, 마치 밀려갔다가 다시 몰아치는 파도처럼 되돌아왔다. 아주 희미한 형태여서 검은색 렌즈로도 감지하기 어려웠다.

오펠리가 보고 있는 것은 그림자만이 아니었다. 에코도 있던 것이다.

관찰자들이 사용하는 코안경 렌즈는 네거티브필름*처럼 작용해서 맨눈으로는 볼 수 없는 것들을 드러냈다. 눈에서 렌즈를

---

* 빛의 밝기가 반전되어 기록되는 필름.

떼자마자 그림자와 에코는 사라졌다. 오펠리는 렌즈를 가져가고 싶었지만 이미 금이 가 있던 렌즈는 손가락 사이에서 부서져버렸다.

그러니까 모든 것에는 그림자가 있었다. 나아가 그림자와 에코는 동일한 현상이 다르게 발현된 것이다.

시작이 좋았다.

오펠리는 답을 찾기 위해 판독실들을 차례로 돌아다녔다. 불 꺼진 증류기와 여기저기 방정식을 휘갈겨 써놓은 칠판, 우체국에서 볼 법한 저울, 수많은 측정 기기가 있었다. 그러나 더 둔해진 손놀림과 코스모스가 물어 생긴 상처 때문에 서랍을 열기도 쉽지 않았다. 연구 노트들에는 이해할 수 없는 내용뿐이었다.

어디에서나 '아에라르기룸'과 '결정화'라는 두 단어가 보였다. 오펠리는 두 단어의 뜻을 전혀 알 수 없었다. 하지만 한 서류 파일에서 코스모스의 사진을 발견했다. 그녀는 그것을 훑었다. 줄 하나가 날짜에 해당했는데, 내용은 다 같았다.

'결정화 부적합. 가족의 인계 요청 없음. 프로토콜 I에 유지.'

오펠리는 부록을 확인했다. 소장 관사에서 봤던 것과 비슷한 사진들이 있었다. 그 사진들 각각에서 그녀는 코스모스의 그림자가 신체에서 분리되는 것을 볼 수 있었다. 마치 그의 또 다른 자아가 한 발 옆으로 걸어나간 듯한 모습이었다. 사진들에는 수십 장의 그림이 첨부되어 있었는데, 그것들에서 스콩드 특유의 그리는 방식을 알아보고 그녀는 놀랐다. 정확히 말하면 그림이라기보다는 스케치였고, 하나같이 똑같은 검은 실루엣을 그린 것이었다. 스케치마다 아래쪽에 협력자가 날짜를 적어놓았다.

스콩드는 사람들의 그림자를 볼 수 있는 걸까? 그렇다 하더라도 왜 그녀의 그림을 중요하게 여기는 걸까? 연구소는 이미 그림자를 사진으로 찍을 줄 알지 않는가.

오펠리는 서둘러 자신에 관한 기록을 찾았고, 따로 분리되어 있는 칸에서 서류를 발견했다. 대안 프로그램에 합류한 지 얼마 되지 않은 탓에 코스모스보다 관련 기록이 적었다. 처음에는 똑같은 일일 보고였다.

'결정화 부적합. 가족의 인계 요청 없음. 프로토콜 I 유지.'

하지만 오펠리는 최근 들어 그 문구가 바뀐 것을 확인하고 충격을 받았다.

'결정화 적합. 가족의 인계 요청 없음. 프로토콜 I 임시 유지. 곧 프로토콜 II 및 III 대상자로 분류됨.'

오펠리는 부록을 확인했다. 부록에 실린 사진들은 그녀가 알고 있듯이 신체와 그림자의 어긋남을 보여주는 익숙한 것들이었다. 별다른 것은 없었다. 스콩드의 스케치들도 마찬가지였다. 하지만 가장 최근의 스케치는 완전히 기이해져 있었다. 급하게 그려나간 스케치 속 오펠리의 그림자는 마구잡이로 가위질을 한 것처럼 금이 가고, 마치 어깨 높이에서 흉한 가위질을 당해 팔이 떨어져 나갈 듯했다.

오펠리가 검은색 렌즈를 통해서 본 것들 중 그런 모습은 없었다. 스콩드는 사진과 코안경이 아직 보여주지 않는 것을 감지하는 걸까?

그녀는 못을 떠올렸다. 온통 붉은색으로 칠한 자신의 모습을 떠올렸고 늙은 여자를 떠올렸고 괴물을 떠올렸다.

전구 빛빛이 불안정하게 흔들리자 퍼뜩 정신이 들었다. 다음 정전을 틈타 누구에게도 들키지 않고 판독실을 빠져나가야 했다. 시간이 얼마 없었다.

조사를 다시 이어가던 중, 유독 너저분한 책상 하나가 오펠리의 시선을 끌었다. 수십, 아니 수백 개의 메모가 석판과 칸막이를 빽빽이 뒤덮고 있었다. 그 자리의 주인은 심지어 고급 목재 작업대 위에도 뭔가를 적어두었다. 이에 대해 청소 담당자가 작업대 옆에 메모를 남겼다. '종이는 캥거루 먹이로 둔 줄 아셨나요?'

오펠리는 책상에 가득한 메모들을 자세히 살폈다. 곳곳에서 가문 정령들의 책에 쓰인 특유의 문자를 알아볼 수 있었다. 아라베스크 문자를 해독해 보려고 분필로 화살표와 원을 여기저기 그려놓았지만, 수많은 엑스표를 보아하니 별다른 소득이 없었던 것 같았다.

엘리자베스가 해독 작업을 한 것이었다.

계보학자들은 특별히 이 일을 위해 엘리자베스를 조종했다. 그런데 그들은 가문 정령들의 책에 왜 이토록 관심을 갖는 걸까? 그 안에 가문 정령들의 불멸에 관한 비밀이 담겨 있기라도 한가? 그리고 이탈 연구소는? 그들은 해독 작업을 통해 정확히 무엇을 기대하는 걸까? 그림자나 에코와 무슨 관계일까? 풍요의 뿔과는?

이 속도로는 다섯 번째 종이 울리기 전까지 어떤 진정한 답도 찾지 못할 터였다. 오펠리는 머릿속이 판독실처럼 칸막이로 막힌 느낌이었다. 여전히 톱니바퀴들만 보고 있을 뿐, 작동 원리는 보지 못하고 있었다.

그만.

윌랄리 딜뢰는 자신의 기억을 타자에게 전했고, 타자는 그 기억을 다시 오펠리에게 전했다. 이제 그 기억을 제대로 활용할 때가 왔다. 오펠리는 의자를 가져와 엘리자베스가 코드로 가득 채워놓은 칠판 앞에 앉았다. 오래전에 윌랄리가 창조해 낸 언어.

'내가 만든 언어다.' 오펠리는 숨을 깊이 들이쉬며 생각을 고쳤다.

오펠리는 윌랄리 딜뢰의 언어를 이용해 새로운 환영을 일으킬 계획이었다. 시간도, 초조함도, 미래도, 과거도 생각하지 않으려 애쓰며 칠판 위 글자들을 집요하게 응시했다. 오직 눈앞의 분필 자국만 보는 거야. 읽기와 다를 것이 없었다.

더 잘 기억해 내기 위해 자신을 잊어야 한다. 번개 같은 통증이 머리를 찢어발겼다. 연구소에 온 이후 한시도 멈춘 적 없는 편두통이 갑자기 날카롭게 치솟았다. 오펠리는 의자에서 붕 뜨는 것 같으면서도 깊은 낭떠러지로 떨어지는 듯한 기이한 감각에 휩싸였다. 칠판의 분필 자국은 성층권으로, 그다음엔 흩어진 구름으로, 그리고 옛 세계로, 곧이어 폭격으로 만신창이가 된 도시로, 재건 중인 낡은 구시가지로, 마침내 반짝이는 도자기 찻잔 두 개가 놓인 작은 원형 테이블로 변했다.

윌랄리는 야윈 손으로 찻잔을 꼭 쥐고 있다. 윌랄리의 시선은 테이블 맞은편에 앉은 경비원을 향하고 있다. 귀갑 안경*이 구식 철테 안경을 마주 본다. 경비원은 마지막으로 봤을 때보다 확 늙어버린 모습이다. 터번처럼 두른 스카프로 여전히 턱을, 적어도 턱이 남아 있는 부분만큼 가리고 있었다. 그의 얼굴은 바벨처럼 전쟁으로 폐허가 된 모습이다.

"4년 만에 받은 빌어먹을 첫 휴가라며." 그가 스카프 속에서 웅얼거린다. "그런데 고작 나를 보러 온 거야?"

윌랄리는 고개를 끄덕인다.

"꼴이 형편없네. 내 또래인 줄 알겠어"

윌랄리는 한 번 더 고개를 끄덕인다. 그래, 적어도 수명의 절반은 잃었을 것이다. 공짜로 얻어지는 건 없으니까. 후회는 없다.

"고아원 얘기는 들었어요."

"그거에 대해선 할 말 없어. 그 망할 놈의 폭탄에 애들이 다 죽었거든. 모두 섬을 떠났지. 나도 마찬가지고. 있지도 않은 학교에 경비라니, 그게 무슨 개떡 같은 헛소리야."

윌랄리는 경비원을 마음속 깊이 이해했다. 마치 가족을 두 번 잃은 느낌이다.

"우리가 다시 학교를 열 거예요." 윌랄리는 그에게 약속한다. "아저씨랑 나, 우리 둘이 함께요."

경비원은 군인처럼 미동도 없이 앉아 있지만 찻잔을 쥔 두 손

* 거북이 등딱지로 테를 만든 고급 안경.

이 움찔거린다.

"저놈들이 널 민간인 신분으로 내보내 주기 전에 내가 먼저 뒈지고 말걸."

경비원은 선술집 문 앞, 밖에 차려 자세로 서 있는 군인들을 힐끗 본다. 윌랄리는 프로젝트의 일환으로 연구소에서 일하기 시작한 이후로 군인들이 바짝 따라붙어 감시하지 않는 상황에서는 아무 데도 갈 수 없다. 상관들의 주장과 달리 그들이 지키고 있는 것은 그녀의 생명이 아니라 그녀가 입 밖에 낼지도 모르는 비밀들이다.

"우리는 다시 학교를 열 거예요." 윌랄리는 같은 말을 되풀이한다. "완전히 다른 학교… 완전히 다른 아이들을 위한 학교를. 그런데 그 전에 알아야겠어요. 아저씨가 나와 함께할 건지."

경비원은 자기 차에는 손도 대지 않은 채 윌랄리가 차 마시는 모습을 지켜본다.

"어떻게 거절하겠냐. 넌 언제나 내가 진짜로 제일 아끼던 녀석이었는데."

윌랄리는 알고 있다. 고아원 시절 윌랄리를 제외한 다른 아이들은 모두 경비원을 두려워했다. 아이들이 전쟁놀이를 하는 동안 윌랄리는 경비실에 찾아가 그와 세계 평화에 관해 이야기하고 탈영병들이 영웅이 되는 이야기를 그에게 들려주곤 했다.

윌랄리는 선술집 입구에서 신경질적인 시선으로 자신들을 지켜보고 있는 군인들을 무시한다. 중요한 것은 오직 친구뿐이다. 자신처럼 더 이상 잃을 게 없는 늙은 남자.

"난… 프로젝트에 대해 얘기할 권한도, 그럴 생각도 없어요. 난 아저씨에게 절대 말하지 않을 거예요. 내가 뭘 봤는지, 뭘 들었는지, 무엇에 참여했는지, 프로젝트가 나를 어떻게 바꿨는지…. 하지만 한 가지는 말할 수 있어요. 연구소는 잘못된… 잘못된 길을 가고 있어요."

윌랄리의 말더듬증에 경비원의 눈썹이 꿈틀한다. 그녀는 말더듬증을 극복하려면 몇 주, 어쩌면 몇 달 동안 재활 훈련을 받아야 한다는 것을 알고 있다. 그리고 언제든 말실수 증세가 재발할 수 있다고 의사들이 주의를 주었다. 이것도 사소한 대가에 불과해.

윌랄리는 안경을 들어 그들 위로 작은 하늘 조각을 올려다보았다. 선술집 지붕은 수리 중이다. 일꾼들의 망치질 소리는 둘의 대화를 방해하지만 엿듣는 귀도 듣지 못하게 한다.

"내 상관들은 오직 도시의 평화만 생각해요. 하지만 그 평화란 새로운… 새로운 전쟁을 전제로 해요. 우리는 더 큰 그림을 그려야 해요. 훨씬 더 큰 그림을. 난 계획이 있어요."

경비원은 아무 대꾸가 없다. 하지만 윌랄리는 그가 진지하게 자기 말을 듣고 있다는 걸 안다. 언제나 그녀의 말을 들어주었으니까. 그것 또한 윌랄리가 그를 선택한 이유이기도 하다.

"우리 둘뿐인 건 아니에요. 그러니까… 내가, 어떻게 보자면, 어떤 사람을 만났는데요, 아주 특별한 사람이에요. 그는 내 세계관을 바꿔놨죠. 나를 바꿔놨어요. 그는 이 세상에 다른 것… 다른 것, 훨씬 더 놀라운 것이 존재한다는 사실을 알려줬어요.

아저씨가 상상할 수 있는 모든 걸 뛰어넘는, 그리고 나, 나는 상상력이 부족한 편이 아니잖아요, 그런 나의 상상조차 뛰어넘는 더 위대한 것 말이에요."

윌랄리는 타자를 떠올리기만 해도 벅찬 전율을 느낀다. 타자는 그녀에게 너무 가까운 존재가 되어서, 선술집의 구리 식기와 찻잔에 담긴 차, 심지어 자신의 안경알에 이르기까지 그녀는 주변의 모든 반사면에서 그의 존재를 느낄 수 있다. 그는 그녀고, 그녀는 그다. 하나이면서 여럿이다.

"계획이 뭐야?"

경비원의 질문에는 빈정거림이 없다. 윌랄리의 열정이 그의 눈에 불을 붙였다. 그는 윌랄리를 고아원에 처음 온 날부터 알고 지냈지만, 그가 자신을 진짜 아이로 대했던 적은 없었다는 것을 그녀는 안다. 오늘 그는 윌랄리가 온 인류의 어머니라도 되는 것처럼 바라보고 있다.

윌랄리는 그 눈빛이 마음에 든다.

"세상을 구하는 거예요. 그리고 이번엔 내가 그 방법을 알아요."

선술집 문 앞에서 군인 한 명이 그녀에게 시계를 가리킨다. 휴가는 벌써 끝났다. 연구소로 돌아가서 명령에 복종해야 한다. 하지만 오래 그러진 않을 것이다. 그래, 오래는 아니야.

윌랄리는 테이블에 지폐 한 장을 내려놓으며 은밀히 몸을 숙인다.

"내게 필요한 건 사소한 것 세 가지예요. 에코와 말 그리고 대가代價."

경비원의 놀란 얼굴이 다시 칠판 위의 분필 자국으로 변했다. 오펠리는 아직 윌랄리 딜뢰의 기억에 깊이 잠긴 채, 숨조차 쉬지 못하고 눈만 끔뻑였다. 그 순간 편두통으로 가득했던 머릿속에서 새로운 가지들과 연결들이 뻗어 나가고 그 존재를 의심조차 하지 못했던 내면의 방들로 향하는 문들이 열렸다.

이제 작동 원리가 눈에 들어왔다.

오펠리는 지금 당장 그곳을 떠나 방으로 돌아가서 약속대로 소장 관사에서 밤에 토른을 만날 때까지 기다려야 한다는 것을 알았다. 하지만 그 전에 마지막으로 확인하고 싶은 것이 하나 있었다. 그녀는 협력자의 서랍 하나에서 돋보기를 꺼내 상자 안에서 망가진 물건 하나를 되는대로 꺼내 들었다. 역겨운 냄새로 미루어 구내식당에서 매일 나오는 그 끔찍한 파이를 구운 틀 같았다. 그녀는 파이 틀을 모든 각도에서 면밀히 살펴보았다. 돋보기를 쓰고도 눈이 빠져라 들여다본 끝에야 마침내 찾던 것을 찾아냈다. 파이 틀의 금속 표면에는 가문 정령들의 책에 쓰인 문자와 비슷한 미세한 글자들이 새겨져 있었다.

그렇다. 드디어 오펠리는 마침내 그 작동원리를 알게 되었다.

풍요의 뿔은 아무것도 창조하지 않았다.

에코를 물질로 변환하고 있었다.

그리고 에코의 변환은 코드를 통해 이루어졌다.

오펠리는 파이 틀과 돋보기를 제자리에 놓았다. 퍼즐 조각들을 모으기 시작했지만 일단 여기서 벗어나야 맞춰볼 수 있을 터였다. 혹시라도 다시 정전이 되지 않는 경우를 대비해 우선 복도에 있는 협력자 두 명을 따돌릴 방법을 생각해야 했다.

하지만 그럴 겨를이 없었다.

그녀가 열고 들어왔던 작은 문이 열리고 협력자들이 몰려 들어왔다. 그들은 회색 후드의 단추를 풀어 후크에 걸었다. 오펠리는 비틀거리며 칸막이방 뒤로 황급히 몸을 숨겼다. 왜 벌써 돌아왔지? 토른의 점검이 예정보다 일찍 끝났나?

협력자들은 평소 역전자들에게 그러듯이 서로 간에도 대화하지 않았다. 왁스로 광을 낸 나무 바닥 위로 삐걱거리는 샌들 소리만 들릴 뿐이었다. 이번만큼은 맨발인 것이 다행이라 여기며, 오펠리는 판독실 칸막이방 사이를 빠르게 달렸다. 협력자들은 각자 판독실로 돌아갔다.

발소리가 다가오자 오펠리는 가장 가까운 칸막이방으로 황급히 들어가 작업대 아래에서 몸을 웅크렸다. 그녀가 피하려 했던 협력자가 칸막이방 안으로 들어왔다. 그렇게 그녀는 스스로 덫에 걸렸다. 그녀는 구석에서 몸을 움츠린 채 부드러운 주름이 바닥을 스치는 회색 수도복을 바라봤다. 똑같은 회색 장갑을 낀 손이 스툴을 잡았다. 그 손은 스툴을 책상 앞에 두지 않고 칸막이 벽 쪽에 가져다 놓았다.

"사고가 아니었어요." 협력자가 속삭였다. "무슨 일이 벌어졌는지 모르겠지만, 그건 서튼리certainly 사고가 아니었다고요."

그는 세련된 학자의 음성을 지니고 있었다. 그가 혼잣말을 지껄이는 건지 궁금해할 틈도 없이 칸막이 너머에서 또 다른 속삭임이 들려왔다.

"우리랑 상관없는 일입니다."

"레이디 셉티마의 딸이잖아요. 우리 모두의 일이죠."

오펠리는 놀라서 작업대에 머리를 부딪힐 뻔했다. 스콩드에게 무슨 일이 생긴 걸까?

"크게 망가지지 않았기를 바랄 뿐이죠." 다른 목소리가 말했다. "우리에겐 그 아이가 필요하니까요. 적어도 이 사고 덕에 앙리 경의 점검이 일찍 끝났잖습니까. 그자가 난데없이 끼어든 거, 난 베리 불쾌하거든요."

협력자의 수도복이 펄럭였다. 오펠리는 작업대 아래에 몸을 웅크리고 있다가 그를 좀 더 잘 보기 위해 조심스럽게 다가갔다. 협력자는 의자 위에 올라앉아 칸막이에 귀를 대고 있었다. 벗어진 머리에 땀이 송골송골 맺혀 있었다. 그가 자세를 바꾸지 않고 저렇게 있어준다면, 어쩌면 들키지 않고 빠져나갈 수 있을지도 몰랐다.

"망가졌다니요?" 오펠리가 작업대 아래에서 슬며시 빠져나오는 순간 협력자가 안타까워하는 목소리로 중얼거렸다. "아직 어린애인데요."

"리얼리 순진하군요, 친애하는 동료여." 옆 칸의 목소리가 답했다. "몇 달 후에나… 다시 이 일에 대해 얘기합시다. 아니, 다시는 이 일에 대해 말하지 맙시다. 지금부터라도 내게 말을 걸면 슬프게도 나는 지도부에 당신을 고발하는 의무를 다할 수밖에 없어요."

오펠리는 판독실 밖으로 황급히 뛰쳐나갔다. 들키지 않게 움직이지 못했다. 협력자가 분명 그녀를 보았다. 경보를 울릴 터였다.

그런데 경보는 울리지 않았다. 소리치는 사람도 없었다.

안도도 잠시뿐이었다. 비록 지금 전구가 전부 꺼진다 해도 협력자 무리를 마주치지 않고 결코 문을 통해 나갈 수 없을 것이다. 다른 출구가 필요했다.

그녀는 판독실 가장 안쪽에 걸려 있는 노란 휘장을 발견했다. 그 위에는 크고 굵은 글씨로 '관찰자 전용'이라고 적혀 있었다. 토른이 그려준 도면에서 저쪽으로 가는 출입구를 본 기억은 없었지만, 적어도 휘장 반대편에는 협력자들이 없을 것 같았다.

오펠리는 칸막이들을 따라 미끄러지듯 움직였고, 작업대 앞을 지날 때마다 몸을 숙였다.

한 여자 협력자가 레일을 타고 방금 도착한 수레에서 정신없이 물건들을 내리고 있었다. 그 물건들은 연구소 곳곳에 놓인 쓰레기통에 버려진 것들과 다를 바 없었지만, 여자는 물건 하나하나를 보물처럼 다루며 빠짐없이 장부에 차례차례 기록하고 있었다.

오펠리는 여자 등 뒤를 지나 노란 휘장 뒤를 훅 파고들었다. 그곳에는 조명도 거의 비추지 않는 계단들이 미궁처럼 얽혀 있었다. 그녀는 계단을 오르고, 내려가고, 또다시 비틀거리며 올랐다. 도대체 이 많은 계단들은 어디에서 시작되었을까? 토른이 보여준 도면에서는 보지 못한 것들이었다.

마침내 어느 복도에 다다랐다.

사실 그것은 단순한 복도가 아니었다. 끝이 보이지 않을 정도로 길게 뻗어 있었고, 오지브 양식의 아치형 천장은 수십 미터 위로 솟아 있었다. 막대 향에서 피어난 향내 섞인 연기가 안개처럼 자욱했고, 높은 스테인드글라스 창을 통해 흘러내린 빛줄기들이 연기를 갈랐다. 돌과 유리로 만들어진 거대한 중앙 홀이었다.

오펠리는 자신도 모르게 몸을 떨었다.

그녀는 잔뜩 굽은 몸에 인상을 찌푸린 조각상이 떠받치고 있는 수반 앞을 지나쳤다. 진짜 성수반일까?

중앙 홀을 따라 한참을 곧장 걸었지만 그 끝은 보이지 않았다. 설마 끝이 없는 건 아니겠지….

측랑에는 문 닫힌 작은 예배실들이 줄지어 있었다.[*] 문마다 뒤에 관찰자가 웅크리고 숨어 있을 수도 있었다. 사실 풍요의 뿔도 마찬가지였다.

바닥 타일에는 거대한 글자들이 금빛으로 새겨져 있었다.

한 걸음. **속죄**.

한 걸음. **결정화**.

한 걸음. **구원**.

이곳에서 오펠리는 극도로 불편해졌다. 돌아가야 하나 싶었

---

[*] 중앙 홀은 성당 입구에서 제단까지 길게 뻗은 중심 공간으로, 대개 신도용 의자들이 줄지어 있다. 측랑은 중앙 홀 양옆으로 기둥에 의해 분리되어 나란히 이어지는 복도를 뜻하며, 보통 벽면을 따라 작은 예배실들이 배치된다.

던 찰나 들려온 목소리에 그녀는 그 자리에 얼어붙고 말았다.

"벤베누타*. 2단계 프로토콜에 오신 것을 환영합니다."

* benvenuta. 이탈리아어로 '환영합니다'라는 뜻.

실수

그 말은 중앙 홀의 조각된 돌벽에 오래도록 메아리쳤다. 오펠리는 피어오르는 향 연기 사이로 소리의 진원지를 찾으려 했다. 그리고 마침내 측랑에 놓인 기도대에서 소리의 출처를 찾아냈다. 가느다란 몸 하나가 묵상에 잠겨 있었는데, 미동도 없는 그 몸은 마치 가구의 나무와 벨벳 속에 녹아든 것처럼 보였다. 세밀한 문양이 새겨진 옆얼굴이 스테인드글라스 빛 아래에서 반짝였다.

메디아나.

오펠리는 먼저 메디아나의 모습이 석판 바닥에 반사되는지부터 확인했다. 확인했다고 해서 안심이 되는 것은 아니었다. 메디아나도 레이디 셉티마가 직접 그녀를 이곳에 보냈다는 사실을 알고 있었음에도, 연구소에 들어온 이후로 단 한 번도 메디아나를 생각한 적이 없었다. 메디아나가 자신과는 전혀 관련 없는 다른 구역에 맡겨져 있으리라 믿어온 것이었다

"이게… 2단계 프로토콜이라고?" 오펠리는 의아한 눈으로 중앙 홀을 둘러보며 물었다. "너 여기서 뭐 해?"

메디아나는 아무 대답도 하지 않았다. 그녀는 월랄리 딜뢰도 타자도 아니었지만 존재만으로 오펠리에게 위협이었다. 본파미유에서 함께 수련했던 시절, 이 예지자는 오펠리 위에 군림하며 제멋대로 굴었다. 자신의 가문 능력을 이용해 오펠리의 기억 속에 강제로 침입했었다. 그리고 토른과 오펠리를 심각한 위험에 빠뜨릴 만한 협박을 하기도 했다. 오펠리가 그녀를 마지막으로 본 것은 붕괴가 일어나기 얼마 전, 바로 이곳 연구소의 유리 면회실에서였다. 당시 메디아나는 메모리알의 청소부와 마주치고는 크게 충격을 받아 대화조차 불가능했었다. 기도대 상판에 몸을 축 늘어뜨리고 있는 그녀의 자세에서는 그때와 똑같은 무기력함이 묻어났다. 입고 있는 잠옷도 여전히 너무 커서 마치 헐거운 허물처럼 몸 주위를 겉돌고 있었다.

그런데도 오펠리는 메디아나가 완전히 달라졌음을 느꼈다.

"여기서 뭐 하는 거야?" 오펠리는 거듭 물었다. "너도 대안 프로그램에 참여하는 거야? 내가 알기로는 넌 역전자도 아니잖아."

메디아나는 여전히 아무 대답도 하지 않았다. 오펠리는 단호하게 거리를 유지했다. 그녀는 기도하는 듯한 그녀의 태도를 믿지 않았다.

메디아나의 도움이 필요하다는 생각만으로도 끔찍했다.

"출구가 어디 있는지만이라도 알려줄 순 없어?"

메디아나의 입가에 경련이 일어 입꼬리가 올라갔다. 그 순간 오펠리는 메디아나의 손목과 발목이 기도대에 족쇄로 묶여 있다는 사실을 깨달았다. 기도하고 있었던 것이 아니라 사슬로 묶여 억지로 이곳에 매인 것이었다. **속죄. 결정화. 구원.** 그러니까 이게 2단계 프로토콜의 실체인가? 실험 대상을 죄인 취급 하는 것?

"난 실수를 저질렀어."

메디아나는 힘없이 말했지만 중앙 홀의 음향 구조가 그녀의 목소리를 높은 곳으로 실어 날랐다. 몸은 바싹 말라 보였다. 도대체 얼마나 오랫동안 이 기도대에 묶여 있었을까?

오펠리는 초조하게 안경 너머로 중앙 홀 양쪽을 훑었다. 언제든 어느 예배실에서든 관찰자가 튀어나올 수 있었다. 그녀는 더지체할 생각이 없었다. 하지만 누구든, 아무리 메디아나라 해도 이런 일을 당해선 안 되었다.

오펠리는 조각상들이 놓인 벽감들을 뒤져 사슬 열쇠를 찾아보았다. 열쇠가 안 보이자 향이 담긴 단지를 비우고 성수반에서 헹군 뒤 그 안에 물을 가득 채웠다. 그러고는 서툰 동작으로 메디아나의 입가에 가져다 댔다. 메디아나는 물을 삼키지 않고 턱으로 흘려보냈다. 크게 뜬 그녀의 두 눈은 단지 너머, 오펠리 너머, 중앙 홀의 벽 너머 어딘가를 바라보고 있었다. 그 눈동자는 열병과 신앙심이 뒤섞여 번들거렸다.

"나는 실수를 저질렀어." 메디아나가 같은 말을 느릿느릿 되뇌었다. "인생을 **투타*** 바쳐 하찮은 비밀이나 쫓아다녔지. 난 곧 3단계 프로토콜로 넘어갈 거야."

---

* tutta. 이탈리아어로 '전부', '모두'라는 뜻.

메디아나는 이렇게 달라져 있었다. 겉으로 보기에는 생기가 꺼진 것 같았지만, 그녀는 마치 자기 피부에 새겨진 문양처럼 빛을 내뿜고 있었다.

오펠리는 몸을 숙여 메디아나의 귓가에 대고 물었다.

"너, 풍요의 뿔 본 적 있어?"

메디아나는 오펠리의 질문에 전혀 관심을 보이지 않았다. 내면의 지평 어딘가에서 길을 잃은 듯 그녀의 시선은 더 먼 곳을 향하고 있었다.

"널 풀어주진 못하겠네." 오펠리는 한숨을 쉬며 말했다. "하지만 바벨에 아직 네 사촌들이 있다면 너에 대해 알릴게."

"왜지?"

"여기서 네게 하는 짓은 용납될 수 없으니까."

"난 속죄하고 있어."

"그리고 3단계 프로토콜로 간 사람들은 아무도 돌아오지 못했으니까."

그 순간 메디아나의 입이 도발적으로 움찔했다. 한때 선각자들의 여왕이었던 모습이 잠깐이나마 드러났다.

"난 같은 실수를 반복하지 않을 거야. 이제 끝이야, 시시한 비밀 따위는. 유일하게 가치 있는 비밀은 연구소가 내게 약속한 그것뿐이야. 하지만 먼저, 결정화를 거쳐야 해. 그래야만 구원을 알게 될 테니까."

메디아나가 말하는 동안 포개 쥔 그녀의 두 손은 신비한 열기에 들떠 부르르 떨렸다. 오펠리는 전혀 이해할 수 없었다. 하지만 한 가지 사실만은 명확했다. 저렇게 되기 전에 자신은 이 프로그램을 빠져나가야 한다는 것. 판독실에서 본 서류에는 오펠리가 결정화에 적합한, 2단계, 3단계 프로토콜 대상자 후보로 지목되어 있었다. 그저 스콩드가 그녀 그림자의 어깨에 균열을 그려 넣었기 때문이었다.

"결정화가 대체 뭐야? 결정화가 그들에게 무슨 쓸모가 있지?"

메디아나는 메마른 입술을 혀로 핥았다. 오펠리가 보기에 자신이 모르는 무언가를 알고 있다는 사실에 메디아나는 일종의 즐거움을 느끼고 있는 것 같았다. 여기서조차 옛날의 그 경쟁이 되살아났다고 믿게 될 정도였다.

"그들에게? 그건 내게 말해주지 않았어. 하지만 난 결정화를 통해 늘 꿈꿔왔던 걸 얻을 거야. 진정한 지식 말이야! 아솔루타멘테* 새로운 관점으로 세상을 볼 수 있게 되겠지."

오펠리는 안경을 콧등 위로 밀어 올렸다. 윌랄리 딜뢰도 지하실에서 전화기로 타자와 조우한 뒤 거의 똑같은 말을 했다. 어떻게 한 것인지는 모르겠지만 에코는 딜뢰의 세계관을 송두리째 뒤흔들었다. 결정화는 타자를 불러내는 현상일까? 이탈 연구소는 절박하게 타자와 그의 지식을 필요로 하는 것 같았다.

메디아나는 오펠리의 침묵을 질투로 여긴 듯했다. 몸은 지쳐 있었고 눈빛은 흐릿했지만, 그녀는 환희에 차 있었다.

"너는 너 같은 역전자들만 이 특권을 누릴 수 있다고 생각하

* assoulutamente. 이탈리아어로 '절대적으로'라는 뜻.

지, 시뇨리나? 그렇다면 본질을 놓치고 있는 거야."

"본질이 뭔데?" 오펠리는 성급하게 물었다.

더는 꾸물거릴 여유가 없었다. 지금 여기서 발각되면 다른 역전자들처럼 방 안에 갇혀 있어야 할 시간에 여기서 돌아다닌 사실이 들통 날 거고, 그럼 그녀 또한 사슬이 채워져 기도대에 묶일 터였다.

"포기."

메디아나의 대답은 중앙 홀을 가로지르는 천둥 같은 울림에 묻혀버렸다. 발걸음이 다가오고 있었다. 이 곳의 공명이 너무 심해서 소리가 어느 쪽에서 나는지 가늠할 수조차 없었다.

메디아나는 눈꺼풀을 어렴풋이 움직여 오펠리에게 석판 몇 장쯤 떨어진 거리의 고해소를 가리켰다. 발소리가 점점 커졌다. 여럿이었다. 오펠리는 더 이상 망설일 수 없었다. 메디아나가 다가오는 이들에게 말을 거는 순간, 그녀는 고해소 안 노란 커튼 뒤에 몸을 숨겼다.

"제게 결정화의 길을 보여주세요. 페르 파보레.*"

오펠리는 커튼을 살짝 벌리고 바깥을 엿보았다. 관찰자들이 메디아나가 매여 있는 기도대 주위에 모여 있었다. 격리 구역에 들어온 후 관찰자들을 직접 보는 것은 처음이었다. 노란 옷과 어깨에 얹은 오토마톤, 검은색 코안경으로 그들이 관찰자임을 알아볼 수 있었다.

* Per favore. 이탈리아어로 '부탁합니다'라는 뜻.

그들은 아무 말도 하지 않았다. 메디아나를 바라보고 있을 뿐이었다.

오펠리는 커튼 뒤 어둠 속으로 더 깊숙이 숨다가 옆에서 어떤 움직임을 포착했다. 그곳에는 원래—적어도 그녀가 공부했던 종교사 편람에서 본 바로는—고해자와 신부를 가르는 격자 칸막이가 있어야 했다. 그런데 거기에 거울이 있었다.

그녀가 찾던 빠져나갈 길이 드디어 나타난 것이었다. 하지만 어디로? 그녀가 알기로 연구소 내에 왜곡 없는 거울은 오직 소장 관사에만 있었다. 그녀는 밤이 되기 전에 그곳에 들어가면 안 된다. 소장들이 실존하지 않을지는 몰라도, 그곳에 보관된 의료 영상 자료를 관리하는 누군가는 있을지도 모른다. 낮에 그곳으로 가는 건 너무 위험했다.

오펠리는 머릿속으로 메모리알을 떠올렸다. 메모리알의 스크레타리움을. 그리고 스크레타리움 속, 공중에 떠 있는 거울을. 바로 그곳, 윌랄리 딜뢰의 비밀의 방으로 가면 마침내 다른 이들의 눈에 띄지 않고 생각할 수 있을 것이다.

오펠리는 거울에 비친 자신의 모습 깊숙이 몸을 던졌다. 마치 갑자기 종잇장 같은 두께가 된 것처럼 틈새로 미끄러져 들어갔고, 이내 환한 빛 속으로 나왔다.

오펠리는 어안이 벙벙해진 노부인과 정면으로 마주쳤다. 학위 가운을 입고, 한 손에는 책을, 다른 손에는 돋보기를 들고 있었다. 놀라기는 오펠리도 마찬가지였다. 그 못지않게 당황한 오펠리는 교수가 여기서 뭘 하고 있는 건지 의아해하다가, 엉뚱한 곳에 있는 건 자신이라는 사실을 깨달았다. 그녀는 메모리알 도서관의 한복판, 공용 열람실의 벽감 거울에서 튀어나온 것이었다. 주변에 있던 이용자들은 독서를 멈추고 가장 기본적인 복장 규정조차 지키지 않은, 맨발의 침입자를 쳐다보았다. 붕괴 이전만큼은 아니었지만, 눈에 띄지 않고 지나가기엔 여전히 이용자가 꽤 많았다.

그녀는 고개를 들어 아트리움 정중앙에 떠 있는 스크레타리움의 구체를 올려다보았다. 두 번이나 의도치 않게 그 안에 떨어졌었는데, 정작 마음먹고 가려니 실패하다니.

그림자의 어긋남.

그것은 오펠리의 읽기 능력이나 아니마 능력에만 영향을 미친 게 아니었다. 거울을 통과하는 능력까지도 영향을 미치고 있었다. 젠장, 그럼 이제 어떻게 연구소로 돌아가지? 이미 메모리알 기록관들은 보완 요원을 부르고 있었고, 주위의 선량한 시민들은 손가락하며 그녀를 고발하고 있었다.

네크로맨서 한 명이 그녀에게 곧장 다가왔다.

"이쪽으로 오십시오, 미스." 그가 오펠리에게 말했다. "신분증을 확인해야겠습니다."

당연히 오펠리에게 그런 건 없었다. 신분증은 수 킬로미터 떨어진 연구소의 사물함 속에 있었다. 그것은 팔뚝에 새겨진 PA 문신으로 대체할 수 없었다. 연구소를 벗어난 순간부터 오펠리는 불법체류자에 불과했다. 만약 여기서 붙잡히면 즉시, 그리고 영원히 바벨에서 추방될 것이다.

오펠리는 뜻하지 않게 방금 통과한 거울 쪽으로 몸을 돌렸다. 그림자가 어긋났든 아니든 다시 떠나야 했다. 지금 당장.

"미스." 네크로맨서의 목소리가 한층 단호해졌다.

이미 오펠리의 체온이 떨어지기 시작했다. 그녀는 이 남자가 일말의 망설임도 없이 자신을 얼려버릴 준비가 되어 있다는 것을 알았다.[*]

"미스!"

몸의 움직임이 급격히 느려지는 것이 느껴졌다. 거울은 숨결이 닿을 만큼 가까운 곳에 있었지만, 그녀가 내뿜은 숨은 이미 허옇게 김이 되어 있었다. 폐가 아팠다. 오펠리는 안경 너머로 자신의 얼굴이 창백해지는 것을 보았다. 등 뒤로는 네크로맨서의 제복이 점점 크게 보였고, 그의 손이 오펠리를 붙잡으려 치켜 들려 있었다.

거.의.다.왔.다.

오펠리는 얼음덩어리처럼 거울 속으로 떨어졌고 거울은 그녀를 곧바로 삼켜버렸다. 마지막으로 남아 있던 의식으로 '연구소'를 떠올렸다. 그녀는 마치 꿈을 꾸듯이 거울 사이를 통과했고, 이내 조명의 변화가 그녀가 다시 밖으로 나왔음을 알렸다. 그저 중간에 멈췄던 추락을 계속하는 것 말고는 아무것도 할 수 없었다.

카펫 위.

---

[*] 시드 출신의 네크로맨서는 온도를 마음대로 다룰 수 있으며 눈빛만으로도 상대를 얼어붙게 만든다.

바닥에 웅크린 오펠리는 떨리는 몸을 주체할 수 없었다. 일어날 수도, 말을 할 수도 없었다. 숨을 쉬는 것조차 극심한 고통이었다.

창문으로 들어오는 빛 속에서 어떤 형체가 그녀 쪽으로 몸을 기울였다.

"추워."

이 한마디만 앙다문 이 사이로 겨우 흘러나왔다. 어스름이 그녀 위로 덮쳐왔다. 너무 갑작스러워서 오펠리는 한순간 눈이 멀었다고 생각했다. 하지만 누군가가 자신을 침대보로 감싸주었다는 것을 곧 깨달았다. 그녀는 그 속으로 파고들었다. 서서히, 1도씩, 몸에 온기가 돌아오기 시작했다. 감각이 돌아오면서 아무것도 느껴지지 않았던 피부가 타오르듯 따끔거렸다. 바벨에서는 폭력이 금지되어 있지만, 몽둥이로 얻어맞는다 한들 지금보다 덜 아프진 않았을 터였다.

오펠리는 바닥을 더듬어 자신과 함께 카펫 위에 떨어진 안경을 찾았다. 안경을 다시 콧등에 걸치고 나서야 이곳이 방 안임을 알 수 있었다. 어떤 남자가 침대에 앉아 자장가를 흥얼거리고 있었다. 갑자기 옷장 거울에서 낯선 사람이 튀어나왔는데도 그는 별로 개의치 않은 듯했다.

오펠리는 그가 덮어준 침대보를 돌려주었다.

"고마워요."

남자는 침대보를 힘없이 받아 들고 어떻게 할까 하다가 그냥 품에 안고 콧노래를 계속 흥얼거렸다. 오펠리는 창문의 방충망을 들어 올렸다. 늦은 오후의 짙은 빛이 정원에 넘쳐흘렀다. 멀리 보이는 거상은 태양을 가리고 있었다. 오펠리는 이미 짐작하고 있었다. 또 경로를 벗어났다. 원래 목적지는 소장 관사였는데 그 대신 일반 프로그램 거주 구역의 어느 방으로 떨어져 버린 것이다. 이곳에 단 한 번도 모습을 비친 적이 없다는 사실은 아무런 변수가 되지 못했다. 적어도 이 방의 주인은 매우 협조적이었으니까. 그는 아무 질문도 하지 않았고, 오펠리가 입술 위에 손가락 하나를 대며 가만히 방을 빠져나가려 할 때도 그녀를 조용히 보내주었다. 마치 돌봐주던 새를 날아가게 놓아주듯이.

오펠리는 거주동의 층계를 달렸다. 어떤 방에서는 악기 연습을 하는 소리가, 어떤 방에서는 아이들의 웃음소리가 들려왔다. 이탈 연구소의 금빛 외벽이 보였다. '하지만 난, 난…' 그녀는 생각했다. '무대 뒤를 보았어.' 메디아나가 기도대에 족쇄로 묶여 있던 모습은 그녀의 안경에 새겨져 있었다.

오펠리는 간호사들과 감시자들을 가까스로 피했다. 여기서는 누구도 회색 후드로 모습을 감추고 있지는 않았지만, 그 대신 모두 목에 호루라기를 달고 있었다. 몇 번 더 헤맨 끝에 어느 구름다리를 걷게 되었다. 표지판대로라면 이 다리는 소장 관사로 이어질 것이다. 구름다리는 실제로 거상의 옆구리 쪽으로 뻗어 있었고, 그곳에서 엘리베이터의 철창살이 빛나고 있었다. 그러나 오펠리는 그 접근로를 지키고 있는 두 사람의 실루엣을 보자마자 들키지 않게 조용히 돌아섰다.

다른 길을 찾아야 했다. 또다시.

마침내 직원용 계단을 발견했다. 계단은 너무 오래되어 오펠리의 무게에 금방이라도 나사가 빠질 것 같았다. 직원용 계단을 통해 오펠리는 거상의 기단 부분으로 내려갈 수 있었다. 드디어 터널이었다! 오펠리는 벽을 따라 석양빛을 반사해 대는 수천 개의 만화경 같은 단면을 보지 않으려 애쓰며 터널 안으로 쏜살같이 파고들었다. 전날 토른이 그녀를 통과하게 했던 숨겨진 문을 찾아냈다. 거상 꼭대기에 이르러서야 비로소 그녀는 진짜로 안전하다고 느꼈다. 오펠리는 비밀 통로 안에 몸을 숨겼다. 비밀 통로는 태피스트리 뒤에 숨겨진 소장 관사의 대기 홀과 붙어 있었다. 그녀는 계단에 털썩 주저앉았다. 숨이 턱까지 찼고, 다리가 풀렸고, 그녀는 꼼짝도 하지 않았다. 깜빡이는 전구 불빛 아래에서 한참 동안 들리는 건 숨이 턱끝까지 차올라 헐떡이는 자신의 숨 소리뿐이었다.

해냈다.

수없이 경로를 이탈했음에도 불구하고 오펠리는 협력자 구역을 빠져나왔고, 심지어 예정보다 일찍 약속 장소에 도착할 수 있었다.

그리고 바로 그 순간이 되어서야 그녀는 비로소 너무나도 강렬한 그 감정을 느꼈고, 두근거림을 진정시키기 위해 두 팔로 가슴을 꽉 감싸안아야 했다. 공포. 그저 관찰자에게 붙잡힐 뻔했다거나 네크로맨서에 의해 얼어버릴 뻔해서 느낀 감정이 아니었다. 아니, 이 공포는 몸속 깊은 곳에서부터 솟구쳐 오르는 것이었다. 오펠리는 윌랄리 딜뢰의 비밀 중 아주 작은 조각 하

나만 간직했을 뿐이지만, 기억의 구석에 웅크리고 있는 훨씬 거
대한 진실을 어렴풋이 엿본 것 같았다. 그 진실이 담고 있는 함
의가 너무나도 압도적이라서 그녀는 자기 자신도 미지의 땅처
럼 느껴졌다.

토른은 그 오랜 시간 동안 어머니에게서 물려받은 기억의 무
게를 어떻게 견뎠을까? 토른은 이 세상이 자칭 신이라는 존재
가 수 세기에 걸쳐 짠 거대한 거미줄에 지나지 않았음을 어린
시절부터 알고 있었다. 그리고 그 누구의 조언도 없이 그 거미
줄을 끊어버리는 일을 자신의 사명으로 받아들였던 것이다.

오펠리는 계단에 웅크리고 앉아서 무릎에 얼굴을 파묻었다.
토른이 어서 와주길 바랐다. 그의 단단함에서 힘을 조금이라도
길어 올릴 수 있기를….

그녀는 깜빡 잠이 든 줄도 몰랐다가 갑작스러운 엘리베이터
벨 소리에 잠이 깼다. 누군가 대기 홀에 들어왔다. 태피스트리
너머로 금속이 삐걱거리는 소리가 들렸다. 이제는 너무나 익숙
한 소리였다.

"혼자 기다리겠습니다."

바벨 사람들의 억양은 세상에서 가장 선율이 아름다운 억양
중 하나였지만, 토른의 입을 거치면 장송곡처럼 음산하게 들
렸다.

"제가 곁을 지켜드려도 될까요, 서? 소장님들은 항상 익스트림
리 바쁘시거든요. 저도 아직 직접 뵌 적이 없어요. 경께서 오늘
밤에 꼭 보고하시려는 건 잘 알지만 아마 문을 열어주실 때까지

꽤 오래 기다리셔야 할 거예요."

어깨에 원숭이를 매달고 어디든 토른을 뒤따르는 여자아이
였다. 만약 진심으로 소장들의 존재를 믿고 있다면 그녀는 몰
라도 한참 모르는 셈이었다. 오펠리는 여자의 목소리에 아주 미
세하게 섞인 고음을 감지했고, 그 때문에 기분이 묘하게 거북해
졌다. 그녀의 말에는 공손함이나 무지 이상의 무엇인가가 묻어
났다.

"혼자 기다리겠습니다."

토른은 마치 오토마톤처럼 음절 하나하나를 또렷하게 뱉어
냈다. 그 순간 오펠리는 마음에 스친 질투심을 자책했다. 그는
자신에게 너무나 가혹한 나머지, 누군가가 자기를 매력적으로
볼 수 있다는 생각조차 하지 못하는 사람이었기 때문이다.

하지만 놀랍게도, 대가를 매단 여자는 굴하지 않았다.

"어쩌면… 옷을 갈아입으시는 게 좋을지도 몰라서요, 서. 혹
시… 윌 맡겨만 주신다면 제가 경의 제복을 세탁소에 가져다 놓
을 수 있어요."

오펠리는 대화가 몹시 이상한 방향으로 흘러가고 있다고 생
각했다.

그녀는 자신과 그 여자를 가로막고 있는 태피스트리 너머로
여자의 모습을 그려볼 수 있었다. 노란 사리 차림의 고운 실루
엣, 어깨에 작은 오토마톤을 얹고 서류 가방을 초조하게 꼭 끌
어안고 있을 터였다. 토른에게 예의를 갖출 만큼의 거리를 두고
서서 그를 올려다보는 어둡고도 반짝이는 여자의 두 눈까지도

보이는 듯했다.

"미스 스콩드 말인데요." 여자가 말을 이었다. "의사 선생님께서는 상처가 커 보이긴 하지만 걱정할 만한 수준은 아니라고 하셨어요."

오펠리의 놀라움은 걷잡을 수 없이 커져만 갔다. 반면 태피스트리 너머에서 들려오는 여자의 목소리는 반대로 속삭임으로 바뀌었다.

"사실 제가 말씀드릴 권한은 없긴 하지만요, 서, 제가 쓴 이 검은 렌즈를 끼면 어떤 것들을 볼 수 있거든요. 얼핏 보기와는 달리 이번 사건은 경의 책임이 아니에요. 미스 스콩드가 그렇게 경에게 달려들다니. 스콩드 양이 자기 그림 일이라면 가끔 너무 충동적이거든요! 스콩드 양의 잘못이죠. 과거에 경께서 어떤 사람이었든, 나우, 지금은 뢱스 귀족이시잖아요!" 여자는 경외심에 떨며 더욱 큰 목소리로 말했다. "뢱스 귀족은 범접할 수 없죠. 뢱스 귀족은 결코 실수를 하지 않…."

"혼자 기다리겠습니다."

토른의 대답은 한결같았지만, 이번에는 분명한 적대감이 서려 있어서 여자는 더 이상 고집을 부리지 못했다.

"안녕히 주무세요, 서."

실크 옷자락이 바스락거리는 소리와 함께 여자가 멀어졌다. 엘리베이터가 그녀를 실어 가자 오펠리는 태피스트리를 젖히고 대기 홀의 타일 위로 걸어 나왔다.

토른은 전구의 불빛 아래 서 있었다. 그는 눈앞 소장 관사의 흑단색 문을 냉엄하게 응시하고 있었다. 문이 열릴 가능성을 진지하게 고려해서라기보다, 방 안의 반짝이는 표면에 비친 자신의 모습을 피하려는 듯했다. 오펠리가 다가오는 것을 눈치채고 나서야 비로소 그녀를 바라보기 위해 시선을 돌렸다. 놀라움도, 분노도 없었다. 그의 눈에 담긴 감정은 철저히 자기 자신을 향한 것이었다. 그는 마치 이 공간 전체를 영원히 시야에 담으려는 듯 벽을 등지고 완강하게 버티고 있었다. 손으로 종이 한 장을 구기고 있었다. 황금빛 제복은 피로 얼룩져 있었다.

그 모습을 보자 오펠리의 억장이 무너지는 듯했다.

"고작 그림 하나 때문에."

토른은 아무 표정 없이 중얼거렸다. 하지만 그 말을 내뱉자마자 그의 경직된 자세에 금이 가기 시작했다. 단단히 굳었던 그의 얼굴이 조금씩 무너졌다. 다리 보조기는 더는 견딜 수 없을 만큼 무거워진 몸을 버티지 못하고 꺾였다.

강철이 요란하게 부딪치는 소리와 함께, 토른은 무릎을 꿇으며 쓰러졌다.

그는 양손으로 오펠리를 붙잡았고, 그 힘이 워낙 세서 그녀는 넘어질 뻔했다. 그녀는 굳건히 버텼다. 속으로 아무리 흔들리고 있을지언정 지금 여기서 두 사람 몫까지 단단해져야 하는 건 그녀였다. 토른은 끝없이 자기 안으로 무너져 내리고 있었다. 고개는 앞으로 푹 꺾였고, 어깨는 부서질 듯 굳어버렸다. 그는 오펠리를 붙들면서도 밀어내려는 것처럼 그녀의 몸을 죄고 있었다.

자신의 발톱이 또 다른 피해자를 만드는 것을 막기 위해.

그가 빠져드는 심연은 아슈들 사이의 허공과 본질이 같았다. 누구도 되돌아올 수 없는 끝없는 추락.

오펠리는 그가 추락하도록 내버려두지 않을 것이다.

오펠리는 토른이 자신에게 매달리는 것만큼 강하게 그를 붙잡았다. 그리고 혼란스러운 맥박으로 고동치는 자신과 그의 발톱을 더 또렷이 상상하기 위해 눈을 감았다. 그녀의 발톱은 연구소에 의해 뒤틀렸고, 토른의 발톱은 가시덤불처럼 날카로웠다. 발톱은 그 자체로 해롭지는 않았다. 발톱은 곧 토른이었고, 오펠리였다. 낯선 가문 능력에서 비롯된 본능으로 오페리는 자신의 신경 자극을 토른의 것과 연결해 그것을 무력화시키려 했다. 그림자의 어긋남 때문에 여러 번 시도해야 했지만 결국 해냈다. 그녀는 토른이 품 안에서 움찔하는 것을 느꼈고, 그의 어깨 근육이 더 팽팽해지는 것을 보았다. 한순간 그가 분노하며 뿌리칠까 봐 겁이 났지만, 이내 그의 어깨에서 힘이 빠졌다. 그의 앙상하고 거대한 몸을 옥죄고 있던 영원한 긴장이 완전히 풀려버렸다. 그는 자신과의 싸움을 멈춘 것이다. 그는 바닥에 무릎을 꿇고 오펠리의 조여든 배에 이마를 묻은 채 꼼짝하지 않았다. 그는 울고 있었다.

구겨진 스콩드의 그림이 바닥에 널브러져 있었다.

우물에서 튀어나오는 토끼 한 마리.

선혈처럼 붉은.

(괄호)

11개월 4일 9시간 27분 13초 전.

토른은 황금 의자에 앉아 있었다. 높이 84센티미터, 너비 48센티미터, 깊이 42센티미터. 소수점 이하와 시트의 높이는 제외한 수치였다. 일부러 계산하는 것이 아니었다. 측정 단위들이 그의 안에 각인되었고, 주변 환경과 상호작용을 할 때마다 자신도 모르는 사이에 기생하듯 그를 잠식했다. 그것들은 황금 창문들에 달린 방충망 그물코에도, 황금 가구들의 다리 간격에도, 황금 물병에 담긴 액체의 부피에도, 황금 카펫의 기하학적 무늬 속에도 들어 있었다.

측정단위들은 무엇보다 라운지 시계의, 역시나 금으로 된 바늘 속에 있었다. 토른은 계보학자 클럽의 2층, 이 황금 의자에 앉아 2318초째 기다리고 있었다. 이들은 시간 약속에 대한 개념이 전혀 없었다. 이건 무례를 넘어 비논리적인 일이었다. 토른의 시간을 낭비하게 만들면, 결국 자신들의 시간도 버리는 꼴이었다. 이 2318초(지금 막 2334초를 지났다)를 그들이 맡긴 임무를 수행하는 데 쓸 수도 있었을 테니.

토른은 순진하지 않았다. 이 기다림조차 게임의 일부라는 것을 잘 알고 있었다. 계보학자들의 게임.

1668초가 더해진 뒤에야 마침내 계보학자 커플이 라운지로 들어섰다. 처음 그들을 만났을 때, 토른은 지저분하고 열병에 시달리고 부러진 한쪽 다리를 끌고 다니는 탈주범에 불과했다. 반면 그들은 매번 그랬듯 황금색 토가를 걸친 불변의 모습으로 나타났다.

"웰컴, 앙리 경." 계보학자들은 한목소리로 말했다.

이 이름도 그들이 토른에게 붙여준 것이었다. 토른은 여전히 그들의 이름을 몰랐다. 하지만 그들이 누구인지 아는 데 이름은 필요 없었다. 바벨에 도착하기 전, 아니, 폴에서 탈출하기 전부터 토른은 그들이 누구인지 알고 있었다. 그는 수년 전부터 모든 아슈들 사이의 정치 관계 구조를 외우고 있었고, 가문들 간의 소식을 꾸준히 파악해 왔다. 그랬다. 그들을 만나기 훨씬 전부터, 신의 하수인들 중 이 두 사람만은 오직 자신들만을 위해 일한다는 것을 그는 알고 있었다. 그걸 알아채는 데 대단한 심리학적 통찰이 필요한 것도 아니었다.

남자와 여자는 소파에 바짝 붙어 앉았다. 둘 사이는 측정할 틈조차 없었다. 토른은 그들의 두개골로 시선을 돌려 전후 지름, 좌우 지름, 귀 위쪽 지름에 집중했다. 그는 한번 쳐다보기만 해도 그들의 신체 치수를 가늠할 수 있었다. 하지만 그 수치를 미적 개념으로 해석할 수는 없었다. 그들은 아름다운가? 토른

은 그들을 혐오했다. 아니, 그보다 조금 더

"약속대로 왔습니다."

그의 다급한 말투에 계보학자들은 흡족해했다. 남자는 일부러 느릿느릿 움직이며 사이드 테이블 위에 놓인 병을 집어 들어 여자의 입술에 대고 기울였다. 남자는 토른에게서 시선을 떼지 않았다. 도발적이었다. 와인 냄새가 공기를 무겁게 짓눌렀다. 담배, 외설, 도박, 소란스러운 음악, 범죄소설과 마찬가지로 술은 바벨에서 금지되어 있었다. 하지만 계보학자 클럽에서는 그 모든 것이 넘쳐났다. 누가 도시 최고의 권력자들을 고발하겠는가?

토른은 라운지의 시계를 확인했다(4362초 경과). 별 감흥은 없었다. 그는 폴의 대사관에서 더 심한 꼴도 겪어봤다.

"질문하십시오."

계보학자들은 머뭇거리는 척했지만 실제로 주저하지는 않았다. 그들은 한목소리로 또박또박 물었다.

"성공했나요?"

이 질문에는 답이 둘뿐이었다. '아직'이라든가 '곧'이라든가 '거의'라는 말은 답이 될 수 없었다.

"아니요." 토른이 답했다.

토른의 실패는 곧 계보학자들의 실패였다. 그럼에도 두 사람 모두 만족감을 감추지 않고 고개를 끄덕였다. 이유는 달랐지만 그들도 토른만큼이나 무엇이 신을 신으로 만들었는지를 알고 싶어 했다. 임무는 그들의 첫 만남 이후 변함없었다. 토른이 제

발로 이 라운지에, 그들 앞에 나타났던 그때부터. 계보학자들은 수단을 제공했고, 토른은 그 수단을 실행에 옮겼다. 그들이 문을 열어주었고, 그는 직접 그 문을 통과했다. 그들은 그를 이용했고, 그 역시 그들을 이용했다. 그리고 만약 언젠가 토른이 결코 열지 말았어야 할 문을 열게 되고, 그 문이 등 뒤에서 닫혀 다시는 돌아올 수 없게 된다면, 계보학자들은 그를 고용했을 때만큼이나 빠르게 그를 처분해 버릴 터였다. 그에게 주었던 이름을 빼앗고, 그를 부정하고, 그와 아무런 관계도 없었다고 부인할 것이다. 그러고는 마치 고분고분하고 착한 아이인 척하며 신에게 그를 넘겨버릴 터였다.

그것이 이 게임의 규칙이었다. 어쨌든 규칙들 중 하나였다.

"가까이 오세요, 디어 프렌드."

토른은 의자를 267센티미터 앞으로 끌고 가서 삐걱거리는 금속음을 내며 다시 앉았다. 이제 그와 계보학자들의 거리는 가까웠다.

여자가 미끄러지듯 몸을 앞으로 내밀었다. 머리카락과 옷자락이 출렁였다. 토른에게 조금이라도 상상력이 있었다면 여자가 녹인 금으로 만든 사람 같다고 생각했을지도 모른다. 그녀는 초대하듯 양팔을 내밀었다. 처음에 여자 계보학자의 이 몸짓을 봤을 때 토른은 그 의미를 이해하지 못했다. 하지만 이제는 그녀가 자신에게 무엇을 기대하는지 정확히 알았다. 그리고 피할 수 없다는 사실도. 토른은 두 손을 내밀었다. 여자의 금빛 손가락이 자신의 손가락과 뒤엉키자마자 토른은 속이 울렁거렸다.

그는 신체 접촉을 혐오했다. 단 하나 예외가 있기는 했다. 하지만 그는 그 예외를 떠올리고 싶지 않았다. 지금 이 자리에서라면 더더욱.

"괜찮아요." 여자가 속삭였다. "이츠 올라이트It's alright. 당신이 최선을 다하고 있다는 걸 알아요."

남자는 소파 쿠션 사이에 몸을 파묻고 그 장면을 탐닉하듯 지켜보았다. 맨눈에도 보일 만큼 금빛 염료 아래로 피부에 전율이 훑고 지나갔다.

토른은 진지하게 자문했다. 정말 최선을 다했을까? 폴의 감옥을 탈출한 이후 그의 삶은 즉흥적인 선택들의 연속에 불과했던 것 같았다. 그는 새로 생긴 가문 능력을 사용해 감옥 벽의 반사면을 통과했다. 성공하리라는 확신조차 없었다. 그리고 몇 주째 비어 있던 베르닐드 고모의 저택 서재 안 거울을 통해 빠져나왔다. 그곳에서 임시 피신처와 안전한 전화선을 찾을 수 있을 거라고 계산했던가? 전혀. 그가 자신에게 그나마 집이라 부를 수 있는 곳으로 되돌아간 것은, 오로지 동물적인 본능 때문이었다. 투명 인간 블라디슬라바에게 연락했을 때는 또 어땠는가. 과거에 그녀의 클랜을 위해 해준 일을 대가로 그녀가 자신을 폴에서 도망칠 수 있도록 도와주리라 확신했던가? 그녀가 배신할지도 모른다고 백 번도 넘게 생각했다. 사실 그녀가 정말로 배신을 하지 않았다는 것을 아직도 믿기 힘들었다. 목적지 선택에 관해서라면, 그것은 오로지 그가 지니게 된 파루크의 예측 불가능한 기억이 해제되었기 때문이었다.

토른은 생각하면 할수록, 아니, 그는 확실히 최선을 다하지 않았다고 판단했다. 그는 기껏해야 통계를 엉망으로 헝클어 놓는 데 그쳤을 뿐이다.

"우리는 경이 수완이 좋은 사람이라는 걸 알아요." 여자가 그의 손을 더욱 꽉 잡으며 말했다. "당신은 이미 우리에게 증명했어요. 그리고 또 증명하겠지요."

토른은 계보학자가 가문 능력을 발휘했다는 첫 번째 효과를 감지했다. 마치 수많은 바늘이 양손의 모공 하나하나에 깊숙이 박히는 듯했다. 그는 얼굴 근육 하나도 움찔하지 않으려고 힘을 주었다. 불쾌감도 드러내지 말아야 한다. 여자와 남자를 시야에서 놓치지 말아야 한다. 내 가문 능력을 속여야 한다.

"당신은 부계 혈통으로 보면 드래건이죠. 그러니 이 정도는 (여자는 손을 아주 조금 더 세게 움켜쥐었다) 당신 집안 발톱에 비하면 서툰 맛보기 정도라고 생각하겠네요."

토른은 전혀 그렇게 생각하지 않았다. 드래건이 가하는 고통과 초촉각자가 주는 고통은 비교조차 할 수 없었다. 전자는 뇌에 거짓 신호를 보낸 뒤 몸에서 고통이 느껴지는 것처럼 만드는 반면 후자는 피부에서 피부로 전달되는 진짜 자극이었지만, 표면에는 아무것도 드러나지 않았다.

손에서 시작된 고통은 팔 전체로 퍼지며 더욱 강렬해졌다. 이제 바늘이 아니라 못이 되었다. 불에 달군 거친 못. 토른은 라운지의 시계에 정신을 집중하며(4859초가 지났다) 자신의 발톱을 설득하려 애썼다. 별일 아니다. 이 공격은 합의된 것이다. 내 몸에 가해지는 모욕을 나는 받아들인다.

여자는 토른의 무표정한 얼굴에서 균열을 찾으려는 듯 탐욕스럽게 그를 살폈다. 그녀는 토른이 자신에게 발톱을 쓸 수 없다는 것을 알았다. 무엇보다 목표를 이루려면 자신들의 도움이 절실하다는 것도 알았다.

"파루크 경의 딸이 꽤 자랐다지요." 남자가 소파 쿠션에 몸을 파묻은 채 말했다.

"선택받은 극소수만 경의 어린 사촌을 직접 볼 수 있죠." 여자가 덧붙였다.

"베르닐드 부인이 그 아이를 가장 소중한 보물처럼 세상으로부터 숨기고 있다면서요." 그들이 합창하듯 동시에 말했다.

2초, 벽시계가 딱 한 번 틱 그리고 탁 소리를 내는 동안 토른의 집중력에 금이 갔다. 그 2초 동안 고통은 한층 깊숙이 그의 피부를 파고들었다. 기억의 연쇄 작용이 시작되지 않도록 모든 정신력을 총동원해 막아내야 했다. 자칫하면 베레닐드 고모가 다시 일어서도록 지탱해 준, 없어서는 안 될 버팀목이었던 그 시절로 끌려가게 될 터였다. 하지만 지금은 다른 이가 그 자리를 대신하고 있다. 당연한 이치다. 이제 폴에서 그를 기다리는 사람은 아무도 없었다.

"다른 질문을 하십시오." 토른이 입을 열었다.

여자는 모호한 미소를 지었다. 그리고 손아귀에 힘을 더 주었다. 토른은 온몸의 피부 밑에서 쐐기풀이 돋아나는 것만 같았다.

"임무를 끝까지 완수하겠습니까?" 계보학자들이 동시에 물었다.

"네."

"굿 보이."

여자가 손을 놓았다. 매번 그랬듯, 토른은 아무런 상처도 없는 자신의 살갗을 보고 놀라지 않을 수 없었다. 초촉각자의 손길은 어떤 흔적도 남기지 않았다. 토른은 마지막으로 시계를 봤다(5602초). 그리고 자신을 개의치 않고 소파에서 서로 껴안고 있는 두 몸뚱이를 뒤로하고 자리를 떴다.

라운지 문을 닫을 때 마지막으로 그들의 뒤섞인 목소리가 들려왔다.

"경의 다음 방문을 손꼽아 기다리겠어요."

복도 한가운데에 혼자 남게 되자 토른은 기계적인 동작으로 작은 병의 뚜껑을 돌려 열었다. 그리고 손을 소독했다. 한 번, 두 번, 세 번. 더러움은 눈에 보이지 않았지만 그는 그것을 신경 가닥마다, 억눌린 증오로 전율하며 그의 주위를 감싸고 있는 발톱 끝까지 생생하게 느끼고 있었다.

그래. 폴에서는 이제 아무도 나를 기다리지 않는다. 그건 괜찮다.

다른 어딘가에서 나를 기다리는 한 사람만 있다면 그것으로 충분하다.

눈속임

오펠리의 발밑에서 마른 잔디가 바스락거렸다. 무덤과 반딧불이 사이를 나아가는 오펠리의 동공은 하늘의 달만큼이나 팽창해 있었다. 과거에도 아니마의 묘지를 방문한 적이 있었는데, 매번 첫발을 내딛자마자 거대한 침묵에 사로잡히곤 했다. 진정한 평온도, 완전한 불안도 아니었다. 오히려 그 두 극단 사이에서 외줄을 타는 곡예사의 집중에 더 가까웠다

하지만 한밤중, 이탈 연구소의 공동묘지 한가운데서 느끼는 감정은 더더욱 형언하기 어려웠다. 숨 쉬는 것조차 거의 잊어버릴 지경이었다. 이곳은 아주 오래된 군사 묘지였다. 게다가 묘비들의 격자 배열은 군대의 대열을 연상시키기에 충분했다. 바벨에서는 이런 단어들이 모두 금지되어 있었으므로, 오펠리는 이와 같은 장소를 언급하는 일이 쉽지 않으리라 생각했다. 아마도 아무도 입에 올리지 않을 터였다. 그저 떨쳐버릴 수 없는 이웃처럼, 아슈 한구석에 이 묘지가 존재하는 것을 묵인할 뿐이었다.

그럼에도 마치 이탈 연구소가 스스로 뿜어낸 잉여물에 범람

하기라도 한 듯, 이곳의 통로마저 쓸모없는 물건들로 꽉 막혀 있었다.

아무리 눈길을 사로잡는 장소라 한들, 오펠리의 시선은 앞장서 걷는 토른에게로 속절없이 이끌렸다. 그는 전실을 빠져나온 후로 입도 뻥긋하지 않았다. 조용히 거상의 비밀 계단을 내려가, 낡은 놀이공원의 회전 기구를 우회하고, 건물 창문에서 보이지 않게 가려진 장미원을 가로질러, 공동묘지의 철문을 밀고 들어갔다. 토른이 성큼성큼 나아가는 바람에 오펠리는 보폭을 두 배로 늘려야만 했다.

오펠리는 스콩드가 그림을 건네려 달려들었던 쪽, 피로 얼룩진 제복 부위에서 시선을 피하려 애썼다. 토른은 사고 경위에 대해 꽤 무뚝뚝하게 말했지만, 오펠리는 핵심을 알고 있었다. 스콩드는 뜻하지 않게 토른의 발톱을 발동시켰다. 스콩드의 생명에 지장은 없었으나 평생 흉터가 남을 터였다. 토른 역시 마찬가지였다. 현장의 목격자들은 무슨 일이 벌어졌는지 이해하지 못했다. 아무도 토른을 탓하지 않겠지만, 오펠리는 그가 차라리 자신이 책임지기를 바랐으리란 걸 느낄 만큼 그를 잘 알았다. 토른은 갚을 길 없는 죄책감에 짓눌려 있었다.

이 일로 인해, 스스로를 바라보는 토른의 시선을 바꾸는 것은 그 어느 때보다 까다로운 일이 될 터였다.

두 사람은 대지와 허공의 경계가 되는 성벽을 올랐다. 저 위, 흉벽 길에서는 바람이 맹렬하게 휘몰아치고 있었다. 오펠리는 바람이 두 뺨과 팔, 종아리 맨살을 탁탁 때리는 것을 느꼈다. 긴 머리나 낡은 속치마는 아쉽지 않았다. 반면 신발만큼은 절실했다. 사방을 뛰어다닌 탓에 발바닥이 불타는 듯했다.

"아." 입술에서 무심결에 소리가 흘러나왔다.

총안 너머로 보이는 본파미유의 전경에 압도당한 것이다. 이 관측 지점에서 볼 때만큼 이 작은 아슈가 가깝게 느껴진 적은 없었다. 두 쌍둥이 섬의 윤곽을 완벽하게 구분할 수 있었다. 폴리데우케스의 후손들을 위한 섬과 헬레네의 피후견인들을 위한 섬은 매우 상징적인 다리 하나로 연결되어 있었다. 돔, 원형 극장, 체육관의 유리창들이 달빛을 반사했다.

어쩌면 옥타비오가 저 달빛 아래 어딘가에서 자고 있을 것이다. 아니면 침대에서 뒤척이며 어떻게 내부에서부터 세상을 바꿀지 고민하고 있을지도 모른다. 다친 동생을 보면 어떤 반응을 보일까? 오펠리는 가슴이 죄어왔다. 본파미유 생활이 남긴 가장 값진 것은 옥타비오와의 우정이었다. 옥타비오는 이탈 연구소에서 스콩드가 맡은 역할에 대해 얼마나 알고 있었을까? 누가 1단계 프로토콜에 남고 누가 2단계 프로토콜로 넘어 갈지, 누가 평생 회전 기구를 타고 누가 기도대에 끌려가서 사슬로 묶인 채로 끝날지, 역전자들의 운명은 스콩드가 긋는 다음번 선 하나에 달려 있었다. 스콩드는 이곳의 공모자였고, 그것이 자발적인 선택에 따른 것인지 아닌지는 별개의 문제였다. 레이디 셉티마는 이 사실을 알고 있었을까? 다 알고도 딸을 이곳에 둔 것일까? 아니면 딸을 버린 순간부터 그녀를 통제할 수 없게 되어 버렸을까?

앞장서던 토른은 손가락으로 목적지를 가리켰다. 성벽 모퉁이 탑 구실을 하는 파고다였다. 파고다는 성벽과 너무 자연스럽게 어우러져 거의 눈에 띄지 않았다. 달빛을 후광처럼 두른 파고다는 지나치게 화려한 색채를 띤 연구소의 다른 건축물들에 비해 놀랄 만큼 평범해 보였다. 그런데 자세히 들여다보니 층층이 겹쳐놓은 덧창들 사이로 아주 희미한 불빛이 새어 나오고 있었다. 토른이 미닫이문을 열자 불빛이 확 쏟아져 나왔고, 오펠리는 그와 함께 등불 속으로 들어가는 듯한 느낌이 들었다.

"여기야." 마침내 토른이 입을 열었다.

두 사람은 파고다의 기단을 이루는 팔각형 홀 한가운데 섰다. 벽감들에 놓인 야등에서 빛이 나오고 있었다. 각각의 등불은 사진이 붙은 유골함을 하나씩 비추고 있었다. 그 수가 엄청났다.

콜룸바리움*.

"연구소에서 사망한 피험자들의 유골함이야. 가족이 인계를 요청한 적은 단 한 번도 없었지." 토른이 말을 이었다.

네크로맨서의 여파가 아직도 몸속에 남아 있는 듯 오펠리는 뼛속까지 얼어붙는 것 같았다. 폴의 지하 감옥에도 갇혀봤지만, 지금 이곳의 분위기는 훨씬 더 음산했다. 3단계 프로토콜에 진입한 이들이 마지막을 맞이하는 곳이 이 유골함 속일까? 그 수가 너무 많았다! 파고다 꼭대기까지 층층이 치솟은 벽감들과, 그 앞을 오르내릴 수 있도록 얽혀 있는 수십 개의 계단들.

---

* 유골함을 안치하기 위해 벽에 작은 감실을 만든 납골당. 라틴어로 '비둘기 집'을 뜻하며, 벽면의 벌집 같은 모양이 비둘기 집과 비슷하여 붙은 이름이다.

“우리가… 누굴 찾는거야?”

“아니, 무언가를 찾는 거야.” 토른이 회중시계를 딸깍이며 대답했다. “우선 각자 알아낸 것들을 공유해 보자.”

확실히 그는 예전의 감독관 같은 태도를 되찾은 듯했다. 하지만 오펠리는 속지 않았다. 안경 너머의 시선이 너무 집요하게 파고들 때면 슬쩍 고개를 돌려 피하는 모습에는 전과 다른 수줍음이 배어 있었다.

오펠리는 먼저 시작하기로 했다.

“우리가 맞았어. 관찰자들의 검은 렌즈는 가문 능력들을 시각화해서 보여줘. 그런데 그게 다가 아니야.”

오펠리는 침을 삼켰다. 윌랄리 딜뢰의 기억 덕분에 협력자 구역에서 읽었던 연구 자료들을 해석할 수 있었다. 이제는 그 모든 것을 자신의 언어로 풀어내야 했다. 그것도 이 콜룸바리움 안에서. 수많은 유골함들 한가운데서 그 이야기를 하려니 정말 기이한 느낌이 들었다.

“우리 주변을 어른거리는 이 그림자들, 그건… (오펠리는 알맞은 단어를 찾으려 애썼다) …우리 자신의 **투영**이야. 내 그림자가 원래 자리에서 삐긋하고 어긋나면, 그 투영도 같이 어긋났다가 결국엔 에코라는 반동이 되어서 우리에게 튕겨 돌아오는 거지. 그건 마치… 뭐랄까….”

오펠리는 손을 뻗어 요요를 던졌다가 되받는 시늉을 크게 해 보였다.

“자이로스코프의 세차운동 歲差運動*이지.” 토른이 그녀의 동작을 학술적인 용어로 풀이했다.

"바로 그거야. 그리고 연쇄적으로 영향이 번져. 역전자들의 그림자가 튕겨 나오면서 주변에 있는 다른 모든 것의 그림자까지 건드리고, 그 파장이 더 많은 에코를 만들어내는 거야. 그러다 아슈 하나가 통째로 무너지기라도 하면 그 교란은 걷잡을 수 없이 커지는 거고. 결국 우리가 이걸 '그림자'라고 부르든, '투영', '파동' 혹은 '에코'라고 부르든 본질은 다 똑같아. 바로 아에라르기룸의 작용이지."

"아에라르기룸." 토른이 따라 말했다. 자신의 기억 도서관에 이 단어가 없다는 사실에 분명 심기가 불편해 보였다.

"어쨌든, 연구소에서 만든 이름이야. 너무 미세한 물질이라 맨눈으로는 식별할 수 없어. 뭐랄까… 특정 조건이 갖춰지면… 그게 고체로 변환될 수 있어. 바로 그걸로 윌랄리 딜뢰가 가문 정령을 창조하는 데 성공했던 거야. 그리고 이탈 연구소는 지금 코르누코피아니즘 프로젝트를 통해 그걸 재현하려는 거고. 그게 진짜 풍요의 뿔이지." 오펠리는 떨리는 목소리로 속삭였다. "무한한 자원을 생산해 낼 수 있는 것. 하지만 연구소는 여태 한 번도 해내지 못했어. 여기서 만든 건 전부 실패작이야. 윌랄리 딜뢰에겐 있었지만 연구소엔 없거든. 바로 타자지."

오펠리는 연구소 때문에 그 어느 때보다도 서툴러지고 방향

---

* 회전하는 팽이의 축을 살짝 건드리면 팽이가 바로 쓰러지지 않고 축 자체가 비틀거리며 원을 그리는 물리학 현상. 토른은 원래 자리에서 어긋난 그림자(아에라르기룸)의 에너지가 곧바로 소멸하지 않고, 궤도를 맴돌다 결국 주인에게 강력한 반동(에코)으로 튕겨 돌아오는 현상을 이 회전 법칙에 빗대어 설명하고 있다.

감각까지 잃은 두 손을 움켜쥐었다.

"역전자들은 에코를 끌어당겨. 그리고 연구소는 우리 중 누군가가 가장 강력한 에코를 불러내도록, 우리의 역전 현상을 한층 더 악화시키고 있어."

오펠리는 눈꺼풀을 내렸지만 완전히 감지는 않은 채로 자신 안에 깃든 두 번째 기억을 더 깊이 파고들었다.

"풍요의 뿔은 에코 없이는 작동할 수 없어. 에코는 나름의 법칙과 논리를 가지고 있고, 말을 할 수만 있는 에코라면 그걸 우리에게 설명해 줄 수 있지. 윌랄리 딜뢰는 자신의 에코, 그러니까 타자와 대화를 하면서부터 세상 전반을, 특히 에코를 더 잘 이해할 수 있게 됐지. 그 덕분에 풍요의 뿔이 가진 잠재력을 최대한 끌어낼 수 있었어. 연구소가 탐내는 건 딜뢰가 이해한 내용이야."

오펠리는 눈을 더 가늘게 떴다. 윌랄리 딜뢰에게 필요했던 것 세 가지가 뭐였지? 말과 에코 그리고 대가.

"가문 정령들처럼 실패작들 역시 에코가 물질로 바뀐 결과물이야. 구체적인 형태를 지니려면 어떤 코드가 필요하다는 게 이런 것들의 공통점이지. 내가 파이 틀을 하나 발견했는데, 거기에 가문 정령들의 책에 쓰인 문자와 비슷한 문자가 적혀 있었어. 엘리자베스는 자신이 책들을 해독하고 가문 정령을 돕기 위해 고용된 줄 알아. 하지만 연구소의 계획은 자기들 목적에 맞게 그에 상응하는 코드를 만드는 거야. 그 코드가 완벽하지 않은 한, 연구소가 가진 풍요의 뿔로는 불완전한 물질만 만들어낼

뿐이니까."

오펠리는 자신이 샅샅이 뒤진 서류들, 스콩드가 자기 그림자 어깨에 그려놓은 균열, 불러낼 수 있었던 윌랄리 딜뢰의 환영, 예기치 않게 들어선 2단계 프로토콜의 중앙 홀, 그리고 '결정화'를 위해 메디아나가 강제로 치러야 했던 속죄를 언급했다.

말을 마치고 다시 눈을 크게 뜨자, 야등의 몽환적인 불빛 속에서 자신의 얼굴을 뚫어지게 바라보는 토른이 보였다. 그의 눈빛에는 동요, 아니, 거의 부러움에 가까운 감정이 번뜩였다.

"훌륭해."

오펠리의 얼굴은 물론이고 안경까지 붉게 달아올랐다. 토른에게서 칭찬을 들었다는 것은 보통 사건이 아니었다.

"아직 답을 찾지 못한 질문들이 많아." 그녀가 말을 이었다. "이 풍요의 뿌리라는 게 훨씬 더 큰 무언가, 땅속에 숨겨진 무언가의 표면에 불과하다는 느낌이 들어. 그래서 두려워. 우리를 둘러싼 이 아에라르기룸에 대해 사실상 아는 게 없잖아. 게다가 결정화는 또 뭘까. 연구소 프로젝트에 꼭 필요한 요소 같은데. 2단계 프로토콜의 존재 목적이 결정화라는데, 그게 뭔지 감도 못 잡겠어. 스콩드가 내 그림자에서 발견한 균열과 관련이 있을까?" 오펠리는 눈에 보이지 않는 균열이라도 찾아내려는 듯 어깨를 문지르며 속삭였다. "스콩드가 내게 균열을 하나 그려 넣은 이후로 내가 전환 후보로 거론됐거든."

토른은 그런 건 모두 부차적인 문제일 뿐이라는 듯 손으로 공기를 갈랐다.

"우리의 목표는 윌랄리 딜뢰가 어떻게 신이 되고 그녀의 거울상이 어떻게 종말 그 자체가 되었는지를 알아내는 거였어. 그리고 이제 풍요의 뿔의 기능이 변환이라는 걸 알게 됐지." 토른은 검지로 허공을 짚어가며 변환이라는 단어를 한 글자씩 또렷이 강조했다. "창조가 아니라 변환."

오펠리는 고개를 끄덕였다. 그의 말은 한마디 한마디 전달력이 있었다. 그를 두고 열정적이라고 하긴 어렵겠지만, 놀랍게도 지금은 그에 가까운 무엇인가가 느껴졌다.

"윌랄리는 에코들을 가문 정령으로 변환하는 데서 멈추지 않았어." 그가 말을 이었다. "아마 그 실험을 거꾸로 했을 거야. 스스로를 변환시킨 거지. 에코의 모든 특성을 자신에게 부여해서, 어떤 얼굴이든 어떤 능력이든 복제할 수 있게 만든 거야."

"그 변환이 동시에 타자에게도 영향을 미쳤을 수 있어." 오펠리는 점차 흥분에 휩싸이며 말했다. "메모리알의 봉인된 방에서 일어난 일이 어쩌면 바로 그 변환이었을지도 몰라. 그리고 파열을 일으킨 것도 그 변환이었을 수 있고. 도를 넘은 변환 말이야."

"윌랄리 딜뢰가 어떻게 했는지 알게 되면, 어떻게 풀어낼지도 알게 될 거야." 토른이 상기시켰다. "지금은 타자와 윌랄리 딜뢰가 조용히 몸을 사리고 있지만, 과연 언제까지 그럴까? 지금 여기서 이제 우리가 당장 해야 할 일은 풍요의 뿔을 찾는 거야."

오펠리는 파고다 전체를 빽빽하게 메운 벽감에 든 유골함들을 바라보았다.

“이 콜룸바리움 안에서?”

끔찍한 마찰음에 오펠리는 흠칫 놀랐다. 토른이 계단에 들어서던 중 다리의 보조기가 또다시 걸려버린 것이다.

“40년 전,” 그가 걸린 다리를 빼내며 설명했다. “연구소가 대대적으로 보수 공사를 했어. 대안 프로그램이 시작된 것도, 세 개의 프로토콜 체계가 만들어진 것도 그때지. 전기 설비도 마찬가지고. 내가 받았던 검침 기록과 연구소의 실제 전력량계 수치가 일치하지 않았다고 말했었지. 불시 점검을 나갔을 때, 직원들 중 그 초과 전력이 어디로 흘러가는지 내게 알려줄 수 있는, 혹은 알려주려 하는 자는 아무도 없었어. 내가 들은 건 그저 ‘소리sorry’라는 대답뿐이었지.”

토른이 위층으로 올라갈수록 그의 목소리는 옥타브를 타고 아래로 내려갔다. 파고다의 니스 칠한 목재가 그의 목소리에 콘트라베이스의 공명통 같은 울림을 부여했다.

오펠리는 계단을 옮겨 다니며 그를 뒤따르려 했지만 피로와 수면 부족 때문에 점점 발걸음이 엉켰다. 결국 그를 시야에서 놓쳐버리고 말았다. 유골함이 놓인 선반들은 겉보기엔 미로 같지만 도서관 서가처럼 질서가 있었다. 이곳은 죽음의 도서관이었다.

“어떻게 이 콜룸바리움을 생각하게 됐어?”

“레이디 셉티마의 딸.” 토른의 목소리는 먼 복도에서 들려왔다. “적어도 간접적으로는. 그 아이는 내 발톱에 덤벼든 후 대안 프로그램의 의무실로 긴급히 이송됐어. 내가 동행했지. 거리를 두고서." 그는 잠시 말을 멈췄다가 덧붙였다. "확인하고 싶었거든… 알잖아."

토른의 말이 뚝뚝 끊겼다. 오펠리는 뱃속이 울렁거렸다. 그는 아이에 대한 혐오감을 감추는 사람이 아니었다. 하지만 오늘 아이를 해쳤다는 것이 그의 마음을 무겁게 짓눌렀다. 혹시 마음 한편에는 언젠가 아이를 갖게 되리라는 생각이 아예 없지는 않았던 걸까?

그의 목소리는 파고다 안을 가로지르는 그를 따라 함께 이동했다.

"난 유지보수를 담당하는 오토마톤과 함께 대기실에 있었지. 오래된 모델이었어. 내내 속담을 읊어대더군. 그런데 어느 한 구절이 유독 내 귀를 붙잡았어."

오펠리는 목소리에 의지해 그를 따라가려 애쓰며 또 다른 계단을 올랐다.

"뭐였는데?"

토른이 어디에 있는지는 알 수 없었지만, 그의 목소리는 한 옥타브 더 낮아졌다.

"죽은 줄 알지만 죽지 않은 자들이 있다."

오펠리는 눈살을 찌푸렸다. 라자뤼스는 자신이 만든 오토마톤에 온갖 미심쩍은 속담들을 입력해 두긴 했지만, 그런 구절은 들어본 적이 없었다.

"이곳 어딘가에서 틀림없이 들었을 법한 말을 따라 한 거겠지." 그가 말을 이었다. "내가 자세한 설명을 요구했지만 오토마톤이 해줄 순 없잖아. 대신 가지 스프레드 요리법을 읊어대더군. 그러다 네가 했던 말이 생각났어. 3단계 프로토콜로 보내진 이들은 절대 돌아오지 못한다는 거. 그리고 이 콜룸바리움은 지도에서 보고 외워뒀고.”

오펠리는 사방에서 야등 빛에 비치는 죽은 자들의 사진이 불현듯 자신을 심판하는 듯한 느낌이 들었다. 죽은 줄 알지만 죽지 않은 자들이 있다.

“이 유골함들 혹시 비어 있는 건 아닐까?”

어디선가 뚜껑이 달그락거리는 소리가 들렸고, 현실적인 대답이 이어졌다.

“분명 비어 있진 않아. 그렇다고 이 재가 인간의 것이라고 단정할 순 없지만.”

“그럼 사진 속 사람들이 죽은 게 아니라면 어떻게 된 거지?” 그녀가 속삭였다.

토른의 금속성 발소리가 멈췄다.

“뭔가 눈에 띄는 거 없어?” 잠시 침묵한 뒤에 그가 물었다.

오펠리는 이곳에 있는 모든 게 눈에 띈다고 생각했다. 아마도 가짜일지도 모르는 콜룸바리움. 행방이 묘연해진 남자와 여자와 아이 들의 얼굴들. 지워진 삶들.

“전구.” 마침내 오펠리가 깨달았다.

이곳에는 야등이 그물처럼 깔려 있었지만 하나도 깜빡이지 않았다. 하나도 지지직거리지 않았다. 이 작은 파고다는, 아슈와 허공과 맞닿은 가장자리 한구석에 잊힌 채 남겨진 이 공간은 연구소 전체보다 더 안정적으로 전력을 공급받고 있었다.

"풍요의 뿔은 가까이 있어, 분명해." 토른이 말했다. "에코를 물질로 변환하려면 큰 에너지원이 필요하니까."

오펠리는 고개를 끄덕였지만, 그런 지식을 가진 것과 그걸 실제로 활용하는 것은 또 다른 문제였다. 풍요의 뿔이 이 유골함들 중 하나일까? 비교할 수 없을 만큼 거대한 존재여야 마땅할 텐데. 그리고 연구소가 죽은 것처럼 꾸며놓은 이 사람들… 그들이 바로 윌랄리 딜뢰가 말한 대가였을까?

끔찍한 생각이었다.

오펠리는 창 안쪽 덧문을 반쯤 열었다. 유리창 너머로는 본파미유의 이웃 아슈가 성벽에서보다 더 잘 보였다. 아니, 사실은 밤이 옅어진 것이었다. 별들이 희미해졌다. 새벽이 다가오고 있었다. 보모 오토마톤이 깨우러 올 무렵에는 반드시 침대에 있어야 했다,

"우린 평범한 커플은 아니네."

토른이 당연한 이야기를 하듯이 말했다. 오펠리의 눈에 마침내 파고다 꼭대기 층에 있는 그가 보였다. 내용물을 확인하기 위해 수많은 유골함을 열었다 닫았다 해서 그런지 그는 꼼꼼하게 손을 소독하고 있었다. 이제 그의 시선은 들보들을 따라 이어진 전깃줄 하나를 좇고 있었다.

"난 우리가 평범하지 않아서 좋아." 그녀가 그를 안심시키듯 말했다.

스콩드의 피가 묻었던 토른의 제복이 어느새 말끔해진 것을

보고 오펠리는 놀라움을 감추지 못했다. 토른 특유의 강박적인 아니마 능력이 이미 작용한 결과였다. 그의 능력은 옷에 얼룩 한 점이나 구김 한 줄 생기는 것조차 절대 허용하지 않았다. 반면 오펠리는 제멋대로 구는 자신의 아니마 능력과 씨름하고 있었다. 안경은 고쳐 쓰자마자 달아나려 해서 계속 콧등 위에 다시 얹어야 했다.

토른의 이마 주름이 깊어졌다. 눈으로 좇던 전깃줄이 천장 안으로 사라졌다. 그는 냉엄한 시선을 옮겨 오펠리를 바라보았다.

"아까 전실에서 네 발톱으로 내 발톱을 제어했지? 다신 그러지 않았으면 좋겠어."

"내가 너를 아프게 했어?"

"아니."

토른의 목소리는 까칠했다. 약간은 곤란해하는 기색도 묻어났다.

"아니." 그가 조금 풀린 목소리로 다시 말했다. "사실 난 몰랐어. 드래건 클랜의 발톱이 상처를 입히는 것 말고 다르게 쓰일 수도 있다는 걸. 하지만 네가 항상 내 곁에 있을 순 없어. 내 힘은 내가 다시 스스로 통제해야 해. 혼자서만 해결해야 하는 문제들도 있지."

오펠리는 그가 옳다는 걸 알았다. 통제 불가 상태인 토른의 힘에 자신의 비틀린 능력을 포갠 것은 무모했다. 하지만 그녀 마음속의 덜 이성적인 면은 '우리'라는 것만으로 모든 시련을 이겨낼 수는 없다는 그의 생각에 맞서고 있었다.

“저기 봐.” 오펠리가 입을 뗐다.

천장에 보일락 말락 하는 희미한 틈이 있었다. 뚜껑문이었다. 바닥에서 열 수 있는 장대 같은 것이 주변에 보이지 않았지만 토른이 팔만 뻗으면 됐다. 그는 뚜껑문에서 접이식 사다리를 끌어 내렸지만 언짢은 기색이 역력했다.

“난 저 위로 올라갈 수 없어.”

오펠리는 주저하지 않고 사다리를 올랐다. 오른손과 왼손, 오른발과 왼발을 맞춰 사다리를 오르는 건 계단을 올라가는 일보다 더 어려웠지만 그녀는 망설이지 않았다. 조금 전 토른은 어떤 문제는 오직 혼자 해결해야 한다고 힘주어 말했다. 하지만 오펠리는 함께여야만 해결할 수 있는 문제도 있다는 것을—조금 어린애 같은 오기라는 건 인정해야겠지만—그에게 증명하고 싶었다.

그녀는 손을 더듬어 천장에 달린 전구의 끈을 당겼다. 전구가 켜지자 다락방 아래로 창백한 빛무리가 번졌다. 유골함들은 여기에도 있었다! 언뜻 봐도 풍요의 뿔을 연상시키는 것은 전혀 없었다.

“내가 여길 좀 더 자세히 볼게. 그쪽을 계속 살펴봐.” 오펠리가 말했다.

“오펠리.”

그녀가 의아해하며 뚜껑문 사이로 다시 고개를 내밀었다. 칼날로 조각한 듯 날카로운 토른의 얼굴이 그녀를 올려다보고 있었다. 묘하게 엄숙하고 굳은 표정으로.

"나도," 토른이 목을 가다듬은 뒤 말했다. "우리 관계가 평범하지 않아서 좋아. 아니, 그보다 조금 더."

오펠리는 지금 상황과 전혀 어울리지 않는 미소를 지으며 유품들 사이로 발을 들였다. 이곳의 유골함들과 사진들은 콜룸바리움에 진열된 것들보다 훨씬 더 오래돼 보였다. 공간이 부족해서 여기에 둔 걸까? 이곳 바닥은 니스 칠이 되어 있지 않았다. 그래서 오펠리는 발바닥에 나무 가시가 박힐 때마다 얼굴을 찡그렸다.

이곳에서, 누구의 것인지도 모르는 재로 둘러싸인 채 오펠리는 타자를 떠올렸다. 연구소와 윌랄리 딜뢰의 비밀을 파헤칠수록 타자의 존재는 더욱 파악하기 어려워졌다. 머릿속에 타자는 구체적인 얼굴이 없었다. 그는 거울에서 풀어달라고 부탁하던 목소리였다. 자신의 육체를 뒤흔든 낯선 사람이었다. 아슈 조각들을 집어삼키던 입이었다. 전화를 걸었을 때 아무런 대답도 돌려주지 않던 수화기 속 침묵이었다.

이렇게나 은밀한 존재가 어떻게 세상에 이토록 엄청난 영향을 줄 수 있었던 걸까? 거울에서 빠져나온 뒤에도 타자는 여전히 아에라르기룸이라는 미세한 물질의 형태를 유지하고 있을까? 아니면 영구적으로 실체화된 것일까? 만약 풍요의 뿔이 에코를 물질로 변환할 수 있다면, 토른이 가정한 대로 그 과정을 거꾸로 돌릴 수도 있을까? 풍요의 뿔로 타자를 에코 상태로, 윌랄리를 다시 인간의 상태로 돌려놓을 수 있을까? 무엇보다도, 그걸 제때 해낼 수 있을까? 아르쉬발드와 가엘과 르나르는 과연 아무도 찾을 수 없는 아르캉테르를 발견해 냈을까? 야누스와 아르캉테르인들을 자신들 편으로 설득할 수 있을까? 공간을 지배한다는 것은 누구든 찾아낼 수 있고 어디에든 숨을 수 있다는 뜻이었다. 요컨대 적에 대해 결정적인 우위를 점하는 셈이다. 그런데 그 능력이 윌랄리 딜뢰의 손에 넘어가 버린다면? 그럼 종말을 일으킬 에코를 상대해야 할 뿐만 아니라 전능한 과대망상증 환자와도 싸워야 할 것이다.

수많은 의문에 사로잡혀 있던 오펠리는 먼지를 뒤집어쓴 어느 유골함 앞에서 그대로 멈춰 섰다. 충격이었다. 그녀는 장갑 낀 손으로 낡은 사진 위의 먼지를 떨어냈다. 사진 속에는 영양처럼 부드러운 눈을 가진 젊은 남자가 있었다.

앙브루아즈.

그는 완벽히 똑바로 서 있었다. 팔과 다리가 뒤바뀌어 있지 않았다. 이 모든 모순점에도 불구하고, 오펠리는 그가 앙브루아즈라고 전적으로 확신했다. 남자의 이름이 유골함 명판에 선명하게 새겨져 있었다. 사망 연도는 40년 전이었다.

죽은 줄 알지만 죽지 않은 자들이 있다.

오펠리의 호흡이 가팔라졌다. 바로 그였다. 소장 관사에서 본 옛날 단체 사진에서 잘려 나갔던 그 역전자. 오펠리는 이제 사진 속에서 앙브루아즈의 어깨를 감싸고 있던 누군가의 팔을 짐작할 수 있었다. 그건 바로 회전 기구 앞에서 앙브루아즈 및 다른 역전자들과 함께 포즈를 취하고 있던 젊은 남자의 팔이었다. 오펠리는 이제야 그 젊은 남자가 왜 그토록 눈에 익었는지 이해했다. 그는 바로 40년 전 젊은 시절의 라자뤼스였다.

아버지와 아들이 같은 나이에, 같은 장소에 있었다.

혼란에 빠져 있던 오펠리는 그 순간 무언가의 움직임을 느꼈다. 그녀는 몸을 돌려 다락 구석구석을 유심히 살폈다. 착시가 아니었다. 누군가가 불과 몇 걸음 떨어진 곳에, 불빛이 닿지 않는 어둠 속에 서 있었다. 오펠리는 그 실루엣만 겨우 알아볼 수 있었다.

실루엣은 천천히 움직였다. 자리를 옮기지는 않았지만 마치 마임 배우처럼 커다란 몸짓을 조용히 이어갔다. 오른손으로는 천장을, 왼손으로는 바닥을 가리켰다. 그리고 이번에는 오른손으로 바닥을, 왼손으로 천장을 가리켰다. 하늘과 땅, 땅과 하늘, 하늘과 땅….

그는 안개 속에서 만났던 바로 그 낯선 존재였다.

믿기 어려웠지만 그가 다시 오펠리를 찾아낸 것이었다.

"넌 누구야?"

오펠리는 그의 얼굴을 봐야겠다고 마음먹고 어두운 다락 안쪽으로 깊이 들어갔다. 낯선 자는 가볍게 한 번 뛰어 그녀를 피했고, 장난스레 인사하듯 허리를 굽혔다. 그러고는 단 한 번의 도약으로 뚜껑문을 통해 밖으로 사라져 버렸다. 너무나 빨랐다!

오펠리는 사다리를 타고 헐레벌떡 다락에서 내려갔다. 복도는 텅 비어 있었다. 남아 있는 것은 유골함들뿐이었다. 오펠리는 당황한 기색이 역력한 토른의 시선을 마주했다. 그는 그녀가 소란스럽게 내려오는 소리에 놀라 가장 가까운 계단 아래에서 다가오고 있었다.

"누군가 있었어." 오펠리가 속삭였다.

"아무도 못 봤어."

그 침입자가 아래로 내려온 게 아니라면 인간의 능력으로는 그리 멀리 갔을 리가 없었다. 지붕 위로 빠져나갔을까?

오펠리는 창문 덧문을 열고 서툰 손놀림으로 유리창을 밀어 보려 했다. 그리고 밤의 끝자락을 채운 수많은 그림자들 사이에서 단 하나의 그림자를 찾기 위해 유리창 너머를 바라보았다.

유리창에 비친 자신을 본 순간 그녀는 얼어붙어 버렸다. 죽어가는 자의 모습. 피투성이가 되어 있었다. 심지어 지금은 두르고 있지 않다는 걸 분명히 아는데, 목도리에도 피가 튀어 있었다. 창문도, 파고다도, 유골함도 사라지고 없었다. 오직 허공뿐이었다. 그녀와 윌랄리 딜뢰, 타자만 남겨두고 모든 것을 집어삼킨 허공.

토른의 손이 어깨에 닿자 그녀는 다시 현실로 끌려왔다.

"무슨 일이야?"

오펠리는 전혀 알 수 없었다. 환영은 꿈처럼 흩어졌지만, 메스꺼움은 사라지지 않았다. 그녀는 설명할 수 없는 감각에 사로잡혔다. 모든 감각이 저 밖에서 분명히 일어난 엄청나고 거대한 이변을 감지했지만, 오펠리는 그것을 제대로 소화할 수 없었다.

토른도 창밖을 바라보았다. 강철 같은 그의 눈동자는 마치 자석에 끌리듯 곧바로 하늘의 한 지점에서 멈췄다. 하지만 그곳에는 아무것도 없었다. 그제야 오펠리는 온몸의 감각이 보낸 신호를 해석할 수 있었다.

본파미유가 사라졌다.

바로 그 순간, 연구소 전체에 사이렌이 울려 퍼졌다.

무대 뒤

콜룸바리움 파고다 꼭대기, 겹겹이 쌓인 지붕 중 가장 높은 지붕 위, 그 꼭짓점에 왜가리처럼 걸터앉아 그는 사이렌 소리를 듣는다. 에코들의 폭발이다. 노래인 동시에 비명이다. 세상의 조각 하나가 또 줄었다. 하나 더!

그는 떠오르는 새벽을 향해 미소짓는다. 가엾은 오펠리, 지금쯤 어떤 얼굴을 하고 있을는지…. 경고했건만.

이면

말할 수 없는 일

아슈가 구름바다 속으로 무너져 내리며 오펠리가 지금껏 본 적 없는 거대한 범람이 일어났다. 그것은 거의 제자리에서 회전하는, 천둥과 번개로 포효하는 토네이도였다. 화산 분출처럼 짙은 소용돌이가 새벽녘 희붐한 빛을 가르며 어둠의 틈을 만들었다. 기온마저 몇 도나 떨어졌다.

협력자, 역전자, 오토마톤 들은 건물들을 빠져나오며 서로 밀치고 부딪쳤다. 사방으로 내달리고, 사이렌 소리 속에서 울부짖고, 엇갈린 명령들을 내뱉어 댔다. 요컨대 패닉 상태였다. 지금껏 숨죽인 속삭임과 닫힌 문들로 이루어졌던 이탈 연구소는 이제 하나의 거대한 소음 덩어리가 되어 있었다.

"내가 타자를 얕잡아 봤군." 토른이 인정했다.

오펠리는 종말 같은 광경에서 시선을 거두고 비좁은 은신처에 옹그리고 있는 그를 향해 몸을 돌렸다. 두 사람은 그곳에서, 무엇보다 둘이 함께 있는 모습을 들킬까 봐 서둘러 콜룸바리움과 공동묘지를 빠져나왔다. 하지만 낡은 놀이공원 한가운데에 갇히고 말았는데, 그곳에서는 협력자 무리가 모여 하늘을 가르며 솟아오른 구름 기둥을 바라보고 있었다. 두 사람은 어쩔 수 없이 '파키르*'라고 불리는 부스에 몸을 숨겼다.

"지금껏 월랄리 딜뢰가 우리의 가장 해로운 적이라 생각했어. 이제 우선순위를 검토 해봐야겠군."

토른의 냉정함에 오펠리는 깊은 인상을 받았다. 반면 그녀 자신은 공포와 피로와 분노가 뒤섞인 감정에 온몸이 부르르 떨렸다. 그중에서도 특히 분노가 컸다. 안경알을 어둡게 물들이고, 피부 아래에서 벌떼처럼 윙윙거리며, 결코, 절대로 느끼고 싶지 않았던 그 감정마저 덮어버리는 내면화된 분노였다.

"내가 콜룸바리움에서 본 그 침입자 말이야. 첫 번째 붕괴 때부터 내 주위를 맴돌았어. 늘 내가 어디 있는지 알고 나타났다가 금세 사라져 버려. 난 정말이지 그자가 혹시…."

목이 콱 메어와 차마 말을 끝맺지 못했다. 오펠리가 비록 온 힘을 다해 이 고통의 근원 자체를 머릿속에서 밀어내고 있었음에도, 그녀는 폐가 짓눌릴 정도로 타자에게 혐오감을 느끼고 있었다. 그녀 안에 갇힌 숨결이 경보 사이렌처럼 내면에서 울부짖으며, 정의를 부르짖고 복수를 외치고 있었다.

그는 살아 있다. 그는 틀림없이 살아 있다. 그의 이름이 발음되지 않는 한, 그는 계속 살아 있을 것이다.

"어쨌든 '침입자'가 우리 조사에 관심이 많은 것 같아. 어쩌면 그 역시 풍요의 뿔을 찾고 있는지도 모르지. 그가 누구든, 원하

---

* 이슬람의 고행 수도자.

는 게 뭐든, 다음 붕괴가 일어나기 전에 우리가 먼저 풍요의 뿔을 찾아내야 해.”

오펠리는 자신들이 이미 너무 많은 시간을 허비했다는 생각을 지울 수 없었다. 진작 타자를 거울 속으로 돌려보냈어야 했다. 그의 범죄를 막았어야 했다.

그녀의 머릿속을 떠나지 않는 생각이 하나 더 있었다. 유리창에 비친 모습. 피. 마지막 재회. 사방에, 주변에 그리고 내면에 펼쳐진 허공. 혹시 어떤 에코들은 정말 미래에서 온 것이 아닐까? 토른에게 이 이야기를 해야 하나?

토른은 몸에 지니고 있던 연구소 도면을 펼치고 있었다. 도면은 좁은 부스에 비해 너무 컸다. 그는 주변의 못 박힌 판자들을 피해 도면을 펼쳐놓느라 애를 먹고 있었다. 천막 사이로 스며든 새벽빛에 그의 흉터와 고행자처럼 마른 몸이 더욱 뚜렷하게 드러났다. 진짜 파키르처럼 보일 지경이었다.

“콜룸바리움은 우리의 가장 유력한 단서였어.” 그가 도면 속 파고다를 가리키며 말했다. “층층이 다 살펴봤는데도 특별히 눈에 띄는 건 아무것도 없었지.” 토른은 납덩이처럼 무거운 목소리로 덧붙였다. “아무것도. 분명 어린애가 아닌 어린애의 유골함을 제외하고는.”

오펠리는 고개를 끄덕였다. 40년 전의 낡은 사진을 우연히 발견한 건 정말이지 충격이었다. 앙브루아즈는 역시 어떤 식으로든 코르누코피아니즘 프로젝트와 얽혀 있었다. 라자뤼스도 마찬가지였다. 이 저주받은 연구소에서 벗어나기만 하면 그 두 사람에게 던질 질문이 두어 개 있었다.

그녀는 천막 틈으로 밖을 내다보았다. 대피한 사람들은 모두 호랑이 회전 기구 근처에 모여들고 있었다. 하지만 사이렌 소리 때문에 그들이 무슨 말을 하는지 들리지 않았다. 누군가 곧 오펠리가 점호에 빠졌다는 사실을 알아차릴 것이다. 빨리 결정을 내려야만 했다. 사이렌이 꺼지면 모든 것은 예전으로 돌아갈 것이다. 프로그램, 프로토콜, 상영회, 사진 촬영, 회전 기구, 변질된 음식, 침묵, 비밀, 고독…. 온 세계가 무너져 내린다 해도, 이탈 연구소는 끝까지 절대적인 것을 향한 탐구를 멈추지 않을 것이다. 그곳만이 문제의 해답을 쥐고 있었지만 오펠리는 연구소 측의 동기가 자신들과 같을 것이라고는 도무지 믿을 수 없었다.

"2단계 프로토콜." 오펠리가 선언하듯 말했다. "그곳으로 돌아가서 그들이 메디아나에게 무슨 짓을 하고 있는지 밝혀내겠어. 대피하는 사람들 속에 메디아나가 안 보여. 여전히 중앙 홀에 있을 거야. 연구소는 풍요의 뿔을 위해 그 애를 이용하려 하니까, 도대체 어떻게, 그리고 왜 그러려는 건지 내가 알아내야만 해."

토른이 말리려 하지도 않고 고개만 끄덕이자 오펠리는 매우 놀랐다. 그리고 그 순간 그에게 무한한 고마움을 느꼈다. 그가 자기 앞에 이토록 단단하게 서 있어서, 부재하는 이들 가운데 이토록 확고히 존재해서, 그리고 무엇보다 살아 있어서 너무나도 고마웠다.

"2단계에서 3단계까지는 고작 한 걸음이야." 토른이 조심스레 상기시켰다. "'죽은 줄 알지만 죽지 않은 자들'이 어떻게 됐는지 우린 아직 몰라."

"난 절대 거기에 말려들지 않을 거야." 오펠리가 그를 안심시켰다. "1단계 프로토콜로 돌아가서 저녁까지 기다릴 거야. 그리고 오늘 밤에 담을 넘을 거야. 말 그대로." 그녀는 허공 위로 뻗은 트랜센디움을 떠올리며 불안한 얼굴로 덧붙였다. "동트기 전에 소장 관사로 너를 만나러 갈게. 운이 좀 따라준다면 마침내… 이 모든 것을 끝낼 방법을 찾을 수도 있겠지."

오펠리는 끝없이 하늘을 기어오르는 검은 구름을 턱짓으로 가리켰다. 그녀 안에서 요동치는 감정 같은 돌풍이 불어와 천막의 덮개를 들추기 시작했다.

토른은 오펠리를 한층 주의 깊게 보았다. 그녀가 핵심은 말하지 않았다는 것을 눈치챈 듯했다.

"2단계 프로토콜은 어디지?" 그가 지도를 내밀며 물었다.

"어딘지 모르겠어." 오펠리는 코에 걸친 안경알을 맑게 해보려고 애썼지만 소용없었다. 그녀는 협력자 구역의 빈 공간을 가리키며 말했다. "이쯤일 텐데. 계단이 엄청 많았어. 그리고 중앙 홀이 있었고. 수십 미터는 족히 걸었는데도 끝이 보이지 않았어…. 혹시 메르 일드가르드가 만드신 것과 같은 뒤틀린 공간 아닐까? 내가 알기론 부인이 예전에 바벨에 살았대. 하지만 여기서 그 분의 작품을 마주치리라곤 예상 못 했어."

토른의 미간에 진 그림자가 더 짙어졌지만, 그는 여느 때처럼 꼼꼼하게 지도를 정리했다.

“아무튼 난 멀지 않은 곳에 있을게. 최근 일어난 일들을 구실 삼아 현장 점검 시간을 연장할 거야. 현장 상태를 확인하고, 아 슈의 전반적인 안전을 점검하고, 뭐, 그런 형식적인 절차들 말이야.”

사이렌 소리가 잦아들었다. 이제는 정적이 귀를 때리는 듯했다.

“나도 이제 다른 사람들에게 합류해야 해.” 오펠리가 중얼거렸다.

“나도 되도록 빨리 여길 떠야겠어.” 토른이 회중시계를 딸깍이며 말했다. “난 격리 구역에 있어선 안 되니까.”

하지만 말과 달리 그는 한 발짝도 움직이지 않았다. 토른은 명령을 거부하며 꿈쩍도 하지 않는 두 발을 내려다보고는 미간을 찌푸렸다. 또다시 그의 내면에서 무자비하게 서로를 물어뜯는 두 힘이 정면으로 충돌했고, 그로 인해 토른의 온몸에는 기묘한 어색함이 감돌았다. 목 근육은 차마 입 밖으로 내뱉지 않으려는 말을 꾹꾹 눌러 붙잡고 있었다.

그런 그의 모습을 보고 있노라니 오펠리는 다리와 어깨, 눈꺼풀, 온몸 구석구석에 힘이 빠지는 듯했다. 똑같이 소리 없는 말들이 그녀의 내면을 옥죄고 있었기 때문이다.

‘도망치자. 지금. 너랑 나랑.’

오펠리는 장갑을 벗고, 마침내 투명함을 되찾은 안경을 벗어 토른에게 도로 건넸다.

“동트기 전에.” 그녀는 다시 한번 말했다.

“멀지 않은 곳에 있을게.” 그도 같은 말을 되뇌었다.

두 사람은 헤어졌다. 오펠리는 이 아슈마저 다른 곳들처럼 무너져 내릴 빌미를 단 하나도 주지 않겠다고 굳게 다짐하며, 열 발가락 모두에 꾹꾹 힘을 주어 땅을 디뎠다. 그러고는 사람들이 모여 있는 곳으로 달려갔다. 사이렌이 멎은 지금, 대기는 답 없는 질문들의 속삭임으로 술렁거리고 있었다. 이번 붕괴는 얼마나 심각한 걸까? 무엇이 붕괴를 일으켰을까? 누가 피해를 입었을까? 이탈 연구소는 여전히 안전할까? 이곳에 남아야 하나, 아니면 떠나야 하나? 감히 목소리를 높이는 사람은 아무도 없었다.

오펠리는 협력자들 사이를 팔꿈치로 밀치며 나아가야 했다. 그들이 자기들끼리 너무 낮게 속삭이는 바람에 무슨 말을 하는지 들을 수조차 없었다. 몇몇은 프로토콜 규정복 대신 잠옷 차림이었지만, 다들 대피하는 와중에도 후드만큼은 잊지 않고 뒤집어쓴 걸 보면 뼛속까지 프로들이었다. 어쨌든 그 덕분에 오펠리는 눈길을 끌지 않고 대안 프로그램의 역전자들 틈으로 미끄러져 들어갈 수 있었다.

코스모스만이 가늘고 긴 눈을 오펠리 쪽으로 돌렸다. 그녀가 언제 나타날지 내내 기다린 것처럼 보였다. 그는 일정한 거리를 유지하려고 애쓰며 다가갔다. 다른 사람들의 불안감까지 흡수하지 않더라도, 이미 자기 자신의 불안만으로도 충분히 벅찬 상태였기 때문이다.

“어디 있었어? 연구소에서 대피하라고 문들을 자동으로 열어놨어. 네 가방… 아니, 네가 방에 있는지 가서 보니까 이미 사라지고 없던데."

"여기 있었어." 오펠리는 얼버무리듯 대답했다. "저쪽에… 누가 있었는지 알아?"

그녀는 마치 최면에 걸린 듯, 하늘을 어둡게 물들이며 거대하게 솟아오르는 구름에서 시선을 뗄 수 없었다. 구름은 곧 해일처럼 연구소를 덮칠 기세였다. 오펠리는 이 현상을 초래한 원인에 대해 정확한 단어를 갖다 붙이지 않으려 애썼다. 한때 자신의 집이기도 했던, 저 무너져 내린 아슈의 잔상을 머릿속에서 몰아내려 했다. 무엇보다도 본파미유가 무너져 내리면서 사라진 사람들, 아니 한 사람의 이름은 결코 입 밖에 내지 않으려 했다.

"아니, 미스. 아무도 말 안 해. 저 사람만 빼고."

그 사람은 대안 프로그램의 노인이었다. 노인은 몇 발짝 떨어진 곳에서 동요한 군중 속에 매우 침착하게 서 있었다. 그의 흰 머리카락이 바람에 흩날리며 칼로 새긴 듯 깊은 얼굴 주름과 뒤엉켰다. 그가 자신의 왼쪽 귀를 때리지 않는 모습을 오펠리는 처음 보았다. 오히려 그는 깊은 평온함 속에서 웅성거림 뒤편의 허공 전체에 귀를 기울이는 듯했다. 그러고는 일정한 간격으로 똑같은 말을 반복했다.

"그들은 아래로 올라갔어."

보모 오토마톤들조차 팔을 축 늘어뜨린 채 지시를 기다리고 있었다. 그들은 공포에 질린 사람들 틈에서 인위적이고 과장된 미소를 띤 채 몹시 부조화스러운 광경을 연출했다. 오토마톤들은 에코로 너무 꽉 차버린 나머지, 끝내 '링' 자는 발음하지 못하고 '달, 달, 달, 달' 하는 소리만 내뱉을 뿐이었다. 음성 장치들이 필시 작동 불능 상태인 듯했는데, 그 자체는 나쁜 소식은 아니었다.

코스모스는 최대한 눈에 띄지 않게 양손으로 흙을 비벼 어깨에 새겨진 'PA' 문신을 가렸다.

"슬슬 뜰 때가 됐어, 미스."

그는 거상의 거대한 머리 너머로 아직 남아 있는 하늘의 푸른 부분을 가리켰다. 오펠리는 눈꺼풀에 힘을 주어 눈을 가늘게 뜨고 그쪽을 바라보았다. 이상하게 반짝이는 점선이 보였다. 비행선. 아예 비행선 함대 전체가 오고 있었다.

"일반 프로그램의 귀하신 자제들은 가족들이 다리러… 아니, 데리러 온 거지. 지금 그야말로 아수라장이야. 문이란 문은 다 열렸고, 이런 기회는 두 번 다시 안 와. 나랑 같이 갈래?"

"아니."

오펠리는 적대감 없이, 그러나 망설임도 없이 대답했다. 그녀의 목표는 다음 날 밤이 찾아올 때까지 최대한 배경 속에 녹아드는 것이었다. 탈출 시도에 휘말리기에는 결코 적절한 때가 아니었다.

코스모스는 감정 오염의 위험을 무릅쓰고 조금 더 가까이 다가왔다.

"연구소는 위기에 빠졌어, 미스. 그들은 모든 걸 더 빨리 밀어

붙일 거야. 내가 훌륭한 친구는 아니지만, 적어도 이 침묵 아래에 숨겨진 것들, 널 기다리고 있는 그 모든 것들보다는 덜 위험할걸.”

오펠리는 안경 없이도 그의 검은 눈동자에 여전히 서려 있는 죄책감을 알아볼 수 있었다. 바로 여기, 이 회전 기구 앞에서 그가 자신을 공격하고 물어뜯었으니까. 코스모스는 오펠리가 여전히 자신에게 화가 나 있다고 생각하는 걸까?

“네가 그랬잖아, 갈 데가 아무 데도 없다고.” 오펠리가 그에게 속삭였다. “언젠가 아니마에 올 기회가 생긴다면, 널 위해 열려 있는 문이 하나 있을 거야.”

코스모스는 하얀 이가 살짝 드러나는 작은 미소를 지었고, 광대뼈에 다시 약간의 생기가 돌았다. 그러고는 눈에 띄지 않게 한 걸음씩 뒷걸음질 치며 사람들 틈에서 빠져나갔다. 오펠리의 시야에서 점점 흐릿해지더니 마침내 완전히 사라져 버렸다. 그는 떠났다. 멀리서, 가장 먼저 도착한 비행선들이 착륙할 준비를 하고 있었다.

바벨의 가장 명망 높은 집안 사람들이 자녀들을 집으로 데려가기 위해 연구소의 온 복도를 뛰어다니는 소리가 여기까지 들리는 듯했다. 재교육의 시간은 끝났다. 땅은 하나둘 무너져 내렸고 사람들은 함께 있기를, 다시는 서로 떨어지지 않기를 바랐다.

오펠리는 자갈을 밟고 선 맨발에 온 정신을 집중했다. 토른을 생각하지 말자. 엄마도, 아빠도, 언니도, 동생들도, 작은할아버지도, 로즐린 이모도, 베르닐드도, 귀여운 빅투아르도, 아르쉬발드도, 르나르도, 가엘도, 블라시우스도, 목도리도, 정체가 무엇이든 앙브루아즈도 생각하지 말자. 지금 당장 사무치도록 함께 있고 싶은 그 모든 사람들을 생각하지 말자.

그를 생각하지 말자.

그리고 이어진 오랜 기다림 속에서 천둥소리가 하늘을 가르며 여러 차례 울려 퍼졌다. 마침내 누군가 나타났다. 오펠리의 눈에는 희미하게 노란색 실루엣으로만 보이는 누군가가 막 회전 기구 받침대 위로 올라와, 모두를 내려다보듯 나무 호랑이들 사이에 우뚝 섰다. 그 모습이 보이자, 사람들의 웅성거림이 죄책감에 눌린 듯 뚝 끊겼다.

"두 가지 전달 사항이 있습니다."

풍뎅이를 매단 여자의 목소리였다. 오펠리는 그녀가 이상한 조언을 건넨 이후로 그녀의 목소리를 들을 기회가 없었다. 여전히 그 조언은 무슨 뜻인지 전혀 이해하지 못한 상태였다. '타자를 정말로 이해하고 싶다면, 당신의 타자부터 찾으세요.'

"첫째, 여러분에게 이 사실을 상기시켜 드려야겠습니다." 여자가 말을 이었다. "여기 계신 여러분 모두는 피험자든 협력자든, 이탈 연구소와 계약으로 묶여 있죠. 따라서 대안 프로그램이 진행되는 한, 여러분은 이 격리 구역 안에 머물러야 합니다. 올 라이트?"

오펠리는 그녀의 얼굴이 맞는지 제대로 알아볼 수 없었다. 코안경 때문이기도 했지만, 무엇보다도 목소리에서 당당함이 사라진 듯했기 때문이었다. 일반 프로그램 건물에 가족들이 난입한 사건에 영향을 받지 않았을 리 없었다. 코스모스의 말이 맞았다. 연구소는 위기에 빠져 있었다. 하지만 소장들이 실재하지 않는다면, 대체 누가 이 혼란을 수습하고 있는 걸까?

"두 번째 사항입니다. 방금 폴리데우케스 경의 공식 대리인이 연구소를 방문했습니다. 그분께는 격리 구역에 들어와 여러분에게 직접 말씀을 전하실 권한이 없습니다. 지금의 예외적인 상황을 고려하여 제가 그분의 대변인으로 여러분 앞에 서기로 했습니다. 여러분에게 이 소식을 전하게 되어 너무나 애통합니다만, 아직 원인 불명의 기후 현상이 본파미유가 있는 아슈를 휩쓸어버렸습니다. 그곳에 거주하던 학생들 모두요." 여자는 잠시 멈췄다가 말을 이었다. "우리의 아름다운 도시는 미래의 비르투오소들을 잃었을 뿐만 아니라 그들의 재능을 우수하게 키워낼 터전마저 잃었습니다. 이는 우리 모두에게 막대한 손실입니다. 희생자들 가운데 가까운 이를 둔 모든 분들께 깊은 위로의 마음을 전합니다."

여자의 말이 끝나자 바위처럼 무거운 침묵이 내려앉았다. 단단하고 농밀한 침묵. 보모 오토마톤들의 '달, 달, 달' 하는 기계음조차 그 침묵을 거의 흔들지 못했다.

노인마저도 마지막으로 '그들은 아래로 올라갔어'라고 말한 뒤 입을 다물었다.

풍뎅이를 어깨에 매단 여자의 검은색 코안경이 어느 한 지점을 내려다보았고 모두의 시선이 일제히 그쪽을 향했다. 바닥에 웅크린 스콩드가, 갑자기 자신에게 쏟아지는 시선에도 아랑곳하지 않고 그림을 그리고 있었다. 얼굴은 머리카락에 푹 파묻혀 있었고, 몸에 걸친 것이라고는 환자복 한 벌뿐이었다.

오펠리는 자신이 주변의 침묵에 녹아들어 가는 기분이 들었다. 이제 그녀가 삼키는 것은 침이 아니라 돌멩이였다. 그의 이름을 입에 올리지 않으려고 그토록 애를 썼건만, 그에게 존재할 수 있는 마지막 기회를 주려고 그토록 노력했건만, 옥타비오는 결국 허공으로 떨어지고 만 것이었다.

"그런데 이뿐만이 아니라," 여자가 더 무거운 목소리로 말을 이었다. "유감스럽게도, 새들리sadly, 레이디 헬레네께서 당시 비극의 현장에 계셨습니다."

"안 돼!"

한 협력자의 후드 아래에서 비명이 터져 나왔다. 엘리자베스였다. 그녀는 마치 배를 정통으로 강타당한 것처럼 양팔로 몸을 감싸고 상체를 반으로 접고 있었다. 고통에 찬 그녀의 울부짖음이 놀이공원 전체를 가로지르며 놀이기구들의 금속 구조물에 부딪혀 울려 퍼졌다. 놀란 비둘기 떼가 허겁지겁 하늘로 흩어졌다. 오펠리가 차마 표현할 수 없었던 슬픔을 덮어버리듯, 그 절망감이 그녀를 집어삼켰다. 다른 협력자들은 엘리자베스를 외면했지만, 오펠리만은 그녀를 이해할 수 있었다.

오늘, 그들 둘은 모두 누군가를 잃었다.

아니, 세 사람 모두.

오펠리는 참지 못하고 스콩드에게로 걸음을 옮겼다. 스콩드는 극도로 열에 들떠서 그림을 그리고 있었다. 언제나 그렇듯 홀로 내버려져 있었다. 그녀에게 말을 건네는 사람도, 다가가 손을 내미는 사람도, 진실을 말해주는 사람도 없었다.

옥타비오는 이런 상황을 참지 못했을 것이다.

그녀는 스콩드 쪽으로 몸을 숙였다.

"네 오빠는," 오펠리가 입을 뗐다.

어떻게? 차마 입에 올릴 수 없는 그 일을 어떻게 입 밖으로 꺼낼까? 머리 위 구름은 점점 더 짙어져 갔다.

"돌아오지 않을 거야."

스콩드가 마침내 고개를 들었다. 어두운 머리카락 아래로 드러난 얼굴의 비대칭이 여느 때보다 훨씬 충격적으로 다가왔다. 눈썹과 콧방울 사이에 골드 체인이 연결된 얼굴 반쪽은 신경 경련이 일어 움찔거리고 있었다. 완전히 굳어버린 나머지 반쪽 얼굴은 아무런 감정도 없는 하얀 눈동자만 부릅뜬 채였다. 그리고 양쪽 얼굴을 잇는 구름다리처럼, 피에 젖은 붕대가 코와 뺨을 가로질러 귀가 시작되는 곳까지 이어져 있었다. 입을 여는 것만으로도 끔찍하게 고통스러울 터였다. 토른의 발톱이 남긴 흉터는 이제 그녀의 일부가 될 것이다.

오펠리는 돌멩이를 하나 더 삼키는 기분이었다. 자신이 변기에 버렸던 스콩드의 그림이 떠올랐다. 빨간 색연필로 그린, 예언처럼 긴 선이 그어져 있던 스콩드 자신의 초상화였다. 그 종이 뒷면에 늙은 여자와 괴물 사이에 끼인 오펠리의 몸을 마구 칠했던 바로 그 빨간 색연필.

바로 이 순간 그녀가 손에 쥐고 있는 그 빨간 색연필이었다. 그녀가 새로 그린 그림은 둘로 찢어진 그림자를 나타내고 있었다.

스콩드가 오펠리에게 그림을 건네며 엄숙하게 말했다.

"하지만 그 우물은 오딘의 토끼와 마찬가지로 가짜였어."

자갈이 빠스락거렸다. 협력자들과 역전자들 그리고 보모 오토마톤들이 풍뎅이를 매단 여자가 지나갈 수 있도록 길을 터주고 있었다. 어깨에 매달린 금속 곤충이 반짝거리는 게 오펠리의 눈에도 또렷이 보일 만큼 여자가 가까이 다가왔다. 풍뎅이는 달각거리는 기계음을 내며 관찰자가 그림을 들여다볼 수 있도록 돋보기를 폈다.

여자는 환희에 찬 미소를 억누르지 못했다.

"따라오세요, 윌랄리 양. 2단계 프로토콜로 갈 준비가 됐군요."

하늘에서 우박이 떨어졌다.

고리

속죄. **결정화**. **구원**. 오펠리는 바닥 돌판에 박힌 금속 글자들의 감촉을 발밑으로 느끼며 걸었다. 사방에는 향로의 짙은 향기가 감돌고 있었다. 그녀는 중앙 홀의 거대한 기둥들 사이를 나아가며 극심한 무게감에 짓눌리는 듯했다. 관찰자 무리에 호송되어 이곳까지 오는 동안 그녀를 거의 기절시킬 뻔했던 우박의 무게감과도 비슷했다. 그러나 이곳에서는 그 우박이 아무런 힘도 쓰지 못했다. 말없는 스테인드글라스는 바깥의 소란과 선명한 대조를 이루고 있었다.

2단계 프로토콜이 실제로 어디서 이루어지는 걸까? 오펠리는 처음 이곳에 왔을 때와 다른 길로 끌려왔다. 먼저 지하 통로로 지나가게 한 뒤, 유난히 좁은 계단으로 다시 올라오게 했다. 그 후로는 똑같은 기둥들, 똑같은 스테인드글라스들, 똑같은 성수반들, 똑같은 예배실들이 끝도 없이 이어졌다.

오펠리는 자신이 레코드판의 홈에 갇힌 것만 같았다.

이제 안경에 의지할 수도 없었기에 귀에 집중했다. 비에 젖은 관찰자들의 옷에서 물방울이 뚝뚝 떨어지는 소리와 샌들이 바닥에 부딪히는 소리가 뒤섞여 울렸다. 관찰자들은 오펠리 주위를 둘러 움직이는 벽을 이뤘다. 그녀와 몸이 닿지도, 그녀에게 말을 하지도 않으면서 무자비하게 앞으로 밀어붙이고 있었다. 발톱을 쓰기에는 수가 너무 많았다.

오펠리는 또다시 지독한 수렁에 제 발로 걸어 들어온 셈이었다. 이제 자신이 메디아나 대신 기도대에 무릎을 꿇게 되는 것은 아닌가 싶었다. 주변을 둘러보았지만 메디아나의 모습은 어디에도 보이지 않았다. 혹시 3단계 프로토콜로 보내졌나? 곧 메디아나의 가짜 유골함도 콜룸바리움을 가득 채운 다른 유골함들 옆에 놓이게 되는 걸까?

오펠리는 겁이 날 만했다. 애써 피하려 했던 덫이 덮쳐버렸고, 토른은 십중팔구 이 사실을 모르고 있을 터였다.

관찰자들의 행렬이 멈췄다. 그들은 모두 예배실 문까지 이어지는, 그 누구도 넘을 수 없는 노란 통로를 이루고 있었다. 코안경 아래로 주의 깊게 바라보는 그들의 얼굴은 굳게 닫혀 있었다. 긴 가죽 장갑을 낀 팔은 조금도 움직이지 않았다. 오펠리는 문고리 하나만 돌리면 되었지만, 문을 열기 위해서는 양옆에서 압박해 들어오는 그들과 한참을 씨름해야 했다. 그녀가 문을 열고 안으로 들어서자마자 등 뒤에서 문이 닫혔고 열쇠로 잠겼다. 그게 전부였다. 그녀에게 무엇을 원하는지 아무도 말해주지 않았다. 처음 1단계 프로토콜에 들어왔을 때와 똑같았다.

오펠리는 눈을 깜빡이며, 속눈썹 사이로 어른거리는 색채의 물결을 떨쳐내려 애썼다. 원형 창의 스테인드글라스를 통해 들어온 빛이 예배실 돔 천장을 환하게 비추고 있었다. 돔 천장은 전체가 반사판들로 이루어져 있었고, 그것은 낮게 윙윙거리는 기계음을 내며 매초 각도를 바꾸었다. 오펠리는 즉시 눈을 돌렸다. 만화경 터널, 그리고 상영실에서 사용된 것과 똑같은 장치였다. 저걸 쳐다봤다가는 가문 능력이 한층 더 심하게 어긋나 버릴 터였다. 아니, 어쩌면 그보다 더 나빠질 수도 있었다. 오펠리는 스콩드의 연필이 예언했던 자신의 그림자 파열을 막으려는 듯 어깨를 움츠렸다. 그녀는 미래가 미리 예고될 수 있다는 생각을 혐오했다. 이미 두 번이나 강제로 자신에게 주입되었던, 임박한 죽음의 약속 같은 피투성이 환영을 혐오했던 것처럼. 그림자와 에코를 이루는 아에라르기룸을 볼 수는 없었지만, 실제로 그것을 물질로 변환할 수 있다면 오펠리는 자기 방식대로 미래를 빚어내고야 말 것이었다.

예배실은 텅 비어 있었다. 의자도, 테이블도, 옷장도, 아무것도 없었다.

오펠리는 주위의 대리석을 전부 더듬었다. 빠져나갈 틈이나 돔 천장으로 기어오를 발판 같은 것을 찾아보려 했지만 손톱만 부러지고 말았다. 그녀가 찾아낸 유일한 물건은 바닥 쪽 벽감에 놓여 있던 요강뿐이었다. 그 안에는 악취 나는 액체가 남아 있었는데, 그게 무엇인지는 알고 싶지도 않았다.

분명 오펠리는 당분간 이곳에 있어야 했다.

그녀의 시선은 바닥 돌판 한가운데, 돌 표면과 거의 같은 높이로 얕게 솟은 부조에 멈췄다. 부조는 천장의 원형 창 바로 아래에서 내리쬐는 빛줄기를 받고 있었다. 그것은 등을 대고 누운 사람의 형체였다. 묘상墓像*인가? 오펠리는 자세히 보려고 조심스레 다가갔다. 갈비뼈가 위로 드러난 야윈 시체를 새긴 것이었다. 묘상이 아니라 사체상死體像**이었다. 텅 빈 눈구멍은 천장의 반사판에서 반짝이는 빛을 향했고, 사체상은 마치 따라야 할 본보기를 보여주는 듯했다. 드러누워 종말의 날까지 바라보라는 듯.

사체상의 두개골이 놓인 판석에는 이렇게 새겨져 있었다.

'진실은 스스로 귀를 기울이게 되는 거짓이다.'

그제야 오펠리는 풍뎅이를 매단 여자의 조언을 들은 이후 빠져 있던 무기력에서 헤어 나왔다. 그녀는 물이 뚝뚝 떨어지는 머리카락과 몸에 착 달라붙은 튜닉, 그리고 떨리는 두 다리를 갑자기 의식했다. 마치 자신의 몸이 비로소 제 존재를 상기시키기라도 하듯이.

오펠리는 겁에 질렸다. 한순간도 두렵지 않았던 적이 없지만, 그 사실을 깨닫기에는 지금까지 자기 자신에게서 너무 멀리 떨어져 있었을 뿐이었다.

그녀 앞의 흉측한 몸은 돔 천장의 끊임없이 변하는, 충격적인 색채들 속에 잠겨 있었다. 오펠리는 눈을 감았다. 사체상 대신 본파미유의 산책로, 기숙사, 복도, 판독실 들이 보였다. 아무도

---

* gisant. 묘 주인의 살아생전 모습을 새기거나 깎아 만든 상으로 주로 누워 있는 형태다.
** transi. 주로 중세 및 르네상스 시대에 석관 위에서 썩어가는 시체의 모습을 조각한 상.

가본 적 없는 거대한 허공에서 끝없이 몰아치는 폭풍 속으로 떨어지는 수백 명의 학생들이 보였다. 짓눌리는 고등교육원이, 폭발하듯 터져버린 체육관 유리창들이, 산산이 부서지는 가구들과 육체들이 보였다.

잠든 옥타비오가 자기 방 천장으로 튕겨 올라가는 모습이 보였다. 타자의 보이지 않는 입에 덥썩 물려 사라졌다.

오펠리는 다시 눈을 떴다. 조각가가 섬뜩할 만큼 사실적으로 표현한 사체상의 탈구된 턱을 바라보며 생각에 잠겼다. 콜룸바리움에서 뒤쫓았던 그 낯선 자가 정말 이 모든 죽음의 원흉일까? 그녀는 이제 그렇게 믿기 시작했다. 제때 그를 붙잡았더라면 새로운 붕괴를 막을 수 있었을까? 그의 얼굴을 한 번도 제대로 보지 못했지만, 그는 만날 때마다 그녀에게 형언할 수 없는 친숙함을 불러일으켰다.

"넌 누구야?" 오펠리는 마치 그가 여기서 자신의 목소리를 들을 수 있기라도 한 듯 속삭였다.

"넌 누구야?"

오펠리는 가슴이 철렁 내려앉는 듯했다. 그 소리는 왜곡된 자신의 목소리였다. 미처 알아차리지 못했지만, 사체상은 해골 같은 두 손 사이에 아주 작은 오토마톤을 쥐고 있었다. 앵무새. 그것은 겉보기에 자신이 녹음할 첫 번째 문장을 재생하도록 설계된 듯했다.

"넌 누구야?" 왜곡된 오펠리의 목소리로 반복되었다. **"넌 누구야? 넌 누구야?"**

그런 거였군. 녹음된 말이 에코의 고리 속에 갇혀 무한히 되풀이되었다. 오펠리는 앵무새를 멈추려 한 대 쳤지만, 손만 아플 뿐이었다. 에코는 돔 천장의 모든 반사판에 부딪혀 사방으로 튕겨 나갔고, 그 불협화음은 혼란스러운 색채들과 뒤섞였다. 이 예배실은 월랄리의 지하실과 똑같았다. 공명실처럼 설계된 공간.

"넌 누구야? 넌 누구야? 넌 누구야? 넌 누구야? 넌 누구야? 넌 누구야? 넌 누구야?"

지옥 같았다. 오펠리는 앙브루아즈가 했던 말의 무게를 실감했다. 라자뤼스의 고객 중 이탈 연구소가 가장 별난 주문을 하는 곳이라고 했던, 그 말 말이다. 그것만큼은 최소한 거짓이 아니었다.

그녀는 한참 동안 예배실 문을 두드렸고, 마침내 샌들 끄는 소리가 가까이서 들려왔다. 작은 창 하나가 눈높이에서 열렸다. 적어도 평균 신장은 되어야 눈이 닿을 높이였다. 오펠리는 까치발을 딛고 서서야 구멍 너머 관찰자의 검은색 코안경을 볼 수 있었다.

"내보내 줘요." 오펠리가 요구했다.

답이 없었다.

"넌 누구야? 넌 누구야? 넌 누구야?"

"저 기계라도 좀 꺼줘요."

또다시 침묵.

오펠리는 패를 까 보이기로 했다.

"알았어요." 오펠리는 목소리가 앵무새 소리를 뚫고 들리도록 또박또박 말했다. "당신네 연구소엔 풍요의 뿔이 있어요. 하지만 제대로 작동하지 않죠. 당신들은 타자가 필요하고, 그를 이곳으로 유인하기 위해 내가 필요한 거잖아요. 하지만 왜죠? 당신들 의도가 뭐예요? 그다음엔 뭘 하려고요? 혹시 눈치채지 못했을까 봐 하는 말인데, 지금 밖에서는 모든 아슈의 운명이 달려 있다고요."

관찰자는 여전히 말이 없었다. 하지만 오펠리의 말을 무시해 버리고 감시창을 닫아버리는 대신, 그는 그대로 서서 기다렸다. 무엇을 기다리는 걸까?

속죄.

이게 바로 오펠리에게서 얻어내려는 것일까? 참회? 고백? 그것도 아니면 체념? 메디아나처럼 자신이 저지른 모든 실수에 대해 용서를 빌어야 할까? 가족에게 등을 돌리고 윌랄리 딜뢰의 계획을 거부한 이후 저지른 모든 위반 행위들에 대해?

"잠깐만요, 부탁이에요." 오펠리가 말했다.

오펠리는 멀어졌다가 다시 돌아와, 코안경 위로 요강의 내용물을 끼얹었다. 감시창이 거세게 닫히는 소리가 났다.

"넌 누구야? 넌 누구야? 넌 누구야?"

오펠리는 벽에 기대앉아 눈을 감고 귀를 막았다. 다시 한번, 분노가 두려움보다 강해졌다. 그녀는 2단계 프로토콜로 돌아오길 원했다. 비록 계획했던 방식은 아니었지만 이제 이곳에 와 있었고, 그녀는 끝까지 가볼 생각이었다. 설명 없이는 더 이상 아무것도 내주지 않을 터였다.

침묵에는 침묵으로, 말에는 말로.

받아들이거나, 아니면 관두거나.

그녀는 받아들인다.

태양을. 신선한 공기를. 그리고 무엇보다도 탁 트인 바다를.

윌랄리는 오늘 아침 작업실을 벗어나고 싶은 충동에 일찍 일어났다. 어제 마지막 소설을 끝마쳤다. 타자기 자판의 열기가 채 식기도 전에 그녀는 다시 읽어보지도 않고 전부 휴지통에 처박아 버렸다. 벌써 두 번째로 버린 타자 원고다.

이 갑작스러운 불만은 대체 어디서 오는 걸까? 타자를 만난 이후로 그녀는 모든 것에 대해 끊임없이 영감을 받았다. 단 한 번도 예외 없이. 그런데, 대체 왜?

윌랄리는 코를 훌쩍인다.

모래에 발을 파묻고, 주머니에 손을 넣고, 바다에 시선을 둔 채, 그녀는 고통스럽게 짠 물보라를 들이마신다. 분명 축농증 발작 탓이리라. 매일 밤 숨을 고르느라 시간을 보낼 때면 낙관적이 되기란 어렵다. 윌랄리는 아직 젊지만 자신이 조숙하게 늙어버렸다고 느낀다. 타자에게 자기 수명의 절반을 바쳤다.

"망할 꼬맹이!" 한 목소리가 고함친다.

윌랄리는 거의 섬 전체를 차지하고 있는 평화 학교 쪽으로 고개를 돌린다. 그녀의 학교. 그녀는 바벨 억양으로 갈수록 더 큰 소리로 욕을 해대는 경비원을 눈으로 찾는다. 그녀는 미모사 위

5미터 상공에서 공중 부양 상태로, 터번을 잃어버리지 않으려 두 손으로 꽉 움켜쥐고 있는 그를 발견한다. 그는 당장 자신을 내려주지 않으면 우라노스에게 세기의 매타작을 안겨주겠다고 공언하고 있다.

그들의 학교다. 그들은 너무 빨리 자랐다. 너무도 빨리. 모두 윌랄리의 키를 훌쩍 넘었다. 하지만 여전히 아이들에 불과하다. 헬레네는 바퀴 없이는 이동할 수 없다. 벨리사마는 우발적으로 침대에서 유칼립투스 나무가 자라나게 했다. 미다스는 주방의 은식기를 죄다 얼룩말 똥으로 변환시켰다. 비너스는 5층 화장실에 보아뱀 사육장을 숨겨두었다. 아르테미스는 학교 앞 군인 동상의 머리를 완벽하게 똑같이 복제한 뒤, 또다시 목을 베어버렸다. 진과 가이아와 루시퍼, 셋이 힘을 합쳐 새로운 기상 현상을 만들어낸 후로 등대는 계속 보수 중이다. 야누스… 도대체 그 녀석은 또 어디로 갔을까?

윌랄리는 코를 훌쩍인다.

코를 풀지만 막힌 코는 좀처럼 뚫리지 않는다. 원인을 설명할 수 없는 이 불만은 주의가 학교로 향할 때마다 더 강해지는 것 같다. 그녀는 대양을, 그리고 저 멀리 노을 속에서 붉게 물든, 여전히 끝없이 재건 중인 대륙을 바라본다. 전쟁은 멀지 않다. 어디로 가든, 전쟁은 결코 멀리 있지 않다.

윌랄리는 학교를 보호할 파수꾼이 그들에게 필요할 거라고 생각한다. 허수아비가. 조만간 배를 타고 연구소로 돌아갈 것이다. 대폭격 이후로 그곳의 모든 사람은 죽었다. 타자가 예언했던 대로. 풍요의 뿔은 폐허 밑 어딘가, 이제는 윌랄리만 아는 장소에 숨겨져 있다. 그녀는 더 이상 아무것도 변환시키지 않겠다고 다짐했다. 하지만 아이들은 완전히 성숙해질 때까지 보호가 필요할 것이다. 미모사 위에서 여전히 욕을 해대는 경비원은 이제 그리 젊지 않다.

윌랄리는 비록 수명의 절반을 잃었을지는 모르지만 머지않아 그녀를 위해 시간이 멈출 것이다. 현실 전체가 변할 것이다.

길을 따라 걷던 중 커다란 모래성 하나를 발견한다. 미적 완성도로 보건대 아마도 폴리데우케스의 작품이리라. 그 순간 윌랄리는 조금 당황스럽게도, 자기가 그 성을 발로 걷어차고 싶어한다는 걸 깨닫는다.

"딜뢰?"

윌랄리는 오딘을 향해 고개를 든다. 그가 다가오는 소리를 듣지 못했다. 그는 붉은 해변 위로 하얀빛을 흩뿌리는 거대한 몸이 마치 자리를 너무 많이 차지한다고 느끼기라도 하는 듯, 시선을 옆으로 돌린 채 어깨를 구부정하게 하고 한 발 물러서 있다. 오딘은 근사하다… 그리고 너무도 불완전하다. 윌랄리는 그를 쫓아내고도 싶고 안아주고도 싶다. 하지만 그녀는 둘 다 하지 않는다.

"보여드릴 게 있어요."

오딘은 윌랄리의 모국어로 말한다. 강제 추방된 그녀의 부모가 쓰던 언어, 사라진 가족과 이제 그녀가 거의 기억하지 못하는 먼 나라의 언어. 모든 것이 계획대로 돌아간다면, 이 언어는 언젠가 온 인류의 언어가 될 것이다. 전쟁이란, 서로를 이해하지 못하게 되는 순간이니까.

"괜찮으시다면요." 윌랄리의 침묵에 오딘이 덧붙인다.

윌랄리가 코를 훌쩍인다.

이 아이는 그녀의 의견을 요구하는 것만큼이나 그 의견에 의문을 제기하는 데에도 빠르다. 언제쯤 마침내 그녀에게서 독립해 스스로를 정의하는 법을 배울까?

"이리 주렴." 윌랄리가 답한다.

오딘은 몸을 더 부풀리며 천천히 똑바로 선다. 집중하느라 가늘어진 그의 반투명한 눈은 마치 백 번은 연습한 악보를 선생님 앞에서 연주하려는 피아노 연습생 같다. 거의 맞잡은 그의 두 손 사이에서, 안개가 점진적으로 밀도를 얻어 마침내 만질 수 있는 물체가 된다. 상자. 그는 아무런 티도 내지 않으려 애쓰지만, 윌랄리는 그의 눈썹이 아주 미세하게 이완되는 것을 보고 그가 안도하고 있음을 확인한다.

그녀는 그가 손가락으로 쥐고 있는 상자를 건네받는다. 단단한지 확인하고 이리저리 돌려본 뒤 뚜껑을 연다. 당연히 비어 있다.

"그래서, 이게 전부니?"

오딘은 윌랄리의 반응에 당황한 듯하다. 솔직히 말하자면 그녀도 못지않게 당황했다. 오딘이 환영을 안정시키는 데 성공한 것은 이번이 처음이다. 그의 빈약한 상상력의 한계를 이런 식으로 억누르기 위해 훈련을 많이 했음이 틀림없다.

윌랄리는 그를 북돋아 주어야 했다. 오딘은 잘해내고 있다.

"네 책 좀 주렴." 칭찬하는 대신 그녀는 이렇게 말한다.

오딘의 얼굴은 눈처럼 무너져 내리지만, 그는 절대 몸에서 떼어놓지 않는 그 책을 옷섶에서 이미 꺼내고 있다. 그는 다른 손으로 이 동작을 막아보려 헛되이 애쓰지만, 애초에 질 수밖에 없는 내면의 싸움에 굴복한 상태다. 그의 형제자매들처럼 그 역시 명령에 복종하도록 설정돼 있다. 윌랄리 자신이 직접 모든 책에 그 명령을 기입했기에 누구보다 이 사실을 잘 안다.

윌랄리는 주머니에서 늘 쓰는 깃털 만년필을 꺼내 이로 뚜껑을 연다.

"화났어요, 딜뢰?"

오딘은 시선을 조심스레 옆으로 돌린 채 버티고 있었고, 윌랄리는 그 곁눈질 속에서 애정과 증오가 뒤엉킨 빛을 읽어냈다. 그는 그녀를 그렇게까지 실망시킨 것도, 그녀에게 실망한 것도 똑같이 괴로워하고 있었다.

윌랄리는 오딘이 가진 가장 내밀한 것에 손을 대고 있음을 의식하며 책장을 넘긴다. 그녀는 자신이 발명한 코드를 구성하는 수천 개의 기호 하나하나를 완벽하게 암기하고 있다. 어떤 부분은 오딘의 운동 능력을, 어떤 부분은 분석 능력을, 또 어떤 부분은 색채 지각 능력을 통제한다. 그녀는 대상을 고른 뒤, 책의 살에 금속 펜촉을 찔러 넣는다. 오딘의 억눌린 비명을 무시한 채, 자기 아이에게 가하는 고통을 기꺼이 받아들이면서. 그녀는 자신이 원하는 것 말고는 아무것도 훼손하지 않게끔 코드 한 줄을 그어 지운다.

"넌 맛을 느끼지 못하고 먹게 될 거야." 윌랄리가 책을 돌려주며 말한다. "어떤 손길도 네겐 부드럽게 느껴지지 않을 거야. 나는 네게서 쾌락을 느낄 권리를 빼앗았단다."

오딘은 검열당한 자신의 책을 가슴에 바짝 끌어안는다. 대양의 바람이 극지방 같은 긴 머리카락을 들어 올린다. 혐오와 숭배가 뒤섞인 감정을 담아 그는 두 눈을 부릅뜬다. 그래도 윌랄리의 얼굴만큼은 끝내 똑바로 보지 않는다. 그녀가 자신에게 저지른 짓에도 불구하고, 통제하지 못하는 그 능력으로 그녀를 다치게 하고 싶지 않기 때문이다.

"이건 평범한 잉크야." 윌랄리가 만년필 뚜껑을 돌려 닫으며 말한다. "시간이 지나면 지워질 거야. 세상을 구하도록 나를 돕는 데 네 시간을 써라."

오딘은 모래 위에 신발 자국을 남긴 채 달아난다.

윌랄리는 코를 훌쩍인다.

그녀는 안경을 벗는다. 이유를 알 수 없지만 그 어느 때보다도 만족스럽지 않다. 안경을 닦으려고 렌즈에 입김을 불어 넣는 순간, 석양이 그 위에 반사되었다. 그리고 갑자기 그녀는 보았다. 안경알에 비친 자신의 얼굴이 공모하듯 윙크하고 있었다.

머지않았어. 타자가 말한다.

윌랄리는 있는 힘껏 멀리 안경을 던져버린다. 관자놀이가 맹렬한 속도로 뛴다. 콧속이 아프다. 머리가 터질 것 같다. 무엇이 되어가고 있는 걸까? 신 행세를 하느라 자기 자신을 놓치고 있는 걸까?

그녀가 도망친 곳은 작업실이 아니다. 그 안에 있는 거울이다.

"머지않았어." 윌랄리가 떨리는 목소리로 속삭인다. "하지만 아직은 아니야."

오펠리는 코를 훌쩍였다.

화들짝 놀라 잠에서 깼다. 마치 달리기라도 한 것처럼 숨이 찼고, 위로 추락하는 듯한 강렬한 느낌에 빠져 있었다. 아주 짧은 순간, 이번엔 연구소가 무너지고 있다고 생각했다. 그녀는 몸을 일으켰다. 돌바닥에서 깜빡 잠이 든 바람에 팔다리가 저렸다. 발에는 아무 감각도 느껴지지 않았다.

"넌 누구야? 넌 누구야? 넌 누구야?" 앵무새가 지긋지긋하게 되풀이했다.

예배실은 끄떡없이 제자리에 있었다. 문도 굳게 닫혀 있었다. 원형 창의 스테인드글라스를 통과한 파리한 빛이 여전히 스며들고 있었다. 마치 태양이 한자리에 멈춘 것 같았다. 유일한 빛의 변화는, 오펠리가 그토록 보지 않으려 애쓰던 돔 천장의 기계식 반사판들 때문이었다. 머리가 지끈거리고 목이 탔다. 꿈의 기억은 어렴풋할 뿐이었지만, 그녀는 그곳에서 지독한 감기를 얻어 빠져나왔다.

"넌 손수건이 필요 없겠네, 그렇지?" 그녀가 사체상에 대고 물었다.

이 예배실에 얼마나 오래 갇혀 있었던 걸까? 졸음을 버텨보려 했지만 끝내 잠에 지고 말았다.

토른이 기다리고 있을 텐데….

경첩 소리가 문 아래쪽으로 그녀의 주의를 끌었다. 장갑을 낀 손 하나가 바닥에 그릇을 내려놓기 위해 배식구 덮개 틈으로 미끄러져 들어오고 있었다. 오펠리는 배식구가 다시 닫히기 전에 엄지 손가락으로 그것을 막으려 황급히 뛰어갔다. 조심스러운 움직임은 아니었지만 뭐라고 하는 사람은 없었다. 샌들 소리는 이미 멀어지고 있었다. 오펠리는 백까지 센 다음, 최대한 조심스럽게 배식구 문을 들어 올렸다. 그 구멍은 배식구치고는 놀랍도록 넓었다. 그녀는 머리를 내밀기 위해 몸을 비틀었고, 중앙 홀의 좌우를 훑어보았다. 보이는 한도에서는 텅 비어 있었다.

오펠리는 배식구를 통해 1센티미터씩 꿈틀대며 기어 나갔다. 그녀의 몸집이 조금만 더 컸더라면 불가능했을 터였다. 그렇다고 마냥 마르기만 한 것도 아니었지만. 옷이 찢어지는 소리가 들렸다. 몸이 끼일 때마다 폐를 완전히 비워 조금이라도 공간을 확보하려 애썼다. 중앙 홀 안의 울림은 매우 민감해서 배식구의 경첩들이 끔찍한 소음을 만들어냈다.

지금 절대로 재채기해선 안 돼.

오펠리는 근처의 관찰자들을 모두 불러 모으지 않고 문 반대편으로 나왔다는 사실에 스스로도 놀랐다. 피부가 까졌지만 어쨌든 해냈다.

그런데 이제 어디로 가지?

왼쪽? 기둥, 예배실, 장미창.

오른쪽? 기둥, 예배실, 장미창.

'왼쪽.' 오펠리는 마음을 정했다. 그녀는 대리석과 유리의 영원 속에 길을 잃은 듯한 기분으로 향로들에서 피어오르는 연기 사이를 달렸다. 나쁜 시력은 도움이 되지 않았다. 관찰자를 마주친다 해도 그들이 코앞까지 다가와야 알아볼 수 있을 터였다. 이곳에 강제로 끌려왔을 때 지나온 계단을 찾을 수 없었다. 그 대신, 끝없이 달린 끝에 어느 예배실 문의 배식구 덮개에 끼어 있는 자신의 튜닉 조각을 알아보았다. 자신의 억눌린 목소리가 그곳에서 새어 나오고 있었다.

"넌 누구야? 넌 누구야? 넌 누구야?"

그녀는 줄곧 똑바로 전진했고 어떤 모퉁이도 돌지 않았는데, 이치에 어긋나게도 출발점으로 돌아와 있었다. 이 중앙 홀은 고리 모양의 공간 안에 담겨 있었다. 의심의 여지가 없었다. 이런 얄궂은 건축 설계는 메르 일드가르드의 작품일 수밖에 없었다.

오펠리는 빈틈을 찾기로 결심한 채 다른 방향으로 출발했다. 내부자들이 마음대로 오갈 수 있게 해주는 빈틈이 필연적으로 하나 존재할 터였다. 그녀는 숨을 고르는 동안 나무만큼이나 거대한 기둥에 몸을 바짝 붙였다. 그때, 그녀의 두 눈이 측랑의 안쪽, 두 예배실 사이에서 노란 커튼이 달린 어떤 형태와 마주쳤다.

고해소였다. 지난번처럼 그 안의 거울에 도달할 수 있다면 구원받을 수 있으리라.

그녀는 자신의 소리가 들리든 말든 더 이상 신경 쓰지 않고 내달렸다. 이제는 속도가 신중함보다 우선했다. 그러다 기도대에 무릎을 부딪쳤고 고해소 안으로 들어갔다기보다는 그 안으로 쓰러졌다.

오펠리는 거울에 비친 자신의 모습을 찾았지만, 거울이 있어야 할 자리에 격자가 있었다. 그리고 그 격자 뒤에는 누군가의 옆모습이 있었다.

한 십 대 소년이 평온하게 그림책을 넘기고 있었다.

"거참, 아가씨." 그는 하품을 꾹 참으며 말했다. "더 빨리 오실 줄 알았는데요."

그는 고개를 돌려 병 바닥처럼 두꺼운 안경 렌즈 너머로 오펠리를 바라보았다. 커다란 검은 십자가가 그의 얼굴을 가로지르고 있었다.

역할

오펠리가 마지막으로 기사를 본 건 3년 전 파루크의 궁정에 서였다. 그는 재판을 받고 가문 능력을 박탈당한 뒤 헬하임으로 추방되었다. 헬하임은 폴에서 문제를 일으킨 자들이 최후에 보내지는 악명 높은 기관이었다.

"난 이제 거기서 나왔어요."

기사는 손가락에 침을 묻혀 그림책 책장을 넘기며 오펠리가 묻기도 전에 먼저 말했다. 목소리가 너무 달라져 그의 목소리를 알아보지 못했다. 가로막힌 격자 때문에 모습이 훤히 드러나진 않았지만 기사는 확실히 훌쩍 자란 듯했다. 풍성한 금발 곱슬머리가 어깨 위로 흘러내렸다. 얼굴을 가로지르는 검은 십자가와 두꺼운 안경을 끼고 있었지만, 오펠리는 젖살이 빠지고 골격이 발달했음을 짐작할 수 있었다. 오펠리는 고해소의 반질반질한 나무에 비친 기사를 보고 그가 윌랄리 딜뢰도, 타자도 아님을 확인했다.

기사는 여기 있어서는 안 되는 존재였다. 그가 이 중앙 홀에, 이 연구소에, 이 세상 한구석에 있다는 것 자체가 불가능한 일이었다.

"당신이었군요." 오펠리가 숨죽여 말했다. "그 모든 연출이 당신 짓이었어. 박물관의 샘플이며 우리 엄마처럼 꾸민 보모 오토마톤…. 당신이 내 과거를 쟁반에 고스란히 담아 그들에게 가져다 바친 거였어."

기사가 미소 짓자 치아 교정기가 드러났다.

"물론이죠. 제가 약속했으니까요."

"누구에게요?"

오펠리의 귀가 윙윙거렸다. 콧물이 흐르는 것도, 무릎 주변이 부어오르는 것도 전혀 느끼지 못했다. 기사는 가문 능력을 빼앗겼다. 그녀에게 해로운 환영을 주입할 수 없었다. 그렇다고 그가 해롭지 않은 존재는 아니었다. 한시라도 빨리 이 고해소를 벗어났어야 했다.

"누구에게 약속한 거죠? 누가 당신을 헬하임에서 꺼내줬죠? 진짜로 이 연구소를 조종하는 사람은 누구예요?" 오펠리가 굳은 목소리로 집요하게 물었다.

기사는 그림책을 덮고 안경을 벗었다. 그러고는 금속 격자가 살갗을 파고들 때까지 격자에 바짝 달라붙었다. 그는 십자가처럼 어둑한 얼굴 위로, 창백한 두 눈을 휘둥그레 떴다.

"그분들이죠, 아가씨. 사물을 무한히 더 거대하게 보시는 분들 말이에요! 그분들은 지금까지 어떤 어른도 제게 해주지 않았던 말씀을 해주셨습니다. 내 가문조차 내게 거부했던 두 번째 기회를 허락하셨고요."

기사의 손가락이 격자를 통과해 매달리자 오펠리는 칸막이

쪽으로 물러났다.

"나는 너무도 오래 기다렸어요… 그 끔찍한 시설에서 매일매일 날짜를 세었죠. 거기서 내가 얼마나 추웠는지 당신은 상상이나 할 수 있을까요? 부인은, 적어도 그분만큼은 날 찾아올 줄 알았어요."

기사의 입에 오른 '부인'은 베르닐드 말고 다른 사람일 리 없었다. 오펠리는 피가 날 때까지 물어뜯긴 그의 손톱을 눈여겨보았다. 베르닐드를 향한 그의 집착은 시간이 흘러도 약해지지 않았다.

"부인은 오지 않았어요." 기사는 미소 띤 얼굴을 격자에 짓눌러 붙인 채 말했다. "절 버렸죠. 하지만 저는, 부인의 기사인 저는 절대 부인을 저버리지 않을 거예요. 부인이 필요로 하는 것을 제가 모두 채워줄 그날이 다가오고 있어요. 그분들이 풍요를 약속했거든요! 적어도 그 점만큼은 우리 둘 사이에 공통점이 있잖아요, 아가씨. 안 그래요? 지켜야 할 소중한 존재가 있다는 점이요."

오펠리는 이 대화―대화라고 부를 수 있다면 말이지만―가 흘러가는 방향이 점점 마음에 들지 않았다. 기사는 독백에 능했다. 그 점 역시 변하지 않았다.

그녀는 자기 칸 쪽 커튼을 들어 올렸다. 고해소가 노란 실루엣들로 에워싸여 있다는 사실에 적잖이 놀랐다. 얼마나 어리석었던가! 오펠리는 제 역할을 완벽하게 해냈다. 그들은 배식구를 통한 탈출부터 고해소로의 도피까지 모든 것을 내다보고 있었다. 메시지는 분명했다. 오펠리가 무얼 하든, 연구소는 항상 그녀보다 한발 앞설 거라는 뜻이었다. 정확히 말하면, 한 에코 앞서 있는 셈이었다. 예언이 담긴 스콩드의 그림들이 아마 무관하진 않았을 것이다.

기사는 다시 안경을 썼고, 그러자 얼마간 절제력을 되찾았다. "이 모든 건 당연히 프로젝트의 일부입니다." 기사는 지나칠 만큼 공손한 어조로 설명했다. "아가씨는 본인이 생각하는 것보다 훨씬 오래전부터 이 프로젝트에 참여하고 있었답니다. 그들에게 당신은 특별한 존재예요. 물론 제 미천한 소견으로는 여전히 절망스러울 정도로 평범하지만요. 그들은 아가씨에 대해 이미 아주 많은 것을 알고 있었죠. 들으시면 아마 깜짝 놀랄 걸요! 제가 맡은 일은 그저… 그러니까 아가씨 과거의 좀 더 의미 있는 세부 사항을 보충하는 것뿐이었죠. 아니마의 박물관이 아가씨에게 어떤 의미인지, 그곳에서의 마지막 근무일이라든지, 당신과 어머니 사이의 복잡한 관계 같은 사소한 것들 말이에요."

고해소의 숨 막히는 열기에 불편해진 기사는 그림책으로 부채질을 했다. 책 표지에 분홍 강아지들이 그려져 있는 것이 얼핏 보였다. 그녀는 자신이 얼마나 더럽혀진 기분이 드는지 내색하지 않으려 꾹 참았다.

"난 털어놓은 적 없어."

"하지만 아가씨의 작은할아버님께는 털어놓으셨죠. 폴에서 작은할아버님께 보내신 편지들, 그걸 제가 한 통 한 통 다 읽었거든요. 제가 아는 건 그다지 중요하지 않아요." 오펠리가 턱에 힘을 주자 기사가 단언했다. "그분들이 아시는 게 중요하죠. 예를 들어, 그분들은 아가씨가 제 발로 연구소에 찾아오리라는 걸 알고 있었죠. 시간문제일 뿐이라고, 기다리기만 하면 된다고 하셨어요. 그건 당신의 결정이어야만 했거든요. 이해하시겠어요, 아가씨? 이 실험 전체는 당신의 결정에 달려 있으니까요. 지금 아가씨가 무엇을 결정할지에 달려 있는 것처럼요. 얌전히 예배실로 돌아가든지, 아니면 우리가 토른 씨에게 해를 입히든가요. 앙리 경이라고 해야 하나? 뭐, 그건 상관없고요. 우리 부인께서는 제가 부인의 가문을 몰살시킨 걸 꽤나 고통스러워하셨죠. 저도 이왕이면 부인의 조카를 해치고 싶진 않답니다."

오펠리는 온몸의 피가 얼어붙은 것 같았다. 기사의 말이 가슴에 구멍들을 파내고 있었다. 기회가 있었을 때 토른과 도망쳤어야 했다.

"토른과 대화하게 해줘요."

"그건 불가능해요, 아가씨. 당신이 선의를 보이는 한 그에게 손가락 하나도 대지 않겠다고 그분들이 약속하셨어요. 그분들은 약속을 어기는 법이 없습니다. 제가 십자가에 대고 맹세하죠!"

기사는 얼굴에 검게 그어진 십자가를 따라 엄지손가락으로 가로선과 세로선을 그었다.

"뭘 위한 선의지?"

"속죄하기 위해, 결정화하기 위해, 그리고 구원을 얻기 위해서요. 당신이 거의 다 왔다고 그분들께서 말씀하셨어요, 아가씨.

하지만 저희가 아가씨를 대신해서 이 일을 마무리 지을 순 없답니다.”

“속죄할 짓 따윈 안 했어요. 결정화는 뭔지도 모르겠고, 당신들의 구원 같은 건 필요 없다고.”

오펠리의 목소리는 그녀 자신만큼이나 바짝 말라 있었다. 분노가 몸 안에 남아 있던 마지막 수분마저 태워버리고 있었다.

기사는 무표정하게 말했다.

“이 모든 것을, 당신은 스스로 깨닫게 될 거라고 그분들께서 말씀하셨어요.”

“그럼 메디아나는? 메디아나가 여기 있었단 걸 알아.” 오펠리는 더 이상 참지 못하고 소리쳤다. 신중하게 굴 여유 따위는 없었다. “걔는 결정화됐어? 구원을 얻었어? 당신들 대체 그 애한테 무슨 짓을 한 거지?”

기사는 시큰둥하게 금발 곱슬머리를 내저었다.

“별 흥미 없는 질문들이군요. 제가 보기엔 던져볼 가치가 있는 질문은 딱 하나뿐이죠. ‘오펠리 양’, ‘아르테미스의 아이’, ‘토른 부인’, ‘미스 윌랄리’.” 기사는 차례차례 이름을 읊었다. 그의 입가의 미소가 점점 커졌다. “단 한 사람이 감당하기엔 역할이 너무 많죠. 이 역할들이 없다면, 진짜 당신은 누구죠?”

기사는 고해소의 나무판을 세 번 두드렸다. 곧바로 장갑 긴 손이 오펠리 칸의 커튼을 들어 올렸다. 면담은 끝났다. 기사는 이미 다시 그림책에 빠져 남은 손톱을 물어뜯고 있었다.

오펠리는 다시 삼엄한 호위 속에 예배실로 보내졌다. 무릎이 부어올라 절뚝대며 걸었지만, 바른 자세로 고개를 꼿꼿이 치켜들어 자존심을 지켰다. 그녀는 자신이 얼마나 동요하고 있는지 그들에게 절대 드러내지 않으리라 다짐했다. 안 되고말고. 그런 만족감은 절대 줄 수 없지.

문이 잠겼다. 그녀는 예배실의 변하는 색깔 속에 가만히 서 있었다. 사체상처럼 꼼짝도 하지 않은 채, 앵무새의 '넌 누구야'에 고집스러운 침묵으로 대답하면서. 이미 자신의 자존심에 상처를 입힌 온갖 경험을 겪어온 터였다. 아니마의 두아옌들에게 업신여김을 당하고, 폴의 궁정 사람들에게 모욕당했으며, 바벨이라는 도시로부터는 거부당했다.

하지만 이렇게까지 웃음거리가 된 듯한 기분은 처음이었다.

배식구 앞에는 그릇이 그대로 놓여 있었다. 식어버린 미음 한 그릇. 오펠리는 몸이 덜덜 떨려서 두 손으로 그릇을 들어 올려야 했다. 배식구 밖으로 던져버리고 싶었지만 결국 들이마셨다. 토른에게 들릴 때까지 울부짖고 싶었지만 끝내 침묵했다.

오펠리는 빈 그릇을 뒤집었다. 식사는 1단계 프로토콜에서 먹었던 것들처럼 역겨웠다. 돋보기가 있었더라면 도자기 그릇에 새겨진 미세한 문자들을 어렴풋이 알아볼 수 있었을 것이다. 한 입 또 한 입, 물질로 변환된 옛 에코를 삼키고 있었던 셈이다. 위장이 거칠게 반응했다. 이 풍요의 뿔이라는 것은 정말이지 완벽과는 거리가 멀었다.

그럼 관찰자들이 끝내 그 완벽함에 도달하게 된다면? 그들이 먹을 수 있는 음식, 마실 수 있는 물, 정상적으로 작동하는 물건들, 그리고 무너지지 않는 땅까지 마음대로 만들 수 있게 된다면? 그들이 스스로 새로운 신들로 변모하기로 결정한다면? 그렇게 된다면 그들은 월랄리와 타자만큼 강력해질 것이다. 그리고 똑같이 그만큼 위험해질 것이다.

그런데 이 모든 것의 진짜 배후는 대체 누구란 말인가?

"넌 누구야? 넌 누구야? 넌 누구야?"

그릇이 오펠리의 손가락 사이에서 미끄러져 발치에서 산산조각 났다. 그것은 코드가 부서지자 이제 아에라르기룸 상태로 되돌아가며 곧바로 증발했다. 메모리알의 늙은 청소부가, 총알이 그의 금속판을 관통하던 순간 사라져 버렸던 것과 똑같았다. 또다시 오펠리는 허기와 갈증을 느꼈다. 미음을 전혀 먹은 것 같지 않았다. 혓바닥으로 입천장을 문질러봤지만 그 불쾌했던 맛조차 사라지고 없었다.

오펠리는 무지갯빛이 일렁이는 돌바닥을 바라보았다. 이 예배실이 전화기가 있던 지하실의 개선된 버전이라는 것을 이제 이해했다. 월랄리 딜뢰에게 몇 달이 걸렸던 일이 이곳에서는 가속화되어 일어날 터였다. 오펠리가 자동 반사판을 향해 눈을 치켜뜨는 순간, 자신의 그림자에게 선고를 내리게 될 것이다. 과연 살아남을 수 있을까?

오펠리는 문득 파루크가 기사에게서 가문 능력을 거두어들였을 때 기사의 몸을 빠져나갔던 그 이상한 수증기를 떠올렸다. 자신도 모르게 아에라르기룸을 보았던 것일까? 그것이 결정화였을까? 자신의 일부를 포기하는 일? 그것이 어떻게 풍요의 뿔을 완성하는 데 도움이 된다는 거지? 지금까지 연구소가 역전자들을 이용해 윌랄리 딜뢰와 타자가 만났던 조건을 재현해서 타자를 유인하려 한다고 생각했었다. 하지만 여기에는 지하실도, 전화기도 없었다.

그저 앵무새 한 마리뿐. 오펠리는 사체상의 양손에 용접된 오토마톤을 바라보며 생각했다. 똑같은 메아리만 바보처럼 반복하도록 선고받은 기계.

"넌 누구야? 넌 누구야? 넌 누구야?"

오펠리는 사체상 옆 바닥에 누웠다. 너무 가까이 몸을 댄 나머지 콧구멍에서 기어 나오는 돌 구더기들까지 보일 정도였다. 마지막으로 그녀가 자기 자신과 강제로 마주해야 했던 것은 본 파미유의 독방 안에서였다. 자신이 앞으로 나아가지 못하게 막던 죄책감과 비겁함을 직면해야만 했다. 그런 경험은 두 번 다시 하고 싶지 않았다.

오펠리는 마지막 저항으로 돔 천장에서 고개를 돌렸다. 그러고 나서 토른을 생각했다.

'그분들은 약속을 어기는 법이 없습니다.'

그녀는 머리 위에 펼쳐진 거대한 만화경을 향해 두 눈을 커다랗게 떴다. 시각적인 충격에 그녀의 몸이 활처럼 휘었다. 그녀의 근시는 기하학적 도형들을 끈적한 색채의 반죽으로 뭉개버렸다. 그것은 마치 동공 속으로 무지개를 밀어 넣은 뒤, 머릿속 깊숙한 곳까지 계속해서 쑤셔 박는 듯한 감각이었다.

"넌 누구야? 넌 누구야? 넌 누구야?"

오펠리는 위장에 미음이 남아 있었더라면 그것을 토해냈을 것이다. 그 대신 타는 듯한 담즙을 뱉어냈다. 깊게 숨을 쉬었고, 경련이 진정되었을 때 다시 바닥에 등을 대고 누웠다. 그녀의 머리 위로는 수천 개의 거울 조각들이 원형 창의 스테인드글라스를 증폭시키며, 새로운 장미창들을 거듭하고, 거듭하고, 또 거듭해서 창조해 내고 있었다. 오펠리는 광기에 사로잡힌 은하계를 마주하고 있는 듯했다.

그것은 숭고하면서도 끔찍한, 아주 긴 공연의 시작이었다. 오펠리는 온몸이 색채에 쏘인 채 몇 시간 동안 돌바닥에 누워 있었다. 편두통이 너무 심해지거나, 코피가 나기 시작하거나, 혹은 머리가 핑핑 돌 때면 몸을 일으켰지만, 그녀는 결국 늘 자기가 있던 자리에 다시 눕고 말았다. 그러고는 자신이 멈춘 지점에서부터 다시 고난을 이어갔다.

기사가 장담했던 것과 달리, 계속할지 그만둘지 결정하는 것은 온전히 그녀의 몫이 아니었다. 토른의 목숨이 거기에 달려 있는 한.

예배실에는 결코 밤이 내리지 않았다. 오펠리는 곧 시간에 대한 모든 감각을 잃어버렸다. 앵무새의 셀 수 없는 "넌 누구야?"를 세어보는 것을 아주 일찍이 포기해 버렸다. 그래서 배식구를 통해 밀어 넣어지는 그릇들에 대신 의지해 보았으나, 늘어나는 그릇의 숫자는 그녀를 안심시키지 못했다.

자신의 체취도 마찬가지였다. 마지막으로 씻은 게 언제였더라?

오펠리는 몸이 허락하는 정도로만 짧게 쉬면서 조금 자고 조금 먹었다. 그녀는 자신이 만화경을 더 오래 견뎌낼수록, 요구된 몫을 더 빨리 끝마칠 수 있으리라 생각했다.

자신이 제대로 된 길을 가고 있다는 것을 어떻게 알 수 있을까? 가끔씩 들려오는 배식구의 딸깍거리는 소리로 관찰이 계속되고 있다는 것을 알 수 있었지만, 아무도 그녀에게 결코 말을 걸지 않았다. 지시도 하나 없었고, 격려도 없었다. 아무것도 없었다.

그럼에도 오펠리는 변화를 감지하고 있었다. 그리고 그 변화는 불쾌했다.

예컨대 그녀는 자신이 습관적으로 눕곤 하던 자리의 돌바닥이 자기 몸 아래서 설명할 수 없이 바스러지고 있다는 것을 깨달았었다. 그다음은 손안에서 순식간에 산산조각 나는 그릇들 차례였고, 오펠리는 미음이 사라지기 전에 서둘러 그것을 들이켜야만 했다. 그녀의 아니마인 능력은 단지 고장 난 것에 그치지 않고 파괴적으로 변해 있었다. 요강을 사용하는 것은 악몽 같았다.

드래건 능력이 자신을 향해 등을 돌렸을 때, 오펠리의 조바심은 절정에 달했다. 마치 그녀가 보이지 않는 가시덤불을 지나가고 있기라도 한 것처럼 그녀의 팔과 종아리가 조금씩 생채기들로 덮였다.

속죄.

그 생각에 분노가 치밀었다. 대체 무엇 때문에 벌을 받는 것인가? 상황이 갈수록 나빠지는 건 윌랄리와 타자 때문이었다.

오만한 인간 하나와 만족할 줄 모르는 에코 하나. 그들은 세상의 한쪽을 구한다는 구실로 세상의 다른 한쪽을 희생시켰고, 아무도 모르게 자기들끼리 합의 따위를 맺었다. 그리고 이제 와서 그 조항들을 바꾸고 있었다.

아니, 이건 오펠리의 잘못이 아니었다. 타자가 그녀를 이용한 것도, 그녀가 윌랄리와 닮은 것도, 아슈들이 무너진 것도, 옥타비오가 목숨을 잃은 것도. 그녀가 가족을 포기해야 했던 것은 그녀의 잘못이 아니었다. 아이를 낳지 못하는 것은 그녀의 잘못이 아니었다.

내 잘못이 아니야.

오펠리는 온몸을 활짝 열어젖혔다. 방금 전, 대체 그것은 무엇이었을까? 그녀는 자신의 생각에서 분리된 듯했다. 매초 예배실의 돔을 가로지르며 새로운 프랙탈들이 형성되고 있었다. 각각의 조합이 그녀를 고통으로 움찔하게 만들었지만, 그녀는 이제 두 눈을 깜빡일 수도 고개를 돌릴 수도 없었다.

"넌 누구야? 넌 누구야? 넌 누구야?"

난 그들이 아니고, 그들은 내가 아니야.

빛과 색과 형태 들이 춤을 추었다. 그것들은 더 이상 저 위에만 있지 않았다. 오펠리의 몸속의 모든 분자 안에서 생겨났다

해체되었다.

“넌 누구야?”

나는 더 이상 아니마인이 아니야.

“넌 누구야?”

나는 엄마가 원했던 그런 딸이 아니야.

“넌 누구야?”

나는 절대 엄마가 될 수 없는 사람.

“넌 누구야?”

토른과 함께였을 때 나는 ‘우리’였어. 그가 없으면 나는 그저 ‘나’일 뿐.

“넌 누구야?”

나는 누구인가?*

* Qui est je? 프랑스어로 나는 누구인가?’라는 뜻. 올바른 표현은 ‘Qui Suis-je?’지만, 작가는 의도적으로 3인칭 동사(est)를 사용하여 나(je)’라는 단어 자체를 마치 하나의 고유명사 처럼 취급했다.

만화경의 소용돌이에 휩쓸려, 오펠리는 생각들의 관객이 되었다. 그녀는 등 아래의 바스러지기 쉬운 돌바닥, 자신을 둘러싼 공간, 그리고 자기 내면의 공간을 날카롭게 의식했다. 자신이 무엇이 아닌지를 통해 스스로를 규정할수록, 그녀는 다르게 존재하는 자신을 느꼈다.

'당신이 거의 다 왔다고 그분들께서 말씀하셨어요.'

거의 이해의 실마리가 잡히기 시작했다. 연구소가 대안 프로그램의 역전자들에게 가한 모든 일은 그들의 가문 능력을 망가뜨리고 그들의 그림자를 찢기 위한 것이 아니었다. 그것들은 훨씬 더 깊은 단절의 부작용에 불과했다. 메디아나의 체념. 윌랄리의 대가.

결정화.

아니, 사실 오펠리는 아르테미스의 아이도, 토른 부인도, 윌랄리도, 타자도, 심지어 오펠리 자신도 정말 아니었다. 그녀는 그 모든 것인 동시에 그 너머의 존재였기에.

'우리 안에는 저마다 어떤 경계라는 게 있지요.' 블라시우스가 말했었다. '그들은 당신이 그 선을 넘게 하려 할 거예요. 그들이 뭐라든 간에, 결정은 당신 몫이에요.'

나의 선택.

우리의 선택.

이제 색은 없다.

그것들은 모두 하얗게, 종이의 하얀색으로,
오펠리가 더 이상 고작 세 글자로밖에 지탱하지 못하는 책의
한 페이지로 녹아들었다.

그저 지워져 가는 하나의 이름.

하나의 단순한 역할.

그리고 페이지는 찢겨 나간다.

구원.

승강장

"나는 누구인가? 나는 누구인가? 나는 누구인가?"

오펠리는 발가락을 힘없이 움직였다. 온몸이 너무 무감각해서 바닥과 한 몸이 된 듯했다. 잠시 정신을 잃었을까? 한쪽 눈꺼풀을 가늘게 떴다. 저 위, 만화경의 기계식 반사판들이 멈춰 있었다. 눈동자를 돌려 오른쪽에 누워 있는 사체상을 바라보았다. 두개골은 돔 천장을 바라보는 대신 텅 빈 눈구멍으로 오펠리를 빤히 쳐다보고 있었다.

사체상의 자세가 바뀌어 있었다. 그렇군.

"나는 누구인가? 나는 누구인가? 나는 누구인가?"

오펠리는 팔꿈치로 바닥을 짚어 몸을 일으켰다. 그녀를 둘러싼 예배실은 완전히 변해 있었다. 바닥에서는 거대한 광물 꽃잎들이 솟아나더니, 어마어마하게 복잡한 형태로 서로 맞물리며 피어났다. 마치 천장의 만화경이 만들어낸 문양들이 바닥에 그대로 내려앉은 듯한 모습이었다.

이 모든 변화를 일으킨 것이 자신, 오직 자신뿐이라는 사실을 깨닫는 데는 시간이 좀 걸렸다. 꽃병 하나 겨우 비틀거리게 만들던 아니마 능력이 방금 원격으로 장치를 중단시켰고, 고대 조각상을 새로 빚어냈으며, 수 세제곱미터나 되는 대리석을 마치 찰흙처럼 주물러놓은 것이었다.

오펠리의 시선은 사체상의 앙상한 갈비뼈를 따라 미끄러져 내려가, 이제는 활짝 열린 두 손 사이에 있는 금속 앵무새를 찾았다.

"나는 누구인가? 나는 누구인가? 나는 누구인가?"

반면, 이 새로운 메아리는 아니마 능력에서 비롯된 것이 아니었다.

그녀가 돌바닥의 만발한 꽃들 한가운데서 그림자를 알아차린 것은 바로 그때였다. 안개 속의 낯선 자, 콜룸바리움의 침입자가 앞에 서 있었다. 오펠리의 온몸이 떨렸다. 그에게서 얼굴을 찾아보려 해도 소용없었다. 그는 검은 물질로 이루어져 있었고, 마치 원형 창의 자연광이 그에게 아무런 영향도 미치지 못하는 것 같았다.

그림자는 언제나 그러했듯, 그저 그림자일 뿐이었다. 하나의 그림자.

오펠리는 몸을 일으키려 했지만 소용없었다.

"네가 타자야?"

그림자는 고개—아니, 고개 역할을 하는 무언가—를 저었다. 아니. 그림자는 말없이 대답했다. 나는 타자가 아니야. 오펠리는 바닥에 못 박힌 채 매서운 시선으로 오랫동안 그림자를 응시했다. 붕괴가 일어날 때마다 길목에서 마주친 데다 범인으로 지목하기에 너무나 뻔한 상대였으므로, 결코 믿고 싶지 않았다. 한 번도 마주한 적 없는 누군가를 증오하는 것은 지치는 일이다. 그렇다. 오펠리는 그림자를 믿고 싶은 마음이 추호도 없었다. 그럼에도 믿었다. 그림자에게서 풍기는 익숙함은 먼 어린 시절의 기억과도, 방 안 거울 밑의 존재와도, '나를 풀어줘'라는 목소리와도 전혀 달랐다.

"알겠어. 넌 내가 아는 누군가의 에코야?"

그림자는 망설이더니 어깨를 으쓱했다. 긍정도 부정도 아닌 몸짓이었다.

"그럼 넌, 넌 타자를 알아?"

그림자는 적잖이 짓궂은 태도로, 어둠의 손가락을 오펠리에게 향했다.

"내가 타자를 안다고? 내가?"

그림자는 그렇다는 시늉을 했다.

"내가 타자를 만났다고?"

그림자는 고개를 끄덕였다.

"내가 거울에서 풀어준 이후에?"

그림자는 고개를 끄덕였다. 여러 번.

"내가 타자를 봤는데 알아보지 못했다는 거야?"

그림자는 고개를 끄덕였다. 오펠리는 점점 더 혼란스러워졌다.

"타자는 어떻게 생겼어?"

그림자가 다시 제 손가락을 오펠리에게 향했다. 자기와 닮은 누군가라. 별로 도움이 되지 않았다.

"하지만 넌, 넌 누구야?" 그녀는 집요하게 물었다. "또 다른 타자야?"

그림자는 고개를 저었다. 이번엔 손가락이 앵무새를 향해 미끄러졌다.

"나는 누구인가? 나는 누구인가? 나는 누구인가?"

오펠리는 무한 반복되는 그 에코를 더 주의 깊게 들었다. 그것은 자신의 목소리였지만, 그럼에도 더 이상 온전한 자신의 목소리가 아니었다. 그녀가 경험했던 분리, 스스로를 둘로 쪼개놓았던 찢김, 그리고 뒤를 이었던 해방감, 그 모든 것이 하나의 일탈을 유도했던 것이다. 낯선 의식의 깨어남을. 지능을 갖춘 하나의 에코를.

윌랄리 딜뢰는 타자를 만난 것이 아니었다. 윌랄리 본인이 직접 타자를 잉태했던 것이다. 방금 전 오펠리가 그랬던 것처럼, 정확히 똑같이.

"내가 또 다른 타자를 만든 건가?" 어안이 벙벙해진 오펠리가 중얼거렸다.

그림자는 축하의 의미로 양손 엄지를 치켜들었다. 바로 그다음 순간, 그림자는 스테인드글라스의 빛 속으로 녹아 사라졌다.

"가지 마!"

오펠리는 그림자가 사라진 자리로 황급히 다가갔다. 그러나 현기증이 몰려와 다시 무릎을 꿇었다. 그녀는 기력이 다 빠져나간 듯하면서도 온몸은 강렬한 떨림으로 가득했다! 마치 평생 어긋나 있던 척추뼈들이 단숨에 제자리를 찾은 것처럼, 그녀는 자신이 완전히 다른 존재가 된 듯했다.

그사이, 누구인지는 모르겠지만, 그림자는 떠났다. 또다시.

"나는 누구인가? 나는 누구인가? 나는 누구인가?"

오펠리는 피어오른 두 돌꽃 사이에서 부서진 바닥의 돌판 하나를 뜯어냈다. 그러고는 그것을 앵무새 위로 치켜들었다. 이곳에 온 것은 윌랄리의 실수를 바로잡기 위해서였지, 결코 그 실수를 되풀이하기 위해서가 아니었다. 아이 장난감처럼 보이는 이 작은 오토마톤은 이제 시한폭탄이 되어 있었다. 에코가 스스로 더 해방되기 전에 부숴야만 했다.

"나는 누구인가? 나는 누구인가? 나는 누구인가?"

대리석 판을 잡은 오펠리의 손가락이 떨리기 시작했다. 석판은 너무 무거웠건만, 결코 손에서 놓을 수가 없었다. 이 에코는 이제 막 옹알이하는 의식에 불과했지만, 그럼에도 엄연한 하나의 의식이었고, 자신의 의식에서 잉태되어 자신으로부터 갓 해방된 의식이었다.

떨림은 온몸으로 퍼져 나갔다. 도덕적 갈등보다 더 압도적인 감정이 뱃속 장기들을 뒤흔들었다.

도저히 그럴 수 없었다.

가죽 장갑을 낀 손들이 조심스레 돌판을 빼앗아 갔다. 오펠리는 극심한 혼란에 빠진 나머지 관찰자들이 이미 예배실을 점령했다는 사실조차 알아차리지 못했던 것이다. 그들은 거칠지 않은 손길로 그녀를 멀리 떼어놓고는, 앵무새 주위로 모여들어 노트를 하고 온갖 장비들을 꺼냈다. 몇몇은 돌바닥에 엎드려 머리를 조아리기도 했다.

오펠리는 예배실 밖으로 끌려 나갔다. 에코에서 멀어지고 있었다. 자신의 에코로부터. 몸부림쳤지만 힘을 줄 수가 없었다. 마치 몸이 헝겊으로 만들어진 것만 같았다. 낯선 팔들이 그녀를 지탱해 주는 것만큼이나 억압해 왔다. 관찰자들이 만들어낸 노란 안개 속에서 기사의 미소와 교정기가 스치듯 보인 것 같았다. 어찌 된 영문인지도 모른 채, 오펠리는 계단 한 층을, 그리고 또 한 층을, 그리고 또 한 층을 더 내려가고 있는 자신을 발견했다. 사람들은 중앙 홀 밖으로 오펠리를 데리고 나갔다. 그녀를 호위하는 남녀들은 반은 재촉하듯, 반은 배려하듯이 손을 내밀었다. 그들의 장갑이 닿을 때마다 내면에서 자신의 것이 아닌 감정들이 불려 나왔다. 초조함, 고양감, 희망. 오펠리는 다시 읽고 있었던 것이다.

현기증이 날 정도로 수많은 계단을 지나 지하 예배당까지 그녀를 데려갔다. 그리고 성수반의 부글거리는 물속에 그녀를 강제로 집어넣었다. 익명의 무리가 달려들어 오펠리를 씻기고 닦아냈다. 그들은 그녀의 몸에 오일을 발라 마사지하고 향수를 뿌린 뒤, 식사까지 챙겨주고는 말없이 사라졌다. 그녀는 모자이크 바닥 한가운데에 알몸으로 멍하니 남겨졌다.

요란한 쇳소리와 함께 거대한 문이 다시 닫혔다. 오펠리는 다른 감옥으로 옮겨진 것이었다.

쿠션 위에 물건들이 정성스레 준비되어 있었다. 입소한 날 압수당했던 소지품들과 여벌의 속옷이었다. 그중에는 토른이 자신의 것을 대체하기 위해 사물함에 넣어두었던 안경과 장갑도 보였다.

토른. 소장 관사에서 몇 밤이나 기다렸을까? 어쩌면 바로 지금 이 순간에도 그녀를 찾기 위해 위험을 무릅쓰고 있을지 모른다.

오펠리는 어지러움을 참아가며 최대한 빨리 옷을 입었다. 토가 끈을 매고 샌들 끈을 묶는 일이 놀랍도록 쉽게 느껴졌다. 왼손과 오른손이 더 이상 싸우지 않았다. 비록 떨리기는 했지만 한 손이 다른 손의 동작들을 기이할 정도의 조화로움으로 완성하고 있었다. 사실, 그녀가 기억하는 한 두 손이 이토록 능숙했던 적은 결코 없었다. 그럼에도 아주 중요한 무언가가 결여되어 있다는 확신이 들었다. 도대체 이 연구소가 무슨 짓을 저지른 것인가?

그 대답은 화려한 전신 거울에 반사된 자신의 모습을 문득 발견했을 때 얻을 수 있었다. 분명히 자신의 얼굴, 자신의 몸이었지만 낯선 사람을 바라보는 듯한 기분이 들었다.

더 이상 거울로 드나드는 여자가 아니었다.

오펠리는 거울 표면을 만져보고 그 온전한 저항력을 시험해보기도 전에 온몸의 세포로 그 사실을 알았다. 이미 능력이 가로막히거나 교란되는 것을 경험한 적은 있었지만, 지금 이 순간 겪고 있는 감각은 그때와는 아예 차원이 달랐다. 그것은 셔츠 소매 속에서 돌연 팔 하나가 통째로 사라졌음을 깨닫는 것과 같았다.

능력이 절단된 것이었다.

"생큐."

오펠리는 이 지하 예배당에 자기 혼자뿐이라고 생각했다. 풍뎅이를 매단 여자가 돌 벤치 위에 엄숙하게 앉아 있었다.

"얘기 좀 하죠, 미스."

여자는 노란 실크 사리를 매만지더니, 더 이상 사무적이지 않은 몸짓으로 오펠리에게 자기 옆에 앉으라고 손짓했다. 오펠리는 연구소 전체의 지반이 샌들 아래서 요동치는 듯했지만, 꼿꼿하게 선 채로 버텼다. 풍뎅이를 매단 여자는 전혀 언짢아하는 기색이 아니었다. 여자의 어깨 위에서 반짝이는 작은 오토마톤은, 묘하게도 둘 중 진짜 관찰자는 자신이라는 섬뜩한 인상을 풍겼다.

"당신을 처음 본 순간부터 난 우리가 이렇게 대화를 나누리라는 걸 알았어요. 당신과 나, 단둘이. 진짜 대화 말이에요. 검열도, 가식도 없는."

"몇 주 동안이나 입 꾹 다물고 있다가 말이죠." 오펠리가 날선 목소리로 받아쳤다.

"우리는 당신 내면의 여정에 최대한 간섭하지 않아야 했어요. 그것이 대안 프로그램의 절차니까요. 당신이 서명한 계약서를 꼼꼼히 읽었다면 아셨을 텐데요, 젊은 레이디."

"그 예배실에서 나한테 한 짓은요? 그건 간섭이 아니었나요? 당신들은 내 가문 능력을 절단해 버렸잖아요."

"단지 한 조각일 뿐이에요. 더 나쁠 수도 있었어요. 어쩌면 당신 생명의 한 조각이 될 수도 있었죠. 그리고 불쾌하게 할 생각은 없지만, 당신의 일부를 포기한다는 최종적인 결정은 당신에게 달린 것이었어요. 저희는 그 선택에 베리 감사하고 있습니다.”

오펠리는 맥박이 빨라지는 것을 느꼈다. 에코가 자신에게서 분리되며 자신의 그림자 일부를 가져간 걸까? 그렇다면 어쩌면 아직 잃어버린 능력을 되찾을 기회가 있을지도 모른다.

“당신도 감사해야죠.” 여자가 지적했다. “지금만큼 온전한 당신 자신이었던 적은 없잖아요! 우리 덕분에 드디어 다시 바로 맞춰졌잖아요. 마지막 남은 어긋남들도 조금씩 희미해질 거예요. 어쨌든 수년 동안 심각한 비대칭 상태로 살아왔으니까요.”

여자의 말을 들으면서 오펠리는 본능적으로 배 쪽을 향하려는 손짓을 억눌렀다. 가장 먼저 떠오른 생각은 오직 그 기형뿐이었다. 사실 그것은 전혀 최우선 순위의 문제가 아니었음에도 그러했다.

“소리,” 풍뎅이를 매단 여자가 말했다. “당신은 결코 아이를 낳을 수 없을 거예요. 몸은 바뀌지 않았어요. 오직 당신의 지각만 변했을 뿐이에요. 당신이 어릴 때 타자가 당신에게 표시를 남겼죠, 안 그런가요?” 여자는 강렬한 호기심을 드러내며 말을 이었다. “이를테면 타자가 당신을 온전한 신의 반영으로 만든 셈이죠. 아니, 원한다면 월랄리 딜뢰라고 해두죠.” 오펠리가 미간을 찌푸리자 여자가 정정했다. “시작점으로서는 적절했어요. 하지만 당신이 우리에게 너무 일찍 왔더라면 실험은 실패했을 거예요. 그것은 당신 스스로의 선택이자 속죄, 그리고 구원이어야만 했으니까요. 저것들을 다시 착용하지 않을 건가요?”

여자는 쿠션 위에 남아 있는 안경과 장갑을 가리켰다. 도수도 맞지 않고 손에도 맞지 않는 안경과 장갑이었지만 오펠리는 억지로 착용했다. 원래 안경과 장갑은 토른이 보관하고 있었다. 관찰자들은 두 사람에 대해 충분히 알고 있었다. 굳이 몰래 만나 서랍을 뒤졌다는 사실까지 알 필요는 없었다.

“약속은 지켰겠죠? 그 사람에게 어떤 해도 끼치지 않은 거죠?”

“무슨 말씀을 하시는 건가요?”

여자는 여전히 벤치에 아주 꼿꼿하게 앉아 미소를 지었다. 앙리 경의 비밀이 온전히 유지되고 있다는 뜻일까, 아니면 기사가 뭐라고 협박했는지 모른다는 의미일까? 끔찍할 정도로 좌절감이 드는 일이었지만, 오펠리는 앙리 경이라는 신분이 토른을 여전히 보호하고 있다면 그 위장 신분을 위험에 빠뜨릴 수는 없었다. 오펠리는 더 묻지 않았다.

“에코는 어떻게 할 작정이죠?”

“거참, 미스! 당신이 알고 있다는 걸 우리가 알고 있다는 사실을 당신도 알잖아요.”

오펠리는 심장이 뛰는 것을 느꼈다. 그렇다, 그녀는 알고 있었다. 관찰자들이 이 에코와 대화를 시도할 것이라는 사실을. 과거에 윌랄리 딜뢰가 그러했듯이. 그들이 에코의 내면까지 이해할 때까지 연구하고, 에코를 통해 그들의 언어를 체득하며, 마침내 실행 가능한 변환을 얻어 내리라는 사실을 알고 있었다. 또한 그녀는, 비록 그 사실을 인정하기 싫었지만, 토른과 자신 역시 완벽하게 작동하는 풍요의 뿔이 필요하다는 사실을 알고 있었다.

오펠리는 이 모든 것을 알고 있었지만, 그것은 그녀의 질문이 아니었다.

"그럼 이렇게 묻죠. 풍요의 뿔로 뭘 할 작정입니까?"

풍뎅이를 매단 여자는 한없이 너그러운 한숨을 내쉬었다.

"당신은 기적을 이뤄냈어요, 미스. 당신 이전의 어떤 지원자도 결정화에 성공한 적이 없었죠. 우리는 당신의 기적이 또 다른 새로운 기적들을 이뤄내도록 지켜볼 겁니다."

"어떤 새로운 기적들이요?"

"그걸 결정하는 건 우리 소관이 아니에요."

"그럼 누구 소관이죠? 이곳의 진짜 결정권자는 누구죠? 당신들 대신 생각하는 존재는 대체 누구냐고요."

"그걸 알려드리는 것도 우리 소관이 아닙니다."

오펠리의 심장은 더 이상 두근거리지 않았다. 가슴을 쿵쿵 때리고 있었다.

"세상을 지배하는 신 하나와 세상을 파괴하는 타자 하나, 그것으론 당신들에게 충분하지 않았나요?"

여자는 코안경을 벗었다. 그러자 여자의 피곤한 눈가에 방사형으로 퍼진 주름들이 오펠리의 눈에 띄었다. 이제 그녀는 관찰자가 아니었다. 그저 태양과 삶에 의해 주름진 평범한 바벨 시민에 불과했다. 혹시 이 여자도 지난 두 번의 붕괴로 가까운 사람을 잃었을까?

"파괴되었든 정화되었든, 미스, 그건 전부 관점의 문제일 뿐이에요. 옛 세계는 전쟁이라는 병폐로 썩어가던 지옥이었어요." 마치 이곳에서도 금기어 목록이 유효하다는 듯, 여자는 그 단어를 말할 때 목소리를 낮추었다. "타자 덕분에, 윌랄리 딜뢰는 뛰어난 후견인들이 이끄는 새로운 인류를 창조해 냈고, 그들은 세대를 거듭하며 다 함께 우리 영혼 속의 악덕을 정화하기 위해 노력하고 있어요. 솔직히 말하자면, 왜 타자가 오늘날 원래의 계획에서 벗어났는지는 저도 모릅니다. 이 새로운 세계조차 아직 구원받을 자격이 없다고 여기는 걸까요? 바로 그렇기에, 완벽을 향한 탐구를 한층 더 밀어붙이는 것이 우리에게 주어진 임무입니다." 여자는 열의를 높이며 말을 이었다. "그리고 당신은 말이에요, 이미 당신의 의무를 다했습니다."

그렇군. 오펠리가 두려워하던 바와 아주 정확히 일치했다. 이 탈 연구소를 지휘하는 배후가 누구이든 간에, 윌랄리 딜뢰의 발자취를 좇고 있었으며 심지어 그 궤적을 더욱 깊이 파고들고 있었다. 목적은 사람들을 지하 독재로부터 해방하는 것이 아니라, 길 잃은 양 떼를 정해진 길로 되돌려 놓는 것이었다. 늘 그래 왔듯 사람들에게 똑같은 시각, 똑같은 행동 방식, 똑같은 인생 사용 설명서를 강요하려는 것이었다. 요컨대, 영원한 유년기 말이다.

오펠리는 타자가 인류에게 바라는 것이 이런 식으로 자신의 종말론을 끝내는 것이리라고는 전혀 생각하지 않았다.

"이 세계의 진짜 문제는요," 오펠리의 거부감을 눈치챈 여자가 말을 이었다. "절망스러울 만큼 불완전하다는 거예요. 인 팩트, 우리 모두 불완전해요. 개중엔 유독 더 불완전한 이들도 있고요."

오펠리는 또다시 뜬구름 잡는 소리나 듣고 있을 기분이 아니었다. 그녀는 구체적인 사실을 요구했다.

"그림자는 뭐죠? 에코는요? 타자들은 뭐예요? 그것들은 진짜 뭐죠?"

여자는 잠시 주저하더니 이내 몽상에 빠진 표정으로 변했다.

"당신이 들이마시는 공기만 있는 게 아니랍니다, 미스, 여기엔 또 다른 공기가 섞여 있죠. 바로 이 자리, 지금 이 순간에도 당신의 온 주위에 말이에요. 냄새도 없어요. 감지할 수도 없죠. 우리는 그것을 아에라르기룸이라고 부릅니다. 문자 그대로 '은銀으로 된 공기'라는 뜻이죠. 당신은 그 안에 당신 몸 전체를, 그리고 가문 능력이 있다면 그 능력마저도 각인시킵니다. 이 공기는 어떤 장소에서는 밀도가 꽤 높아서, 적절한 장비만 갖춘다면 아주 언뜻 엿볼 수도 있죠. 당신은 그 공기 속으로 당신의 각각의 행동과 말들을 전파시킵니다. 그리고 때때로, 이 공기가 특정한 상황들 ― 가령 거대한 붕괴나 아주 미세한 어긋남 ― 에 의해 교란될 때면, 공기는 그 안에 퍼져 있던 당신의 행동과 말을 파동처럼 되돌려주죠."

오펠리는 본능적으로 숨을 참았다. 렌즈의 프리즘을 통해 판독실들을 들여다보았을 때, 그녀는 오직 그림자들과 에코들만이 아에라르기룸으로 구성되어 있다고 믿었었다. 이제 그 해석이 틀렸음을 깨달았다. 아에라르기륨은 어디에나 있었다. 그녀가 시각화했던 것은 보이지 않는 바다의 물거품에 불과했던 것이다.

"이제 상상해 봐요." 여자가 나긋나긋하게 말을 이었다. "그렇게 되돌아온 파동 중 하나가 스스로 사고하기* 시작한다면? 사고한다… 지금 이 경우에 퍼펙틀리 들어맞는 동사죠. 그러니 상상해 봐요. 전적으로 아에라르기륨으로 이루어진 당신의 복제본이, 돌연 스스로를 자각하고, 바로 그 자각을 구심점 삼아 결정화되며, 당신의 언어를 자기 것으로 만들고, 당신 눈에는 보이지 않는 것들을 말해주고 싶어 안달이 나 있죠. 그게 바로 타자예요."

오펠리는 그림자를 떠올렸다. 연구소 몰래 예배실로 찾아와서 오펠리에게 자신을 이해시키려 애썼던 존재. 아에라르기륨이 응축된, 육체는 없지만 의지는 분명히 있었고, 그런데 자신은 그 타자가 아니라고 주장하던 존재.

아니, 확실히, 본질적인 무언가가 여전히 손가락 사이로 빠져나가고 있었다.

"당신의 아에라르기륨," 오펠리가 물었다. "그건 어디서 오는 거죠?"

풍뎅이를 매단 여자는 코안경으로 지하 예배당 맨 안쪽에 있

---

* 원문에서 쓰인 프랑스어 동사 'réfléchir'는 빛이나 파동이 '반사하다'라는 뜻과 머리로 '사고하다'라는 뜻을 동시에 지닌다. 물리적인 파동의 반사와 자의식의 탄생을 절묘하게 엮은 언어유희.

는 석조 아치를 가리켰다. 깜빡이는 전구 불빛으로도 그곳을 지배하는 짙은 어둠을 걷어낼 수는 없었다.

"그걸 알고 싶다면, 미스, 마지막 문을 통과하세요."

지금까지 오펠리는 이 대화에 온전히 집중하기가 쉽지 않았다. 낯선 안경이 눈을 아프게 했고, 손가락들은 가짜 읽는 장갑이 품고 있는 과거에 젖어들어 이전 소유자의 환영을 그녀에게 강요하고 있었던 것이다. 그는 라이터와 요구르트에 강박증을 앓고 있던 일반 프로그램의 '제제'라는 사람이었다.

하지만 문에 관한 이 이야기에 그녀의 온 신경이 곤두섰다.

오펠리는 조심스레 걸음을 옮기며 짙은 어둠을 드리운 웅장한 괄호형 아치를 향해 다가갔다. 오펠리가 입소하던 날 통과했던 **관찰**과 **탐색**의 문에서 보았던 것과 똑같이, 아름다운 글자들이 돌에 새겨져 있었다.

이해

여기 사람들은 확실히 서체에 남다른 감각이 있었다.

오펠리는 눈을 가늘게 뜨고 아치 밑 어둠을 가늠해 보려 애썼다. 잠시 후, 평행선 두 개가 희미하게 눈에 들어왔다. 철로였다. 여자가 말한 문은 사실 지하 승강장이었다. 철로는 땅속 깊은 곳으로 파고드는 터널의 끝에서 자취를 감추고 있었다.

"이게… 3단계 프로토콜인가요?"

"네."

여자가 승강장 가장자리까지 다가와 그녀와 합류했다. 여자는 손을 귀 모양으로 오므리며 오펠리에게 귀를 기울여 보라고

청했다. 오펠리는 열차가 내는 웅성거림을 감지했다. 전조등이 그녀의 눈을 부시게 했다. 뜨거운 바람을 맞은 토가가 허벅지에 철썩 달라붙었다. 단 한 량으로 구성된 열차가 멈춰 서고, 그녀 앞에서 자동문이 열렸다.

"2단계 프로토콜에 들어가도록 승인받은 모든 지원자들은 이 마지막 문을 통과하는 특권을 누렸답니다." 풍뎅이를 매단 여자가 성호를 그으며 말했다. "당신 이전에 그들 중 누구도 결정화에 성공하지 못했다는 건 중요하지 않아요. 그들은 우리가 이 대안 프로그램을 완성하는 데 도움을 주었으니까요. 그러니 우리는 그들의 은혜를 잊지 않았습니다. 지금 이 순간, 그들은 우주의 마지막 비밀들을 꿰뚫어 보았지요. 그들에게 축복이 있기를."

오펠리는 생각에 잠긴 채 열차를 바라보았다.

"그들은 모두 죽었군요."

"아무도 죽지 않았어요."

"그럼 왜 아무도 돌아오지 않는 거죠?"

"그러게요, 미스. 왜일까요?"

오펠리는 속을 알 수 없는 여자의 시선을 똑바로 마주했다. 그들이 돌아오지 않기로 스스로 선택했다는 뜻을 암시하는 것일까? 믿기 어려운 일이었다.

열차 내부는 우아한 벨벳 좌석으로 꾸며져 있었고, 전등갓들이 부드러운 빛을 퍼뜨렸다. 객실 안에는 아무도 없었고, 기관사조차 없었다. 열차 문의 발판은 마치 오펠리를 기다리고 있는 듯 보였다.

"제가 이 열차를 타야 한다는 뜻인가요?"

"오브 코스"

오펠리는 안경 너머로 지하 예배당의 닫힌 문을 힐끗 보았다. 제대로 된 식사를 한 덕분인지, 아니면 위기감 때문인지 몰라도 힘이 되살아나면서 그녀의 두 가지 가문 능력도 함께 깨어났다. 이제는 거울로 드나드는 여자가 아니었기에, 결정화의 영향 아래 예배실에서 그녀의 아니마 능력이 이룩해 냈던 그 경이로운 일들을 재현할 수 있을지는 의심스러웠다. 그럼에도 불구하고, 발밑 모자이크 바닥의 진동과 마주 선 여자의 신경망을 느낄 수 있었다.

여자는 미소를 지으며 코안경을 고쳐 썼다.

"당신 그림자가 털을 곤두세우는 게 눈에 보일 정도군요." 여자는 재미있다는 듯 한쪽 검은색 렌즈를 손톱으로 탁탁 두드리며 말했다. "지금 내게 당신의 아니마 능력과 할퀴기 능력을 써서 달아날 작정인가요?"

"그래선 안 될 이유를 단 하나만 대봐요."

여자는 위협적일 정도로 자신만만해 보였다. 오펠리는 이 여자의 가문 능력은 대체 무엇일지 다시금 자문했다.

"당신이 보기엔, 미스, 3단계 프로토콜이 무엇으로 이루어져 있을 것 같나요?"

오펠리는 숨을 멈췄다. 옥타비오가 들려준 바벨의 전설에 따르면, 풍요의 뿔은 인간에게 그럴 자격이 없다고 판단해 아무도

416

찾을 수 없는 땅속 깊은 곳으로 스스로를 묻어버렸다고 했다. 묻혔다고. 토른과 오펠리는 콜룸바리움의 모든 층을 샅샅이 뒤졌었다. 그런데 정작 그것이 파묻혀 있던 곳은 그 거대한 건축물 아래였던 것이다. 그리고 이 지하 열차가 그곳으로 곧장 향하는 길이었다.

여자는 동정 어린 눈빛으로 오펠리의 반응을 살폈다.

"호기심이 당신을 갉아먹고 있네요, 안 그래요? 그 점은 다른 모든 지원자들과 똑같아요. 바로 그 호기심이 당신을 그토록 재능 있는 읽는 여자로 만들었고, 아니마의 원시 역사 박물관에 자리 잡게 했고, 바벨의 메모리알까지 이끌었고, 마침내 이 지하 예배당까지 데려온 거니까요. 완전한 진실을 알기 전까지, 당신 스스로도 결코 완전해질 수 없을 겁니다. 이 열차가 당신이 찾는 그 해답으로 데려다줄 거예요."

오펠리는 그녀의 말에 짜증과 동요가 뒤섞여 있음을 느꼈다.

"풍요의 뿔에 다가갔던 이들은 하나같이 진실을 정면으로 마주했답니다!" 여자는 가식 없는 열정으로 강조했다. "그 진실은 단순히 현실을 보는 눈만 바꾼 게 아니에요. 그 사람들 자체를, 내면 깊숙한 곳까지 송두리째 바꿔놓았죠. 저는 이 열차를 타고 떠나는 사람들의 모습을 수도 없이 지켜봤어요. 셀 수도 없을 정도죠! 하지만 열차는 늘 텅 빈 채로 돌아왔어요. 아무도 다시 올라오려 하지 않았던 거예요."

"그러니까 당신은 정작 풍요의 뿔을 본 적이 없다는 건가요?"

오펠리가 놀라서 물었다.

"전 그럴 권한이 없어요, 미스. 아직은요. 우리 관찰자들은 지상에서 해야 할 일이 아직 남아 있거든요. 하지만, 그날이 다가오고 있어요, 우리가 이 열차를 타게 될 차례가요."

검은색 렌즈 너머로 여자의 눈동자가 반짝였다. 그녀의 어깨 위의 풍뎅이가 관절 달린 막대 하나를 펼쳐 여자의 뺨을 툭툭 두드렸다.

"왓? 아, 그래요. 미스 스콩드가 이걸 전해달라고 했어요."

여자는 사리 주름 속에서 종이 한 장을 꺼냈다. 예상대로 그림이었다. 스콩드가 수없이 그렸던 초상화들과 마찬가지로, 찢어진 종이들 한가운데에 놓은 옥타비오의 모습이었다. 그 끔찍한 빨간 색연필로 그려진 그의 두 눈은 말로 다 할 수 없는 절망을 표현하고 있었다. 오펠리가 미처 듣지 못했던 구조 요청이었다. 그녀는 뱃속 깊은 곳에서부터 전율이 일었다. 스콩드는 본 파미유에 일어날 일을 예견했고, 수없이 그들에게 경고하려 애썼지만, 이번에도 제때 자신을 이해시키지 못했던 것이다.

"때때로," 풍뎅이를 매단 여자가 나지막이 말했다, "에코를 일으킨 근원보다 에코가 먼저 우리에게 도달할 때가 있죠. 그런 에코들은 우리의 렌즈를 피해 가지만, 미스 스콩드만큼은 절대 비껴가지 못해요. 이렇게 말해도 된다면, 이 꼬마 아가씨는 보는 눈이 있어요. 미스 스콩드가 이 말도 당신에게 다시 전해달라고 부탁했어요. '하지만 그 우물은 오딘의 토끼와 마찬가지로 가짜였어.'"

"도대체 그게 무슨 뜻이죠?"

"저도 도통 모르겠더군요." 풍뎅이를 매단 여자는 더 크게 미소를 지으며 말했다. "미스 스콩드는 당신이 이탈 연구소에 도착하기 직전에 그 말을 했고, 그 뒤로도 여러 번 되풀이했어요. 꽤나 이례적인 일이죠. 저는 그 말이 당신에게 뭔가를 떠올려줄지도 모른다고 짐작했거든요."

전혀. 오펠리는 생각했다. 게다가 스콩드는 이 터무니없는 문장을 반복하는 것으로도 모자라, 기필코 토른에게 전달하려 했던 그림 속에 그것을 그려 넣기까지 했다. 스콩드는 평생 그 흉터를 지니고 살아가게 될 터였다.

"당신들은 스콩드를 이용하고 있어요."

오펠리의 비난에 풍뎅이를 매단 여자는 마치 그 말을 곱씹듯 턱을 문질렀다.

"제가 스콩드 양을 다 안다고는 주장할 순 없어요. 하지만 제 생각에 미스 스콩드 스스로를 도구로 쓰고 있는 것 같네요. 그녀가 우리에게 없어서는 안 되는 존재인 건 맞고요." 여자는 순순히 인정했다. "어느 개인에게 결정화의 잠재력이 잠복해 있을 때, 스콩드 양은 그걸 알아볼 수 있어요. 1단계 프로토콜을 통해 우리는 피험자와 그 그림자를 최대한 분리해요. 역전자들은 특히 이런 분리가 더 쉽게 일어나거든요. 하지만 찢어짐 자체는 자연발생적인 현상이에요. 미스 스콩드는 그림자에 금이 갈 조짐이 있으면 미리 감지합니다. 그녀가 이곳에 오기 전까진 우리는 오직 렌즈에만 의존해야 했어요. 그러다 보니 항상 너무 늦게 발견했죠. 대상자를 2단계 프로토콜로 옮길 즈음엔 그림자가 스스로 끊어져 버렸고 어떠한 통제나 그릇도 없이, 그렇게 잉태된 에코는 결정화되지 못한 채 소실되곤 했어요. 마찬가지로 우리가 너무 성급하게 대상자를 옮기는 바람에 대상자도, 그 그림자도 다음 단계에 들어갈 준비가 안 되어 치명적인 결과로 이어졌어요. 에코는 죽은 채로 태어나고 영혼들은 광기에 사로잡히고…. 정말 엄청난 낭비였죠. 아, 그럼요, 미스 스콩드는 우리에게 리얼리 축복이었어요. 물론 그녀가 온 뒤에도 계속 실패하긴 했어요. 결정화가 중간에 무산된 경우도 많았고요. 그렇지만 그 덕분에 우리는 프로토콜을 조금씩 수정할 수 있었어요. 그래서 당신이 내 사무실에 들어섰던 그날, 미스, 우리는 마침내 준비가 되어 있었던 거예요!"

오펠리는 자신의 눈앞에 정차해 있는 열차를 유심히 살펴보았다. 열려 있는 문, 내려와 있는 발판, 내부의 벨벳 좌석들, 터널의 어둠을 뚫지 못하는 전등갓의 부드러운 불빛을.

"당신이 하는 말, 앞뒤가 안 맞잖아요. 어떻게 한 가지 현상이 자연 발생적이면서 동시에 예측 가능할 수 있다는 거죠?"

풍뎅이를 매단 여자는 알쏭달쏭한 미소를 지어 보였고, 그 미소는 오펠리를 더욱 자극했다. 여자는 자신의 손안에서 점점 더 구겨져 가는 옥타비오의 초상화를 오펠리에게 내보였다.

"우리는 아직 결정화 현상을 제대로 다루지 못합니다. 하지만 적어도 한 가지는 파악했죠." 그녀는 말을 이었다. "상실이 그 과정에서 결정적인 역할을 한다는 거예요. 그것이 우리가 '보상 효과'라 부르는 것이에요."

오펠리가 옥타비오의 빈자리를 메우기 위해 의식을 지닌 에코를 잉태해 냈다는 말인가? 그리고 스콩드는 그 사실을 의식하고 있었고? 새로운 타자의 탄생이 자기 오빠의 죽음에 달려 있었다는 사실을 스콩드가 이해했던 걸까?

오펠리는 그림을 찢어버렸다. 오늘따라 운명론이 그 어느 때보다 역겹게 느껴졌다. 이 모든 게 우연이 아니라면, 그림자며 균열, 오빠와 못, 노파와 괴물을 그리는 일이 대체 무슨 소용이란 말인가?

"질문이 정말 많군요!" 오펠리의 얼굴을 질투에 가까운 호기심으로 뜯어보던, 풍뎅이를 매단 여자의 태도가 슬그머니 누그러졌다. "그럼 제가 질문 하나만 더 던져보죠. 타자의 눈으로 세상을 보기 위해서라면, 당신은 무엇을 내놓을 수 있나요?"

오펠리는 자신의 그림자가 그랬던 것처럼 둘로 찢긴 채 자기 손에 쥐여 있는 그림을 응시했다. 윌랄리는 전화 수화기 속에서 타자를 잉태했을 때 거대한 깨달음을 얻었었다. 세상에 대한 그녀의 시각은 그로 인해 영원히 바뀌어버렸다. 그에 비해 오펠리는 여전히 이전과 다름없이 무지한 느낌이었다. 그녀는 앵무새를 떠올렸고, 다시금 불편한 감정이 밀려왔다. **나는 누구인가?**

어깨 위의 풍뎅이가 열차를 향해 관절 달린 팔을 흔들며 올라타라고 권유하는 동안, 여자는 짓궂게 눈썹을 들썩였다.

"그 문제에 대한 답을 찾으면, 미스, 당신은 모든 해답을 갖게 될 거예요."

이 말과 함께, 오펠리가 경악스럽게 지켜보는 가운데 여자는 태연하게 멀어져 갔다. 세례대 앞을 지나며 성호를 긋고는, 철문을 열고 계단을 올라갔다. 문은 닫지 않고 열어두었다.

위협도, 공갈도 없었다. 오펠리에게 남겨진 일은 단 하나, 결정을 내리는 것뿐이었다. 열차를 탈 것인가, 계단을 오를 것인가.

"이렇게 쉬울 리 없어!"

오펠리의 항의는 종교 조각상들 사이로 흩어져 사라졌다. 여자와 그녀의 풍뎅이는 이미 멀어졌다.

승강장에 서 있는 열차의 문은 여전히 열려 있었다. 열차에 오르는 것은 마침내 풍요의 뿔을 찾아낸다는 의미였다. 하지만 그것은 어쩌면 더 이상 되돌아갈 수 없게 된다는, 혹은—이 생각이 미친 짓처럼 보일지라도— 더 이상 되돌아가고 싶지 않게 된다는 뜻일지도 몰랐다. 계단을 오르는 것은 며칠째 자신을 기다리고 있는 토른을 다시 만난다는 의미였다. 어쩌면 더 높은 확률로, 끝없이 반복되는 새로운 공간에 영원히 갇혀버린다는 뜻일지도 몰랐다. 어느 쪽을 선택하든 보상이라는 약속과 단죄라는 위험이 동시에 뒤따랐다.

열차냐, 계단이냐?

오펠리는 미칠 듯이 요거트가 먹고 싶었다.

더 이상 위장할 필요가 없었기에, 제제의 장갑을 벗어 던졌다. 그러나 안경은 그대로 썼다. 도수가 맞든 안 맞든 아무것도 안 보이는 것보다는 늘 나았으니까. 그녀는 숨을 내쉬며 자기 안을 비워내고는, 열차에 오르지 않은 채 맨손으로 출입문의 난간을 붙잡았다.

오펠리는 자기 자신이기를 멈추고, 보석이 박힌 야위고 메마른 또 다른 피부 속으로 미끄러져 들어갔다. 패배자의 피부, 패배의 피부, 구원받지 못한 자의 피부였다. 하지만 그게 무슨 상관이람, 시뇨리나. 내가 너보다 앞서가는데. 이 마지막 기회의 열차, 내가 가장 먼저 타겠어. 내가 실패한 곳에서 네가 성공할까? 알 게 뭐야. 내가 너보다 먼저 진실을 알게 될 테니까. 그리고, 시뇨리나, 이 하찮은 세상에서 진짜로 중요한 건 오직 그것뿐이야!

오펠리는 자신의 깃이 아닌 승리의 미소가 입가에 떠오르는 것을 느꼈다. 누군가가 그녀에게 개인적인 메시지를 전하기 위해 의도적으로 물건에 생각을 남겨둔 것은 이번이 처음이었다. 메디아나는 자발적으로 열차에 올랐고, 그 사실을 오펠리에게 분명히 알리고 있었다.메디아나에게 묻고 싶은 게 많았지만, 이내 거꾸로 흐르는 시간의 물결에 이내 휩쓸리는 것을 느꼈다. 발판을 오르기 위해 이 난간을 움켜쥐었던 모든 남녀의 과거로 멀리 거슬러 올라갔다. 누군가는 조급해했고 누군가는 두려워했지만, 이 수많은 영혼들에게는 공통점이 있었다. 터널 끝에 무엇이 기다리고 있을지 전혀 모르면서도 호기심에 타들어 갔다는 것이었다.

오펠리는 난간을 놓고 터널 깊은 곳을 응시했다. 어둠. 더할 나위 없이 캄캄한 어둠이었다. 앞서간 이들은 모두 이 열차가 자신들을 해답으로 이끌어주리라 확신했다. 계보학자들의 옛 정보원도 그들 중 하나였을까?

'완전한 진실을 알기 전까지, 당신 스스로도 결코 완전해질 수 없을 겁니다.' 그건 사실이었다. 오펠리는 의미 없는 것에 의미를 부여하고, 세상을—자신의 세상을—찢어버린 자를 찾아내 마침내 그에게 복수하고 싶어 속이 타들어 가고 있었다. 토른에게도 그 복수가 필요했다. 답이 없는 질문이 너무 많았고, 책임질 자 없는 피해자도 너무 많았다.

오펠리는 발판을 딛고 올라가 열차에 자리를 잡았다. 곧바로 철커덕하는 기계음이 나며 문이 닫혔다. 오펠리의 심장도 거의 비슷한 소리를 냈다. 그녀는 깊이 숨을 들이쉬며 열차가 향하는 불가사의한 종착역을 마주할 준비를 했다. 오펠리는 토른에게 자신의 가짜 유골함을 남기지는 않겠다고 스스로에게 다짐했다. 풍요의 뿔을 가지고 돌아올 것이다. 자신의 에코와 거울을 드나드는 능력을 되찾을 것이다. 함께, 그들은 모든 적들을 끝장낼 것이다.

열차가 움직이기 시작하자 그녀의 몸이 앞으로 확 쏠렸다.

열차는 내려가지 않았다. 그녀를 다시 지상으로 데려가고 있었다.

배반

오펠리는 도무지 영문을 알 수 없었다. 열차는 연구소의 지하 깊숙한 곳을 아찔한 속도로 거슬러 올라가고 있었다. 목적지로부터, 풍요의 뿔로부터, 모든 해답으로부터 매 순간 멀어지고 있었다. 그러다 거칠게 멈춰 섰다. 등받이에 눌린 채 그녀는 폐에서 공기가 쑥 빠져나가는 것을 느꼈다. 객실의 전등을 감싼 갓들이 요란하게 흔들렸다.

문이 열렸다. 발판이 펼쳐졌다. 오펠리는 도착했다.

그녀는 열차가 이번엔 올바른 방향으로 다시 출발할까 싶어 잠시 기다렸다. 하지만 그럴 일은 없으리란 사실을 결국 인정해야 했다. 오펠리는 방금 지나온 터널만큼이나 캄캄한 승강장에 내렸다. 여전히 고대 제국 도시의 지하였다.

열차는 왔던 길로 그대로 다시 떠나버렸다. 터무니없게도.

오펠리는 미로 같은 계단들을 더듬거리며 헤맸다. 갈수록 방향 감각을 잃어갔다. 방향감각을 잃은 데다 새로운 어려움이 하나 더해졌다. 걷는 법을 다시 배워야 했다. 수년간 어긋난 몸으로 살아왔는데, 갑자기 더 이상 생각할 필요가 없어졌다. 어느

다리를 먼저 뻗어야 할지, 어떤 순서로 무릎을 굽혀야 할지, 어떻게 균형을 유지해야 할지 묻지 않아도 되었다. 공간 속에서 움직이는 일이 허탈할 정도로 단순해졌다. 오펠리는 자신의 두 발을 믿지 못해 온전히 몸을 맡길 수 없었고, 그 발을 통제하려 들 때마다 어김없이 계단에서 굴러떨어졌다.

불길한 예감이 그녀를 옥죄었다. 그리고 그 예감은 그녀가 어느 교차로에 도착해 마침내 불빛을 발견했을 때 더 강해졌다. 전구는 하나를 제외하고는 전부 나가 있었다. 깜빡이는 빛무리 속에서 그 전구만이 따라가야 할 길을 가리키고 있었다. 이는 교차로와 갈림길을 만날 때마다 반복되었다. 한쪽 계단에만 불이 들어와 있었고, 다른 쪽 계단들은 칠흑 같은 어둠에 잠겨 있었다.

영원처럼 긴 계단을 지나서야 오펠리는 마침내 한낮의 빛 같은 것을 분간해 냈다. 사실은 저녁 무렵의 빛이었다. 대장간의 불길처럼 폭풍 전야의 황혼이 지하실의 작은 환기창들 사이로 스며들고 있었다. 귀뚜라미 울음소리가 축축한 식물의 냄새와 뒤섞였다.

자유가 너무나 가까워 보였다. 손에 잡힐 것만 같았다. 이 열차가 모든 해답으로 이끈다면, 왜 그녀를 출발점으로 데려다 놓은 것일까? 왜 전구 하나하나를 따라 지상으로 유도한 것일까? 오펠리는 너무 많은 것을 알고 있었고 연구소는 그녀가 다시 문명사회로 돌아가지 못하게 막을 터였다. 분명 토른에게 말하도록 내버려둘 리 없었다.

절대 그를 다시 보게 해줄 리 없었다.

오펠리는 석양에 눈이 부셔 눈을 깜빡였다. 숨이 턱까지 차오른 채 마지막 계단에 올라서자, 유황빛 구름이 유리창을 가득 메운 화려한 베란다가 나왔다. 화분에 심긴 레몬 나무들 사이로, 아주 긴 테이블 끝에 역광을 받은 세 개의 실루엣이 앉아 있었다. 그들은 모두 오펠리를 향해 고개를 돌렸지만, 그녀는 그 중에서도 가장 키가 큰 실루엣밖에 보지 못했다.

토른이 몸을 똑바로 펴는 모습으로 보아, 그 역시 그녀만큼이나 놀란 눈치였다.

"앉으세요." 한 남자가 테이블 반대편 끝에 있는 의자를 가리키며 말했다.

오펠리는 넋이 나간 상태로 자리에 앉았다. 그녀는 어깨에 매단 도마뱀을 보고 그 관찰자를 알아보았다. 첫날 모두가 보는 앞에서 그녀의 뺨을 때렸던 바로 그 사람이었다. 남자의 보조개가 불쾌한 선으로 굳어 있었다. 그는 오펠리를 이곳에서 본 것에 만족하는 기색도, 놀란 기색도 없었다.

"그 아이가 아니잖습니까."

오펠리는 목소리의 주인을 찾으려 테이블 반대편 끝을 바라보았다. 집중과 두려움, 그리고 유독 생생해진 아니마 능력이 결합된 효과 덕분에, 오펠리는 잠시 초점을 맞춘 끝에 임시 안경 너머로 상석에 앉은 레이디 셉티마를 분간해 냈다. 앞머리 아래에서 그 어느 때보다도 붉게 빛나는 그녀의 두 눈이 멀리서 오펠리를 샅샅이 뜯어보고 있었다. 그 모습이 아들과 너무나도 닮아서 오펠리는 명치를 정통으로 얻어맞은 듯한 충격을 받았다. 이 테이블에서만큼 옥타비오의 부재가 절실히 느껴진 적은 없었다. 어머니의 얼굴에는 증오와 고통이 처절하게 싸우고 있었다. 마치 이 낯선 아이가 자신의 아들 대신 허공으로 떨어지지 않았다는 사실을 도저히 참아낼 수 없다는 듯이.

"이 아이는 아니죠. 인디드," 관찰자가 말했다. "하지만 꽤 괜찮은 보상은 되겠군요. 부인의 제자였으니까요, 어쨌든."

"보상이라니요?" 오펠리가 물었다.

안경 가장자리로 어렴풋이 보이는, 약간 뒤로 물러나 앉아 있는 토른에게 매달리지 않으려고 무진 애를 써야 했다. 지금 여기서 그를 바라봤다가는 더 이상 태연하게 연기하지 못하고 둘 사이의 진짜 관계를 들키고 말 터였다.

"내 제자?" 레이디 셉티마가 쏘아붙였다. "레이디 헬레네, 명복을 빕니다. 그분께서 제게 강요하지 않으셨다면 저 아이를 제자로 받아들이는 일은 결코 없었을 겁니다. 어쨌든 그건 다른 문제고요. 폴리데우케스 경께서 직접 제게 후손들을 모두 도심으로 안전하게 대피시키라는 임무를 내리셨습니다. 작은 아슈들은 더 이상 안전하지 않으니, 우리 시민들을 대피시켜야 합니다."

도마뱀을 매단 남자는 토가 자락에 코안경을 문질러 닦으며 고개를 끄덕였다.

"퇴소 의사를 밝힌 가족들은 오늘 바로 우리 입소자들을 데리고 돌아갈 수 있었습니다.

"전부는 아니죠."

"미스 스콩드는 예외입니다."

오펠리는 자신이 끼어들면서 끊어졌던 대화의 흐름을 따라 잡으려 애썼다. 레이디 셉티마는 자신에게 딸이 있다는 사실을 방금 불현듯 떠올린 것 같았다. 하지만 오펠리가 보기에, 지금 여기서 그녀의 입을 빌려 말하고 있는 것은 진정한 의미의 어머니가 아니었다. 차라리 소유주에 가까웠다.

"깊은 애도를 표합니다, 밀레이디." 관찰자가 이해심 있는 목소리로 말했다. "하지만 미스 스콩드는 대안 프로그램에 속해 있습니다. 허가된 면회 시간에 아이를 보실 수 있을 겁니다."

레이디 셉티마는 입술을 굳게 다물었다. 뢱스의 제복을 입고 있는 모습은 눈부시게 화려했고, 안락의자에 거만하게 앉아 있는 그녀는 마치 이곳의 주인처럼 행세하고 있었다. 하지만 오펠리는 두 사람 중 도마뱀을 매단 남자가 그녀보다 우위에 있다는 것을 직감했다. 오펠리로서는 두 사람 다 똑같이 위협적이긴 했지만. 토른을 보고 느낀 안도감에도 불구하고, 그녀는 불길한 예감을 떨칠 수 없었다. 레몬 나무 향기 때문이었을지도 모르지만, 베란다에 감도는 분위기는 그야말로 톡 쏘듯 날카로웠다.

게다가, 또 다른 이상한 점이 있었다. 마치 마지막 붕괴 직후에 쏟아진 우박의 잔해처럼, 깨진 유리 조각들이 바닥에서 반짝이고 있었다. 오펠리는 금이 간 유리창 너머로 시선을 던졌다. 저녁 무렵 숨 막히는 열기에도 불구하고 산책로는 여전히 축축하게 젖어 있었다. 일반 프로그램의 우아한 건물들도 창문이 대부분 깨져 있었는데도, 이 베란다처럼 아직 유리 파편들을 치우지 않은 상태였다. 하늘 저 멀리 멀어져 가는 비행선 무리가 우연히 오펠리의 눈에 띄었다. 아직 정원에 정박 중인 유일한 비행선은 가문 경비대가 지키고 있었다. 비행선 겉면에는 태양 모양의 뢱스 휘장이 장식되어 있었다.

오펠리는 마음을 진정시키고 입고 있는 토가를 읽지 않으려고 두 손을 꼭 맞잡았다. 2단계 프로토콜에서 며칠 같았던 시간이 이곳에서는 고작 몇 시간에 불과했던 것일까? 순환하는 공간 안에서는 시간이 다르게 흐르는 걸까? 그럼 본파미유가 무너진 게 겨우 오늘 아침 일이란 말인가?

레이디 셉티마가 신경질적으로 혀를 차는 소리에 오펠리는 다시 베란다 안쪽을 주시했다.

"상황이 바뀌었어요. 이제 스콩드의 자리는 뢱스 곁입니다. 그 아이를 데려오라고 굳이 명령해야 합니까?"

"부인을 존경하는 마음과는 별개로, 밀레이디, 이탈 연구소는 더 이상 뢱스의 명령을 받을 이유가 없습니다."

도마뱀을 매단 남자의 목소리는 부드러웠지만 단호했다. 레이디 셉티마는 본래 창백한 편이 아니었음에도, 오펠리는 테이블 반대편 끝에서 그녀가 새하얗게 질리는 것을 볼 수 있었다.

"당신들은 그토록 막대한 지원금을 받아놓고….."

"지원금은 적법하게 사용됐습니다. 여기 계신 앙리 경께서 증언해 주실 겁니다. 연구소는 가문에 유익한 기관으로서 인정받았고, 수많은 이탈을 바로잡고 모범적인 시민들을 양성하는

데 기여했습니다. 우리는 흠결이 없습니다. 반면 유감스럽게도 뤽스는 그렇지 못했습니다만요."

오펠리는 의자에서 몸을 한껏 움츠린 채, 토른을 쳐다보고 싶은 충동을 필사적으로 억눌렀다. 진작 눈치챘어야 했다! 관찰자들이 레이디 셉티마에게 두 사람을 고발할 참이었다. 만약 그들이 당장 여기서 셉티마에게, 토른이 뤽스의 귀족이 아닐 뿐더러 그녀의 딸 얼굴에 흉터까지 남겼다는 사실을 폭로해 버린다면? 직접 가르쳤던 제자가 지금껏 단 한 번도 진짜 이름을 밝힌 적이 없었다는 사실까지 까발린다면? 앙리 경은 끝이다. 월랄리도 끝장이다. 모든 정체가 탄로 날 판이었다. 바벨에서 거짓말은 경범죄였지만 그들의 거짓말은 중죄나 다름없었다. 세상이 언제 무너져 내릴지 모르는 마당에, 월랄리 딜뢰와 타자에 얽힌 궁극의 비밀이 코앞으로 다가왔는데 그들은 꼼짝없이 감옥에 갇히고 말 터였다.

빌어먹을, 열차는 왜 풍요의 뿔까지 데려다주지 않은 거야?

도마뱀을 매단 남자가 종을 흔들었다. 그 신호에 밖에서 대기하던 협력자 한 명이 베란다로 들어왔다. 체념한 몸짓으로 회색 후드를 벗자 헝클어진 머리가 드러났다. 엘리자베스였다. 그녀의 두 눈은 연구소의 유리창만큼이나 망가져 있었고, 코스모스의 팔꿈치에 맞은 입술은 여전히 부어 있었다. 안쓰러운 몰골이었다. 그런데도 그녀는 몸을 꼿꼿이 세우고 발뒤꿈치를 딱 울리며 주먹을 가슴에 갖다 댔다.

"지식이 평화를 지킵니다."

레이디 셉티마는 의자에 몸을 깊숙이 기댔다. 엘리자베스는 유능했지만 단 한 번도 셉티마의 총애를 받지 못했다.

"내 옛 제자들을 모두 소집할 생각인가요?"

"이 아이는 격리 원칙을 어기고 기밀 정보를 유출했습니다." 남자가 여전히 불쾌한 미소를 거두지 않은 채 말했다. "뢱스를 위해서였죠."

의자 팔걸이를 톡톡 두드리던 레이디 셉티마의 손가락이 우뚝 멈췄다. 진심으로 놀란 기색이었다.

"그건 베리 심각한 혐의로군요."

"베리 근거 있는 혐의죠. 이 아이가 부인께 보내려던, 우리가 중간에서 가로챈 보고서들입니다."

남자는 레이디 셉티마에게 서류철 하나를 건넸다. 그녀는 그것을 만지는 것만으로도 자신의 명성이 더럽혀질까 겁내는 사람처럼 손끝으로만 페이지를 넘겼다.

"선각자, 변명할 말 있습니까?"

"고발은 정당합니다, 밀레이디. 저는 직무상 비밀을 누설했습니다."

오펠리는 지는 해와 함께 주근깨마저 희미해지고 있는 엘리자베스의 얼굴을 빤히 바라보았다. 그게 다라고? 어째서 엘리자베스는 계보학자들이, 나아가 그들 배후에 있는 뢱스가 자신에게 명령을 내렸기 때문에 한 짓이라고 설명하지 않는 걸까? 이것은 더 이상 충성심이 아니었다. 미련함이었다.

남자의 불쾌한 보조개가 더욱 깊게 패었지만, 입술에는 웃음기가 전혀 없었다.

"이번 사건으로 이탈 연구소와 뢱스 귀족들 사이의 신뢰 관계가 심각하게 훼손됐음을 이해하시겠지요. 앞으로 저희는 뢱스의 지원금을 기대하지 않을 것이며, 당신들 역시 저희 활동에 관여할 어떤 권한도 갖지 못할 겁니다. 이에 대해 저희가 더할 나위 없이 유감스럽게 생각한다는 점 역시 이해하시리라 생각합니다."

사실상 연구소의 독립 선언이었다. 실제로 이 남자는 전혀 유감스러워 보이지 않았다. 오펠리는 그가 우월감을 느끼는 것이 자기 때문이라는 사실을 깨달았다. 연구소는 이제 뢱스의 후원도 엘리자베스의 도움도 필요 없었다. 오펠리가 새로운 타자를 제공함으로써, 그들에게 무한한 가능성을 열어준 셈이었다. 터무니 없이 자격 없는 자들의 손에 쥐어진, 너무나도 거대한 힘이었다.

오펠리가 어찌나 벌떡 일어났는지 의자가 아니마 능력의 영향을 받아 말처럼 뒤로 튀어 나갔다.

"저도 할 말이 있습니다."

"아, 그래요." 관찰자가 말을 끊었다. "그럼 미스 월랄리 이야기로 돌아가 보죠. 월랄리 양은 바벨의 체류 허가에 관한 새로운 법령이 저희에게 전해지기 전에 이곳에 입소했습니다. 저희가 범법자에게 은신처를 제공한 꼴이 되었죠. 비록 우리 사이에 이견이 있긴 했습니다만, 뢱스와의 우호적인 관계를 유지하고 공익을 위해서라면 우리가 언제든 협력할 준비가 되어 있다는 것을 증명하기 위해, 오늘 그 잘못을 바로잡고자 합니다. 미스 윌랄리를 부인께 인도하겠습니다."

관찰자가 무심한 몸짓으로 레이디 셉티마에게 또 다른 서류철을 내밀었다. 오펠리는 두 사람이 짧게 시선을 주고받는 틈을 타 마침내 토른의 시선을 찾았다. 그는 아무 말도 하지 말라고 소리 없이 눈짓했다. 토른 자신도 보면대처럼 뻣뻣하게 굳은 채로 주먹을 꽉 쥐어 회중시계를 짓누르고 있었다. 금속이 삐걱거리는 소리나 뚜껑이 딸깍거리는 소리라도 났다가는 지금의 재앙 같은 상황이 더 끔찍해지기라도 할 것처럼.

토른의 제복에는 아니마 능력으로도 지워지지 않은 아주 작은 얼룩 하나만 제외하고는 스콩드의 핏자국이 남아 있지 않았다. 미처 색이 바랠 틈도 없었던 선홍색 얼룩이었다. 믿기 힘들었지만, 오펠리가 2단계 프로토콜의 중앙 홀을 거쳐 온 일은 정말로 단 하루 만에 벌어진 일이었다.

"앙리 경," 관찰자가 토른에게 정중하게 악수를 청하며 말했다. "이것으로 당신의 감찰도 끝났습니다. 계보학자님들께 우리의 각별한 안부를 전해주십시오."

레이디 셉티마는 출구 쪽으로 향하며 스스로 면담이 끝났다는 것을 알렸다. 그녀는 손가락을 튕겨 오펠리와 엘리자베스, 그리고 토른에게 자신을 따라오라고 명령했다. 한마디 말도 없었고 눈길도 주지 않았다. 밖에서는 가문 경비대가 열을 맞춰서서 의전 통로를 만들었고, 그 통로는 그들이 지나간 자리 뒤로 가차 없이 닫혀버렸다.

오펠리는 덫 하나를 빠져나와, 또 다른 덫으로 발을 들이고 있었다. 속았다는 생각, 어리석었다는 생각이 들었다.

엘리자베스는 옆에서 단정하게 걸었다. 잔디밭 위에 수도복을 벗어 던졌고, 그 아래 내내 입고 있었던 짙은 남색과 은색이 섞인 프록코트가 드러났다. 비르투오소 제복이었다. 부츠 끝까지 시민 그 자체였다. 어떤 처벌이 기다리고 있든, 그녀는 이미 받아들인 상태였다.

오펠리는 그렇지 않았다. 그녀는 하나같이 위태롭기 짝이 없는 전략들을 짜내고 있었다. 물웅덩이에 비친 저녁노을을 보며, 거울로 드나드는 잃어버린 능력을 뼈아프게 곱씹었다. 그녀는 경비대에 떠밀려 비행선의 탑승교로 올라가면서 안경을 슬쩍 들어 토른의 넓은 등을 바라보았다. 그는, 그에게는 계획이 있을까?

비행선 안에는 터질 듯한 여행 가방을 든 민간인들이 많았다. 레이디 셉티마가 이글거리는 시선으로 그들을 훑어보자마자 대화가 뚝 끊겼다. 저토록 작은 여자가 그토록 막대한 장악력을 갖고 있다는 사실이 당혹스러울 정도였다. 그녀가 비행선 이륙 지시를 내릴 필요는 없었다. 가문 경비대원들이 모두 절차대로 움직인 뒤, 절대적인 침묵 속에서 제자리로 돌아갔다.

감히 그 침묵을 깬 사람은 토른뿐이었다.

"저와 두 제자를 시내에 내려주십시오. 계보학자들이 이들에게 질문할 게 있을 테고, 저 역시 직접 보고를 올려야 합니다."

레이디 셉티마는 토른의 제복에 달린 배지와 옆구리에 묻은 작은 핏자국을 차례로 살폈다.

"복장이 규정에 맞지 않습니다, 앙리 경."

그것이 그녀의 유일한 대답이었다. 레이디 셉티마는 오펠리와 엘리자베스에게 벤치형 좌석을 가리킨 후 직접 조종석에 앉았다. 그리고 마지막으로 이탈 연구소를 향해 후회처럼 흔들리는 시선을 던지더니, 이내 분노를 억누른 채 조종간을 꽉 움켜쥐었다.

오펠리는 현창에 바짝 달라붙었다. 점점 길어지는 거상의 그림자 속에 비행선의 이륙을 지켜보기 위해 모여든 관찰자들이 보였다. 그들은 모두가 미소 짓고 있었다. 거의 모두가. 원숭이를 매단 여자아이는 토른을 향해 크게 손을 흔들며 작별 인사를 건넸지만, 유리창 너머의 토른은 그녀가 눈에 들어오지 않았다. 그는 오직 자신 앞에 놓인 새로운 방정식에만 온전히 집중하고 있었다.

마지막 밧줄이 풀렸다. 비행선은 프로펠러가 사르르 스치는 소리를 내며 하늘로 떠올랐다.

무대 뒤

티탄은 마천루 세 채를 잃었고, 파로스는 요트 정박장을, 토템은 키메라 농장을, 플롱보는 산업 지구를, 세레니심은 수로망의 4분의 1을 잃었다. 그는 한 아슈에서 다른 아슈로 뛰어다닌다(참, 헬리오폴리스는 이제 남부역도 없네). 그가 어디로 가든 땅이 갈라지고 시간이 점점 더 빠르게 흐르며 공간은 오그라든다. 수많은 사람과 동물과 식물이 구멍으로 휩쓸려 갔다(제피로스의 거대한 풍력발전기들도, 이젠 안녕). 남은 이들은 이제 집 밖으로 나설 엄두조차 내지 못한다. 어차피 사라질 바에는 화기애애하게, 가족과 함께, 집과 반려견과 함께 사라지는 편이 낫다. 단연코 그의 관점에서는 사건들이 점점 더 흥미로워지고 있다(그리고 베스페랄의 사막들은 점점 더 황량해지고 있다).

그는 오펠리를 떠올린다. 분노와 혼란으로 가득했던 그녀의 눈빛을. 그녀는 그를 세상의 파괴자로 오해했다. 정말이지 얼마나 어이없는 생각인가…. 오펠리는 모든 것을 알아내고, 모든 것을 이해하기 직전까지 갔었는데! 참으로 다행스럽게도, 그녀는 실패했다. 또다시. 오펠리의 패배는 자신의 승리보다 훨씬 더 결정적이다.

그는 수천 킬로미터를 단숨에 건너뛰어, 머나먼 바벨로, 이탈 연구소로, 거상의 꼭대기로, 소장들의 관사 안으로 돌아온다.

그는 아주 기막힌 타이밍에 도착한다. 관찰자들은 전원이 모여 서로를 축하하고 있다. 방 한가운데에는 커다란 종 모양 유리 덮개가 놓여 있고, 그 안에서 작은 앵무새 오토마톤이 외치는 먹먹한 소리가 들려온다.

"나는 누구인가? 나는 누구인가? 나는 누구인가?"

그의 주위에서 사람들이 서로 악수를 나누고, 서로의 어깨를 치켜세워 주고, 부재중이라 더욱 빛이 나는 소장들을 기리며 찻잔을 들어 올린다. 온통 노란색 옷을 입은 이 무리 중 절반은 소장들이 아예 존재하지 않는다는 사실조차 모른다. 나머지 절반도 그 사실을 안다고 해도 누가 배후에서 조종하고 있는지는 모른다.

하지만 그는 알고 있다.겸손을 떠는 건 아니지만, 그의 지식에 빠진 구멍은 거의 없다.

그는 아무도 자신을 눈치채지 못할 만한 곳에 신중히 숨는다. 검은색 안경알이 끼워진 코안경 없이는 관찰자들이 자기 코앞도 보지 못하겠지만, 반대로 코안경을 쓰면 지나칠 정도로 잘 보게 될 것이다. 그들은 아주 미세한 수준일지라도 그의 존재를 알아챌 뿐만 아니라, 나아가 그의 진짜 모습까지도 발견할 것이다. 그는 이제 익명성의 맛을 알게 되었다.

그는 관찰자들 사이에 따로 얌전히 앉아 있는 두 어린 손님을 눈여겨본다. 기사는 두꺼운 안경과 십자가 문신, 그리고 치아 교정기에 얼굴이 잡아먹힌 꼴이다. 스콩드는 삐뚤삐뚤하게 자른 앞머리와 얼굴을 가로지르는 커다란 붕대, 그리고 자신이 그림을 그리고 있는 종이 뒤에 숨어 있다.

그는 하마터면 웃음을 터뜨릴 뻔했다.

조금씩 호들갑스러운 애정 표현이 뜸해지고, 대화가 잦아든다. 오늘 밤은 늦게까지 깨어 있지 않는 게 좋겠습니다, 신사 숙녀 여러분. 내일이면 드디어 진짜 작업이 시작되니까요! 관찰자들은 유리 덮개 아래의 앵무새에게 희망에 찬 시선을 마지막으로 한 번씩 던지고는 하나둘씩 자리를 떠난다.

"나는 누구인가? 나는 누구인가? 나는 누구인가?"

머지않아 소장 관사에는 도마뱀을 매단 남자, 풍뎅이를 매단 여자, 기사, 스콩드, 그리고 에코만이 남는다. 물론 그 자신도 남아 있다.

유쾌함이 한풀 꺾였다. 상황이 한층 더 흥미로워질 조짐이다. 그는 위험을 무릅쓰고 무대 뒤의 경계를 조금 더 넘어, 본래 자신의 것이 아닌 이 현실에 최대한 바짝 달라붙는다. 스콩드는 곁눈질로 하마터면 그를 알아챌 뻔하다가 잠시 머뭇거리더니, 이내 다시 열심히 그림을 그린다. 그녀 말고는 아무도 그를 감지하지 못한다.

기사가 귀족을 흉내 낸 몸짓으로 찻잔을 내려놓는다.

"비즈니스 이야기를 좀 하죠. 이 에코가 이탈한 것은 어느 정도 제 덕분이기도 하죠. 저는 제 몫의 계약을 이행했으니, 저에게 떨어질 풍요의 몫을 요구합니다. 제 요구 사항은 이렇습니다."

그는 풍뎅이를 매단 여자에게 봉투를 내밀고, 그녀는 내용을 확인한다.

"아슈 하나를 통째로요?"

"무너지지 않는 아슈로요." 기사가 덧붙였다.

"혼자 쓰기엔 큰데요."

"아, 혼자 살 건 아니에요. 폴이 완전히 사라지면 베르닐드 부인이 제 영토를 자유롭게 드나들 수 있게 할 겁니다. 가능하면 부인의 딸은 빼고요."

풍뎅이를 매단 여자와 도마뱀을 매단 남자가 서로 무덤덤한 시선을 교환한다.

"인내심을 발휘하셔야 할 겁니다, 영 맨. 우리의 에코는 아직 우리에게 모든 비밀을 털어놓을 만큼 충분히 성숙하지 않았어요. 아직 어휘도 부족하고요."

"나는 누구인가? 나는 누구인가? 나는 누구인가?"

유독 입을 꾹 닫은 스콩드는 새로운 미래의 환영에 사로잡힌 채 두 눈을 크게 뜨고 그림을 그린다.

기사는 스콩드에게도, 그 누구에게도 눈길 한번 주지 않은 채 자리에서 일어난다.

"조금은 기다려드리겠지만 너무 오래는 곤란합니다. 필요하다면 내가 직접 풍요를 찾아 나서겠어요. 어차피 어디서 찾아야 할지는 아니까요. 좋은 밤 되시길."

이제 남은 건 넷뿐이다. 도마뱀을 매단 남자, 풍뎅이를 매단 여자, 스콩드 그리고 에코. 보이지 않는 증인이자 실체 없는 관객, 그림자 중의 그림자인 그까지 합하면 다섯이다.

"과연 그게 옳은 선택이었을까요, 친애하는 동료여?" 여자 관찰자가 갑자기 물었다. "그 여자를 레이디 셉티마에게 넘겨주다니요? 그녀가 뤽스의 귀족들에게 무슨 정보를 누설할 수 있는지 뻔히 아시면서요?"

"풍요의 뿔이 그녀를 거부했습니다, 친애하는 동료여. 뿔의 의지는 마땅히 존중받아야 합니다."

도마뱀을 매단 남자의 대답은 자명한 사실처럼 단호하게 떨어진다. 바로 그 순간, 소장 관사의 모든 전등이 꺼졌다가 다시 켜진다. 전기적인 긍정의 신호.

"이전에 이런 일이 벌어진 적은 단 한 번도 없었죠." 여자가 인정한다. "풍요의 뿔은 열차에 오른 후보자들을 늘 받아들여 왔으니까요. 정말이지 사상 초유의 일입니다… 하지만 그래도 말입니다, 친애하는 동료여." 그녀는 코안경을 고쳐 쓰며 정신을 가다듬는다. "그 협력자까지 함께 넘겨주실 필요가 있었나요? 미스 엘리자베스는 이제 막 책들의 암호를 해독하려던 참이었는데요."

"바로 그겁니다. 너무 많이 알게 되기 전에 처리한 겁니다. 지난번에 계보학자들이 우리에게 스파이를 보냈었죠. 그때 우리가 했던 실수는 그자를 3단계 프로토콜 열차에 태운 것이었습니다. 그자는 그런 영예를 누릴 자격이 없었고, 그 실종 탓에 계보학자들의 관심만 더 끌게 만들었죠. 안심하십시오, 친애하는 동료여. 미스 엘리자베스는 이제 중요하지 않습니다. 그녀의 연구 덕에 우린 상당한 시간을 절약하게 되었습니다. 우린 이제 그녀 없이… 그리고 이 녀석과 함께 대미를 장식하기만 하면 됩니다."

도마뱀을 매단 남자가 존경심과 소유욕이 뒤섞인 손길로, 에코를 품고 있는 유리 덮개 위에 손을 얹는다.

"나는 누구인가? 나는 누구인가? 나는 누구인가?"

풍뎅이를 매단 여자는 생각에 잠겨, 대낮의 빛이 사그라드는 장미창들을 바라보았다.

"자, 자, 친애하는 동료여, 그 젊은 아가씨들 걱정은 할 필요 없습니다. 우리 영역 밖에서는 이제 우리에게 해를 끼치지 못할 테니까요. 미스 스콩드 좀 보세요! 벌써 몇 시간째 저 그림에만 매달려 있지 않습니까."

두 관찰자가 몸을 숙여 들여다본다. 그 역시 몸을 숙인다. 스콩드의 세심한 연필 끝에서, 하늘에서 추락하는 비행선 한 척이 그려지고 있다.

그는 그 장면에 미소를 짓는다. 모든 것이 완벽하다. 오펠리의 이야기, 그리고 그들 모두의 이야기가 마침내 진정한 결말을 맞이할 수 있게 된다. 그는 대단원의 막을 준비해야 한다.

하지만 그 전에, 이곳에서 완수해야 할 마지막 작은 일이 하나 남아 있다.

"나는 누구인가? 나는 누구인가? 나는 누구인가?"

그는 관찰자들이 한눈파는 틈을 타 커다란 유리 덮개에 다가

가, 그 자신이 그러하듯 그림자처럼 유리 안으로 미끄러져 들어
간다. 그리고 오토마톤의 기계장치 안에 갇힌 에코를 향해 손가
락을 가볍게 튕긴다. 날아가라, 친구여.

"나는 누구인가? 나는 누구…."

도마뱀을 매단 남자의 얼굴이 일그러진다. 풍뎅이를 매단 여
자의 얼굴이 창백해진다. 스콩드가 그리던 손을 멈춘다.

앵무새가 입을 다물었다.

비행선

비행선의 현창 너머로 보이는 이탈 연구소는 이제 넘실거리는 구름바다에 둘러싸인 섬에 불과했다.

오펠리는 참담했다. 어디서도 찾을 수 없는 풍요의 뿔, 정체불명의 그림자, 해방된 에코, 그리고 끔찍하게 미완성된 감각을 뒤로한 채 떠나고 있었다. 어차피 자신의 결정을 거스를 거면서, 연구소는 어째서 선택의 환상을 심었던 걸까? 어째서 지하 예배당에서 그 모든 이야기를 들려주었던 걸까? 어째서 열차를 보여준 걸까? 어째서 모든 질문에 대한 답이 눈앞에 있는 것처럼 어른거리게 만들었던 걸까?

좌절감이 너무나 커서, 마치 우리에 갇힌 짐승처럼 그녀의 내면에서 으르렁거리는 소리가 들릴 지경이었다. 관찰자들은 마지막 순간까지 조롱한 셈이었다.

바깥은 완전히 밤이 내려앉았다. 현창들이 거울로 변했다. 옆에 앉은 엘리자베스의 반영은 숨 막힐 정도로 무표정했다. 반면 오펠리는 제자리에 가만히 앉아 있을 수가 없었다. 그녀는 몸을 돌려 승객들의 얼굴을 뜯어보았다. 복장 규정으로 미루어보아

폴리데우케스의 후손들이 분명했지만, 놀랍게도 그들 사이에는 무능력자들도 여럿 섞여 있었다.

레이디 셉티마의 신호에 따라 한 경비대원이 스위치를 내려 비행선 안의 조명을 모두 껐다. 잠시 후 어둠에 눈이 적응하고 창밖으로 별들이 보이기 시작하자, 오펠리는 그 이유를 깨달았다. 에코들 때문에 무선통신을 더 이상 신뢰할 수 없었으므로 육안으로 비행해야 했던 것이다. 사방에 빛을 투사하지 않아야 지형을 식별하기가 더 수월했다.

끝이 없을 듯한 침묵이 이어진 끝에, 비행선은 오펠리도 두 번 방문한 적이 있어 낯이 익은 작은 아슈에 다다랐다. 예전에 울프 교수가 살던 무능력자들의 구역, 그리고 상쾨르에프레스크상르프로슈가 공포에 질려 목숨을 잃었던 곳이었다. 오펠리는 옥타비오와 함께 저 지붕들 어딘가에 있는 버려진 온실에서 하룻밤을 보낸 적이 있었다. 두 사람이 친구가 되었던 바로 그 밤이었다.

그녀는 그 기억이 마음에 자리 잡지 못하도록 휙 고개를 돌렸다.

등 뒤의 어둠 속에서 억눌린 항의가 들려오자 오펠리는 미간을 찌푸렸다. 가문 경비대가 기계적인 동작으로 탑승교를 내리고 여러 승객들에게 내리라고 재촉했던 것이다. 모든 일이 극도로 신속하게 이루어졌고, 비행선은 벌써 다시 고도를 높이고 있었다. 오펠리는 자신의 숨결에 뿌예진 현창을 닦았다. 그들이 잠시 머물렀던 승강장에는 남자들과 여자들, 그리고 아이들이 짐가방들 한가운데서 완전히 어쩔 줄 모르는 표정으로 서 있었다. 가로등 불빛이 그들의 하얀 옷자락을 비췄다. 비행선 안에서 보았던 무능력자들이었다. 레이디 셉티마는 그들을 도심에서 몰아내어 오직 이 한 구역—본인 스스로 인정했듯 본토보다 붕괴 위험이 더 큰 작은 아슈—에 가두어버린 셈이었다. 이 사람들은 바벨 땅에서 태어났고 대대로 살아온 사람들이었다. 그들의 유일한 죄는 폴리데우케스의 피가 흐르지 않는다는 것뿐이었다.

비행선에 남은 승객들은 어색한 기침을 억지로 삼켰다. 오펠리는 자신이 그들보다 나을 게 하나도 없다고 느꼈다. 반항심이 식도에 딱 걸려 움직이지 않았다.

조종간을 잡은 레이디 셉티마는 이글거리는 두 눈을 부릅뜨고 있었다. 그것은 더 이상 초시각자의 능력이 발현된 것이 아니라, 그녀 안에서 끓어오르는 화산의 분출이었다. 그녀의 오른편에 우뚝 선 토른은 주변의 어둠과 거의 구분되지 않았다. 그는 미동도 하지 않았고, 아무 말도 하지 않았다.

그들은 메모리알 인근을 지났다. 작은 땅 조각에 매달린 채 허공으로 불쑥 튀어나온 그 거대한 탑은 천 개의 불빛으로 빛나고 있었다. 이 시간에 내부에는 아마 아무도 없겠지만, 메모리알의 전구들은 꺼지지 않도록 설계되어 있었다. 불빛들은 돔을 환하게 비추며, 그 안에 둥둥 떠 있는 구체의 윤곽을 어렴풋이 드러내고 있었다.

'그리고 그 안에는,' 오펠리는 생각했다. '윌랄리 딜뢰의 비밀

방과 그녀가 타자와 대화할 때 쓰던 허공에 매달린 거울이 있지.'

그곳은 옛 세계가 끝나고 새로운 세계가 시작된 곳, 윌랄리가 신으로 탈바꿈한 곳, 타자가 더 이상 순진하고 작은 에코이기를 멈춘 곳이었다. 어떻게 그 모든 일이 일어났는지 여전히 알 수 없다는 사실에 분통이 터질 지경이었다.

메모리알의 조명은 어찌나 밝은지, 한밤중임에도 불구하고 주변의 미모사와 입구 앞의 머리 없는 군인 동상, 그리고 건물의 가장 오래된 절반과 균열 이후 재건된 절반 사이의 세월의 격차까지 고스란히 눈에 들어왔다.

오펠리는 엘리자베스 쪽으로 고개를 돌렸다. 어스름 속에서 그녀의 숨소리가 느껴졌다. 부어오른 눈꺼풀 아래로 생기 잃은 눈이 보였다. 무능력자들―그녀 역시 그들 중 하나였음에도―이 내리는 모습도, 메모리알―그곳의 현대화가 그녀의 공로였음에도―의 전경도 엘리자베스의 마음을 동요시키지 못했다. 엘리자베스는 헬레네를 중심으로 자신의 삶을 구축해 왔고, 헬레네의 이익에 봉사했으며, 헬레네의 인정을 갈구했지만, 이제 그러한 존재 방식은 끝이 났다.

비행선은 마침내 바벨의 도심 위를 날았다. 구름 파도가 전례 없는 높이로 밀려오고 있었다. 건물들의 꼭대기 층과 역량 제작소의 굴뚝들, 그리고 어느 피라미드의 정상만이 구름 위로 솟아나 있을 뿐이었다. 시야가 전혀 확보되지 않음에도 불구하고, 레이디 셉티마는 아무런 흔들림 없이 그들을 착륙시켰다. 가문 경비대가 지상으로 내려가 비행선을 땅으로 유도하여 밧줄로 단단히 결박했다.

"모두 차분히 내리십시오." 마침내 레이디 셉티마가 승객들에게 지시했다. "밖에 트램이 대기하고 있습니다. 여러분을 임시 숙소까지 모셔다드릴 겁니다. 그곳에서는 퍼펙트하게 안전할 겁니다."

"언제쯤 집으로 돌아갈 수 있죠?" 승객 중 누군가가 조심스럽게 물었다.

"여기가 바로 당신들의 집입니다, 폴리데우케스의 자손들이여. 바벨 전체가 여러분의 거처입니다. 도시의 심장부면 어떻고, 작은 변두리 아슈면 어떻습니까. 그게 무슨 차이가 있겠습니까?"

아무도 대꾸하지 않았다. 탑승교 너머로는 밤이 하얗게 보일 정도로 짙은 안개가 깔려 있었다. 민간인들은 여행 가방을 든 채 한 명씩 안개 속으로 사라졌다. 모두 빠져나가자 트램의 헤드라이트가 멀어져 갔다.

레이디 셉티마는 군인처럼 부츠 굽을 소리 나게 부딪치며 토른을 향해 몸을 돌렸다.

"선내에 남아 계십시오, 서. 제가 경을 직접 계보학자들께 모셔다드리겠습니다만, 그전에 제가 이곳에서 마지막으로 처리해야 할 절차가 하나 있습니다. 두 사람, 이리로."

이번에는 엘리자베스와 오펠리를 향한 지시였다. 오펠리는 벤치형 좌석에서 축축해진 토가를 간신히 떼어내야 했다.

"이 여자들을 어쩔 셈입니까?"

토른의 질문에는 경고의 뉘앙스가 실려 있었지만, 그에게 돌아온 대답은 레이디 셉티마의 부츠 굽이 탑승교를 두드리는 소리뿐이었다. 엘리자베스는 순순히 부인을 따라갔다. 반면 오펠리는 본능적으로 뒷걸음질을 쳤고, 그 바람에 가문 경비대원들과 그들의 금속 장갑이 그녀 쪽으로 몰려들었다.

토른이 그들보다 먼저 오펠리의 어깨를 낚아챘다.

"제가 맡겠습니다."

그는 오펠리와 함께 구름 속으로 몸을 던졌다. 가문 경비대의 징 박힌 군화 소리가 요란하게 울려 퍼졌다. 그들은 앞, 뒤, 사방에 포진해 있었다. 도대체 어디로 끌고 가는 걸까? 유일한 길잡이는 지면과 맞닿아 있는 것들뿐이었다. 포석, 선로, 배수로 그리고 이리저리 짓밟힌 전단지 몇 장.

당신은 세상의 종말을 어떻게 축하할 것인가?

오펠리는 토른에게 말을 걸 수 없었지만 자신을 움켜쥔 그의 손가락을 느꼈다. 그녀는 안개 속을 샅샅이 뒤졌다. 이번에도 그 그림자가 불쑥 튀어나와 자신들이 도망칠 수 있게 도와주기를 바랐다. 그 대신, 안개를 빠져나오자 그들 앞에 나타난 것은 레이디 셉티마의 붉은 눈동자였다.

"제가 비행선에서 기다리라고 말씀드렸을 텐데요, 서."

토른의 손가락에 더욱 힘이 들어갔다. 밤바람이 가장 가까이에 있던 구름을 흩뜨리자 오펠리는 곧 그 이유를 알게 되었다. 그들은 바벨의 첫 번째 붕괴가 일어났던 장소, 바로 향신료 시장의 잔해 위에 서 있었다. 방금 그들이 내린 비행선보다 훨씬 더 거대한 비행선 한 척이 허공의 가장자리에 정박해 있었다. 장거리 대형 비행선이었다. 소름 끼치도록 수많은 손들이 그 거대한 객실의 창문을 두드리고 있었다.

지상의 선착장 근처에서 보초를 서고 있는 경비대원들은 모두 총검이 달린 소총으로 무장하고 있었다. 진짜 총이었다.

그 총을 보고 나서야 비로소 엘리자베스의 굳은 눈꺼풀이 들렸다. 그녀의 얼굴에 처음으로 의심이 스친 듯했다. 그녀가 머뭇거리며 입을 떼려던 찰나, 금지된 단어를 입 밖에 낸 것은 토른이었다.

"무기군요. 불법입니다."

레이디 셉티마는 마치 토른이 욕설이라도 내뱉은 양 얼굴을 찌푸렸다.

"평화 유지를 위한 예방 장비일 뿐입니다. 연구소에 너무 오래 처박혀 계셨군요, 앙리 경. 이미 말했듯이 상황이 달라졌습니다. 법도 마찬가지고요. 하나 금기어 목록은 여전히 유효합니다."

오펠리는 문득 자신만은 전혀 놀라지 않았음을 깨달았다. 내심, 베란다에서 레이디 셉티마를 마주한 바로 그 순간부터 일이 이렇게 끝나리라는 것을 알고 있었던 것이다. 그녀는 아들을 잃었고 희생양들이 필요했다. 그리고 그 희생양들을 가능한 한 신속하게, 한밤중의 짙은 안개 속에서, 선량한 시민들을 새로운 보금자리로 실어 간 트램에서 불과 몇 발짝도 떨어지지 않은 이곳에서 제물로 바쳐야 했던 것이다.

"이 비행선에 몇 명이나 욱여넣은 겁니까?" 토른이 물었다.

"필요한 만큼이지요." 레이디 셉티마가 대답했다. "그리고 두 명 더. 미스 월랄리, 미스 엘리자베스, 두 사람은 돌아가신 레이디 헬레네의 명예를 실추시켰고, 따라서 레이디 헬레네의 피후견인 자격을 잃었습니다. 두 사람에게 추방을 선고합니다."

"저는 레이디 헬레네의 명예를 더럽히지 않았습니다."

비록 애처로운 속삭임에 불과했지만, 엘리자베스가 마침내 반항하기로 마음먹은 듯했다.

"저에게 그 어떤 잘못을 뒤집어씌우셔도 좋지만, 그것만은 안 됩니다." 그녀가 애원했다. "그것만은요."

"선택은 당신 몫입니다, 전 비르투오소. 모범적으로 저 탑승교를 오르든가, 아니면 치욕스럽게 오르든가."

엘리자베스는 레이디 셉티마보다 머리 하나만큼 더 컸지만, 돌연 그녀 앞에서 한없이 작아 보였다. 상처 입은 엘리자베스의 입술이 파르르 떨렸다. 그녀는 항복의 표시로 고개를 숙이더니, 마지막으로 규정에 맞춰 가슴에 주먹을 얹어 경례를 한 뒤 비행선에 올랐다.

토른의 손이 오펠리를 더 세게 움켜쥐었다. 이어지는 그의 가혹한 말에 오펠리는 그만 다리가 풀려 젤리처럼 주저앉을 뻔했다.

"이 비행선은 이렇게 많은 승객을 태우도록 설계되지 않았습니다. 무선통신 문제는 말할 것도 없고요. 이 사람들은 결코 목적지에 닿지 못할 겁니다. 부인도 그 사실을 알고 있잖습니까."

"내가 아는 것은 말이죠, 앙리 경, 당신이 진정한 바벨 시민이 아니라는 사실뿐입니다."

레이디 셉티마는 토른과 눈을 맞추려 들지도 않은 채 대꾸했다. 그녀는 그저 토른이 똑바로 서기 위해 착용하고 있는 보조기만 뚫어지게 쳐다볼 뿐이었다. 주위에서는 밤나방들이 탁탁거리며 가문 경비대의 랜턴에 부딪히고 있었다.

"당신은 우리 조직에 스며든 오류에 불과합니다. 계보학자들께서 경에게 기회를 줬는데, 경은 그 기회를 계속 망쳐왔어요. 하지만 그 점은," 레이디 셉티마는 마지못해 인정했다. "내가 판단할 일이 아니죠. 그러니 당신은 가서 의무를 다하세요. 계보학자들에게 보고를 올리세요. 그리고 나 역시 내 임무를 다할 수 있도록 윌랄리 양의 처분은 내게 맡기세요. 나우."

오펠리는 그 수많은 주먹들이 마구 두드리고 있는 비행선의 창문들을, 그리고 그들 뒤에서 입을 벌리고 기다리는 허공—아득한 심연, 가늠할 수 없는 허공—을 응시했다.

오펠리는 토른의 손가락을 통해, 그의 기계 같은 두뇌를 회전시키고자 피부 아래로 맹렬하게 피가 질주하는 것을 거의 느낄 수 있었다. 비록 토른과 같은 수학적 재능은 없었지만, 적들이 너무 많고 지나치게 중무장했다는 사실쯤은 그녀도 충분히 계산할 수 있었다. 만약 토른이 지금 이 자리에서 발톱을 사용한다면 저들은 즉각 그에게 총을 겨눌 것이다. 오펠리의 아니마 능력은 날아오는 총알들을 막아낼 만큼 강력하지 못했다.

"내가 갈게요." 오펠리가 결연하게 말했다.

오펠리는 단호하게 어깨를 움직여 토른의 손아귀에서 빠져

나왔다. 적어도 둘 중 한 사람은 이 상황에서 무사히 빠져나가야 했다.

그리고 그게 자신이 아니라면, 가능한 한 후회를 남기지 않는 편이 나았다.

"부인은 옥타비오에 대한 기억을 더럽혔어요."

오펠리는 레이디 셉티마의 눈동자 속에서 타오르는 불길을 바라보며 한 음절씩 또박또박 내뱉었다. 셉티마는 오펠리를 뼛속까지 꿰뚫어 볼 수 있었지만, 이번만큼은 태어나서 처음으로 오펠리가 그녀의 속을 투명하게 꿰뚫어 보았다. 오펠리의 말이 셉티마의 폐부를 찔렀다. 이 여자를 갉아먹고 있는 살기 어린 분노는 무엇보다도 자기 자신을 향해 있었다. 아들을 잃고 딸을 저버린 자신을 결코 용서하지 못하고 있었다. 하지만 자기 자신의 감정에는 눈이 먼 탓에 다른 곳에서 범인을 찾고 있었던 것이다.

"타세요, 리틀 걸."

오펠리는 비행선을 향해 한 걸음을 내디뎠다. 하지만 그다음 걸음에 그녀는 포석 위로 나동그라졌다. 그녀도 모르는 사이 샌들이 스스로 움직여 그녀가 떠나지 못하도록 자기들끼리 끈을 단단히 묶어버린 것이었다. 오펠리 본인은 용감한 척 연기할 수 있을지 몰라도, 그녀의 아니마 능력은 속일 수 없었다. 레이디 셉티마가 혀를 차는 소리를 냈지만, 오펠리는 아무리 몸을 비틀어도 매듭을 풀거나 샌들을 벗을 수가 없었다. 이제 총검에 찔려가며 탑승교 위로 질질 끌려갈 판이었다.

"내 몫으로 계보학자들에게 이것을 돌려주십시오."

토른의 목소리였다. 그의 진짜 목소리, 폴에서의 목소리였다.

그는 자신의 뢱스 휘장을 떼어내 레이디 셉티마에게 건넸다. 그러고는 삐거덕하는 금속 마찰음을 내며 오펠리의 곁에 무릎을 꿇었다. 그의 얼굴에 전기를 통하게 하던 고압선들이 모두 느슨하게 풀려 있었다. 더 이상 서로 충돌하는 전류는 없었다. 그저 단 하나의 유일한 진실만이 한밤중의 어둠 속에서 그의 두 눈을 빛내고 있었다.

"같이 가."

그는 투박한 동작으로 오펠리를 안아 들고, 그녀와 함께 장거리 비행선에 올랐다.

소용돌이

빅투아르는 늘 집의 문구멍에 매료되어 있었다. 문을 두드리는 사람이 아무도 없을 때조차 엄마가 그 구멍에 눈을 바짝 대고 있는 모습을 얼마나 자주 놀라며 지켜보았던가? 집의 진짜 벽들과 가짜 나무들 너머에 있는 바깥세상을, 그녀 역시 또 얼마나 자주 들여다보고 싶어 했던가?

오늘 빅투아르는 자신이 문구멍의 반대편으로 넘어간 듯한 기분이 들었다. 세상에서 그녀가 감지할 수 있는 것이라곤 미니어처 같은 이미지들과 아주 미세한 소리들뿐이었다. 그녀는 그림자로 가득 찬 거대한 욕조 속으로 너무 깊이 빠져버린 나머지 옴짝달싹할 수도, 아무것도 느낄 수도 없었다. 두렵지는 않았다. 사실 그녀는 자신의 존재조차 거의 의식하지 못한 채, 마치 엄마가 유리잔에 떨어뜨리곤 하던 아스피린처럼 서서히 녹아 사라지고 있었다. 그리고 그녀의 생각들이 끊임없이 되돌아가는 이 엄마와 이 집이 과연 누구이고 무엇인지 갈수록 자주 궁금해졌다. 동시에, 이 엄마와 이 집을 떠올리는 이 빅투아르라는 존재가 과연 누구인지도 궁금해졌다.

메아리에 흩어진 어떤 소리 하나가 욕조의 수면 바로 위, 세상이라는 작은 문구멍 쪽으로 그녀의 주의를 끌어당겼다. 엄밀히 말해 소리라기보다는 어떤 목소리였다. 대부의 목소리. 대부는 누구였지?

빅투아르는 지금까지 두 가지 물―기억과 망각, 형태와 무형태―의 경계에 머물러 있었다. 하지만 만약 남은 힘을 쥐어짜 내어 수면 위로 다시 올라가려 한다면, 그 뒤에 이어질 추락이 자신을 욕조의 맨 밑바닥까지 끌어 내리리라는 것을, 그리고 그곳에서는 영영 다시 떠오르지 못하리라는 것을 알고 있었다.

마지막으로 대부를 보고 싶다. 완전히 잊어버리기 전에.

빅투아르는 온 정신을 문구멍에, 그 구멍에서 흘러나오는 목소리에, 그리고 시야를 넓힐수록 점차 의미를 띠기 시작하는 색깔들에 집중했다. 한 남자가 셔츠의 수많은 찢어진 곳들을 기우고 있었다. 면도도 제대로 하지 않고 머리는 헝클어졌으며 옷차림도 허름했지만, 그의 동작 하나하나는 강렬함으로 물들어 있었다. 그는 콧노래를 흥얼거렸다. 수선 작업을 위해 그가 고른 붉은 실은 하얀 천 위에서 끔찍하게 겉돌았고, 꿰매기를 마치고 아주 만족스러운 표정으로 셔츠 단추를 다시 채울 때, 빅투아르의 눈에는 그의 살갗이 군데군데 벗겨진 것처럼 보였다. 그녀는 그 사람이 대부라는 사실을 어렴풋이 기억해 내는 듯했다. 자신이 빅투아르라는 감각이 옅어질수록, 대부를 향한 지각은 오히려 깊어졌다. 어린아이의 눈과 언어가 더 이상 그녀를 가로막지 않았다. 예전에도 대부가 이렇게 멋지다고 생각했던가? 어째서 그 미소 아래 그토록 망가진 모습을 보지 못했을까? 그로 인해 대부를 더 깊이 사랑하게 되었다. 이 남자는 그녀의 일부였다. 요람 위로 몸을 숙였던 그 순간부터, 그리고—빅투아르 안의 무언가가 갑자기 그녀 자신보다도 그 순간을 생생하게 떠올렸다—그가 이렇게 속삭였던 순간부터. '너에게 걸맞은 사람은 없어. 그래도 노력할게.'

"이제 네 자리야… 아니, 네 차례야, 전직 대사야."

문구멍을 통과하는 빅투아르의 지각이 더욱 확장되어, 내부 맞은편에 있는 여자까지 아울렀다. 안경 쓴 작은 부인이었다. 두 사람은 카펫과 쿠션들이 뒤섞인 자리에 앉아 있었고, 그들 사이에는 게임판 하나가 놓여 있었다. 안경 쓴 작은 부인은 서두르는 기색 없이 기다리고 있었다. 길고 어두운 머리카락 뒤로 감춘 표정은 읽을 수 없었지만, 그녀의 몸 아래에서는 그림자들이 미친 듯이 우글거렸다.

대부는 게임판 위에 검은 말 세 개를 포개어 쌓았고, 손을 한 번 크게 휘둘러 흰 말들을 몽땅 쓸어버렸다.

"규칙을 만들어내고 있구나, 전직 대사야."

"상대에게 맞추는 것뿐이랍니다, 전직 귀부인."

빅투아르는 그들을 보았을 뿐만 아니라, 그들이 움직이고 말할 때마다 몸에서 자연스럽게 뿜어져 나오는 기운도 보았다. 마치 욕조 물 위로 퍼져 나가는 수많은 동심원 같았다. 개중에는 이따금 메아리처럼 되돌아오는 것들도 있었다.

빅투아르는 지각을 더욱 확장했다. 그들은 아슈 여기저기에서 모은 물건들로 가득 찬 거대한 호기심의 방 안에 있다. 박제된 키메라, 무중력상태로 떠 있는 의자들, 향기 나는 책들, 바람길을 그린 대형 지도, 유리 덮개 속에 보관된 구름, 전자기식 빌보케*, 폭풍우가 몰아치는 바다에서 좌우로 요동치는 배를 그린 움직이는 그림. 빅투아르는 스스로도 놀랄 만큼 그 모든 사물에 말보다 더 아래에 있는 정체성을 부여할 수 있었다. 마치 예전부터 그 모든 것을 속속들이 알고 있었던 것 같았다. 내면 깊은 곳에 더 많이 아는 누군가가 있는 듯했다. 빅투아르라는 존재가 완전히 희석되고, 그 누군가가 수면 위로 떠오를 순간만을 기다리고 있는 듯이. 이제 이 공간에 대한 지각이 너무도 완전해져서, 그녀는 방 전체는 물론이고 아주 작은 구석구석과 복잡하게 얽힌 방들까지 머릿속에 온전히 그려낼 수 있었다. 심지어 가장 바깥쪽 벽 너머로, 이 장소를 우주와 단절시키는 공간의 어긋남마저 느껴졌다.

"아예 안 드시나요?"

대부는 이제 차분하게 따개로 통조림을 따고 있었다. 그러나 밝은 눈동자로는 게임판 건너편에 앉은 안경 쓴 작은 부인을 캐묻듯 살피고 있었다.

"육체적 고속… 아니, 육체적 구속에서 벗어난 지 수 세기가 흘렀단다, 전직 대사야."

---

* 십자 모양 막대에 구멍 뚫린 공이 실로 연결된 장난감.

"그래도 우리와 여기에 갇혀 있다는 사실은 변하지 않죠, 전직 귀부인."

대부는 눈을 가늘게 떴다. 동그란 얼굴, 분홍빛 입술, 긴 속눈썹, 두 무릎이 튀어나온 이상한 원피스 속에 감춰진 숨은 안경 쓴 작은 부인을 더 잘 가늠해 보려는 듯했다.

"당신의 진짜 모습에는 도무지 적응이 안 되는군요. 우리의 작은 토른 부인과 정말 닮았어요. 혼란스러울 정도로요."

"그 아이가 나를 닮은 거지."

통조림 따개가 대부의 손가락 사이에서 멈췄다.

"대체 어쩌다가 사람들의 얼굴을 훔치게 된 겁니까? 그 예쁜 얼굴이 더는 맘에 안 들던가요?

안경 쓴 작은 부인은 시큰둥하게 어깨를 으쓱였다.

"알겠어요." 대부가 다시 미소를 띠며 속삭였다. "당신이 선택한 게 아니군요. 그냥 그렇게 된 거겠죠. 어떤 힘들을 가지고 놀다가 도리어 그 힘이 당신을 덮친 겁니다. 그런데 부인의 복제 능력은 왜 가문 정령들에겐 안 먹히죠? 어쨌든 그들도 당신이 창조한 존재들 아닙니까."

"책이 없으면 가문 정령들은 아무것도 아니란다." 안경 쓴 작은 부인이 말했다. "그리고 난 책의 얼룩… 아니, 책의 얼굴을 훔칠 수 없지."

대부는 단호한 동작으로 통조림을 열었다.

"생각이 바뀌었어요. 당신과 토른 부인은 닮은 구석이라곤 전혀 없어요."

옆방에서 한바탕 욕설이 터져 나오더니, 물이 솟구치는 소리와 함께 항의하는 듯한 고양이 울음소리가 이어졌다. 머리의 반은 짙은 갈색이고 반은 금발인 또 다른 여자가, 자신이 주위에 물을 흩뿌려 웅덩이를 만들고는 아랑곳하지 않은 채, 문을 쾅 닫으며 들어왔다. 그녀의 몸에서는 분노의 기운들이 사방으로 퍼져 나가고 있었다. 빅투아르는 그 여자가 이상한 눈임을 어렴풋이 기억해 냈다. 그녀를 따라온 고양이—'앙두이'라는 이름도 떠올렸다—가 맹렬하게 몸을 털었다.

대부는 통조림을 손에 든 채 한숨이 뒤섞인 미소를 흘렸다.

"맙소사. 설마 이제 화장실도 못 쓰는 건 아니겠지, 전직 정비사님? 이 식사가 어떻게 끝날지 장담할 수가 없네."

"나는 출구를 찾고 있는 중이거든요."

"화장실은 물론이고 다른 그 어디에서도 출구는 못 찾을걸. 우리 곁을 떠난 일드가르드 부인의 각별한 총애를 받았던 당신에게 무공간이 뭔지 따로 설명할 필요는 없겠지. 난 외부 세계로 통하는 지름길을 단 하나도 소환해 내지 못했어. 그리고 천하의 신조차도," 그는 자신의 게임 상대를 가리키며 낄낄거렸다. "수천 가지 능력이 있어도 이곳을 빠져나가지 못했으니! 인내심을 가집시다, 귀여운 아가씨."

이상한 눈은 체스판을 경멸 어린 시선으로 내려다봤다. 하지만 빅투아르는 그녀에게서 뿜어져 나오는 진동이 안경 쓴 작은 부인을 집어삼키는 기세를 보고, 그 증오가 오롯이 안경 쓴 작은 부인을 향하고 있음을 깨달았다.

"하시던 그 시시한 게임이나 하세요. 난 필요하다면 이곳의 벽돌을 한 장 한 장 다 뜯어내 버릴 테니까."

"넌 내게 똑똑히… 아니, 똑같은 운명을 약속했잖니." 안경 쓴 작은 부인이 그녀에게 말했다.

이상한 눈은 스포츠 장비들이 걸려 있는 캐비닛에서 창 하나를 꺼내 들었다. 그리고 그것을 안경 쓴 작은 부인의 목덜미에 사납게 꽂아 넣고는, 또 한 번 문을 쾅 닫으며 나가버렸다. 빅투아르는 그 폭력적인 장면을 보고도 놀라움도 공포도 느끼지 않았다. 오직 깊은 호기심뿐이었다. 머지않아 그녀는 다시 욕조의 맨 밑바닥으로 떨어질 것이고, 그곳에서는 아무것도 느낄 수 없게 될 터였다.

"맞을 짓을 하셨네요." 대부는 파테*가 묻은 손가락을 빨며 말했다. "르나르 행세를 한 건 정말 나쁜 생각이었어요."

안경 쓴 작은 부인은 자신의 목구멍을 뚫고 튀어나온 창의 끝을 생각에 잠긴 듯 바라보았다. 그녀는 팔을 기괴하게 비틀어 등 뒤로 늘어진 창 자루를 움켜쥐더니 단번에 뽑아냈다. 목에 난 상처는 피 한 방울 나지 않고 그 즉시 아물었다.

"내가 그 아이를 죽였든 살려뒀든 그건 중요치 않단다. 저 불쌍한 아이는 내 잎… 아니, 내 입에서 나오는 말이라면 아무것도 믿지 않는구나. 이미 마흔세 번이나 나를 죽이려고 했어. 하지만 넌 단 한 번도 그런 적이 없었어. 왜지?"

---

* 고기나 간 등을 잘게 다져 양념한 뒤 익혀서 차갑게 식혀 먹는 프랑스 요리. 주로 빵에 발라 먹으며 통조림 형태로도 많이 유통된다.

대부는 장난스러운 표정을 지으며 게임판 위의 말을 다시 배치했다.

"야누스가 우리를 이 무공간에 함께 가두면서, 나를 당신에게 내리는 형벌로 삼았으니까요. 그래서 난 당신이 나와 함께 있는 시간을 최대한 지루하게 만들어주려고 애쓰는 중이고요."

안경 쓴 작은 부인은 자기 방석 옆 카펫 위에 창을 내려놓았다. 그녀의 동작은 차분했지만 그녀의 몸 아래에서 그림자들은 점점 더 맹렬하게 요동치고 있었다.

"탁월하군."

"토른보다는 못하죠." 대부가 파테 묻은 손가락으로 게임판 위에서 말 하나를 미끄러뜨리며 중얼거렸다. "그 친구가 우리와 여기에 함께 있었으면 좋았을 텐데! 토른만큼 흥을 깨는 데 뛰어난 사람은 없거든요."

이번엔 안경 쓴 작은 부인이 자기 말을 하나 앞으로 전진시켰다. 이제 완전히 자신이 아닌 상태가 되어버린 빅투아르는 앞으로 두 사람이 두게 될 모든 수의 에코들이 게임판 위에서 태어나는 것을 보았다. 그녀는 이제 막 시작된 이 게임의 결말을 자신이 이미 알고 있다는 사실도 깨달았다.

"다시 한번 말하지만, 전직 대사야, 난 세상을 구하는 데 내 삶을 바쳤단다. 내가 이 무공간에서 허비하는 매 초마다 내 아이들은 바깥에 아무런 보호도 받지 못한 채 남겨져 있어. 지금이야말로 그 어느 때보다도 그 아이들은 보호가 필요한 때인데. 넌 벽을… 아니, 적을 잘못 짚었단다."

대부의 입꼬리가 귀까지 길게 올라갔다.

"흠, 타자 말씀이신가요? 사양할게요, 전직 귀부인. 제겐 조금 지나치게 추상적인 존재라서요. 멜키오르 남작이 제 손님들을 암살한 건 바로 당신 때문이었죠. 늙은 일드가르드가 스스로 목숨을 끊은 것도 당신 때문이었고. 투알과의 연결이 끊어지고 내 누이들에게 버림받은 것도 모두 당신 때문이죠. 세상을 구한다고요? 당신은 내 세상을 파괴했어요."

안경 쓴 작은 부인은 먼 곳을 보는 주의력으로 대부를 살폈다. 안경알 아래의 두 눈은 등불 빛을 반사하지 않았다. 그 사실을 이제 어떤 디테일도 놓치지 않는 빅투아르가 알아차렸다. 안경 쓴 작은 부인 본인 역시 유리로 마감한 게임판 위에도, 테이블 위에 놓인 물병에도 전혀 비치지 않았다. 어디에도 그녀의 모습은 비치지 않았다.

"이런 식의 게임에 응하겠다는 건가, 전직 대사여? 좋아. (안경 쓴 작은 부인의 말이 대부의 말들을 하나씩 집어삼켰다. 빅투아르가 예상한 그대로였다.) 멜키오르 남작이 내 이름을 대며 네 손님들을 암살했지. 하지만 그들을 보호하는 건 네 의무가 아니었나? 메르 일드가르드가 스스로 목숨을 끊은 건 내게 자기 능력을 주지 않기 위해서였지. 그런데 네가 그녀에게 단 한 번이라도 살아갈 이유를 준 적이 있었을까? 그리고 너의 누이들, 그 애들이 지나치게 간섭하는 오빠에게서 등 돌릴 구실만 찾고 있었으리라고는 단 한 번도 생각해 보지 않았느냐? 내 생각에 네 세계를 파산한… 아니, 파괴한 건 바로 너 혼자란다. 넌 혼란에 빠진 대사관과 수치심에 휩싸인 부인들과 격분한 남편들만 남겼을 뿐이지. 너는 네 가족 그리고 우리 가족에게도 늘 골칫거리에 불과했단다. 네가 죽고 나면 아무도 널 그리워하지 않을 테고, 너 역시 아무도 그리워하지 않겠지.”

대부는 자신의 패배가 고스란히 드러난 게임판을 바라봤다. 그는 여전히 미소를 머금고 있었다.

“내가 죽고 나면,이라.” 대부는 낮은 목소리로 되뇌었다. “알고 있었군요, 그렇죠? 언제부터 알았던 거죠?”

“네 얼굴을 빌려서 네가 되어봤단다.” 안경 쓴 작은 부인이 말했다. “오래는 아니었어. 하지만 널 갉아먹는 그 병을 내 육체로 느끼기엔 충분했지. 네 부모를 앗아 갔고 이제는 매일 네 안에서 자라고 있는 그 병 말이야. 너와 나, 우리 둘 다 알고 있지. 네 시간이 얼마 났지… 아니, 남지 않았다는 것을. 그리고 네가 누이들에게서 도망치는 건 그들의 시간 역시 얼마 남지 않았을까 봐 두렵기 때문이라는 것 또한 우리 둘 다 알고.”

빅투아르는 어른들의 대화를 전혀 이해하지 못했었다. 이제 그녀 안의 어딘가에서, 그리고 그녀 주변에서, 누군가가 모든 것을 이해하고 있었다. 하지만 갑자기 비명을 지르고 싶어진 것은 그 누군가가 아니었다. 바로 빅투아르 자신이 느끼는 것이었다. 오랜만에, 처음으로 안경 쓴 작은 부인이 고개를 돌려 빅투아르 쪽을 바라보았다. 마치 그녀의 비명 지르는 침묵을 마침내 알아챈 듯 눈을 가늘게 뜨고 있었다.

대부는 미간의 검은 눈물 자국을 문지르며 옅은 미소를 지었다.

“나의 투명함이 결국 나를 덮쳤군요. 당신이 옳다고 인정할 수밖에 없겠네요, 전직 귀부인. 딱 한 가지만 빼고요. 적어도 한 사람은 나를 그리워할 겁니다.”

빅투아르는 대부가 뱉은 마지막 말을 듣지 못했다. 무공간에 커다란 딸꾹질 같은 진동이 일었다. 그림들이 벽에서 떨어졌고 게임판이 뒤집혔다. 대부는 안경 쓴 작은 부인의 품에 쓰러졌다.

“이런, 맙소사.” 대부가 몸을 떼어내며 말했다. “전직 정비사님이 뭘 또 망가뜨리셨나?”

“내가 그런 거 아니거든요.” 이상한 눈이 투덜거렸다.

이상한 눈이 조금 전 나가면서 닫았던 문을 열고 들어왔다. 양손에 전동 드릴을 하나씩 들고 있었고, 앙두이가 그녀의 발치에 붙어 있었다.

“이거.”

그녀는 카펫 한가운데 생긴 접시만 한 구멍을 가리켰다. 모두가 그 위로 몸을 숙였다. 구멍은 별 하나 없는 어둠으로 이어져 있었지만, 그들 중 누구도 소용돌이만큼은 보지 못하는 듯했다. 구멍이 만들어낸 그 소용돌이를 말이다. 에코의 폭풍. 빅투아르는 배수구 마개를 뽑았을 때처럼 빨려 들어가는 기분을 느꼈다. 어떤 힘이 그녀를 욕조 바닥보다 더 깊은 곳으로 끌어 내리고 있었다.

“붕괴.” 안경 쓴 작은 부인이 말했다. “타자가 공간에 균열을 내고 있어. 무공간조차도 견디지 못하는구나. 이제 내 말을 믿겠니, 야누스?"

그녀는 불과 1초 전까지 아무도 없던 곳에 서 있는 거구의 반은 남자이고 반은 여자를 향해 몸을 돌렸다. 그 역시 카펫 한가운데 난 구멍을 내려다보았다. 긴 콧수염 한 가닥을 손가락으로 감으며 무척 언짢은 기색이었다.

"선택의 여지가 없군요. 허공은 점점 늘어나고 땅은 점점 줄어드니까요. 당신이 이 무공간을 떠나지 않았다면, 세뇨라 딜뢰, 붕괴의 원인은 다른 데 있겠군요."

"내게 없는 마지막 능력을 다오, 야누스. 타자가 너의 아슈를 포함한 온 세상을 심연으로 빠뜨리기 전에 내가 그를 찾게 해줘."

"당신의 '타자' 말인데요, 세뇨라. 그는 나보다도 더 붙잡기 힘든 존재예요. 나의 최정예 탐침자들에게도 그를 찾아내라고 했지만, 아무도 성공하지 못했죠."

"뭔가를 찾으려면 그게 뭔지 알아야 하지. 너희는 내가 가는… 아니, 아는 만큼 타자를 알지 못해. 나를 네 탐침자로 쓰렴, 야누스. 그럼 모든 게 제자리로 돌아갈 거야."

"재앙 같은 생각이네요." 대부가 말했다.

"역겨운 생각인데." 이상한 눈이 말했다.

반은 남자이고 반은 여자가 뭐라고 대답했는지 빅투아르는 알 수 없었다. 그녀는 이제 아무런 소리도 듣지 못했다. 소용돌이가 소리와 형태를 삼켰다. 안경 쓴 작은 부인이 갑자기 빅투아르를 알아챈 듯했고, 부인의 발치에 모여 있던 그림자들이 모두 빅투아르를 향해 팔을 뻗었다. 수천 개나 되는 팔들 중 어느 것도 빅투아르를 붙잡지 못했다. 소용돌이는 그녀를 표면에서 멀리, 자신과 자신이 아닌 것의 경계가 더 이상 존재하지 않는 깊은 곳으로 데려갔다.

그녀는 대부를, 엄마를, 집을 잊었다.

그녀는 빅투아르를 잊었다.

표류

오펠리가 본파미유에서 수습 생활을 하던 시절, 그 어떤 것보다 두려워했던 허드렛일이 하나 있었다. 바로 샤워실 배수구 청소였다. 몸에서 분비되는 온갖 유쾌하지 않은 것들이 엉겨 붙어 실처럼 늘어나는 죽이 되는데, 특히 모든 연령대의 남녀 공동체가 함께 쓰는 샤워실일 경우에는 막히는 것을 방지하기 위해 정기적으로 배수구에서 이 찌꺼기를 떼어내야만 했다. 기숙사의 배수구들이 풍기는 악취는 말로 다 할 수 없을 정도였다.

바로 그 냄새가 장거리 비행선 안에서 진동하고 있었다.

선실과 화물칸, 화장실까지 승객으로 넘쳐났다. 사람들은 일제 검거 때 그나마 챙겨 올 수 있었던 몇 안 되는 개인 소지품들을 몸에 꼭 끌어안고 있었다. 한 남자는 뺏을 테면 빼앗아 보라고 도발하며 사납게 토스터를 껴안고 있었다. 너무 지친 나머지 바닥에 드러누운 사람들도 있었는데, 그들은 다른 사람들이 자신들을 타 넘으며 발로 치고 지나가도 더 이상 항의조차 하지 않았다.

실내는 짐승 떼가 뿜어내는 듯한 열기로 가득했다.

탑승구가 닫힌 뒤로 토른은 비행선 입구에 얼어붙은 듯 서 있었다. 그에게 승객 한 명 한 명은 점점 더 복잡해지는 방정식에 추가되는 대수학 변수나 다름없었다. 그는 이미 강박적으로 소독제 뚜껑을 열고 있었다.

"따라와." 오펠리가 그에게 말했다.

그녀는 마침내 말썽이던 샌들을 이겨냈다. 그녀는 지나갈 수 있게 비켜달라고 사람들에게 부탁하며 길을 텄고, 그 대가로 숱한 투덜거림을 들어야 했다. 예배실에서 깨어난 뒤로 오펠리는 똑바로 걷질 못했다. 더 이상 교정할 필요가 없는 동작들을 자꾸만 고치려 든 탓이었다. 접촉을 피하려 애썼음에도, 옷들을 읽을 때마다 점점 더 깊은 공포와 분노와, 점점 더 많은 비탄에 흠뻑 젖어들었다. 거의 모든 아슈의 가문 억양들이 한데 뒤섞여 있었다. 야등 불빛 사이로, 연금술 잉크가 원형극장에서 탈출한 불법체류자들, 그리고 분명 다른 곳에서 도망쳐 온 많은 이들의 이마를 빛내고 있었다. 바벨의 코즈모폴리탄적 면모와 다양성, 그 남은 흔적들이 이곳에 응축되어 있었다.

천장 아래서 등을 구부린 토른은 아무도 자신에게 다가오지 못하게 애쓰고 있었다. 누구든 발을 걸기만 해도 당장 치명적인 할퀴기 공격이 튀어나갈 기세였다.

오펠리는 사람들이 꽉 들어찬 탈의실 안쪽에 앉아 있는 엘리자베스를 발견했지만, 그녀는 오펠리의 손짓에 묵묵부답이었다. 엘리자베스는 체념한 채 긴 다리를 끌어안고 있었는데, 그 모습이 마치 옷장 속에 오랫동안 처박아 둔 접이식 다리미판 같았다.

비행선 뒤쪽 통로의 큰 창들까지 뚫고 가는 것 자체가 대단한 일이었다. 창문마다 남녀가 빈틈없이 달라붙어 이중 유리를 두드려대고 있었다. 그들은 금지된 단어들을 잔뜩 동원하여 욕설을 퍼부었다. 이들은 이마에 어떠한 낙인도 없었지만, 복장 규정 따위는 무시한 채 제멋대로 번쩍거리는 요란한 토가를 걸치고 있었다.

바벨의 망나니들이었다.

적어도 이곳에서만큼은 토른이 창문에 등을 기대고 서서 모두를 시야에 담을 수 있었다. 커다란 창문 너머로는 안개 낀 승강장의 한쪽 끝과, 승객들의 외침에는 귀를 닫은 채 보초를 서고 있는 가문 경비대원들의 실루엣만 보일 뿐이었다. 소총에 꽂힌 총검들이 랜턴 불빛을 받아 번쩍였다.

"저들은 뭘 기다리고 있는 걸까?" 오펠리가 물었다. "다른 추방자들?"

토른은 찬장 위에서 냅킨 한 장을 집어 들었다. 그는 그것으로 유리창에 무수히 찍힌 손가락 기름기를 꼼꼼히 닦아내더니 밖의 풍향 자루를 가리켰다. 조기를 달아놓은 듯 축 처져 있었다.

"니나의 숨결."

"그게 뭐야?"

"바벨 사람들이 남풍에 붙인 이름이야. 건기에는 매일 밤 불지."

"근데 그걸 왜 기다려? 이건 비행선이지 열기구가 아니잖아."

토른은 주머니에서 오펠리가 맡겼던 장갑을 꺼냈다. 오펠리의 양손에 차례로 장갑을 끼워주고는 손목 단추까지 채워주었다. 지극히 내밀한 몸짓이었다. 그는 마치 소란스러운 군중 따위는 안중에도 없다는 듯한 태도였다. 그리고 그녀가 임시로 끼고 있던 안경을 원래 안경으로 바꿔 끼워주고 나서야, 강철 같은 시선으로 오펠리의 눈을 똑바로 마주했다.

그는 아무 말도 하지 않았다. 그녀는 알고 있었다. 이 비행선에는 조종사도 승무원도 없으리라는 것을.

"당신은 승강장에 남았어야 했어." 오펠리가 나직이 말했다.

굳게 다문 토른의 입매가 살짝 풀렸다. 고무줄을 튕기는 것만큼 짧게 씰룩인 미소였지만, 오펠리에게는 어떤 말보다도 위안이 되었다.

"난간 붙잡아." 그가 말했다.

갑작스러운 바람의 압력에 선실 골조 전체가 삐걱거렸다. 밖에서는 풍향 자루가 막 일어섰다. 가문 경비대가 밧줄을 풀었다. 안개를 뚫고 바벨의 드문드문한 가로등 불빛이 순식간에 사라졌다. 승객들의 항의가 비행선 전체에 날카롭게 울려 퍼졌고, 비행선은 니나의 숨결에 먼바다로 휩쓸리며 종이봉투처럼 이리저리 내동댕이쳐졌다.

구름바다 위를 표류하며.

승객들은 연쇄반응을 일으키며 도미노처럼 서로의 위로 쓰러졌다. 오펠리는 난간의 기억을 읽지 않도록 막아주는 장갑도 없이 그곳에 매달려야 했다면 어땠을지 감히 상상조차 할 수 없었다. 대안 프로그램의 회전 기구 안에 들어와 있는 느낌이었다.

"우리가 이 비행선을… 통제해야 해." 딱딱 부딪치는 이 사이로 오펠리가 겨우겨우 말을 내뱉었다.

토른의 골격은 불안할 정도로 기울어져 있었지만, 정작 그는 제복 팔꿈치 부분에 껌이 붙어 더 짜증이 나는 듯했다.

"항해할 수 있게 해줄 만큼 레이디 셉티마가 친절을 베풀진 않았을 것 같은데."

오펠리가 중심을 잃는 순간 토른이 팔을 뻗어 낚아챘다. 비행선이 기울고 있었다. 욕설이 터져 나왔다. 바벨의 망나니들이 계획한 종말 파티가 이런 모습은 아니었으리라. 다들 뭐라도 붙잡고 매달리는 와중에, 오펠리가 처음에 서빙 카트인 줄 알았던 무언가가 마룻바닥을 내달리듯 미끄러져 내려왔다. 앙브루아즈였다. 뒤바퀸 양손으로 휠체어 브레이크를 잡으려 애쓰고 있었지만 역부족이었다. 목에 감긴 목도리는 털이 온통 곤두서 있었다. 정작 앙브루아즈 본인은 오히려 침착해 보였다. 어안이 벙벙한 오펠리와 눈이 마주치자, 그의 얼굴이 활짝 밝아지기까지 했다.

"여기서 뵙다니, 미스. 어떻게…."

통로를 따라 속수무책으로 굴러 내려가는 바람에, 그의 질문도 거기서 뚝 끊겼다.

비행선이 기우뚱했다. 또다시 욕설이 터져 나왔다. 선체가 요동치자 앙브루아즈는 아까와 반대 방향으로 굴러떨어졌다. 휠체어가 다시 그들 앞을 지나는 순간, 토른이 목도리를 낚아채어 그를 거칠게 멈춰 세웠다.

"여기서 뭐 하는 거지?"

거의 추궁에 가까웠다. 당황한 앙브루아즈는 영양처럼 긴 속눈썹을 여러 번 깜빡였다. 악취가 진동하는 찜통더위 속에서도 그의 황금빛 피부와 검은 머리카락, 흰옷은 여전히 비단 같은 부드러움을 온전히 간직하고 있었다.

"제가 숨겨주던 불법체류자들인데… 어쩔 수가 없었어요, 소리. 가문 경비대 초후각자들이 그들의 냄새를 기억했다가 아버지 집까지 냄새를 맡고 쫓아왔거든요. 레이디 셉티마의 명령이었죠. 며칠 전에 우리 모두 체포돼서 뿔뿔이 흩어졌어요. 그 사람들이 여기 탔는지조차 모르겠어요. 이 장거리 비행선은 워낙 거대해서 아직 그들을 찾지 못했거든요. 그런데 그 소문 사실인가요? 이번엔 본파미유가 무너졌다면서요."

토른은 주변의 요동이나 소란은 아랑곳하지 않고, 점점 심하게 날뛰는 목도리를 더 단단히 틀어쥐며 앙브루아즈가 자신과 눈을 맞추도록 강제했다. 한 사람의 부드러움이 다른 한 사람의 냉혹함을 더욱 도드라져 보이게 했다.

"당신과 당신 아버지, 우리에게 뭘 숨기고 있지?"

"무슨 말씀인지 모르겠어요, 서…."

"아니, 아주 잘 알 것 같은데."

처음 만났을 때부터 토른은 앙브루아즈가 라자뤼스의 첩자, 더 나아가 윌랄리 딜뢰가 심어놓은 끄나풀이라고 의심했다. 콜룸바리움의 다락에서 유골함까지 발견된 뒤로, 토른의 평가는 조금도 나아지지 않았다.

반면 오펠리는 더는 판단 할 수 없었다. 그녀는 통로의 유리창에 비친 앙브루아즈의 멋쩍어하는 얼굴을 바라보았다. 최근 들어 그가 혹시 타자는 아닌지 확인하려고 자주 하던 것처럼. 하지만 결국 그게 무엇을 증명한단 말인가? 거울이 모든 가짜들을 밝혀주는 것은 아니었다. 오펠리는 앙브루아즈의 진짜 정체가 무엇인지 모를 수도 있었지만, 두 가지 사실만은 확신했다. 첫째는 목도리가 그를 신뢰한다는 것이고, 둘째는 지금이 해명을 들을 때가 아니라는 것이었다.

"운전사잖아요." 오펠리가 끼어들었다. "이 비행선, 몰 수 있겠어요?"

앙브루아즈는 토른이 놓아줄 때까지 목이 반쯤 졸린 채로 고개를 저었다.

"누가 조종실을 망가뜨려 놨다는군요. 게다가 가장 나쁜 소식은 이게 다가 아니에요, 미스. 니나의 숨결의 방향과 속도로 보아, 우리가 착륙할 아슈는 단 하나도 찾지 못할 거예요. 아버지께 지도 제작법을 배웠는데, 이 방향에는 아무것도 없어요. 오직 구름뿐이에요."

오펠리는 정말로 메스꺼웠다. 비행선이 흔들리며 통로 난간이 갈비뼈를 쿡 찌르는 바람에 숨이 턱 막혔다.

그녀는 3단계 프로토콜로 데려가기를 거부했던 그 열차를 떠올렸다. 아직 바벨에 남겨진 모든 답들, 토른과 자신이 매 순간 더 멀어져 가는 그 답들을 떠올렸다. 가출한 그녀, 도망친 그, 그 두 사람이 끝내 자신들의 자리를 찾지 못한 산산조각 난 이 세계를. 월랄리 딜뢰가 뒤집어엎은 과거와 타자가 빼앗아 가려는 미래를 떠올렸다. 그리고 지금 이 순간 그녀의 에코를 가지고 똑같은 잘못을 되풀이하고 있을 이탈 연구소를.

나는 누구인가?

아니, 오펠리는 이대로 받아드릴 수 없었다. 그녀는 숨을 크게 한 모금 들이마시며 악취와 비명, 덜컹거림, 그리고 그 모든 것을 압도하는 굳게 맞잡은 토른의 커다란 손을 다시금 자각했다. 탁탁. 셔츠 체인 끝에 매달린 회중시계가 최면을 걸듯 흔들렸다. 시계 뚜껑이 심장 박동과 같은 속도로 열리고 닫혔다.

그 시계를 본 순간, 오펠리의 머릿속에 터무니없는 생각이 스쳤다.

"조종실은 어디에 있죠?"

앙브루아즈는 휠체어의 중심을 잡느라 곤욕을 치르고 있었다. 팔다리의 절반이 반대로 달려 있는 그에게는 결코 쉽지 않은 일이었다.

"선실 반대쪽 끝에요, 미스. 하지만 방금 말씀드렸듯이 파괴되어서…."

"그리로 가야 해요." 오펠리가 말했다.

통로의 대형 유리창을 등진 토른은, 점점 터무니없이 번져가는 이 무질서를 꿰뚫어 보듯 살피고 있었다. 통로의 몸싸움은 이내 멱살잡이로 번졌다가, 또 이내 얼싸안는 일로 변하곤 했다. 어떤 승객들은 자신들이 정확히 몇 시에 죽을지 예측하는 내기를 걸기도 했다. 가장 비관적인 자들은 15분도 남지 않았다고 점쳤다. 어떤 남자가 공포에 질려 비명이라도 지르면 바벨의 망나니들이 미치광이처럼 웃으며 달려들어 그의 입안에 전단지를 쑤셔 넣었다. 음악가들은 색소폰을 꺼내 정신없을 만큼 격렬한 재즈 즉흥연주를 시작했다. 한 연주자는 요동에 바닥으로 고꾸라지며 이가 부러졌다. 실오라기 하나 걸치지 않은 노부인이 기우뚱거림에 맞춰 테이블 위에서 춤을 췄다.

토른이 커다란 코를 찡그렸다. 그러더니 앙브루아즈가 깜짝 놀랄 새도 없이 휠체어의 뒤쪽 손잡이를 꽉 움켜쥐고는 똑바로 밀고 나갔다.

"저를 싫어하시는 줄 알았어요, 서."

"싫어하지." 토른이 투덜거렸다. "그저 이용하는 거지."

실제로 토른은 휠체어를 쇄빙선처럼 밀어붙여 빽빽한 승객의 벽을 갈랐다. 오펠리는 누군가 기습적으로 뒤에서 토른의 발톱을 건드리지 못하게 하려고 맨 뒤에 바짝 붙어 걸었다. 필시 그녀 자신의 드래건 능력이 확장된 덕분이겠지만, 오펠리는 전기가 흐르는 철조망처럼 지직거리는 토른의 그림자를 점점 더 뚜렷하게 감지하고 있었다. 이런 상황 속에서 억누르고 자제한다는 것은 토른에게 매 순간이 혹독한 시험일 터였다.

그들은 요동치는 배와 맞서 싸우며, 악취 나는 통로와 미어터지는 공동 침실, 약탈당한 주방, 점거당한 승무원 구역을 거슬러 올라 무질서한 인파의 물결을 함께 뚫고 나갔다. 조명들이 끊임없이 꺼졌다 켜지기를 반복했다. 그렇게 밤과 낮이 교차하는 동안, 흐느낌과 미친 듯한 웃음소리가 뒤섞였다. 그야말로 집단 히스테리였다.

그리고 마침내 침묵이 찾아왔다.

관 뚜껑처럼 무겁게 비행선을 짓누른 그 침묵이 너무도 갑작스러워서, 토른은 환기실 한복판에서 앙브루아즈의 휠체어를 멈춰 세웠다. 오펠리가 무슨 일이냐고 물으려 했지만, 질문은 얼어붙은 그녀의 몸과 함께 굳어버렸다. 결코 있어서는 안 될 곳에 와 있다는 확신을 그녀는 내장 깊숙한 곳에서부터 느꼈다.

현창 밖이 하얗게 질려 있었다. 비행선은 구름바다 표면 아래로 가라앉는 중이었다.

아슈와 아슈 사이, 거대한 허공 속으로.

오펠리는 지금껏 단 한 번도 이토록 강렬한 거부감, 다른 곳에 있고 싶다는 이토록 원초적인 욕구에 잠식당해 본 적이 없었다. 메모리알의 소각실에 갇혔을 때나, 파루크가 자신의 정신 지배력을 그녀에게 쏟아부었을 때, 혹은 메모리알의 청소부와 마주치며 무無를 얼핏 엿보았던 때와 같은 기분이었다. 아니, 그보다 훨씬 끔찍했다.

이곳은 금기였다.

"오펠리."

토른은 앙브루아즈의 휠체어에서 손을 떼고 오펠리를 향해 몸을 숙였다. 두 엄지가 오펠리의 뺨에 닿아 그녀의 시선을 끌어올려, 놀랄 만큼 안정된 그의 눈빛과 마주하게 했다. 그의 흉터를 타고 흘러내리던 땀이 굵은 물방울이 되어 오펠리의 안경 위로 툭툭 떨어졌다.

결코 토른을 끌어들이지 말았어야 했다. 오펠리는 제 목구멍에서 새어 나오는 쇳소리를 스스로도 알아채지 못했다.

"허공이야… 우리 여기 있으면 안 돼."

말을 하는 것도, 숨을 쉬는 것만큼이나 부자연스러워져 있었다.

"계속 걸어." 토른이 말했다. "거의 다 왔어."

오펠리는 거대한 구리 환기관 아래 잔뜩 웅크리고 있는 남녀들의 실루엣을 보았다. 이제 배 안의 그 누구도 울거나 웃지 않았다. 너무 큰 휠체어에 파묻힌 채 선실을 표류하는 앙브루아즈만이 공포에 질려 눈을 휘둥그레 뜨고 있었다. 목도리가 그에게 딱 달라붙은 채 공처럼 몸을 말고 있었다.

"행성의 기억, 행성의 기억…." 앙브루아즈가 되풀이했다.

앙브루아즈의 등 뒤, 마지막 통로 끝에서 조종실의 거대한 유리창이 반짝이고 있었다.

토른의 말이 맞았다. 그들은 거의 다 온 것이었다.

오펠리는 돌처럼 굳은 종아리로 겨우 움직였다. 그녀는 자신의 온몸과 충돌하고 있었다. 수년간 겪었던 감각의 어긋남보다 무시무시했고, 신체가 재정렬될 때보다 더 당혹스러운 갈등이었다. 오펠리는 자신이 불청객처럼 느껴졌다. 그들 모두가 불청객이었다. 먼지가 되어 사라지기 전, 옛 세계의 땅이 있던 이 장소에, 그들 중 누구도 존재할 권리가 없었다.

조종실에 도착해 보니 계기판은 계기 하나 없이 텅 비어 있었다. 조종석의 키와 레버들은 모조리 잘려 나가고 없었다. 오펠리의 상상보다 훨씬 더 참담한 광경이었다. 구름바다가 이미 유리창 틈새로 스며들어 조종실 안으로 안개를 흩뿌리고 있었다. 숨통을 조여오는 압박감은 견디기 힘들 정도였다.

"다시 고도를 확보하기 전까지 이곳에서 우리가 할 수 있는 건 아무것도 없어." 토른이 말했다.

토른은 무선통신 콘솔 주위에 들러붙어 굳어버린 남자를 거칠게 밀어내고 그 자리를 차지했다. 무전기 전원을 끄고 나팔관 입구에 입을 바짝 가져다 댔다. 토른도 온몸과 싸우는 듯 침을 여러 번 삼키더니, 이윽고 비행선 곳곳의 나팔관을 향해 묵직한 목소리를 울려 보냈다.

"모두 들으십시오. 우리는 지금 너무 무겁습니다."

메아리가 그의 말 위로 겹쳐 울렸기에, 그는 말을 뱉을 때마다 잠시 멈춰야 했다. 토른은 제복 상의를 벗어 던졌다. 땀에 젖은 셔츠 아래로, 음향관 높이에 맞추느라 구부린 그의 척추의 윤곽이 도드라져 보였다. 그는 이제 자신의 고향 억양을 숨기려단 한 치의 주의도 기울이지 않았다.

"우리는 다양한 가문 출신들입니다. 키클롭스인 가문입니까? 스스로 무중력상태가 되십시오. 팡톰 가문입니까? 기체 상태로 변하십시오. 티탄인가요? 그럼 질량을 줄이세요. 선내에 제피로스 가문이 있다면 상승기류를 일으키십시오. 여러분이 더 이상 바벨 시민은 아닐지 몰라도, 여러분 자신의 고유한 본

질마저 잃은 것은 아닙니다. 여러분 한 명 한 명이 우리 모두를 다시 지상으로 끌어 올리는 데 기여할 수 있습니다.”

수많은 메아리들이 잦아들자 아주 긴 침묵이 흘렀다. 안개는 초 단위로 점점 더 짙어져 가고 있었다. 이윽고 선실의 금속 구조물이 음산한 신음을 흘렸다. 거의 느껴지지 않을 정도이긴 했지만 오펠리는 몸이 더 무거워진 듯했다. 그렇지만 역설적이게도 자신을 짓눌렀던 견딜 수 없는 죄책감은 조금씩 가벼워지고 있었다. 그들은 올라가고 있었다.

“효과가 있습니다.” 토른이 음향관에 대고 말했다. “계속하십시오.”

장거리 비행선이 광활한 별밤 위로 솟아오르자 여기저기서 안도의 외침이 터져 나왔다. 토른조차도 마침내 한숨을 내쉬었다.

오펠리는 두 집안의 반대를 무릅쓰고 자신이 결혼한 이 기다란 남자를 바라보았다. 그 어느 때보다도 그가 자랑스러웠다. 자신이 올려다보는 시선을 알아챈 토른이 헛기침을 하자, 그 소리가 비행선 전체의 나팔관을 타고 메아리쳐 울렸다.

“잠깐 시간을 번 것뿐이야.” 그가 음향관을 막으며 말했다. “우린 여전히 어디인지도 모를 허공 한가운데서 바람에 내맡겨져 있어. 이제 뭘 해야 하지?”

토른은 본래 매사를 직접 통제해야 하는 성격이라, 지시는 늘 그의 몫이었다. 그런 그가 절대적인 신뢰까지 보이며 자신의 명령을 기다리고 있었다. 그 점이 오펠리에게 깊은 인상을 남겼다. 그녀는 마음을 다잡았다. 또다시 허공으로 추락해 무방비 상태가 될 생각은 추호도 없었다.

"내가 이 장거리 비행선을 움직이게 만들게."

자기 귀에도 터무니없게 들리는 소리였다. 토른은 눈썹을 치켜올렸다.

"그러니까, 정확히 말하자면 이 비행선 전체는 아니고," 오펠리가 정정했다. "조종 시스템만. 레이디 셉티마가 망가뜨린 건 수동 조종 장치뿐이니까."

"아니마 능력으로 가능할까?"

"물론이지. 다른 선택지가 없으니까."

오펠리는 본래 키가 있어야 할 중앙 받침대 앞에 섰다. 밤의 어둠에 잠긴 거대한 유리창에 그녀의 모습이 비쳤다. 능력의 일부를 잃어버린 아주 조그만 여자가, 하늘을 나는 이 거대한 여객선을 이끌고 있었다.

'그저 그런 평범한 여자가 아니야.' 오펠리는 유리창 속의 자신을 똑바로 응시하며 생각했다. '선장이야.'

그녀는 두 발을 바닥에 단단히 딛고 등을 꼿꼿이 세운 뒤, 보이지 않는 키를 잡듯 양손을 들어 올렸다. 재정렬된 그림자를 현명하게 사용해야 할 때였다. 그녀의 가문 사람들은 모두 망가진 물건에 두 번째 생명을 부여하는 재능을 가지고 있었고, 그녀 역시 자신에게도 그 재능이 있음을 증명해 보일 참이었다.

그녀는 머릿속으로 내부의 톱니바퀴들과 케이블들을 자신의 근육인 양 시각화하며 왼쪽으로 회전하는 동작을 취했다. 약간

의 시차를 두고, 비행선이 천천히 항로를 바꾸었다. 우연의 일
치가 아님을 확인하기 위해 그녀가 반대 방향으로 움직이자, 비
행선도 오른쪽으로 선회했다.

오펠리는 비록 더 이상 거울로 드나드는 여자가 아닐지언정,
결코 무력하지 않았다.

등 뒤에서 열렬한 박수가 터져 나왔다. 앙브루아즈가 조종실
에서 그들과 합류한 참이었다. 좌우가 뒤바뀐 두 손을 손등끼리
맞부딪치는 소리는 어딘가 기묘한 울림을 냈다.

"베리 훌륭한 탁시 기사가 되시겠어요, 미스! 이제 목적지만
정하면 되겠군요."

"안내는 당신 몫이야." 토른이 마지못해 인정했다. "라자뤼스
에게 지도 제작법을 배웠다며. 내 백과사전식 지식에도 한계가
있으니까."

"니나의 숨결이 우리를 어디로 데려왔는지 정확히 파악하긴
어려워요, 서. 여기 어디에도 육지는 없을 거예요. 차라리 뱃머
리를 돌려 바벨로 가야 하지 않을까요?"

"머리가 어떻게 됐나 보군, 젊은이!"

오펠리가 눈썹을 치켜올렸다. 울프 교수의 으르렁거리는 목
소리였다. 어스름한 통로에서 검은 외투 자락이 불쑥 튀어나왔
다. 교수는 그들 쪽으로 힘겹게 걸어오고 있었다. 목 보호대 끝
으로 삐져나온 염소수염에서 땀이 뚝뚝 떨어졌다. 등에는 의식
을 잃은 블라시우스를 들쳐 메고 있었다. 블라시우스의 뾰족하
고 긴 코가 교수의 어깨 너머로 축 늘어져 덜렁거렸다.

“내버려둬.” 걱정으로 굳어가는 오펠리의 얼굴을 보며 울프 교수가 투덜거렸다. “냄새 때문에 기절한 거니까. 초후각자라 예민해서 그래. 당장은 우리를 다시 바벨로 데려가지 않는 게 최우선이야. 거기 상황이 아주 안 좋아. 도시는 내전이 터지기 일보 직전이라고. 그런 전쟁에서 우리 같은 사람들은…” 교수는 등에 업은 블라시우스의 축 늘어진 몸을 다시 추어올리며 말했다. “박멸해야 할 적일 뿐이지.”

“저도 다른 피난처를 찾아야 한다고 봐요.” 조종실 한구석에 웅크리고 있던 한 여자가 끼어들었다. “토템은 바벨에서 가장 가까운 아슈예요. 거기로 몸을 피할 수 있을 거예요.”

이번에는 토른이 밀쳐냈던 남자가 무선통신 콘솔 밑에서 튀어나와 거들었다.

“토템? 거긴 너무 멀어요. 거기까진 절대 못 가요! 통신도 먹통이고 제대로 된 전문 조종사도 없잖아요. 휠체어에 탄 보이의 말이 옳아요. 우린 바벨로 돌아가야 해요.”

순식간에 조종실은 제각기 다른 행선지를 외쳐대는 승객들로 아수라장이 되었다. 곧 고성이 오갔다. 오펠리는 조종석에서 집중력을 유지하기가 점점 더 어려워졌다. 기계와 맺은 공감의 끈을 절대 놓쳐선 안 됐다. 그 끈이 끊어지는 순간, 아무도 아무 곳으로 데려가지 못할 것이었다.

다들 조용히 하라고 요구하기 위해 고개를 돌리던 찰나, 오펠리의 시선이 유리창에 꽂혔다. 유리에 비친 자신의 모습은 머리가 헝클어진 채 의문 가득한 눈을 하고 있었다. 왜 갑자기 저 비친 모습에 매달려야 한다는 절박한 욕구가 스치고 지나갔을까?

"불 꺼요." 오펠리가 명령했다. "빨리."

토른은 아무것도 묻지 않았다. 다행이었다. 그녀 자신도 뭐라 답할 말이 없었으니까. 토른은 모두가 경악하는 가운데 바닥에 고정된 스툴을 우지끈 뽑아내더니 천장의 전구를 박살 내버렸다.

유리창이 더 이상 조종실 내부를 비추지 않게 되자, 칠흑 같은 밤을 배경으로 희미하게 솟은 종루의 첨탑이 모습을 드러냈다. 비행선이 그쪽으로 곧장 돌진하고 있었다.

아슈

　이제 종탑도 비행선도 사라졌다. 오펠리는 현재에서 한 발짝 비켜나 있었다. 윌랄리 딜뢰의 과거를 보여주는 새로운 페이지가 아니었다. 피로 얼룩진 미래의 환영도 아니었다. 아니, 이번에는 오펠리 자신의 기억, 자신의 어린 시절이었다. 오펠리는 아니마의 침실 벽에 붙은 거울 속 자신을 들여다보고 있었다. 잠기운 어린 눈은 아직 근시가 아니었고, 헝클어진 머리칼은 아직 갈색으로 짙어지지 않았다. 몸은 아이와 어른의 경계에서 흔들리고 있었다. 누군가의 부름이 오펠리를 침대에서 끌어냈다.

　구조 요청이었다.

　날 꺼내줘.

　"뭐라고?" 오펠리가 아주 작게 속삭였다.

　옆에서 자는 아가트 언니를 깨우고 싶진 않았다. 어쩌면 깨웠어야 했는지도 모른다. 부모님을 부르는 편이 더 현명했을지도 모른다. 오펠리는 개성이 강한 물건들에는 익숙했지만, 말하는 거울은 아무래도 좀 유별났다.

　날 꺼내줘.

자세히 보니 거울 속 자신의 모습 뒤에 누군가 있는 것 같았다. 오펠리의 윤곽 밖으로 실루엣이 살짝 삐져나와 있었다. 뒤를 돌아보았지만 아무도 없었다.

"넌 누구야?"

나는 나야. 날 꺼내줘.

"어떻게?"

통과해.

오펠리는 잠기운에 무거운 눈꺼풀을 문질렀다. 한 번도 거울을 통과해 본 적이 없었다. 아빠는 젊은 시절 거울을 자주 통과했다고 했다. 그리 복잡한 일은 아닐 터였다. 하지만 그래도 되는 걸까?

"왜?"

그래야만 하니까.

"근데 왜 하필 나야?"

넌 너니까.

오펠리가 하품을 참자 거울 속 모습도 똑같이 따라 했다. 그 뒤에 숨은 실루엣은 미동도 하지 않았다. 이 모든 게 현실 같지 않았다. 사실 오펠리는 자신이 정말 깨어 있는 건지조차 확신이 서지 않았다.

"해볼 수는 있어."

날 꺼내주면, 우리는 달라질 거야. 너도, 나도, 세상도.

오펠리는 망설였다. 엄마는 그 어떤 변화도 허락한 적이 없었다. 아니마는 그런 곳이었다. 길들여진 똑같은 물건들, 똑같은

486

사소한 습관들, 대대로 되풀이되는 똑같은 전통들. 오펠리의 삶은 이제 막 시작되었지만, 무엇으로 채워질지 벌써 뻔히 보였다. 정직한 직업, 좋은 남편, 그리고 많은 아이들. 오펠리가 아는 세상에서 변화란 없었다. 그런데 난생처음 낯선 목소리가 변화를 미래형으로 말하는 순간, 오펠리의 안에서 새로운 호기심이 꿈틀거렸다.

"좋아."

오펠리는 자신의 모든 아니마 능력을 조종 장치에 집중해 비행선을 강제로 선회시켰다. 종탑과의 정면충돌은 간신히 면했지만, 충격까지 피할 수는 없었다. 선체의 요동, 종의 울림, 비명 그리고 토른의 두 팔이 동시에 덮쳐왔다. 위장이 훅 쏠리는 느낌을 통해 오펠리는 추락하고 있음을 깨달았다. 이제 어떤 일이 벌어질지―지면과의 치명적인 충돌? 아니면 끝없는 허공으로의 추락?―알 수 없었다. 하지만 '텀벙' 하는 소리와 함께 느껴진 푹신한 감촉은 전혀 예상 밖이었다. 턱이 부딪쳐 얼얼한 정도가 고작이었다.

더 이상 움직임은 없었다. 모든 게 끝났다.

비행선 객실 곳곳에서 얼떨떨한 웅성거림이 흘러나왔다. 오펠리는 새장처럼 자신을 감싸안고 있던 토른의 앙상한 몸에서 조심스럽게 몸을 빼내며, 어스름 속에서 그의 눈빛을 찾으려 애썼다. 토른 역시 아직 살아 있다는 사실이 그녀만큼이나 당혹스러운 눈치였다. 갈대들이 조종실 유리창을 간질이고 있었다.

늪 한가운데에 불시착한 걸까?

"이건 데피니틀리definitely 불가능해요." 앙브루아즈가 속삭였다. "이 지역엔 아슈가 있을 리 없어요. 지도상으로도 분명 그래요."

토른은 쇠붙이가 삐걱거리는 소리를 내며 몸을 일으켰다. 그는 갈대밭 위로 멀리, 마지막 별들 사이로 사라져 가는 거대한 고래 같은 실루엣을 눈으로 좇았다. 종탑에 걸려 선체에서 분리된 가스주머니였다.

"이곳이 어디든," 그가 입을 열었다. "당분간은 여기 머무는 수밖에. 다들 탈출합시다."

승객들은 비상 탈출구로 몰려가 무릎 높이의 늪으로 뛰어들었다. 서로 손을 내밀어 도왔다. 바벨의 망나니들은 여럿이 힘을 합쳐 앙브루아즈의 휠체어를 들어 올려 단단한 땅을 밟게 해주었다. 앙브루아즈는 물에 빠트리지 않으려 목도리를 품에 꼭 안고 있었다. 승객들은 비행선 안에서 자신들을 휩쓸었던 광기가 조금은 부끄러웠을지도 모른다. 하지만 선내에서 일어난 일은 그 안에 묻어두기로 한 듯했다.

하지만 오펠리는 아니었다.

그녀는 수련들 사이에 꼼짝도 않고 서서, 이제는 돛이 잘려 나간 채 좌초한 선박을 떠올리게 하는 그 장거리 비행선을 응시했다. 조종실 유리창에 무엇이 비쳤던 건지 확실히 알 수는 없었지만, 그 장면은 자신 안의 어떤 기억을 끌어 올렸다. 그 기억이 아직도 관자놀이를 두드리고 있었다.

나중에. 나중에 생각하자.

앞에서는 토른이 자기 키만 한 갈대들을 꺾어가며 기슭으로 향하는 길을 냈다. 종탑은 찌그러진 대문자처럼 새벽빛 한가운데에 우뚝 솟아 있었다.

"네가 피하지 않았다면 우린 죽었어." 그는 감정을 배제한 채 사실 확인 차원에서 말했지만, 곁눈질로는 오펠리의 반응을 살피고 있었다. 그녀에게선 아무 반응도 없었다. 오펠리는 샌들을 신은 발로 탁한 물살을 말없이 가를 뿐이었다. 울프 교수에게 업힌 블라시우스가 마침내 의식을 찾고 사과를 늘어놓자 교수가 몹시 짜증을 냈지만, 그때조차 그녀의 표정은 풀리지 않았다.

난파당한 사람들은 종탑 주위로 모여들었다. 문을 밀고 들어가자, 그들의 외침에 응답한 것은 종들의 공명뿐이었다.

"저기 봐요!" 누군가 외쳤다.

뒤이어 오펠리도 이른 새벽빛 속에서 그것을 알아보았다. 포도밭 사이로 구불구불 이어진 시골길이었다. 그 길 끝, 시야가 닿을 듯 말 듯 먼 곳에 마을의 윤곽선이 지평선 위로 솟아 있었다. 그녀는 안경 너머로 뒤를, 장거리 비행선의 잔해가 잠겨 있는 늪을, 그리고 그보다 조금 더 멀리 그들이 그토록 힘들게 탈출했던 허공의 구름들을 힐끗 돌아보았다. 하늘과 땅의 경계 역할을 하는 그 절벽은 너무도 광활해서, 양쪽 어디를 보아도 그 끝이 보이지 않았다.

"여기," 토른이 말했다. "작은 아슈가 아닌데."

마치 피난 행렬처럼, 그들은 다 함께 마을을 향해 걷기 시작
했다. 성급한 이들은 빠른 속도로 앞서갔지만 대부분은 격렬한
밤을 보내고 기진맥진한 탓에 포도를 따 먹으며 쉬엄쉬엄 걸었
다. 공기는 점점 더워졌고 곧 첫 매미 떼의 노랫소리가 대기를
진동시켰다. 그들은 도로 한복판에 멈춰 서 있는 트랙터를 피해
서 걸었다. 오펠리가 처음 보는 모델이었다. 상태는 좋아 보였
는데 운전자가 길 한가운데에 그냥 두고 간 것이었다.

도로를 덮은 아스팔트는 군데군데 금이 가 있어서 움푹 팬 곳
을 지날 때마다 앙브루아즈의 휠체어가 딸꾹질하듯 덜커덕거
렸다.

"혹시 우리가… 아르캉테르에… 온 걸까요?" 앙브루아즈가
들뜬 목소리로 물었다. "어쨌든… 어느 지도에도… 나와 있지
않은… 유일한 아슈잖아요. 아버지께서는 아르캉테르인들은…
자신들을 찾는 사람들 앞에는… 절대 모습을 드러내지 않는다
고 하셨어요. 어쩌면 그들이… 우리를 위해 예외를 둔 게… 아
닐까요?"

오펠리도 같은 질문들을, 그리고 그 밖에도 훨씬 많은 질문들
을 떠올리고 있었다. 생각이 너무 많아서 머리가 어질어질해질
지경이었다. 함께 걷고 있는 이 남자애가 죽은 지 40년이 되었
다는 사실만으로도 혼란스러웠다. 그녀는 앙브루아즈의 무릎
위에 공처럼 뭉쳐진 목도리를 슬쩍 곁눈질했다. 오펠리는 진지
하게 이야기해야 한다는 걸 알았지만, 지금은 주위에 사람이 너
무 많았고 머릿속도 명확하게 정리되지 않았다.

"미스 윌랄리?"

블라시우스가 그녀에게 다가왔다. 그의 입가에 어린 비통한 주름은, 그녀의 팔에 찍힌 'PA' 낙인을 보자 한층 더 깊어졌다. 마치 오펠리가 이탈 연구소에서 겪은 모든 고초에 자신도 일부 책임이 있다고 생각하는 듯했다. 그는 메모리알 제복 소매를 꽉 움켜쥐었다. 그 소매 아래에는 이제 두 사람이 공유하는 이야기가 감춰져 있었다.

"제가 이러면 안 되는 건데, 왜냐하면 우리가 다시 만났다는 건 당신 일이 잘 안 풀렸다는 뜻이니까요. 그래도 다시 보게 돼서 저는 리얼리 기뻐요."

오펠리는 자신이 마땅히 느껴야 할 그 감정을 전혀 느끼지 못하고 있음을 의식하며 그에게 미소를 지어 보였다.

나중에. 나중에 느끼게 되겠지.

오펠리는 뒤처진 토른을 보고 걸음을 늦췄다. 그는 절뚝이고 있었다. 여기까지 오는 동안 다리 보조기가 망가졌지만, 그는 신경도 쓰지 않는 것 같았다. 그는 주변의 포도밭을 어찌나 유심히 살펴보는지, 마치 포도송이 한 알 한 알을 숫자 데이터로 환산하고 있는 것처럼 보였다.

"뭔가 비정상적이야." 토른이 오펠리에게 말했다.

오펠리는 고개를 끄덕였다. 그녀 역시 똑같이 느끼고 있었지만, 정확히 뭐가 문제인지 정의할 수는 없었다. 하지만 그녀가 객관적이기는 쉽지 않았다. 그녀 자신의 몸이 더 이상 정상과는 거리가 멀었으니까. 아니, 반대로 어쩌면 지극히 정상이 되어버린 탓인지도 몰랐다. 그래서 이제는 작은 돌부리마다 걸려 넘어지는 일도, 장애물에 부딪히는 일도, 긴장을 늦추자마자 물건을 망가뜨리는 일도 없었다. 예전에는 과일 하나를 딸 때도 온 정신을 집중해야 했지만, 이제 그것은 너무도 자연스러운 동작이 되었다. 풍뎅이를 매단 여자가 했던 말 중 적어도 하나는 맞았다. 어긋남은 이미 희미해지고 있었다. 수년간의 재활 치료로도 실패했던 것을 결정화가 해낸 셈이었다.

그들이 마침내 마을 어귀에 다다랐을 때 해는 중천에 걸려 있었다. 돌로 지어진 집들, 포석이 깔린 골목길들, 도자기가 가득 놓인 테라스들을 보고 사람들은 환호성을 질렀다. 그리고 그 열광은 이내 사그라들었다.

마을 어디에도 사람이 없었다.

바벨의 망나니들은 여러 집을 돌며 초인종을 눌러보았지만 문을 열어주는 이는 없었다. 그들은 상점에 내려진 셔터를 발로 차며 거친 욕설을 내뱉었다.

"아주 똑똑해." 울프 교수가 비꼬았다. "여기 사람들이 우리 눈을 피해 숨은 거라면, 저런 행동으로 그들의 신뢰를 잘도 살 수 있겠어."

교수는 벤치에 앉아 검은 외투를 팔에 걸치고 햇볕에 벌겋게 달아오른 이마를 훔쳤다. 그와 등을 맞대고 앉은 블라시우스는 크고 뾰족한 코로 공기를 들이마셨다. 영원히 고뇌하는 듯한 그의 얼굴이 역겨움에 더욱 일그러졌다.

"상한 음식 냄새가 나요. 사방에서요."

오펠리는 거리의 간판들을 둘러보았다. '잡화 및 양품'이라거나 '이발 외과 의사*' 같은 글자는 어디에도 없었다. 식료품점이었을 것으로 추정되는 곳 위에서 양철 바구니 모양의 간판이 게으르게 흔들리고 있었다. 앙브루아즈는 진열창의 무단 침입을 막는 접이식 철창 앞으로 휠체어가 허락하는 한 바짝 다가갔다. 그는 썩어가는 과일과 채소가 놓인 진열대를 우울하게 바라보았다.

"숨은 게 아니에요." 그는 실망 어린 목소리로 말했다. "떠난 거예요."

"혹시 저 사람들도 붕괴를 피해 도망친 거 아닐까요?"

그 가설을 쉰 목소리로 중얼거린 사람은 엘리자베스였다. 오펠리는 장거리 비행선에 오른 이후로 그녀를 시야에서 완전히 놓치고 있었다. 그럴 만도 했다. 피로에 푹 파인 얼굴, 몸 옆으로 바짝 붙인 팔, 프록코트에 달라붙은 머리카락. 그녀는 너무도 납작해져 있어서, 머지않아 배경 속에 녹아든 흐릿한 선 하나로 요약될 지경이었다. 불과 하루 만에 이 모범적인 시민은 자신이 누리던 최고의 세상을 잃어버리고 말았다. 오펠리는 그녀가 그 상실을 받아들일 수 있게 해줄 말을 단 한마디도 떠올리지 못했다.

나중에. 나중에 표현하게 되겠지.

토른은 더는 누군가를 만날 수 있으리라 기대하지 않는 듯했

---

* 12세기부터 18세기까지 서양에서는 이발사가 면도칼과 손새주를 이용해 외과 시술을 하기도 했다.

지만 그래도 기계적으로 문을 하나하나 두드리기 시작했다. 망가진 오토마톤처럼 삐걱거리는 그의 걸음소리가 황량한 골목에 음산하게 울려 퍼졌다. 오펠리는 말없이 그를 뒤따랐다. 덧창 틈새로 시든 꽃이 놓인 거실, 방치된 접시 주위를 맴도는 파리 떼, 그리고 내용물이 싹 비워진 가구들이 어렴풋이 보였다. 도자기는 정말 많았지만 이 마을에는 포스터도, 사진도, 신문도, 표지판도, 이름도 없었다. 마을 사람들은 지난날의 흔적을 무엇 하나 남기지 않은 채 거처를 떠났다.

토른의 강렬한 눈빛을 받자 오펠리는 장갑을 벗었다. 허락 없이 물건을 읽고 싶지는 않았지만 지금은 예외적인 상황임을 이해했다. 햇볕에 하얗게 달아오른 문고리에 손가락이 닿자 화상을 입을 듯 뜨거웠다. 문고리마다 똑같은 불쾌한 기운이 배어 있었다. 이를 굳이 말로 옮기자면 이런 식일 것이었다. '가기 싫어 가기 싫어 가기 싫어 가기 싫어⋯.' 문고리들에는 그 어떤 다른 증언도, 그 어떤 다른 삶의 층위도 남아 있지 않았다. 마치 그 순간의 운명적인 강렬함이 이전에 존재했던 모든 기억을 지워 버린 듯했다.

오펠리는 고개를 가로저었다. 눈썹 아래 토른의 눈빛은 더 캐묻는 듯했지만 그는 더 밀어붙이지 않고 집집마다 문 두드리는 것을 그만두었다.

그들은 마을 광장에 모여 있던 다른 이들과 합류했다. 모두가 공공 분수에서 목을 축이고 포도를 먹고 있었다. 이곳의 늦은 오후 햇살은 플라타너스 잎사귀들에 가려져 한결 부드러워졌다. 오래전 축제가 남긴 깃발 장식들이 지붕과 지붕 사이에서 춤추듯 흔들렸다. 어색한 침묵이 흘렀고 사람들은 서로를 조심스러운 표정으로 바라보았다. 영혼 없는 집들 사이에, 집 없는 영혼들이 있었다. 해가 저물 무렵 한 색소폰 연주자가 악기를 꺼내 몇 개의 음을 냈다. 여러 목소리가 연주를 거들었다. 마침내 웃음이 터졌다. 몸들이 움직이기 시작했다. 이윽고 사람들은 노래하고 왈츠를 추고 휘파람을 불었다. 여기, 지금 이 순간, 그들은 살아 있었다.

토른은 분수 가장자리에 길터앉아 춤추자는 권유를 두 번 거절했고 시계를 일곱 번 확인했다. 그의 검지는, 너무 얇아서 거의 보이지 않는 아랫입술을 긁적이고 있었고, 이마는 점점 더 낮게 내려앉고 있었다. 그는 오로지 내일만을 걱정하고 있었다.

"이 마을 사람들은 돌아올 계획이 없어." 토른이 낮게 중얼거렸다. "적어도 당분간은. 내 생각엔 이 아슈는 확실히 아르캉테르는 아니야. 문제는 우리가 어디에 있든, 여기서 어떻게 다시 떠나느냐 하는 것이지."

옆에서 오펠리는 무심하게 포도를 씹었다. 그녀는 주변에 있는, 한때 바벨 시민이었던 이들을 바라보았다. 그들은 자신들이 지금 어디에 있는지 전혀 모르면서도 새로운 피난처를 찾은 것을 축하하고 있었다. 그녀는 춤추는 무리 한가운데서 휠체어째로 빙글빙글 도는 앙브루아즈를 바라보았다. 블라시우스와 울프 교수를 보았다. 끊임없는 걱정으로 무거웠던 그들의 어깨가 서서히 가벼워지고 있었다. 엘리자베스를 바라보았다. 축제에 등을 돌린 채 구석에 쓸쓸히 처박혀 있는 엘리자베스를 바라보았다. 마지막으로 그들을 바라보고 있는 자기 자신을 바라보았다.

오펠리는 결연하게 분수구 아래에 머리를 들이밀었다. 차가운 물이 복잡한 머릿속을 씻어주었다.

이젠 때가 됐다.

"나, 할 말이 있어." 그녀가 토른에게 말했다.

그는 온종일 그 네 마디 말을 기다렸다는 듯이 즉시 시계를 집어넣고 일어섰다. 두 사람은 마을에서 멀어지며, 왁자지껄한 목소리들이 나지막한 속삭임으로 줄어들 때까지 올리브 나무 언덕을 올랐다. 능선에 이르자, 아주 멀리까지 반짝이는 풀과 물의 새로운 평원이 드러났다. 오래되고 조각난 아스팔트 도로 하나가 그 풍경을 가르고 지나갔다. 언덕 아래에는 버스 정류장처럼 보이는 곳이 쐐기풀에 점령당해 있었다.

오펠리는 신비로 가득한 이 아슈를 바라보았다. 그들을 죽일 뻔했지만 결국 생명을 구해준 이곳을.

"내가 엄청난 바보짓을 두 가지나 저질렀어." 그녀가 말했다.

오펠리는 열기로 누레진 키 큰 풀들 사이에 앉아 하늘을 올려다보았다. 태양과 구름이 뒤섞인 소용돌이가 순간순간 모습을 바꾸고 있었다.

"내가 에코를 태어나게 했어. 풍요의 뿔은 찾지도 못했는데. 연구소가 윌랄리의 과오를 재현하는 데 부족했던 마지막 한 가지를 내가 제공해 버렸어. 새로운 타자를. 그 과정에서 내 거울 통과 능력마저 희생시켰고. 나 스스로 선택하려고 하면 할수록 그들의 장단에 점점 더 놀아나는 꼴이야."

올리브 나무에 몸을 기대고 선 토른은 마치 광물이라도 된 듯 나무의 정적 속에 고스란히 녹아들어 있었다. 늘 그렇듯, 설령 속으로 놀라거나 감탄했을지언정 조금도 티를 내지 않았다.

"두 번째 바보짓은?"

오펠리는 입천장을 혓바닥으로 문질렀다. 포도의 달콤함이 아직 배어 있었다.

"타자를 거울에서 풀어줬어. 고의적으로. 마침내 문제의 그날 밤을 기억해 냈어. 그 목소리. 목소리라고 부를 수 있을지 모르겠지만. 너무도 애달픈 목소리였어…. 타자는 내게 경고했어. 그 일 때문에 내가 바뀔 거고, 세상이 바뀔 거라고. 얼마나 달라질지는 몰랐지만, 나는 그 결과를 알고서도 그랬어. 사실 내심 내가 바랐던 거지. 모든 게 달라지길. 아슈들이 무너졌고, 사람들이 죽었고, 앞으로도 더 죽을 거라면, 그건 내가 엄마처럼 되길 원치 않았기 때문인 거야."

구름에 삼켜진 태양이 등불처럼 꺼졌다. 풍경의 찬란했던 색채들은 부드러운 파스텔 톤으로 물들었다. 오펠리는 자신의 차분함에 놀랐다. 바람이 온 언덕을 전율하게 했지만, 그녀만은 떨지 않았다. 그녀는 어깨를 간지럽히는 젖은 머리카락이 갑자기 신경 쓰였다. 원래는 금빛이어야 했을 머리카락이, 어느 날부턴가 하루아침에 한 뼘씩, 자신의 것이 아닌 어둠 속에서 자라나기 시작했던 것이다.

"그동안 난 윌랄리의 에코가 내 몸과 마음속으로 침범해 들어와 내가 망가졌다고만 생각했어. 그건 내게 일종의 오점이었지. 우리가 풍요의 뿔이 무엇인지 이해하기 시작했을 때, 난… 그러니까 내 동기는 너보다 훨씬 이기적이었어. 나와 이 세상을 해방하는 것, 그건 언제나 네 유일한 염원이었잖아. 너는 곧바로 그 풍요의 뿔이 윌랄리와 타자를 원래의 모습으로 되돌려 놓을 방법을 생각했지. 하지만 난 무엇보다 그 뿔이 나를, 그들이 없었더라면 존재했을 온전한 나로 되돌려줄 방법만을 생각했어. 하지만 이제는 알아. 이 변화는 처음부터 내 선택이었다는 걸."

오펠리는 숨을 모조리 토해내고 입을 다물었다.

토른은 번거로운 동작으로 그녀 곁에 자리를 잡았다. 하나같이 너무 낮은 대개의 의자들도 그의 타고난 체격에는 도무지 맞지 않았지만, 단단한 땅바닥은 그보다 훨씬 더 그와 어울리지 않았다. 그는 오펠리의 머리카락에서 뚝뚝 떨어지는 물방울을 알 수 없는 표정으로 바라보았다.

"전혀 의식하지 못하네, 그렇지? (그는 돌풍에 실려 온 축제의 날카로운 웃음소리가 지나가도록 잠시 말을 멈췄다.) 우리 사이의 경쟁 관계 말이야."

오펠리는 이해할 수 없다는 듯 그를 빤히 바라보았다.

"난 꽤 일찍부터 깨달았어." 토른이 거친 말투로 말을 이었다. "네 안에서 멈추지 않고 자라나며 점점 더 많은 자리를 차지하는 그 의지 말이야. 너는 독립을 원해. 읽기 능력이나 박물관, 과

거의 장면들처럼 네가 과거에 집착하는 것조차, 근본적으로는 늘 그 과거에서 너 잘 벗어나기 위해서였어." 그는 한 음절씩 또 박또박 끊어 말했다. "너는 독립을 원하고 있어. 하지만 난, 너에 게 없어서는 안 될 존재가 되고 싶어."

말을 이어가는 동안 그의 동공은 점점 확장되어, 마치 내면의 어둠이 그를 조금씩 잠식하는 듯했다. 오펠리는 무릎을 끌어안고 몸을 움츠렸지만, 토른은 그녀가 반응할 틈을 주지 않았다.

"내가 너와 세상을 해방시키길 원한다고 했지. 아니야. 난 네가 나를 필요로 해줬으면 해. 그게 내가 바라는 전부야. 그리고 난 알고 있어. 이 싸움에서 결국 패배하는 건 나라는 걸. 난 너보다 훨씬 더 집착하고, 너 대신 내가 할 수 없는 일들이 있으니까."

토른은 소독제 병을 꺼냈다. 온몸이 뻣뻣하게 굳을 만큼 망설이던 그는 병을 여는 대신, 사용하기를 포기하기라도 한 듯 오펠리에게 그것을 내밀었다.

"여기, 이게 나의 오점이야. 네가 이걸 안고 살 수 있다면, 나도 그럴 수 있어."

오펠리는 자신도 모르게 교정되어버린 그 서투름 없이 병을 낚아챘다. 그러면서 문득 깨달았다. 소중한 것을 망가뜨리는 방법은 그것 말고도 많다는 것을. 말해야 할 때 더 오래 침묵하는 것도 그중 하나였다.

"난 아이를 가질 수 없어."

드디어 말했다. 그 말을 했는데도 여전히 차분했다. 자신이 왜 그토록 혼자 끙끙 앓았는지 이해할 수 없었다. 토른이 왜 지금 저토록 불안한 눈빛으로 자신을 바라보는지 이해할 수 없는 것과 마찬가지였다.

"그리고 그건 전적으로 내 탓이야." 오펠리가 덧붙였다.

오펠리는 이유 모를 떨림을 참으려 두 입술을 앙다물었지만, 떨림은 이내 이, 콧구멍, 눈꺼풀, 온몸의 살갗으로 퍼져 나갔다. 그녀의 손에서 미끄러진 소독제 병은 풀밭을 굴러 내려가 언덕 저 아래 버스 정류장을 뒤덮은 쐐기풀 속으로 사라졌다.

"미안해."

그녀는 이제 전혀 차분하지 않았다. 배가 아팠다. 살아 있는 것 자체가 고통스러웠다. 옥타비오와 헬레네 그리고 다른 이들도 모두 이 언덕 위에, 이 하늘 아래, 이 올리브 나무들 아래에 있어야 했다.

"미안해." 더 나은 말이 떠오르지 않아 그녀는 그저 같은 말만 더듬었다. "미안….."

오펠리의 젖은 목소리가 토른의 셔츠에 묻혔다. 쇠붙이가 삐걱거리는 소리와 함께 그는 오펠리를 거칠게 끌어안았다. 마치 자신의 발톱을 길들이기 위해 스스로에게 가했던 그 폭력적인 힘으로, 그녀의 고통을 억누르려는 것 같았다. 하지만 그녀의 미안하다는 말은 멈추지 않았다. 터져 나오는 흐느낌과 함께 쏟아지고, 쏟아지고, 또 쏟아져 나왔다.

이방인들

　오펠리는 별들 한가운데서 잠이 깼다. 밤은 끝자락에 다다랐다. 수많은 별자리를 보며 그녀가 가장 먼저 떠올린 생각은, 단 하나의 이름도 알지 못하지만 그렇다고 그 경이로움을 느끼지 못할 이유는 없다는 것이었다. 그녀는 아르테미스가 별에 쏟는 그 지대한 관심을 한 번도 진심으로 납득한 적이 없었다. 왜 가문의 정령이 자신의 후손들보다 별을 더 선호했단 말인가? 그녀는 이제 아르테미스를 조금 더 잘 이해할 수 있었다. 하늘의 비밀이 자기 존재의 비밀보다 덜 두려웠던 것이다. 오펠리는 본디 에코였던 사람과 피를 나누고 있다는 사실이 여전히 믿기지 않았고, 자신이 스스로 또 다른 에코를 탄생시켰으며 그 에코 역시 언젠가 하나의 사람이 될지도 모른다는 사실은 더더욱 믿기 어려웠다.

　불가능한 생명들이 허무에서 솟아나고 있었다. 다른 생명들은 그곳에 잠겨 있거나, 영원히 빠져나오지 못할 터였다.

　죄책감, 호기심 그리고 두려움이 뒤섞인 감정이 오펠리의 가슴을 부풀어 오르게 했다. 눈물이 그녀의 감정들을 해방했다.

유리 조각처럼 고통스러웠지만, 필요한 것이기도 했다. 그녀는 자신이 괜찮다고 할 수는 없었지만 적어도 감정을 느끼고는 있었다.

오펠리가 울다 지쳐 잠들었던 올리브 나무 언덕 너머에서는 축제의 목소리들이 목청껏 울부짖고 있었다. 웃음소리는 천박해졌고, 노래들은 음탕해졌다. 바벨의 망나니들이 어느 마을 사람의 지하실에서 와인을 찾아낸 모양이었다. 그리고 폭죽도. 하늘을 가르는 날카로운 소리와 함께 한 줄기 빛과 연기가 유일한 불꽃 다발로 터져 나왔는데, 사실 꽤 실망스러운 수준이었다. 그러고는 다시 웃음과 노래가 이어졌다.

"저 얼간이들, 저러다 불을 내고 말겠군."

오펠리는 바람에 흔들리는 풀들 한가운데서 미동도 없이 자신 위로 반쯤 몸을 숙이고 있는 실루엣을 향해 안경을 돌렸다. 토른에게서 느껴지는 건 각진 윤곽과 경계심 어린 호흡뿐이었다. 당연하게도, 그는 잠들지 않았었다. 자신의 발톱과 기억력처럼, 그는 쉬는 법이 없었다.

"무슨 생각 해?" 오펠리가 속삭였다.

이야깃거리가 부족하지는 않았다. 오펠리는 2단계 프로토콜에서 있었던 일들을 토른에게 아주 세세한 부분까지 모두 이야기해 주었다. 예배당, 앵무새, 고해소, 기사, 결정화, 그림자, 자신에게 일어난 부분적인 절단, 풍뎅이를 매단 여자, 마지막으로 자신을 3단계 프로토콜로 데려가야 했지만 그러지 않았던 열차까지…

그것만 해도 미쳐버릴 만한 일들이었다.

토른의 대답은 현실적이었다.

"바벨로 돌아갈 방법에 대해. 우리가 이동 수단을 다 잃어버렸다는 건 둘째 치고도, 그건 간단치 않을 거야. 뤽스가 도시 전체를 감시하고 있고, 우린 두 번째 추방 땐 살아남지 못할 테니까. 내가 레이디 셉티마보다 훨씬 더 경계하는 건 계보학자들이야. 무슨 대가를 치르더라도 그들과 마주치진 말아야 해. 설사 우리가 모든 통계적 확률을 뚫고 이탈 연구소까지 간다고 하더라도, 그들이 아무런 반격 없이 우리가 풍요의 뿔을 차지하게 내버려 두지는 않을 거야. 뭐 이런 생각들을," 토른은 단조로운 설명 끝에 말을 맺었다. "내가 고민하고 있는 건….'

"우리 여기 머무를 수도 있어."

토른의 숨이 멎은 듯했다. 오펠리는 충동적으로 말한 것을 즉시 후회했다.

"하지만 그래선 안 되겠지." 그녀가 서둘러 말을 이었다. "특히나 나는 더. 내 의지로 타자를 해방했다는 걸 알게 된 이상, 내가 그 결과를 감당해야 해. 우리가 풍요의 뿔을 찾기도 전에 타자가 우리를 먼저 찾아낸다면, 그는 우리에게 자신을 단순한 에코로 되돌릴 기회를 결코 주지 않을 거야."

말은 그렇게 해도, 타자에 관해서라면 그녀는 자신의 무지가 얼마나 깊은지 절감할 뿐이었다. 이미 여러 차례 그를 만났으면서도 단 한 번도 알아보지 못했음을 그림자가 알려줬기 때문이다. 어디서 마주쳤을까? 아니마에서? 폴에서? 바벨에서? 혹시 대화를 나누었던 누군가일까? 새로운 몸과 새로운 얼굴, 어쩌면 새로운 반영까지 갖춘 에코란 말인가? 만약 그렇다면, 누구든 타자일 수 있었다. 앙브루아즈일 수도. 청소년도 아니고 라자뤼스의 아들도 아닌, 겉보기와는 전혀 다른 존재인 그 수수께끼 같은 앙브루아즈. 아니. 상상조차 할 수 없는 일이다. 그녀는 앙브루아즈를 점점 커져가는 허공과 연관 지을 수 없었다. 게다가 그 자신도 한때는 오펠리가 타자라고 믿었지 않나?

다시 원점.

오펠리는 타자를 보이지 않는 적이자 괴물 같고 무자비한 존재로 생각해 왔지만, 봉인됐던 어린 시절의 기억이 풀리면서 그 생각 역시 뒤집어졌다. 어릴 적의 방 거울에서 흘러나온 그 구조 요청과 진심 어린 경고 때문에 타자를 미워하기 어렵게 만들었다. 그가 오펠리를 조종한 걸까? 아니면 그의 절박함이 진심이었을까? 그렇다고 해서 용서받을 수 있는 건 아니었다. 오펠리가 자기 자신을 용서하지 못하는 것과 마찬가지로, 그녀는 타자가 옥타비오와 세상에 저지른 짓을 결코 용서하지 못할 것이다. 그리고 어쩌면 지금 이 순간에 계속 저지르고 있을 그 짓들도.

그녀의 머리 위로 별들의 절반이 사라졌다. 마치 폭풍우를 예고하듯, 거대한 토른의 그림자가 별들을 삼켜버렸다.

"네 잘못이라 착각하지 마. 네가 아니라 윌랄리가 유일한 책임자야. 인류의 운명을 그렇게나 걱정하는 그 여자는 지금 어디 있는 걸까? 자신이 선택한 자들이 걸림돌이 되는 이들을 없애버리고, 자신의 반영이 우리 세계를 갈기갈기 찢고 있는 동안 말이야. 그 여자는 자신이 만들어 낸 그 거대한 체스판의 반대편에 숨어 있어. 그곳에서는 뢱스나 계보학자들, 관찰자들 같은 모든 말들이 아주 오래전부터 자신들만의 규칙으로 각자의 게임을 벌이고 있지.”

머리카락이 풀과 뒤섞인 채, 오펠리는 어둠 속에서 자신을 굽어보는 그 거대한 뼈대를 응시했는데, 그것은 그림자처럼 얼굴이 없었다.

“그럼 우린 어떻게 그들을 이길 수 있지?”

“이게 게임이란 걸 자각함으로써. 우린 풍요의 뿔을 찾고 월랄리와 타자를 무력화한 뒤에, 이 체스판을 부숴버릴 거야.

오펠리가 그를 볼 수 없는 것처럼, 토른 역시 분명 오펠리를 볼 수 없었겠지만, 그녀는 고개를 끄덕였다. 이 남자의 지칠 줄 모르는 모습이 그녀의 의심을 쓸어버렸고, 그의 집념이 그녀의 심장을 뛰게 했다. 그럼에도 두 사람 사이의 어긋남은 여전했다. 토른은 자신의 과녁에 집중된 한 발의 화살이었다. 반면 오펠리는 월랄리와 타자보다 훨씬 더 거대한 목표, 훨씬 더 기상천외하고 근본적인 진실이 존재한다는 느낌을 끝내 떨칠 수 없었다. 이탈 연구소는 그녀에게 놀라운 사실들을 알려주었지만, 그녀는 정작 가장 중요한 것을 놓친 듯한 기분이 들었다. 과거에서 영원히 벗어나기 위해, 어떤 결정적인 진실이 밝혀져야 했다.

오펠리는 마지막 해답으로 자신을 이끌어줄 뻔했던 그 열차 생각을 떨칠 수 없었다. 이번에는 토른과 함께 그 열차에 다시 오르고 싶다는 열망이 불타올랐지만, 목적지에서 온전하게 돌아오지 못할까 봐 두려웠다. 이미 거울로 드나드는 능력을 잃었는데 또 다른 희생을 치러야 하는 걸까?

다시 한번, 오펠리는 유리·거울 공방과 콜룸바리움의 창문에서 본 종말을 부정했다. 스콩드의 그림을, 노파를, 괴물을, 온통 빨간색 연필 자국으로 뒤덮인 자신의 몸을 부정했던 것처럼.

이 체스판을 부숴버릴 거야.

"그다음엔?" 오펠리가 물었다. "체스판이 부서지고 나면?"

두 사람은 그 이야기를 한 번도 나눈 적이 없었다.

"그다음엔," 토른은 조금의 망설임도 없이 대답했다. "난 법의 심판을 받을 거야. 이번엔 진짜 법정에서 치러지는 진짜 재판을. 우리 두 가문에 진 빚을 청산하고, 우리 결혼은 무효로 할 생각이야. 사실 이 결혼의 법적 효력은 이제 아주 불확실해졌으니까."

오펠리는 조금은 더 장밋빛에 가까운 미래를 기대했었다.

"그리고 그다음엔?" 그녀가 다시 물었다.

"그다음엔 당신의 결정을 따라야지. 당신이 청할 때까지 기다릴 거야."

오펠리는 사레가 들려 기침했다. 크로니쾨르의 기억을 더듬어봐도, 폴의 역사상 한쪽 무릎을 꿇고 반지를 건넨 여자는 단한 명도 없었다.

"우리 결정이지." 오펠리가 고쳐 말했다.

마을 광장에서 흘러나온, 유난히 외설스러운 노래 한 소절이 두 사람 사이를 스쳐 지났다.

"난 아직 받아들이겠다고 한 적도 없는데."

오펠리는 안경 아래로 두 눈을 둥그랗게 떴다. 자칫 그가 무의식적으로 발톱을 세우게 될까 봐 차마 움직일 수도 없었다. 하지만 늘 지나치게 진지했던 그 얼굴이 지금은 어떤 표정일지 볼 수만 있다면 그녀는 어떤 대가라도 치르고 싶었다. 믿기 어렵지만, 저게 정말 그가 시도한 진짜 유머란 말인가? 토른이 정말로 자기를 미소 짓게 하려고 애쓰고 있는 걸까? 그녀는 아니마의 비 내리던 날, 곰 가죽 코트를 입은 그와 참새 같은 목소리로 말을 했던 자신의 그 음울했던 첫 만남 이후, 두 사람이 지나온 길이 얼마나 긴지 가늠해 보았다.

"이제 내가 설득력을 발휘해야겠네."

토른이 그녀에게로 몸을 숙였다. 그의 몸이 밤하늘을 가리자, 그곳엔 하늘보다 훨씬 더 뜨겁게 타오르는 또 다른 밤이 들어찼다. 서투르고 다소 떨리는 움직임이었다. 그는 유난히 도드라진 자신의 뼈대가 오펠리에게 닿는 것을 여전히 두려워하는 듯했다.

"고모가 아이들을 잃었을 때, 난 고모에게 충분한 존재가 되어주지 못했어."

토른의 갑작스러운 고백에는, 오펠리가 드물게 토른에게서 본 적 있는 어떤 흔들림이 섞여 있었다. 분노 같았지만, 분노는 아니었다.

거의 도전처럼 들렸다.

"내가 너에게 충분할까?"

오펠리는 마지막 별들마저 휩쓸어 간 검은 구멍을 바라보았다. 그 대답으로, 자기 안에 남아 있는 부드러운 것을 모조리 내주었다. 토른은 여러모로 곁에 두기 불편한 남자였지만, 그녀는 그와 함께 있을 때 자신이 그야말로 생생하게 존재한다는 느낌을 받았다! 그렇다, 타자는 그녀를 바꿔놓았다. 모든 아니마인들 중 그녀를 가장 서투른 사람으로 만들어버렸다. 그리고 가장 서툴렀기에, 그녀는 최고의 읽는 여자가 되기 위해 애썼다. 그리고 최고의 읽는 여자가 되었기에 그녀의 궤적이 토른의 궤적과 교차하게 된 것이다.

오펠리에게 후회되는 일들이 있을 수도 있겠지만, 토른을 만난 것만은 후회하지 않았다

하지만 잠시 후, 새벽녘이 대자연을 붉게 물들이고 있을 때, 오펠리는 어쩐지 멋쩍은 기분으로 무성한 풀숲 사이에서 모습을 드러냈다. 언덕 아래, 버스 정류장 벤치에 한 여자아이가 앉아 있었다. 오펠리의 안경이 붉게 달아올랐다. 저 아이는 언제부터 저기 있었을까? 혹시 우리가 나눈 이야기를 들었을까? 여자아이는 전날 밤 비탈을 굴러떨어졌던 그 소독제 병을 조심스럽게 만지작거리고 있었다. 보아하니 쐐기풀 덤불에서 정성껏 꺼내놓은 모양이었다. 오펠리는 저 아이가 장거리 비행선의 승객이 아니라는 사실을 거의 확신했다. 흙투성이가 된 옷에 평범한 에스파드리유*를 신고 있었지만, 두 눈만은 놀라울 정도로 생기 있게 빛났다. 오펠리가 조심스럽게 토가를 추스르자마자,

아이의 두 눈이 자석처럼 이끌리듯 오펠리의 움직임을 좇아 위로 향했다. 여자아이는 바로 병을 내려놓고 벤치에서 일어나 언덕을 걸어 올라왔다.

"토른, 누군가 오고 있어."

"봤어." 그가 거칠게 중얼거리며 셔츠 단추를 목깃까지 다시 채우고는, 손바닥으로 쓸어내려 헝클어진 머리카락을 납작하게 눌렀다. "혼자가 아니야. 아니, 그보다 조금 더."

실제로 남자들과 여자들, 아이들과 노인들이 도로와 들판을 가로질러 오고 있었다. 헤아릴 수조차 없이 많았다. 오펠리는 왜 지금까지 그들을 알아채지 못했는지 의아해하다가, 그들이 극도로 은밀하게 움직이고 있다는 사실을 깨달았다. 그들은 소리도 내지 않고 서두르지도 않았지만 가차 없는 결의를 띠고 이동했다. 모두가 그 여자아이와 똑같이 흙투성이 옷을 입고 있었고, 똑같이 형형한 눈빛을 하고 있었다.

"당신들, 누굽니까?" 토른이 물었다.

질문에 담긴 권위에도 불구하고, 새로 나타난 이들은 아무 대꾸도 하지 않았다. 그 대신 곧장 그를 향해 다가왔다. 올리브 나무 언덕이 곧 사람들로 뒤덮일 참이었다.

오펠리는 토른과 자신이 이곳에서 이방인임을 잘 알고 있었지만, 이 시골 사람들이 너무 막무가내로 들이닥친다고 생각했다.

---

* 노끈 같은 것을 꼬아 만든 밑창에 윗부분은 천으로 된 가벼운 신발.

"다른 사람들에게 알려야겠어." 오펠리가 속삭였다.

그들은 언덕 반대편 비탈을 내려와 마을로 돌아갔다. 시시각각 규모가 커지는 거대한 인파가 그들의 뒤를 바짝 뒤쫓고 있었다. 광장에서 그들이 마주한 것이라곤 플라타너스 그늘 아래 곯아떨어진 몸뚱이들과 터무니없이 많은 빈 병들, 그리고 머리가 어질할 정도로 진동하는 술 냄새뿐이었다. 바닥에는 폭죽이 터질 때 새겨진 커다란 검은 그을음이 남아 있었다. 유일하게 깨어 있는 사람은 앙브루아즈뿐이었는데, 포석 사이에 바퀴가 끼어버린 그는 꽤 오래전부터 정중하게 도움을 요청하고 있었던 모양이었다. 목도리는 털을 있는 대로 당겨 그의 뒤바퀴 다리를 잡아끌며 휠체어를 빼내려 했다.

앙브루아즈는 오펠리와 토른을 발견하고 안도의 미소를 지었으나, 곧이어 저 멀리서 나타난 군중을 보고는 놀란 듯 눈썹을 흠칫 치켜올렸다.

"마을 사람들이에요?"

"아니길 바라야죠." 오펠리가 바퀴를 빼내며 말했다. "저들의 와인 저장고가 털렸단 얘기를 할 순 없잖아요. 빨리 모두 깨워야 해요."

토른은 잠든 이들에게 양동이로 물을 끼얹었다. 주변에서 불만 섞인 거친 고함들이 터져 나왔지만 아랑곳하지 않았다. 앙부르아즈는 좀 더 섬세했다. 그는 술 한 모금에 탈이 난 블라시우스에게 시원한 물을 건넸다. 하지만 울프 교수에게도 물을 주려 하자 교수의 넥타이가 앙브루아즈의 뺨을 때렸다. 넥타이에는 유난히 고약한 성질이 깃들어 있었다.

오펠리는 벤치 아래에 태아처럼 웅크리고 있는 엘리자베스의 어깨를 한참 흔들어야 했다. 부어오른 눈꺼풀이 살며시 열리며 가느다란 틈새 사이로 충혈된 눈이 보였다.

"으, 머리야…. 망나니들이 억지로 술을 먹였어. 이렇게까지 마신 적은…. 내가 레이디 셉티마에 대해 금기어들을 엄청나게, 엄청나게 퍼부은 것 같아. 양심 검사 때 많이도 고백하게 생겼어."

오펠리는 그녀를 부축해 일으켰다.

"그건 나중에. 지금은 누가 와 있어."

시골 사람들이 거리와 포도밭에서 몰려들어 마을 광장을 완전히 에워싸고 있었다. 이제는 도망칠 틈조차 없었다. 바벨인들에게는 아주 갑작스럽고 거친 기상이었다. 두 무리가 한참을 마주 보았다. 한쪽은 아직 술이 깨지 않아 비틀거렸고, 다른 한쪽은 똑바로 서서 상대를 훑어보았다.

흐리멍덩한 눈과 꿰뚫을 듯한 눈의 대치였다.

이 아슈의 사람들은 설명을 바라는 걸까? 아니면 사과를 바라는 걸까? 이번에는 비행선도 없이, 이 추방자들을 떠나온 곳으로 돌려보낼 셈일까? 오펠리는 토른과 긴장된 시선을 주고받았다. 단 한마디만으로도 바로 충돌이 시작될 것 같은 분위기였다.

"정말이지 어디에도 평화는 없군."

울프 교수의 목소리가 작두날처럼 침묵을 갈랐다. 그는 담배 한 개비를 물고 낡은 라이터로 힘겹게 불을 붙이려 애쓰고 있었다. 평소의 빈정거리는 말투는 아니었다. 단지 실망한 듯했다.

"평화는 어디에나 있어요. 그리고 이곳은 그 어느 곳보다 평화롭지요! 자, 디어 프렌드, 그 개탄스러운 비관주의에서 언제쯤 벗어날 겁니까?"

울프 교수의 담배가 발아래로 떨어졌다.

오펠리는 시골 사람들 사이를 헤치며 다가오는 라자뤼스를 보고 자신의 안경을 의심했다. 그의 멋들어진 흰색 프록코트는 흙투성이가 되었고 은빛 머리칼은 땀으로 끈적였지만, 그는 환희에 차 빛나고 있었다. 이 노인은 어떤 상황에서도 전혀 예상치 못한 곳에서 불쑥 튀어나올 준비가 되어 있는 마술사 같은 자태를 확실히 유지하고 있었다. 그의 이름이 마을 광장을 가로질러 바벨인들의 입술을 타고 돌았다. 모든 무능력자를 통틀어 그는 탐험가이자 발명가로 세계에서 가장 유명한 인물이었다. 옆에는 오토마톤 집사 발테르가 있었는데, 움직임이 어찌나 느려졌는지 라자뤼스가 커다란 열쇠를 꺼내 직접 태엽을 감으려 하고 있었다.

"아버지!"

오펠리는 앙브루아즈의 자연스러운 외침에 놀라서 그를 돌아보았다. 40년 된 유골함의 주인이든 아니든 그는 아들 역할에 진심이었다. 반면 라자뤼스는 아버지 역할에 훨씬 덜 진심이었다. 그는 앙브루아즈에게 눈길 한번 주지 않고 분홍색 안경의 먼지를 떨어냈다. 오히려 그는 자신을 둘러싼 다른 얼굴들을 차례로 훑어보았다. 옛 제자인 블라시우스와 울프 교수에게는 다정한 시선을 보냈고, 서툴게 숨긴 경계심으로 그를 무척 즐겁게 만든 토른의 얼굴을 지나쳤다. 그러고는 활짝 미소를 지으며 마침내 오펠리의 얼굴에 시선을 멈췄다. 마치 그가 찾길 바랐던 얼굴이 바로 그녀인 양.

"웰, 웰, 웰, 여기 계시다니요? 정말 근사한 우연이군요!"

"우연이요?" 오펠리가 되물었다.

오펠리는 그 말을 전혀 믿지 않았다. 앙브루아즈가 가짜라면 라자뤼스의 정체는 대체 뭐란 말인가? 그는 오펠리에게 이탈 연구소에 관해 이야기해 준 적이 있었지만 아주 오래된 수용자였다는 사실은 언급하지 않았었다.

이 모든 상황은 이미 충분히 비현실적이었다. 그런데 시골 사람들이 모두 라자뤼스에게 이끌리듯 다가가 그의 팔과 뺨과 귀와 머리카락을 만졌다. 라자뤼스는 전혀 불편해하지 않는 듯했다. 분명 이런 일에 익숙한 모습이었다.

바벨인들은 그렇지 않았다. 그들은 흙먼지가 까맣게 뒤덮인 그 수많은 손가락들이 다가오자 뒷걸음질 쳤다.

"내 새로운 친구들에게 겁먹지 마세요." 라자뤼스가 말했다. "이들은 사생활이란 개념이 없지만 앱솔루틀리 무해하답니다. 사실 제가 연구한 문명들 중 가장 매혹적이죠. 며칠째 나는 이들과 일상을 함께했어요… 아니, 몇 주째인가?" 그는 맨턱을 문지르며 자문했다. "날짜 세는 것도 잊어버렸어요. 이들은 나를 비할 데 없이 따뜻하게 맞이해 줬어요. 호기심도 나처럼 끝이 없답니다! 이들이 머무는 곳은 저 들판 너머에 있어요. 우리가 함께 별을 바라보다가 여러분이 터뜨린 폭죽을 보고 깜짝 놀랐죠. 내 친구들은 곧장 출발했고, 나도 뒤처지지 않으려고 함께 걸어왔어요. 라자롭터는 거기 두고 왔어요. 발테르!" 그는 쉬어가는 목소리로 외쳤다. "물 좀!"

그의 오토마톤 중 발테르는 가장 충직하긴 했지만 가장 완성도가 떨어졌다. 발테르는 라자뤼스를 분수대 안으로 밀어버렸다. 시골 사람들은 손을 뻗기는 했지만 눈만 휘둥그레 뜬 채 발테르를 말리지도 않고 그저 지켜보기만 했다. 오펠리는 그들이 정말이지 기이하다고 생각했다.

블라시우스와 울프 교수가 힘을 합쳐 라자뤼스를 분수대에서 끌어내 가장자리에 앉혔다.

"아버지," 앙브루아즈가 물에 빠진 라자뤼스의 분홍색 안경을 건네며 말했다. "그동안 여기 계셨던 거예요? 무사하신 걸 보니 마음이 놓이네요. 혹시 붕괴에 휩쓸리신 건 아닌지 걱정했어요."

"붕괴?" 가래침을 뱉고 기침을 멈춘 라자뤼스가 놀라 되물었다. "바벨에 붕괴가 일어났다고?"

"두 번이나요." 울프 교수가 씁쓸한 표정으로 덧붙였다. "덕분에 여기 있는 우리 모두가 추방당했죠."

"그거참 베리 유감이군요."

라자뤼스는 젖은 긴 머리카락을 쥐어짜며 그렇게 말했지만, 바닥의 포석 위에 널린 빈 병들을 발견한 그의 이마에 미세한 주름이 이는 것을 오펠리는 포착했다.

바벨인들이 그의 주위로 몰려들었다.

"교수님, 여긴 어디죠?"

"교수님, 저 사람들은 누구예요?"

"교수님, 이 아슈는 어디예요?"

"나도 전혀 모르겠습니다!" 라자뤼스는 들뜬 목소리로 외쳤다. "내가 떠나던 날 저녁, 불시에 니나의 숨결에 휩쓸렸어요. 이런 일이 처음은 아니지만, 이렇게 새로운 땅, 그것도 사람이 사는 곳까지 끌려온 건 처음이랍니다! 처음엔 탐험가라면 누구나 꿈꾸는 아르캉테르의 숨겨진 위치를 내가 미러큘러슬리 miraculously 발견한 줄 알았어요. 곧 그게 아니라는 걸 깨닫긴 했지만요. 자, 여러분," 그는 마을 전체를 끌어안으려는 듯 두 팔을 활짝 벌리며 말했다. "이곳은 공식적으로 우리 행성의 스물두 번째 메이저 아슈입니다! 가문 정령이 존재하지 않는 아슈, 파열 이후 우리의 문명과 별도로 진화해 온 인류가 사는 곳입니다. 상상이 되십니까? 내가 인류학적 지식을 심화하기 위해 이곳에 남았다는 건 다들 충분히 짐작가시겠죠."

라자뤼스는 프록코트 안주머니에서 수첩을 꺼냈다. 젖은 수첩에서 그의 구두 위로 물이 뚝뚝 떨어지고 있었다. 그가 분수대 가장자리에서 강연하듯 연설을 늘어놓는 동안 현지인들은 바벨인들 틈에 섞여 그들의 옷을 만지거나 피부를 쓰다듬었다. 그들은 앙브루아즈의 좌우가 뒤바뀐 손과 엘리자베스의 통통부은 입술, 블라시우스의 뾰족한 코, 그리고 울프 교수의 목 보호대를 유심히 살폈다. 토른의 흉터는 그들을 완전히 매료시켰으나, 정작 토른은 자신의 발톱으로부터 그들을 안전한 거리에 떼어놓으려고 무진 애를 썼다.

오펠리는 특히 버스 정류장에서 보았던 여자아이의 시선을 한몸에 받았다. 아이의 눈은 마치 망원경 렌즈처럼 그녀에게 고정되어 있었다. 그렇게 노골적으로 빤히 쳐다보는 데서 오는 불쾌감이 가시고 나자 그 시선은 오펠리가 스스로를 중요한 존재라고 느끼게 해주었다. 그 시선은 도미틸, 베아트리스, 레오노르, 엑토르가 아직 세상을 생각으로 옮길 줄 모르는 단순한 관찰자에 불과했던 시절, 오펠리가 동생들 요람 위로 몸을 숙였을 때마다 동생들이 눈을 크게 뜨고 보내던 바로 그 눈빛이었다. 그리고 머리 위에서 끝없이 빙글빙글 돌아가는, 아니마의 모빌을 바라보던 바로 그 눈빛이기도 했다.

"교수님," 블라시우스가 죄책감에 손가락을 비틀며 말했다. "저희… 저희가 이 마을을 발견했을 땐 아무도 없었어요. 이곳은 저들의 마을인가요?"

라자뤼스는 자신이 아무것도 모른다는 사실이 그저 행복하기만 한 듯 격렬하게 고개를 저었다.

"그것 역시 전혀 모르겠어요! 반경 수 킬로미터 내에 이런 마을이 여러 개 있어요. 몇 군데 돌아봤는데, 다 버려져 있었죠. 친애하는 내 친구들에게 그 마을들에 관해 물어봐도 아무 대답이 없었어요. 한 번도 대답하는 법이 없죠. 내가 이들 곁에서 지내온 시간 동안, 이들이 말하는 걸 들은 적도 글을 쓰는 걸 본 적도 없어요. 상대를 무방비 상태로 만들 만큼 단순한 이들이랍니다! 이들 사이에는 어떤 계급도 없고, 아무도 타인의 노동에 기대지 않아요. 인간에 의한 인간의 사육이라는 개념 자체가 이곳엔 아예 존재하지 않습니다. 그저 손에 잡히는 대로 과일, 식물 뿌리와 곤충을 먹고, 하루 종일… 느끼며 지내죠." 적절한 단어를 찾다가 라자뤼스가 결론을 지었다. "우린 이들에게서 배울 점이 정말 많답니다."

그는 마지막 문장을 내뱉으며 오펠리의 팔에 새겨진 'PA'라는 글자를 코안경으로 유심히 바라보았다. 그 순간 오펠리는, 그의 모든 행동에 씌워진 명랑함이라는 두꺼운 겉모습 아래 그가 품고 있던 묵직한 진중함을 감지했다. 그제야 줄곧 코앞에 놓여 있었던 명백한 사실을 깨달았다. 라자뤼스는 단순히 이탈 연구소에 오토마톤을 공급하는 사람이 아니었다. 남들처럼 오래된 입소자 중 한 명도 아니었다.

그가 바로 그곳을 움직이는 두뇌였다.

토른 역시 같은 결론에 도달했는데, 아마도 그녀보다 훨씬 전이었을 것이다. 그는 절뚝이며 라자뤼스에게 다가가 귓가에 몸을 기울였다. 오펠리는 듣지 않고도 그가 무슨 말을 하는지 짐작할 수 있었다. "우리 셋이 대화를 좀 나눠야겠군요."

라자뤼스는 미소를 지으며 고개를 끄덕였다.

"두말할 필요도 없지요, 친애하는 파트너들이여."

카운트

세 사람은 최대한 눈에 띄지 않게 광장을 떠나려고 했지만 인파 한가운데서는 그리 쉬운 일이 아니었다. 라자뤼스의 흡인력은 남달랐다. 토른이 진저리 치는 와중에도 그는 수많은 질문에 답했고, 끝도 없이 여담으로 빠져들었으며, 많은 사람과 포옹했다. 그러고 나서야 두 문명이 중개자 없이 서로를 알아가도록 자리를 비켜줄 수 있었다.

그는 오펠리에게 돌과 기와로 된 건물 하나를 가리켰다. 오직 지붕만으로도 다른 건물들과 구분이 되는 곳이었다. 이미 뜨거워진 바람에 부푼 깃발 하나가 그 꼭대기에서 펄럭이고 있었다.

"이 마을이 내가 방문했던 곳들과 똑같다면, 여긴 파밀리스테르*에 해당하는 곳일 겁니다. 여기선 따로 누군가의 집에 들어가지 않고도 편하게 얘기할 수 있죠. 게다가 두 분은 어떨지 모르겠지만," 그는 발걸음을 재촉하며 말했다. "저는 이제 제대로 된 화장실을 좀 쓰고 싶군요."

* familistère. 19세기 프랑스의 사회 개혁가 장 고댕이 노동자들을 위해 조성한 공동주택 단지.

"아버지? 저도 같이 가도 돼요?"

앙브루아즈가 그들이 내려가던 좁은 포석길로 들어섰다. 그의 휠체어는 집집마다 문간에 부딪쳤다.

"안 된다, 애야." 라자뤼스가 대답했다. "우리 친구들에게 돌아가 있으렴. 오래 걸리지 않을 거다!"

앙브루아즈는 입을 뗐다가 다시 다물었다. 라자뤼스의 화려함은 이른 아침 돌담 사이에 드리운 그늘보다 더 숨 막히는 그림자 속으로 그를 밀어 넣었다. 앙브루아즈는 혼란스러운 시선으로 발테르를 바라보았다. 발테르는 주인이 뒤따르지 않는다는 것도 모른 채 툭툭 끊기는 걸음걸이로 계속 혼자 길을 나아가고 있었다.

"발테르는 어디든 아버지와 함께 가잖아요. 왜 저는 안 돼요? 왜 저는 한 번도 안 데려가세요?"

"발테르는 다르잖니, 진정하렴. 네가 훨씬 중요하단다. 넌 항상 그랬어. 오래 걸리지 않을 테니," 라자뤼스가 다시 말했다. "기다리렴."

앙브루아즈가 어깨를 움츠리며 힘겹게 휠체어를 뒤로 움직이는 동안, 오펠리는 목도리가 그를 바짝 조이는 모습을 지켜보았다. 그녀는 이 소년이 자기 세계의 경계를 밀어내고 진짜 사람들—오토마톤이 아닌 사람들—과 진짜 관계를 맺는 모습을 지켜보아 왔지만, 아무리 그래도 소용없었다. 라자뤼스가 곁에 있으면 그는 어김없이 자기 자리를 잃고 말았다.

오펠리는 앙브루아즈 쪽을 돌아보지 않으려 애쓰며 라자뤼스와 토른을 따라 깃발이 달린 건물로 향했다. 이곳에서 곧 오 갈 이야기를 생각하면 그는 함께하지 않는 편이 나았다.

문은 잠겨 있지 않았다. 그들은 식물들이 말라 죽어 있다는 점만 빼면, 긴 회의용 테이블과 일렬로 늘어선 의자들, 스탠드 조명을 갖추고 있어 제법 위엄이 느껴지는 넓은 방으로 들어섰 다. 그곳은 시간이 멈춘 듯했다. 라자뤼스는 문 뒤로 잠시 사라 졌고, 그곳에서 물 내리는 소리가 새어 나왔다. 오펠리는 마룻 바닥 위를 몇 발짝 걸었다. 어째서 이 아슈 주민들은 마을을 두 고 들판에서 살기로 했을까? 이곳 역시 포스터나 팻말은 없었 지만 창가에 놓인 도자기들은 인상적이었다. 오펠리는 창문에 바짝 붙어 있는 버스 정류장의 여자아이를 불현듯 발견하고는 눈썹을 찌푸렸다. 그 아이는 그들을 따라오긴 했지만 호기심이 건물 안까지 밀고 들어올 정도는 아니었던 모양이다.

토른은 커튼을 모두 쳤고, 그 바람에 먼지가 뿌옇게 피어올랐 다. 그는 외부의 침입을 막으려 현관문 앞에 의자를 받쳐 놓은 뒤, 다리에서 기계적인 마찰음을 내며 라자뤼스 쪽으로 몸을 돌 렸다. 그의 표정은 험악하기 그지없었으나 한마디도 내뱉지 않 았다. 오펠리가 두 사람을 대신해 그 말을 뱉었다.

"거짓말쟁이."

라자뤼스는 비스킷 통 하나를 집어 들었다가 안에 곰팡이가 슨 것을 보고는 언짢아하며 내려놓았다.

"말하지 않았던 것뿐이랍니다. 진실을 왜곡한 적은 없어요. 다만 다 밝히지 않았던 거죠. 그건 명백한 차이지요. 당신이 불만스러워하는 게 느껴지는군요," 그는 한쪽 입꼬리에 미소를 걸며 말했다. "아직 타자를 찾지 못해서 그런 건가요? 너무 자책하지 마요, 마이 디어. 당신은 훨씬 잘해냈으니까. 발테르!" 그는 손바닥을 마주 치며 소리쳤다. "118번 디스크!"

발테르는 빈 찻주전자를 마찬가지로 빈 컵에 기울이고 있다가 꾸르륵하는 기계음을 내기 시작했다. 마치 내장 기관의 자리가 뒤바뀌는 듯한 소리였다. 몇 초 후 오토마톤의 배에서 두 개의 쉰 목소리가 불쑥 터져 나왔다.

"풍요의 뿔… 뿔로 뭘… 뭘 하려는 거죠?" 첫 번째 목소리가 물었다.

"당신은 기적을 이뤘… 이뤘어요, 미스." 두 번째 목소리가 대답했다. **"당신 이전에 결정화에 성공… 성공한 지원자는 없었… 없었답니다. 우리는 당신의 기적이 새… 새로운 기적을 이어서 낳도… 낳도록 지켜볼… 지켜볼 겁니다."**

"고마워, 발테르. 이제 됐어."

오펠리의 안경이 콧잔등 위에서 노랗게 변했다.

"이건 나와 그 여자 관찰자가 마지막으로 나눈 대화인데. 어떻게 당신이…. 그 풍뎅이인 거죠?"

라자뤼스는 희열에 찬 미소를 지었다.

"내 오토마톤들은 다 서로 연결돼 있어요. 제작 비밀이죠." 그가 윙크를 하며 말했다. "덕분에 나는 탐험을 이어가면서도 연구소는 물론 그 너머의 상황에까지 계속 귀를 기울일 수 있답니다."

오펠리는 처음으로 진짜 라자뤼스를 보는 것 같았다. 과장된 몸짓을 하고 이의 법랑질까지 반짝거리는 이 노인은 더 이상 체스판의 졸이 아니었다. 이제는 가장 중요한 말이 되어 있었다. 처음부터 그는 알고 있었다. 자신이 섬기는 신이 윌랄리라는 것도, 타자가 윌랄리의 에코라는 것도. 오펠리도 토른도 전혀 짐작조차 하지 못하는 더 많은 것들을 그는 분명 알고 있었다. 그리고 그것들을 일부러 숨겨온 것이다.

발테르는 모두가 편하게 자리 잡을 수 있도록 회의용 테이블에서 의자들을 끌어냈다. 사실 너무 많이 끌어냈지만. 그러나 앉은 사람은 라자뤼스뿐이었다

"우리가 마지막으로 만났을 때, 내가 모든 해답은 에코에 있다고 단언했었죠. 당신이 내 실마리를 끝까지 쫓아온 걸 보니 흐뭇하군요. 레이디 딜뢰, 우리 모두 그녀의 정체에 대한 비밀을 공유하고 있으니, 이제 그분의 이름을 제대로 부릅시다, 레이디 딜뢰를 섬기고 싶다고 당신에게 말했을 때, 난 진심이었답니다. 그녀의 **퍼펙트**한 세상을 더 **퍼펙트**하게 만들고 싶은 겁니다! 다시는 절대로 인간이 인간에게 길들여지거나 물질적 조건에 소외되지 않는 세상으로요. 전쟁은 어디서 비롯될까요? 갈등의 원인은 무엇일까요? 모두 불만족 때문이죠. 이념 뒤에는 늘 물질적 동기가 자리 잡고 있어요."

흥분이 고조된 라자뤼스는 다리를 연신 꼬았다 풀며 양 엄지손가락을 뱅글뱅글 돌려 댔다. 그는 토른을 오펠리가 부리는 자동인형 발테르쯤으로 여기는 듯, 오로지 그녀에게만 말을 걸

었다.

"풍요의 뿔," 오펠리가 낮게 말했다. "처음부터 당신이었군요."

"항상 그랬던 건 아니에요. 나 혼자였던 것도 아니고요." 라자뤼스가 겸손한 어조로 반박했다. "당신이 만난 관찰자들은 모두 무능력자들이랍니다. 우리는 연맹을 결성했죠. 한때 미스 일드가르드가 연구소와 협력해서 일하던 시절도 있었어요. 그때는 언포처너틀리unfortunately 내가 연구소에 합류하기 전의 일이었죠. 하지만 이후 의견 차이로 손을 뗐답니다."

오펠리는 풍뎅이를 매단 여자와 도마뱀을 매단 남자 그리고 원숭이를 어깨에 얹은 여자아이를 떠올렸다. 모두 무능력자들이었다니. 그래서 이탈 연구소에 가짜 지휘부를 마련해 둔 거였군. 바벨은 붕괴 전까지만 해도 가장 평등한 아슈 가운데 하나였지만, 그곳에서 무능력자가 책임 있는 자리에 오르는 일은 드물었다.

"기사, 그 애도 당신 짓이었군요." 오펠리가 말했다. "기사가 체포됐을 때 폴에 있었잖아요. 그 아이를 영입하려고 헬하임에서 빼낸 거였어요."

"아주 흥미로운 아이죠! 절단되기 전 그 아이의 가문 능력은 아주 특이한 이탈 현상을 보였어요. 호기심이 생겨서 내가 헬하임에 찾아갔죠. 당신이 겪어봐서 알겠지만, 난 모든 게 익스트림리 궁금하거든요. (라자뤼스의 두 눈이 분홍색 안경 너머에서 빛났다.) 기사와 오랫동안 이야기를 나눴어요. 늙은 무능력자와 새로 무능력자가 된 아이가 말이죠. 불쾌하게 생각하진 마세요.

내가 당신에 대한 정보를 캐물었거든요. 우리는 당신이 타자와 얽혀 있다는 걸 막 알게 된 참이었는데, 그 어린 기사는 놀랄 만큼 당신을 잘 알고 있더라고요. 난 그 아이가 우리 연구소에 더 어울리겠다고 생각했답니다.”

‘하나.’ 오펠리가 생각했다.

“그럼 블라시우스는요?” 오펠리는 소리 높여 물었다. “그가 언젠가 제게 말해주더군요. 당신이 자신의 스승이자 속마음을 털어놓는 상대였다고요. 당신 역시 그 사람을 흥미롭게 여겼다고요. 그가 대안 프로그램에 들어가게 손을 쓴 것도 당신인가요?”

라자뤼스는 여전히 열띤 기색으로 고개를 끄덕였다.

“난 그의 불운과 에코들 사이에 어떤 연결 고리가 존재한다고 늘 생각해 왔고, 지금도 그렇게 생각해요. 하지만 그가 연구소에 있는 동안에도 그걸 밝혀내지 못했어요. 당신이 그와 가까워진 것도 전혀 놀랍지 않아요! 내가 전에도 말했었고, 지금도 마찬가지예요. 우리 역전자들은 같은 운명으로 얽혔다니까요.”

‘둘.’

“그럼 엘리자베스는요?” 오펠리가 말을 이었다. “계보학자들이 그녀에게 자기들을 위해 받아들이길 바랐던 그 연구소 일자리 제안, 그것도 당신이 꾸민 일인가요?”

이번에도 라자뤼스는 고개를 끄덕였다. 그가 하도 열정적으로 고개를 끄덕이는 바람에 의자가 뒤로 넘어갈 뻔했다.

“진급식 날 엘리자베스가 우수상을 받을 때 저도 그 자리에 있었죠. 그녀의 재능이 우리에게 얼마나 귀중할지 생각했어요. 내가 아무리 레이디 딜뢰를 섬긴다 해도, 그분은 자신의 코드에 담긴 비밀을 내게 알려주지 않았거든요. 미스 엘리자베스가 계보학자들에게 그토록 순종적이지만 않았더라면 우리 편이 될 수 있었을 텐데…. 마치 당신이 우리 편이 된 것처럼 말이죠."

라자뤼스는 마침내 오펠리에게 솔직하게 말하고 그녀의 질문에 대답할 수 있게 된 것을 진심으로 행복해하는 듯 보였다. 그리고 그녀가 의도적으로 미루고 있는 그 주제를 함께 다루고 싶어 안달 난 듯했다. 한편 토른은 마치 바늘의 움직임을 하나하나 세고 있는 것처럼 시계를 뚫어지게 바라보고 있었다. 오펠리는 평소 심문을 주도하던 그가 이토록 침묵하는 것에 놀랐지만, 그와 마찬가지로 그녀 역시 속으로 무언가를 세고 있었다.

'셋.'

"앙브루아즈는요?"

"왓, 앙브루아즈?" 라자뤼스가 놀라며 되물었다.

"우린 그의 유골함을 찾았어요."

라자뤼스는 꼬았던 다리를 풀고 흰 구두 두 짝으로 마룻바닥을 단단히 디뎠다. 실망한 기색은 없었지만 얼굴에 서글픔이 반짝 스쳤다.

"그랬군요. 그렇다면 이제 그 아이의 정체를 당신들에게 숨길 필요가 없겠네요. 그 전에 부탁 하나 드리죠. 지금부터 제가 하는 얘기는 그 아이에겐 하지 말아주세요. 워낙 예민한 아이거든요!"

오펠리도 토른도 아무런 약속을 하지 않았다. 그들은 긴장한 채로 말없이 서서 기다렸다.

라자뤼스는 의자로 막아놓은 현관문을 힐끗 보았다.

"앙브루아즈는 구현된 에코랍니다. 좀 더 정확히 말하자면 내 오래된 친구의 에코죠. 나와 대안 프로그램을 함께 만든 친구. 코르누코피아니즘 프로젝트에 몸과 마음을 바쳤던 친구. 당신이 찾은 건 바로 그 친구의 유골함이죠."

"구현된 에코…." 오펠리가 잠긴 목소리로 되뇌었다. "당신의 풍요의 뿔이 만든 실패작들 같은?"

라자뤼스는 생각지도 않게 한 방 맞았다는 듯 웃으며 배를 움켜쥐었다.

"실패작이라니, 말씀이 지나치시군요! 개선의 여지가 있는 것들이라고 합시다. 앙브루아즈는 아찔할 만큼 엄청난 가능성으로 향하는 길을 열어주었어요. 당신은 아마 그게 어디로 이어질지 가늠조차 못할 거예요."

오펠리는 아플 정도로 혀를 꽉 깨물었다. 이 대화는 그녀의 오장육부를 뒤집어 놓고 있었다.

"앙브루아즈도 코드가 있나요?"

"그럼요, 있지요. 등에, 그 아이가 볼 수도 만질 수도 없는 곳에 있어요. 윌랄리 딜뢰가 만든 것에 비하면 초라한 수준이지만, 그래도 그 코드 덕분에 물질적인 형태로 안정화될 수 있답니다. 제발 부탁인데, 절대 그 애 앞에선 이 얘길 꺼내지 말아주세요!" 라자뤼스가 거듭 당부했다. "그 아이가 자신의 본질과 수명을 알아채지 못하게 막아주는 것도 그 코드니까요. 자기는 한 번도 본 적 없는 어머니에 관해 물어올 때면 나도 충분히 고통스럽답니다. 그럴 만한 이유가 있죠."

'넷.'

"그럼 진짜 앙브루아즈, 그러니까 당신 친구는 어떻게 된 거죠? 죽었나요?"

햇볕에 그을리고 진흙이 묻어 거무스름해진 라자뤼스의 얼굴 위로 미소가 번졌다.

"오, 아뇨. 마이 디어, 나는 그가 아직도 온전히 살아 있다고 확신한답니다."

조금 이상한 답변이었지만, 라자뤼스는 뒤바뀐 심장이 뛰고 있는 곳인 자신의 오른쪽 가슴을 가리켜 오펠리의 허를 찔렀다. 그의 표정이 너무나 열정적이어서, 그녀는 하마터면 사랑 고백이라도 받는 줄 알고 겁을 먹을 뻔했다.

"제 역전증에 대해 말한 적이 있죠. 내 몸의 좌우 대칭이 뒤바뀌어 있다고요. 그 덕분에 아주 오래전 레이디 딜뢰가 내게 접근하기도 전에, 심지어 내가 본파미유에 들어가기도 전에, 나 역시 그 연구소의 실험 대상이었답니다. 난 그저 어린아이였죠. 당시 연구소는 오로지 이탈을 교정하는 데에만 전념하고 있었고, 난 그것이 너무 아쉬웠어요! 난 '교정'되고 싶지 않았거든요. 오히려 그 반대였죠. 신체가 반전된 덕분에 당신같은 역전자들을 예민하게 알아채고 직관을 얻는다고 말씀드렸었지요. 그뿐만 아니라 이 체질은 저를 에코에도 민감하게 만들어주었는데, 연구소는 에코로 가득 찬 곳이잖아요! 난 앱솔루틀리 확신해요. 당신 역시 느꼈겠죠, 과거의 에코들을. 당신, 괜히 읽는 여자가 아니잖아요.”

오펠리는 그곳에서 가장 몰입감 넘치는 환영들을 경험했음을 인정할 수밖에 없었다. 그때 그녀의 두 손은 망가져 있었을지언정, 그녀의 온몸은 소리굽쇠로 변해 있었다.

“연구소의 에코들이 내게 그 역사를 가르쳐주었소.” 라자뤼스가 점점 더 격앙된 목소리로 말했다. “윌랄리 딜뢰의 역사, 타자의 탄생, 그리고 옛 친구 앙브루아즈와 함께 연구소의 수장이 되었을 때 내가 백지상태에서 다시 시작하기로 결심했던 그 프로젝트요. 우리 세계에서 마지막 불순물들을 제거하기 위해 해야 할 일이 너무 많았어요. 아, 벌써 40년이라니!” 라자뤼스는 의자에 앉아서 감회에 젖어 안경을 뿌옇게 흐리며 한숨을 쉬었다. “이렇게 말하니 나이 든 게 실감 나는군요.”

오펠리는 온몸에 소름이 돋을 만큼 강렬한 혐오감에 휩싸였다. 40년. 바벨과 아니마를 막론하고 무기 수집품과 전쟁 관련 문서들이 모조리 폐기되었던 것도 대략 그 무렵이었다. 라자뤼스는 자신이 풍요의 뿔을 다시 창조하려는 의도를 윌랄리 딜뢰에게 말하지 않았을지는 몰라도, 모든 이슈에 걸쳐 검열을 극단화함으로써 그녀의 정책에 영향을 미친 것은 분명했다. 그는 과거를 이용해, 인류가 자기의 과거를 알지 못하게 했다.

아, 그렇다. 분홍색 안경을 쓰고 우스꽝스럽게 행동하는 이 늙은 남자는 실로 가공할 만한 존재다. 오펠리의 가문 능력이 훼손된 것처럼 박물관이 훼손된 것도 그의 탓이었다.

'다섯.'

"배움의 원천이 되는 것은 어제의 에코만이 아닙니다." 자신을 향한 오펠리의 반감에도 아랑곳하지 않고 라자뤼스가 열띤 목소리로 다시 입을 열었다. "내일의 에코들 역시 못지않게, 아니 어쩌면 더 많은 것을 가르쳐주지요."

오펠리는 라자뤼스가 오펠리 자신의 호기심을 얼마나 능숙하게 부추기는지 깨닫고 몹시 짜증이 났다. 그가 말을 이어갈수록, 그의 입을 다물게 하고 싶은 동시에 그의 말을 듣고 싶은 마음이 커졌다. 토른은 그사이 시계 속으로 완전히 침잠해 있었다. 그는 아무 말도 하지 않았고, 미동조차 없었다.

라자뤼스는 교수다운 태도로 검지를 치켜들었다.

"만약 당신이 내 생각대로 제대로 조사했다면 내가 무슨 얘기를 하려는지 어느 정도 감을 잡았겠죠. 우리는 내가 직접 '아에라르기룸'이라 이름 붙인 기체에 둘러싸여 있습니다. 이 공기는 당신을 살게 하는 산소와는 공통된 성질이 하나도 없어요. 인팩트, 우리가 아는 어떤 화학원소와도 비슷한 구석이라곤 없죠. 연구하기가 대단히 까다로운 데다 그 존재를 아는 과학자조차 아주 드물고요. 워낙 미묘한 존재라 우리의 가장 정밀한 관측 장비로도 응축된 형태일 때만 겨우 포착할 수 있을 정도입니다. 이를테면 우리가 그곳에 파동을 일으키고, 그 파동이 에코가 되어 우리에게 되돌아올 때처럼 말입니다. '아에라르기룸'은 너무나도 미세해서," 라자뤼스가 단어 하나하나에 힘을 주어 강조했다. "그 안에선 시간의 직물 자체가 달라요. 당신은 과거의 에코를 느끼죠. 난 비록 무능력자이지만 미래의 에코를 느낀답니다. 한발 앞선 에코가 꿈속에서 우리가 미지의 땅에서 재회하리라고 속삭여주더군요. 다른 말로 하자면, 난 당신을 기다리고 있었소."

라자뤼스의 눈가에 자글자글한 주름이 깊게 파였다. 그는 환희에 찬 나머지 발테르가 건넨 찻잔이 죽은 파리들로 채워져 있다는 사실도 눈치채지 못하고 받아 들었다.

"내가 이곳에 이렇게 오래 머문 건 단지 원주민들을 연구하기 위해서만은 아니었어요. 그건 무엇보다도 우리 두 사람의 길이 이곳에서 하나로 모이리라는 걸 알고 있었기 때문이지요. 내가 당신들을 바벨로 데려가 3단계 프로토콜의 비밀을 직접 밝혀줄 운명이라는 사실을 알고 있었기 때문입니다."

오펠리는 토른이 어떻게 이토록 차분하게 있을 수 있는지 의아했다. 그녀는 발테르가 건네는 파리 찻잔을 거칠게 밀어냈다.

"당신의 연구소가 나를 레이디 셉티마에게 넘기고, 레이디 셉티마가 나를 비행선에 집어넣고, 비행선이 이 아슈에 불시착한 게… 결국 당신이 직접 나를 출발점으로 되돌려 놓기 위한 것이었다고요? 앞뒤가 안 맞잖아요."

라자뤼스는 동의한다는 듯이 그녀의 말 한마디 한마디에 고개를 끄덕였다. 하지만 찰나의 순간 그의 눈에 그늘이 드리워졌다가 이내 본래의 광채를 되찾았고, 오펠리는 그 짧은 변화만으로도 충분히 만족했다. 겉보기와는 달리, 그 또한 의심하고 있었던 것이다.

"에코는 우리의 논리와 다른 논리로 작동합니다." 그가 과장되게 확신하며 말했다. "하지만 분명 어떤 이유가 있을 거라 확신해요. 우리가 아직 분간해 내지 못한 이유가요. 블라스트!"

라자뤼스는 모르고 마신 파리를 퉤퉤 뱉었다. 얼굴 없는 발테르의 실루엣은 마치 감정 없는 집사처럼 묵묵히 뒤로 물러서 있었다. 오펠리는 둘 중 누가 더 어처구니없는지 우열을 가릴 수가 없었다. 사실 갑자기 모든 게 어처구니없게 느껴졌다. 토른과 자신이 연구소에서 겪은 일들, 주변 세계가 무너져 내리는 와중에도 스스로를 위험에 빠트려 가며 진행했던 조사, 장거리 비행선에서 가까스로 피했던 죽음까지….

'여섯, 일곱.'

"왜 하필 여기서, 그리고 지금에서야 그 얘길 우리에게 털어놓는 거죠?"

오펠리의 목소리가 달라져 있었다. 라자뤼스도 눈치를 챈 듯했다. 그녀에게 대답하는 그의 목소리 역시 달라졌다.

"전체 과정은 당신이 어떤 선택을 내리느냐에 달려 있었습니다. 당신을 포함한 우리 모두의 이익을 위해, 당신의 결정화에 영향을 줄 수 있는 모든 것에 대해 침묵하는 것이 내 의무였죠."

그는 무릎을 짚고 의자에서 일어났다. 마치 그의 뼈마디가 갑자기 세월의 무게를 고스란히 드러내는 듯했다.

"그리고 당신은 해냈어요. 새로운 타자를 만들었죠. 그 누구도, 심지어 내 오랜 친구 앙브루아즈조차도 해내지 못했던 걸

해냈어요. 물질로 변화된 이 모든 에코들, 내가 '아들'이라 부르는 그 불쌍한 아이도, 가문 정령들조차도 당신이 탄생시킨 존재의 절반만큼도 완벽하지 않습니다."

그는 바닥에 구두 자국을 남기며 오펠리에게 다가왔다. 분수대에 빠져 아직 젖어 있는 하얀 프록코트가 그의 몸을 짓누르고 있었다. 그럼에도 불구하고, 주름진 피부가 용암 위에 얹혀 있는 듯한 인상을 줄 만큼 그에게서는 어떤 열기가 뿜어져 나왔다.

"당신의 에코를 내가 얼마나 알고 싶어 하는지 모를 겁니다! 당신은 어쩌면 내가 모든 진실을 손에 쥐고 있다고 믿을지도 모르지만, 내게는 무엇보다 가장 중대한 진실 하나가 결여되어 있습니다. 에코와 우리 세계의 비밀을 간직한 진실, 내 오랜 친구 앙브루아즈가 가지고 떠나버린 진실, 그리고 인류가 마침내 충만함을 느끼기 위해 부족한 무언가를 내가 선사할 수 있게 해줄 그 진실 말입니다. 아니, 나 자신이 마침내 충만해지기 위해서 말이죠. 레이디 딜뢰가 자신의 에코 덕분에 홀로 어떻게 변했는지 보십시오! 당신 차례가 오면 어떻게 변할 수 있을지, 이번엔 우리 모두가 다 함께, 당신의 에코 덕분에 어떻게 변할 수 있을지 상상해 보십시오! 그것이야말로 희생된 것들에 의미를 부여하지 않겠습니까?"

희생된 것들에 의미를 부여한다. 오펠리는 그 말들을 계속 곱씹다가 결국 그 말에 사로잡히고 말았다.

윌랄리 딜뢰는 먼저 자신의 가족 전체를 잃었고, 그다음에는 수명의 절반을 잃었으며, 그 잿더미에서 타자가 태어났다. 그 대신 그녀는 늙어가는 육체의 한계에서 벗어나게 해준 지식을 타자에게서 얻어냈다. 오펠리가 전혀 원치 않는 것이 딱 하나 있다면, 그것은 스스로 천의 얼굴로 변하거나 다른 이들이 그렇게 되도록 내버려두는 것이었다. 아니, 그 무엇도 옥타비오의 죽음에 의미를 부여할 수는 없을 것이다. 허공 속으로 떨어진 것은 대체 불가능했다.

오펠리는 손을 뻗은 채 한 발짝씩 다가오며 그녀를 잡아먹을 듯이 바라보는 라자뤼스의 태도가 불쾌했다. 마치 오펠리와 그녀의 에코가 제 소유라도 되는 듯한 소유욕 같은 것이 깃들어 있었다.

"아니, 정말이지 마이 디어, 아직 타자를 찾지 못했다고 절대 자책하지 말아요." 그의 목소리만큼이나 뜨겁고 부드러운 양 손바닥으로 그녀의 맨어깨를 감싸며 그가 속삭였다. "사실 당신이 겪어온 모든 일은 타자와 가까워지게 하기 위한 과정이었답니다. 그는 여기에 있어요, 지금 바로 당신 옆에! 난 그의 존재를 거의 느낄 수 있어요." 그가 격앙된 숨결을 내쉬며 말을 맺었다. "그리고 당신 역시 그것을 느끼고 있다고 확신합니다."

오펠리가 느낀 것은 라자뤼스의 입 냄새뿐이었다. 필시 몇 주 동안 치약을 쓰지 않은 듯했다.

"할 말 끝났습니까?"

방 안에는, 마을이 버려진 이후로 줄곧 고여 있던 공기만큼이나 짙은 침묵이 내려앉았다. 방금 그 질문을 던진 사람은 토른이었고, 그와 동시에 그의 회중시계 뚜껑이 저절로 닫혔다.

여전히 오펠리의 어깨를 붙잡고 있던 라자뤼스는 그제야 토른의 존재를 떠올린 듯했다.

"오, 내 얘기엔 끝이라는 게 없어요." 그가 껄껄 웃었다. "내가 원래 좀 못 말리는 수다쟁이잖아요!"

한 줄기 햇살이 커튼을 붉게 물들이며 떠다니는 먼지를 뚫고 토른의 얼굴에 핏빛 조명을 드리웠다.

"당신은 그 여자랑 똑같습니다." 토른이 뱃속 깊은 곳에서 끌어 올린 목소리로 한 음절씩 또박또박 말했다. "윌랄리 딜뢰와 똑같아요. 당신은 해악입니다."

오펠리는 그가 라자뤼스에게 던지는 시선에 등골이 오싹해졌다. 그것은 그의 아버지 클랜의 눈빛이었다. 야수와 마주한 사냥꾼의 눈빛. 토른은 수개월, 수년 동안 자신의 발톱과 치열하게 싸워왔다. 오펠리는 처음으로 그가 발톱에 스스로 굴복하려는 모습을 보았다. 비록 그가 그 본능을 경멸했고, 그것에 의지할 때마다 스스로를 조금 더 경멸하게 된다고 할지라도.

그녀는 그의 눈빛을 바꿔놓겠다고 다짐했었다.

라자뤼스는 세상을 장밋빛으로 보게 해주는 코안경 너머로 토른을 유심히 살폈다. 저 안경은 그에게 그림자들까지 탐지하게 해주는 걸까?

"자, 자, 이봐요. 겉보기와 달리 당신도 나만큼이나 폭력을 싫어한다는 걸 압니다. 당신은 이미 당신의 사랑스러운 아내를 위해 손을 더럽혔죠. 당신이 또 그러는 걸 아내가 무척 싫어할 거라 확신합니다.”

오펠리는 적어도 그 말에는 동의했다. 그녀는 라자뤼스의 신경계 전체에 자신의 발톱을 연결했다. 전기 충격을 받은 그는 오펠리의 어깨를 놓아버렸다. 오펠리는 그가 정신을 차릴 틈도 주지 않고 두 번째 전기 충격을 가해 그를 뒤로 밀쳐냈다. 이어 세 번째 충격으로 그를 발테르에게 부딪혀 쓰러지게 했다. 네 번째 충격으로 그를 바닥에 나뒹굴게 했다. 다섯 번째 충격으로 그가 다시는 일어나지 못하게 만들었다.

충격을 가할 때마다 오펠리는 속으로 하나하나 헤아렸다.

‘기사.’

‘블라시우스.’

‘엘리자베스.’

‘앙브루아즈.’

‘내 박물관.’

오펠리가 라자뤼스를 맨 안쪽 벽으로 내동댕이치자, 방 안으로 전해진 아니마 능력에 사로잡힌 선반들이 그의 머리 위로 도자기를 쏟아부었다.

‘토른과 나.’

바닥에 몸을 웅크린 노인을 내려다보며, 오펠리는 깊은 혐오감에 휩싸였다. 그의 은빛 머리칼은 녹이 슨 것처럼 변했다. 그녀가 그를 이렇게 만든 것이었다. 저 사람은 이런 꼴을 당해도 싸다고 아무리 되뇌어도, 쓴맛이 입안으로 치밀어 올랐다. 그녀는 토른과 눈이 마주치자 쓴맛을 삼켰다. 살기 어린 분노가 싹 가신 토른이 망연자실하여 그녀를 바라보고 있었다.

그래, 매번 토른의 손만 더럽힐 필요는 없지. 오펠리는 자신의 행동을 책임졌다.

"우리를 바벨로 다시 데려가서 풍요의 뿔로 안내해요." 그녀가 라자뤼스에게 명령했다.

그는 고통으로 일그러진 얼굴을 들어 올렸지만 두려워하는 기색은 없었다. 심지어 이런 꼴로 도자기 파편들 사이를 기면서도, 그는 여전히 호기심에 불타오르고 있었다. 마치 이 실험이 예상보다 더 흥미로운 방향으로 흘러간다고 생각하는 듯했다.

"오브 코스! 원래 그럴 생각이었어요, 미스 오펠⋯."

"그곳에서," 오펠리가 냉정하게 말을 끊었다. "내 에코를 들려줘요. 그건 연구소 소유가 아니고, 앞으로도 절대 그럴 일은 없을 테니까. 게임은 끝났어요."

바로 그 순간, 발테르가 주인의 피투성이 머리 위로 부질없이 먼지털이를 휘두르고 있을 때, 그의 배 속에서 뜻밖의 목소리가 터져 나왔다

"나는 누구인가?"

회합

벤치는 거대한 무화과나무 그늘에 있었다. 오펠리는 그곳에서 블라시우스와 울프 교수의 뒷모습을 알아보았다. 다만 블라시우스는 평소보다 훨씬 덜 구부정했고 울프 교수는 훨씬 덜 뻣뻣해 보여서 확신하기까지는 몇 초가 걸렸다. 그들은 서로 아무 말도 하지 않았다. 각자 외투를 팔에 걸친 채 나란히 앉아 마을 언저리에 펼쳐진 포도밭을 함께 바라보고 있었다. 그들은 오펠리가 자신들 사이에 앉을 수 있도록 말없이 조금씩 비켜주었다. 이 벤치에 앉아 있자니 너무나도 평화로워서, 그녀는 자신이 그들에게 무슨 말을 하러 왔는지조차 잠시 잊어버렸을 정도였다. 오펠리는 두 사람과 함께 구름이 나른하게 흘러가는 모습을 지켜보았고 포도와 무화과의 달콤한 향기를 들이마셨다. 그들과 함께 나뭇잎 사이를 비집고 내리는 햇살 조각들을 느꼈고, 그녀의 머리칼 사이로, 토가 아래로, 샌들 사이로 스며드는 산들바람을 맞았다.

"보고 싶을 거예요, 미스 윌랄리."

블라시우스의 촉촉한 눈에서는 금방이라도 눈물이 쏟아질

듯했지만, 그것이 슬픔 때문인지 기쁨 때문인지, 아니면 둘 다 인지 가늠하기 어려웠다. 오펠리는 굳이 입을 열 필요가 없었다.

"바벨로 돌아가선 안 돼." 울프 교수가 툭 내뱉었다. "세상이 우리 발밑에서 무너질 운명이라면, 이 벤치에 앉아 술잔이나 들고 있는 게 낫지?"

그는 오펠리에게 훔친 것이 분명해 보이는 리큐어를 내밀었다. 그가 이런 행동을 한다는 건 진정한 우정 표현에 가까웠기에, 오펠리는 한 모금 받아 마셨다. 그리고 뜻밖에도 그 맛이 나쁘지 않다고 느꼈다.

"있잖아요," 블라시우스가 그녀에게 속삭였다. "우리가 이 아슈에 아슬아슬하게 불시착한 뒤로 제 불운이 한 번도 나타나지 않았어요. 기와는 그대로 지붕에 붙어 있고, 벤치도 부서지지 않고, 날씨도 정말 패뷸러스fabulous하잖아요! 이제 다시 희망이 샘솟기 시작했고 붕괴와 추방이 없는 미래를 믿게 됐어요." 그가 그녀의 작은 손을 꼭 쥐며 말을 맺었다. "우리가 다시 만날 미래를요, 미스 윌랄리."

오펠리는 블라시우스와 울프 교수에게 자신이 바벨로 돌아가려는 이유가 바로 그 붕괴를 끝내기 위해서라고 말하고 싶었다. 하지만 그러려면 모든 진실을, 아직은 불완전한 진실을, 그들이 라자뤼스에게 가졌던 신뢰를 더럽힐 진실을 털어놓아야 했다. 오펠리에겐 더 이상 그럴 시간이 없었다. 하지만 그들은 그 진실을 알 자격이 있었다.

"내 이름은 오펠리예요. 다시 돌아올게요." 그녀는 입술을 살짝 벌린 두 사람을 보며 약속했다. "그때 남은 이야기를 들려드릴게요."

그녀는 벤치와, 그곳에서 느꼈던 평온함을 뒤로하고 자리를 떠났다. 유령 마을을 가로지르는 동안 거리마다 새로운 활기가 도는 광경에 깊은 인상을 받았다. 사람들은 음악을 연주하고, 과일을 나누어주고, 서로 구애를 하거나 실랑이를 벌이고 있었다. 바벨의 추방자들은 원주민들과 말이 통하지 않아서 손짓발짓으로 대화를 시도하고 있었다. 그들은 무중력 포크, 야광 면도기, 카멜레온 쥐 같은 고향의 명물들을 자랑스럽게 보여주기 위해 주머니를 샅샅이 뒤졌다. 심지어 폴리데우케스의 가문 경비대가 그를 잡으러 왔을 때 집 전체를 골무만 한 크기로 줄여서 가져오는 위업을 달성한 남자도 있었다. 하지만 그는 풀 죽은 얼굴로 안에 고양이를 가둔 채로 닫아버린 것 같아 걱정된다고 고백했다.

오펠리는 이 스물두 번째 아슈의 주민들이 아주 훌륭한 대화 상대임을 인정하지 않을 수 없었다. 그들은 코앞에 들이미는 것마다 아주 열렬한 관심을 보였다. 세상에 이보다 놀라운 것은 없다는 듯 휘둥그레진 눈으로 하나하나 살펴보고, 만져보고, 냄새를 맡으면서도 무언가를 소유하려는 본능은 전혀 보이지 않았다. 마을의 다른 집들처럼 버려진 어느 도예 공방 앞을 지나며 오펠리는 걸음을 늦췄다.

그녀는 먼지 쌓인 아름다운 접시들에는 눈길조차 주지 않았다. 그녀의 눈에 들어온 건 쇼윈도에 비친 자기 모습뿐이었다.

그녀가 손을 들었다. 반영도 손을 들었다. 그녀가 뒤로 물러났다. 반영도 뒤로 물러났다. 그녀가 혀를 내밀었다. 반영도 혀를 내밀었다. 그것은 지극히 평범한 거울 속 상처럼 행동했다. 그럼에도 불구하고.

나는 누구인가?

에코는 오펠리의 생각과 달리 이탈 연구소에 남아 있지 않았다. 그것은 두 번째 그림자처럼 자신도 모르는 사이에 따라와 발테르의 축음 장치 속으로 스며들어 있었다.

이제 오펠리는 자신이 그 에코에게 목숨을 빚졌다는 사실을 깨달았다.

비행선 안에서, 종탑 쪽으로 그녀의 주의를 끈 것도 그였고, 그녀와 모든 탑승객에게 치명적이었을 충돌 직전에 그녀를 구한 것이 바로 그 에코였다. 그녀는 그와 소통할 수 없다는 사실이 답답하면서도, 한편으로는 소통에 성공하게 될까 봐 두렵기도 했고, 무엇보다도 이제는 벙어리가 되어버린 작은 금속 앵무새를 두드려대고 있을 관찰자들의 모습을 상상하면 묘한 쾌감이 일었다.

하지만 라자뤼스가 옳았다면? 도예 공방의 유리창에 비친 얼굴이 점차 흐려지는 동안 오펠리는 생각했다. 만약 내가 윌랄리 딜뢰와 똑같은 길을 걷고 있는 중이라면? 자신의 인간성 일부를 에코에 불어넣음으로써, 그 반작용으로 에코의 본질이 자신에게 조금씩 스며들고 있는 것이라면? 만약 자신이 스쳐 지나가는 사람들의 겉모습을 하나하나 복제하기 시작한다면?

오펠리의 시선이 자신의 상에서 엘리자베스의 상으로 미끄러졌다. 엘리자베스가 뒤에 있었다. 미처 알아채지 못했지만, 그 젊은 여성은 맞은편 저택의 정원을 둘러싼 오래된 돌담 위에 올라앉아 있었다. 한쪽 다리는 가슴 쪽으로 접어 올리고 다른 쪽 다리는 늘어뜨린 그녀는, 자신의 무릎에 앉은 메뚜기를 생각에 잠긴 듯 빤히 쳐다보고 있었다. 엘리자베스 본인이 마치 그 메뚜기 같았다.

"우리 가족은 식구가 많았어."

오펠리는 엘리자베스가 자신에게 말을 건 것인지, 아니면 메뚜기에게 한 말인지 잠시 헷갈렸다. 엘리자베스의 눈꺼풀이 무겁게 내리깔렸다. 비몽사몽인 것 같았다.

"난 첫째도 막내도 아니었어. 항상 시끌벅적했던 우리 집이 생각나. 서로 부딪치며 오르내렸던 계단, 부엌에서 나던 냄새, 큰 목소리가 끊이지 않았지. 피곤한 집이었지." 그녀는 한숨을 내쉬었다. "하지만 내 집이었어. 난 그렇게 믿었었지."

엘리자베스는 메뚜기에게서 시선을 돌려 오펠리를 빤히 바라보았다. 엘리자베스가 가진 것 중 가장 아름다운 긴 황갈색 머리카락은 당장 감아야 할 것 같았다.

"어느 날 밤, 나는 아예 모르는 사람들 집에서 깨어났어. 내 가족이 나를 버렸지. 입 하나를 덜려고, 이해돼? 난 거리로 도망쳐 나왔어. 레이디 헬레네가 아니었다면 아직도 거리를 떠돌고 있었겠지."

엘리자베스는 이제는 달려 있지 않은 선각자 날개를 짤랑거리려는 듯 돌담을 부츠로 툭 건드렸다.

"레이디 헬레네의 책을 해독하는 일은 성공을 눈앞에 두고 있었어. 그분의 기억을 되돌려 드리는…. 가문 정령들의 진짜 정체 같은 건 아무래도 상관없어. 난 그저 그분이 내 이름을 기억해 주기만을 바랐을 뿐이야."

엘리자베스가 입술을 깨물자, 코스모스의 팔꿈치에 맞아 앞니가 빠진 자리가 드러났다. 오펠리를 곤경에서 구하려다 이 하나를 잃었다. 오펠리는 마땅히 엘리자베스에게 고마워해야 했지만, 지금은 그녀를 그 담장에서 억지로라도 끌어 내리고 싶은 충동뿐이었다.

"그게 정말 네가 바라는 거야?"

엘리자베스는 오펠리의 날이 선 질문에 당황한 듯 눈썹을 치켜올렸다.

"응?"

"여기 남는 거. 그게 네가 원하는 거냐고."

"모르겠어."

"우리와 함께 바벨로 돌아가고 싶어?"

"모르겠어. 내 자리가 어딘지 이젠 모르겠어."

오펠리는 적어도 그 점에서는 자신과 엘리자베스가 닮았다고 생각했다. 하지만 엘리자베스와 달리, 오펠리의 닻이 되어 주는 사람은 여전히 이 세상에 존재했다.

오펠리는 목소리를 누그러뜨렸다.

"네가 기억을 되찾아 줄 수 있는 가문 정령이 아직 스무 명이

나 더 있어."

"모르겠어." 엘리자베스는 우유부단한 시선을 다시 메뚜기에게로 돌리며 같은 말만 되풀이했다.

오펠리는 주저하는 엘리자베스를 뒤로한 채 마을 뒤편에 꽃이 만발한 거대한 휴경지로 향했다. 앙브루아즈는 씨가 맺힌 민들레밭 한가운데에 휠체어를 세우고 있었다. 그는 기다림을 달래려 엄청난 양의 민들레 홀씨를 불어댄 것이 틀림없었다. 목에 두른 목도리에 온통 갓털투성이었다. 오펠리가 다가오는 소리에 그가 움찔 놀랐다. 그녀도 앙브루아즈처럼 집중해서 하늘을 올려다봤다. 덕분에 두 사람은 서로를 똑바로 마주 보지 않아도 되었다. 라자룹터가 도착하는 것을 보기에는 조금 일렀다. 라자뤼스 교수가 비행 장치를 두고 온 야영지는 들판 너머에 있었고, 의심 많은 토른은 다리가 불편함에도 불구하고 고집스럽게 그와 동행했다.

"아버지 머리에 아주 빅 혹이 났더라고요."

오펠리는 안경을 하늘 쪽으로 고정한 채, 눈동자만 굴려 윤곽이 흐릿한 그 존재를 곁눈질했다. 라자뤼스와의 비밀스러운 대화 이후, 앙브루아즈가 입을 연 것은 처음이었다. 그는 둘 사이에 무언가 변했다는 것을 감지하기라도 한 것처럼 부드럽고, 거의 수줍은 목소리로 말을 꺼냈다.

사실 당신은 40년 전 실종된 한 남자의 에코이며, 당신의 아버지가 실은 당신의 아버지가 아니라는 사실을 말해줘야 할까?

"내가 좀 흥분했어요."

"아버지는 당신에게 화난 것 같지 않았어요. 오히려 정반대 였죠."

그건 말할 필요도 없는 사실이었다. 오펠리의 에코가 발테르를 통해 존재를 드러낸 순간, 라자뤼스는 그녀의 양 볼에 키스를 퍼부었다. 그가 꿈꾸는 유토피아에 자신을 끌어들일 생각은 하지 말라고 오펠리가 단호히 말했을 때도, 그는 그녀를 전혀 진지하게 받아들이지 않았다. 하지만 어쨌든 그가 토른과 함께 자신을 풍요의 뿔까지 데려다주기만 한다면….

앙브루아즈의 시선이 거꾸로 신은 자신의 바부슈로 향했다.

"아버지는 제게 좀처럼 속내를 털어놓지 않으세요. 하지만 오펠리 씨에게 거는 기대가 크다는 건 알아요. 아마도 너무 크 겠죠. 첫 번째 붕괴 이후 타자를 찾기 위해 혼자서 스스로를 얼마나 벼랑 끝으로 몰아붙이고 계실지, 전 감히 상상조차 안 되네요." 그가 다소 민망해하며 말했다. "오펠리 씨가 그 타자라고 믿었던 걸 생각하면, 참…."

오펠리는 윤기 나는 검은 머리칼과 낡은 삼색 목도리 사이로 살짝 드러난 그의 목덜미를 훔쳐보지 않을 수 없었다. 저 등 어딘가에, 앙브루아즈 자신은 의식하지 못하는 코드가 그를 육신을 지닌 실체로 붙들어 두고 있다. 당연히 마음이 불편해야 정상이었다. 그러나 그녀가 느낀 것은 오직 슬픔뿐이었다. 그의 진짜 정체 때문이 아니라, 아마도 그가 그것을 모르는 편이 더 행복할 것이기 때문이었다. 본질적으로 앙브루아즈는 파루크와 크게 다르지 않았다. 자신의 책을 해독하기 위해 정치적 긴장을 불러일으키긴 했으나, 파루크 역시 그저 해답을 찾으려는 피조물에 불과했다. 나중에 뼈저리게 후회하게 될 해답이긴 했지만. 한 명은 등에, 다른 한 명은 책에 적힌 몇 줄의 글귀로 세상에 태어난 에코들이었다.

윌랄리의 에코도 스스로 형체화되기 위해 코드가 필요했을까? 아니면 결정화를 통해 자발적으로 탄생한 에코와, 인위적으로 구현된 모든 에코 사이의 근본적인 차이가 바로 그것이었을까?

"난 이미 타자를 찾았어요." 오펠리의 말에 앙브루아즈가 화들짝 놀랐다. "찾았는데 나조차도 깨닫지 못했죠."

적어도, 그 그림자가 했던 말을 믿는다면 말이다. 자신과 닮은 누군가.

'만약 정말 내가 타자라면?'

이 터무니없는 가설에 흘러나왔던 실소는 금세 굳어버렸다. 통과해. 그날 밤, 자기 방 거울에서 윌랄리 딜뢰의 에코를 난생처음 마주쳤을 때, 그녀는 에코 속으로, 에코는 그녀 속으로 들어왔었다.

정말로 다시 빠져나갔던 걸까?

민들레 속에 발을 묻은 채, 오펠리는 더 이상 움직이지 않았다. 돌처럼 굳어버렸다. 목구멍에서 심장이 쿵쾅거렸다. 장갑 속 두 손이 얼음장같이 차가워졌다. 처음엔 몹시 더웠다가 이내 아주 추워졌다. 마치 몸이 방금 이물질의 침입을 불현듯 자각하기라도 한 것처럼.

“미스, 괜찮아요?” 앙브루아즈가 걱정스럽게 물었다.

오펠리는 거칠어진 자신의 숨소리 때문에 그의 목소리를 거의 듣지 못했다. 아니, 자신이 타자일 리 없었다. 그랬다면 반드시 알아차렸을 테니까. 붕괴는 늘 자신도 모르는 사이에 일어났고, 무엇보다 스스로가 그걸 전혀 원치 않았으니까. 그녀는 종잇장 구기듯 그 생각들을 동그랗게 뭉쳐 최대한 멀리 내던졌다. 피부에 달라붙은 잉여 에코 하나만으로도 이미 충분했다. 두 번째는 필요 없었다.

“모든 게 다 끝나면 괜찮아질 거예요.” 그녀가 대답했다.

오펠리는 라자롭터의 비행 소리를 듣고 안도했다. 그 거대한 잠자리 실루엣이 이내 짙푸른 오후의 하늘을 갈랐다. 라자롭터가 휴경지에 착륙하는 동안 프로펠러가 일으킨 거센 바람이 민들레 갓털들을 사방으로 날려 보냈다. 발테르가 기계식 탑승교를 내렸다.

“웰컴, 타세요!” 라자뤼스가 조종석에서 소리쳤다.

라자롭터 내부는 잠수함 선체처럼 어둡고 삐걱대며 비좁았다. 갑작스러운 밝기 차이로 잠시 앞이 잘 안 보이던 오펠리는 자신을 향해 뻗어온 팔에 부딪히고 나서야 토른을 찾았다. 그가 안전벨트를 채우라고 팔을 뻗어 안내하던 참이었다. 토른 역시 스프링 좌석에 앉아, 앙브루아즈의 휠체어에 발이 깔리지 않도록 두 다리를 한껏 접은 채 한 손으로 천장의 안전 손잡이를 움켜쥐고 있었다. 기나긴 여정이 될 터였다.

“잠깐만요!”

엘리자베스였다. 그녀는 발테르가 끌어 올리던 탑승교 위로 기어 올라와 그나마 남아 있던 얼마 안 되는 공간마저 꽉 채웠다. 내리깐 눈꺼풀 아래로 새롭게 자부심이 번뜩였다.

"난 바벨 시민이에요. 내가 있을 곳은 거기예요."

그들은 이륙했다. 오펠리는 이미 거울, 비행선, 기차, 모래시계, 엘리베이터, 버드트램, 휠체어 등 다양한 탈것을 경험해 봤지만, 라자롭터야말로 그중 가장 불편한 교통수단이었다. 프로펠러의 진동이 안전벨트를 타고 뼛속까지 흔들어대는 바람에 감히 대화할 엄두조차 나지 않았다.

하지만 라자롭터는 빨랐다. 불과 몇 시간 만에 바벨이 눈앞에 나타났다.

"바이 조브By jove!" 라자뤼스가 탄식했다.

오펠리와 토른, 앙브루아즈, 엘리자베스는 안전벨트를 풀고 와이퍼가 빗물과 사투를 벌이고 있는 앞 유리 쪽으로 몸을 비틀었다. 구름바다는 광기에 휩싸인 채, 이쪽에는 수증기 성벽을 쌓아 올리고 저쪽에는 허무의 우물을 깊게 파놓고 있었다. 이틀 밤낮 만에 바벨은 알아볼 수 없을 정도로 변해버렸다. 거대 아슈 한가운데에는 뻥 뚫린 구멍들이 입을 벌리고 있었고, 그중 하나는 피라미드 절반을 통째로 집어삼킨 상태였다.

"붕괴 속도가 빨라지고 있군." 토른이 말했다.

엘리자베스가 창백한 입술을 굳게 깨물었다.

"레이디 셉티마는 시민들에게 도심은 안전할 거라고 약속했는데. 그 분이… 그 분이 틀렸어."

구름의 늪 너머로, 바벨 시민들이 거리에 뒤엉켜 라자롭터를 향해 절박하게 손을 내젓는 모습이 보였다. 그러나 그들의 비명은 프로펠러 소리에 모조리 빨려 들어갔다. 그들의 발밑에 있는 땅이 이제 최악의 적이 되어버렸다.

'땅이 아니야.' 오펠리는 생각했다. '타자야.'

그녀는 왜 자신이 아직껏 타자를 알아보지 못했는지 더는 파고들지 않기로 했다. 머릿속 깊은 곳에 종잇장처럼 구겨 던져둔 그 생각은 아예 떠올리지 말아야 했다.

그건 그렇고, 도심 어디를 둘러봐도 원래 계획대로 앙브루아즈와 엘리자베스를 내려줄 만한 착륙지가 보이지 않았다. 각기 방식은 달랐지만, 두 사람 모두 자신들이 라자뤼스의 장난감에 불과했다는 사실을 전혀 모르고 있었다. 오펠리는 그들을 더 이상 연구소의 톱니바퀴 속으로 끌어들이고 싶지 않았다.

"저기 좀 봐요!"

앙브루아즈가 휠체어에서 몸을 비틀어, 이슬비에 번져 흐릿하게 보이는 앞 유리 너머의 형체들을 가리켰다. 그것들은 아직 온전하게 남아 있는 바벨 메모리알의 거대한 탑 주변을 맴돌고 있었다.

지치지도 않고 레버와 크랭크를 조작하던 라자뤼스가 잠망경에 얼굴을 바짝 가져다 댔다.

"비행선들이군요." 그가 말했다. "그것도 보통 비행선들이 아닙니다. 가문 정령 문장이 그려져 있어요. 코르폴리스, 토템, 알옹달루즈, 플로라, 시드, 파로스, 제피로스, 타르타르, 아니마,

베스페랄, 세레니심, 헬리오폴리스, 플롱보, 티탄, 셀레네, 데제르, 심지어 폴의 가문 정령 문장까지요. 바벨에서 이만한 규모의 범가문 대회의라니, 이건 전대미문의 사건입니다!"

'아니마'와 '폴', 두 단어를 듣자마자 오펠리의 맥박이 더욱 빠르게 뛰었다.

"우리 가문 정령들이 여기 와 있다는 건가요?"

새로운 세계가 세워진 이래, 어느 가문 정령도 자신이 책임지는 아슈를 떠난 적이 없었다. 라자뤼스의 말이 맞았다. 전례 없는 일이었다.

"아마 레이디 헬레네 때문일 거예요." 엘리자베스가 발테르의 불편한 프레임에 몸이 낀 채 숨을 내쉬며 말했다. "그들도 레이디 헬레네가 사라졌다는 것을 느꼈을 거예요. 가문 정령들은 각자의 책으로 서로 연결되어 있거든요. 책의 코드를 연구하면서 이해한 몇 안 되는 사실 중 하나죠."

오펠리는 앞 유리 너머로 축축하게 얼룩져 보이는 점들에 홀린 듯 시선을 빼앗겼다. 그중 하나는 아르테미스의 비행선이었고, 또 다른 하나는 파루크의 것이었다. 이렇게 빨리 먼 거리를 오기 위해서 그들은 상상할 수 있는 온갖 기술적 자원과 초자연적인 힘을 총동원했을 것이다. 그들에게 달려가 가족이 무사한지 묻지 못한다는 사실은 그녀에게 고문이나 다름없었다.

토른은 비좁은 라자롭터 안에서 허락되는 한 최대한 오펠리 쪽으로 몸을 기울였다. 턱을 갉아 먹을 듯 뻣뻣하게 자란 수염과 두 눈을 집어삼킬 듯 짙게 내려앉은 다크서클에도 불구하고 그는 맹렬한 에너지로 타오르고 있었다.

"우린 계획대로 하자." 그가 그녀의 귓가에 속삭였다. "가문 정령들이 모두 메모리알에 모였다면, 윌랄리 딜뢰도 곧 무대 뒤에서 모습을 드러낼 거야. 어쩌면 이번 기회에 그녀의 에코도 튀어나올지 모르고. 우리에겐 지금 그 어느 때보다 풍요의 뿔이 절실해. 연구소로 곧장 안내하시오." 토른이 목소리를 높여 라자뤼스에게 명령했다.

"연구소요?" 엘리자베스가 놀라 물었다. "그들이 우리를 내쫓았잖아요. 우리가 다시 돌아오는 걸 절대 원치 않을 텐데요."

라자뤼스가 조종석에서 그녀에게 윙크했다.

"돈트 워리, 내게 다 연줄이 있답니다. 우린 그곳에서 안전할 겁니다. 어쨌든 난 그들이 가장 애용하는 오토마톤 공급자니까요."

오펠리는 진짜에 기대어 가짜를 교묘히 숨기는 이 노인의 뻔뻔함에 절로 혀를 내둘렀다. 그의 이마에는 그녀가 만들어놓은 혹이 멈출 줄 모르고 부풀어 오르고 있었건만, 그는 여전히 승리자처럼 굴고 있었다. 아직 건질 수 있는 것만이라도 건져내려면 힘을 합쳐야 한다고 아무리 속으로 되뇌어도, 라자뤼스를 전혀 믿을 수 없었다. 연구소에 도착하면 그들은 라자뤼스의 영역에 발을 들이는 셈이었다.

어쨌든 구름 소용돌이 한가운데 우뚝 선 거상을 바라보며 오펠리는 그렇게 생각했다. 라자롭터가 거상의 정수리, 그녀가 그 존재조차 몰랐던 착륙장에 내릴 때에도 그녀는 여전히 그렇게 생각하고 있었다. 라자뤼스가 조각상의 머릿속으로 곧장 내려가는 비밀 엘리베이터로 그들을 이끌었을 때도 생각은 변함없었다. 소장 관사 안으로 들어서고 나서야 오펠리는 비로소 자신의 입장을 재고해 볼 마음이 생겼다.

집무용 의자 하나에 서로 끌어안고 앉은 남녀가 사프란 케이크를 맛보고 있었다.

"마침내 모두 한자리에 모였군요!" 계보학자들이 한목소리로 기뻐하며 외쳤다.

풍요

햇빛이 뒤섞인 비가 거상의 눈동자 역할을 하는 장미창을 톡톡 두드렸다. 빗방울의 그림자가 계보학자들의 미소 위로 흘러내렸다. 그들은 너무나도 열정적으로 서로를 껴안고 있어 마치 한 몸처럼 보였다. 그들의 황금빛에 주변 세상이 가려질 정도여서, 오펠리가 소장 관사 안에 그들만 있는 게 아니라는 사실을 깨닫기까지는 잠시 시간이 걸렸다.

폴리데우케스 가문 경비대가 책장의 내용물을 죄다 비우고 있었다. 입소자들의 기록, 의료 영상 등 모든 것이 치워지고 있었다. 비밀 엘리베이터 문이 열리며 라자뤼스, 오펠리, 토른, 앙브루아즈, 엘리자베스 그리고 발테르가 모습을 드러내자마자, 경비대는 어깨에 멘 총검 달린 소총을 언제든 겨눌 자세를 취한 채 동작을 멈췄다. 그들은 계보학자들의 명령이 떨어지기만을 기다리고 있었다.

남자 계보학자는 무심하게 케이크 조각을 흔들며 경비대에게 하던 일을 계속하라고 손짓했고, 여자 계보학자는 계속 손가락을 핥고 있었다.

"여러분이 이렇게 찾아오다니, 예상치 못했지만 정말 반가운 일이로군요!"

"우리끼리만 있어서 그런지 외로워지던 참이었거든요."

"이 시설에는 이제 살아 숨 쉬는 이가 아무도 없답니다."

"관찰자도 없고."

"협력자도 없고."

"피험자도 없고."

"고양이도 없어요."

오펠리는 가장 가까운 장미창 너머로 시선을 돌렸다. 아래로 내려다보이는 수도원과 정원은 과연 텅 비어 있었다. 보조개가 있던 남자는 어디로 간 걸까? 풍뎅이를 매단 여자는? 다른 역전자들은? 스콩드는? 그리고 기사는?

그녀 옆에서 토른은 아무 감정도 내비치지 않았지만, 오펠리가 보기에 그의 주머니 속 회중시계는 똑딱거림을 멈춘 듯했다. 토른은 한때 협정을 맺었다가 파기했던 이 계보학자들보다 선수 치려 했으나, 결국 실패하고 말았다. 어느새 오펠리에게 익숙해진 발톱 끝의 찌릿한 기운도 돌연 멎어버렸다. 수없이 죽음을 마주해 왔던 그조차 두려워할지 모른다는 생각에, 오펠리는 패닉에 사로잡혔다.

앙브루아즈도 역시 잔뜩 위축된 채, 걷잡을 수 없이 커지는 동요를 가라앉히려고 목도리를 만지작거렸다

마치 가스 냄새처럼 주변에 위협이 감돌았다. 이곳에서 무언가 끔찍한 일이 벌어질 참이었다. 하지만 대체 무슨 일이?

라자뢰스는 계보학자들이 자신의 연구소에 들이닥쳤음에도 놀란 것 같지도, 불안해 보이지도 않았다. 그는 프록코트 조끼 주머니에 양손 엄지손가락을 꽂은 채 평소처럼 지나치게 자신만만한 태도를 보였다.

완벽히 일치된 동작으로 계보학자들은 엘리자베스에게 시선을 돌렸고, 엘리자베스는 즉시 한 걸음 뒤로 물러섰다.

"무사한 모습을 보니 안심이 되는군요, 비르투오소."

"그 장거리 비행선에 당신을 태운 건 당신의 재능에 대한 모욕이었어요."

"레이디 셉티마는 리얼리 직책에 걸맞지 않은 모습을 보였죠."

"그녀의 잘못으로 바벨 전역에 폭동이 번졌습니다."

"우리가 말하는 지금 이 순간에도 그 대가를 치르고 있지요."

"우리의 선량한 시민들이 그녀를 허공으로 내던져 버렸거든요."

"추락은 더 가혹하겠지요!" 그들은 입을 모아 합창하듯 말을 맺었다.

오펠리는 그들에게 인간미라고는 조금도 없다고 느꼈다. 미소 지을 때조차 그들의 황금빛 피부에는 주름 하나 잡히지 않았는데, 아마도 그들 가문의 능력에 따른 결과일 터였다. 오펠리는 아들을 집어삼킨 심연으로 끝도 없이 추락하고 있을 레이디 셉티마를 떠올렸다.

엘리자베스의 더러운 손톱이 제복 소매를 꽉 움켜쥐는 모습을 보고 오펠리는 그녀 역시 자신처럼 공포를 느끼고 있음을 깨달았다. 엘리자베스의 눈꺼풀은 커튼처럼 걷혀 올라갔고, 두 눈은 입소자 수백 명의 사생활을 상자에 담아 나르는 경비대의 움직임을 좇고 있었다. 계보학자들은 혼란을 틈타 늘 자신들에게 금지되었던 이곳을 무력으로 점령했다. 바벨이 몰락하는 와중에도 최고위층 인사들은 자기 것도 아닌 안락의자에 편히 앉아 있었다.

"가문 정령들은," 엘리자베스가 힘겹게 한 단어 한 단어를 내뱉었다. "위기에 대응하기 위해 모두 메모리알에 모여 있습니다. 왜 계보학자님들은 가문 정령들과 함께하지 않는 거죠?"

방 안에 있던 이들 중 하필 엘리자베스가 계보학자들에게 맞설 줄은 오펠리조차 상상하지 못했던 일이었다.

계보학자들은 한 몸처럼 일어섰다.

"이제 그 임무가 당신에게 주어졌기 때문이죠."

"바벨은 모범적이고 헌신적인 시민을 필요로 하니까요."

"폴리데우케스 경이 우리를 필요로 하듯이 말입니다. 오늘, 그 어느 때보다도 절실하겠죠."

"누군가는 폴리데우케스 경을 위해 살아 있는 기억이 되어야 하고 그분을 비롯한 모든 가문 정령들에게 그들의 진정한 자리가 어디인지 알려주어야만 하죠."

"이제 당신은 뢰스 귀족의 반열에 올랐습니다!"

엘리자베스는 믿기지 않는다는 듯 계보학자들이 가슴에 달아준 태양 모양 휘장을 내려다보았다. 오펠리는 장담할 수 있었다. 그 휘장은 토른이 레이디 셉티마에게 돌려주었던 바로 그것이었다. 이것은 승급이 아니었다. 예속이었다.

"비행선이 구내에 정박해 있습니다." 남자 계보학자가 말했다.

"그걸 타고 메모리알로 가세요." 여자 계보학자가 말했다.

"나우." 그들이 일제히 말했다.

막 마지막 책장까지 비운 폴리데우케스 가문 경비대는 손에 상자를 든 채 문까지 의장대처럼 도열했다. 이미 정해진 길이었다. 엘리자베스는 무거운 책임을 지는 것도, 각광받는 것도 결코 좋아하는 사람이 아니었다. 이 새로운 직위는 질 나쁜 농담 같았다.

그녀는 무장한 경비대를 거느리고 소장 관사를 나서며 마지막으로 오펠리를 뒤돌아보았다.

엘리자베스가 떠나고 나자 방 안에는 다섯 명의 경비대원만 남았다. 두 명은 관사 입구를, 다른 두 명은 비밀 엘리베이터 앞을 지켰다. 나머지 한 명은 마치 라자뤼스가 이들 중 가장 위험한 인물이라도 되는 양, 여전히 과장되게 미소 짓고 있는 그를 총으로 겨누어 견제하고 있었다. 도주를 꾀하기엔 여전히 총 다섯 자루가 너무 많았다. 오펠리는 토른의 떨리는 긴 손가락을 보며, 그가 이 상황을 뒤집기 위해 가능한 모든 선택지를 훑어보고 있음을 짐작할 수 있었다. 엘리베이터에서 나온 뒤로 토른은, 약혼녀 따위 자신에게 아무 의미 없다고 모두를 속이려 했던 시절처럼 오펠리를 쳐다보지도 그녀에게 다가오지도 않았다. 오펠리 역시 그쪽으로 시선 주기을 주지 않았다. 그들 주변으로 응결되고 있는 이 유독가스에 자칫 폭발을 일으킬까 두려웠기 때문이다.

계보학자들은 돌연 앙브루아즈에게로 온 신경을 집중했다. 두 눈에는 독기가 가득했다. 여자가 실크 옷자락을 사각거리며 휠체어 위로 몸을 굽히자 앙브루아즈가 흠칫 놀라 몸을 떨었다. 그녀는 영양을 마주한 호랑이 같았다.

"얼마나 매혹적인 기형인지…. 당신은 평범하지 않군요. 비단 팔다리만 말하는 게 아니랍니다."

"아버지?" 앙브루아즈가 나직이 아버지를 불렀다.

라자뤼스는 여전히 경비대의 총구가 겨눠진 채, 멀찍이서 아들에게 미소를 지어 보였다.

"걱정하지 말렴. 다 잘될 거야."

"다 잘될 거예요." 여자가 그의 말을 따라 했다.

그녀는 앙브루아즈의 손바닥을 어루만지며 손금 하나하나를 따라 그렸다. 이내 두 사람 모두 팔에 소름이 돋았다. 초촉각을 이용해 낯선 피부를 탐색하던 여자의 미간이 돌연 스르르 풀렸다. 마치 자신이 찾던 것을 발견한 듯이. 그녀는 천천히, 그리고 관능적으로 앙브루아즈의 머리카락 아래로 자신의 금빛 손가락들을 미끄러뜨렸다. 여자의 손길에 바짝 털을 세운 목도리 아래로, 그리고 하얀 튜닉의 목깃 아래로.

오펠리는 무슨 일이 벌어질지 너무 늦게 깨달았다. 앙브루아즈가 놀란 듯 딸꾹질을 했다. 단 한 번의 딸꾹질이었다. 그다음 순간, 휠체어 위에는 그의 흔적조차 남아 있지 않았다. 온데간데없이 사라졌다. 남은 것이라곤 얼빠진 듯 허공을 파닥이는 목도리와 빗줄기에 뚝뚝 끊어진 한 줄기 햇살뿐이었다.

연기처럼 증발해 버렸다.

여자는 이제 엄지와 검지 사이에 낡은 은판 하나를 쥐고 있었다. 은판 위에는 현미경으로나 겨우 보일 법한 미세한 글자가 새겨져 있었다. 수십 년 동안 한 에코를 물질 속에 단단히 닻 내리게 했던 바로 그 코드를, 여자는 그저 라벨지 하나 떼어내듯 가볍게 제거해 버린 것이다.

눈 깜짝할 새 벌어진 일이라 오펠리는 숨 쉴 틈도 없었고, 지금도 여전히 숨이 쉬어지지 않았다. 그녀의 폐도, 심장도, 피마저도 모조리 얼어붙어 버렸다.

"아, 이런, 이런." 라자뤼스가 탄식했다. "코드를 망가뜨렸군요. 리얼리 꼭 그러셔야만 했습니까?"

방 안에 남아 있던 가문 경비대원들은 자신들은 아무것도 보지 못했다고 스스로를 세뇌하려는 듯, 눈 한번 깜빡이지 않고 눈앞의 가상의 점 하나만 뚫어지게 응시했다.

계보학자들은 동시에 일치된 동작으로 발테르를 가리켰다.

"우리끼리 있을 테니 저 오토마톤을 데리고 나가세요."

경비대원들은 명령을 따랐다. 발테르는 경비대원들이 자신을 조종하도록 순순히 몸을 맡긴 채 그들에게 오드투알레트*를 뿌려댔고, 그들의 얼굴에는 안도의 기색이 비쳤다.

거대한 흑단 문이 닫히자마자 오펠리는 양 뺨에 단단한 금속

---

*농도가 연한 향수.

의 감촉을 느꼈다. 황금으로 된 권총 두 자루였다. 그들은 권총으로 오펠리를 압박해 억지로 고개를 들게 한 뒤, 토른을 똑바로 보게 했다.

"폴리데우케스 가문 경비대만 평화 유지용 장비를 소지할 수 있는 건 아니랍니다." 계보학자들이 경고했다.

"당신은 정말 실망스러운 가문 감찰관이었어요."

"우리는 당신의 그 수많은 비밀들을 모른 척 눈감아 줬죠."

"이 연구소에서 우리와 같은 편에 서 있는 동안만큼은 말입니다."

"하지만 당신은 이 별 볼 일 없는 아니마 여자를 위해 직무를 저버렸어요."

오펠리는 자신을 겨눈 권총 두 자루도, 제 머리칼과 그들의 금발이 뒤엉킬 만큼 불쾌하게 밀착해 온 계보학자들도, 맹수처럼 미동조차 없는 토른의 모습도 전혀 의식하지 못했다. 그녀의 눈에는 오직 목도리 끝자락에 남은 빈자리만 보였다. 바로 직전까지 거기 있던 앙브루아즈가, 사라지고 없었다. 자신을 환대하고, 이끌고, 먹이고, 재워주고, 자신에게 조언해 주었던… 그가 이제는 없었다.

여자는 오펠리의 뺨을 누르는 권총의 압박을 늦추지 않은 채, 방금 뜯어낸 코드 판을 라자뤼스에게 던졌다.

"코르누코피아니즘 프로젝트의 진정한 창시자를 만나게 되어 영광입니다."

"솔직히 말하자면, 교수님, 최근까지만 해도 우리는 당신을 눈여겨볼 가치가 없다고 생각했답니다."

"윌랄리 딜뢰가 당신을 또 한 명의 하수인으로 삼았다는 것은 알고 있었죠."

"오브 코스, 하지만 당신이 그녀와 겨룰 수 있을 거라고는 생각해 본 적이 없어요."

"최근에야 우리가 당신을 얼마나 과소평가했는지 깨달았죠."

라자뤼스는 두 손에 든 코드 판에서 시선을 뗐다. 그의 입가에는 여전히 미소의 그림자가 걸려 있었다. 앙브루아즈의 잔혹한 소멸조차 그를 뒤흔들지 못했다.

"생각을 바꾸게 된 계기가 뭔가요?"

오펠리는 바짝 밀착해 자신을 옥죄고 있는 계보학자들의 표정을 볼 수 없었다. 반면, 그들이 뺨에 두 자루의 총구를 더욱 깊숙이 밀어 넣었을 때, 오펠리는 토른이 동공까지 수축하며 경직되는 것을 보았다.

"우연히 마주친 이 작은 아니마 여자 때문이죠."

"인구조사 기간에 메모리알의 어느 접수대에서요."

"우린 이 아가씨의 서류를 슬쩍 살펴봤어요."

"'윌랄리'는 바벨에서 리얼리 흔치 않은 이름이거든요."

"특히나 의미심장한 이름이고요."

"그래서 이 아가씨에 대해 살짝 조사를 했답니다."

"당신이 집을 비운 사이 거기서 지냈다는 사실을 알아냈죠."

"그러면서 당신의 소위 아들이라는 자의 존재도 알게 됐고요."

"당신의 가계도 그 어디에도 존재하지 않은 아들 말이에요."

“당신이 자신의 그림자 속에 그토록 치밀하게 숨겨두었던 그 아들 말이죠.”

“그리고 끈질긴 추적 끝에, 우리 기록실에서 그의 흔적을 찾 아냈답니다.”

“당신이 어린 시절 살던 동네에서 태어난 평범한 무능력자더 군요.”

“그리고 여기, 이 연구소에 교수님과 함께 수용됐고요.”

“그런데 아드님은 지난 40년 동안 머리카락 한 올도 늙지 않 았더군요.”

“레이디 셉티마가 정말이지 최악의 판단으로 아드님을 추방 해 버리는 바람에, 우린 그를 만나볼 기회를 놓쳤답니다.”

“하지만 얼마나 다행이에요!” 그들은 동시에 말을 맺었다. “바로 당신이 우리에게 다시 돌아와 주었으니 말입니다!”

라자뤼스는 계보학자들이 말할 때마다 태연하게 고개를 끄 덕였다.

“그렇다면 저와 제 누추한 연구소에 무엇을 바라시는지 말씀 해 주실 수 있을까요?”

오펠리의 양 턱에 맞닿은 권총들이 흥분으로 부르르 떨렸다. 그녀는 이제 척추뼈 하나도 움직일 수 없었다.

“풍요!” 계보학자들이 동시에 대답했다.

“진정 중요한 건 그것뿐이죠.”

“시간의 풍요.”

“즉, 불멸입니다.”

휠체어 깊숙한 곳에서, 목도리만이 더는 그곳에 없는 몸을 끈질기게 찾고 있었다. 오펠리는 목도리에서 눈을 뗄 수 없었다. 계보학자들은 풍요의 뿔이 무엇을 의미하는지 전혀 몰랐다. 그들은 앙브루아즈의 진짜 정체도 모른 채 그를 파괴해 버렸다. 그들은 불멸을 누릴 자격이 없었다.

살아 있을 자격조차 없었다.

두 자루의 권총 사이에 결박당한 채, 오펠리는 그들의 척수와 연결하기 위해 눈을 감았다. 그들을 밀쳐내려는 것이 아니었다. 그들에게 고통을 주고 싶었다. 자신의 능력이 허락하는 한 가장 깊숙이, 그들의 살점 속에 발톱을 찔러 넣고 싶었다.

하지만 뜻대로 되지 않았다.

오펠리는 이를 악물고 감각을 최대한으로 확장하여. 토른과 라자뤼스의 신경계는 읽어낼 수 있었지만, 계보학자들의 신경계만큼은 감지할 수조차 없었다. 그들의 피부는 뚫을 수 없는 요새였다.

오펠리는 다시 두 눈을 번쩍 뜨고, 저 위쪽에서 아무 짓도 하지 말라고 무언의 지시를 내리는 토른의 시선과 마주쳤다. 그녀는 이제야 왜 그가 이들을 두려워하는지 이해했다. 죽이거나 죽임을 당하는 일 따위, 이들에게는 아무런 문제도 되지 않았다.

그들의 숨결이 그녀의 귓가를 태울 듯이 달궜다.

"겉보기엔 우리가 늙지 않는 것 같죠. 하지만 그건 겉모습일 뿐이랍니다."

"피부 아래에서 우리 육신은 매 순간 죽어가고 있어요."

“우린 시간을 낭비하는 데 진절머리가 났습니다.”

“이곳을 뒤지는 데도 지쳤고요.”

오펠리는 장미창 너머로 뢱스의 비행선이 떠오르는 모습을 보고 한 줄기 희망을 품었으나, 비행선은 계속 고도를 높이더니 바벨의 메모리알 쪽으로 멀리 사라져 버렸다. 엘리자베스 입장에서는 계보학자들에게 복종하는 것 말고 달리 방도가 없었으리라는 걸 알면서도, 오펠리는 어쩔 수 없이 버림받은 기분이 들었다.

“뜻대로 하시지요.” 라자뤼스가 겸손하게 고개를 숙이며 말했다. “여러분을 풍요의 뿔로 안내하죠. 단, 한 가지 조건이 있습니다. 모두 함께 가는 겁니다. 제 동료들에게 폐는 끼치지 말아주세요. 아시겠죠?”

계보학자들은 라자뤼스에게 길을 안내하라는 신호를, 토른에게는 그를 따르라는 신호를 보낸 뒤, 무기로 오펠리의 등을 떠밀었다. 오펠리는 목도리를 홀로 남겨둘 수 없었기에, 휠체어에 매달려 버티는 목도리를 억지로 떼어내야만 했다. 품속에서 꿈틀거리는 이 털 뭉치를 껴안고 있으려니, 마치 심장이 가슴 밖으로 빠져나와 있는 것만 같았다.

그녀는 이제 아무런 환상도 품지 않았다. 풍요의 뿔을 손에 넣는 즉시, 계보학자들은 자신들을 없앨 터였다.

라자뤼스는 전실의 대형 엘리베이터를 부르지 않았다. 그 대신 예전에 오펠리와 토른이 비밀스레 만날 때 사용했던 비밀 계단으로 그들을 이끌었다. 일행은 햇빛도 빗줄기도 닿지 않는 거상의 깊은 뱃속으로 파고들어 갔다. 전구들이 달그락거릴 때마다 그들의 그림자가 거미줄과 엉겨 붙었다.

라자뤼스는 휘파람을 불며 때로는 오른쪽, 때로는 왼쪽 복도로 방향을 틀었다. 연구소의 미로 속에서 일부러 길을 잃게 만들 작정인 걸까? 오펠리는 라자뤼스와 계보학자들 중 누구를 덜 믿어야 할지조차 알 수 없었다. 그는 앙브루아즈가 중요한 존재라고 떠벌렸지만, 아들이 갑작스럽고 잔혹하게 사라졌는데도 눈 하나 깜빡하지 않았다. 필요하다면 자기 동료조차 일말의 후회 없이 희생시킬 인간이었다.

오펠리는 양옆의 권총들보다 더 묵직하게 자신을 짓누르는 말 없는 토른의 시선을 느꼈다. 그는 상황을 분석하고, 수치화하고, 평가하며 끊임없이 계산을 되풀이하고 있었다.

끝없는 미로를 지나, 마침내 그들은 마치 오래전부터 그들을 기다리고 있었던 듯한 지하 승강장에 도착했다. 양 옆구리에 권총이 겨눠진 채 열차에 오르며, 오펠리는 첫 주행 때와 똑같은 벨벳 좌석과 똑같은 전등갓 조명을 알아보았다. 이번에는 다른 목적지로 향하게 되는 걸까?

"자리에 앉는 게 좋을 거예요." 라자뤼스가 먼저 자리에 앉으며 말했다. "경사가 가파르거든요."

라자뤼스가 말을 마치기가 무섭게 객실 문이 닫히며 열차가 터널 아래로 하강하기 시작했다. 마차와 트램이 제멋대로 굴곤 하는 아슈 출신이기는 했지만, 오펠리가 보기에 이 열차는 그야말로 확고한 자기 의지가 깃든 것 같았다. 이 열차 역시 실체화된 에코인 걸까? 계보학자들 사이에 강제로 앉혀진 오펠리는 옆구리를 아프게 찌르는 총구들에 정신을 집중하려 했지만 헛수고였다. 황금은 아니마인조차 다루기 버거울 만큼 개성이 강한 물질이었다. 이 기계장치를 설득하느니 차라리 비행선을 조종하는 편이 쉬울 터였다.

조심스레 차창 밖으로 시선을 던지던 오펠리는, 유리창에 비친 자신의 모습에 미소가 떠올라 있는 것을 발견했다. 처음엔 긴장 탓에 일그러진 표정이라 여겼지만, 곧 미소를 짓고 있는 것은 자신이 아니라 에코라는 사실을 깨달았다. 에코가 그곳에 있었다.

에코는 계속 그녀를 따라오고 있었다. 에코가 비친 것은 한순간뿐이었고 미소는 금세 유리창에서 사라져 버렸지만, 오펠리는 이상하리만치 마음이 놓였다.

그녀는 목도리를 품에 꽉 끌어안으며, 맞은편 좌석에 앉은 토른의 날카로운 시선과 마주쳤다. 그 역시 자신만큼이나 이곳을 빠져나가겠다는 맹렬한 결의를 품고 있었다. 어떻게든 그들은 방법을 찾아낼 것이다. 함께.

거칠게 한 번 덜컹거리더니 열차가 정차했다.

발판을 딛고 내렸을 때 처음에는 거의 아무것도 보이지 않았지만 극도로 짙은 냄새가 덮쳐왔다. 마치 바위를 폐부로 들이마시는 것 같았다. 이곳은 전혀 어둡지 않았다. 오히려 그 반대였다. 하지만 눈을 깜빡일수록, 오펠리는 이 공간의 윤곽을 가늠하기가 더 어려워졌다. 천장이 아찔할 정도로 높은 동굴이었다.

동굴 벽면에는 수많은 갱도가 뚫려 있었고, 그곳으로 광차 무리가 끊임없이 드나들었다. 종유석과 석순의 크기를 보건대, 야수의 아가리 속에 떨어진 것만 같았다.

오펠리는 권총의 존재조차 까맣게 잊어버릴 뻔했다.

그녀는 눈을 가늘게 뜨고 동굴 양쪽에 우뚝 선 두 개의 포물면 거울을 바라보았다. 신화 속 외눈박이 거인처럼 거대한 두 거울은 서로 마주 본 채 풍차처럼 돌아가고 있었다. 오펠리가 연구소에서 보았던 그 어떤 만화경보다도 기괴했고, 얽혀 있는 케이블들로 보아 연구소 전력의 거의 전부를 빨아들이는 것이 분명했다.

"풍요의 뿔!" 계보학자들이 각자 하나씩 반사경을 바라보며 속삭였다.

라자뤼스는 너그러운 웃음을 흘렸다. 그의 두 눈은 안경알이 반사하는 빛에 가려 보이지 않았다.

"인 팩트, 아니에요. 이건 풍요의 뿔을 최적화하기 위한 장치일 뿐이랍니다. 유일하고도 진정한 풍요의 뿔은 바로 저겁니다!"

그는 늙은 마술사 같은 손짓으로 동굴 한가운데, 두 포물면 거울의 빛이 교차하는 지점에 놓인 새장 하나를 가리켰다. 새장은 조류 사육장의 형태를 띠고 있었다. 상당히 크다는 점을 빼면 새장 자체는 그리 대단할 것 없었지만, 그 안에 든 것은 더더욱 볼품없었다.

새장 안에는 아무것도 없었다.

추락

　계보학자들에게 이끌려 새장 가까이 다가가서야 오펠리는 새장이 텅 비어 있지는 않다는 사실을 깨달았다. 비늘 끝보다도 겨우 더 굵을 법한 미세한 빛점 하나가 새장 한가운데에 떠 있었다. 그녀는 블라인드 틈새로 스며든 햇살에 반짝이는 먼지 입자들을 떠올렸다. 하지만 새장 안에서 빛나는 것은 이리저리 흩날리지 않았다. 그것은 미동도 없이 변함없는 상태를 유지했다. 그리고 갇혀 있었다. 새장은 자물쇠로 굳게 잠겨 있었다.

　계보학자들이 오펠리를 옥죄듯 바짝 에워쌌다. 그녀는 그들의 근육, 호흡, 분 냄새, 심지어는 생각까지도 느껴질 것만 같았다.

　"열어요."

　계보학자들의 목소리에는 관능적인 기색이 싹 가셔 있었다. 그들은 날것 그대로의 욕망 그 자체였다.

　"인내심을 가지시길, 인내심을요!"

　라자뤼스는 프록코트 주머니를 하나하나 뒤지더니, 이마를 탁 치며 껄껄 웃고는 왼쪽 양말에서 열쇠 하나를 꺼냈다. 오펠리는 그가 그토록 귀한 물건을 내내 몸에, 그것도 하필 양말 속에 숨기고 있었다는 사실을 믿을 수 없었다. 분명 누군가에게 복제본이 있을 터였다. 그녀는 고개를 들어 동굴의 광산 갱도를 가로지르며 광차들을 실어 나르는 복잡하게 얽힌 레일들을 올려다보았다. 거대한 두 개의 반사경이 만들어내는 움직이는 무지갯빛이 닿지 않는 곳을 정확히 분간하기 쉽지 않았지만, 오펠리는 사방에 물건들이 산더미처럼 쌓여 있다는 것을 짐작할 수 있었다. 가구가 삐걱대는 소리, 식기가 부딪치는 소리, 제조 결함 특유의 금 간 듯한 소리들까지 들려왔다. 저 조그만 빛점 하나가 이 모든 것을 창조해 냈단 말인가?

자물쇠가 딸깍하는 소리에 오펠리의 시선이 다시 라자뤼스에게 향했다. 그는 자기 키만 한 새장 문을 활짝 열어젖혔다.

"더 진행하기에 앞서," 그는 의기양양하게 말했다. "여러분 앞에서 한 가지 선언할 것이 있습니다."

완벽하게 대칭을 이루는 동작으로, 계보학자들은 오펠리의 옆구리에서 권총을 떼어 그를 겨누었다. 두 번의 총성. 가슴 한복판에 박힌 두 발의 황금 탄환. 충격에 밀려 라자뤼스는 새장에서 멀리 나가떨어졌고, 두 발의 총성은 끝없이 메아리쳤다. 오펠리는 그 소리가 자기 안에서 계속 울려 퍼지는 것만 같았다. 토른은 그녀를 홱 뒤로 끌어당겼고, 그와 반대되는 움직임으로 계보학자들은 열린 새장을 향해 나아갔다. 두 사람은 한 손을 꽉 맞잡은 채, 반대쪽 팔 끝에는 여전히 연기가 피어오르는 권총을 쥐고 있었다. 그들은 흔들리는 포물면 거울의 색채

속에 쓰러져, 미소를 지은 채 굳어버린 라자뤼스의 시체에는 눈길조차 주지 않았다. 이제 그들과 풍요의 뿔 사이를 가로막는 것은 아무것도 없었다.

"라자뤼스는 계획이 있었어." 토른이 오펠리의 귀에 대고 속삭였다. "분명 있었을 거야."

계보학자들은 다시 태어날 준비를 마친 두 마리의 불사조처럼 새장 안으로 들어섰다. 그들은 고개를 치켜들고 무한을 품은 그토록 조그만 불꽃을 올려다보았다. 손만 뻗으면 되는 일이었다.

"우리에게 영원을 줘."

그것은 부탁이 아니었다. 명령이었다.

계보학자들은 더 이상 미동도 하지 않았다. 토른은 숨을 멈췄고 목도리조차 꼼짝하지 않았다. 라자뤼스는 바닥에 널브러진 시체였다. 풍요의 뿔이 잉여분의 초, 분, 시간, 그리고 수년을 시간의 씨실에 주입해 시간 자체를 한껏 팽창시켜 버린 것만 같았다. 오펠리는 적어도 그렇게 믿었을 것이다. 마침내 무언가가 일어나 주기 전까지 자신의 심장이 전속력으로 요동치는 소리를 듣지 않았더라면 말이다.

그 무언가는 계보학자들 주위에 둥근 후광의 형태로 나타났다. 그들은 황홀경에 빠져 두 눈을 부릅뜬 채, 자신들의 영광스러운 변신을 지켜보고 있었다. 후광은 점점 불투명해지더니 이내 황금빛 구름이 되어 새장 전체를 가득 채웠다. 그들의 두 눈은 더욱 커졌고, 구름은 붉게 물들었다. 순간 오펠리는 화장과 피부와 장기 등 그들의 육체 전부가 수천 개의 부스러기로 부서져 흩어지고 있음을 깨달았다. 쩍 벌어진 입에서는 비명 한 줄기 새어 나오지 않았고, 이내 입술마저 흔적 없이 사라져버렸다. 계보학자들은 안개로 변해버렸고, 그 미세한 빛점은 마치 환기구라도 되는 양 분자 하나하나를 서서히 빨아들여 마침내 새장을 완벽히 비워버렸다.

풍요의 뿔이 그들을 집어삼킨 것이다.

그러자 빛점이 전보다 더 강렬한 빛을 뿜어내기 시작했다. 그것은 새장 안으로 이번에는 은빛을 띠는 새로운 안개를 흩뿌렸다. '아에라르기룸인가?' 오펠리는 섬뜩한 매혹을 느끼며 속으로 중얼거렸다. 육안으로 보일 정도라면 그 농도가 어마어마할 터였다. 안개는 조금씩 형태를 바꾸고 색을 띠더니 마침내 단단해져 여러 명의 남녀로 형상화되었다. 계보학자들의 실체화된 에코들이었다. 새장이 그들로 가득 찼다. 몸뚱이는 흉측하게 기형이었고, 얼굴은 알아볼 수조차 없었다. 실패한 복제품들이었다.

오펠리는 목도리가 떨릴 정도로 온몸을 파르르 떨었다. 그러니까 이것이 바로 풍요의 뿔이 가진 진짜 힘이란 말인가?

"일행이 생겼네." 토른이 말했다.

동굴의 깊은 심장부, 모든 그림자가 포개어지는 그곳에서 발소리가 들려왔다. 사람들이 다가오고 있었다. 그들이 반사경이 내뿜는 전기 빛의 경계선 안으로 들어선 순간, 오펠리는 지금까지 겪었던 그 어떤 것보다도 더 큰 충격에 휩싸였다. 앙브루아즈가 그들을 향해 다가오고 있었다. 걷는다기보다는 몸을 비틀거리고 있다는 편이 맞았지만, 어쨌든 그는 두 발로 선 채 환하게 웃으며 살아 숨 쉬고 있었다. 그는 혼자가 아니었다. 두 번째 앙브루아즈가 그를 따라 빛 속으로 걸어 들어왔고, 이내 세 번째, 네 번째가 나타났으며, 곧 어둠 속에서 무수한 복제 인간의 무리가 쏟아져 나왔다. 그들은 모두 똑같이 생겼음에도 각기 다른 비대칭의 흉터를 안고 있었다. 그들 모두가 40년 전에 사라진 앙브루아즈의 실체화된 에코들이었다.

앙브루아즈들은 오펠리와 토른에게 단 한 마디도 건네지 않았지만, 곁을 지나칠 때는 우호적으로 고개를 끄덕여 인사를 표했다. 코드가 새겨진 판과 공구함을 든 수많은 오토마톤들이 이 앙브루아즈 무리를 호위하고 있었다. 이내 오토마톤들은 새장 주변으로 모여들더니, 천 번도 넘게 반복해 온 익숙한 손놀림으로 계보학자들의 에코들을 빼냈다. 철창 안에 너무 오래 머무르지 않도록 각별히 주의를 기울이면서, 에코들을 거칠게 다루지 않고 조심스럽게 옮긴 뒤 다시 자물쇠를 채웠다. 앙브루아즈 중 한 명이 계보학자 에코의 등에 코드 판을 올려놓기가 무섭게, 에코의 겉모습이 변하기 시작했다. 코, 눈, 귀, 머리카락, 살갗, 근육에 이르기까지 계보학자들의 특징들이 깡그리 지워져 나갔고, 마침내 마지막 남은 인간성의 찌꺼기마저 완전히 증발해 버렸다.

"오토마톤."

오펠리의 목소리에는 아무런 억양도 남아 있지 않았다. 그녀는 원형극장에서 위고가 내파했던 사건과, 순찰대를 피해 숨어

들었던 공장을 떠올렸다. 그 모든 것이 가짜였다. 시민들이 오토마톤의 진짜 정체를 알아채지 못하게 눈가림하려는 속임수에 불과했다. 라자뤼스는 아마 평생 단 한 대의 오토마톤도 직접 만들어본 적이 없었을 터였다. 그는 그저 단순한 코드 하나를 이용해, 진짜 에코들을 가짜 기계처럼 뜯어고쳤을 뿐이었다.

오펠리는 이제 그들을 다르게 보니, 그곳에 모여 있는 여러 오토마톤들의 체형이 낯익다는 사실을 깨달았다. 어떤 오토마톤들은 메디아나를, 어떤 것들은 기사를 떠올리게 했다. 어떤 것들은 이제는 의미를 상실한 버릇을 흉내 내며 왼쪽 귀를 툭툭 두드리고 있었다. 또 다른 것들은 자신들의 옛 주인이 달고 다녔던 동물 모형을 어깨에 얹고 있었다. 풍뎅이, 원숭이, 도마뱀…. 심지어 그 무리 가운데에는 오펠리가 예배실에서 결정화할 때 그녀의 에코를 받아들였던, 이제는 아무 소리도 내지 못하는 앵무새도 섞여 있었다.

연구소에 아무도 남아 있지 않았던 이유는 그 안에 있던 모든 이들이 새장의 문을 통과했기 때문이었다. 이것이 대안 프로그램의 최종 단계였을까? 아니면 세계의 궁극적인 붕괴를 피하기 위한 필사적인 발악이었을까?

오펠리는 더 이상 놀랄 기력조차 남아 있지 않았다. 라자뤼스의 시체가 쿨럭이며 킬킬거리더니 여러 명의 앙브루아즈 복제본들의 부축을 받아 자리에서 일어나는 모습을 보고도, 그녀는 눈 하나 깜빡하지 않았다.

"'새장에 들어가는 것은 무엇이든 변형된다.' 저 두 무례한 작자들이 내 말을 끊어먹지 않았더라면 이 말을 해줄 참이었습니다."

라자뤼스는 콧등에 걸친 분홍색 안경을 고쳐 쓰고는 프록코트 안에 숨겨둔 금속 흉갑을 잡아 뜯었다. 권총 탄환 두 발이 흉갑을 꿰뚫지 못한 채 고스란히 박혀 있었다.

"당신은 알고 있었군." 토른이 무거운 목소리로 말했다. "무슨 일이 벌어질지 정확히 알고 있었어."

토른이 내뱉은 그 말을 듣고서야, 오펠리는 상황이 급격하게 뒤집혔다는 사실과 그것이 결코 자신들에게 유리하지 않다는 것을 깨달았다. 그들은 모든 것으로부터 철저히 고립된 지하 깊은 곳에서, 무슨 짓을 벌일지 모를 예측 불가능한 빛점을 마주하고 있었다. 게다가 세상에서 가장 위험한 단 한 명의 사내를 섬기는 실체화된 에코 군단에 겹겹이 포위당한 상태였다. 위험한 것은 더 이상 계보학자들이 아니었다. 애당초 그들은 진정으로 위험한 존재였던 적조차 없었다. 진짜 위험은 바로 라자뤼스였다.

"뭐, 대략적인 큰 그림만 알고 있었죠!" 라자뤼스가 익살스러운 표정을 지으며 대답했다. "무엇보다 내 새끼손가락을 믿었을 뿐이에요."

그는 문제의 새끼손가락을 까딱거리며, 그들 뒤에 있는 누군가에게 이리 오라고 손짓했다. 흔들리는 무지갯빛 늪을 헤치고 스콩드가 걸어 나왔다. 오펠리와 토른이 자리를 비운 사이, 이 연구소에서 오토마톤으로 개조되지 않은 유일한 인간이 그녀였던 걸까? 홀로 방치되어 있던 탓에 얼굴의 붕대는 떨어져 나갔고, 피로 그린 미소처럼 코를 가로지르는 딱지 앉은 흉터가 적나라하게 드러나 있었다. 토른은 전신을 더욱 팽팽하게 긴장시켰고, 오펠리는 그녀에게서 절대 시선을 떼면 안 된다는 것을 직감했다. 그런데 기이하게도 스콩드에게서 돌연 어떤 조화로움이 느껴졌다. 마치 서로 모순되던 그녀의 모든 이목구비가, 마침내 똑같은 흥분감을 표현하기 위해 극적인 합의에 도달하기라도 한 것 같았다.

스콩드는 처음으로 종이도, 색연필도, 그 어떤 그림 도구도 지니고 있지 않았다.

그녀는 결연하게 오펠리와 토른 사이를 가로질렀다. 토른은 발톱이 또다시 사고를 치지 않도록 절뚝이며 비켜주어야만 했다. 스콩드는 곧장 라자뤼스에게 다가갔다. 그리고 창백한 한쪽 눈을 부릅뜬 채 그를 올려다보았다.

"극단적인 수평성이 측량의 모든 혈관에서 흘러나오고 있어…."

스콩드가 무어라 중얼거리든 조금도 개의치 않고, 라자뤼스는 자랑스럽다는 듯 그녀의 정수리 위에 큼지막한 손바닥을 얹었다.

"내가 꿈을 통해 일부 에코들의 미래를 미리 엿볼 수 있다 한들, 이 아이의 저 눈썰미에는 비할 바가 못 되지요. 스콩드는 에코와 대화를 나누거나 결정화를 유도하는 데 단 한 번도 성공한 적이 없지만, 그 누구보다도 에코를 잘 해독해 낸답니다. 레이

574

디 셉티마는 처음엔 이 아이 능력의 이탈 증세를 가문의 수치로 여겼다가, 나중에는 내 연구소에 침투시킬 훌륭한 구실로 써먹었지요. 부인께서는 본인이 계보학자들을 위해 훌륭히 봉사한다고 믿었겠지만, 결과적으로 나에게 앱솔루틀리 패뷸러스한 선물을 바친 셈이 되었습니다!"

"그리고 그들은 불면증과 충돌하며 체리에 입을 맞췄어." 스콩드는 아랑곳하지 않고 계속 중얼거렸다.

라자뤼스는 안주머니에서 끔찍한 악취를 풍기는 지갑을 꺼냈다. 그리고 지갑에서 세월과 열기와 습기에 바래버린 사진 한 장을 꺼냈다. 그는 오펠리에게 사진을 내밀었다. 압정으로 벽에 고정해 둔 그림 한 점을 찍은 사진이었다. 그림의 사실적인 묘사가 섬뜩할 정도였다. 그림에는 빛점이 빛나고 있는 풍요의 뿔 새장, 활짝 열린 문 옆에 선 세 사람의 모습이 아주 또렷하게 담겨 있었다. 라자뤼스, 스콩드, 그리고 한 여자. 토가 차림에 안경을 쓰고 목도리를 두른 자그마한 여자였다.

오펠리는 예전에 그림들을 처리했던 때처럼 그 사진도 변기에 던져버리거나 조각조각 찢어버리고 싶었다. 하지만 라자뤼스는 사진을 도로 빼앗아 지갑 속에 쏙 넣어버렸다.

"내가 미래에 대한 믿음을 잃지 않았던 건 순전히 우리 꼬마 스콩드 덕분이랍니다. 오늘 우리가 겪고 있는 이 일이 언제든 결국 일어나리라는 걸 난 알았어요. 그게 언제든….."

"당신은 위선자야." 토른이 그의 말을 잘랐다. "인간이 인간을 사육하는 역사를 끝내겠다고? 그 과정에서 대체 얼마나 많은 이들을 제물로 바친 거지?"

라자뤼스의 입가에 관대한 미소가 살짝 스쳤다. 그 미소는 오펠리를 향한 것이었다. 토른은 그에게 아무 존재감도 없었다.

"난 아무도 제물로 바치지 않았습니다. 이 새장에 들어가는 특권을 누린 자들 중 죽은 사람은 단 한 명도 없어요. 그들은 여전히 존재해요. 다만 당신의 정신과 감각으로는 결코 이해할 수 없는 방식으로 말이죠."

"그것은 병이 수축할 때까지 공간들을 지휘하고⋯."

"그들은 아에라르기룸으로 변환된 겁니다." 스콩드의 중얼거림을 덮어버리며 라자뤼스가 흥분한 목소리로 덧붙였다. "그리고 이 변환 과정에서 생성된 에코들은 고체 물질로 바뀌었고요. 언제나 이런 식으로 작용하더군요. 짐작건대 일종의 균형의 문제겠지요."

오펠리는 하도 눈을 부릅뜨고 있던 탓에 눈알이 아파왔다. 그녀는 지금쯤 기체가 되어 자기 주변을 떠다니고 있을 계보학자들의 분자들을 상상했다. 어쩌면 자신이 그것들을 들이마시고 있을지도 몰랐다. 오펠리가 느끼기에 라자뤼스가 설명한 과정은 죽음보다도 훨씬 더 끔찍한 것이었다.

라자뤼스의 말투가 갑자기 이야기꾼처럼 바뀌었다.

"수천 년 전 고대 바벨에는 제국 도시가 세워졌답니다. 바로 우리 머리 위에요. 공사를 하던 중 건설자들은 우연히 동굴을 하나 발견했죠. 그 동굴 안에서 아주 미세한 빛의 입자를 찾아냈어요. 그 입자가 언제부터 거기 있었을까요? 아무도 알지 못했지요. 다만 그 빛에 다가간 자는 누구든 빛에 집어삼켜진 뒤, 두 개의 괴물 같은 에코 형태로 다시 토해져 나왔답니다. 그래서 새장을 만들었지요.”

두 개? 오펠리는 속으로 기겁했다. 계보학자들은 그보다 훨씬 더 많은 수의 에코를 쏟아내지 않았던가.

“우리의 먼 조상들이 이 발견을 어떻게 활용했는지는 알 수 없지만, 결국 사람들은 동굴을 봉쇄해 버렸어요. 풍요의 뿔은 한낱 전설로 남았죠. 그리고 오랜 세월이 흐른 뒤, 전쟁으로 완전히 폐허가 되어버린 바벨에서 광물층을 찾아 옛 제국 도시의 지하를 파헤치던 군대가 우연히 이 동굴을 발견한 거죠.”

라자뤼스는 몽상에 푹 빠진 나머지 금기어 목록조차 잊은 채, 마치 자기 자신에게 들려주기라도 하듯 이야기를 읊조렸다.

“이게 바로 우리가 익스트림리 밀어붙인 실험들의 시작이었죠. 군대는 반사 물질 가까이에 두면 입자가 커진다는 사실을 깨달았습니다. (라자뤼스는 거대한 만화경들을 회전시키고 있는 포물면 거울들을 차례로 가리켰다.) 입자가 커질수록 에코의 수도 많아졌습니다. 윌랄리 딜뢰 본인도 친히 이 자리에 서 있었단 말입니다!” 라자뤼스는 발밑의 바닥에 입 맞추고 싶은 충동을 억누르며 외쳤다. “하지만 폭격으로 실험은 중단되었고, 파열이 옛 세계를 산산조각 냈으며, 풍요의 뿔은 다시 망각 속으로 잊혔습니다. 내가 다시 꺼내기 전까지는 말이죠! ‘변형’이라는 개념은 받아들이기 어렵죠.” 그가 인정했다. “그래서 시내에 가짜 공장을 세우고, 오토마톤들의 제조 비밀을 보호하기 위해

자가 소멸 코드를 심어둔 겁니다. 여론에 충격을 주지 않고 마침내 내 연구를 대중에게 공개할 날이 머지않았습니다. 앙브루아즈!"

새로운 오토마톤들 주변에서 분주히 움직이던 소년들이 즉시 라자뤼스를 향해 몸을 돌렸다.

"자, 우리 손님을 위해 간단한 시연을 하나 보여주자꾸나."

"네, 교수님."

그 부드러운 목소리들이 동굴의 높은 둥근 천장 아래에서 마치 합창처럼 울려 퍼졌다. 오펠리는 제 몸이 굳어지는 것과 동시에 목도리마저 뻣뻣하게 움츠러드는 것을 느꼈다. 저 수많은 무리 중 그 누구도 그녀와 목도리가 알고 지냈던 그 앙브루아즈가 될 수는 없을 터였다. 눈앞의 저것들은 그저 이미 사라져 버린 원형을 흉내 내는 데 만족할 뿐이었다. 텅 빈 시선은 자기 자신이라는 존재 자체를 완전히 상실한 듯 보였다.

"그리고 벽은 탈선해 버린 새하얀 향수…." 스콩드가 시를 읊듯 낭송했다.

앙브루아즈들 중 하나가 열쇠를 꺼냈다. 열쇠는 기형적으로 뒤틀린 손에서 또 다른 뒤틀린 손으로 연달아 건네지더니, 이내 새장 곁에 서 있던 앙브루아즈의 손에 들어갔다. 자물쇠가 다시 열렸다. 사슬처럼 이어지는 반복적인 손놀림을 거쳐 광차들에서 물건들이 속속 운반되어 왔다.

매번 똑같은 의식이 치러졌다. 앙브루아즈들은 완벽한 상태의 물건―의자, 쌀 포대, 구두 한 켤레―을 새장 안에 집어넣었다. 그러고는 물질이 빛점에 의해 완전히 분해되었다가 재조립되기를 기다렸다. 뒤이어 원래 형태를 알아볼 수조차 없을 만큼 기괴한 복제품들을 다시 꺼냈는데, 그 복제품들은 무언가 인장 같은 것이 찍히고 나서야 비로소 최종 형태로 굳어졌다. 다리 길이가 안 맞는 기우뚱한 의자, 썩은 쌀, 도저히 신을 수 없는 구두 따위였다.

토른은 극도로 집중해 이 과정을 분석했다. 연구소의 가장 깊은 곳에 갇혀 있는 지금 이 순간에도, 그는 오로지 이 빛점을 자기 목적을 위해 이용할 방법만을 고민하고 있었다.

라자뤼스는 마치 명화 액자를 다루듯 섬세하게 손수건으로 새장의 창살을 한 번 닦아냈다.

"코드는 에코를 물질 안에 안정시키고 가능한 범위 내에서 결함을 교정하는 역할만 할 뿐이에요. 코드가 없으면 에코는 오래 유지되지 못하죠. 단 하나의 제물만으로도 풍요의 뿔은 수많은 복제물을 만들어냅니다. 아주 효율적이죠. 인 팩트, 이미 구현된 에코에서 새로운 에코를 복제할 수도 있지만, 안타깝게도 원형에서 멀어질수록 복제본의 결함은 더 많아진답니다."

그는 예를 들어 보이듯, 귀가 있어야 할 자리에 눈이 달렸고 코는 거꾸로 붙어 있는 한 앙브루아즈의 터번을 톡톡 두드렸다.

"오랜 세월 내 집에서 나와 살던 앙브루아즈는 1세대 에코였어요. 있잖아요, 내 옛 친구는 자발적으로 새장에 들어갔죠. 직접 아에라르기룸으로 변환되어서 그 안에서 경험을 해보고 싶어 했거든요. 그 누구와도 비교할 수 없는 과학적 호기심을 지닌 사람이었죠! 사실은요, 마이 디어," 라자뤼스는 오펠리를 향해 윙크를 하며 말을 이었다. "당신이 알고 지냈던 그 에코는 조악한 모조품에 불과해요. 물론 내 친구와 닮았고 감동을 주기도 했지만, 어디까지나 모조품일 뿐이죠. 어떻게 보면 내가 만든 첫 번째 오토마톤이었어요. 발테르보다 훨씬 전에 만든. 그 이유만으로도 몹시 그리울 거예요."

"그리고 모든 혜성 뒤에는 비처럼 내리는 커튼이 있다…."

오펠리는 혐오감과 강한 반발감에 사로잡혔다. 그 감정은 오롯이 라자뤼스 한 사람에게서 비롯된 것이었다. 그는 자신의 연설에 지나치게 몰입한 나머지, 앞뒤가 맞지도 않는 스콩드의 말에는 아무런 주의도 기울이지 않았다.

"하지만 과거는 과거일 뿐!" 그는 손을 비비며 소리쳤다. "이제 당신은 우리와 한편입니다, 마이 디어. 당신과 당신의 에코 말입니다. 당신은 윌랄리와 타자가 수 세기 전 바로 이곳에서 이룩했던 기적을 재현할 겁니다. 모델의 희미해진 버전이 아니라, 오히려 모든 면에서 원형을 뛰어넘는 에코들을 실체화하는 기적 말입니다. 우리 가문 정령들도 원래는 평범한 인간들이었다는 걸 생각하면, 우리가 어떤 경이로운 일들을 이룰 수 있을지 상상해 봐요! 마음껏 먹을 수 있는 맛있는 음식! 끝없이 펼쳐진 낙원 같은 땅! 예술, 철학, 자아실현에만 전념하면 되는 남녀의 사회! 우리의 이름은 영원히 역사에, 대문자로 쓰는 그 위대한 역사에 남을 겁니다!"

오펠리의 모든 체중이 샌들에 쏠렸다. 이 늙은 무능력자는 스스로 영웅적 인물이 되기 위해 오펠리에게 모든 것을 걸었지만, 오펠리는 자신이 무엇을 해야 하는지 전혀 알지 못했다. 고작 네 번 어렴풋이 존재를 보았던 에코와 대화를 하라고? 그 에코로부터 알려진 우주와 알려지지 않은 우주의 가장 위대한 진리를 깨우쳐줄 가르침을 기다리라고? 도대체 무슨 생각으로 이 풍요의 뿔을 이용해 윌랄리 딜뢰에게 인간성을 되찾아 주고 타자를 거울 속으로 돌려보낼 수 있다고 믿었던 것인지, 그녀 스스로도 어이가 없을 지경이었다.

그녀는 고개를 들어 토른을 바라보았다. 그는 그녀와 새장 사이에 온몸을 꼿꼿이 세우고 서 있었다. 그의 끝없는 그림자는 발뒤꿈치에서 흘러내리는 먹물 같았다. 그는 조그만 빛점을, 아주 가깝지만 닿을 수 없는 그 빛점을 말없이 응시하고 있었다. 그는 그것을 움켜쥘 수도, 다가갈 수도 없었지만, 그의 몸은 표적을 포기할 줄 모르는 활처럼 팽팽하게 당겨져 있었다. 그는 무슨 수를 써서라도 해결책을 찾고 있었다.

반면 스콩드는 말이 없었다.

그때 오펠리는 불현듯 들이닥친 자명한 사실에 충격을 받았다. 라자뤼스가 보여준 그림에 토른은 없었다.

"조심해!"

마치 스콩드가 이 신호를 기다리고 있었던 것 같았다. 그녀는 토른에게 달려들었고, 토른은 금속이 삐걱거리는 소리와 함께 그녀를 향해 몸을 돌렸다. 놀라움에 그의 눈썹이 치켜올라갔다. 그는 스콩드보다 체구가 두 배나 컸고 쉽게 흔들릴 남자가 아니었다. 공격자가 다른 사람이었다면 일말의 가책 없이 발톱을 썼겠지만, 오펠리는 토른의 크게 떠진 눈꺼풀 아래로 어떤 번뜩임, 즉각적으로 내려야 할 결단을 포착했다. 그는 몸이 뒤로 밀리게 내버려두었다. 그의 다리 뼈대가 강철과 나사와 볼트의 굉음 속에서 터져 나갔다.

토른이 새장 안으로 추락했다.

오펠리는 용수철처럼 튀어 올랐다. 그녀는 이성적인 사고가 끊겼다. 오직 원초적인 반사 신경만 남았다. 그를 저기서 꺼내야 해. 지금. 지금. 팔들이 그녀의 기세를 멈춰 세웠다. 라자뤼스가 손가락을 튕기자, 앙브루아즈들이 달려들어 그녀를 휘감은 것이었다. 그녀는 주먹과 이빨, 발톱을 세워 그들을 밀어냈지만, 팔 하나를 떨쳐내기가 무섭게 또 다른 팔 두 개가 그 자리를 대신했다.

지금.

"일어나!"

오펠리는 토른이 안간힘을 쓰고 있다는 걸 똑똑히 알 수 있었다. 말을 듣지 않는 다리 때문에 동작이 둔해진 그가, 마구 뒤엉킨 금속 잔해에 갇힌 채 뻣뻣하게 굳은 몸으로 사투를 벌이고 있었다. 그런데도 그에게 악을 쓰듯 소리쳤다.

"일어나! 일어나!"

지금.

"그를 도와줘!"

라자뤼스는 무력하게 어깨를 으쓱했다. 새장 문턱에 선 스콩

드는 매우 만족한 얼굴로, 발밑에서 몸부림치는 토른을 텅 빈
눈으로 내려다보았다.

"하지만 그 우물은 오딘의 토끼와 마찬가지로 가짜였어." 그
녀가 그에게 말했다.

토른이 그대로 굳어버렸다. 후광이 그를 에워싸며 피어올랐
고, 그의 육신은 부스러지기 시작했다. 그는 길고 각진 얼굴을
오펠리 쪽으로 돌렸다. 오펠리는 앙브루아즈들 사이에서 팔꿈
치로 밀치며 필사적으로 그에게 손을 뻗으려 애쓰고 있었다. 토
른은 그녀의 눈동자 깊숙한 곳을 끝까지 담았다. 마지막 도전이
라도 하듯, 그 어느 때보다 완강하게 시선을 맞추었다. 그리고
이내 수천 개의 입자가 되어 사라졌다.

오펠리는 저항하는 것도, 비명을 지르는 것도, 존재하는 것도
멈췄다. 그녀는 안개 한 줄기—전적으로 토른으로 이루어진 안
개—가 저 작은 빛점으로 빨려 들어가는 것을, 그리고 잠시 후
시계를 손에 든 에코 몇몇이 새장 안에 나타나는 것을 눈 하나
깜짝하지 않고 지켜보았다. 기형적이고 무표정한 복제본에 불
과한 그것들은 토른이 아니었다. 결코 그가 될 수 없었다.

앙브루아즈들이 평소대로 절차를 진행하려 하자 라자뤼스가
그들을 멈춰 세웠다.

"아니," 그가 부드럽게 말했다. "얘들은 건드리지 마."

물질 속에 머물게 해줄 코드가 없었던 에코들은 서서히 흩어
져 사라졌다. 토른의 흔적은 아무것도 남지 않았다. 손톱 한 조
각도, 머리카락 한 올의 반쪽조차도.

오펠리는 숨이 막혔다. 혈관이 타오르는 것 같았다. 온몸이 불덩이가 된 기분이었다. 생존 본능은 다시 숨을 쉬라고, 폐에 공기를 채우라고 명령했지만 그녀는 더 이상 그럴 수 없었다. 몸의 생명 장치가 부서져 버렸다. 시야가 흐려졌고, 그녀는 자기 자신 안으로 추락하는 기분을 느꼈다. 아주 멀리, 아주 멀리 뒤로, 태어나기도 전, 모든 것이 차갑고 고요하며 잊힌 그곳으로.

동굴 한가운데 선 윌랄리는 안경을 여섯 번째로 닦는다.

저 높이 지상의 연구소에 폭탄이 처박힐 때마다 종유석들이 그녀의 머리 위로 또 돌가루를 쏟아붓는다. 주변에 사람은 없지만, 소총, 기관총, 수류탄, 화염방사기, 대인지뢰 들이 바닥에 널려 있다. 윌랄리는 군화 끝으로 그것들을 밀어낸다. 이 무기들은 죄다 쓸모없는 복제품, 실패한 에코들이다. 다행히도 이 무기들은 결코 사람을 죽이지 못할 것이다.

이 무기들을 사용하려 했던 이들은 저 위 어디에선가 죽었다.

윌랄리는 프로젝트의 진정한 목적과 그 부조리를 더 일찍 깨달았어야 했다. 상부의 의도는 오직 더 많은 무기를 생산하는 것뿐이었음을 알았어야 했다. 어차피 그들의 실험은 실패할 운명이었다. 에코는 인간의 결핍을 채우기 위한 존재가 아니기 때문이다.

윌랄리는 렌즈 위에 내려앉은 돌가루를 떨어낸다. 그녀는 가족의 강제 이주와 조국에서의 추방, 기아, 질병 그리고 폭격 속에서도 살아남았다. 매일 밤 잠들기 전, 그녀는 이 모든 일에 의미가 있다고, 자신이 모든 재앙의 그물망을 빠져나와 결국 세상을 그 자신으로부터 구원할 운명이라고 스스로에게 되뇌었다.

오늘, 그녀는 자신이 유독 운이 좋았음을 깨닫는다. 그중에서도 가장 큰 행운은 전화 수화기를 통해 자신의 타자를 만난 일이었다.

"너는 세상을 보는 내 관점을 바꿨어."

"세상을 바꾼 거지." 허리춤에 찬 무전기에서 지지직거리는 에코의 목소리가 흘러나왔다.

윌랄리는 미소 짓는다.

"잘난 척하기는."

어깨에서 가방끈을 벗어 내린 그녀가 가방 속에서 두툼한 공책 한 권을 조심스레 꺼낸다. 그녀의 가장 사적인 원고, 바로 극본이다. 그녀는 그 안에 자신의 모든 것을 쏟아부었다. 잉크에는 피와 땀을 녹여 넣었고, 제본은 머리카락을 가닥가닥 뽑아 직접 꿰맸다. 이 극본은 지난 몇 주 동안 타자기도 없이 상부의 눈을 피해 몰래 써 내려간 것이었다. 설령 그들이 이 원고를 찾아낸다 한들 무엇을 이해할 수 있을까? 그녀는 자신이 직접 만든 오래된 알파벳, 아름다운 아라베스크 글자들로 내용을 암호화해 두었다.

공책을 가슴에 꼭 안은 채, 그녀는 끊임없이 회전하며 피부 위로 형형색색의 빛을 뿌리는 거대한 반사경 두 대 사이를 천천히 나아간다. 광선들이 만나는 지점, 임시로 설치된 철조망 안에 있는 그것이 마침내 그녀의 눈에 들어온다. 맨눈으로는 거의 식별하기 힘든 작은 빛, 풍요의 뿔이다.

'접근하는 물질의 구조를 중력장으로 해체한 뒤, 원하는 대로 빚어낼 수 있는 물질로 변환하는 입자.' 이것이 상관들이 풍요의 뿔에 대해 내린 정의였다. 하지만 타자 덕분에 윌랄리는 그들이 얼마나 잘못 알고 있었는지 알고 있다. 왜 그들이 만들어 낸 것은 무기들과 병사들의 실패한 복제품일 뿐이었는지 그녀는 잘 안다. 그리고 자신은 왜 똑같은 실수를 반복하지 않을 것인지도 정확히 안다.

그녀는 철조망 안에 원고를 내려놓고 빛이 닿지 않는 거리까지 뒤로 물러선다. 벌써 표지가 종이 구름처럼 부스러지기 시작한다. 자신의 손으로, 피와 땀으로 써 내려간 이 페이지들에는 장차 태어날 그녀의 아이들이 펼쳐나갈 한 이야기의 시작이 담겨 있다. 그러니까 윌랄리가 저 작은 빛에 바치는 것, 즉 말들이다. 그녀는 그 대신 지능을 지닌 생명을 기대한다. 정확히 말하자면, 스물한 개의 생명을.

상관들은 틀렸다. 풍요의 뿔은 한 번도 입자였던 적이 없었다. 그것은 구멍이다.

오펠리는 공기를 한 모금 깊게 들이마셨다. 숨 쉬는 법을 기억해 낸 것이다. 앙브루아즈들의 뒤틀린 얼굴들이 그녀를 굽어보고 있었다. 그들 사이에서 라자뤼스가 미소 지었다.

"솔직히 말하자면, 마이 디어, 정말 걱정했어요. 무슨 발작이라도 온 줄 알았거든요. 풍요의 뿔이 내 손에 있다 해도, 이 세상에서 당신만큼은 내가 대체할 수 없는 유일한 사람이니까요."

오펠리는 무릎 아래의 바닥, 목을 감싸며 꿈틀거리는 목도리, 갱도에서 울려 퍼지는 광차 소리, 동굴의 광물 냄새, 반사경이 만들어내는 빛의 움직임들을 다시 느끼기 시작했다. 그녀는 다시 그곳에 있었지만 가장 소중한 존재가 빠져 있었다.

라자뤼스는 다정하게 팔꿈치를 내밀었다.

"당신 남편이 조금은 부럽군요. 아시죠? 그는 지금 모든 탐험가가 언젠가 하길 바라는 경험을 하고 있는 겁니다. 그 어떤 인간도 가질 수 없는 관점에서 우리의 현실을 바라보고 있다니! 만약 우리, 그러니까 당신과 당신의 에코, 그리고 내가 완수해야 할 기적들이 이렇게 많지만 않았더라면, 나도 기꺼이 당신에게 그와 합류하자고 권했을 겁니다."

오펠리는 두 겹의 안경 알 너머로 라자뤼스를 매섭게 응시했다.

"토른을 돌려줘요."

비명을 지르느라 쉬어버린 목소리는 더 이상 자신의 목소리 같지 않았다. 이제 그녀에게 속한 것은 아무것도 없었고, 그녀 역시 어디에도 속하지 않았다.

라자뤼스는 이해한다는 듯 한숨을 푹 쉬었다.

"그 과정은 되돌릴 수 없어요. 어니스틀리, 나는 왜 토른 씨가 우리 그림에 없었는지 모르겠어요. 하지만 별수 있나요? 앞선 에코는 틀리는 법이 없으니까요."

오펠리는 더 이상 그의 말을 듣지 않았다. 그녀는 그가 기껏

내민 팔꿈치를 무시한 채, 앙브루아즈들 사이를 헤치고 나아가 새장 문턱에 서 있는 스콩드와 마주 섰다. 스콩드는 여전히 빛점을 등진 채 역광 속에 서 있었다.

"왜지?"

어린 스콩드는 움츠러들지 않고 오펠리의 시선을 맞받아쳤다. 한쪽은 멀쩡하고 한쪽은 텅 빈 눈이었다.

"하지만 그 우물은 오딘의 토끼와 마찬가지로 가짜였어." 그녀는 똑같은 말을 되풀이했다.

그러고는 엄청난 노력을 쥐어짜 내는 듯 보이더니 한 음절씩 끊어 겨우겨우 말했다.

"돌…아…서…야…해…."

풍요의 뿔은 무지갯빛 한가운데에 무심하게 떠 있었다. 헬레네가 원형극장의 귀빈석에서 해주었던 말이 오펠리의 뇌리를 스쳤다. '당신은 새장 너머로 가야 해요. 돌아서요. 제대로 돌아서야 해요. 거기에서, 오직 거기서만 이해하게 될 거예요.'

"이제 더 시간을 허비해선 안 돼요." 라자뤼스가 그녀에게 말했다. 그가 허리를 펴자 척추에서 뚝뚝 소리가 났다. "최대한 빨리 당신의 에코와 소통을 시작해야 합니다. 그 에코가 우리에게 풍요의 뿔의 진정한 작동법을 알려줄 수 있도록 말이에요. 전화기 좀, 플리즈!"

즉시 오토마톤 하나가 쿠션 위에 전화기를 받쳐 들고 왔다. 전화선의 끝은 동굴 가장 깊은 곳에서부터 끝없이 풀려 나오는 듯했다. 라자뤼스는 수화기를 들어 오펠리에게 건넸다. 그의 움직임 하나, 시선 하나하나에 무한한 다정함이 깃들어 있었다.

"당신의 에코는 당신의 한마디만 기다리고 있다고 난 확신해요, 마이 디어. 풍요를 창조하는 법뿐만 아니라 당신 자신의 한계를 뛰어넘는 법을 에코가 알려주겠죠. 그리고 이번에는 당신이 그 비밀을 남은 인류에게 가르쳐줄 수 있도록 말이에요. 윌랄리는 야망이 부족했어요. 우리에게 가문 정령을 남겨주는 데 그쳤어요. 이 세상 사람 모두를 결정화의 길로 이끌고, 개개인에게 자기 에코의 의식을 깨우는 법과 스스로 전능의 경지에 오르는 법을 가르쳤어야 했는데 말이죠! 어쩌면 그 탓에 타자에 대한 통제력을 잃어버린 것일지도 몰라요. 이제 이 세상에서 타자를 멈춰 세울 수 있는 사람은 단 한 명, 당신뿐이에요."

오펠리는 수화기를 움켜쥐었다. 그러고는 다시 내려놓고, 라자뤼스를 새장 안으로 밀어 넣은 뒤 자신도 그 안으로 따라 들어갔다.

"안 돼!"

라자뤼스는 오펠리가 닫고 있던 새장 문 쪽으로 몸을 내던졌다. 너무 늦었다. 그녀는 이미 자물쇠를 채워버린 뒤였다. 참으로 아이러니한 일이었다. 이 연구소가 그녀의 서투른 손발을 고쳐놓지 않았다면 아마 결코 제시간에 자물쇠를 채우지 못했을 터였다.

라자뤼스는 열쇠를 찾으려고 프록코트 주머니를 미친 듯이 뒤졌다. 그의 분홍색 안경이 콧등에서 떨어져 바닥에서 산산조각 났다.

"이럴 수 없어요! 그 그림은! 이러면 안 됩니다!"

오펠리가 라자뤼스의 분노를 목격한 것은 이번이 처음이었다. 하지만 그녀가 그에게 품고 있는 감정에 비하면 그의 분노 따위는 아무것도 아니었다.

오펠리는 창살 너머에 있는 스콩드에게 마지막 말을 남겼다. "나, 돌아설게."

흉터 아래로 환한 미소가 번졌다. 난생처음으로, 스콩드는 이해받는 기분이었다.

오펠리는 목도리를 가슴에 꼭 끌어안았다. 이 새장 안까지 목도리를 끌고 들어온 것이 부끄러우면서도 한편으로는 안도감이 들었다. 그녀는 고통스러울지 자문하며 머리 위 높은 곳에 떠 있는 빛점을 올려다보았다.

아니, 빛이 아니다. 구멍이다.

오펠리는 숨을 참았다. 그녀의 토가와 장갑에서 안개가 피어오르고 있었다. 이제 자신의 몸을 바늘귀만 한 구멍 속으로 통과시키려는 참이었다. 토른은 오직 그녀를 위해 그 장거리 비행선에 올랐었다. 이번엔 그녀 차례였다.

여전히 주머니란 주머니는 죄다 뒤지며 열쇠를 찾고 있던 라자뤼스는, 스콩드가 코앞에 들이민 그림을 보고 그대로 굳어버렸다. 그의 지갑에 들어 있던 바로 그 그림이었다. 스콩드는 그림을 찢어버렸다.

그것이 산산조각 나기 직전, 오펠리가 본 마지막 광경이었다.

이면

극도로 날카로운 통증. 마치 옷이 뒤집히듯 겉과 속이 완전히 뒤집히는 듯한 감각. 그리고 곤두박질.

오펠리는 위를 향해 떨어진다. 목도리에 매달린 채 대기층의 층들처럼 보이는 것들을 통과하는데, 높이 올라갈수록 추락의 속도는 더욱 빨라진다. 그럼에도 그녀는 아무런 충격도, 소리도 없이 발뒤꿈치로 가볍게 착지한다. 그녀는 짙은 안개에 에워싸여 있다. 이제 더 이상 아프지는 않지만, 자신이 아직 숨을 쉬고 있는지조차 알 수 없다.

라자뤼스는 어디 있지? 새장도, 동굴도, 스콩드도 없다. 목도리와 자신을 제외하면 아무것도 남아 있지 않다. 오펠리는 자신의 팔다리가 제자리에 제대로 붙어 있는지 확인하기 위해 몸을 내려다본다. 그녀의 피부는 녹청색으로 물들어 있어, 마치 오래된 구리 조각상 같다. 그녀는 곱슬곱슬한 머리카락을 잡아당겨 본다. 금발이다. 토가를 끌어당겨 본다. 검은색이다. 심지어 목도리의 색깔마저 정반대로 뒤바뀌어 있다. 원래 왼쪽 팔꿈치 안쪽에 있던 점은 이제 오른쪽 팔꿈치 안쪽에 있다. 가장 당황스러운 것은, 특수한 안경을 쓰지 않고도 마치 바다 거품처럼 온 몸을 감싸고 있는 자신의 가문 능력이 만들어내는 그림자를 두 눈으로 똑똑히 볼 수 있다는 점이다. 오펠리는 하늘색으로 변해버린 장갑 하나의 단추를 푼 뒤, 읽는 사람의 손가락들 주위로 짙게 피어오르는 그림자를 지켜본다. 적어도 그녀가 올바른 순서대로 온전한 한 덩어리로 재조립된 셈이니, 그것만으로도 이미 기적이라 할 만하다. 풍요의 뿔은 정말로 하나의 통로였던 것이다.

하지만 대체 어디로 향하는 통로일까?

오펠리는 제자리에서 빙그르르 몇 바퀴 돈다. 사방이 온통 안개투성이다. 토른은 어디 있을까? 토른의 이름을 소리쳐 부르고 싶지만, 마음 속 어딘가가 그것을 강하게 거부한다. 그녀는 아무런 경계선도 없고 손에 잡히지도 않는 이 새하얀 허공을 가로질러 무작정 앞으로 나아간다. 멀리서 구름 뒤에 숨은 천체처럼 창백한 직사각형 하나가 어렴풋이 시야에 들어온다. 오펠리가 그 직사각형에 시선을 집중하기 무섭게, 그것은 점점 더 크게 부풀어 오른다. 마치 그것이 그녀를 향해 맹렬히 돌진해 오는 것 같다. 원래대로라면 그것을 향해 다가가야 하는 쪽은 오펠리 본인이어야 마땅한데 말이다. 직사각형의 정체는 반쯤 열린 문이다. 오펠리는 그 틈새로 비집고 들어간다.

그녀는 방 안으로 들어선다. 안개가 어찌나 자욱한지 가구의 윤곽과 램프의 반짝임만이 간신히 짐작될 뿐이다. 안개를 제외하면, 오펠리와는 달리 이곳의 색깔들은 모두 지극히 자연스럽다. 그녀가 방금 통과해 들어온 문은 다름 아닌 옷장에 달려 있었다. 무질서하게 쌓여 있는 잡동사니 서류들과 과한 인테리어 탓에, 그녀는 이곳이 폴의 관리국 사무실이라는 사실을 좀처럼 알아채지 못한다. 바벨의 정반대 편으로 이동한 것이다. 가문 간 바람 장미로도 이렇게 거대한 공간을 단숨에 뛰어넘을 수는 없다.

안개 무리 한가운데에 커다란 책상 하나가 우뚝 솟아 있다. 오펠리가 처음 그 맞은편에 앉았을 때 깊은 인상을 받았던 바로 그 책상이다. 책상 위에는 그녀가 엎질렀던 잉크병의 얼룩이 아직도 선명하게 남아 있다.

한 남자가 그 책상 앞에 앉아 있다. 토른이 아닌 남자다. 새로운 감독관일까? 그의 색깔 역시 지극히 정상이다. 오펠리는 자신이 이곳에 있다는 사실을 알리고 싶지만, 이번에도 말이 목구멍에 턱 걸린 채 나오지 않는다. 지나치게 하얀 분가루를 칠한 가발을 쓴 남자는 안락의자에 축 늘어져 있다. 책상 위에 산더미처럼 쌓인 신문과 압지, 결재를 기다리는 서류 더미들이 그의 앞을 가로막는 거대한 종이 요새를 이루고 있다. 그는 눈앞의 서류 더미에는 눈길 한번 주지 않으며, 등 뒤에서 무례하게 그의 어깨 너머로 몸을 숙이고 있는 오펠리의 존재조차 눈치채지 못한다. 그는 십자말풀이에 열중하고 있지만, 오펠리의 눈에는 그것이 의미를 전혀 알 수 없는 횡설수설일 뿐이었다.

그녀는 말하는 능력뿐만 아니라 글을 읽는 능력마저 상실해 버린 것이다.

반면, 감지할 수 없는 것을 지각하게 해주는 새로운 감각이 그녀에게 생겨났다. 끝없이 미묘하면서도 동시에 강력한 무언가가 주위의 안개를 일렁이게 만들고 있었다. 새로운 감독관은 매 순간 자신의 이미지와 화학적 성질, 자신의 밀도를 공간 전체에 발산하고 있다. 그 파동들이 오펠리의 몸을 통과하는데, 그것은 유쾌하지도 불쾌하지도 않다. 그녀는 이 남자의 형태를 느끼고, 분가루 냄새의 형태를 느끼고, 연필이 턱을 긁는 마찰까지도 형태로 느낀다. 남자는 책상 위에서 울려대는 전화기보다 자신의 십자말풀이에 더 집중한다. 기계는 축축하고 아득한 소리를 내지만, 오펠리는 마치 자신이 전화기와 같은 물질로 이루어지기라도 한 것처럼 그 진동을 낱낱이 느낀다. 그녀는 손가락을 튕겨 퍼져 나가는 파동의 흐름 중 하나에 반대 방향의 움직임을 불어넣는 데 성공한다. 그러자 전화벨 소리가 에코 하나를 튕겨 내고, 그 에코에 새로운 감독관이 흠칫 눈썹을 치켜올린다.

오펠리는 연기로 가득 찬 자신의 손을 그의 코앞에서 흔들어보지만, 그는 그녀의 존재를 전혀 인식하지 못한다. 그녀는 그와 너무나도 다른 방식으로 존재하고 있다.

어차피 오펠리가 찾는 건 이 감독관이 아니다. 사람도 장소도 잘못 찾았다.

오펠리의 샌들 아래에서 즉시 공간이 늘어난다. 새로운 감독관, 전화기, 십자말풀이, 책상, 옷장이 안개 속으로 자취를 감출 때까지 그녀에게서 멀어진다. 주변을 잠식해 들어오는 이 하얀 기운, 이것이 바로 아에라르기룸이다. 오펠리 자신 역시 머리끝부터 발끝까지 그 물질로 이루어져 있다. 그녀는 더 이상 자기 자신을 표현할 수 없지만, 그럼에도 그녀의 정신은 그 어느 때보다도 투명하다. 그녀는 지금까지 자신에게 이질적이었던 개념들을 본능적으로 이해한다. 라자뤼스가 아에라르기룸이라 불렀던 것은 사실 반전된 물질이었다. 풍요의 뿔은 자신을 통과하는 자들을 변환하는 것이 아니었다. 그것은 그들을 겉과 속이 뒤집히도록 반전시킨다. 그리고 이 반전을 통해 생성된 에코들 역시 또다시 반전된다. 코드란 그저 그들의 원자 구조를 인위적으로 유지하기 위한 수단에 불과할 뿐, 코드가 있건 없건 균형은 유지된다.

오펠리 주변으로 새로운 형태들이 떠오른다. 움직이지 않는 놀이기구들이다. 이탈 연구소, 대안 프로그램의 오래된 놀이공원 안으로 되돌아온 것이다. 아에라르기룸이 하늘과 땅을 장막처럼 가리고 있다.

오펠리는 파키르의 부스 앞을 지난다. 토른과 함께 몸을 숨겼던 곳이다. 어떻게 해야 하는지만 알았다면, 당장이라도 그의 이름을 소리쳐 불렀을 텐데.

그녀는 회전 기구의 호랑이를 향해 다가간다. 나무로 깎은 맹수들 사이에 웅크리고 있는 실루엣 하나가 어렴풋이 짐작된다. 메디아나다! 그녀의 녹청색 피부에 박혀 있던 보석들이 평소와는 다른 색채를 띠고 있다. 오펠리와 마찬가지로 메디아나도 풍요의 뿔에 빨려 들어가 자기 자신의 네거티브 이미지가 된 것이다. 그녀의 가문 능력이 몸 주변에서 연기로 맴돈다. 그 모습이 너무 헐렁한 잠옷처럼 보인다. 폴의 새 감독관과 달리 메디아나는 오펠리의 존재를 알아차리고 그녀를 향해 고개를 들어 올린다. 흰 눈동자가 검은 눈에 또렷이 박혀 있었다. 메디아나는 언제부터 이 회전 기구 위에 숨어 있었을까? 그녀의 입은 아무 발음도 만들어내지 못한다. 그녀가 오펠리를 향해 손을 뻗자 오펠리가 흔들린다. 메디아나는 가해자이자 피해자였지만 도움을 청한 적은 한 번도 없었다.

아에라르기룸이 두 사람 사이에 희뿌연 장막을 드리운다. 오펠리는 이제 메디아나도 회전 기구도 볼 수 없다. 그녀는 다시 홀로 방황한다. 두 텅 빈 공간 사이 여기저기서 다른 네거티브 실루엣들이 언뜻언뜻 스쳐 지나간다. 라자뤼스. 기사. 원숭이를 매단 여자아이. 풍뎅이를 매단 여자. 도마뱀을 매단 남자. 오펠리는 매번 눈 깜짝할 새에 그들을 시야에서 놓쳐버린다. 심지어 계보학자들의 환영마저 스쳐 지나간다. 먼저 남자가, 다음으로 여자가 안개 속에서 서로를 찾으려 애쓰지만 이름조차 부르지 못하고 있다. 그들은 모두 어디로도 이어지지 않는 이 중간 세계에서 방향을 잃은 듯 보였다. 풍요를 원했고 궁극의 진실을 찾으려 했건만, 결국 부조리한 방황 속에 내동댕이쳐진 것이다.

오펠리가 아무리 끈질기게 찾아보아도, 그들 틈에서 토른의 모습은 보이지 않는다. 오펠리 역시 자기 자신만큼이나 실체 없는 공포에 사로잡히기 시작한다. 목도리가 모든 고리를 동원해 그녀의 몸을 휘감아 수축하고, 그와 동시에 아에라르기룸이 그

596

녀를 점점 더 빈틈없이 옥죄어 오며 마지막으로 남은 풍경의 잔해마저 삼켜버리더니 급기야 그녀의 샌들마저 지워버린다.

만약 영영 토른을 찾지 못하게 된다면? 결코 그 어떤 것도 찾아내지 못할 운명이라면?

그때 돌연 안개 너머로 실루엣 하나가 나타나더니 일말의 망설임도 없이 오펠리를 향해 다가온다. 거리가 좁혀질수록 실루엣은 점점 또렷해진다. 등인가? 그녀에게 다가오는 존재는 뒷걸음질을 치고 있다. 비틀거리고, 무릎을 비틀고, 두 팔을 접었다 펴면서. 심지어 그 외형조차 쉴 새 없이 일렁이며 흐려진다. 마침내 발뒤꿈치를 축으로 팽그르르 몸을 돌린 그것은 헝클어진 머리채에 직사각형 안경을 쓰고 삼색 목도리를 두른 자그마한 아가씨의 모습이었다.

오펠리의 에코.

에코는 오펠리에게 거의 닿을 만큼 바짝 다가선다. 에코의 색깔은 처음에는 풍요의 뿔에 빨려 들어가기 전 오펠리의 색과 똑같았으나, 점차 지금 오펠리가 지닌 색의 반영처럼 변해간다. 장밋빛이던 피부는 녹청색으로, 갈색이던 머리카락은 금발로 변한다. 에코는 그녀와 너무도 닮았다! 단지 에코의 목도리는 살아 움직이는 것처럼 보이지 않는다는 점, 그리고 에코가 입속으로 무언가를 씹고 있다는 점만 빼면 말이다.

“나는 누구인가.”

에코는 무언가를 우물거리는 사이사이에 이 말들을 발음했다. 인간의 목소리라 하기 힘든, 그럼에도 불구하고 오펠리의 목소리였다. 그런데 이 에코는 대체 어떻게 말을 할 수 있는 걸까? 에코는 무표정하게 기다리고 있다. 오펠리에게 무엇을 바라는 걸까? 오펠리에게 어떤 감정을 품고 있는 걸까? 그렇다면 오펠리 자신은 이 에코에게 어떤 감정을 느낄까? 오펠리는 무엇보다도 토른이 어디에 있는지 묻고 싶을 뿐이었다.

오펠리가 다가간다. 에코는 슬쩍 몸을 피한다. 오펠리가 가까이 다가가려 애쓸수록, 에코는 아에라르기룸 속으로 뒷걸음질치며 멀어진다. 그녀를 피하는 걸까? 에코들의 왕국인 이곳에서 오펠리는 어쩌면 안내자를 둔 유일한 사람일지도 몰랐고, 그녀는 이 안내자가 제 손가락 사이로 빠져나가도록 내버려둘 생각이 추호도 없었다. 뒷걸음질치며 달리기 위해 몸을 기묘하게 뒤트는 자기 자신의 터무니없는 형상을 시야에서 놓치지 않기 위해, 오펠리는 점점 더 걸음을 재촉한다.

끝이 보이지 않는 눈먼 질주 끝에, 오펠리는 아에라르기룸 밖으로 튕겨 나온다. 창백한 세계를 벗어나 색채가 폭발하는 곳에 진입한 것이다. 주황색 하늘 아래 붉은 대양이 끝없이 펼쳐져 있다. 오펠리는 발이 푹푹 빠지는 파란 모래사장을 내려다본다. 이제 네거티브 상태인 것은 그녀 자신만이 아니었다. 풍경 전체가 네거티브가 되어 있었다. 왜지? 바벨에는 바다가 없는데. 그러나 이 바다는 그녀의 등 뒤로 안개에 휩싸인 채 남아 있는 이탈 연구소보다 훨씬 더 생생하게 느껴진다.

"나는 누구인가."

에코는 출렁이는 수면 위에서 균형을 잡고 서 있다. 마치 절대 녹지 않는 사탕이라도 입에 물고 있는 것처럼 여전히 무언가를 우물거리고 있다. 에코는 손가락으로 저 멀리 보라색 초목이 우거진 섬 하나를 가리킨다. 오펠리와 저 건너편 해안 사이의 거리가 순식간에 좁혀지더니 마침내 완전히 사라져 버린다. 그녀는 어느새 섬에 도착해, 나무들이 뿜어내는 빛나는 그늘에 잠긴 오솔길을 거슬러 올라가고 있다. 그녀의 에코는 마치 이 모든 것이 그저 술래잡기 놀이에 불과하다는 듯 뒷걸음질을 치며 그녀의 앞을 걷는다. 현실감 없는 색채들, 추상적인 냄새들, 액체가 흐르는 듯한 소리들. 이곳에 정상적인 것은 단 하나도 없지만, 오펠리에게는 이곳에 와본 적이 있다는 확신이 든다. 울창한 정글 한가운데 우뚝 솟은 유리와 강철의 장엄한 건물들에 다가서자 그 확신은 한층 더 강해진다. 그녀는 이 벽들 사이에서 살았었다. 만약 그녀의 심장이 여전히 살아 있는 신체 기관처럼 작동했다면, 지금쯤 미친 듯이 고동치고 있었을 터였다. 오펠리는 두려웠다. 희망을 품게 될까 봐 두려웠다. 오펠리가 직접 앞장서서 건물을 둘러보며 계단을 오르는 동안, 이번에는 에코가 거리를 둔 채 그녀의 뒤를 따른다. 내가 여기서 넘어졌었지. 오펠리는 계단 한 칸을 훌쩍 넘으며 문득 기억을 떠올린다. 그녀가 이곳에 온 첫날이었다.

그녀는 반원형 강당의 문을 열고 들어선다. 노란색 프록코트를 입은 백여 명의 수습생이 계단식 좌석을 따라 줄지어 앉아, 공책 위로 몸을 잔뜩 숙인 채 만년필로 미친 듯이 종이를 긁적이고 있다. 이들 모두 오펠리처럼 네거티브 상태이지만 아무도 그녀에게 신경 쓰지 않는다. 그들의 가문 능력 그림자들이 쉴 새 없이 요동친다. 그들은 형언할 수 없는 고통에 시달리는 듯, 공책 페이지를 찢어버리고는 처음부터 작업을 다시 시작한다. 바닥 전체를 뒤덮고 있는 구겨진 종이 뭉치들로 미루어보아, 이 소동은 아주 오래전부터 계속되어 온 듯하다.

오펠리는 구겨진 종이 한 자을 집어 들어 펼친다. 검은 종이 위의 하얀 잉크는 그저 앞뒤가 맞지 않는 뒤죽박죽인 낙서에 불과하다. 비록 완전한 문맹이 되어버린 오펠리조차도 그것이 결코 단어들이 아니라는 사실만은 분명히 알 수 있다. 엘리트 계층에 진입하기만을 열망했던 이 젊은이들에게, 말하지도 읽지도 쓰지도 못하게 된다는 것은 그야말로 진짜 악몽일 터였다.

오펠리는 그만 웃음을 터뜨리고 만다. 왜곡된 그녀의 목소리가 강당 곳곳을 무질서하게 튕겨 다니며 퍼져 나간다. 그 웃음소리에 집중이 깨진 수습생들의 분노에 찬 시선이 그녀를 향한다. 오펠리는 평생토록 단 한 번도 이렇게 웃어본 적이 없다. 순수한 기쁨이 흘러넘친다. 그녀는 여기 있는 모두에게 그들이 얼마나 생생히 살아 있는지 당장이라도 외쳐주고 싶다!

본파미유는 허공으로 떨어지지 않았다.

오펠리는 강당을 빠져나와 복도를 내달리며 긴 의자들을 훌쩍 뛰어넘는다. 그녀의 에코가 관절이 어긋난 듯한 기괴한 걸음걸이로 그녀를 쫓으려 애쓰지만 오펠리는 도저히 속도를 늦출 수가 없다. 거대한 깨달음에 떠밀려 앞으로 질주한다. 오랜 세월 자신을 짓눌러 왔던 무게에서 벗어난다.

붕괴는 일어난 적이 없었다.

그녀는 건물 안을 서성이는 학생들과 교수들을 스쳐 지나간다. 그들은 모두 넋이 나간 표정으로 문을 들락날락하고, 벽과 천장 위를 오가며 다른 이들의 시선을 피하고 있다.

오펠리는 그들 한 명 한 명과 춤을 추고 싶다. 그녀는 회랑의 기둥 사이로 달려나간다. 그곳에서는 붉은 바다와 이웃 섬들, 그리고 저 멀리 안개에 파묻힌 채 빽빽이 들어선 건물들의 대륙이 내다보인다. 어디로 시선을 돌리든, 땅과 바다가 끊임없이 이어지는 온전한 수평선을 그리고 있다.

파열은 결코 일어난 적이 없었다. 적어도 지금까지 전해져 내려온 이야기대로는 아니었다. 옛 세계는 산산조각 나 부서진 것이 아니었다. 본파미유처럼 그 기나긴 시간 동안 허공 뒤에, 오펠리의 꿈 뒤에 고스란히 남아 있었다. 그 뒤의 뒤에.

옛 세계는 스스로 몸을 뒤집었다. 반전된 것이다.

그렇다면 그 구름바다는? 아에라르기룸 상태가 된 대륙들 전체였던 것이다! 어마어마하게 농축된 아에라르기룸.

달리던 오펠리는 멈춰 선다. 회랑 한가운데, 신문 자판기 앞에서 하얀 앞머리를 길게 늘어뜨린 옥타비오를, 그녀는 하마터면 알아보지 못할 뻔했다.

옥타비오…. 그의 이름을 소리 내 불러볼 수 있다면 얼마나 좋을까. 그러면 그가 정말 이곳에 있고, 한 번도 사라진 적 없다는 사실을 스스로에게 납득시킬 수 있을 텐데. 그는 신문 자판기에 너무 집중한 나머지 오펠리에게는 전혀 관심이 없다. 그는 레버를 내리고 신문 한 부를 꺼내어 그것을 찢어서 쓰레기 투입구에 버린다. 다시 레버를 내리고, 또 한 부를 꺼내어 그것을 찢고 쓰레기 투입구에 버리는 행동을 되풀이한다. 자판기는 결코 비워지는 법이 없다.

오펠리는 옥타비오를 멈춰 세우려 어깨를 붙잡는다. 하지만 장갑 너머로 그의 존재가 거의 느껴지지 않는다. 바로 옆에 있는데도 마치 아주 멀리 있는 것처럼. 옥타비오가 그녀를 향해 눈을 돌린다. 더 이상 붉지 않고 청록색을 띤 그의 눈은, 그들의 가문 능력이 만들어내는 그림자를 두 줄기 연기 다발처럼 내뿜고 있다. 오펠리는 그를 보고 자신이 느꼈던 만큼 그 역시 기뻐하리라 기대하지만, 그의 얼굴에 서린 것은 오직 고통뿐이다. 그는 신문 한 부를 내밀며 그것들을 전부 없애는 걸 도와달라고 소리 없이 애원하더니, 다시 그 일에 몰두한다. 너무 열중한 나머지 오펠리의 존재마저 금세 잊는다. 신문들에는 아무것도 인쇄되어 있지 않다. 중요한 것은 내용이 아니라 그것들이 상징하는 바, 곧 바벨의 거짓말들이다.

오펠리의 들뜬 마음이 차갑게 식었다.

옥타비오와 다른 사람들은 살아 있다. 그렇다. 하지만 어떤 대가를 치렀을까? 그들은 각자의 강박에 갇힌 채, 똑같은 의식을 무한히 반복하며 자신들에게 진정 무슨 일이 벌어졌는지도 모르는 상태로 남아 있어야만 하는 형벌을 받았다. 그녀 역시 그들 곁에 너무 오래 머문다면 똑같은 운명을 겪게 될까? 그녀는 장거리 비행선이 아슈들 사이 허공으로 가라앉았을 때 느꼈던 그 견딜 수 없는 죄책감이 떠올른다. 이제야 그 이유를 안다. 옛 세계의 대지가 공간의 직조물 이면에 여전히 존재하기 때문이다. 그리고 오펠리 자신마저 반전된 지금 이 순간에도, 그녀는 이곳에 자신이 존재한다는 사실 자체가 여전히 이치에 맞지 않는 일임을 깨닫는다.

스콩드는 알고 있었다. 스콩드는 보고 있었다.

그래서 오펠리에게 그 비참한 옥타비오의 초상화들을 그토록 많이 보여주었던 것이다. 스콩드는 앞선 에코를 해독하는 데 그치지 않고, 그것들을 막아내려 했나. 그리고 스콩드는 오펠리가 이곳, 이 이면에서 자기 오빠를 구해주리라 언제나 기대해 왔다.

하지만 어떻게? 오펠리는 토른을 찾지도 못했고 자신을 구할 방법도 모른다. 그녀는 산책로 양쪽을 샅샅이 살피며 지금까지 자신을 안내해 주었던 에코를 찾는다. 결국 그 에코마저 잃어버린 걸까?

에코. 오펠리는 이곳 본파미유에 자신이 개인적으로 아는 에코가 하나 있다는 사실을 떠올린다.

그녀는 끊임없이 쓰레기 투입구에 신문을 버리고 있는 옥타비오를 마지막으로 한 번 바라본다. 아쉬움을 뒤로한 채 그를 떠난다. 소리 없는 새들과 무기력한 유대류 동물들이 보이는 정원의 밀림을 가로지른다. 그녀는 행정동 건물로 뛰어들어 대리석 층계들을 오른다. 이제는 자신이 뛰고 있는 것인지 아니면 건물의 구조 자체가 그녀를 목적지로 실어 나르는 것인지조차

분간이 가지 않는다.

그녀는 집무실 문턱을 넘는다.

다른 모든 가문 정령들처럼 헬레네 역시 실체화된 에코였지만, 그 남매들 중에서 가장 영리하기도 했다. 오펠리가 이면의 수수께끼를 푸는 데 도움을 줄 수 있는 인물이 있다면, 그건 바로 헬레네일 터였다. 검은 전구들은 집무실에 짙게 깔린 눈부신 어스름을 거의 누그러뜨리지 못한다. 방 안에는 아무도 없다. 오펠리는 비르투오소 수습생 시절 이곳에 여러 번 불려 왔다. 그 거대한 정령은 자리를 비우는 법이 없었으니, 당연히 이곳에 있어야 했다.

오펠리는 카트에 부딪히며 샌들 밑에서 눅진한 소리를 듣는다. 유리를 밟은 것이다. 몸을 숙인 그녀는 그것이 광학기구의 렌즈들임을 알아본다. 알고 보니 그녀가 부딪힌 카트는 바퀴 달린 크리놀린으로, 그 위에는 거대한 드레스가 꿰매져 있다. 뷔스티에는 지지대에 힘없이 늘어져 있다. 오펠리는 아연실색한다. 그녀는 헬레네의 책이 전시된 책장의 유리문을 연다. 피부로 된 페이지에 적힌 윌랄리 딜뢰의 아름다운 필체는 그저 엉망인 낙서로 변해 있다. 이면에는 일관된 언어란 존재하지 않는다. 코드를 잃은 헬레네는 본래의 상태로 돌아간 것이다. 형태가 없는 상태로. 이제 남은 것이라곤 텅 빈 드레스 한 벌뿐이다.

"나는 누구인가."

에코는 헬레네의 안락의자에 앉아 있다. 에코의 몸집에 비해 의자가 너무 크다. 자신과 똑같은 얼굴이 저토록 도발적인 표정을 짓고 있는 것을 마주하자니 오펠리는 기분이 묘해진다. 에코는 여전히 버릇없게 사탕을 우물거리고 있다. 오펠리가 그를 향해 몸짓을 하려는 순간, 그는 폴짝 뛰어 몸을 피한다. 오펠리는 이 에코가 자신을 도우려 하면서도 동시에 시험하고 있다는 묘한 기분이 든다.

그들 주위로 공간이 찰흙처럼 일그러진다. 그들은 이제 두 하늘 사이에 있다. 하나는 머리 위로 펼쳐지고, 다른 하나는 발밑에서 비치고 있다. 삼시 후 오펠리는 자신들이 바벨 메모리알의 거대한 유리 돔 위, 가장 높은 곳에 서 있다는 사실을 깨닫는다. 눈앞에 펼쳐진 시야가 아찔하다. 본파미유는 이제 저 멀리 땅이 살짝 솟아오른 흔적에 불과하고, 헬레네의 집무실이 있던 건물은 보이지도 않는다. 오펠리는 바다와 항구, 구 바벨과 신 바벨, 표면의 아슈들과 이면의 구역들을 파노라마처럼 조망한다. 마치 제대로 현상되지 않은 사진을 눈앞에 둔 것만 같다. 여기, 풍경은 안개가 끼어 불완전하고, 저기, 풍경은 다채롭고 뒤섞여 있다. 그 어디에도 조화는 없다.

그러나 그녀에게 가장 충격적인 광경은 본파미유에서는 볼 수 없었던 선박들이다. 그 배들은 수없이 많았고, 시간과 공간 속에 얼어붙은 채 물 위에 멈춰 서 있다. 수백 년 전의 전쟁 함대가 바벨의 기슭에 닿기도 전에 이면으로 곤두박질친 것이다.

오펠리는 고개를 들어 하늘을 어둡게 가리고 있는 태양을 올려다본다. 그 검은빛이 그녀의 안경으로 쏟아져 내리며 그녀의 모든 생각 위로 역설적인 빛을 던진다. 비록 그녀가 생각을 소리 내어 표현할 수 없어도 상관없다. 그녀는 말이 필요 없이 이해하게 된다.

표면과 이면은 양팔 저울의 두 접시다.

한쪽에서 물질이 반전될 때마다, 다른 쪽에서도 대가가 치러진다. 그것도 반전된 방식으로. 아에라르기룸으로 변환된 모든 물질만큼 아에라르기룸이 물질로 실체화되고, 표면 세계에 실체화된 모든 에코만큼 이면은 상응하는 대가를 필요로 한다. 상징적으로 동등한 대가 말이다. 윌랄리 딜뢰는 단순한 원고 하나로 반신반인의 한 세대를 창조해 냈지만, 그것은 사실 그녀의 연극 제1막에 불과했다. 그날, 그녀는 이면 세계와 계약을 맺은 것이다. 그리고 수년 뒤 가문 정령들이 장성했을 때, 윌랄리 딜뢰는 지금 오펠리가 있는 바로 이 자리에 거의 똑같이 서 있었다. 그녀는 전쟁이 바벨로 다시 돌아오는 것을 보았다. 그것이 더는 참을 수 없는 한계점이었다. 그녀는 자신의 계약을 이행하기로 결심했다. 그녀는 무장 세력과 분쟁 지역, 평화를 유지할 능력이 없는 모든 국가를 이면으로 내동댕이쳤다. 세상의 절반을 희생시켜 나머지 절반을 구원한 것이다. 자신의 의지와 무관하게 징집된 군인들, 전투에 휘말린 민간인들 등 얼마나 많은 무고한 이들이 어떻게 그리고 왜 이런 일이 벌어졌는지 설명해 줄 사람조차 없이 이처럼 반전되었단 말인가? 그리고 윌랄리는 어떻게 풍요의 뿔조차 쓰지 않고 이토록 거대한 규모의 반전을 일으킬 수 있었을까? 이토록 엄청난 양의 물질을 이면으로 들여보내려면, 저울의 균형을 유지할 수 있을 만큼 강력하고 상징적으로 동등한 새로운 대가를 마련해야만 했다. 그렇지 않은가?

오펠리는 목도리가 곤두서는 것을 느낀다. 바다와 유령 함대에서 고개를 돌린 그녀는, 자신의 에코가 팔을 쭉 뻗어 대리석 덩어리를 치켜든 모습을 발견한다.

오펠리를 내려찍기 직전이었다.

(호괄)

토른은 안개 속을 걷는다. 분명히 아에라르기룸이다. 모든 것이 하얗고, 그는 이 하얀색이 거슬린다(하양, 겨울, 눈, 폴). 이곳에는 계량화할 수 있는 것이 아무것도 없다. 사물 간의 거리도, 시간도 없다. 회중시계는 멈췄다(하양, 종이, 관리국, 폴). 그는 터무니없이 녹청색으로 변해버린 피부의 모공을 파고드는 이 무無가 불쾌하다. 그것이 통제할 수 없는 연상 작용의 형태로 뇌 속까지 퍼져 나가는 것도 불쾌하다(하양, 책, 파루크, 폴). 쉰여섯 개 흉터의 배열을 흩뜨려 놓은 육체의 반전된 대칭도 불쾌하다. 가시덤불처럼 자신에게 달라붙어, 움직일 때마다 자기 가문 능력의 흉측함을 상기시키는 발톱 돋친 그림자는 더더욱 마음에 들지 않는다.

토른은 자신이 어떻게 아직도 걸을 수 있는지 이해하려 애쓰지 않은 채, 걸음을 재촉하여 아에라르기룸을 가로지른다. 이곳에서 그에게는 다리 보조기도 지팡이도 없고, 그의 다리는 내디딜 때마다 전혀 논리적이지 않은 각도로 꺾인다. 아무런 통증도 느껴지지 않지만, 그렇다고 기뻐할 일은 아니다(하양, 기억상실,

어머니, 폴). 뼈의 어긋남, 관절의 염증, 기억을 들쑤시는 편두통. 이 모든 생체 정보들은 본래 하나의 윤곽을 형성하고 있었으나, 이제는 배경과 함께 사라져 버렸다. 이러한 윤곽이 없으니 그의 기억은 액체처럼 범람한다(하양, 에나멜, 미소).

안 돼.

토른은 그 어떤 기억보다도, 이 기억만큼은 자신을 덮치지 못하도록 단호히 거부한다. 그는 그 앞에서 3시간 27분 19초를 기다렸건만 끝내 아무도 열어주지 않았던 그 문을 거부한다. 그의 골격이 아직 비정상적인 성장을 시작하기 전, 정확히 그의 눈높이에 있었던 그 열쇠 구멍을 거부한다. 이제 막 어린 애티를 벗은 파루크의 새 대사를 벌써 제 식탁에 초대해 놓고 칭찬을 쏟아붓던 어머니의 웃음소리를 거부한다. 그는 자신이 아니며, 자신이 결코 가질 수 없을 모든 것을 소유한 그 소년을 거부한다. 떳떳한 출생, 탄탄대로의 미래, 피부 1밀리미터마다 새겨진 아름다움, 그리고 어머니의 미소를. 무엇보다도, 그 수치스러운 열쇠 구멍에 못 박힌 듯 시선을 고정한 채, 샹들리에 불빛 아래 빛나던 아르쉬발드의 눈에서 포착했던 그 고독을 거부한다. 그것은 토른 자신이 전실의 어스름 속에서 느끼던 고독과 모든 면에서 똑같았다.

하양. 토른은 속도를 높여, 아에라르기룸과 그 윤곽 없는 세계 속으로 더욱 깊이 파고든다. 그는 자신이 어디에 있는지, 어디로 가는지 알지 못하지만, 자신에게 끝내 닫히지 않은 유일한 문이자 그 너머에서 누군가 자신을 진정으로 기다리고 있는 단 하나의 문을 찾을 때까지 계속 걸을 것이다.

오펠리라는 문.

또 한 번 기억이 범람하며(문, 방, 월랄리 딜뢰, 파열), 토른의 정신은 앞으로 내딛는 걸음에 반비례하여 뒤로 끌려간다. 하양 속으로 더 깊이 전진할수록, 시간 속에서는 더 멀리 물러난다. 어머니가 강제로 주입한 파루크의 과거를 향해.

처음에 우리는 하나였다.

그러나 신은 우리가 그런 식으로는 자신을 만족시킬 수 없다고 판단했고, 그래서 우리를 갈라놓기 시작했다. 신은 우리와 실컷 즐겼고, 곧 지겨워하더니, 우리를 잊었다. 신은 아주 잔인하게 무관심을 드러냈는데, 그럴 때면 나는 공포에 떨었다. 또한 부드러운 면모를 보일 줄도 알았기에, 그 누구보다 신을 사랑했다.

신과 나 그리고 다른 이들 모두 행복하게 살 수 있었을 것이다. 그 빌어먹을 책만 없었다면. 정말이지 끔찍한 책이었다. 그놈의 책과 내가 매우 역겨운 방식으로 연결되었다는 건 알고 있었지만 공포는 나중에, 훨씬 뒤에야 찾아왔다. 당시엔 바로 알아챌 수 없었다. 나는 너무 무지했다.

그랬다, 나는 신을 사랑했다. 하지만 신이 별다른 이유 없이 펼쳐 들곤 하던 그 책은 싫었다. 신은 책을 펴 들며 너무나 즐거워했다. 기분이 좋을 때면 신은 글을 썼고, 화가 날 때도 글을 썼다. 그러다 몹시 기분이 나빴던 어느 날, 신은 터무니없는 짓을 저질렀다.

세계를 산산조각 냈다.

토른은 머릿속에서 천 번도 넘게 되풀이된 장면 속에서, 파열의 날 월랄리 딜뢰가 등 뒤로 쾅 닫아버렸던 그 문을 다시 본다. 그녀는 방 안에 틀어박혔다. 그 누구도 자신을 따라오지 못하게 금지했다. 토른이 마치 제 손인 양 문고리를 쥔 파루크의 떨리는 손을 눈앞에 그리는 사이, 파루크는 결국 그녀의 명령을 어기고 말았다. 문을 열었고, 들어갔고, 보았다. 방의 절반이 사라져 있었다.

토른은 이 불완전한 기억의 파인 자국에 갇힌 채, 다리를 비틀고 풀며 백색 속을 점점 더 빠르게 걷는다. 그의 그림자에서 돋아나는 것은 이제 발톱만이 아니었다. 그의 내면에서 갈라지는 기억의 가지들과 호응하듯 얽히고설킨 뿌리와 나뭇가지들이었다.

월랄리가 그곳에 있었다. 아직 온전한 바닥 위에서, 허공에 매달린 거울을 마주한 채. (능력을 막아.) 그렇다면 파루크는 왜 그토록 버림받았다고 느꼈을까? (눈물을 닦아.) 왜 열쇠 구멍 앞의 토른과 똑같은 감정을 느꼈을까? (신은 벌을 받았다.) 왜 월랄리는 그의 책에서 페이지를 찢어내고, 그의 기억을 절단하고, 가문 정령들에게 기억상실을 선고하고, 결과적으로 그들의 모든 후손까지 그렇게 만들기로 결정했을까? (그날 나는 신이 전능하지 않다는 것을 깨달았다.) 그리고 방 한가운데, 마룻바닥과 하늘 사이에 매달린 이 거울은 대체 무슨 의미인가? (그날 이후로 나는 그를 다시는 보지 못했다.)

토른은 백색의 한가운데, 기억의 한가운데에 우뚝 멈춰 서서 거칠게 장면을 멈춘다. 문턱에서 굳어버린 파루크는 윌랄리 딜뢰의 뒷모습을 응시한다. 그녀는 매달린 거울을 마주한 채 허공의 맨 가장자리에 서 있고, 기류에 휩쓸려 긴 드레스와 숱 많은 머리카락이 잔뜩 부풀어 올라 있다. 그녀는 세상을 해체해버린 종말보다 이 거울에 더 큰 관심을 쏟고 있다. 토른은 파루크의 안구를 통해, 윌랄리 딜뢰의 어깨 너머로, 자신의 기억이 두개골 안쪽 벽에 투사하고 있는 머릿속 슬라이드를 믿을 수 없다는 듯 바라본다. 거울 속 그녀의 모습 위로 번개처럼 찰나의 순간 또 다른 반영이 겹쳐졌다. 오펠리(깨진 안경을 쓴 오펠리(피투성이 토가를 입은 오펠리(치명상을 입은 오펠리)))였다.

앞선 에코. 토른은 방금 수백 년 전의 기억 속에서 미래를 본 것이다. 그리고 그가 본 것은 결코 용납할 수 없는 광경이었다.

제자리에서 360도로 회전하며, 그는 출구를 찾기 위해 주변의 아에라르기룸을 샅샅이 살핀다. 그가 있는 곳이 어디든, 들어오는 데 성공했다면 수학적으로 나가는 것도 가능하다. 설령 그럴 수 없다 하더라도, 그는 나가야만 한다. 필요하다면 모든 아슈의 모든 문을 억지로라도 열어젖힐 것이다. 아니, 그보다 조금 더.

그는 두꺼운 안개 너머로 마침내 윤곽 비슷한 형태를 띠는 것을 더욱 예리하게 바라본다. 이런. 토른은 문을 찾고 있었지만, 방금 찾아낸 것은 우물이다. 처참한 회반죽의 상태와 돌 틈마다 무성하게 자라난 이끼로 미루어보아 아주 오래된 구조물이다. 양동이도, 쇠사슬도, 도르래도 없었지만, 자연이 만들어낼 수 있는 온갖 비위생적인 것들과 접촉한 물을 마시겠다는 생각 따위는 애초에 토른의 머릿속에 떠오르지도 않았을 것이다. 이 우물이 뿜어내는 악취는 형언할 수 없을 정도다. 이 풍경의 유일한 요소만 아니었으면, 토른은 기꺼이 더 다가가는 것을 삼갔을 것이다.

그는 스치지 않도록 조심하면서 우물 가장자리 위로 몸을 기울인다. 우물 안을 지배하는 어둠은 역설적으로 너무나 밝아 눈이 부실 지경이었다. 그 빛은 사소한 것 하나까지도 모조리 드러낸다. 버섯, 악취, 구더기까지.

그리고 그 바닥에 꼬마 하나가 있다.

아이는 허리까지 물에 잠겨 있다(정말 물이기만 한 걸까?). 피부와 머리카락 그리고 눈까지도 너무 어두워서 토른은 자신을 올려다보는 얼굴의 이목구비를 분간할 수 없다. 아이는 아무 말도 하지 않는다. 두 눈의 윤곽을 그리는, 비정상적으로 하얀 속눈썹만이 칠흑 같은 우물 속에서 도드라져 보인다. 토른은 이 꼬마를 만난 적이 없지만 주저 없이 알아본다. 베르닐드 고모의 딸이다.

지면 아래 9미터쯤, 우주에 존재하지도 않는 것으로 여겨지는 이런 있을 법하지 않은 공간에 어떻게 저 아이가 있게 되었는지 합리적으로 생각할 겨를도 없이, 아이를 보자마자 토른은 순수한 혐오감에 사로잡힌다. 그 감정에 가장 먼저 놀라는 건 그 자신이다. 그저 태어났다는 사실만으로, 고모에게서 자신을 없어서는 안 될 존재로 남겨두지 않은 이 사촌의 존재를 얼마나 부정하려 애써왔는지 그제야 깨닫는다. 자기만으로 만족하지 못한다고 고모를 얼마나 원망했는지, 그 어떤 어머니의 마음도 충족할 수 없는 자신을 얼마나 탓해왔는지 그제야 깨닫는다. 그래서 결국 오펠리에게 얼마나 가혹하게 굴었는지, 그러다가 그녀를 자신의 우물 바닥으로 끌고 갈 뻔했음을 그제야 깨닫는다. 그리고 위에 선 자신과 아래에 있는 아이, 아이의 크게 뜬 눈과 마주치는 순간, 그는 자신이 얼마나 어리석었는지 비로소 깨닫는다.

메모리알의 거울 속에서 예견된 에코가 보여준 미래가 과거가 되어버리기 전에 서둘러야 한다.

토른은 크고 어색한 동작으로 우물 가장자리를 넘는다. 이제 통증이 느껴지지 않는다고 해서 추락할 때 뼈가 부러지지 않는 것은 아니다. 그는 우물 내벽(지름 1미터 24센티미터)에 몸을 지탱하며 부츠와 손톱을 회반죽의 흠집에 받쳐 넣고, 곰팡이 위에서 미끄러지며 내려간다. 물질과 닿을 때마다 촉감은 보이지 않는 잠수복을 입은 것처럼 추상적으로 느껴진다. 하지만 깊이 내려갈수록 혐오감은 점점 더 심해진다. 말썽인 다리가 여러 번 그를 배신해 균형을 잃을 뻔하기도 한다. 되돌아 올라가는 길은 생각하지 않기로 한다.

토른이 바닥에 도착하자 물이 아닌 것이 분명한 끈적한 액체 속에 무릎까지 잠긴다. 그의 발톱이 지닌 수치스러운 능력을 드러내는 가시 돋친 그림자는 확실히 그의 인상에 호감을 더해줄 리 없었다. 그의 사촌 동생은 벽에 딱 달라붙어 있었다. 그래, 바로 이 아이가 그의 거대한(89센티미터) 라이벌이다. 허리를 굽혀야 하긴 하지만 이제 아이의 얼굴이 더 자세히 보인다. 피부색은 어두웠지만 분명히 베르닐드의 모습이 있다. 그는 이 아이가 파루크의 지능은 닮지 않았기를 바란다. 그를 올려다보는 아이의 커다랗게 뜬 두 눈은 멍하니 벌어져 있다.

이 나이대의 아이를 이해시키려면 어떻게 말을 걸어야 할까? 토른은 문득 자신이 그럴 수 없음을, 그리고 그것이 아이의 존재가 주는 불편함과는 무관하다는 것을 깨닫는다. 무엇 하나 잊는 법이 없는 그였으나, 뜻이 통하고 문법에 맞는 말을 단 한 구절도 엮어내지 못한다. 어차피 무슨 말을 하겠는가? 너 때문에 늦어졌고 네가 날 더 비참하게 만들고 있지만, 그럼에도 내가 널 이 우물에 버려둘 수는 없다고?

그는 오펠리를, 그녀의 피투성이 모습을 다시 떠올린다. 서둘러야 한다.

토른은 절대로 남에게 키를 맞추지 않겠다고 다짐했었지만 끈적한 액체 속에 쭈그려 앉는다. 그는 팔을 뻗는다. 우물 안이 눈이 멀 정도로 환한 탓에 그의 흉터들의 검은빛이 도드라진다. 소매 단추를 채울 걸 그랬다. 아이들은 별것 아닌 것에도 쉽게 놀라니까. 그는 사촌 동생을 단단히 붙잡는다. 아이는 버둥대지 않고 몸을 맡긴다. 놀랍지만 차라리 낫다. 단 한 번의 접촉으로도 그의 주위에서 발톱이 날을 세웠고, 끈적한 액체에서 아이를 떼어내는 일은 쉽지 않았으니. 토른은 이 아이의 무게―사실은 무게가 없다는 것―에 당황한다. 하지만 그가 각오했던 것보다 그를 더 놀라게 한 것은, 적대적인 발톱과 거친 동작에도 불구하고 그가 자신과 함께 이 우물에 있어 준다는 사실이 세상에서 가장 위안이 된다는 듯 온몸으로 매달리는 아이의 충동적인 몸짓이었다.

토른은 비이성적인 감각이 든다. 아이에게서 전혀 느껴지지 않는 무게감이 자신의 갈비뼈 사이로 스며들어 자기 존재 전체에 퍼지는 동시에, 미처 깨닫지 못했던 무게에서 벗어나는 듯한 감각을.

그는 오펠리를 되찾아야 하지만, 먼저 베르닐드 고모에게 딸을 데려다주어야 한다.

그 자명한 사실이 머리를 스치자마자 둘 주위의 공간이 뒤틀리기 시작한다. 우물은 갑자기 거대한 방만큼 넓어지고 끈적한 액체는 증발하여 두꺼운 아에라르기룸 층이 된다. 실루엣들이 토른과 그가 어색하게 붙들고 있는 아이를 전혀 알아채지 못한 채 신경질적인 발걸음으로 오간다. 그들의 목소리와 색채는 억눌려 있다. 자신이 유령이 되었다고 확신하지 않았다면 토른은 저들이 유령 같다고 생각했을 터였다. 이곳이 어디든 간에 그는 이들과 자신들이 모두 시간의 같은 페이지에 존재하고 있음을 깨닫는다. 저들은 앞면에, 토른은 뒷면에, 그리고 그의 사촌은 종이를 파고들었지만 완전히 뚫지는 못한 작은 잉크 얼룩처럼 앞면과 뒷면 사이에 있다.

아에라르기룸이 풍경 전체를 집어삼킨다. 또 다른 아이가 누워 있는 커다란 유모차만 제외하고. 유모차 속 아이는 머리끝부터 발끝까지 하얗다.

토른은 확신했다. 자신이 우물에서 건져 올린 것은 정신적 투영이라는 사실을. 그의 진짜 사촌, 말하자면 물리적으로 존재하는 사촌은 세상의 표면에 남아 있다. 유아차에 누운 아이는 유리처럼 멍한 눈으로 제 위에 펼쳐진 유아차 덮개를 바라보고 있다. 앙상한 몸으로 미루어보아, 아이의 실제 몸무게도 토른에게 점점 더 세차게 매달리는 이 작은 그림자보다 그리 더 무겁지 않을 것이다. 아이는 자기 자신을 알아보지 못하는 걸까? 이 작은 그림자를 유아차에 내려놓아 억지로라도 자기 몸으로 돌아가게 만드는 것은 쉬운 일이고, 어쩌면 단숨에 끝낼 수 있는 일일 터였다.

토른은 주변을 오가는 흐릿한 실루엣들을 하나씩 훑어보다가 미동도 없이 서 있는 단 하나의 형상을 찾아냈다. 드레스 차림에 아주 곧은 자세의 실루엣은 늘 유아차를 시야 안에 둘 만큼 가까운 거리에 있다. 안개 때문에 얼굴은 보이지 않지만 토른은 굳이 확인할 필요가 없다. 그가 그 실루엣을 가리켜 보이자 아이는 곧장 희끗한 속눈썹 아래로 두 눈을 크게 뜬다. 아이가 자기 몸은 알아보지 못했어도, 적어도 자기 엄마는 알아볼 것이다. 토른은 아이가 몸을 떨며 뛰쳐나갈 채비를 하는 것을 느낀다. 그러나 그의 예상과 달리, 본능을 거스르듯 아이는 마지막으로 그에게 눈길을 던진다. 그를 바라본다. 토른은 인간의 눈(태연하게 눈곱과 눈물, 속눈썹을 만들어내는 체외 기관)에 좀처럼 마음이 동하지 않는 편이지만, 밤처럼 깊고 검은 그 눈은 토른 자신조차 평생 볼 수 없었던 무언가를 찾아낸 듯했다.

바로 다음 순간, 그의 품에 있던 사촌은 비눗방울처럼 사라졌다. 유아차도, 고모도, 방도, 아무것도 남지 않았다. 오직 거울 하나만 남아 토른의 모습을 비춘다. 태어나 처음으로, 그는 비로소 거울에 비친 자신의 모습이 견딜 만하다고 여긴다. 가문 능력이 드리운 그림자는 발톱을 모두 거두었다. 그는 더 이상 발톱의 지배를 견디지 않아도 되리라는 즉각적이고도 아찔한 확신에 사로잡힌다. 한 아이가, 바로 그에게, 한 존재가 느낄 수 있는 가장 절대적인 것을 내주었기 때문이다. 그리고 또 다른 아이가 그를 새장 안으로 밀어 넣었기 때문이다.

스콩드는 그에게 복수하지 않았다. 그가 알맞은 장소, 알맞은 때에 있을 수 있도록 해주었다. 자신을 망가뜨린 남자를 고쳐놓았다.

토른은 이제 비어버린, 그러면서도 새로운 힘이 가득 차오른 자신의 두 팔을 바라본다. 불가능조차 해낼 수 있는 팔이다. 아니, 그보다 조금 더.

이제 앞선 에코를 따라잡아야 한다.

대가

이면 세계에서 모든 지각이 왜곡된다. 색깔, 소리, 냄새, 공간과 시간까지, 모두 다른 논리를 따른다. 자신의 에코가 석판을 얼굴에 던지려는 순간, 오펠리는 그걸 맞으면 겉보기 만큼 불쾌할지 궁금해진다. 그러는 한편, 유리로만 이루어진 돔 한가운데서 어떻게 대리석 덩어리를 구했는지도 의아해진다. 마지막으로 목숨을 구해준 뒤 왜 죽이려 하는지 그 이유에 대해 생각한다.

"나는 누구인가."

그녀의 얼굴을 똑 닮은 에코의 얼굴은 안경 너머로 의문에 찬 표정을 짓고 있다. 마치 그녀의 머리를 두 동강 낼지 말지 신호를 기다리는 듯하다. 에코는 뭔가를 씹는 기묘한 턱 움직임을 한순간도 멈추지 않았다.

아무런 신호도 없다. 대신, 어디선가 나타난 왜소한 소년이 에코의 손에 쥐어진 석판을 조심스럽게 치운다. 그가 발치에 석판을 떨어뜨리자 석판은 돔의 유리를 깨뜨리지 않고 그대로 통과한다. 소년은 석판을 치운 뒤, 멍하니 굳어 있는 오펠리와 그녀의 에코에게 고개 숙여 인사한다. 색이 빠진 그의 피부와 눈과 머리카락은 전혀 자연스럽지 않다. 그가 메모리알 꼭대기에 있다는 사실 역시 자연스럽지 않았다.

앙브루아즈다. 색깔이 반전된, 휠체어를 타지 않는, 몸에 기형도 없는 앙브루아즈다. 콜룸바리움의 유골함 주인인 그 앙브루아즈다.

최초의 앙브루아즈.

그의 길고 창백한 속눈썹이 또렷한 시선을 덮고 있다. 그는 이면 세계에서 마주친 다른 사람들처럼 길을 잃은 듯한 표정을 짓고 있지 않다. 에코를 향해 터번을 쓴 머리를 끄덕여 인사하는 모습이 오펠리를 데려다준 데 대한 감사 인사처럼 보인다. 그러고 나서 그는 오펠리를 향해 미소 짓는다. 상냥한 태도도, 호기심 어린 눈빛도 그대로다. 오펠리는 자신이 그에게 말을 걸 수 없음에 안도한다. 이렇게 닮은 모습이 주는 고통을 그는 모를 것이다. 그녀에게는 영원히 단 한 명의 진짜 앙브루아즈만 존재하리라는 것도 그는 모를 것이다. 앞에 있는 이 소년은 그녀에게 낯선 이방인일 뿐이며, 게다가 실제로는 보이는 것보다 나이가 마흔 살이나 더 많은 사람이다.

그는 라자뤼스의 친구였다. 그러니 오펠리로서는 경계할 수밖에 없다. 그가 주먹 쥔 두 손을 들어 올리자 오펠리는 목도리를 바짝 움켜쥐며 몸을 움츠리지만, 그는 그저 장난꾸러기처럼 양 엄지를 들어 보일 뿐이다. 그제야 오펠리는 그를 알아본다. 그가 그 그림자였다. 바벨의 낭떠러지에서 보았던 사람, 오토마톤 공장까지 안내했던 사람, 콜룸바리움에서 뒤쫓았던 사람, 예배당으로 찾아왔던 사람, 바로 그 그림자였다.

앙브루아즈 1세는 오펠리에게 그녀의 에코를 가리키고 에코에게는 그녀를 가리키며 화해의 악수를 하는 듯한 손짓을 흉내낸다. 그러고 나서 그 일은 끝났다는 듯 명랑한 몸짓으로 자신을 따라오라고 신호한다. 유리로 된 구조물은 오펠리의 샌들 아래서 순식간에 물처럼 변한다. 그녀는 대리석 판처럼 반대편으로 미끄러져 들어가는 느낌이 들지만, 단 한순간도 진짜로 떨어지는 감각은 느껴지지 않는다. 이제 이 셋은 메모리알 속으로 난 계단으로 내려가고 있다. 수 세기 전부터 존재하지 않는다고 여겨졌던 계단으로.

앙브루아즈 1세는 작은 보폭으로 명랑하게 앞장선다. 이면 세계에서 40년 동안 갇혀 지냈던 사람치고는 이상하리만치 신중함이 없다. 오펠리는 그를 믿어도 될지 확신하지 못하지만, 그가 그 그림자라는 건 알고 있다. 그 사실만으로 당장은 충분하다. 그는 이면 세계에서 그녀와 소통하는 데 성공했다. 그것도 여러 번. 그는 그렇게 이면 세계와 표면 세계의 경계가 드나들 수 있는 곳임을 증명했다. 어쩌면 그가 토른과 자신을 다시 이 세계의 반대편으로 가게 해줄 수도 있지 않을까?

오펠리는 초조하게 어깨 너머로 흘끗흘끗 돌아보며 에코가 더 이상 자신의 머리를 박살 내려 하는 건 아닌지 확인할 수밖에 없었다. 에코는 조용히 우물거리며 뒷걸음질로 따라오고 있었다. 이 돔에서 무엇이 에코를 그렇게 자극했는지 알 수 없지만, 오펠리는 기시감을 떨칠 수 없었다.

주위를 둘러보니 메모리알의 건축은 이면 세계의 다른 어떤 곳보다도 더 기괴하다. 건물 절반은 아에라르기룸 안개에 가려져 있는데, 오펠리는 그 안개 너머로 거대한 아트리움을 둘러 층층이 휘감겨 올라가는 듯 놓인 수천 개의 서가, 트랜센디움, 거꾸로살롱 들을 알아본다. 하지만 나머지 절반, 네거티브 상태로 존재하는 부분은 오펠리에게 낯설다. 그곳에는 오래된 마룻바닥, 식물들이 뒤덮은 방들, 텅 빈 교실들만 있다. 바로 그곳이 가문 정령들이 자란 곳이다.

오펠리는 유리창이 빠진 창문틀 앞에서 한동안 머문다. 당연한 일이었다. 파열 이후, 메모리알의 일부를 허공 위에 재건했다. 당시의 건축가들은 그 부분이 섬과 바다 전체와 함께 무너져 내렸다고 생각했기 때문이었다. 하지만 떨어져 나간 부분이 여전히 거기에, 거꾸로 뒤집힌 채 존재하고 있음을 그들은 알지 못했다. 오펠리는 이 구역의 서가를 뒤적일 때 한 번도 마음이 편했던 적이 없었음을 떠올린다. 그 불편함을 건물 기초 아래의 절벽 탓으로 돌리곤 했다. 이제는 그 불편함이 사실은 두 공간이 공존하고 있다는 데에서 비롯되었던 것임을 깨닫는다.

앙브루아즈 1세는 두 세계가 가장 복잡하게 뒤얽힌 곳, 건물의 중심부로 그녀를 이끌고 있다. 한쪽에는 무중력 구체인 스크레타리움이 있다. 그 속에 똑같이 생긴 두 번째 구체가 돌고 있고, 또 그 두 번째 구체 속에 윌랄리 딜뢰의 비밀 방이 벽에 봉인돼 있다. 다른 한쪽에는 오래된 나선형 계단들이 얽혀 있다. 두 차원이 더없이 완벽하게 겹쳐 있어서 구체의 벽과 계단의 단들이 마치 기름종이를 겹친 것처럼 투명하게 보인다.

오펠리는 발밑으로 군데군데 보이는 바닥을 내려다본다. 그 바닥은 200미터 아래에 있다. 심지어 안개 속 아트리움 한가운데에 있는, 못대가리처럼 조그만 사람들까지 보인다. 혹시 지금 저 아래, 표면 세계의 다른 차원에서 범가문 대회의가 열리고 있는 걸까?

앙브루아즈 1세는 멈춰 서서 고개 숙여 인사한다. 오펠리는 건축적으로는 도저히 설명되지 않는 이동 과정도 없이 자신이 어느새 윌랄리 딜뢰의 방에 도착해 있음을 깨닫는다. 그녀는 실망한다. 운명이 튕겨 준 뜻밖의 우연으로 그곳에서 토른을 찾길 기대했지만, 방에는 아무도 없다. 방의 절반은 거미줄이 뒤섞인 거의 물 같은 안개에 잠겨 있었다. 다른 절반에 있는 이면 세계에서도 온전히 남아 있는 왁스로 윤을 낸 가구들과 꽃무늬 벽지, 타자기를 포함한 윌랄리 딜뢰의 소지품들이 극적인 대조를 이룬다.

그리고 방의 두 절반 사이, 두 세계에 걸쳐 거울이 매달려 있다. 오펠리는 표면 세계에 있었을 때 우연히 이 거울을 두 번 통과했었다. 마침내 옛 세계와 함께 뒤집힌 채 거울에 붙어 있던 벽이 보인다. 벽이라기보다는, 윌랄리 딜뢰가 잠자는 공간과 글 쓰는 공간을 나누는 칸막이다. 그곳에 앉아서 타자와 대화하고, 그와 함께 문자 그대로 세계를 다시 만드는 데 윌랄리는 얼마나 많은 시간을 보냈을까? 오펠리는 거의 그 시간을 다시 살아내는 듯한 기분이 든다. 메모리알의 두 절반이 겹쳐 있는 것처럼, 두 기억이 자신 안에서 겹치는 것 같았다.

어쨌든 진전은 없다. 그녀는 자신의 에코 쪽으로 돌아선다. 에코는 자판의 글자가 사라진 타자기를 아무렇게나 두드리며 장난을 치고 있다. 그리고 앙브루아즈 1세를 바라본다. 그는 방 한구석에서 수동적으로 기다리고 있다. 그가 보여주려 했던 게 이것인가? 텅 빈 방?

그는 재촉하는 듯한 미소를 지으며 거울을 가리킨다.

오펠리는 거울에 다가간다. 거울에 비친 모습을 본다. 그리고 얼어붙는다.

그녀는 이면 세계는 과학적이라기보다는 상징적인, 특이한 법칙이 지배한다는 개념을 이미 받아들였지만, 거울 속 자기 모습—진짜 자기 모습—을 마주한 순간 엄청난 충격을 받는다. 거울 속 인물은 자신과 아무런 공통점이 없었다. 이목구비도, 체격도, 눈도, 머리카락도 전혀 오펠리의 것이 아니었다. 하지만 이 인물은 비어 있던 퍼즐의 마지막 한 조각이다.

이것이 모든 것을 설명한다. 정말이지 모든 것을 설명한다. 오펠리는 이제 타자가 누구인지 안다. 옛 세계를 뒤집은 것의 대가가 무엇인지 안다. 역사 속에서 이 거울이 해온, 그리고 앞으로도 해나갈 역할을 안다. 왜 자신이 바벨에서 추방된 이들과 함께 장거리 비행선에 반드시 타야만 했는지 이제는 안다. 만약 그 비행선을 타지 않았더라면 역사의 전체 흐름이 영원히 바뀌었을 것이다.

오펠리는 앙브루아즈 1세에게 달려가 거울과 문, 바닥과 천장을 가리키며 큰 몸짓으로 그를 이해시키려 애쓴다. 이제는 토른을 찾을 수 있게 지금 자신을 도와줘야 한다고, 왜냐하면 저 밖에서, 저 너머의 너머에서 함께 해야 할 중요한 일이 있기 때문이라고. 둘이 함께!

나이 든 소년은 두 손으로 오펠리의 손을 감싸며 그녀의 성급한 움직임을 가라앉힌다. 검은 이가 미소 사이로 반짝이지만, 오펠리보다 훨씬 더 많은 세월을 겪어낸 듯한 그 눈빛 속 어떤 확신이 그녀를 차분하게 가라앉힌다. 오펠리는 앙브루아즈 1세 역시 아주 중요한 무언가를 자신에게 전하고자 한다는 것을 깨닫는다. 그것도 아주 오래전부터, 무너진 바벨의 가장자리에서 처음 만나기 전부터. 그때는 어쩌면 오펠리가 그의 존재를 인식하지 못했을 터였다. 그는 두 세계가 서로 충분히 스며들 때까지 기다려야만 했지만, 이미 그녀의 존재를 알고 있었다. 그는 이 모든 것을 한마디 말도 없이, 오직 눈빛으로 그녀에게 설명한다.

그는 오펠리의 두 손을 조심스레 돌린다. 오른손바닥은 위로, 왼손바닥은 아래로. 그러고는 반대 방향으로 다시 손을 돌린다. 오른손바닥은 아래로, 왼손바닥은 위로. 위로, 아래로, 아래로, 위로. 그는 점점 더 빠르게 동작을 반복한다. 에코는 그들의 몸짓을 재현하며 팔꿈치를 기이하게 꺾는다. 마치 규칙조차 이해하지 못하는 놀이를 하듯 말이다.

오펠리는 그 규칙을 이해하게 될까 봐 두렵다.

목도리가 어깨 위에서 움찔한다. 소리 없는 번개가 내리친 것처럼 메모리알 한가운데에서 섬광이 공기를 갈랐다. 눈 깜짝할 사이 방의 절반이, 마치 표면 세계의 반쪽으로 합쳐지려는 것처럼 사라졌다가 다시 나타났다. 오펠리는 말없이 앙브루아즈 1세를 바라보며 묻고, 그는 고개를 끄덕여 그녀의 두려움이 맞았음을 확인해 준다.

장거리 비행선이 난파했던 그 미지의 땅, 글자가 없던 마을, 수 세기 동안 문명과 단절되어 언어라는 개념 자체를 잊어버린 말 없는 원주민들이 머릿속에 불현듯 떠오른다. 그들은 옛 세계에서 왔다. 아니, 그들 자체가 옛 세계다. 그리고 지금 아슈들이 뒤집히는 이유는 그 옛 세계가 스스로 다시 반전되고 있기 때문이다.

오펠리는 뒤집다 만 두 손을 공중에 든 채 바라본다. 아니마 능력이 손을 감싸고 있다. 한쪽 손바닥은 위, 반대쪽 손바닥은 아래를 향하고 있다.

이면 세계와 표면 세계 사이의 균형은 윌랄리 딜뢰가 옛 세계의 절반을 반전시켰을 때 이미 불안정해지기 시작했다. 하지만 결정적인 타격을 가한 것은 오펠리였다. 그녀가 처음으로 거울을 통과했던 그 밤, 어떤 존재가 이면 세계에서 빠져나올 수 있도록 도왔지만, 그에 상응하는 상징적으로 동등한 대가를 이면에 남겨두지 않았던 것이었다. 처음에는 이 불균형이 눈에 띄지 않았다. 아마 여기서 작은 돌멩이 하나가, 저기서 풀 한 포기가 다시 반전되는 정도였을 것이다. 그러나 지금은 오펠리가 손의 방향을 바꿔 보이듯, 나라 전체가 뒤바뀌고 있다. 점점 더 빠르고 점점 더 무작위로 요동치는 고장 난 저울의 변덕에 따라 더 많은 땅과 사람들이 이면 세계에 내던져지고, 다른 이들은 표면 세계로 돌아오게 될 것이다. 연쇄반응은 결국 저울 자체는 물론, 저울과 함께 존재하는 모든 것을 부숴버릴 것이다.

이제 오펠리에게는 시간도, 선택지도 남아 있지 않다. 그녀는 반드시 반대편으로 돌아가야 한다. 설령 나중에 토른을 다시 찾으러 와야 한다 해도 지금 당장은 혼자 돌아가야 한다. 그러지 않는다면 어디에 있든 결국 그를 잃게 될 것이다. 모두 끝장이 나고 말 것이다.

하지만 어떻게 해야 할까? 아무것도 바꿀 수 없다면, 모든 것을 알게 되었다 한들 그게 무슨 소용이란 말인가?

오펠리는 두 손에서 눈을 떼고 앙브루아즈 1세를 바라보며 말없이 묻는다. 그는 몸짓으로 안 된다고 답한다. 그는 오펠리를 이면 세계에서 나가게 할 생각이 없었다. 왜냐하면 그도 스스로 나갈 수 없기 때문이다. 대신 그는 선반 위에서 낡은 빗을 집어 든 오펠리의 에코를 가리킨다.

오펠리는 그 뜻을 이해하지 못한다.

앙브루아즈 1세는 다시 한번 화해의 악수를 흉내 낸다. 그리고 바로 다음 순간, 마지막 미소와 함께 사라졌다. 그는 처음 나타났을 때처럼 떠났다. 어쩌면 아에라르기룸의 중간 세계로 가서 라자뤼스를 만났는지도 모른다.

오펠리는 자신의 에코를 향해 돌아선다. 에코는 곱슬머리가 엉켜 제대로 빗질을 하지 못하고 있다. 그러니까 저 에코가 탈출의 열쇠란 말인가? 앙브루아즈 1세가 맞았다. 오펠리와 에코 사이에는 아직 풀리지 않은 앙금이 있었고, 그것이 무엇이었는지 그제야 떠오른다. 에코가 오펠리를 위협할 때 들었던 대리석판, 에코가 기계 앵무새 안의 목소리에 불과했을 때 오펠리가 기계 앵무새에게 쓰려고 했던 바로 그 석판이었다.

아마 에코도 오펠리의 시선을 느낀 모양이다. 빗을 내려놓고 턱을 치켜든 채 자기 쪽으로 다가오라며 오펠리를 도발한다. 턱의 움직임은 더 빨라진다.

오펠리가 한 걸음 다가가면 에코는 한 걸음 물러날 것이다. 그래서 오펠리는 움직이지 않는다. 그녀는 둘 사이를 가르는 긴 마룻바닥 너머로, 안경 너머에서 그를 똑바로 마주 본다. 둘의 정적은 영원처럼 느껴진다. 아무리 급해도 오펠리는 그 정적을 먼저 깨지 않는다. 너무나 익숙하지만 너무나 낯선 자신의 분신을 바라볼수록, 서로가 서로에게 어떤 존재인지에 대한 이해가 마음속에서 점점 선명해진다. 본디 하나였으나 이제는 둘로 나뉜 존재.

에코는 이제 오펠리에게 없는 거울로 드나드는 능력을 지닌 자였다.

"나는 누구인가."

오펠리는 말이 아닌 소리만 겨우 낼 수 있는데 에코는 어떻게 말을 하는지 알 수 없다. 어쩌면 에코가 답을 기다리는 질문에서 태어난 존재이기 때문일지도 모른다. 그래, 좋다. 오펠리는 천천히 처음에는 그를, 그다음에는 자신을 가리킨다.

너는 나야.

에코는 뭔가를 계속 씹으며 오펠리를 바라본다.

오펠리는 이번에는 같은 동작을 반대 순서로 한다. 처음엔 자신을, 그다음에는 에코를 가리킨다.

나는 너야.

오펠리가 답을 하자마자, 에코가 마침내 그녀에게 다가온다. 비틀린 걸음걸이로, 뒷걸음에 더 익숙한 듯 걸어온다. 에코는 처음으로 씹기를 멈추고 혀를 내밀어 입안에 든 것을 보여준다. 칠흑 같은 작은 빛.

풍요의 뿔.

에코는 오펠리가 이면 세계로 들어온 틈을 타 이곳으로 통하는 입구 문까지 떼어가지고 들어온 것이었다! 그는 이탈 연구소의 주춧돌을, 윌랄리 딜뢰가 가문 정령들을 만들 수 있게 해주고 라자뤼스가 여러 세대의 오토마톤들을 창조할 수 있게 해준 에너지의 근원을 훔쳐 왔다. 토른을 비롯한 수많은 희생자들을 뒤집어 버린, 그 길들일 수 없는 힘이 바로 에코의 혀끝에 있다.

에코는 알약을 삼키듯 풍요의 뿔을 삼킨다. 그리고 오펠리가 반응할 틈도 주지 않고 오펠리의 목도리를 움켜쥔 채 방의 거울 속으로 함께 몸을 던진다.

그 순간의 감각은 끔찍하다.

오펠리는 다른 피부 속으로 강제로 밀려 들어가는 듯한 느낌이 든다. 에코의 개별적인 의식이 자신의 의식에 녹아들며 둘은 다시 하나가 된다. 오펠리는 몸집이 두 배로 커지는 듯하다가 발끝부터 목도리 술까지 납작해지는 듯한 모순된 감각을 느낀다. 공간에는 이제 앞도 뒤도 존재하지 않으며, 오펠리는 그저 제자리에 갇히고 만다. 그녀는 이면 세계와 표면 세계가 통하는 중간에 갇혀버렸다. 두 세계의 틈. 이곳은 각각의 세계가 서로 섞이지 못하게 막는 베일이다. 수도 없이 거울을 드나들었지만, 그녀는 적어도 혼자 힘으로 이 베일의 짜임을 뚫어본 적이 없다. 새로운 풍요의 뿔을 만들어내는 것은 그녀의 능력 밖의 일이었다. 그럼 어떻게 해야 다시 뒤집힐 수 있을까? 도와달라고 외치고 싶었지만, 목구멍이 압지 한 장의 두께처럼 얇아져 있었다. 보이는 것도, 들리는 것도 없었다. 의식에 남아 있는 건 왼발 하나뿐이었다. 마치 보이지 않는 힘이 왼발을 뽑아내려고 잡아당기는 것 같았다. 통증이 종아리까지 올라오자 오펠리는 불현듯 누군가가 저 바깥에서 자신을 이 틈에서 끌어내려 힘쓰고 있음을 깨닫는다. 멀리서 희미한 외침이 들려온다. 가족들의 목소리다. 오펠리는 그들에게 가고 싶다. 온 힘을 다해 그렇게 되기를 바란다. 하지만 어떤 저항이 끝까지 그녀를 막는다.

대가.

반대쪽 세계로 돌아가려면 오펠리는 상징적으로 동등한 대가를 이쪽 세계에 기꺼이 내주어야 한다. 만약 이 규칙을 지키지 않는다면 반전과 재반전의 고리를 악화할 뿐이다.

거래는 성립되었다.

누군가 마지막으로 한 번 힘껏 끌어당겼고, 그 힘에 끌려 틈에서 내쫓기는 순간 오펠리는 몸이 찢어지는 듯한 고통을 느꼈다. 온몸의 무게로 바닥에 쓰러졌고, 주위에서 온갖 아니마 욕설이 쏟아졌다. 안경은 비뚤어졌고, 목도리는 패닉에 빠졌다. 오펠리는 큰 눈을 멍하니 떴다. 주근깨투성이인 아가트 언니의 얼굴을 바라보았다. 아가트는 오펠리의 다리를 꼭 붙잡은 채 바닥에 쓰러져 있었다. 그다음은 아가트 언니의 허리를 붙잡은, 벌건 얼굴에 머리가 헝클어진 엄마, 엄마의 거대한 치맛자락을 붙잡은 아빠, 아빠를 붙잡은 로즐린 이모, 그리고 아주 긴 사슬의 고리처럼 로즐린 이모에게 줄줄이 매달린 형부 샤를과 여동생들, 도미틸과 베아트리스와 레오노르, 그리고 남동생 엑토르, 심지어 엑토르의 두 다리에는 어린 조카들까지 매달려 있었다! 이 모든 손길이 합쳐져 오펠리를 이쪽 세계로 돌아오게 한 것이었다. 그리고 마지막으로 손이 하나 더해졌다. 작은할아버지가 콧수염이 미소에 밀려 들려 올라갈 정도로 환하게 웃으며 손을 내밀었다. 그의 늙은 얼굴에서 그런 미소를 본 건 난생처음이었다.

"예전 버릇 여전하구나, 응? 아직도 거울에 끼는 게야?"

오펠리는 눈을 끔뻑였다. 머릿속은 뒤죽박죽이고 멍 했고, 충격에 휩싸여 있었다. 게다가 방향감각도 완전히 잃었다. 그녀는 본래 색대로 돌아와 있었다. 주위를 둘러보니 메모리알의 공중화장실이었다. 세면대 위에 나사로 고정된 거울을 통해 두 세계의 틈에서 빠져나왔고, 그 과정에서 세면대에 부딪쳐 거의 기절할 뻔한 것이었다. 오펠리가 도무지 이해할 수 없는 것은 가족 모두가 정확히 여기서 뭘 하고 있느냐였다. 임시로 마련된 기저귀 교환대 위에서는 벌거벗은 아기가 울고 있었다.

오펠리는 남아 있는 정신력을 짜내어, 여전히 자신을 향해 뻗은 작은할아버지의 손을 잡으려고 했다. 적어도 그렇게 해보려 했다. 하지만 이상할 만큼 물렁해진 장갑은 더는 아무것도 잡지 못했다. 장갑에서 은빛 증기가 새어 나왔다. 작은할아버지의 미소가 콧수염 아래로 가라앉았다. 화장실에서 울려 퍼지던 환호는 곧 공포에 질린 비명으로 바뀌었다.

오펠리의 손가락이 사라졌다.

"아, 그래." 오펠리가 쉰 목소리로 중얼거렸다. "대가."

무대 뒤

이렇게 끝났다. 그는 이 이야기 속에서 자신의 역할을 다했다. 아, 물론 주연은 아니었지만, 적어도 오펠리가 알아야 할 것을 깨닫게 해준 셈이다. 오펠리는 무대 뒤를 벗어났다. 무대에서 그녀를 기다리는 것이 무엇인지, 이번에는 그도 알지 못한다.

세상의 끝—아니, 시간의 끝—이 다가온다. 이제 앞선 에코는 하나만 남았다. 오펠리, 노파, 괴물이 마침내 만날 것이다. 그 외의 모든 것은 백지, 앞면과 뒷면이 모두 빈, 찢어지기 직전의 그저 한 장의 백지일 뿐이다. 모든 것과 그 반대가 동시에 가능하다.

그래, 확실히, 그 새장에 들어간 것은 가장 흥미로운 경험 가운데 하나였다.

속임수

"빨리, 여기 앉혀! 아니, 거기 말고. 여기, 열람실 발코니 쪽이
낫겠네. 의자가 더 편하니까. 우리 딸, 얼굴이 전구처럼 창백하
구나…. 샤를, 가서 물 한 잔 떠다주렴. 기왕이면 마실 수 있는
물로! 자, 우리 딸. 장갑 좀 벗어보자. 겉보기만큼 끔찍하지 않을
수도 있으니까…. 아이고, 세상에 이럴 수가! 네 손, 어쩜 좋니,
우리 딸, 불쌍한 네 손! 아가트, 그만 좀 울어. 그런다고 손가락
이 다시 자라나는 것도 아니잖니. 혹시… 혹시 그냥… 어디 떨
어진 건 아닐까? 도미틸, 베아트리스, 레오노르, 화장실로 다시
가서 언니 손가락 좀 찾아봐! 오, 우리 딸, 왜 너한테만 이런 일
이 일어나는 거니? 머리엔 무슨 짓을 한 거니? 이 엄마가 좀 더
빨리 왔어야 했는데. 온갖 위험으로부터, 무엇보다도 너 자신으
로부터 널 지켜줄 수 있었더라면 얼마나 좋았을까. 왜, 대체 왜
집에서 도망친 거니, 우리 딸? 전보 한 통도 없고. 걱정돼 죽는
줄 알았잖니!"

오펠리는 엄마의 입술이 움직이는 것을 바라보았다. 언어가
없는 세계에서 말의 소용돌이 속으로 돌아왔다. 엄마는 따져 묻

고, 안쓰러워하고, 꾸짖고, 번갈아 입을 맞추었다. 아빠는 샤를이 가져온 물을 먹여주었는데 더 말수가 적고 한결 침착했다. 오펠리는 도움 없이는 물잔도 혼자 들 수 없었다. 거울에서 오펠리의 발이 솟아 나올 때 샤를이 기저귀를 갈아주고 있었던 아기의 울음소리 위로 아가트는 흐느끼고 있었다. 이제는 오펠리보다 키가 큰 엑토르는 붉은 금빛이 도는 바가지 머리 아래로 그녀를 매우 심각한 표정으로 바라보고 있었다.

"왜 손가락을 잃어버렸어?"

"선택의 여지가 없었어."

"왜 그 거울 안에 있었어?"

"말하자면 복잡해."

"왜 다시 집을 나갔어?"

"그래야 했으니까."

"왜 한 번도 연락 안 했어?"

"그럴 수 없었으니까."

대답할 때마다 오펠리는 여러 번 침을 삼켜야 했다. 이제는 말하는 법이 기억났지만, 그렇다고 해서 말이 자연스럽게 나오지는 않았다. 엑토르는 코를 찡그렸고, 그의 주근깨가 표정의 움직임에 따라 얼굴 위에서 우르르 달리는 듯했다. '왜'로 시작되는 그의 질문마다 서운함이 묻어 있었다. 하지만 그는 결국 질문의 규칙을 깨고 더 여린 목소리로 물었다.

"아파?"

오펠리는 반쪽만 남은 두 손으로 동생의 볼을 충동적으로 눌렸다. 그리고 손가락이 있어야 할 자리에 난 구멍을 바라보았다. 피부는 상처도 흉터도 없이 매끈했다. 마치 태어날 때부터 그랬던 것처럼 보였다. 아니, 아프진 않았다. 하지만 그 편이 더 낫다고 할 수 있을까? 만약 뼈가 부러지고 살이 뜯겨 나갔다면 오펠리는 자신에게 닥친 일을 더 잘 실감할 수 있었을지도 모른다. 그녀를 동시대 최고의 읽는 여자로 만들어준 작은 손가락 열 개는 육체의 형태를 되찾자마자 이면 세계로 돌아가 버렸다. 하지만 오펠리는 왼쪽 팔꿈치 안쪽의 점이 원래 자리로 돌아온 것을 알아차렸다. 두 세계의 틈을 지나는 동안 완벽하게 되돌려진 것이었다.

화장실에서 빈손으로 돌아온 도미틸과 레오노르와 베아트리스는 그녀에게 와락 안겼다. 짧아진 팔로 모두 다 안기에 세 동생은 너무 컸지만, 그래도 오펠리는 꼭 껴안았다.

로즐린 이모는 오펠리의 맞은편에 앉아 있었다. 바짝 쪽 찐 머리만큼이나 가느다란 눈, 입술 사이로 드러난 긴 이, 못마땅함과 연민이 뒤섞인 시선으로 오펠리를 훑어보았다. 이모의 낯빛은 여느 때보다 훨씬 더 누렀다.

"차라리 네가 장갑을 망가뜨리던 때가 더 낫겠구나."

그게 전부였지만, 그 말 한마디로 오펠리의 감정이 몽땅 되살아났다. 그녀는 갑자기 기쁨과 슬픔에 휩싸였고, 더는 손가락이 없어서 속눈썹에 맺힌 눈물을 닦아낼 수가 없었다. 목도리가 안경을 툭 건드리며 대신 닦아주었다.

오펠리는 묻고 싶은 것들이 수없이 많았지만, 지금 가장 중요한 질문 하나만 꺼냈다.

"가문 정령들은 어디에 있어요?"

"여기, 메모리알에. 거의 다 모였어. 르나르는 네가 왔다고 베르닐드에게 알리러 갔단다." 로즐린 이모가 목을 가다듬은 뒤 덧붙였다. "그래, 다들 여기 있어. 하지만 너도 곧 알겠지만, 다들 많이 변했어. 특히 가엾은 우리 아기 빅투아르. 빅투아르는 상태가 영 좋지 않단다."

작은할아버지가 힘겹게 다가오며 말했다.

"숨 좀 쉬게 둬라, 이것들아! 다들 애 정신줄 잡을 시간 필요한 거 안 보이냐?"

작은할아버지의 말이 괜한 말이 아니었다. 가족들이 자신을 앉혀놓은 내부 발코니에서 오펠리는 아트리움을 중심으로 고리처럼 이어진 층들이 한눈에 들어왔다. 메모리알 직원들은 서가 사이를 뛰어다니고, 진열장을 비우고, 희귀한 책들로 책 수레를 채우고 있었다. 어떤 이들은 대피해야 한다고 소리쳤고, 어떤 이들은 남아야 한다고 외쳤다. 고요함의 성소가 거대한 소란의 장으로 변해버렸다. 혼란을 더하듯 만조가 된 구름바다가 사방에 구름 장막을 퍼뜨려 놓았다.

오펠리는 고개를 들어 스크레타리움 구체를 올려다보았다. 방금 그녀가 들어 있었던 구체는 유리 돔 천장 아래에 아무 일 없다는 듯 떠 있었다. 오펠리는 이면 세계에서 꿈처럼 뒤죽박죽된 기억과 제정신이 아닌 듯한 느낌만 남아 있었다. 단 하나 그녀가 아주 또렷하게 자각하는 건 죄책감뿐이었다. 그녀는 토른 없이 돌아왔다. 왜 그랬는지 알고는 있었지만 그 선택이 뱃속을 무겁게 짓눌렀다. 그들이 그 새장 안에 들어간 지 채 몇 시간이 지나지 않았지만, 매초 둘의 간극이 점점 더 벌어졌다.

"가문 정령들은 어디에 있어요?" 오펠리가 다시 물었다.

그녀는 여동생들을 조심히 밀어내고 불완전한 손으로 의자 팔걸이를 어설프게 짚으며 일어서려고 애썼다. 하지만 작은할아버지가 억지로 다시 앉혔다.

"널 배신하려는 게 아니었단다, 얘야. 맹세코. 네가 그 구멍 난 모자를 쓴 남자와 떠들썩하게 떠난 뒤, 네 엄마가 매일, 매주, 매달 나를 볶아댔지만 난 한마디도 흘리지 않았지."

"아, 그거 말이에요, 그걸 정말 자랑이라고 생각하세요?" 엄마가 입을 삐쭉거리며 끼어들었다. "로즐린은 폴로 이사 가고, 딸은 바벨로 도망갔고, 다들 아무 설명도 없이 나를 떠나버리잖아요!"

"모든 이슈가 다 언니 중심으로 도는 건 아니야!" 로즐린 이모가 짜증을 내며 말했다.

"그러고 나서 구멍들이 생겼지." 작은할아버지는 아무도 끼어든 적 없다는 듯이 더 큰 목소리로 말을 이었다. "아니마가 진짜 체처럼 숭숭 뚫려버렸어! 여기만큼 거대한 구멍은 아니지만, 그래. 그래도 꽤 크게 구멍들이 났어. 너무 깊어서 그 끝이 보이지 않을 정도였단다. 리포터는 자기 부엌에서 구멍에 빠질 뻔했다니까. 뭐, 빠졌어도 별로 아쉬울 건 없었겠지만."

"위베르 삼촌 밭에도 구멍이 났어." 엑토르가 말했다.

"앙투아네트 할머니 집 지하실에도 구멍이 났어." 도미틸이 말했다.

"오르페브르가에도 구멍이 났어." 레오노르가 말했다.

"퐁덩!" 베아트리스가 강조했다.

"우리 레이스 공장에도 구멍이 났어." 아가트가 아기의 등을 두드리며 말했다. "그렇지, 샤를? 정말이지 완─전─히 무서웠다니까!"

"폴도 마찬가지였어. 거기도 땅이 무너졌다고." 로즐린 이모가 끼어들었다. "전나무 숲이랑 얼음 호수가 하루아침에 사라졌어. 그래서 그랬는지는 모르겠지만 파루크가 갑자기 폴을 떠나 바벨로 가겠다고 결정했지 뭐니. 호위도, 장관도, 기억 도우미도 없이 말이야. 오직 베르닐드, 그리고 확실히 밝히진 않았지만 그의 딸만 데리고 말이지. 정말이지 그 사람들은 기압계보다도 더 제멋대로라니까." 이모는 이를 물고 한숨을 쉬었다. "이런 시기에 그런 여행을 떠나다니…. 뭐, 그렇다고 피할 곳이 따로 있는 것도 아니니까."

"우리 죽는 거예요?" 아가타의 큰아들이 물었다.

작은할아버지는 다른 사람들을 조용히 하게 하려고 콧수염 아래로 나지막이 욕설을 내뱉고 나서 심각한 얼굴로 오펠리를 향해 다시 돌아섰다.

"아르테미스도 정신이 좀 나간 모양이야. 한밤중에 우리 앞에 두아옌들을 소집해서 아니마를 맡기더니 갑자기 바벨의 메모리알로 가야겠고 고집을 부리더구나. 딱 네가 조사하러 가기로 되어 있던 그곳으로 말이야. 나는 네게 문제가 생겼거나, 아니면 곧 생길 거라는 걸 알았단다. 더는 입을 다물 수 없었어. 네 엄마에게 네가 어디에 있는지 얘기했지. 우리 모두 지체 없이 짐을 싸서 아르테미스의 비행선에 멋대로 올라탔어. 아르테미스가 직접 생명을 불어넣은 그 고물 비행선이 어찌나 빠른지, 얘야, 틀니를 삼킬 뻔했니까! 바벨의 메모리알에 도착했을 땐 네가 여기 없다는 걸 알았지만, 그래도 눌러앉기로 했단다. 남아 있길 잘했지! 안 그러냐?"

말을 너무 많이 한 작은할아버지는 숨을 헐떡이며 오펠리와 시선을 깊이 맞췄다. 그는 손가락이 없는 그녀의 손을 보지 않으려 조심스레 시선을 피했다. 그가 직접 가르쳤던, 이제 다시는 읽을 수 없는 손이었다.

오펠리는 작은할아버지와 가족 모두를 바라보며 미소 지었다. 에코가 자신 안으로 녹아들어 사라지기 전에 마지막으로 한 일은 자신을 가족 곁에 데려다 놓은 것이었다. 가족이 없었다면 이번에는 정말 거울 속에 영영 갇혔을 것이다.

"고마워요. 여기 있어줘서. 모두 괜찮아서."

가족들은 그녀의 말에 무슨 말을 더 해야 할지 모르겠다는 듯 거의 어색해하며 서로를 바라보았다.

"가문 정령들은 어디에 있어요?" 오펠리가 결연히 일어서며 다시 물었다. "꼭 만나야 해요."

바로 그 순간 베르닐드가 열람실로 들어섰다. 오펠리는 그녀가 술을 마시고, 담배를 피우고, 온갖 무절제한 행동들을 하면서도 결코 위풍을 잃지 않는 모습을 지켜봐 왔다. 그런 그녀가 알아볼 수 없을 만큼 변해 있었다. 어떤 상황에서도 정성스레 가꿨던 머리카락은 한층 야윈 어깨 위로 잿빛 비처럼 흘러내렸다. 그녀는 유아차를 밀고 있었고, 그 안에는 창백한 작은 몸이 미동도, 소리도 없이 누워 있었다. 유아차 손잡이를 꽉 쥔 모습이 그 유아차 없이는 서 있지도 못할 것처럼 보였다. 베르닐드가 손을 놓자마자 로즐린 이모가 재빨리 팔을 내밀었다. 하지만 그녀는 다정한 몸짓으로 거절했다. 뼈 위에 피부가 팽팽히 당겨질 만큼 몸이 앙상했지만 곧게 서 있었다. 자신의 얼굴을 집어삼킬 듯 커진 두 눈으로 열람실에 모인 어른, 아이 할 것 없이 모든 아니마인들을 차례차례 훑어보던 그녀의 시선이 오펠리에게 멈췄다

"토른은 괜찮지?"

베르닐드는 오펠리도, 오펠리의 손가락도 신경 쓰지 않았다. 그런데도 오펠리는 그 한마디에 감사함이 한순간에 북받쳐 올랐다. 베르닐드는 토른을 생각해 주는 유일한 사람이었고, 한순간도 의심하지 않고 오펠리가 그를 찾아냈으리라 생각한 듯했다. 하지만 뭐라고 대답할 수 있을까? 그를 다시 잃어버렸다고? 이제는 이면 세계 어딘가에 아에라르기룸 상태로만 존재한다고? 두 세계가 계속 충돌하면 곧 이면 세계도 표면 세계도 사라지고 말 거라고? 그 재앙을 막을 수 있는 유일한 사람이 바로 여기 메모리알에 있고, 지금 당장 그와 얘기해야 한다고? 설명할 것은 많았고 시간은 부족했다.

아주 작은 속삭임이 그녀의 일을 덜어주었다.

“음마.”

모두의 시선이 유아차 쪽으로 휙 돌아갔다. 그 안에서 빅투아르가 몸을 일으켰다. 볼은 움푹 팼고, 눈 밑에는 다크서클이 짙게 드리웠고, 안색은 밀랍처럼 창백했다. 아이는 입을 비틀며 쉰 소리로 같은 말을 흘렸다. 오펠리가 그 아이에게서 처음 들은 말이었다.

“음마!”

베르닐드는 마치 자기 딸이 다른 아이로 바뀌기라도 한 듯, 유아차 안에 있는 아이를 이해할 수 없다는 표정으로 바라보았다. 턱이 떨렸고 폐의 깊은 곳에서부터 억눌린 비명이 터져 나왔다. 그녀는 빅투아르를 품에 안아 들어 올렸고, 그 무게에 휘청이며 바닥에 무릎을 꿇으며 주저앉았다. 치맛자락이 물결치듯 펼쳐졌다. 울분을 삼킨 채 아이를 끌어안은 베르닐드에게서 웃음과 눈물이 한꺼번에 터져 나왔다.

“이해가 안 돼.” 로즐린 이모가 떨리는 목소리로 속삭이며 배를 감쌌다. “한 시간 전만 해도 수프 한 술이나 겨우 삼키게 할 수 있었는데.”

가족 모두가 베르닐드와 빅투아르 주위로 모여들었다. 오펠리는 이 틈을 타 자리를 떴다. 나중에—만약 나중이 있다면—그들의 재회를 제대로 축하할 생각이었다.

그녀는 군데군데 낀 짙은 안개를 비집고 지나가다가 공포에 질린 채 의무감으로 책 수레에 책을 싣는 메모리알 사서들과 부딪쳤다. 그녀는 발명 특허 구역을 알아보았다. 본파미유 분과 동료들과 함께 오랜 시간 공들여 목록을 정리했던 구역이었다. 제복 차림의 가문 경비대와 보안팀의 네크로맨서들도 마주쳤지만, 이번에는 아무도 그녀에게 신분증을 요구하지 않았다. 그야말로 아수라장이었다.

오펠리는 토가 때문에 움직이는 게 불편했다. 걸쇠 하나가 풀려 버린 탓인데, 혼자 힘으로는 다시 채울 수가 없었다. 그녀는 세계의 종말을 속옷 차림으로 맞이하고 싶진 않았다.

아트리움 쪽으로 난 난간에 기대어 내려다보니 아래는 텅 비어 있었다. 그야말로 허공이 펼쳐져 있었다. 메모리알의 입구와 높다란 유리문, 한쪽 벽면 전체, 미모사가 심어진 광장, 머리 없는 군인 동상, 버드트램 정류장까지 허공이 삼켜버렸다. 가문 비행선들은 정박용 밧줄이 끊겨 표류하고 있었다. 오펠리는 메모리알 직원들이 왜 그토록 공황 상태였는지 이해할 수 있었다. 반전 현상은 재앙적인 규모로 커졌고, 그녀의 가족은 모두 설탕처럼 부스러지는 아슈 조각에 갇혀 있었다. 곧 탑의 무게를 떠받칠 만큼의 땅도 남지 않을 것이다. 그 벌어진 균열 너머로, 두 겹의 구름 물결 너머로 멀리, 그 어느 때보다도 더 산산이 부서진 바벨의 모습이 드러났다. 보이지 않는 악이 한 구역 한 구역 토막 내며 도시를 갉아먹고 있었다.

오펠리는 저 너머 지하실에서 에코-오토마톤들 사이에 홀로 남아, 오빠가 구해지기를 바라고 있을 스콩드를 떠올렸다. 스콩드가 토른을 새장에 밀어 넣은 것은 분명 그럴 만한 이유가 있어서일 것이다. 대체 그 이유가 무엇일까?

오펠리는 난간에 더 몸을 조금 더 깊숙이 숙였다. 저 아래 아트리움 한가운데에 있는 가문 정령들을 발견했다. 어린 시절을 보냈던 이곳에 수 세기 만에 처음으로 모인 가문 정령들은 완벽에 가까운 원을 이루고 서 있었다.

계산이 틀리지 않았다면 오펠리가 찾는 사람은 바로 아래, 그들 가운데 있을 터였다.

그녀가 서 있는 층에서는 누가 누군지 구별하기 어려웠지만, 길게 땋은 붉은 머리로 아르테미스를, 티 하나 없는 순백색으로 파루크를, 멀리서도 보일 만큼 눈에서 튀는 불꽃으로 폴리데우케스를 알아볼 수 있었다. 오펠리는 다른 가문 정령들을 본 적이 없었지만 초상화를 열심히 익혀두었기에 한 명 한 명 구별할 수 있었다. 레, 가이아, 모르페우스, 올림포스, 루시퍼, 베누스, 미다스, 벨리사마, 진, 파마, 제우스, 비라코차, 음, 호루스, 페르세포네, 우라노스….

목록에 없는 건 영영 사라져 버린 헬레네뿐이었다. 그리고 야누스도.

오펠리는 불안감에 휩싸였다. 결국 잘못 짚은 건가?

"저들은 기다리고 있어요."

르나르가 오펠리 옆으로 다가와 난간에 팔을 괴고 함께 아래를 내려다보았다. 로즐린 이모 말이 과장이 아니었다. 그는 정말 많이 변해 있었다. 베르닐드와 빅투아르가 쇠약해진 데 비해 르나르는 지나치게 단단해진 모습이었다. 그의 몸은 두 사람의 기운까지 흡수한 것 같았다. 심지어 근육들이 그 어느 때보다도 팽팽해져 단추가 달린 앞자락이 버티기 힘들 정도였다. 르나르는 대형 동물 사냥에 사용되는 거대한 카빈총을 들고 있었다. 상황이 이토록 혼란스럽지 않았더라면 바벨에서 곧바로 체포당할 일이었다. 그가 무장한 모습을 본 것은 이번이 처음이었다. 르나르는 대체로 말로 해결했고, 아주 극단적인 경우에만 주먹을 썼다. 하지만 오펠리를 가장 강하게 사로잡은 건 그의 눈빛이었다. 찌푸린 짙은 눈썹 아래 깊숙이 파묻힌 두 눈은, 초록빛을 숲불처럼 태워 없앨 듯한 힘으로 불타고 있었다.

"우리가 바벨에 도착한 이후로 줄곧 저러고 있어요. 끝없는 대치 상황이랄까. 레이디 헬레네의 죽음을 애도하는 것처럼 보일 수도 있지만, 저는 알아요. 누군가가 저 모임에 합류하기를 기다리고 있어요. 대장 말이에요."

르나르는 마치 치통이라도 느끼는 듯한 기색으로 그 마지막 말을 내뱉었다.

"저도 기다리고 있어요, 그 대장을." 그는 아래가 내려다보이는 자리에 서서 메모리알 구석구석을 살피며 덧붙였다. "아, 아무렴요. 기다리고말고요. 곧 여기로 올 거예요. 어쩌면 이미 와 있을지도 모르고요."

"그를 만난 적이 있나 보네요." 오펠리가 말했다.

르나르의 눈빛이 더 강렬해졌다.

"시타시엘 길모퉁이에서요. 아르쉬발드 대사님이 베르닐드 부인을 만나러 가신 동안 제가 보초를 서고 있었거든요. 우린 막 아르캉테르를 발견한 참이었죠. 대사님은 베르닐드 부인을 설득하려고 했어요. 같이 그곳으로 가서 우리를 도와 야누스님에게 영향력을 행사해 달라고요. 가엘… 가엘은 아르캉테르에 남아 있었어요. 지금도 거기 있고요. 그 자식이랑. 그 자식이 제 자리, 제 얼굴 제 고양이까지 차지했어요. 저는 그들에게 다시 갈 수도 없게 됐고요."

억눌린 분노가 밴 북쪽 억양이 낮게 으르렁 거렸다.

"그럼 당신은?" 오펠리가 물었다. "당신은…."

"다쳤냐고요? 아니요, 차라리 그게 더 최악이죠. 그 자식은 나르코티크*의 모습을 하고 나를 단번에 재워버렸어요. 제가 잠들기 직전 그가 날 훑어보던 그 눈빛을 보셨더라면. 마치… 마치 제가 진짜 사람이 아닌 것처럼, 제가 자기 눈에는 너무 하찮아서 굳이 나 같은 놈을 치워버릴 생각조차 들지 않는다는 듯했죠. 난 그놈한테 아무런 의미도 없었던 거예요. 무슨 말인지 알겠어요? 그냥 없는 사람이었다니까요, 니에트Niet** 평생 귀족 놈들 뒤치다꺼리를 해왔지만 그렇게까지 존재를 부정당한 적은 없었어요. 심지어 지하 감옥에 갇혔던 적도 있었는데 말이죠. 그 자식이 굴에서 나오기만 하면 내가 누군지 제대로 보여줄 참이라고요."

르나르는 마음을 진정시키려고 두 손을 꽉 움켜쥐다 불현듯 오펠리의 손을 바라보았다. 찌푸렸던 눈썹이 풀렸고, 한마디 말

---

* narcotique. '마취성의', '잠이 오게 하는'을 뜻하는 프랑스어 단어로 폴의 몰락한 클랜의 이름이다. 토른이 가족 의회에서 복권시켰다.
** 네덜란드어로 '않다'라는 의미의 부정사

도 없이 약간은 투박하지만 다정하게, 샌들 위로 흘러내리던 오펠리의 토가를 여며주었다.

"친구, 어쩔 생각이야?"

"진실을 바로 세울 거예요." 오펠리가 한 치의 망설임도 없이 대답했다. "그 진실이 나머지 모든 것까지 제자리로 돌려놓기를 바라면서."

아트리움에서 아주 작지만 또렷한 엘리자베스의 목소리가 들려왔다. 가문 정령들이 만든 원 한가운데에 선 그녀는 우람한 체구들 사이에서 그 어느 때보다도 허약해 보였다. 정령 중 누구도 엘리자베스에게 관심을 주지 않았다. 그녀에게도, 그녀의 뤽스 배지에도. 그녀는 아무 권위도 없었지만 입구 벽에 난 허공을 끈질기게 가리키며 말했다. "저기 내 친구가 남아 있어요… 그 애가 위험해요…." 오펠리는 입술을 깨물었다. 내 친구. 엘리자베스는 오펠리가 아직도 토른과 라자뤼스와 함께 이탈 연구소에 있다고, 계보학자들의 손아귀에 있다고 믿고 있었다. 그녀는 오펠리를 버리지 않았다. 오펠리를 걱정하고 있었다. 진심이었다.

오펠리는 아래로 내려가려고 가장 가까운 트랜센디움 쪽으로 고개를 돌리다가 그대로 얼어붙었다.

토른이 특허 서가 사이에 우뚝 서 있었다. 그의 이마가 천장에 매달린 전등에 부딪혀 구리 갓이 진자처럼 흔들리며 주위의 모든 유리 진열장에 미친 듯 흔들리는 빛을 흩뿌리고 있었다.

그가 거기 있었다. 토른도 이면 세계를 빠져나오는 데 성공한 것이었다.

오펠리는 그에게 말을 걸 수 없었다. 목구멍과 코와 눈이 스펀지로 바뀐 듯했고, 온몸은 물처럼 풀려갔다. 지금 이 순간, 토른이 아닌 모든 것은 솜을 덮어쓴 것처럼 멍하고 흐릿하게만 느껴졌다. 오펠리는 새장 안에서 그가 입자처럼 흩어져 눈앞에서 사라지던 모습을 떠올렸다. 그와 함께 자신도 똑같이 해체될 거라도 믿었었다.

토른은 단 하나의 질문으로 그녀를 다시 현실로 끌어 내렸다.

"찾았어?"

그는 서가를 넘어뜨릴 뻔할 만큼 몸을 기대며 절뚝절뚝 오펠리 쪽으로 다가왔다. 보조기 없이 드러난 다리는 탈구된 듯 보였다. 마치 바지 속에서 모든 골절 부위가 다시 벌어진 것처럼. 그는 한쪽 팔을 뻗었다. 체격에 맞지 않는 소매 아래로 그의 가느다란 손목이 드러났다.

"타자 말이야." 그가 힘겹게 또박또박 말했다. "그를 찾았어?"

그는 금방이라도 쓰러질 것 같았다. 오펠리는 손가락 없는 손을 뻗었지만 르나르가 먼저 움직였다. 르나르는 카빈총의 개머리판을 휙 돌려 엄청난 힘으로 토른의 머리를 후려쳤다. 척추가 우두둑 부러지는 소리와 함께 그의 머리가 뒤로 확 젖혀졌다.

"진열장을 봐, 친구!"

오펠리는 경악했다. 먼저 토른의 부러진 목에 놀랐고, 다음에는 그가 어디에도 비치지 않는다는 사실에 또 한 번 놀랐다. 서가 유리면 어디에도 비치지 않는다는 사실에 또 한 번 놀랐다. 다리가 부러지고 셔츠가 짧은 이 남자는 3년 전, 감옥에 있던 토른이었다. '신'이 자신들을 찾아온 그날의 토른이었다.

오펠리는 자신이 보고 싶은 것을 보고 있었던 것이었다.

가짜 토른은 팔을 뒤틀며 우두둑 소리를 내고, 머리를 제자리로 돌렸다. 창백한 눈으로 오펠리를 내려다보았다. 르나르의 일격 따위는 벌레에 물린 정도로도 여기지 않는 듯, 그를 노골적으로 무시했다.

"시간을 좀 벌어보려 했는데 어쩔 수 없군. 정말이지 이 세상을 구하는 일을… 누구 하나 내 일을 더 쉽게 헤어주질… 아니, 쉽게 해주질 않네."

각진 몸이 점점 둥글어지더니 그는 알록달록한 제복을 입고 허리띠에 나침반을 열두 개쯤 매단 낯선 여자로 변했다. 이제 특허 서가 사이에 우뚝 선 사람은 가짜 아르캉테르인이었다.

"늦었지만 야누스가 쓸모 있는 작은 선물을 주었지." 여자는 자기 얼굴을 가리키며 말했다. "여러분에게 소개합니다. 카르멘이라고 해요."

그녀는 순식간에 형체를 지웠다가 오펠리의 왼쪽 귀 옆에 바짝 밀착한 채 다시 모습을 드러냈다.

"마지막 능력을 손에 넣었지…."

여자가 사라졌다가 이번엔 반대쪽 귓가에 다시 나타났다.

"…내 능력 목록에 빠져 있던 마지막 힘을."

"그 애한테서 떨어져!" 르나르가 낮고 먹먹한 목소리로 으르렁거렸다.

그는 사냥용 카빈총을 겨누었다. 자세만 봐도 천 번은 연습한 솜씨임을 알 수 있었다. 그는 분노가 치밀어 올라 숨이 막힐 지경이었다.

"그 앨 건드리기만 해봐. 머리카락 한 올이라도 스치기만 해봐. 두고 보자."

오펠리는 이제 르나르가 자신을 두고 하는 말이 아님을 알았다. 구실만 있다면 방아쇠를 당기기엔 충분했다. 가짜 카르멘은 그의 말을 진지하게 받아들이지 않았다. 그에게 '정숙'이라고 새겨진 못 박힌 표지판을 가리켜 보였다. 오펠리는 분노로 튀어나오는 르나르의 두 눈을 보았지만, 그다음 순간에는 아무것도 보이지 않았다. 르나르도, 메모리알도 사라졌다. 눈부신 하늘이 수 킬로미터에 걸친 계단식 논에 반사되고 있었다. 그 한가운데에, 굶주린 입처럼 보이는 낭떠러지가 풍경을 뚫고 들어와 구름을 폭포처럼 토해내고 있었다.

가짜 카르멘은 오펠리 바로 옆에, 그녀와 함께 종아리까지 진흙탕에 잠긴 채 서 있었다. 가짜 카르멘의 가문 능력이 두 사람을 이곳까지 데려온 것이었다.

"코르폴리스 아슈야. 얼마 전까지만 해도 참 근사한 곳이었단다. 여기서라면 회반죽을 좀 바르고… 아니, 방해받지 않고 대화할 수 있겠구나. 적어도 다음 붕괴가 일어나기 전까지."

"다음 반전이겠지." 오펠리가 그의 말을 정정했다.

목구멍을 틀어막던 스펀지는 완전히 말라버렸다. 손가락이 없으니, 소용돌이치는 감정에 전염돼 길길이 날뛰는 목도리를 주체할 수도 없었다. 가짜 카르멘은 오펠리를 곁눈질했다. 가짜 카르멘의 눈동자는 메르 일드가르드의 눈만큼 새카맸고 빛을 전혀 반사하지 않았다. 그녀에게는 진짜가 하나도 없었다. 나침반을 우스꽝스럽게 딸랑거리는 몸짓도, 무감정한 목소리도 모두 가짜였다.

"내가 너처럼 작고 부족한 여자였던 때가 정말 멀게 느껴지는구나. 이제 난 뭐든 할 수 있고 어디든 갈 수 있지. 내 새로운 능력이 닿지 않는 사각지대도 단 한 곳뿐이었는데, 바로 거기, 네가 숨어들었던 이면 세계였단다. 그래서 네가 그 은신처에서 나와주기만을 기다릴 수밖에 없었지. 네가 긴장한 게 느껴지는구나. 익숙한 곳이 나으려나?"

가을 부슬비가 오펠리의 볼을 톡톡 두드렸다. 기온이 갑자기 변했다. 어느새 공공 벤치에 앉아 있었다. 눈앞의 거리는 텅 비어 있었지만 오펠리는 그곳을 단번에 알아보았다. 아니마였다. 말도, 마부도, 승객도 없는 마차 한 대가 도랑에 끼인 바퀴를 빼내려 버둥거리고 있었다. 도로와 정원 곳곳에는 지하 굴뚝이 수도 없이 나 있었고, 그곳에서 은빛 증기가 피어올랐다. 폭격이라도 맞은 듯한 풍경이었다. 오펠리가 앉은 벤치 맞은편에는 벽돌과 기와로 지어진 집들이 줄지어 있었다. 커튼 뒤로 비치는 불빛이 사람들이 있다는 것을 알려주었지만, 심지어 지붕에도 구멍이 뚫려 있었는데도 사람들은 더는 밖으로 나설 엄두를 내지 못했다.

"예전에는 더 활기찼단다." 가짜 카르멘이 오펠리 옆에 앉아 말했다. "이곳에 카니발 두 카라반이랑… 아니, 카니발 카라반과 함께 와서 지냈던 때가 참 좋았는데."

오펠리는 그의 말을 거의 듣고 있지 않았다. 불이 모두 꺼진 집 한 채가 빗속에 보였다. 그녀가 어린 시절을 남겨놓고 떠난 집이었다. 집으로 들어가는 길 한가운데에 못 보던 커다란 분화구가 있었는데, 한 발만 잘못 디뎌도 오펠리의 남동생과 여동생들을 집어삼킬 만큼 컸다.

"넌 운이 좋구나, 내 아이야. 그래도 이 동네는 아직 예쁘잖니. 난 군사 고아원에서 자랐는데. 새삼스러운 얘기는 아니겠지만, 네가 그때의 나, 윌랄리 딜뢰를 조사해 봤잖니. 네 방이 저 위지? 2층, 덧창을 닫아둔 작은 창문이 있는 방? 네가 거울 속 내상을 풀어준 게 바로 저기지?"

오펠리는 집 앞에 난 분화구에서 시선을 돌려 아르캉테르인처럼 보이지만 사실은 그렇지 않은 이 존재를 똑바로 바라보았다.

"넌 네 모든 능력으로도 타자를 찾아내지 못했어. 왜인지 아니?"

가짜 카르멘은 여전히 무표정하게 벤치에 앉아 있었지만, 오펠리는 자신 때문에 그녀가 언짢아졌음을 느꼈다. 오펠리는 이제 손가락보다 더한 것을 걸 각오가 되어 있었다.

"난 알아." 오펠리가 말을 이었다. "나한테서 그 정보를 빼내려고 토른의 모습으로 나타날 필요는 없었어. 그냥 물어보면 됐지."

"타자는 어디 있니?"

질문에는 단순한 조급함 이상의 감정이 담겨 있었다. 오펠리는 부슬비를 머금은 공기를 깊이 들이마시고 대답했다.

"여기 있어. 바로 너야."

정체

타자는 오펠리를 텅 빈 시선으로 바라보았다. 상체와 어깨의
선은 전혀 따르지 않은 채 머리만 그녀 쪽으로 돌아가 있었는
데, 평범한 신체 구조를 가진 사람이라면 목이 뒤틀렸을 각도였
다. 아니마의 부슬비가 진주 구슬들처럼 나란히 맺힌 속눈썹조
차 전혀 흔들림이 없었다.

"설마, 내 아이야," 그는 음절 하나하나에 힘을 주어 말했다.
"네가 거울에서 해방시킨 게 바로 나란 말이니?"

오펠리는 공공 벤치에서 그와 자신 사이에 공간이 너무 없다
는 사실이 못내 불쾌했다. 오랫동안 그녀는 타자가 아주 비좁은
틈새에 갇혀 있다고 생각했다. 그때까지만 해도 이면 세계의 존
재를 몰랐고, 타자가 그곳에서 태어났으며 단 한 번도 그곳에
갇혀 있었던 적이 없었다는 사실도 몰랐다.

"아니. 내가 거울에서 풀어준 사람, 나랑 뒤섞인 사람은 진짜
윌랄리 딜뢰야. 그녀는 파열 이후 자발적으로 이면 세계에 갇혀
있었어. 그동안 당신들 둘이 서로 자리를 바꿔 지낸 거야. 윌랄
리가 자기 자신까지 포함해 세계의 절반을 뒤집기 위해선 상징

적으로 동등한 대가가 필요했어. 균형을 맞추기 위해 이면 세계에서 무언가가 나와야 했던 거지. 그게 바로 당신이었어. 말할 줄 알고 스스로를 자각하며 반복의 굴레에서 벗어난 에코. 하지만 어쨌든 에코인 건 마찬가지야."

"그럼 내 책은 어디 있을까?"

타자는 무표정한 미소를 지었다. 그는 자리에서 일어나 나침반들을 요란하게 달그락거리며, 조금의 수치심도 없이 빗속에서 옷을 벗어 카르멘의 알몸을 드러냈다. 제복은 벗자마자 연기처럼 사라졌다. 창문에 얼굴을 바싹 붙인 이웃들—멀든 가깝든 모두 친척들이었다—이 오펠리의 눈에 들어왔다. 여전히 그들에게는 호기심보다 집 밖으로 나서는 두려움이 더 컸다.

"네 말처럼 정말 내가 단순한 에코에 불과하다면," 타자는 아무것도 숨기지 않겠다는 듯 포석 위에서 천천히 몸을 돌리며 말했다. "그럼 나를 물질 속에 육체로 붙잡아 두는 코드는 어디에 있지?"

"나도 그 점이 궁금했어." 오펠리가 시인했다. "바로 그게 당신이 가문 정령이나 다른 모든 종류의 물질화된 에코들과 근본적으로 다른 점이라고 생각해. 당신은 윌랄리 딜뢰와 대화를 이어나가면서 결정화된 거야. 아직 이면 세계에 머물던 때부터 스스로를 자각한 거지. 그리고 당신만의 말로 생각을 발전시켰어. 고유한 언어가 없는 차원 안에서 말이야. 당신에게 코드는 필요 없어. 하지만 당신에게 필요한 건 윌랄…."

오펠리는 숨이 턱 막혔다. 타자의 팔이 근육과 뼈를 기괴하

게 늘리며 갑자기 그녀의 목을 움켜쥐었다. 그는 여전히 아르캉
테르 여자의 벌거벗은 몸을 하고 있었지만, 어깨부터는 변신술
사*처럼 고무 같은 물성으로 변해 있었다. 질식할 정도로 목을
세게 조르지는 않았지만, 손아귀가 어찌나 단단한지! 한 사람
에게 응집된 한 무리의 힘이었다.

"나는 기피… 아니, 깊이 평화로운 존재란다. 나는 항상 모든
경우… 아니, 종류의 폭력에 맞섰지. 그러니 제발, 내 아이야, 내
가 너를 치닫게… 아니, 다치게 하지 말아주렴."

벤치가 사라졌다. 아니마도 마찬가지였다. 이제 두 사람은 모
두 키클롭스 아슈의 학교 운동장처럼 보이는 공간 한가운데에
있었다. 이곳은 급히 비워진 상태였다. 훌라후프, 구슬, 책가방
들이 곳곳에 버려진 채 무중력상태로 떠다녔다. 화산 크기의 심
연이 주변 건물을 죄다 삼킨 뒤였다.

오펠리는 목에 닿은 손톱 하나하나를 느끼며 타자를 홀로 마
주했다. 균형을 잃지 않으려 발을 이리저리 굴러야 했다. 어떻
게 이토록 침착하게 그에게 계속 말할 수 있는지 스스로도 알
수 없었지만, 거의 무의식적으로 말이 쏟아져 나왔다.

"당신은 진심으로 스스로를 진짜 윌랄리라 믿고 있어, 그렇
지? 그녀의 생각과 모순과 야망을 모두 당신 것으로 만들었고,
수 세기 동안 그녀의 시나리오를 완벽하게 실행해 왔지만, 그건
당신이 연기하는 역할일 뿐이야. 당신이 쓰고 있는 이 가면 아

---

* 코르폴리스의 특징적인 가문 능력은 한번 본 사람의 외모를 복제하는 변신 능력이
다. 그래서 코르폴리스인을 변신술사라 부른다.

래가 텅 비었다는 걸 당신도 속으론 알고 있잖아. 당신은 자기 상을 잃어버린 상이야. 그래서 윌랄리의 얼굴만으로 만족할 수 없었던 거고, 계속해서 복제하기 시작한 거지. 점점 더 많은 얼굴을, 더 많은 가면을, 더 많은…."

타자는 오펠리의 목에 손톱을 깊이 찔러 넣었다. 변신술사의 늘어나는 팔 끝에서, 다리 위로 뻣뻣하게 활처럼 꺾인 아르캉테르 여자의 몸 위에서, 이번에는 그의 얼굴이 변하기 시작했다. 피부가 목까지 창백해지더니 굵은 곱슬머리가 흘러내렸고 코 위로 안경이 돋아났다.

오펠리를 닮았지만 실제로는 그녀가 아닌 이 여자의 얼굴은, 다름 아닌 윌랄리 딜뢰였다.

"네가 뭔데, 내가 누구이고 누구가 아닌지 설정… 아니, 결정하는 거지?"

오펠리는 이제 숨이 가빠오기 시작했지만 굽히지 않았다.

"그 여자, 그녀가 어디 있는지는 당신 자신에게 물어봐."

타자의 눈이 근육과 함께 수축했다. 배경 자체가 다시 요동치더니 명망 높은 올림픽 아이스링크에서 백화점으로, 동물원에서 만다라 해변으로 두 사람을 이동시켰다. 그들은 아슈에서 아슈를 넘어 다니고 있었지만, 어디든 바닥은 허공의 구멍들로 패여 있었다. 이면 세계로 들어간 세상의 조각들은 아에라르기룸 증기만을 남기고 사라졌다.

목을 감싸 쥔 손아귀에 매달린 오펠리의 두 눈에는 불꽃이 튀었다. 더는 숨을 쉴 수가 없었다. 목도리는 그녀를 풀어주려고 안간힘을 썼지만 헛수고였다. 사람은 죽을 때 아에라르기룸으로 변하는 걸까? 오펠리는 그럴 리 없다고 생각했다. 이대로 영영 토른을 다시 보지 못하리라.

타자는 마치 카르멘의 알몸에 말을 걸듯이 고개를 앞으로 기울이고는 결국 마지못해 중얼거렸다.

"윌랄리 딜뢰에게 안내해."

목도리가 풀어 헤쳐지며 오펠리가 털썩 쓰러졌다. 공기가 한꺼번에 폐로 밀려들었다. 한참을 기침한 뒤에야 호흡을 되찾을 수 있었다. 눈앞에서 번쩍이던 불꽃들이 흩어졌다. 그녀의 머리 위로는 유리 지붕이 펼쳐진 하늘 아래 구체가 천천히 허공을 맴돌고 있었다. 메모리알로, 아트리움 한가운데, 가문 정령들 사이에 돌아온 것이었다.

그녀는 타자의 발치에 있었다.

기괴하게 뒤섞인 타자의 모습은 더 끔찍해져 있었다. 아르캉테르 여자의 벗은 몸, 비율이 맞지 않는 변신술사의 팔, 윌랄리 딜뢰의 머리에 더해, 이제는 특정 냄새를 찾아 쿵쿵대는 초후각자의 긴 코까지 드러내고 있었다. 그는 가문 정령들이 만든 원 중앙에 서서, 마치 자신이 추적하는 범인이 그들의 피부 속에 숨어 있기라도 한 듯 한 명 한 명 의심스러운 시선으로 훑어보았다. 가문 정령들은 기억력이 몹시 나빴지만 그 조각난 모습 속에서 틀림없이 타자를 알아본 듯했다. 그를 보자 모두 뒤로 물러섰으니까. 얼음 조각상처럼 굳어버린 채 매혹과 혐오가 뒤섞인 시선으로 그의 얼굴을 응시하는 파루크만 빼고.

바벨의 수장 폴리데우케스는 두려운 듯 절을 하며 그를 맞이했다.

"어서 오세요. 저흰 당신을 기다리고 있었던 것 같군요. 이것… 음, 그러니까… 이 일과 관련해서 말이죠."

폴리데우케스는 주저하며 메모리알의 입구를 삼켜버린 허공을 가리켰다. 허공은 위험할 정도로 가까웠다. 고통으로 그의 황금빛 눈동자가 흐려졌다.

"우리의 누이… 나의 누이… 벌써 이름도 잊어버렸군요. 그녀가 우리를 떠났어요. 하지만 난 알아요, 그래요. 난 알아요. 그녀가 아직 여기 있다면 당신에게 해명을 요구했을 거라는 걸요."

"그 사람이 아니에요."

스스로 내뱉은 말에 가장 먼저 당황한 것은 파루크 자신인 듯했다. 마치 그 말이 어디서 튀어나왔는지 스스로도 모르는 것 같은 표정이었다. 그럼에도 그는 극도로 느리게 그 말을 되풀이했다.

"그 사람이 아니에요. 신이 아니에요. 우리의 신이 아니에요."

그는 겹겹이 껴입은 두꺼운 방한 외투 아래 어딘가에 숨겨온 자신의 책 위에 하얗고 큰 손을 올려놓았다. 내면 깊숙한 곳에 숨겨둔 그의 일부가 이미 한 번 당했던 모독을 기억하고 있었다.

타자는 폴리데우케스도 파루크도 신경 쓰지 않았다.

"그녀는 어디 있니?"

이것은 질문이라기보다는 명령에 가까웠고, 오직 오펠리만을 향한 것이었다. 그녀는 반 토막 난 손으로 땅을 짚으며 어설프게 몸을 일으키려 애썼다. 목이 아팠다. 그녀는 그들 주위를 둘러보며 진짜 윌랄리 딜뢰를 찾으려 했지만 헛수고였다. 시선을 들어 올리자 아르테미스와 눈이 마주쳤다. 아르테미스는 그녀와 자신 사이의 친족 관계를 의심하면서도 정확히 기억해 내지는 못하는 듯, 막연히 의아해하는 눈빛을 하고 있었다. 시선을 더 높이 올리자 층층이 난간에 몰려 있는 사람들이 보였다. 그리고 맨 꼭대기 고리형 난간에서 기겁하며 크게 손짓으로 그녀를 부르는 가족들이 보였다.

'그 위에 그대로 있어요.' 오펠리는 그들에게 소리치고 싶었다.

"여기엔 윌랄리 딜뢰가 안 보이는데." 타자가 나직이 말했다. "네가 날 조롱… 아니, 조종한 거니?"

오펠리는 또다시 목이 졸리면 살아남을 수 있을지 생각하던 찰나, 덩치 큰 고양이 한 마리가 종아리 사이를 쑥 파고드는 것을 느끼고 움찔했다. 앙두이인가?

"자, 자. 화는 당신 안색에 어울리지 않아요."

아르쉬발드가 말 그대로 허공에서 튀어나와 검지에 모자를 걸어 빙빙 돌리고 있었다. 어떤 상황에서도 늘 그렇듯, 그는 미소를 띠고 있었다. 1초 전까지만 해도 그곳에 없었던 가엘도 오펠리를 끌고 타자에게서 최대한 멀리 떨어뜨려 놓더니 거친 손길로 그녀의 턱을 들어 올렸다. 오펠리의 목에 난 손톱자국에서 피가 흐르는 것을 보고 그녀가 신경질을 냈다.

"저런 쓰레기는 이중, 삼중으로 단단히 잠가 가둬놨어야지. 망원경 너머로 슬쩍 엿보기만 할 게 아니라. 당신이 일을 망쳤어, 야누스."

아트리움의 공기가 천처럼 구겨지더니 반은 남자고 반은 여자인 거인이 그 속에서 튀어나와 가문 정령들 옆에 발을 내디뎠다. 그에게 공간이란 연극 무대의 커튼 같은 것에 불과한 듯했다. 오펠리는 이제야 아르쉬발드와 가엘, 앙두이가 어디서 나났는지 확실히 이해가 갔다. 또한 타자가 아슈에서 아슈로 계속 이동하며 자신에게 씌워진 감시망을 피해 다닌 이유도 잘 알게 되었다.

야누스의 등장으로 마침내 형제자매가 모두 모였다. 성별이 불분명한 이 가문 정령은 하이힐 굽으로 포석을 울리며 걸어가 타자 앞에 우뚝 서서 멀찍이서 그를 굽어보았다.

"당신은 우리와의 약속을 지키지 않았습니다. 내 탐침자의 능력을 대가로 약속했던 절대적인 중립을 지켜야 했어요. 당신이 붕괴를 막을 수 있는 유일한 사람이라고 주장합니까? 좋아요. 하지만 우리 일에 간섭은 하지 말아요. 특히," 그는 과장된 몸짓으로 오펠리를 가리키며 힘주어 말했다. "내 아이들에게 다시는 손대지 마십시오."

타자는 다리를 기괴하게 비틀며 야누스를 향해 돌아섰다. 그의 입에서 나온 비인간적인 음성이 메모리알의 대리석과 유리창에 울려 퍼졌다.

"오늘까지 나는 너희 항명… 아니, 한 명 한 명을 무대 뒤에서 지켜봤단다. 나는 너희가 내가 너희를 위해 만든 완벽한 세상을 지켜낼 수 있을 거라 믿었어. 내가 너무 관대했지. 내가 권한을 위임하자마자 너희는 타락하더구나. 이제 모서리가 닳아질… 아니, 모든 것이 달라질 것이야.”

메모리알 층층마다 속삭이는 소리들이 일었지만, 누구도 또렷하게 목소리를 내지는 않았다. 그러나 오펠리는 어떤 남자가, 너무 멀어서 선명하게 분간할 수 없었지만, 트랜센디움을 뛰어내려오는 것을 알아차렸다.

“나는 이 세상을 두 번째로 구할 거야.” 타자가 선언했다. “그리고 새로운 규칙을 만들 거야. 아주 많이. 각자 그 규칙을 지키는지 진정… 아니, 직접 감시할 거야. 이제 중간 관리자는 없단다. 나는 어디에나 있을 것이고, 모든 것을 알 것이야.”

가문 정령들은 흐릿한 눈빛을 주고받았다. 파루크는 분명 지금 벌어지고 있는 일에 집중하기가 몹시 힘든 듯했다. 오펠리는 이 상황에서 가장 참담한 점은, 이들 모두가 지금 보고 듣는 것을 곧 잊고 말리라는 사실이라고 생각했다. 마음대로 주무를 수 있는 존재, 이들의 기억이 도려내진 데엔 이유가 있었다. 타자가 윌랄리 딜뢰의 자리를 차지한 뒤 가장 먼저 한 일이 분명 그들의 기억부터 도려내는 것이었을 터였다.

야누스만 온전히 제정신인 듯했다. 그는 검은 눈을 반짝이며 돌돌 말린 콧수염 한쪽을 빈정대듯 잡아당겼다.

“우리가 거부한다면?” 그가 킬킬거리며 말했다.

타자는 콧구멍을 벌름거리며 짐승처럼 야누스의 냄새를 맡았다. 세 번째 팔이 물줄기처럼 그의 옆구리에서 솟구쳐 나와 칼날처럼 야누스의 두개골에 박히더니, 속도를 늦추지 않고 그대로 궤적을 이어가며 골격이 비명을 지르는 듯한 소리와 함께 그를 세로로 완전히 갈라버렸다. 야누스의 몸을 이루고 있던 모든 것이 곧바로 연기가 되어 사라졌고, 바닥에는 두 동강 난 책만 남았다.

야누스는 아무것도 남지 않았다. 타자가 수 세기에 걸친 불멸을 끝장내는 데는 채 3초도 걸리지 않았다.

오펠리가 받은 충격은 아르쉬발드와 가엘, 그리고 메모리알 전체로 번져 나갔다. 앙두이는 귀를 뒤로 젖히고 낮게 하악거렸다. 가문 정령들은 모두 극심한 고통에 휩싸인 표정으로 배를 감싸안고 몸을 웅크렸다. 마치 형제의 죽음이 그들 자신의 실체마저 파먹어 들어간 듯했다.

"무슨 짓을 한 거죠?"

나지막이 흐느끼는 폴리데우케스의 그림자에서 엘리자베스가 한 걸음 앞으로 나왔다. 양초처럼 기다랗고 창백한 그녀가 그때까지 눈에 띄지 않게 여기 있었다는 사실은 아무도 몰랐다. 그녀는 무거운 눈꺼풀을 크게 치켜올리고 두 동강 난 책을 바라보았다. 프록코트 자락을 펄럭이며 타자 앞으로 힘차게 나아갔다. 부츠 굽으로 탁 소리를 내며 뤽스 배지가 빛나는 가슴팍에 주먹을 갖다 대면서, 이제는 인간적인 면이라곤 아무것도 남지 않은, 변화무쌍한 생명체를 똑똑히 마주 보았다.

"난… 난 당신이 누군지, 아니 무엇인지조차 모르지만 나에게 부여된 권한으로 당신을 체포합니다."

오펠리는 내심 감탄했음을 인정하지 않을 수 없었다. 아트리움에 있는 다른 사람들처럼 오펠리 역시 속눈썹 하나조차 감히 움직이지 못했다. 행여 두 동강이 날까 봐 두려웠기 때문이다. 오펠리는 마침내 엘리자베스를 있는 그대로, 아니, 정확히 말하자면, 자신이 될 수도 있었던 모습 그대로 바라볼 수 있었다. 그녀의 황갈색 머리카락, 주근깨, 큰 키, 좋은 시력, 심지어 나이까지도. 그중 어느 것도 진정 엘리자베스의 것이 아니었다. 오펠리가 엘리자베스에게서 가져간 것처럼, 엘리자베스도 오펠리에게서 가져간 것이었다.

두 사람 사이에 단 하나 다른 점이 있다면 오펠리는 이제 그 사실을 자각하고 있다는 것이었다. 이면 세계의 거울에서 자신의 상 대신 보았던 존재가 바로 엘리자베스였음을 이제는 알았다.

바닥에서 촉수처럼 경련하는 세 번째 팔을 단 타자도 갑자기 똑같이 자명한 깨달음에 이르렀다. 툭 튀어나온 코 아래로 남아 있던 윌랄리 딜뢰의 얼굴이 미소로 갈라졌다.

"그러니까 너였구나."

타자가 사라졌다가 자기 코앞에, 숨결이 닿을 만큼 가까이 나타나자 엘리자베스는 깜짝 놀랐다. 기형적인 몸이 무형적인 몸과 맞붙었다. 그는 그녀의 다크서클과 상처와 굴곡 없는 모습을 탐욕스럽게 살피며, 그녀 안에서 감지되는 나약함을 모조리 빨아들였다.

"너였어."

"뭐라고요?"

엘리자베스는 완전히 넋이 나가버린 듯했다. 그녀는 두 무릎을 딱 붙여서 떨림을 진정시키려 했다. 타자의 미소가 끝도 없이 계속 커지더니 마치 천으로 된 가면을 찢듯 자신의 피부를 갈랐다.

"네가 윌랄리 딜뢰었어."

엘리자베스의 떨림이 이내 멈췄다. 그녀에게 정체성을 되찾아 주었어야 마땅할 그 세 마디 말은 오히려 정반대의 효과를 냈다. 그녀의 몸은 한층 더 쪼그라들었고 얼굴은 실체를 완전히 잃었다. 마치 영혼이 그녀의 안 가장 깊은 곳으로 물러난 듯했다.

"둘 중 누가 먼저인지는 중요하지 않아, 안 그렇니?" 타자가 이어 말했다. "나는 너보다 수월하게 무한… 아니, 무한하게 우월하지. 널 보렴, 작고 가여운 것. 넌 이제 네가 누군지도 모르는구나. 그러니 내가 말해주마. 너는 배신자란다. 네가 있어야 할 곳은 옛 세계의 타락한 존재들 곁이야. 넌 돌아오면서 네가 구하려던 자들을 위엄에 빠뜨렸… 아니, 위험에 빠뜨렸어. 나의 의무는 너를 다시 거울 속으로, 네가 절대 떠나지 말았어야 했던 곳으로 되돌려 보내는 것이지."

타자의 몸에서 세 번째 다리가 뻗어 나와 발꿈치로 바닥을 세차게 내리찍었다. 아트리움 바닥 타일이 급격한 지각 융기에 밀려나듯 폭발하며 산산조각 났다. 땅이 흔들렸다. 돔 천장에서 유리 파편들이 폭우처럼 쏟아졌다. 서가들은 책을 토해냈다. 오펠리는 진동에 휩쓸려 바닥에 내동댕이쳐졌다. 굉음과 비명이 그녀의 귀를 윙윙 울렸다. 모든 소란이 끝나자 목도리가 오펠리의 안경에 몸을 비벼 먼지를 닦아냈다.

오펠리는 아트리움을 알아보지 못했다. 바닥은 유리 조각과 돌멩이들이 뒤섞인 난장판이었다. 기둥들은 금이 가고, 더러는 무너져 내렸다. 가문 정령 여럿이, 지진 때문에 위층에서 굴러 떨어져 치명상을 입은 남녀들을 품에 안고 있었다. 오펠리는 그들 틈에서 가족의 누구도 찾아볼 수 없었지만, 메모리알 사방에서는 여전히 비명이 울려 퍼지고 있었다. 그녀는 가족들이 저 위에서 무사하기만을 바랐다. 문득 그녀는 아르테미스가 아니마 능력으로 대리석 덩어리를 막아주지 않았다면 자신도 그 아래에 깔려 으스러졌으리라는 사실을 깨달았다.

"고마워요."

잔해 속에서 한 쌍의 남녀가 서로를 열정적으로 끌어안고 있었다. 오펠리가 보았던, 트랜센디움을 뛰어 내려오던 남자는 바로 르나르였다. 사냥용 카빈총을 둘러멘 르나르 역시, 가엘 못지않게 힘껏 그녀를 꽉 붙들고 있었다. 르나르는 가엘에게 입맞춤을 퍼부었고 가엘은 그런 그에게 욕설을 퍼부었다. 혼돈의 바다 한가운데 떠오른 행복의 물방울이었다.

오펠리는 이면 세계에 홀로 남은 토른의 모습을 애써 억눌렀다. 지금 약해져서는 안 되었다. 적어도 지금은.

한편 아르쉬발드는 온몸이 할퀸 자국투성이였다. 쏟아지는 유리 파편을 막아주려 앙두이를 품에 꽉 끌어안고 있었던 탓이었다. 아르쉬발드는 감탄의 휘파람을 길게 불었다.

오펠리는 그의 시선을 따라갔다. 타자의 세 번째 발뒤꿈치가 땅을 내리찍은 자리에, 거친 바위와 다듬어진 돌이 뒤엉켜 전에는 없던 계단을 형성하고 있었다. 그 가파른 비탈은 유리창이 모두 사라진 돔 천장 아래, 저 높이 떠 있는 스크레타리움 구체까지 이어져 있었다.

허공에 떠 있는 거울. 오펠리는 깨달았다.

파열의 날, 윌랄리와 타자가 서로 자리를 바꾼 바로 그 거울. 모든 것은 바로 그곳에서 결판날 터였다.

자리

허공이 점점 영역을 넓혀가고 있었다. 안내 데스크의 오토마톤 동상을 삼킨 허공은 계속해서 메모리알을 한 입씩 갉아 먹고 있었다. 마치 타자가 가문 능력들을 무절제하게 남용하는 것이 세계의 전복을 가속하는 듯했다. 점점 거세게 부는 바람에 몸이 끌려가, 오펠리는 강물을 거슬러 헤엄치는 듯한 기분이 들었다. 이런 속도라면 구할 수 있는 게 아무것도 남지 않을 터였다.

"뭔가 계획이 있으신 거죠, 토른 부인?" 아르쉬발드가 하늘로 뻗은 계단을 바라보며 그녀에게 속삭였다.

"하나 있어요."

하지만 그것은 전적으로 엘리자베스에게 달린 계획이었다. 오펠리는 엘리자베스가 큰 부상은 없다는 걸 확인하고 한시름 놓았다. 엘리자베스는 타자 앞에 무릎을 꿇고 주저앉아 있었다. 젖은 머리카락이 충격에 넋이 나간 얼굴 위로 흘러내리고 있었다. 엘리자베스가 없었으면 모든 게 끝장 났을 터였다. 하지만 그녀가 있어도 마찬가지일지 모른다. 모든 것은 이제 엘리자베스가 진실을 받아들일 의지가 있느냐에 달려 있었다. 엘리자베스는 타자가 어린아이 다루듯 손을 잡아끌어 계단으로 이끌 때도 아무 저항 없이 순순히 따랐다. 타자는 이제 누구에게도 신경 쓰지 않았다. 한 단 한 단 계단을 오를 때마다 타자의 몸에서 새로운 신체 기관들—팔, 발, 코, 눈, 입, 귀—이 돋아나며 형체의 윤곽을 전혀 알아볼 수 없게 되었다. 그는 점점 거대해졌고 점점 불안정해졌다. 마치 수 세기 동안 훔쳐온 정체성들이 저마다 앞자리를 차지하려 드는 듯했다.

그가 계단을 오르는 동안, 가장 가까운 층에 있던 남녀들은 뒷걸을질 치면서도 그에게서 시선을 떼지 못했다. 타자는 마음만 먹으면 아무도 모르게 곧바로 스크레타리움 안으로 이동해 엘리자베스를 거울 너머로 돌려보낼 수도 있었다. 그렇지만 일부러 이렇게 거창한 연출을 택한 것이었다. 계단과 그 위를 오르는 행위, 이것은 공개 처형이나 다름없었다.

신은 무대 뒤를 이미 떠났고, 다시는 돌아가지 않을 작정이었다.

오펠리는 온몸에, 심지어 피부 밑까지 소름이 번지는 것을 느꼈다. 거대하고 종잡을 수 없던 야누스, 그러나 단숨에 살해당한 야누스를 떠올리며 그녀는 계단으로 걸음을 옮겼다.

거대한 손이 그녀의 어깨를 부드럽게 붙잡아 세웠다. 놀랍게도 파루크였다. 그는 고개를 저었다. 그의 내면 어딘가에 오펠리에 대한 희미한 기억이 남아 있었던 걸까, 아니면 누가 되었든 이 무모한 짓을 막으려던 걸까? 오펠리는 파루크와 눈을 맞춘 탓에 정신적 고통을 느꼈지만, 끝까지 그의 얼음 같은 눈빛을 마주했고, 마침내 파루크는 그녀를 놔주었다.

입을 맞추기보다는 르나르를 물어뜯다시피 하던 가엘이 갑자기 그를 놓고 말했다.

"가지 마. 내가 저놈을 마흔세 번이나 죽이려고 했거든. 기분 나쁘게 들릴지 모르겠지만 난 손가락이 열 개 다 멀쩡한데도 안 됐어. 저놈은 절대 안 죽어. 넌 아니잖아."

가엘의 두 눈은, 하나는 낮의 하늘, 다른 하나는 밤의 하늘처럼, 상반된 감정들로 빛나고 있었다. 하지만 오펠리에게는 단 하나의 감정뿐이었다. 두려움. 그럼에도 이 계단을 오를 터였다.

"윌랄리 딜뢰는 이제 자기가 누군지 몰라요. 그녀가 스스로를 기억해 내도록 도울 수 있는 사람은 나뿐이에요."

아르쉬발드는 당혹스러운 듯 턱을 온통 뒤덮은 수염을 긁적이며 물었다.

"그게 부인의 계획인가요?"

"함께 가자고 부탁하는 건 아니에요."

오펠리는 샌들이 허락하는 한 최대한 빨리 층계를 삼키듯 올랐다. 살면서 올라본 계단 중 가장 가팔랐다. 유리 조각과 돌 조각에 자꾸 미끄러지는데 붙잡을 난간조차 없었다. 바닥이 까마득해지자 그녀는 더 이상 아래를 보지 않고, 시선을 저 위, 계속해서 높이 오르고 있는 엘리자베스에게 고정했다. 엘리자베스는 비참하게 비틀거리며 타자를 뒤따르고 있었다.

"넌 아주 오래전 머나먼 나라에서 태어났어." 오펠리가 큰 소리로 외쳤다. "바벨 군대에 영입되었지. 군사 프로젝트를 맡았어. 그리고 전화 수화기를 이용해 네 에코를 결정화했고.”

오펠리의 말들은 메모리알 벽에 부딪혀 되돌아올 뿐, 정작 들어야 할 사람에게는 닿지 않는 듯했다. 자신의 의지와 상관없이 한 계단 한 계단 이끌려 가는 엘리자베스는 그 어느 때보다도 표정이 없었다. 그 모습을 보고 있자니 정말 그녀가 에코라고 착각할 법했다.

오펠리는 굴하지 않았다.

“네가 네 말과 네 피로 가문 정령들을 만들었어. 네가 그들을 위해 바로 이곳에 학교를 세웠어.”

타자는 아찔한 높이의 계단 꼭대기에 갑자기 멈춰 섰다. 그의 정면에서는 달처럼 웅장한 스크레타리움이 귀청이 터질 정도로 삐걱거렸다. 타자가 지닌 여러 가문 능력의 작용으로, 구체를 감싸고 있던 레드골드* 외피가 알루미늄 포일처럼 갈라지더니 이내 금속성 폭발음과 함께 열렸다. 오펠리는 최대한 몸을 보호했다. 들보, 볼트, 실린더, 톱니바퀴, 꽃병, 은 식기, 천공 카드 들이 눈보라 치듯 메모리알로 쏟아져 내렸다. 수집된 골동품들의 비명. 세계 최대 데이터베이스의 단말마. 그토록 오랜 시간 목록을 정리하고, 분류하고, 코드를 짜고, 구멍을 뚫었던 노력들이 한순간에 휩쓸려 나갔다.

스크레타리움은 내장이 도려져 텅 빈 행성 같았다. 그 안에는 껍데기의 축소판인 두 번째 구체만 떠 있었다. 타자가 손짓을

---

*금과 구리, 은의 합금.

한 번 하자 이번엔 그 구체마저 먼지와 거미줄을 터뜨리며 열렸고, 그 안에 숨겨진 비밀 방과 방 한가운데 허공에 떠 있는 거울이 드러났다.

계단은 지하 암반의 거대한 기계적 작용에 떠밀려 더 높이 솟아올라 월랄리 딜뢰의 방에 닿았다.

엘리자베스는 주위에 소용돌이치며 흩날리는 천공 카드들을 바라보고 있었다. 오펠리는 위장이 꼬일 듯한 현기증과 싸우며 두 사람과 자신 사이를 가로막은 마지막 계단들을 한 칸 한 칸 올랐다.

"네가 책의 코드를 발명했어. 넌 'E. D.'라는 이니셜로 이야기들을 썼지. 늙은 관리인과 친구로 지냈고. 그리고 만성 부비동염을 앓았어."

"그만."

타자의 입들에서 명령이 터져 나왔다. 그의 얼굴, 목, 등, 배 등 곳곳에 입이 발진처럼 돋아나 있었다. 그는 살덩이를 뻗어 엘리자베스의 머리채와 오펠리의 목도리를 움켜쥐고는 두 사람을 바닥에 내동댕이쳤다. 두 배의 충격, 두 배의 고통. 허공에 떠 있는 거울의 표면은 이미 일렁이고 있었다. 두 명의 월랄리, 진짜와 가짜가 다가오자, 이면 세계가 남는 쪽을 내놓으라며 반응한 것이었다.

타자의 무게에 바닥 판자들이 뗏목처럼 삐걱거렸다. 그는 기괴하게 뻗어난 팔다리로 나아갔다. 그의 피부 마디마디에서 피어난 눈들이 모두 오펠리를 향하고 있었다. 깨진 안경 너머로 보이는 타자의 모습은 한층 더 여러 겹으로 겹쳐 보였다.

오펠리는 까진 팔꿈치로 바닥을 짚고 기어, 자기 옆에 웅크린 엘리자베스에게 다가갔다. 주근깨가 난 얼굴은 창백하게 질려 있었다.

"여기가 네 방이었어. 너는 타자기 앞에서 몇 시간이고 글을 썼지. 여기서 넌 네가 창조한 아이들이 자라나는 소리를 들었어. 너, 대가족 출신이라고 했었잖아, 기억나? 그들이 바로 네 가족이었어. 넌 낯선 사람 집에 버려진 게 아니야. 스스로 이면 세계로 간 거지. 네가 나에게 널 꺼내달라고 부탁했어. 나는 틈을 만들었고, 너는 바벨에 있는 아무 집의 거울을 하나 골라 그곳으로 빠져나왔어. 그건 네 결정이었으니 네가 감당해야 해. 네 에코가 이성을 되찾게 할 수 있는 사람은 너뿐이야."

엘리자베스는 보랏빛을 띤 눈꺼풀을 반쯤 내리깐 채 오펠리에게 시선을 고정했다.

"미안," 그녀는 더듬거리며 말했다. "끔찍한 오해였어."

"다 부질없는 짓이다." 타자가 둘의 대화를 끊었다. "이 배신자는 거울 안으로 돌아가게 될 것이다. 그리고 너는, 이 불쌍한 아이야, 넌 여기서 죽을 것이다. 나는 폭력을 흠모… 아니, 혐오하지만, 네가 두 번이나 이면 세계를 뒤틀어 놓았으니 세 번째는 용납하지 않을 것이다."

타자의 입 하나가 말하자 나머지 모든 입들도 그 말을 따라 메아리쳤다. 오펠리는 더 이상 두렵지 않았다. 그 이상이었다. 그녀 자신이 두려움 자체가 되었다. 노파, 괴물, 빨간 색연필…

그녀는 자신 위로 솟아오른 수십 개의 팔을 깨진 안경 너머로 올려다보았다. 저 중 어느 팔이 나를 토막 낼까?

"나를 보아라. 나는 전 인류를 대변… 아니, 대표한다."

강렬한 폭발음이 공기를 갈랐다. 타자의 머리뼈가 산산조각 났다. 사냥용 카빈총을 멘 르나르가 계단을 오르느라 숨을 헐떡이며 계단의 마지막 단에서 타자에게 맞서고 있었다.

"넌 누구도 대표하지 못해."

두 번째 총성이 울렸다. 르나르는 타자가 자신을 재구성할 틈을 주지 않았다. 그는 붉은 구레나룻 사이로 야성적인 미소를 지었다. 가엘은 총의 반동에 그가 균형을 잃지 않도록 허리를 꽉 끌어안은 채, 자랑스러워하는 눈빛으로 그를 바라보았다.

그녀도 그와 함께 외쳤다.

"넌 누구도 대표하지 못해."

르나르가 세 번째 총성을 울렸다. 그 틈을 타 아르쉬발드가 타자의 수많은 다리 사이로 미끄러지며 다가왔다. 그는 빙그르르 돌며 오펠리와 엘리자베스 곁에 도착했다.

"지원군이 도착했습니다, 숙녀분들."

아르쉬발드는 자조적인 미소를 지었다. 마치 자신이 돌이킬 수 없을 만큼 미쳤다고 스스로 여기는 듯했다. 오펠리는 그가 목숨을 걸고 자신들을 위해 나서준 것이 마음 깊이 고마웠지만, 이 상황에서 도대체 어떻게 그들을 구해내겠다는 것인지 알 수 없었다. 타자의 살점은 계속 재생되고 있었고, 르나르의 총알은 곧 바닥날 터였다.

아르쉬발드는 천둥 같은 총성에 목소리가 묻히지 않도록 몸을 숙였다.

"두 분 모두, 특히 '나도 내가 누군지 몰라' 양, 제 얘기 잘 들으세요. 제가 두 분 사이에 연결 고리를 만들어볼게요. 어쨌든 한번 해보는 거예요. 강요할 수는 없겠지만, 두 분이 원하신다면 저를 통로 삼아서 서로를 투명하게 느낄 수 있을 거예요. 시간이 많지 않아요."

귀가 먹먹해질 만큼 짙은 침묵이 이어졌다. 르나르의 총알이 바닥난 것이었다.

"정정하죠." 아르쉬발드가 말했다. "이제 시간이 없어요."

오펠리는 구역질이 치밀었다. 혀와 치아, 내장이 한데 뒤엉킨 살점들이 터져 나오며, 타자의 몸은 더 이상 하나의 형태를 유지하지 못했다. 머리통이 하나가 아니라 포도송이처럼 다발로 피어나기 시작했다. 그중 한 머리통이 무시무시한 속도로 자라는 식물처럼 기형적으로 긴 목을 뻗으며 덮쳐왔다. 그 머리는 르나르의 안면을 정면으로 들이받아 이마를 함몰시키고 코를 부러뜨렸다. 오펠리의 뼛속까지 울릴 만큼 끔찍한 파열음이 났다. 르나르는 균형을 잃었다. 가엘은 그의 무게에 휩쓸리면서도 끝내 그를 놓지 못했다. 두 사람은 비명 한번 지르지 못하고 계단에서 함께 떨어졌다.

오펠리는 눈을 감을 수 없었다. 그들이 죽었을 리 없다. 그들이, 이렇게 빨리, 이런 식으로 죽을 리 없다.

오펠리 옆에 잔뜩 쪼그라든 엘리자베스는 이 상황이 그저 오해일 뿐이라는 말만 되풀이했다. 아르쉬발드는 더 이상 웃고 있지 않았다.

"넌 누구도 대표하지 못해!"

로즐린 이모의 목소리였다. 부서진 안경 탓에 오펠리는 최상층 난간에서 몸짓을 해대는 이모를 그저 색깔 덩어리로밖에 분간할 수 없었는데, 그것은 이모가 입은 낡은 진초록색 드레스의 색깔이었다. 타자가 버티고 선 무중력 상태의 작은 바닥판과 그녀 사이에는 건널 수 없는 간극이 있었지만, 종이라면 그 어떤 형태든 사랑해 마지않던 그녀가 손에 잡히는 대로 책을 집어 타자를 향해 던지고 있었다. 오펠리의 엄마, 아빠, 작은할아버지, 남동생, 자매들도 그녀의 외침에 손과 목소리를 보탰다.

"넌 누구도 대표하지 못해! 넌 누구도 대표하지 못해! 넌 누구도 대표하지 못해!"

책들이 날아올랐다. 한데 모인 아니마의 의지가 쏘아 올린 책들은 눈에 띄게 불어나며 거대한 무리가 되었다. 넌 누구도 대표하지 못해! 르나르와 가엘의 외침이 층에서 층으로, 입에서 입으로 퍼져 나갔다. 넌 누구도 대표하지 못해! 수집품을 구하려던 메모리알 직원들은 책 수레를 통째로 난간 너머로 던져버리기 시작했다. 넌 누구도 대표하지 못해! 아니마 능력이 책에서 책으로 전염되며 책 떼는 회오리바람으로 변했다. 넌 누구도 대표하지 못해! 수천 권의 책이 타자를 덮치며 그의 수많은 얼굴과 눈, 입, 귀, 손 들을 종이로 뒤덮어 버렸다. 넌 누구도 대표하지 못해!

오펠리는 자신이 느끼는 감정이 자랑스러움인지 분노인지

아니면 두려움인지 알 수 없었다.

"가족들이 타자의 분노를 사게 될 거예요."

아르쉬발드가 한 손은 오펠리의 뺨에, 다른 한 손을 엘리자베스의 뺨에 얹었다. '우리를 위해 시간을 벌어주고 있는 겁니다.' 이 생각이 오펠리의 다른 모든 생각들 위로 선명하게 각인되었다. 오펠리는 이미 투알의 능력을 여러 번 경험했지만, 자기 안에서 진동하는 것이 느껴지는 이 무언의, 강렬하게 내밀한 권유만큼 당혹스러운 것은 없었다. 그녀는 타자라는 개념을, 안과 밖의 모든 경계를 잃어가고 있었다. 메모리알의 아우성이 머릿속에서 울려퍼졌고, 그녀의 심장박동이 온 세상을 가득 채웠다. 개체성을 이루는 조직 자체가 점점 헐거워지고 있었다. 자신의 피부에 닿은 아르쉬발드의 피부, 그리고 아르쉬발드의 피부에 닿은 엘리자베스의 피부가 더없이 예민하게 느껴졌다. 마치 세 사람이 똑같은 하나의 표피에 감싸여 있는 듯했다. 아르쉬발드는 병들었다. 엘리자베스는 늙었다. 오펠리는 불임이었다. 투명함의 부름에 자신을 내맡기는 순간, 더 이상 그들에게 어떤 것도 숨길 수 없게 되리라는 것을 그녀는 알았다. 그래야만 했으니까. 그녀 안에는 이 기억이 있었다 되돌려주어야 할 이 또 다른 기억 구불구불한 복도와 비밀 정원들로 가득 찬 기억 세상을 구하고자 했으나 정작 가족은 구하지 못한 윌랄리의 기억 결속되었다가 이내 쪼개져버린 영혼들 그 분열 속에서 나 아닌 또 다른 존재가 태어날 수 있도록 그녀의 가족 자리를 차지했지만 결코 그녀의 가족이었던 적 없는 그 에코 내 일부였고 나였

고 내가 그리워하는 그녀가 그립고 토른이 그립고 나 자신이 그
립다.

날 꺼내줘.

두 단어. 그 두 단어조차 너무 버겁다. 이면 세계에서 말하기
란 자연의 섭리를 거스르는 행위다. 윌랄리가 언어의 기초를 다
시 익히는 데는 시간—정말 많은 시간—과 연습—정말 많은 연
습—이 필요했다. 여섯 살에 새로운 알파벳을 만들었고, 여덟
살에 프로그래밍 코드를 고안했고, 열한 살에 첫 소설을 완성했
던 그녀가, 지금은 고작 네 음절을 내뱉기 위해 초인적인 노력
을 쏟아붓고 있다.

날 꺼내줘.

적어도 오펠리의 주의를 끄는 데는 마침내 성공했다. 오펠리
는 침대에서 기어 나와 흐릿한 시선으로 방 안을 둘러본다. 그
시선은 방 한가운데 서 있는 윌랄리를 미끄러지듯 통과해 버
린다. 윌랄리의 비탄도 희망도 보지 못한다. 오랜만에, 정말 아
주 오랜만에 처음으로 표면 세계의 거주자가 그녀의 부름에 반
응한 것이다. 윌랄리에게 주어진 시간은 아주 짧다. 현재 오펠
리를 이면 세계에 감응하게 하는 것은 졸음에 취해 있기 때문
이다.

졸음과 거울.

날 꺼내줘.

그 말이 닿자 침실의 거울이 소리굽쇠처럼 파르르 떨리더니

진동을 반전시켜 거의 들릴 법한 소리로 바꾸어놓는다.

"날 꺼내줘."

다른 침대에는 어린 아가타가 붉은 머리칼을 베개 위로 흩어놓은 채 깊이 잠들어 있다. 윌랄리는 갑자기 다른 누군가가 침대 매트리스 위에 앉아 있는 것을 알아챈다. 사진의 네거티브처럼 색이 온통 반전된 소년. 또 그 애다. 이 바벨인 소년은 어딜 가든 윌랄리를 그림자처럼 따라다니는 버릇이 생겼다. 사실 따지고 보면 두 사람 다 그림자나 마찬가지지만. 소년의 두 눈에는 다정함과 호기심이 뒤섞여 있다. 윌랄리는 이 소년이 자신과 함께 뒤집혀 들어온 옛 세계 사람이 아님을 안다. 그렇다. 이 소년은 윌랄리가 영원히 묻혔다고 생각했던 풍요의 뿔에서 최근 이면 세계로 보내진 존재이며, 오늘 밤 그녀가 이곳에 있는 이유 중 일부도 바로 이 소년 때문이다.

윌랄리는 거울 앞에서 졸음에 취해 비틀거리는 오펠리에게 집중해야 한다. 마침내 둘 사이에 성립된 이 접촉을 놓쳐서는 안 된다.

날 꺼내줘.

"날 꺼내줘." 거울이 희미하게 메아리친다.

오펠리는 거울 속에서 윌랄리를 찾지만, 윌랄리는 사실 오펠리의 바로 뒤에 있다. 뒤의 뒤에.

"응?"

윌랄리를 구성하는 모든 반전된 물질 전체가 수축한다. 영원처럼 긴 침묵 끝에 마침내 대화가 시작된다.

날 꺼내줘.

오펠리는 뒤를 돌아 윌랄리를 보려 하지만, 그녀는 보지 못한다. 저리도 어리다니! 한 발은 유년기에, 다른 한 발은 청소년기에 걸친 채, 예쁜 두 손은 아니마 능력의 그림자에 감싸여 있다.

"넌 누구야?"

오펠리는 움직이고 말할 때마다 자신만의 떨림을 퍼뜨리고, 윌랄리는 자신의 존재 깊은 곳에서 그 파장을 느낀다. 대답 하나를 쥐어짜는 데도 엄청난 에너지가 요구된다.

나는 나야.

날 꺼내줘.

"어떻게?"

오펠리의 졸린 얼굴에 아르테미스의 어린 시절이 조금 서려 있다. 오펠리의 혈관에는 아르테미스와 같은 피가, 윌랄리가 그들 이야기의 서두를 쓸 때 찍어 발랐던 바로 그 잉크가 흐른다. 윌랄리는 향수에 몸을 떨며, 아르테미스가 처음 거울을 통과했던 날을 떠올린다. 다른 삶, 다른 도시에서였다. 그녀의 아이들이 각자의 능력을 사용하는 법을 배우던 시절, 스스로 그 능력을 외면하기 전이었다.

강제로 능력을 빼앗기기 전의 일이다.

타자는 이면 세계에서 나오자마자 아이들의 기억을 강탈했다. 윌랄리는 그 장면을 무대 뒤에서 지켜보았다. 그녀는 자신의 에코가 자신인 척하며, 자신의 이름으로 말하며, 자신이 만든 아이들 각자의 책을 훼손하는 모습을 지켜보았다. 그날 눈치껏 자리에 없었던 야누스는 예외였다. 그때만큼 배신감을 느껴 본 적이 없었다. 일이 이렇게 되어서는 안 됐다.

거짓이다.

윌랄리는 마음속 깊이 알고 있었다. 타자가 세상의 전쟁이란 전쟁은 죄다 이면 세계로 끌고 가라고, 자신이 표면 세계로 넘어가 저울추 역할을 하겠다고 귓가에 속삭인 순간부터 이미 알고 있었다. 윌랄리는 자신의 세계를 구하고 싶었고, 타자는 자신의 세계를 떠나고 싶었다. 에코에게 약속을 해줌으로써, 그가 이면 세계를 떠나 자신의 자리를 차지할 힘을 내어준 셈이다. 즉 구멍, 요컨대 임시 '풍요의 뿔'을 만들어내는 힘이었다. 평범한 거울 하나면 충분했다. 윌랄리는 약속 이행을 미뤘다. 사실 그 약속 자체를 애초에 해서는 안 됐다는 것을 마음속 깊이 알고 있었기 때문이다. 타자의 부름은 거기, 그들의 섬에서 어찌나 거세졌는지, 반사되는 표면 근처에만 가도 빨려 들어갈 것 같았다. 그녀는 숟가락을 죄다 버리고, 창문에서 유리창도 모조리 떼어냈으며, 심지어 자기 안경마저 숨겼다. 미래의 가문 정령들을 다 키워내기도 전에 휩쓸려 갈까 봐 두려웠기 때문이었다. 그녀는 자기 방의 거울만 그대로 남겨두었다.

전쟁이 다시금 아이들의 생명을 위협해 오던 날, 그녀가 마침 통과했던 그 거울.

지금 오펠리의 의아해하는 표정이 비치는 이 거울과 꼭 닮은 거울이었다. '어떻게?'라는 질문이 여전히 오펠리의 입술 끝에 걸려 있다.

통과해.

"왜?"

인류의 절반이 나머지 절반의 희생을 딛고 살아왔다는 사실을 모르기 때문이다. 이면 세계로 보낸 전쟁들이 이제 모두 멈췄기 때문이다. 수백만의 남녀가 마침내 무기를 내려놓고 쳇바퀴 같던 분쟁의 고리에서 빠져나왔기 때문이다. 오직 윌랄리 혼자만 평화를 모르기 때문이다. 타자가 그녀의 부름에 귀를 닫아버렸기 때문이다. 그가 표면 세계의 그 어떤 마음, 그 어떤 가정에도 화해를 가져다주지 않았기 때문이다. 타자와 윌랄리, 둘 다 스스로를 신으로 착각하는 우를 범했기 때문이다. 그리고—생각이 여기에 미치자 윌랄리는 아가타의 침대에 걸터앉은 소년을 빤히 쳐다본다—지금 이 순간 바벨의 다른 이들도 똑같은 실수를 저지르고 있기 때문이다.

그래야 하니까.

"근데 왜 하필 나야?" 오펠리가 거듭 묻는다.

윌랄리는 거울을 드나드는 사람이 아니다. 그녀 자신은 단 한 번도 능력을 가져본 적이 없다. 그녀는 아르테미스의 후손들을 수없이 찾아갔다. 그들 중 누군가 자신에게 다시 길을 열어주리라는 희망을 품고서. 사실 오펠리가 할 수 있을지 그녀도 모른다. 중요한 건, 오펠리 스스로 할 수 있다고 믿게 만드는 것이다.

넌 너니까.

오펠리는 하품을 참는다. 곧 잠에서 완전히 깨버리면 너무 늦고 말 것이다.

682

"시도는 해볼게."

윌랄리는 몸을 부르르 떤다. 그녀는 젊은 바벨인과 마지막으로 눈빛을 주고받는다. 그는 미소를 지으며, 격려하듯 양 엄지를 치켜세워 보인다. 그런데 갑자기 무언가가 그녀를 붙잡는다. 윌랄리는 마침내 솔직해져야 할 의무가 있다. 그 어느 곳보다도 바로 여기, 이 거울 앞에서만큼은. 오펠리에게도, 자기 자신에게도.

날 꺼내주면 우리는 달라질 거야.

너도, 나도, 세상도.

윌랄리는 기회를 놓쳤을까 봐 두려워하지만, 오펠리가 결심한다.

"좋아."

둘은 동시에 거울 속으로 뛰어든다. 그들의 분자가 서로 부딪치고, 교차하고, 뒤엉킨다. 그들은 끝없이 이어지는 틈 속에서 서로를 통과한다. 고통은 절대적이다. 윌랄리는 자신의 원자 하나하나가 다시 뒤집히고 있음을 느끼지만, 그 원자들은 이미 온전히 그녀의 것이 아니다. 그녀의 생각은 흐려지고 정체성은 희석된다. 곧 거울과 거울의 틈에서 빠져나오게 될 것이다. 서둘러 목적지를 정해야 한다. 바벨 사람의 거울이라면 어디든 상관없다.

무엇보다, 그녀 자신을 잊지 말아야 한다.

무엇을?

실수를 바로잡아야 한다.

무슨 실수?

집으로 돌아가야 한다.

어디로?

바벨로.

교감이 끊겼다. 독립된 개체로서 스스로를 다시 자각하느라 허덕이던 오펠리는, 바닥에 길게 뻗은 아르쉬발드와 그 옆에 나뒹구는 실크해트를 보고서야 그 이유를 깨달았다. 그가 결국 의식을 잃은 것이다. 그녀 자신도 실신할 뻔했다. 엘리자베스는 웅크린 채 신음하고 있었다.

타자는 방 한가운데서 수백 개의 손가락으로, 자신을 덮고 있던 책들의 남은 페이지들을 무심히 찢고 있었다.

주변에는 이제 충도, 서가도, 돔도 없었다. 오직 천둥을 머금은 구름과 현기증 나는 짠 내뿐이었다. 바람이 오펠리의 찢어진 목도리와 토가 자락을 휘날렸다. 그녀는 허공과 맞닿은 바닥 가장자리까지 걸어갔다. 메모리알이 사라진 걸까?

오펠리는 믿을 수 없다는 듯 제자리에서 천천히 몸을 돌렸다. 하늘만큼이나 음울하고 거센 바다가 끝없이 펼쳐져 있었다. 수세기 전의 철갑 군함 함대가 목적지 없이 표류하고 있었다. 오펠리는 고개를 숙였다. 안경에 간 금이 시야를 방해하는 탓에 눈을 가늘게 떴다. 메모리알의 아슈가 있던 자리에서 바다가 뚝 끊겨 있었다. 바다는 그 허무의 공간 주위를 울부짖듯 소용돌이치면서도, 자연의 섭리를 완전히 거스르며 단 한 방울의 물도 흘려 넣지 않았다. 행성의 기억이었다.

이면 세계는 옛 세계의 한 조각을 토해내고, 그 대신 바벨에 남아 있던 얼마 안 되는 것을 삼켜버린 것이다. 메모리알, 파루크, 아르테미스, 그리고 오펠리의 가족. 그녀의 가족 전부를.

"내가 그들을 다시 데려올 수 있단다." 타자의 수많은 입이 중얼거렸다.

오펠리는 타자의 몸 곳곳에서 돋아나는 얼굴들을 향해 몸을 돌렸다. 그의 몸은 이미 형체를 유지해 주는 최소한의 결속력조차 잃고 무너져 내리는 상태였다. 마디마디가 뒤틀린 그의 팔들이 지네 다리처럼 꿈틀대며 공중에 떠 있는 거울을 가리켰다. 거울 표면은 갈수록 요동쳤지만, 타자의 모습은 어디에도 비치지 않았다.

"다 너희 잘못이야. 윌랄리와 너. 사로잡을… 바로잡을 수 있는 건 너희뿐이란다. 그리고 이 세계는 오직 나만의 것이야."

"넌 누구도 대표하지 못해."

오펠리의 목소리에 엘리자베스의 목소리가 겹쳤다. 엘리자베스가 몸을 일으켰다. 그녀가 턱을 치켜들자 머리카락이 길게 늘어졌다. 형태가 없던 몸에 조금씩 부피감이 생기더니 마침내 현실의 존재감을 갖추기 시작했다.

"나조차도 아니야."

타자의 수도 없이 많은 눈이 크게 떠졌다가, 거의 그만큼 빠르게 속으로 하나둘 빨려 들어갔다. 이어서 얼굴과 팔다리도 마치 안쪽에서 끌어당기는 거센 힘에 저항하지 못하는 것처럼 차레로 몸속으로 사라졌다. 비대했던 몸은 점차 줄어들어 다중성을 벗어던지고 인간의 형상을 되찾았다. 결국 타자는 의지와 상관없이 엘리자베스의 완벽한 복제체가 되었다. 선각자의 프록코트 차림까지 그대로였다.

그는 주근깨가 촘촘한 자신의 손을 내려다보았다. 가문 능력이 깃들지 않은 평범한 손이었다.

"이제 기억나." 엘리자베스가 그에게 말했다. "내가 왜 우리의 서약을 깨고 이면 세계를 떠났는지."

나른한 피로가 묻어나는 말투였지만, 또 다른 자신을 바라보는 눈빛은 단호했다.

"나와 함께 뒤집혀 들어온 옛 인류는 더 이상 우리가 알던 모습이 아니야. 그들은 평온을 찾았어. 내가 네게 맡긴 쪽보다 훨씬 더 평온해졌지. 세상의 절반을 희생시켜 나머지 절반을 구하는 건 이제 아무런 의미가 없어. 그리고," 엘리자베스는 희미한 미소를 띠며 한숨을 내쉰다. "우리가 뭐라고 그들을 대신해 결정하겠어?"

오펠리는 처음으로 타자의 태도에서 미묘한 동요를 포착했다. 그것은 의심이라기보다 열등감이었고, 엘리자베스의 말로는 채울 수 없는 불완전함이었다. 그는 엘리자베스가 강제로 씌운 이 무력한 몸을 벗어나려고 벌써 안간힘을 쓰고 있었다.

그에게 시간을 줄 생각은 없었다. 오펠리는 고개를 숙이고 돌진했다. 손가락이 없는 손으로 온 힘을 다해 타자를 등 뒤의 거울 속으로 밀어 넣었다. 뒤로 넘어가는 타자가 오펠리에게 눈을 부릅뜬 모습은 소름 끼칠 정도로 무서웠다. 타자가 거울에 닿는 순간, 유리와 주석과 납의 결합물은 소용돌이치는 물질로 변했다. 이면 세계로 통하는 길이 열리며 마침내 결여되었던 대가를 찾아낸 것이다. 빨려 들어가지 않으려고 타자는 거울 가장자리를 움켜쥐었다. 그는 맹렬하게 몸부림치며 다시 표면 위로 몸을 내밀었다. 오펠리와 엘리자베스는 날아드는 주먹질에도 아랑곳없이 온몸의 무게를 실어 그를 거울 속으로 밀어붙였다.

하지만 뜻대로 되지 않았다. 둘은 너무 지쳐 있었다. 타자는 힘이 빠진 상태에서도 두 사람의 압박을 버텨냈다.

타자는 두 사람을 죽이고, 피를 흘리게 하여, 빨간 색연필의 예언을 실현하려 했다.

그때 거울 속에서 두 팔이 튀어나왔다. 오펠리는 타자의 새로운 변신인 줄 알았으나, 그 팔은 마치 아가리처럼 타자를 꽉 움켜쥐더니 심연으로 끌고 내려갔다. 팔에는 흉터가 줄줄이 그어져 있었다.

토른의 팔이었다.

토른은 두 세계 사이에 잠시 벌어진 틈을 이용한 것이었다. 거울 표면 아래로 가라앉으며, 타자의 얼굴은 놀라움으로 팽창했다. 주근깨, 눈썹, 코, 눈, 입이 사라지더니 마침내 얼굴의 형태조차 완전히 사라졌다.

타자는 이름 없는 꼭두각시처럼 속절없이 빨려 들어갔다. 토른과 함께.

"이번엔 안 돼."

오펠리는 거울 속으로 손을 밀어 넣었다. 두 세계의 사이 어딘가에서 자신의 손을 붙잡는 토른의 손을 느꼈지만, 이제 오펠리에게는 그를 붙들 손가락이 없었다. 이면 세계의 부름은 해일처럼 거칠었다. 만약 엘리자베스가 목도리를 붙들지 않았다면, 이번엔 오펠리마저 휩쓸려 들어갔을 터였다. 어깨가 빠져 비명을 지르면서도 오펠리는 버텼다. 그녀는 토른을 이면 세계에서 억지로라도 떼어낼 것이다. 설령 그 대가로 자기 몸의 절반을 내주어야 한다 해도.

그는 그녀를 놓지 말아야 했다.

그는 그녀를 놓았다.

중심을 잃은 오펠리는 엘리자베스 위로 쓰러졌고, 엘리자베스는 이제 막 의식을 되찾던 아르쉬발드 위로 쓰러졌다. 허공에 떠 있는 거울의 표면은 주름이 펴지듯 매끄러워지더니 이내 완전한 고체로 되돌아갔다. 이면 세계로 향하던 통로가 다시 닫혀버린 것이다.

오펠리는 자신의 손을 바라보았다. 손가락 없는 손보다 가혹한 것은, 토른이 없는 손이었다.

그들 주변으로 메모리알의 구조물이 서서히 다시 모습을 드러내고 있었다. 처음에는 하늘과 바다를 배경으로 한 희미한 윤곽에 불과했다. 거의 착시처럼 보일 정도였다. 이내 돌과 강철과 유리가 밀도를 더해갔다. 스크레타리움의 잔해, 암석 계단, 정문, 미모사 정원, 트랜센디움, 고리 모양으로 이어진 층들이 다시 뒤집히며 제자리를 찾았다. 오펠리의 가족도 빠짐없이 돌아와, 메모리알 직원들과 당혹스러운 시선을 주고받고 있었다.

"오, 이런⋯." 아르쉬발드의 입에서 감탄사가 흘러나왔다.

오펠리도 보았다. 허공에 뜬 거울 뒤편으로 오래된 벽지가 서서히 투명함을 벗고 있었다. 타자를 이면 세계로 돌려보냄으로써 계약이 파기된 것이었다. 옛 세계와 새로운 세계가 동일한 평면 위에 다시 정렬하고 있었다. 그때까지 이면 세계에 머물던 방의 나머지 절반이 서서히 투명함을 벗고 모습을 드러냈고, 그와 함께 메모리알의 나머지 절반도 돌아오고 있었다. 바벨의 건설자들이 완전히 무너졌다고 믿고 새로 지어 올렸던 바로 그 절반이었다. 두 건축물이 곧 충돌할 참이었다.

엘리자베스는 두 손을 확성기처럼 모아 외쳤다. 새로운 권위가 가득 실린 목소리로 명령했다.

"대피하세요! 모두!"

오펠리는 자리를 뜨려 하지 않았다. 어깨가 빠져 축 늘어진 팔을 한 채, 그녀는 가구가 하나둘 나타나며 재구성되는 방의 모습을 지켜보았다. 나무가 쩍쩍 갈라지고, 돌이 터져 나갔으며, 건물 전체가 굉음을 냈다. 만약 토른이 바로 근처에 있다면? 지금 막 그도 다시 나타나려는 참이라면? 그 순간 누군가 어깨를 꽉 움켜쥐었다. 깨진 안경 너머 아르쉬발드의 두 눈이 오펠리를 찾고 있었다. 그는 지금 당장 떠나야 한다고 말하고 있었다.

거대한 충돌이 일어났다. 그다음은 온통 암흑이었다.

거울로 드나드는 사람들

폴리데우케스 식물원은 오펠리의 기억 속 모습 그대로였다. 공기는 열기와 향기와 색채, 새와 곤충의 움직임과 소리로 진동했지만, 거기에 새로운 바람도 섞여들고 있었다. 그 바람은 지평선에서 불어왔고 짠 내를 품고 있었다. 한때 허공이 자리했던 곳, 수목원 끄트머리의 마지막 야자수들 너머로 지금은 대양이 펼쳐져 있었다.

이제 아슈들은 없었다. 사방이 땅 아니면 물이었다.

"서류 작업이 어마어마하게 늘겠군."

앞머리 그늘 아래로 옥타비오의 두 눈이 붉게 달아올랐다. 그의 시선이 머문 곳은 정원이 아니라 스콩드였다. 그녀는 잔디밭에서 헬레네, 폴리데우케스와 함께 카드놀이를 하고 있었고, 어깨 너머로 판을 들여다보는 낯선 이들의 무리도 점점 불어나고 있었다. 옛 세계에서 온 남녀와 아이 들이 사물 하나하나에 호기심 어린 눈길을 던졌다. 그들은 쉴 새 없이 움직이며 대륙 곳곳에서 밀려들었다. 자신들이 현세대에게 거북함을 준다는 사실은 전혀 의식하지 못한 채, 하나같이 말없이 경이로움에 사로잡혀 있었다. 허공은 어쩌면 사라졌을지 모르지만, 심연은 여전히 남아 있었다.

"하나의 땅에 서로 다른 두 인류라." 옥타비오가 오펠리의 생각을 짚기라도 한 듯 말했다. "아무 마찰 없이 공존이 이루어진다면 오히려 놀랄 일이지. 오롯이 각자의 선택에 달렸겠지만, 난 저곳에서 나만의 지옥을 얌전히 견디느니 차라리 이곳에서 저들과 함께 스스로 선택하며 살아가는 편이 나아." 말이 떨어지기가 무섭게 그의 목소리가 바로 낮아졌다. "소리. 너한테 이런 말은 하지 말았어야 했는데."

오펠리는 미소를 지어 보였고, 그가 입은 제복을 보자 미소가 더욱 짙어졌다. 금 장식도, 휘장도, 권위도 없는 옷이었다. 부츠의 날개 장식만 빼면 평범한 시민의 옷차림과 다를 바 없었다.

"네 생각을 말해도 돼. 어쨌든 우린 바벨라뇌브*에 있잖아. 그리고 그건 어느 정도 네 덕분이기도 하고. 레이디 셉티마는 정붙이기 힘든 분이었지만…" 오펠리는 잠시 말을 멈췄다가 덧붙였다. "그래도 그분 나름의 방식으로 너희를 사랑했어."

옥타비오는 스콩드의 얼굴을 가로지르는 긴 흉터에서 눈을 떼지 않았다. 그녀는 웃고 있었다. 그녀가 헬레네와 폴리데우케스를 상대로 가볍게 이기고 있다는 것쯤은 초시각자가 아니어도 알 수 있었다. 스콩드는 색연필을 완전히 치워버렸다. 아마도 미리 그려둘 에코가 더는 없기 때문일 터였다. 그녀는 에코

* Babel-la-Neuve. '새로운 바벨'이라는 뜻이다.

들 중에서도 가장 중요한 에코가 일어나는 것을 막아냈다. 그녀가 토른을 새장으로 밀어 넣지 않았더라면, 그가 타자를 이면 세계로 끌고 들어갈 수도 없었을 것이다. 그리고 토른 자신이 거울로 드나드는 자가 아니었다면, 애초에 그 일은 불가능했을 것이다.

스콩드와 토른은 빨간 색연필로부터 오펠리를 구했다. 오펠리 한 사람뿐만 아니라, 수많은 목숨들까지.

"부모님 댁으로 돌아갈 거야?"

옥타비오의 질문은 덤덤했지만 오펠리는 그 안에 숨겨진 말을 읽어냈고 그만 가슴이 덜컥 내려앉았다. 여기 남아. 그녀는 멀리 파라솔 아래서 커피를 마시는 가족들을 한 명 한 명 바라보았다. 파라솔은 가족들의 아니마 능력이 깃들어 빙글빙글 돌고 있었다. 가족들은 오펠리가 퇴원할 때까지 출발을 미뤘다. 서둘러 비행선에 다시 올라 비 내리는 날씨로 돌아가고 싶지 않았던 그들은, 지금은 바벨라뇌브에서의 마지막 시간을 온전히 누리는 중이었다. 세상은 변했지만, 날씨는 한결같았다.

"아직 돌아가지는 않을 거야. 그렇다고 남지도 않을 거고."

옥타비오는 미간을 찌푸렸다.

"그럼 어디로 가?"

오펠리가 다시 한번 미소로 대답을 대신하자 옥타비오는 더욱 당황스러운 표정을 지었다.

"가족들은 알아?"

"이미 작별 인사도 했어."

"오. 웰… 내 휴식 시간도 끝났네. 미안하지만, 평생 해도 다 못 할 만큼 일이 쌓여 있거든. 바벨라뇌브에 다시 오게 되면 내 방문을 꼭 두드려줘."

옥타비오는 선각자의 날개 장식을 짤랑거리며 돌아섰고, 덕분에 두 사람은 서로 뒤돌아보는 아쉬움을 덜 수 있었다. 스콩드는 즉시 카드놀이를 멈추고 그가 내민 손을 붙잡았다. 헬레네와 폴리데우케스는 규칙을 설명해 줄 사람 없이는 더 이상 게임을 할 수 없어서 잔디 위에 버려진 카드를 바라만 보았다.

오펠리는 나무 아래 홀로 남았다. 답답한 병원 복도에서 오랜 시간을 보낸 뒤라 사방이 눈부셨다. 여전히 터번 아래로 욱신거리는 통증이 느껴졌다. 머리는 빡빡 밀어야 했지만 이미 다시 자라고 있었다. 빨간 색연필과 세계의 종말을 견뎌내고 마지막 순간 들보에 깔려 죽었다면 정말 어이없는 노릇이었을 것이다. 의사들 말로는 그녀는 경과가 꽤 양호하다고 했다. 보기 흉한 혹, 빠진 어깨, 사라진 열 손가락, 그리고 여전히 생명을 품지 못하는 배를 감안하면 말이다. 연달아 겪은 반전 때문인지 아니면 자신의 에코가 다시 흡수된 탓인지 알 수 없었지만, 오펠리는 특유의 예전 그 둔한 몸놀림을 되찾았다. 그렇다, 그녀는 정말 잘 버티고 있었다.

누구나 그녀처럼 운이 좋았던 것은 아니다.

"저를 버리시는군요."

오펠리는 고개를 숙였다. 아르쉬발드가 실크해트를 코 위로 비스듬히 얹은 채 키 큰 양치식물 아래 누워 있었다. 앙두이는 몸을 둥글게 말고 그에게 바짝 붙어 있었다. 아르쉬발드가 병원에 한 번도 찾아오지 않았던 터라 그 말은 유독 낯설게 들렸다. 하지만 오펠리는 그를 원망하지 않았다. 메모리알에서 살아서 나올 수 있었던 것도 그 덕분이었다. 게다가 두 사람이 교감한 이후 오펠리는 원했던 것 이상으로 그를 내밀하게 이해하게 되었으니까. 이제 두 사람은 서로의 비밀을 속속들이 알게 되었다. 오펠리는 결코 생명을 잉태할 수 없었고, 아르쉬발드는 자신의 생명을 오래 유지할 수 없으리라는 사실을.

"대사님 철학이 아니라는 건 알지만," 오펠리는 한숨을 쉬며 말했다. "그래도 몸 좀 챙기세요."

병원 침대에서 깨어난 날부터 매일 그랬듯, 오펠리는 살아남은 이들, 돌아온 이들, 그리고 무엇보다도 사라진 이들에 대한 생각을 억누를 길이 없었다. 르나르. 가엘. 앙브루아즈. 야누스. 일드가르드.

그리고 토른.

"그만둬요." 아르쉬발드가 단호하게 말했다.

"뭘요?"

"생각 말입니다. 그 대신 들어봐요."

오펠리는 귀를 기울였다. 앵무새와 매미, 사람들의 대화가 뒤섞인 소리 너머로 빅투아르의 앞뒤 없는 재잘거림이 들려왔다. 커다란 새장 근처에서 빅투아르는 파루크에게 공을 던졌고, 공은 그의 이마를 맞고 튕겼다. 파루크는 매번 한 박자 늦게 팔을 들어 올렸다. 빅투아르는 포기하지 않고 알아들을 수 없는 잔소리를 하며 종종걸음으로 공을 쫓아갔다. 아이가 비틀거릴 때마다 베르닐드는 딸을 지켜보려고 앉아 있던 벤치에서 반사적으로 일어났지만, 로즐린 이모가 그녀의 어깨를 살며시 눌러 다시 앉혔다.

오펠리는 벌써 그들이 그리웠다. 다들 그리울 것이다. 그녀는 아마 가족을 이루진 못하겠지만, 지난 시간 동안 스스로 꾸린 가족 덕분에 이제 여러 곳에 집이 생긴 것만 같았다. 부모님과 남동생, 자매들, 작은할아버지. 모두에게 마지막으로 손을 흔들었다. 회복 기간에 그녀가 생명을 불어넣었던 장갑은 손가락이 있는 듯한 착각을 주었지만, 실제로 손가락을 대신한 건 목도리였다. 목도리는 오펠리가 옷을 입고, 씻고, 식기를 쥐도록 도왔다. 그러도록 아니마 힘으로 움직이게 해서 그런 것이 아니라 목도리 스스로 그렇게 하기로 결정했기 때문이었다. 목도리와 오펠리가 한 몸이었던 시절은 끝났다. 이제 둘은 서로 구분되는 별개의 존재로서 자유롭게 함께했다. 그리고 그 편이 좋았다.

"제가 미리 일러두었잖아요." 아르쉬발드는 양치식물 아래에서 오펠리에게 말했다. "부인이 폴에 오지 않으면 폴이 부인께 갈 거라고요."

"우리가 돌아갈게요."

아르쉬발드는 모자 챙을 살짝 치켜들었다.

"우리요?"

오펠리는 대답 없이 자리를 떴다. 마지막으로 만나야 할 사람이 있었다. 그 사람은 대문 앞에서 마치 노파처럼 철창에 매달린 채 그녀를 기다리고 있었다. 눈꺼풀은 그 어느 때보다도 무겁게 내려앉아 있었다. 보이지 않는 시계가 다시 움직이기 시작했고, 그와 동시에 그녀의 기억도 다시 돌기 시작했다.

"꼴이 말이 아니네." 오펠리가 말했다.

"너도 그다지 좋아 보이지는 않는걸."

"뭐라고 불러야 할까? 엘리자베스, 아니면 윌랄리?"

"엘리자베스. 내가 윌랄리가 아닌 지도 이미 오래잖아. 사실 이름은 별로 중요하지 않아. 중요한 건 저 아이들이지."

두 사람은 함께 가문 정령들이 어설프게 뛰놀고 있는 식물원 쪽으로 몸을 돌렸다. 헬레네와 폴리데우케스는 바람에 흩어진 카드를 붙잡으려 애쓰고 있었다. 파루크는 빅투아르가 던진 공을 한 번도 받지 못했다. 아르테미스는 작은할아버지가 건네준 커피잔을 깨뜨려 놓고 스스로를 아주 대견해하는 듯 보였다. 어린 시절로 돌아간 거인들이었다. 이면 세계에서 무사히 돌아온 가문 정령은 단 한 명도 없었다. 세계가 다시 뒤집힌 이후 그들에게 남은 것은 지워진 책들뿐이었다. 엘리자베스는 남은 힘을 쥐어짜 그들에게 단순화한 새 코드를 부여했다.

"이번에 책에 쓴 잉크는 영원하지 않을 거야. 불멸도, 권능도 없지. 내 아이들에게 누구도 읽어본 적 없는 새로운 이야기의 시작을 주고 싶어. 그다음은 저 아이들이, 나 없이, 스스로 써 내려가야지. 야누스를 데려오고 싶었지만, 그 애 책은 너무 망가져 있었어."

"그럼 저들의 책은?" 오펠리가 물었다. "지금은 어디에 있어?"

696

엘리자베스의 늙은 얼굴에 수수께끼 같은 표정이 떠올랐다.

"아무도 찾지 못할 곳에."

'아무도 그 페이지들을 찢지 못할 곳에.' 오펠리는 그 뜻을 이해했다.

두 사람은 무심코 도시의 공사장 너머 섬 위에 반쯤 허물어진 채 솟아 있는 아득한 메모리알의 탑을 바라보았다. 도서관들 역시 뒤집혔던 여파에서 온전히 벗어나지는 못했다. 오펠리의 어깨에서 'PA'라는 글자가 사라졌듯이, 수십만 권에 달하는 책들의 페이지가 지워져 버렸다.

이면 세계는 글이 설 자리가 없는 세계였다.

허공에 떠 있던 거울은 수천 조각으로 산산조각이 났다.

"특이 사항은 없어." 오펠리가 무엇을 물을지 예상한 엘리자베스가 먼저 대답했다. "난 반나절을 거울에 비친 내 모습만 들여다보며 지내는데, 타자는 더 이상 나타나지 않아."

오펠리는 고개를 끄덕였다. 앙브루아즈 1세의 그림자도 다시 나타나지 않았다. 그가 모습을 드러낼 수 있었던 것은 이면 세계와 표면 세계가 충돌해 두 세계의 장막이 가장 얇아졌을 때뿐이었다. 아마도 그 자신이 인간의 한계치까지 아에라르기룸을 집중한 결과였으리라. 어떤 의미에서는, 그가 더는 보이지 않는다는 사실이야말로 모든 것이 제자리로 돌아왔다는 증거였다. 거의 모든 것이.

오펠리는 엘리자베스의 길게 땋은 황갈색 머리채 사이사이에 섞인 흰 머리카락들을 바라보았다. 두 사람은 거울이라는 통로를 통해 서로 묶여 있었다. 그들의 길은 쌍둥이 궤도처럼 끊임없이 교차하고 또 교차했지만, 이제 두 사람은 각기 다른 방향으로 나아갈 참이었다

엘리자베스는 일그러진 미소를 지어 보였다.

"있잖아, 표면 세계로 돌아온 건 정말이지 끔찍한 경험이었어. 내 정체성과 외양의 절반을 잃어버렸거든. 어느 바벨인 부부의 집 거실에 들이닥쳐서 그들을 몹시 겁주긴 했지만, 사실 그들보다 내가 훨씬 더 겁에 질려 있었지. 나는 도망쳐 나와 거리를 헤맸어. 내가 왜 거기에 있는지조차 기억해 낼 수가 없었어. 어쩌면 나도 모르게, 기억하고 싶지 않았는지도 몰라. 월랄리 딜뢰가 짊어져야 할 책임감의 무게가 너무 벅찼던 거겠지. 게다가 네 기억마저 내 기억 위로 겹쳤어, 오펠리. 살아 움직이는 집과 대가족 이야기. 그건 가문 정령들과 함께 보냈던 내 과거만이 아니라 네 어린 시절의 한 조각이었는데 말이야. 그래서 나는 내가 버려졌다고 굳게 믿었어. 당국에서 내 이름을 물었을 때도 진짜 이름은 전혀 떠오르지 않았어. 그저 '월리… 엘라…' 같은 말을 웅얼거렸어. 결국 그들이 내 이름을 '엘리자베스'라고 정한 거지. 앞으로 네 이야기가 어떻게 펼쳐질지 볼 수 없다니 아쉬워." 그녀가 뜬금없이 덧붙였다. "네가 여행에서 돌아올 때쯤이면 난 이미 여기 없겠지. 사실 오늘 저녁 전에 죽을지도 몰라."

오펠리는 굳은 얼굴로 그녀를 바라봤다.

"농담이야. 몇 주는 더 버틸 생각이야."

자신의 농담에 만족한 엘리자베스는 노파처럼 킥킥거리며 다리를 절뚝이고는 가문 정령들 곁으로 걸어갔다.

오펠리가 없었다면 엘리자베스는 이미 죽었을 것이다. 만약 이탈 연구소의 열차가 오펠리를 바로 3단계 프로토콜로 데려갔다면, 그녀는 엘리자베스와 함께 레이디 셉티마에게 넘겨지지 않았을 것이다. 장거리 비행선에 함께 오르지도 않았을 테고, 오펠리가 아니마 능력을 써서 난파선에서 엘리자베스를 구하는 일도 없었을 것이다. 둘이 함께 스물두 번째 아슈를 발견하는 일도, 라자롭터를 타고 바벨로 함께 돌아오는 일도 결코 없었을 것이다. 엘리자베스가 타자에게서 주도권을 되찾을 기회 역시 없었을 것이다. 이면 세계와 표면 세계는 종국의 대혼란에 빠질 때까지 영영 균형을 잃었을 것이다.

요컨대, 이야기는 지금보다 조금 덜 행복하게 끝났을 것이다.

오펠리는 이제는 바다가 내려다보이는 다리를 건너 향신료 시장을 가로질렀다. 이곳에는 식물원보다 사람이 훨씬 더 많았다. 현재의 바벨인들과 과거의 바벨인들이 뒤섞여 있었다. 사람들은 상인들이 몹시 진저리를 치는데도 아랑곳없이, 손에 닿는 대로 모든 것을 바라보고 냄새 맡고 맛을 보았다. 사방에서 가문 경비대를 불러댔다. 옥타비오의 말이 맞았다. 공존은 결코 쉽지 않을 것이다.

쉽지 않다, 아니, 하지만 유익하다. 오펠리는 먼 땅의 버려진 마을에서 만났던 여자아이를 떠올렸다. 이면 세계에서 돌아온 사람들은 하나같이 그 여자아이와 같은 눈빛을 하고 있었다. 어떤 것에도 꼬리표를 달아 규정하지 않고, 비교하지 않으며, 사물 하나하나에 특별한 가치를 부여하는 완전한 수용의 시선. 다름을 새롭게 정의하는 눈빛이었다. 라자뤼스는 헛소리를 참 많이도 늘어놓지만, 적어도 한 가지는 옳았다. 우린 이들에게서 배울 점이 정말 많았다.오펠리는 군중과 도시가 허락하는 한 가장 멀리 시선을 던져, 한쪽의 대양과 다른 쪽의 대륙, 새로운 세계와 옛 세계를 한눈에 품었다. 가슴이 고동쳤다. 보아야 할 것도, 발견해야 할 것도 너무나 많았다!

그녀는 트램 선로를 건너 멈추지 않고 계속 걷다가, 마침내 간판이 달린 공방으로 빨려 들어가듯 밀고 들어갔다.

유리·거울 공방

목도리가 오펠리의 등 뒤로 슬그머니 문을 닫았다. 가게는 거의 텅 비어 있었다. 주인은 고객과 통화 중이었다. 카운터 위 라디오에서는 오펠리가 늘 제목을 기억하지 못하는 익숙한 옛 노래가 흘러나왔다.

당신이 잡고 싶었던 그 새는
날개를 풀썩이며 이미 날아가버렸지.
당신이 기다리면 기다릴수록
사랑은 멀리 날아가버리죠.
당신이 더 이상 기다리지 않을 때 비로소

이제 에코가 노래의 멜로디를 끊어먹는 일은 없었다. 에코 현상은 아주 드물어졌다. 오펠리가 무엇 하나 깨뜨리지 않으려 바싹 신경을 쓰며 거울이 늘어선 통로를 걷는 동안, 그녀의 모습이 끝없이 비쳤다. 이면 세계는 표면 세계의 상이었다. 그런데 그녀가 있는 표면 세계가 누군가의 이면 세계라면?

여전히 통화 중인 주인은 그녀의 존재를 알아채지 못했다. 차라리 잘된 일이었다. 오펠리는 가게 맨 안쪽, 주인의 눈에 띄지 않는 곳으로 향했다. 그리고 자기 키의 두 배쯤 되는 가장 큰 거울 앞으로 다가갔다. 오펠리는 기묘한 차림새였다. 머리에 쓴 두툼한 터번, 신경질적으로 움직이는 목도리, 언니가 다시 꿰매준 토가, 그녀의 초조함이 전해져 팔 끝에서 참을성 없이 까딱거리는 장갑까지. 쥘 수도, 읽을 수도 없는 손. 토른을 붙잡아 둘 수도 없는 손이었다.

오펠리는 자신의 눈동자 깊이 시선을 꽂았다. 그러나 그녀가 찾는 것은 그 뒤에, 더 깊은 곳에 있었다. 뒤의 뒤에.

"일부러 내 손을 놓았지?" 오펠리가 속삭였다. "나까지 그 너머로 끌고 들어가고 싶지 않았던 거잖아."

토른, 라자뤼스, 계보학자들, 메디아나, 기사, 앙브루아즈. 그들은 풍요의 뿔을 통해 들어갔기에 모두 이면 세계에 남아 있

---

* 프랑스 작곡가 조르주 비제의 오페라 〈카르멘〉 제1막에 등장하는 아리아 〈하바네라 (Habanera, L'amour est un oiseau rebelle)〉의 가사 일부.

었다. 그들은 대가가 아니었고, 윌랄리와 타자 사이의 거래와도 아무 상관 없었다. 이제 그들은 닿을 수 없는 곳에 있다. 완전히 죽은 것도, 온전히 산 것도 아니다.

오펠리는 침대 밖으로 발을 내디딜 수 있게 되자마자 욕실 거울로 뛰어들었고, 곧 복도에 있는 거울로 나왔다. 다시, 또다시 뛰어들었지만 더는 그 틈으로 들어갈 수 없었다. 마치 두 세계의 경계가 그녀를 피해 달아다는 듯했다. 의료진은 결국 그녀를 침대에 묶어 강제로 안정을 취하게 했다. 오펠리는 병원에서 나오자마자 이탈 연구소 지하로 돌아갔지만, 예상대로 풍요의 뿔은 사라지고 없었다. 오직 오펠리 혼자만 다시 뒤집힐 수 있도록 에코가 그것을 삼켜버렸기 때문이다.

좋든 나쁘든 이제는 이면 세계로 가는 길도, 두 세계 간의 소통도 존재하지 않았다.

토른은 인류에게 인류의 주사위를 돌려주었지만, 누가 그에게 그 자신의 주사위를 돌려줄 수 있을까?

"우리." 오펠리가 말했다. "당신과 나."

그건 약속이 아니었다. 확신이었다. 오펠리는 절대 포기하지 않을 것이다. 세상의 모든 거울을 통과해야 한다면 그렇게 할 것이다. 이해해야 할 과거도, 정복해야 할 미래도 더는 없다. 바로 지금 여기에서 다시 토른을 찾을 것이다.

오펠리는 눈을 감았다. 숨을 쉬었다. 기대도, 욕망도, 두려움도 전부 비워냈다. 사물을 읽을 때처럼 자신을 잊었다. 마지막 읽기였다.

“우리는 거울로 드나드는 사람들이니까.”

오펠리는 자신의 거울상 속으로 뛰어들었다.

아니, 그보다 조금 더.

감사의 말

이 이야기와 그 주변을 둘러싼 모든 이야기에 마침표를 찍는 순간까지, 그리고 그 이후에도 나와—종종 나보다 더 뜨겁게—함께해 준 티보에게. 내가 쓰는 모든 문장의 모든 단어의 모든 글자 뒤에 당신이 있어요.

프랑스와 벨기에에서, 피와 펜으로, 은과 금으로 맺어진, 내게 영감을 주는, 내 책의 페이지들보다도 더 친밀하게 내 책 속에 들어와 있는 프랑스 가족들과 벨기에 가족들에게.

내게 소중한 말을 건네주고 많은 것을 가르쳐주고 안겨준 알리스 콜랭, 셀리아 로드막, 스베틀라나 키릴리나, 스테파니 바르바라에게, 그루Gruoh.

그림과 유머로 나를 가득 채워준 카미유 뤼제, 덕분에 이 마지막 권이 지금의 모습이 될 수 있었어요. 아니, 그보다 조금 더.

그냥 그대로 있어준, 감동 그 자체인 에방과 리비아에게.

갈리마르 주니어, 갈리마르 출판사, 《거울로 드나드는 여자》를 아슈에서 다른 아슈로 이끌어주신 온 아슈의 모든 편집자들께.

내 세계의 배경을 그토록 찬란하게 그려준 로랑 가파이아르에게.

《거울로 드나드는 여자》에 놀라운 창의력과 독보적인 유쾌함을 입혀주시는 '목도리단Clique de l'écharpe' 친구분들께.

제 거울을 통과해 주시고 다른 이들도 통과하도록 이끌어주신 에밀리 뷜르도프, 사에피엘, 데보라 당블롱, 책방지기, 사서, 문헌정보 담당자, 교사, 칼럼니스트께.

내게 우정과 직접 쓴 작품들을 보내준 카롤 트레보에게.

'은 펜촉Plume d'Argent'을 만들고 나를 믿어준 허니에게.

내가 글을 쓰도록 처음으로 강하게 밀어준 라에티티아에게.

그리고 내 거울을 통과해 페이지마다 이 모험에 함께해 주신 읽는 여자들과 읽는 남자들에게.

마지막으로 너에게. 오펠리, 첫 거울부터 마지막 거울을 통과하는 그 순간까지, 나와 그렇게도 깊이 함께해 줘서 고마워. 벌써 네가 그리워.

옮긴이 이진희

한국외국어대학교 프랑스어과, 동 대학교 통번역대학원 한불과, 호주뉴사우스웨일스 대학교(UNSW) 통번역 석사과정을 졸업했다. 옮긴 책으로는 크리스텔 다보스『거울로 드나드는 여자 3 』(공역), 미셸 푸코의『감옥의 대안』, 에밀 졸라의『에밀 졸라의 진실』, 피에르 쌍소의『대화를 한다는 것』, 샤를로트 푸생의〈몬테소리 기적의 육아〉시리즈, 사라 잼벨로의『구름 도감』, 데보라 도스탱그의『부글부글 내가 화나는 이유』등이 있다.

거울로 드나드는 여자
4. 에코의 폭풍

초판 1쇄 발행 2026년 3월 18일

지은이 크리스텔 다보스
옮긴이 이진희

펴낸이 윤석헌
편집 오경철
디자인 강혜림
제작처 357제작소

펴낸곳 레모
출판등록 2017년 7월 19일 제 2017-000151호
주소 서울시 서초구 서초대로 33길 99, 201호
이메일 editions.lesmots@gmail.com
인스타그램 @ed_lesmots

ISBN 979-11-91861-45-7 (04860)
세트 979-11-91861-11-2 (04860)